有爱的青春陪伴者

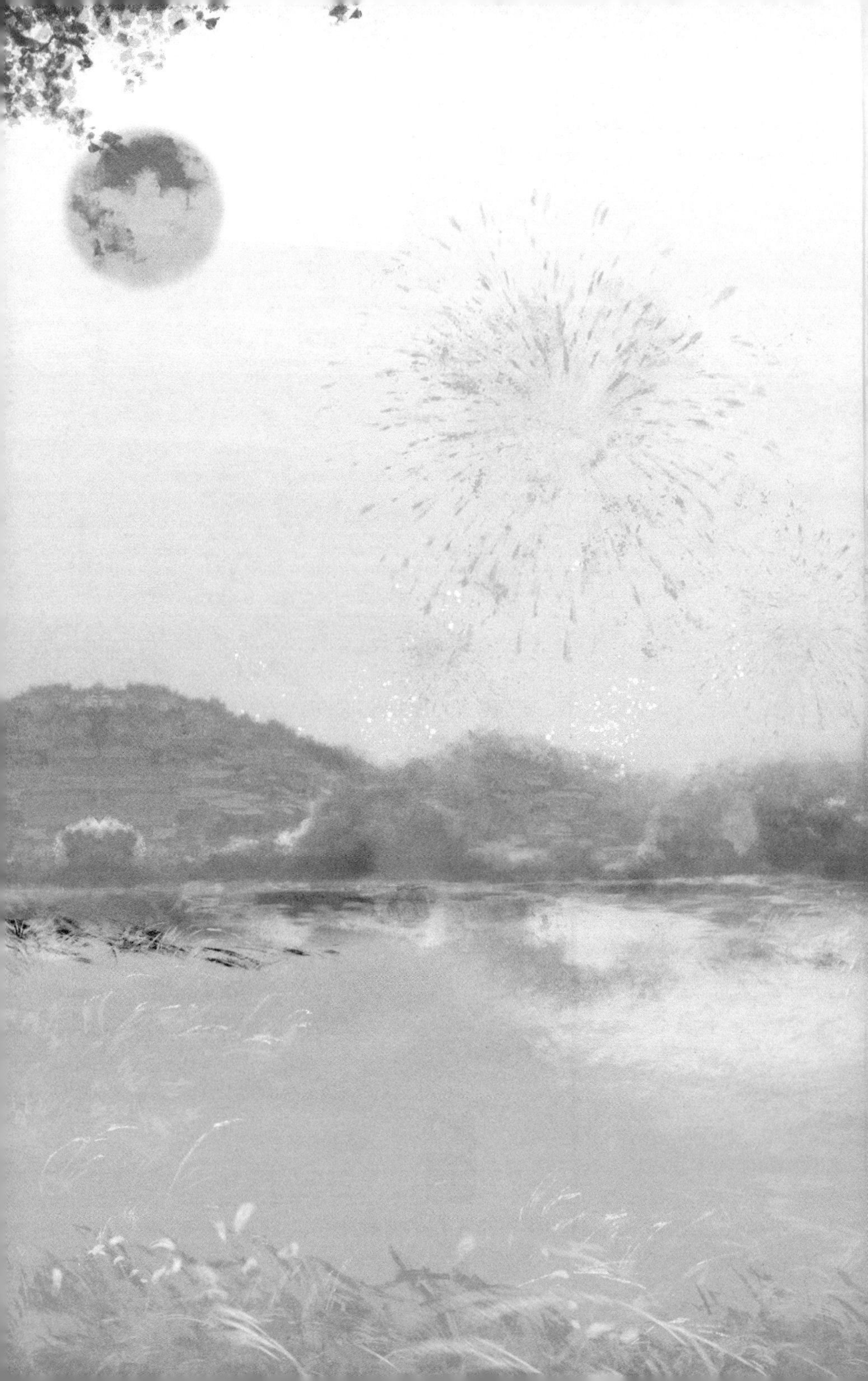

揽月 上

乏雀 著

江苏凤凰文艺出版社
JIANGSU PHOENIX LITERATURE AND ART PUBLISHING

图书在版编目（CIP）数据

揽月：全2册 / 乏雀著. -- 南京：江苏凤凰文艺出版社，2023.6
ISBN 978-7-5594-7697-5

Ⅰ.①揽… Ⅱ.①乏… Ⅲ.①长篇小说 - 中国 - 当代 Ⅳ.①I247.5

中国国家版本馆CIP数据核字(2023)第075244号

揽月：全2册

乏雀 著

责任编辑	王昕宁
特约编辑	廖 妍　文佳慧
出版发行	江苏凤凰文艺出版社
	南京市中央路165号，邮编：210009
网　　址	http://www.jswenyi.com
印　　刷	长沙鸿发印务实业有限公司
开　　本	880mm×1230mm　1/32
印　　张	20
字　　数	608千字
版　　次	2023年6月第1版
印　　次	2023年6月第1次印刷
书　　号	ISBN 978-7-5594-7697-5
定　　价	68.80元

江苏凤凰文艺版图书凡印刷、装订错误，可向出版社调换，联系电话025-83280257

目　录

第一章　初遇 /001
猝不及防一转身，
她一下子撞进一个有点香的怀抱里。

第二章　逃离 /037
九郡主满脑子都是"你夫君"，
侧过身朝少年看过去时，张口就是一句："夫君……"

第三章　月主 /074
比起南境日主，南境天主，
南境云主，还是南境月主更好听。

第四章　荒漠 /107
可是我只看见你将她打得落花流水，
要负责也是对你负责啊。

第五章　无极 /136
阿月，你是不是害羞了？

目　录

第六章　躁动 /178
他想亲我，他是不是也喜欢我？

第七章　喜欢 /216
我就是喜欢看你无理取闹，
就是对你生不起来气，你说该怎么办？

第八章　内岛 /247
"阿九，便宜占够了没？"
你好意思说，那你倒是先松手啊。

第九章　失控 /271
没关系，你爱她，你舍不得伤害她，
但我可以替你解决困扰你的这一切。

第十章　风雨 /291
他是南境人，亦是百年难见的蛊人，
他天生无法得到别人的信任。

上册

目 录

第十一章 赏月 /313
我喜欢他，想同他一辈子在一起。

第十二章 朋友 /349
他可以将这世上的一切都踩在脚下碾磨，唯独有关阿九的，一丁点也不可以轻视。

第十三章 遇匪 /377
我喜欢你。宋樾月喜欢你，宋樾月喜欢楚今酒。

第十四章 北域 /409
元帝："十年前孤便说过，你若再敢来北域，孤不会让你活着回去。"

第十五章 往事 /440
我想娶你，阿九。

第十六章 密谋 /473
她在纸的最下面画了两个牵手的简笔画小人，一个写着"阿月"，一个写着"阿九"。

终章 奔月 /506
她蓦地回头，少年依旧穿着第一次见面的那身黑红色衣裳。

目 录

番外一　后话 /544
01 京城小霸王诞生记
02 见家长
03 月亮

番外二　南境 /555
昔日那位阴晴不定的月主大人面对中原的那位小郡主时，
像极了一个意气风发的普通少年。

番外三　今朝不醒 /571
"我被这位漂亮姑娘笑得迷了心，腿软了，
站不起来，怎么办呢？"

番外四　入世 /581
原来你叫戚白隐，哪个戚哪个白哪个隐？
我好像有点喜欢你。

番外五　策马向青山 /598
宋长空一觉醒来发现整个世界都变了。

番外六　带娃记 /615
从那以后，小十再也没有看过任何江湖趣事的话本子。

第一章
初　遇

　　庆历二十年，阴诡神秘的南境向中原求亲，态度强硬，不容拒绝。

　　中原的诸位大臣为此彻夜难眠，整日忧心忡忡，生怕自家未出阁的女儿会被送去和亲。

　　过去的几十年，四方列国越发强势，其中以南境尤甚，就连向来以凶猛著称的西陆都对南境避之不及。

　　中原这些年来已渐渐陷于颓势，庆修帝正值壮年却不理朝政，整日沉溺炼丹，边境许多地方已民怨四起，若是南境大军即日来犯，如今的中原恐怕撑不住几年。

　　月上梢头，几位大臣于深夜匆忙进宫觐见修帝陛下，说是有和亲的人选推荐。

　　修帝膝下十二名公主，十一公主年初方许了亲，待到及笄便要嫁入丞相府，而小公主今年才七岁，更是不能被送去和亲。

　　几位大臣家中尚有适龄未嫁的千金，为了不让女儿被送去毒物遍地的南境和亲，几人便将主意打到留京的几位郡主身上。

　　庆王朝郡主不少，可不受宠的独一位九郡主，楚今酒。

　　九郡主封号昭月，生母已逝，自小便是父兄不疼继母不爱，背后没有家族撑腰，成天在外面野也没人管，前两天更是因口舌之争而将六郡主打了一顿，回家后没少挨鞭子，这会儿还躺在床上起不得。

经几位大臣的提醒，庆修帝可算想起来这位他曾视为眼中钉肉中刺的昭月郡主，缓缓坐起身，大手一挥，冷笑着命人明日一早便去王府探望那位重伤未愈的九郡主。

翌日，宫中的几位早早便气势汹汹地来了王府。

九郡主正懒洋洋地趴在床上编草蚂蚱，她背上有伤，起不来，被人提着耳朵啰唆也只能装作没听见。

被派来游说的老太监说："南境和亲可比西陆好。南境人瘦瘦白白的，不似西陆人那般粗鲁，也不似北域那般无礼，听说南境近年出了个人中龙凤的少主，不少南境少女都嚷着非他不嫁呢。"

九郡主扔给老太监一只草蚂蚱，害羞道："既然那位少主这么好，自然要留给我们中原最好的女子，公公知道京城百姓们都笑话我嚣张跋扈没教养，这样的我当真是半点也配不上那么好的夫婿。"

老太监一噎，早先听闻昭月郡主狂放，今日倒是谦虚得叫人气血上涌。

"可你日后还是要嫁人的。"宫里来的大宫女说，"嫁给南境的少主已经很好了，多少人都求之不得。"

九郡主推辞道："古有孔融让梨，我愿意退出，把机会留给其他郡主。我瞧着六郡主就很不错，她心肠歹毒，正好可以去南境试试南境的毒蛊能不能以毒攻毒。"

大宫女微愠道："九郡主怎么能这么编排六郡主？你们同为郡主，礼数上九郡主真是差了六郡主不少！"

九郡主敷衍地"嗯嗯"两声，甩了甩手中的草蚂蚱，懒散道："如此不懂礼数的我若是去和亲，万一礼数不够周全惹恼了南境之主该如何是好？姑姑莫气，我这都是为了大庆着想，六郡主礼数周全，去南境和亲定能促进中原与南境的友好往来。"

老太监和大宫女见无论如何都说服不了九郡主心甘情愿地去和亲，顿时怒气冲冲地离开了。

九郡主扔掉手里的草蚂蚱，捧着脸惆怅地叹了口气，想翻身，一下子碰到背上的伤口，疼得龇牙咧嘴，瞪着地板自言自语。

"看来中原确实没办法继续待下去了,如果皇上直接赐婚我根本跑不掉,但想要我去和亲?门都没有。"

九郡主的身世有些特殊,王室之人皆恨她入骨,以往修帝也只是暗中针对她,如今得到机会当真是恨不得立马要送她去死,连装都舍不得装。

其实九郡主早想离开王府自己闯天下,她已经攒够几百两银子,前几天揍六郡主时还顺了其两根簪子,不算贵,但卖了的话少说也够她吃个好几天。

同六郡主作对的这些年九郡主顺了一大堆饰品,六郡主好面子,不肯叫人知晓她的东西总被九郡主顺走,干脆吃下这个哑巴亏,偏偏下次被单方面揍的时候还要戴着一身的首饰招摇过市。

九郡主真是爱死了六郡主好面子的脾气,虽然事后她也免不了被家法"伺候"一顿,不过和真金白银比起来,皮肉之痛算什么?

这讨厌的王府对她来说只这一点好处,只要她闯的祸没有大到闹出人命,王府为了面子上好看也会替她摆平,哪怕她揍了六郡主。

谁让两家郡主老爹不对付?谁都不愿意低谁一头,那就只好委屈一下心肠歹毒的六郡主。

九郡主拾掇好包袱,打算今晚就带伤逃亡,却没想到刚吃完晚饭,修帝便提前派人把她抓起来扔进和亲的轿子里。

老太监尖着嗓子——

"起——"

九郡主掀开轿帘,看了看轿子左边的四个魁梧大汉,又看了看右边四个穿着盔甲的精兵,最后扭头望向后方长长的送亲队伍,沉默了。

打不过。

九郡主权衡完利弊,选择躺平。

老太监皮笑肉不笑道:"九郡主可不要想着逃婚,这么多人看着,哪怕是只苍蝇也逃不出去。"

九郡主啃着干粮,"哦"了声,指指刚从包围圈外飞进来的苍蝇,同样皮笑肉不笑道:"来人,拿下这只胆敢劫亲的苍蝇!"

结果这只苍蝇在十几个人气急败坏的围追堵截下成功活到最后,甚至悠悠地吻了口老太监的厚脸皮。

被区区苍蝇羞辱到的老太监又一次怒气冲冲地走了，并且告诉侍女晚上不许给九郡主送饭。

九郡主饿了一天，半夜实在受不了想去找点吃的，刚走出轿子就被守卫拦住问是不是想要逃婚。

九郡主毫无形象地翻白眼："你们不给我吃晚饭，我饿了难道也不准出来找点吃的？把我饿死了，你们就抬着我烂掉的尸体去南境，告诉他们境主哎呀你们家少主的娘子送到了，虽然她人死了，但是尸体给你们送到了呀！你们这群人得了便宜还卖乖，还不赶紧感恩戴德痛哭流涕地跪下谢恩？"

被怼得脸色发青的守卫带人偷偷把嘴贱的老太监痛揍一顿。

九郡主每天最大的乐趣就是挑拨这群人内斗。

九郡主乐观轻松的态度渐渐麻痹了他们，当她半路喊着要去如厕时再不会有十八个侍女跟在她身后，当她半夜饿到溜去偷吃夜宵时也不会有八个彪形大汉寸步不离。

九郡主喜欢这种变化，这意味着她距离成功逃婚更近一步。

抵达边关的这天晚上，九公主一如既往地半夜溜出去找夜宵。看守干粮和零嘴的守卫对她这种行为睁一只眼闭一只眼，可也正是这闭上的一只眼让他们中了九郡主的阴招。

顺利打晕几个守卫后，九郡主做贼心虚地四顾环望，趁着还没人发现索性扒了守卫的外套兜成个兜，揣了一大堆值钱的嫁妆，系好包袱准备跑路。

她一转身，猝不及防地撞进一个有点香的怀抱里。

"叮当。"

月光下的少年身着红黑相间的劲衣，皮肤白皙，睫毛弯弯，眼神明亮，黑发缠着一串银色的小饰物，在月光下熠熠生辉。

少年右耳下编着一缕小辫子，末梢用红色的绳结系紧，底端坠着两个亮晶晶的银饰物，随着夜风摇晃。

"叮当。"

少年身上的银色饰物在风中发出细微的声响，又被远处传来的一阵鼾声掩去。

九郡主以为他是守卫之一,当下拉了小脸,包袱一甩,见人说人话见鬼说鬼话:"你们的守卫太薄弱了,我就随便试试,他们竟然这么不堪一击。太弱了,这么弱的守卫怎么能护卫我安全嫁去危险重重的南境呢?"

少年看起来年纪和她差不多,十七八岁的模样,却比她高了一个头,闻言微微弯腰,凑近她仔细地盯了片刻,语带玩味:"你是公主?"

咦?不认识她?

九郡主眼睛一亮,一改颓色,连连摇头:"我只是一个被拉来滥竽充数的小侍女,皇帝可舍不得把心爱的小公主送去南境和亲,所以就把可怜的我塞进来骗人。"

少年若有所思地"哦"声,点评道:"那他可真无耻。"

"可不是嘛。"

"这个皇帝真没用,竟然要靠和亲来维护王朝安定。"

"就是,皇帝不是好东西,南境那些人也是坏家伙,竟然想出这种主意坑害姑娘。"

"你说得对。"少年笑眯眯地附和,右手捏着右耳下的小辫子摇晃了两下。

九郡主难得见到和自己同一阵营的好人,顿时热泪盈眶,恨不得握住对方的手和他再骂三天三夜:"虽然我也很想和你痛快地继续骂下去,可是时间快到了,守卫们要换岗了,我们快点逃跑吧?"

话音落地,她抓住少年的手腕朝着事先打探好的路线逃跑,少年任由她拉手,身上的银饰细细地响。

九郡主没看见身后齐齐陷入沉睡的送亲队伍,只顾着带少年逃命,等发现后面似乎真的没什么人追上来时才松开手,喘着气一屁股坐地上,完全不顾形象。

少年轻描淡写地掸了下被她弄皱的束袖,慢悠悠地屈膝蹲下,看她:"你叫什么名字?"

少年生得好看,歪头时侧脸压在双膝上,眼睛是浓黑色的,看起来却像是浸过水,闪闪的,乖巧可爱。

九郡主眨巴眨巴眼。

他的小辫子发梢垂落在地，沾了沙漠的灰。

九郡主不在乎自己衣服上的灰，反而见不得少年好看的小辫子被弄脏，便伸手捏起他的小辫子，面不改色地给自己起了个假名。

"我叫阿九，我没有大名，因为在家里排行老九，所以他们都叫我阿九。"九郡主晃了下他小辫子上的银色饰物，好奇地问，"你呢？你叫什么名字？"

少年正起身，弹开她不老实的手，弯唇微笑："你就叫我老大吧。"

"老大？"

"是啊，你在家里排行老九所以叫阿九，我在家里排行第一，你就叫我老大好了。"

好占便宜的名字哦。

九郡主眼也不眨，脆脆地叫了声："老大。"

"叮当。"

少年拉着她的手带她起身时，衣裳上的银饰再一次发出清亮的响声。

九郡主身世特殊，皇室厌她，王府的人也从来不管她，更不会给她发月银，她只能靠自己。不过好在她后来认识了几位师父，胖胖的大师父是享誉天下的太白居名厨，她跟着这位师父攒了许多养活自己的经验。

少年在南境生活多年，从未吃过中原地道的野味，九郡主从小磨炼到大的好手艺收服了他的胃。

少年看着她道："我要去中原了。"

九郡主恋恋不舍地和他告别："我很想和你一起玩，但我不想回中原。"

少年"嗯"了声："为什么？怕他们抓你？"

九郡主从顺来的包袱里翻出一堆漂亮的饰品送给他，她觉得他会喜欢的："我是逃婚出来的，如果回到中原，被人发现的话就会被抓起来大刑伺候，到时候我肯定跑不掉的。"

少年看着手里细细长长的银色链子，似乎是在斟酌是否值得收下，停顿片刻后随手将这串银色的腰链缠到腰上。

他衣服上的饰品并不多，因为嫌麻烦，离家出走之前就摘了一大半，只留下几串缠起来方便也好看的链子和挂坠。

"我帮你,不会让你被抓到的。"

看在这串腰链的份上。

少年伸出手,掌心多出一只蠕动的肤色蛊虫。

九郡主从小野到大,爬树翻墙不在话下,什么虫子没见过,半点儿也没被这只蛊虫吓到,甚至还很好奇地伸手去戳。

蛊虫一动不动。

九郡主吓得缩回手:"它它它,它不会被我戳死了吧?"

"没有死,它只是爱睡觉。"

九郡主松了口气:"那就好,那就好。你这个虫有什么用?"

"这叫易容蛊,"少年睨了眼她的长发,懒洋洋道,"把它放到你头发上,它会慢慢融化,一炷香后你的脸上就会覆盖一层薄薄的水,让人看不见你真实的模样。"

"水?"

"看起来像肉的水。"

"这么神奇?"九郡主眼里出现跃跃欲试的光。

少年稀奇地看她一眼:"你真有趣,别人听到易容蛊都只会觉得恶心。"

就算是南境的那些人也会排斥易容蛊,他们不喜欢被蛊虫占据整张脸的感觉,那会让人产生蛊虫失控的错觉,更别说从没接触过蛊虫的普通中原人。

九郡主不解地眨眨眼:"为什么会恶心?你不是说虫子放到头上会变成水吗?水是好东西呀。"

"你认为水是好东西?"他意味不明地勾了下嘴角,"这世上,被水淹死的人可不少。"

九郡主不赞同地摇摇头:"可是依水而生的人更多。"

她指了指自己,又指了指对面的少年:"我们都是。"

"我大师父说,有些事情不能讲得很死,更不能只看表面。"她很认真地解释,"就像有的人看起来很凶,但其实心地很善良,而有的人看起来和蔼,其实杀人放火无恶不作。"

少年眼尾微微一弯,嗓音轻飘飘的:"是吗?那你觉得我看起来很凶吗?"

"当然不凶！"

少年点了下头："那就是后者了。"

——看似和善之人，其实心如蛇蝎。

九郡主有些没转过来这个弯，愣了下才反应过来，没想到他会这样理解，圆眼睁得大了些。

"不是，我不是那个意思！"她连忙解释，"我就是举个例子，不是说所有人都是这样的，这个世上还有许多人心如一的好人，比如说你……"

她没说完，余下的话咽了回去，因为眼前的少年笑了起来，浓黑的眼底笑意明灭，映出忽隐忽现的星空。

他是故意那么说的。

意识到自己被骗了的九郡主不满地鼓起脸，瞪他。

少年还是在笑，倒是比先前多了些莫名的真实感，垂在侧发上的细碎银饰就会发出轻微的响，像深夜里静悄悄摇动的风铃。

九郡主想起阿娘生前留给她的唯一的风铃，恍惚了一瞬。

"既然你说我是好人，那我总得做点什么证明你说得……没错。"

少年说话的语气有点奇怪，异样却很快消失。他神色自然地将易容蛊放到她头发上，拨弄两下："好了，等会儿你就能看见自己变成什么样子。"

一炷香后，九郡主迫不及待地冲去河边。

月光皎洁，平静的河面映出一张有点像她但又不完全是她的脸，如果不是非常熟悉她的人，看到这张脸也只会觉得"好像在哪里见过但完全想不起来"。

"太神奇了！"九郡主像个没见过世面的小孩子，上下摸自己的脸，转身朝少年狠狠竖起大拇指，"你好厉害，你太厉害了，我从没见过你这么厉害的人！"

除了她那五位性格迥异的师父，眼前这位少年是她见过最厉害的人了。

少年安静地看了她片刻，缓缓地笑了："你不会是最后一个发现我这么厉害的人。"

九郡主喜欢他的坦然和自信，于是答应和他一起回中原。

"我知道中原有哪些好玩的地方好吃的东西，我带你游玩中原吧，不收费，只要你愿意让我看看你的虫。"

"那个叫蛊,你叫它'虫',它会不高兴的。"

九郡主"咦"了声:"你是从南境来的吗?"

少年微微眯眼,任她打量:"是啊,你怕了吗?"

"我为什么要怕?"她不理解。

少年道:"因为我是南境的人啊,回去我就告诉境主,中原送去和亲的小公主长你这个模样,你会被抓起来。"

九郡主被他逗得直笑:"好啊,那等我被抓起来的时候我就告诉你们境主,是你把我抓走的,我可不是自愿的。"

少年也被她逗笑了,在她转身背对着他找东西时,散漫地将指尖的摄心蛊收起。

九郡主将包袱一分为二,一半给少年,太重了,背着跑路不方便,多个人多出份力。

"对了,一直忘了问,你怎么会出现在送亲队伍里?也是被抓起来的吗?"九郡主轻轻转了转黑白分明的眼珠子,喜爱的目光在他衣裳上的银饰逗留,"京城里的中原人好像都有点儿害怕南境的人,看到会绕路走。"

留在京城的那几位郡主胆子小,去年南境使团来中原参加宴礼那几日她们吓得连门都不敢出,九郡主也因此不用和她们打交道,白得了好几日的清净。

撇开被迫和亲一事儿不提,她对南境的人倒是格外有好感,巴不得南境使团在京城多待几日。

少年将包袱挂到肩膀上,抬手顺了下被压住的小辫子,高马尾微微晃动,银色发环边缘垂下几缕辫子,小指粗细,黑色发丝里缠进两缕红色的线,若隐若现地隐在浓密黑发中。

辫子发尾系着薄如蝉翼的月亮银饰,风一吹,银饰慢慢地摇晃,衬着皎白的月光,随意又散漫。

少年侧眸:"你们中原人可真胆小,听说我来自南境,吓得当场就把我抓起来了。"

九郡主不仅没害怕,反而更加兴奋道:"你没吓他们吗?你可以放蛊吓他们啊，你的蛊一定很厉害吧？"

说话的同时，她感觉到头发上隐藏起来的蛊虫微微一动。

少年笑眯了眼睛，不着痕迹地转移了话题："它很高兴。"

"什么？"

"你夸我的蛊厉害，就是在夸它厉害。"少年指指她头发上看不见的易容蛊，漫不经心地向她传达它的喜悦，"它说它很喜欢你。"

九郡主摸摸脸上的水膜，安抚地点了点易容蛊，眼睛亮晶晶地望着他："你能听得懂蛊虫说话，那还是你更厉害。"

少年微微低头，看见她闪闪发亮的黑眼睛，像是在期待他的回应。

少年想了想，淡声应道："嗯，你不说我也知道。"

毕竟整个南境，没有人不怕他。

九郡主撇撇嘴，嘟囔："谁要听你自夸，我夸夸你，你不是应该像你的蛊虫那样礼尚往来也夸夸我的吗？"

少年"哦"了声，有些为难的模样："那……你很好玩。"

"这算什么夸人的词？"

少年笑了："可你是第一个被我夸好玩的人，我没夸过别人。"

第一个？

九郡主顿时眉开眼笑，她喜欢被人放在第一位，不管是喜欢还是讨厌。

她难得矜持，指尖点了点脸颊，随后道："我们该走了，等天亮他们发现我不见了就会去边关找大将军来找我，到时候再想逃跑就迟了。"

"你认识路吗？"路痴少年问。

九郡主一甩包袱，自信道："当然认识，来的路上我可是把路线都记在脑子里了，要不然怎么好逃跑呢？"

若非路上还有其他几位她打不过的高手暗中盯着，她也不至于到现在才逃跑，好在到边关之后那些人就悄悄回去了。

说着，她又想起来一件事，打开包袱翻东西。

少年好奇探头过来看她找什么。

九郡主有点苦恼："我打算找点东西戴在身上假装南境人，到时候中原那些人就算想找我也只会说找一个中原人，我假装成南境人不是很安全吗？"

少年若有所思,在她找不到合适的装饰品时摘下衣服上缠绕的两根银链子,顺手把右耳的银色耳夹也摘了。

"用我的,反正我身上的多。"

九郡主不会缠这种饰品,试了几次都弄歪了,她从未戴过首饰和饰品,戴不好很正常。

少年被她笨拙的动作弄笑了,抬手接过流苏耳夹,朝她招招手:"过来点,我帮你戴。"

九郡主老老实实地挨过去。

少年的手指拨开她耳边的碎发,指腹温热,和夜风的清凉掺杂在一起,像冬日的落雪。

九郡主嗅到他身上那股神秘又特别的香味,晃了下神。

"好了。"少年打量片刻,随后褪下右手手腕戴着的一条银色手链,懒懒道,"手伸出来。"

九郡主不知为何耳朵有点红,乖乖伸出手,少年的手指没有再碰到她的肌肤,凉凉的手链缠绕在她手腕,清脆地响。

和少年衣服上的声音一模一样。

"喜欢?"少年挑了下眉。

九郡主用力地点头:"好看。"

这么多年来,他还是第一次见到有人喜欢他送的东西,她不仅不怕蛊,还不怕他。

可若是她发现他的身份,还会这样天真?

少年多看了她两眼,心情愉快,便大方道:"既然你说好看,那就送你了。"

"真的?"

少年点点腰间的银腰链:"听闻你们中原人讲究礼尚往来,你送我一份礼物,我自然也当回你一份礼。"

九郡主眼眸弯弯,摸摸耳朵和衣服上的饰品,举起手,迎着冷白的月光用力晃了晃手。

"叮当。"

这是阿娘死后的十多年里,她收到的第一份也是唯一一份真正的礼物。

九郡主抿唇笑了起来。

"真好看。"她看着少年，眼眸映着今夜的月光，嗓音轻快，"谢谢你。"

九郡主斟酌过后决定带着少年先去边关的城区。

"从边关到最近的城镇，骑马至少也有半天的路程，我们两条腿的跑不过他们四条腿的，既然这样，不如选择最危险的地方暂时待着，等风头过去再弄两匹马回去。"

少年对她的决定不置可否。

九郡主决定逃婚时就已经准备好假的名牒，而且不止一块，只是名牒上的身份都是女子，不方便给少年使用。

她忧心忡忡，开始思考要不要找个坏人打劫借用一下他们的名牒。

没等她考虑好如何解决这个问题，少年已经拉着她径直走向城门口。

九郡主将名牒递给看守城门的守卫。

少年指尖轻动。

接名牒的那两名守卫动作一顿，眼神溃散一瞬，动作略显僵硬地草草检查后便放他们进了城。

九郡主有些纳闷，进城后还时不时地往后看，奇怪他们怎么没有检查少年的名牒。

少年将方才放出去的两只摄心蛊拢入袖中，若无其事地眨了下眼，慢悠悠道："兴许是他们瞧我长得像个好人，便放我进来了。"

九郡主盯着他看了会儿，在他眸色愈深时重重点了下头，认真赞同道："确实，我瞧着你也像个大好人。"

少年心想，她真好骗。

九郡主是第一次来边关，对这里的一切都很新奇。

"之前就听京城的说书人说边关生活艰苦，好多人吃不饱穿不好，原来都是骗人的。"

"你看那个酒楼，里面好多人，还有那个那个，那个墙好高，我用轻功都得借力才能上去吧。"

"哇，边关的包子好大，一个抵得上京城的两个了！"

九郡主高兴地买了两个大包子，送给少年一个，而后才想起来少年是男子，有些犹豫："只吃一个，你会不会吃不饱？"

少年毫不在意地咬了口肉包子，脾气很好："还可以吃点别的。"

九郡主想想也是，边关的肉包子吃起来也很香，和京城里的细腻软和不同，边关的肉包子咬起来很有嚼劲。

她又去买了两张肉饼，肉饼足有她一张脸大，这次只吃了一半就彻底饱了。

九郡主问少年边关的肉包子和肉饼味道怎么样。

少年撕开一块肉饼，慢条斯理地嚼着，点评道："味道不错，但没有你做的烤肉好吃。"

九郡主立刻笑弯了眼："你真的不会夸人吗？你已经夸了我好几次。"

少年双眸含笑地瞧着她："因为你很好玩，我喜欢和你玩。"

九郡主美滋滋地摸摸脑袋："我也喜欢和你玩，还有你的蛊虫，尤其是我们家可爱的小易。"

少年瞥了眼别人看不见的易容蛊，易容蛊听见她的夸奖几乎要原地打滚，神情有些古怪。

"你给它取名字了？"

第一次有人夸他好看，第一次有人不怕他的蛊，第一次有人送他礼物，也是第一次有人大胆到竟敢给他的蛊起名字。

都是她。

少年目不转睛地盯着她。

"是啊，'小易'不好听吗？"九郡主没注意到他的奇怪，迟疑道，"别人不可以给你的蛊取名字吗？如果是这样，我……"

少年收回目光，随意道："无妨。只不过你给它取了名字，以后可是要负责给它找夫君的。"

"……啊？"

给蛊虫找夫君？可是她根本不懂蛊啊，这要怎么才能找得到？

少年睨着她，微笑道："怎么了？不愿意给小易找夫君吗？想好再回答，它能听得懂，若是它不高兴，会立刻撤掉你的易容。"

九郡主捂住脸："当然！我会给小易找到天底下最好的夫君……小易是

女孩子？"

她瞬间忘了给蛊虫找夫君的麻烦事儿。

少年将手里的肉饼掰碎了揉进掌心，在别人看不见的地方，碎饼渣很快被隐藏的蛊虫吞噬殆尽。

少年屈指将贪嘴的蛊虫弹回去，拍拍手心残留的饼渣，负手跟上前面那道无忧无虑的纤瘦背影。

九郡主逃婚一事并未大肆宣扬，消息传回京城最快需要半月，一来一回差不多一月的时间，足够九郡主和少年到处溜达。

虽说如此，但负责这事儿的老太监和大宫女这会儿急得像热锅上的蚂蚁，恨不得生了翅膀飞回京城将此事告知陛下，可眼下一切已成定局，老太监束手无策只得向大将军请求帮助，希望大将军派出大量人马搜寻边关附近的所有城镇和村落。

早已混进城内的九郡主全然不理外界风雨，这几日过得滋润，上午带少年一起去茶楼听书，中午到处寻找没吃过的美食，下午去官府门口听家长里短的八卦，晚上就和少年一块儿悠闲地逛夜市，完全没有"通缉犯"的自觉，反正有易容蛊在，没人认得出她。

这日恰逢庆历十月初十的"欢喜节"，外城全面开放，生意人都可以随意进入城内做生意。

九郡主对各族的服饰与小玩意好奇不已，零零散散买了一大堆东西，最后赖在南境的衣裳摊子边不走了，和摊主讨价还价。

少年戴着一个蓝白色的普通面具，缓步走向九郡主那边，看见她和同样戴着面具的摊主砍价。

"你看这里都掉线了，掉线了的衣服属于瑕疵品，瑕疵品你要价五两银子？太黑心了！"

摊主面不改色地反驳道："你要不要？不要就走开，不要耽误我做生意。我说五两就是五两，瑕疵品怎么了？瑕疵品也有人愿意买，你不愿意买就走开！"

九郡主被摊主的理直气壮气得不轻，想放下却又舍不得这件衣裳，因为整条街她最喜欢这件衣裳,最后只好以五两的高价拿下。

九郡主委屈,九郡主不悦,九郡主决定找个地方换上新衣服让自己高兴一下。

少年瞥了眼她手上的衣服,懒散道:"我在外面等你。"

九郡主一个人回客栈去换衣服。

摊主高价买了个瑕疵品,正美滋滋地数着钱,眼前忽然罩下淡淡的阴影,抬头看见一个蓝白色的面具,而对面的少年右肩垂落一缕缠绕红丝线的小辫子。

摊主心口一跳,嘀咕着这两个小辫子看着有些眼熟,抬手扶了扶脸上的面具,咧嘴一笑,油腔滑调道:"这位小哥看上什么了尽管挑,保证都是正宗的南境货,绝对是独一无二的,我家的任何一样货你都不可能从别家找到第二样!"

"周不醒,你胆子很大啊。"

少年面具下的嘴角轻轻勾起,他抬手将面具向上顶了顶,露出大半张白皙俊美的脸。

周不醒脸色大变,好似没有骨头的坐姿登时正经起来,一只手置于侧肩行了个问安礼,另一只手悄悄背到身后将赚来的银子全藏起来。

"月主安。"他低下头,恭恭敬敬地问好。

少年松开手,面具重新落回去遮住他的脸,嗓音淡淡:"今晚赚了多少?"

周不醒有点纠结:"不多不多,就十几两……"

少年居高临下地睨着他。

周不醒:"……八十九两,真的只有八十九两!多一两都没了!"

说话的同时,周不醒悲痛地将赚来的银子全部上交,当发现少年当真打开钱袋时,眼中透露出绝望。

财迷就是见不得到手的银子飞掉,尤其是被自家老大给缴了。

少年从里面挑了四两,随手将钱袋子扔回去。

"价值一两的衣服你卖五两,我拿走四两,有意见吗?"

周不醒下意识地摇头,他哪敢有意见?

少年满意地点头,在他后知后觉的震惊目光中转身朝客栈走去。

周不醒手忙脚乱收起钱袋子，迟疑片刻，一兜子收起地上的东西背到身后，大步追随少年而去。

"月主你慢点走，我都找你半个月了……"

少年不理他。

周不醒背着一大堆东西，也不在乎少年的无视，唠唠叨叨道："哎，月主你是不知道，你离家出走这段时间南境那些人都急疯了，不过西陆人倒是高兴得不得了……月主你都走了这么长时间怎么还是在边关啊？不会又迷路了吧，哈哈哈……"

笑声戛然而止。

他在少年凉凉的目光中老老实实地闭上了嘴。

几息后。

"月主，你认识方才买衣服的小姑娘？你是不是看上人家想把人小姑娘娶回来做夫人？"

月主这种冷心冷情的人怎么会随便为了个小姑娘打抱不平呢？想不通想不通，如果被困在族里出不来的少主知晓，绝对会嫉妒疯。

所以只有一种可能——月主看上那小姑娘了。

少年似笑非笑地瞥了眼满脑子胡思乱想的周不醒，手中把玩着零碎的四两银子，冷不防道："你得感谢我。"

"啊？"

少年停下脚步，隔着十几步的距离，遥遥看向换了身新衣服出来的九郡主，她站在原地四顾，似乎是在在找他。

少年侧眸看向惴惴不安的周不醒，语气莫测道："你们没有收到消息？来自中原的小公主逃婚了。"

周不醒挠挠头："好像是有这么回事，可是这和那个姑娘有什么关系……"说到这里，他猛然意识到什么，嘴巴张大，不可置信地瞪着姿态闲适的少年。

少年抛了下手中的碎银子，懒声道："你没猜错，她就是逃婚的小公主。你坑了南境未来的少主夫人五两银子，她记仇得很，等她到了南境，日后还有你的好日子过。"

周不醒崩溃:"月主你知道那是咱们未来的少主夫人还怂恿人家逃婚,分明是你居心不轨!我要回去告诉少主你抢他娘子!"

少年抬手做出一个"你请便"的敷衍手势,在周不醒将近崩溃的目光中施施然朝着正在寻他的九郡主走去。

九郡主没注意到少年后面的周不醒,刚换了身漂亮衣服心情很是不错,抬起手转了个圈圈,身上的银饰叮叮咚咚地响,像她房间窗户上被雨水打到的小风铃的声音。

她没买帽子,因为她只喜欢这种款式的衣服,头发简单编了两缕细细的辫子垂在胸前,和少年的如出一辙。

"这个尺寸我穿上正好。"

她兴致勃勃地拉着少年的袖子往人群里钻。

"你还记得我们刚才逛到哪里了吗?"

"不记得。"他是路痴,不认路,也从来不记路,走到哪儿全凭直觉,能找到她在哪儿已经算不错的了。

九郡主和他待了一段时间,早发现他路痴的"属性",并不在意他的说法,随便挑了个方向继续新的逛街之旅。

她挑了个面具,少年脸上的蓝白色面具就是她挑的,她挑了半天,最终选定一个红黑相间的面具。

第一次见面时少年的衣裳颜色就是红黑色。

她戴上面具转头吓唬少年,少年弯起眼睛捧场地发出一声"哇",佯装被她吓到,顺便趁她不注意时将讹来的四两银子悄无声息地放回她的钱袋。

九郡主对他的所作所为浑然未觉,自以为得逞般笑得肩膀直颤。

跟在他们身后观察情况的周不醒满脸呆滞。

这是他们家那位脾气古怪又阴晴不定的月主大人?

这天,视财如命的周不醒心痛地放弃赚钱的机会,碎碎念地跟了那对胆大包天的"狗男女"一晚上,眼睁睁地看着他俩一起吃糖葫芦和煎豆腐,一起划船放花灯,一起点孔明灯。

他们过得多么自在悠闲又快乐,周不醒就多么弱小无助又可怜。

在拍死第十只飞到自己脸上的虫子时，周不醒深深认为不能再这么虐待自己了，便趁着那两人去点孔明灯的间隙扭头去点了碗咸豆腐脑，等他填饱肚子回来找遍整条街也没看到那两人的身影。

此时此刻，早已跟着拥挤的人流光明正大出了城的九郡主双手叉腰，深深吸了口新鲜的空气。

"还是外面的空气更香啊！"

少年双手环胸站在她身后，目光落在她垂落的一缕小辫子上，发梢系着一个银铃铛，是她今晚淘到的便宜货。

九郡主随手抓了把头发，铃铛"叮叮当当"地响了起来，她笑眯眯地甩了两圈，很喜欢这种清脆空灵的声音。

眼风一扫，她忽然注意到后面行来一队运送货物的人马，最末尾的是一辆放了许多杂货的拼接篷车。

九郡主计上心来，拉着少年悄悄蹭进杂货堆里，拉下脑袋上的盆子挡在身前。天色已黑，又是队伍末尾，从外面看不见货车里藏了两个活人。

少年腿长，这地方空间小，他坐下时必须微微躬身，屈起双膝，肩膀挨着九郡主的肩膀，两人的小辫子在半空晃啊晃。

她辫子上的铃铛撞到他的"月亮"，两人静了一瞬。

很快，少年低声开口："你打算就这么坐回中原？"

九郡主摇头："当然不，我们只是暂时借坐一下，省路费。"

少年指出："你买这件衣服的时候花了五两银子。"

九郡主理直气壮："人不爱美天打雷劈，女孩子喜欢漂亮衣服怎么啦？"

少年被她说服了。

空间狭仄，他抬手摘下面具挂在膝盖上，没挂住掉了下来。

九郡主瞄了眼他屈起的两条长腿，在这简陋且贫穷的小空间里，少年像个误入凡尘的风流仙人。

他皮肤白皙，家里条件应该很不错，不知道以前有没有吃过苦，九郡主和大户人家的千金小姐不一样，小时候学功夫时经常风吹日晒，这点辛苦对她来说根本不算什么。

只是想到富贵人家的少年这会儿却随着她受苦，她心里有些过意不去。

她捡起那个蓝白色面具挂到手腕上，一时犹豫。

"不如我出去跟他们租一匹马，或者租他们的车坐一段路？"

"只租一匹马？"

"你骑马，我继续待在这里蹭免费的车呀。"九郡主说，"反正我以前住的地方和这个也差不多，早就习惯了，不过你从南境来，应该会不习惯。"

少年注意到她脸上的纠结，笑了声，不以为意地朝她招招手："过来点。"

"啊？"她茫然。

少年指了指她脑袋上面："那边有东西，车子颠簸的时候容易撞到你的脑袋。"

九郡主扭头看见一根突出来的扫帚棍子，只差一点就能戳到她脑袋。她暗暗吸了口气，老老实实地朝他那边挤了挤。

少年移开长腿，留给她更多的空间。

九郡主挺不好意思的，偷偷抬眼看了看他的神色，发现他似乎当真对她这种蹭免费车的行为没有任何意见，甚至格外自然地给她腾位置，心中的愧疚越发浓厚。

要不，等到下一个城镇就租个好点的马车弥补一下？

想着想着，九郡主又琢磨出了味儿，纳闷想着，明明是她被少年怂恿回中原的，怎么就莫名地觉得自己反而更愧疚呢？

外面传来稀疏的对话声，车队加快了行进的速度。

九郡主很快就困得睡着了，脑袋一点一点地埋进双膝，少年侧脸枕着置于膝上的手背，面带笑意地观察着她。

杂货车突然撞到什么东西晃了一下，睡得迷迷糊糊的九郡主被颠得猛地前倾。

一只手稳稳扣住她额头，体温偏凉的掌心突兀地鼓动，昏暗的空间里，少年光滑平坦的手背迅速掠过一线凸起，似乎有什么东西在他皮肤底下急速游动。

九郡主没注意到他的手背，只感觉刚才差点摔倒，是他扶住了她，额头好像碰到什么奇怪的东西，有可能是睡迷糊了的幻觉。

她坐回去后眯缝着眼睛去看他，声音含糊："……什么东西？"

少年五指虚握，手肘支在膝盖上，以手背托着腮，歪着头若无其事地笑："一只虫子而已，已经飞出去了，不用管它，你继续睡。"

九郡主"哦"了一声，没有任何怀疑，重新把头埋回双膝间，很快又睡了过去。

听着她均匀和缓的细微呼吸声，少年脸上的笑意缓慢敛起，浓黑的眼底倒映着穿透杂货缝隙偷溜进来的零星月光。

身体里的蛊虫疯狂叫嚣着她好香她好香，它们想要冲破束缚，想要得到她的"归属权"。

少年抬手摁了下侧颈微微鼓动的凸起，眸色不变低喃道："安静。"

指腹下的青色颈脉重重一跳，好似是在向他挑衅。

少年眸子微阖，修长指尖眨眼便划破颈脉的皮肤，神色淡淡地掐死那只叛逆的蛊。

世界顿时安静下来。

九郡主这一觉睡得并不舒服，这种环境下的睡眠本来也不指望多么好，但她已经很久没有做梦了，今晚难得做了个梦。

梦到面容模糊的阿娘温柔地抚摸她的脑袋，告诉她不要回中原。

九郡主醒的时候天还没亮，梦里阿娘说的话已经想不起来了，转头看见少年也微微低着头睡觉，长发垂落在地，红色的衣摆微微铺开。

他睡觉的样子很乖，像一只天真懵懂的蚕宝宝，单纯又无害。

九郡主抬手将少年垂在地上的小辫子弄起来，手指戳戳他发梢系着的月亮银饰，又戳了戳自己辫子上的铃铛，发出一阵响。

她连忙攥住铃铛，不让它再发出声音。颠了一路，肚子有点饿，她从包袱里摸出一块干粮鼓着腮帮子咬了几口。

有点干，她咳嗽两声。

少年被她的动静弄醒，眯着眼睛看了她一眼，打着哈欠将腰间的水囊解下递给她，甚至还记得拔掉盖子。

九郡主看着他手里的水囊，心口微微一动。

他是阿娘走后这么多年来唯一一个对她这么好的人，连水囊盖子都愿意帮她开。

九郡主很感动，并且打算为了这个水囊盖子花大价钱去租一辆马车感谢他。

篷车猛地停下，她被颠得朝前倒，还被呛了口水。这次少年没再扶住她的脑袋，而是眼疾手快地将她拦腰扯了回来，顺手捞起滑落的水囊放到一边。

与此同时，他甚至还记得用拇指和食指将水囊盖子慢条斯理地塞回去。

九郡主摔在他怀里，伏在他胸口，听见外面传来尖叫声，还有重重的马蹄声以及粗着嗓子的男人威吓声。

女人的哭声和男人的求饶声断断续续地飘了进来，空气里隐约浮动着血腥味。

"好像遇到劫匪了。"昏暗里，九郡主挨在少年耳边用气声说。

少年神色不变，拇指慢慢摩挲着水囊盖子。

九郡主有点苦恼："有点倒霉，刚出边关就遇见劫匪。会在这地方出现的八成是马匪，我听说马匪都很凶，杀人不眨眼的那种。"

少年若有所思："可你看起来并不害怕。"

九郡主眨了眨眼："其实我心里还是害怕的，不过我害怕的是你会受伤。"

少年停下手里的动作，静了片刻，低垂眼睫看她，浓黑眼底映出她略显紧张的脸，喉中溢出轻轻的一声："嗯？"似乎是不太理解她为什么会这么说。

九郡主侧耳听了下外面的动静，没注意他的眼神，只是微微压低声音道："我小时候和几位师父学过功夫，自保没有问题，但你不会武功，若是被他们发现，我不确定能不能保护好你。他们这么多人，万一你因此受伤了呢？"

环境所迫，她的语速很快，但吐字清晰，每一个字他都能听得懂，组合起来却让他稍微怔了下。

十七年来从来没人说过会保护他这种话，也没人敢像她这样毫无防备地靠近他。

她和其他人都不一样。

外面脚步声越来越近，她向前倾身试图将他挡在身后，戴着银色手链的那只手碰到他的手背，有点凉。

他抬了下眼，意味不明的目光落在她侧脸。

车外有马匪注意到最后的杂货车，用刀尖挑起外面的破帘子，看见里面挨在一起的男女，停顿了一下后，诡笑起来。

"哟，瞧我发现了什么？一对见不得人的偷情狗男女。"

在前面的九郡主先被马匪粗鲁地拽下车，她下意识地回头看少年，马匪不耐烦地"啧"了声，正要把两个人一起扯下来时后面忽然有人叫他。

"大鬼你在搞什么？老大找你呢！"

名叫大鬼的马匪扯着两人朝声源处走："催什么？我就过来看看有没有别的值钱货，这不逮到一对细皮嫩肉的偷情狗男女？看他们衣服这么漂亮肯定很值钱，不知道哪里来找刺激的少爷小姐，绑了他们回去能换不少银子吧？"

叫他的那名马匪注意到两人不同于中原人的服饰，皱眉。

"南境人？"他瞪向大鬼，"老大不是说过少动南境的货吗？哪天被毒死你都不知道怎么死的！"

大鬼的表情变了变："我、我哪见过南境人？他俩就是藏在车里偷情，这整个车队都是中原人，怎么会无缘无故混进两个南境人？我看他们俩肯定也是对这批货有想法！"

九郡主和少年对视一眼，都没说话。

两名马匪停下脚步，盯着他们开始考虑接下来怎么办。

放了他们怕他们通风报信，不放他们又怕他们身上有毒，最后两名马匪各退一步，找了根绳子系在两人手腕上。

那名懂得比较多的马匪警惕道："我们不伤你们，等把货运回去就放了你们，同样的，你们也不要试图对我们的人做什么，否则谁也别想活。"

九郡主顿了下，假装害怕地缩了缩脑袋，几不可闻地"嗯"了声。

少年握住她的手，抬眸望着前方的两人。

隐匿的黑暗下，少年缓缓勾起嘴角。

两名马匪看着他俩的互动觉得他们只是离家出走的富家少爷和小姐，应该构不成太大威胁，便转过身牵着绳子拽着两人走。

九郡主乖乖地躲到少年身后，在马匪看不见的地方松了松两人手腕上的绳。

她学过如何在双手被捆住时自救，这会儿行动起来轻松自如，绳子没有全松开,等会儿抓住时机可以搞个突袭。

路过中间的车队时,九郡主注意到车边倒下几具护卫的尸体,女人和老人都被捆成一团,守卫的人持刀分立。

九郡主移开目光。

马匪将两人推去一辆单独的马车旁边,只留下一个戴着面罩的男人看守,余下的人各自分工运货。

少年活动了一下手腕,瞥见九郡主老是朝那圈被捆起来的妇女老幼张望。

"你想救他们?"少年漫不经心地问。

九郡主幅度极小地摇摇头:"他们不用救,马匪绑了他们却没有全杀光,说明马匪并不打算杀这些手无缚鸡之力的人,等结束后应该就会把人放了。"

"那你方才在看什么?"少年顺着她的视线越过那群妇女老幼朝更前的地方看去。

九郡主瞥了眼前面的马匪,用气音说话:"看看有没有适合逃跑的路线。"

她从小就拜了五位师父,每位师父都各有神通,四师父封无缘擅长轻功,又热衷经商,他跑商时遇到过不少危险的事情,对于虎口脱险这种事很有经验,也教过九郡主许多事。

少年道:"那你找到了吗?"

九郡主有点纠结地收回视线,遗憾地摇摇头。

如果只有她一个人想什么时候走都可以,但若是多带个没有武功的人,想从上百个马匪的包围中逃跑确实有点难度,更别说这里还有几十个无辜的普通人。马匪现在可能以为他们是车队的人,若是只有他们两个偷偷跑了,那么剩下的这些人怕是要遭殃。

九郡主决定按兵不动。

大概一炷香的工夫,马匪们清点完毕货物,列队准备带着抢来的货物回去庆功,大鬼将发现两名南境人的事情告知马匪头子,马匪头子眉头一皱,大步向掳来的两人走来。

马匪头子大刀阔斧地站在他们身前,注意到少年身后看起来似乎有些胆小的少女,走近后居高临下道:"南境人?"

九郡主不想现在惹麻烦,装出怯懦的样子。少年撩着眼皮瞥了眼魁梧的马匪头子。

马匪头子被他眼神搞得很不爽快,故意讽刺道:"南境人为什么会出现在中原的车队里?偷情偷到这种地方来,你们家爹妈知道不?"

话音刚落,周围零零散散响起不怀好意的笑声。

少年隐在面具后的嘴角微微勾起,嗓音漫漫:"只要你们不说,谁都不会知道。"

话中深意,没有人听出来。

马匪头子的目光越过少年,看向藏在他身后的少女,带着伤疤的双眼一眯:"那个丫头,你出来。"

不想惹事的九郡主缩着不肯动。

马匪头子对他俩的磨磨蹭蹭不耐烦,将手中大刀往地上一插,凶狠道:"让你出来听见没,我又不会吃了你!"

九郡主在心里骂死了这个糟老头子,一步三退地从少年身后挪了出来,手指还拽着少年的银腰链。

少年垂眸注视着拽着他腰链的那只手,耐人寻味的目光转而落到她侧脸上,停顿了一下,却也并未表示什么,任由她无意识地勾他的腰链。

马匪头子完全没注意他俩的小动作,指着九郡主道:"有没有对我的人下毒?"

那个少年看似瘦弱,但给人的感觉反而有些莫测,比起他,倒不如从他身后那个胆小的小丫头下手。

九郡主瞅了瞅插在地上的大刀:"没……"

声音太小,马匪头子没听清:"大点声。"

"没……"

"再大点声!没吃饭还是怎的,偷情偷得没力气说话了?"

九郡主:早晚有一天我要把你杀掉。

马匪头子:"说话!"

九郡主忍了忍,没忍住,不怕死地扯着嗓子吼道:"我说没有!听清了吗?需要我在你那对只能当个摆设的耳朵边上再重复一遍吗?"

九郡主和少年被勃然大怒的马匪头子五花大绑回匪寨。

对于因为一时嘴痒而连累少年的举动，九郡主表示万分懊恼和与惭愧。

"如果再给我一次机会，我一定会把嘲讽说得委婉点。"被扔进柴房的九郡主对坐在她对面的少年说，"至少要是笨蛋也绝对听不出来我在嘲讽他的程度。"

少年"哦"了一声，看似随意地提议道："或许你可以考虑把他们扔去大漠喂狼。"

九郡主说："听起来很有道理，但也许等会儿就是我们要被扔去喂狼了，你怕不怕？"

"你怕不怕？"少年不答反问。

九郡主点头："当然怕了。我想过很多次未来会怎么死，可是从没想过会被狼咬死。"

少年安慰她："也许会等不到被狼咬死。"

"你的安慰听起来比被狼咬死还要可怕。"九郡主琢磨了一会儿，竟然有些苦恼，"你说我们是先被狼咬死，还是先被马匪们砍死？"

少年颇感兴趣道："你喜欢哪种？"

"当然是哪种都不喜欢啊。"九郡主想了想，"我比较喜欢自然老死，最好是不会感觉到疼痛的老死。"

这个可能稍微有点困难。

少年若有所思地凝了她片刻，九郡主歪歪脑袋："你这样看我干吗？"

少年挑眉："我如何看你？"

九郡主抬起被捆在一起的双手，胡乱比画着："就是这个，好像正在认真思考我什么时候会死掉的表情。"

少年微笑，九郡主看得一愣。

他看着年纪不大，浑身上下都散发着生机勃勃的少年气息，但这并不足以掩藏他偶尔心血来潮时萌生的恶趣味。

九郡主："……你不会真的在想我会以怎样的方式死掉吧？"

少年口不对心道："没有。"

"你肯定有想过！"九郡主听出了他话里的敷衍。

"没有。"少年否认。

"你明明就有！"

少年坦然承认："好吧，我有。"

准备和他死磕到底的九郡主噎住了。

少年伸直长腿，后背懒散倚着靠墙的草堆，虚着双眸去看缩在墙角碎碎念的九郡主。

"他真坏。"

"以前都没看出来他这么坏。"

"明明看起来这么乖，为什么有时候又恶劣得让人想揍他呢？"

"算了，看在他长得好看的份上，这次也不和他吵架了。"

柴房里的味道带着奇怪的霉味，手脚都被捆住的九郡主打了好几个喷嚏，最后实在受不了地直起身，蹦蹦跳跳地蹭到窗户边，费力地用露出来的手指头抵开窗户。

这群马匪学精了，发现她会解绳子后当机立断往她手脚多缠了好几圈绳子，直接把她缠成一只毛毛虫，只能这样蹦蹦跳跳地活动。

少年弯起嘴角，浓黑的眼底泛起难以捉摸的笑。

九郡主才弄开窗户，一抬头却和窗外负责看守的大鬼对上目光。

"不好意思打扰了。"九郡主缩回脑袋，重新蹦了回来。

期间，大鬼用看傻子的眼神一直盯到她乖乖蹲回墙边。

九郡主看了眼窗外一直盯着自己的大鬼，扭头和少年小声说："他为什么总盯着我？"

少年提醒她："你还在生我的气。"

九郡主茫然："我有在生你气吗？我为什么要生你的气？"

少年弯唇："因为我有想过你会在何时以何种方式死掉。"

"哦。"九郡主想起来了，不以为意，"那都是以前的事了，和现在没关系……外面那个马匪为什么老是盯着我？"

少年看都没看大鬼，带着笑的目光全部落在她蹭了灰的脸上："因为你长得好看。"

九郡主心花怒放。

转瞬她又反应过来："这么说，他不会是看上我了打算逼迫我做他们的压寨夫人吧？话本子里都是这么讲的。"

九郡主伸长脖子大声道："不行不行，我可是有夫之妇，绝不和别人乱搞，我宁死不屈！"

窗外奉命盯人的大鬼，嘀咕："谁会看上你这种还没我家猪漂亮的小萝卜头啊！"

九郡主睁大眼睛，看看窗外一脸仿佛被羞辱到的大鬼，又看看身旁笑得衣服上银饰乱晃的少年，难以置信："他说我没有猪漂亮？他竟然说我长得还不如猪？他知道他在嘲讽谁吗？"

少年："有夫之妇。"

少年活了十七年，九郡主是唯一一个让他对别人产生"好奇"的人。

她神奇得让人忍不住多多观察的脑袋，完全猜不到她接下来会说什么、做什么。

明明她说上一句话时还在生气，说下一句话时就忘了之前在气些什么；明明看起来喜怒于形，偶尔又会神秘兮兮得叫人捉摸不透她的真实想法；有时胆子大到甚至敢和他的蛊虫滚到一块儿玩耍，有时却又胆小得连只大鹅都能撵着她跑两条街。

听说中原女子重视名节，可这玩意到她嘴里却变成轻飘飘的玩笑。

"这纯属偏见。"九郡主愤愤不平，"京城民风可开放了，一条街上有十座青楼就一定会有八个小倌馆，而且小倌馆里的哥哥们可好看了，京城的小姐公主都喜欢去馆里溜达。"

"你怎么知道馆里的哥哥们都很好看？"少年似笑非笑。

九郡主虚着眼神："我就是偶然去过一次，咳，当然不是我要去的，是小六……我家六姐姐好奇小倌馆长什么样子，威逼利诱我陪她一起去的。你知道的，我只是个寄人篱下的可怜人，主人家说什么我当然要乖乖听话的。"

差点说漏嘴了，幸好及时打住。九郡主心虚地转了转眼睛。

少年看了她片刻，看得她颇有些不自在，反思自己究竟哪里说错了，思来想去也只有"小倌馆"这个略显诡异的话题，和男子聊这些似乎确实不太合适。

九郡主伸出手指头戳戳他的胳膊:"不过说句真心话,我见过的所有人里就数你最好看了。"

少年完全没把她的讨好放心里,倚着草堆懒懒打哈欠,凉凉道:"拿我和你们京城里的小倌哥哥们比?"

"才不是,全京城的人都没有你好看。"九郡主凑近他,讨好地拽了拽他小辫子,摇晃发梢上的月亮银饰,"所有人,包括女孩子,你是最好看啦,瞧,你这束小辫子比京城的哥哥姐姐们还要眉清目秀。"

少年薄薄的眼皮压了下来,瞄了眼被她攥进手里的辫子末梢,又瞄了眼她辫子上的银铃铛:"你从哪儿看出来我的辫子长了眼睛和眉毛?"

九郡主举起他的辫子往他额前一搭,望着他的眼睛理直气壮狡辩道:"这不就有了吗?"

九郡主生了一双可爱的圆眼,和她自身调皮不拘的气质迥然不同,每当她生气瞪大眼睛时全身上下都会冒出软趴趴的刺,看着吓人,真扎到人时却一点儿也不疼。

像一只很努力地假装刺猬的蜗牛,被人戳一下立刻原形毕露,原形毕露了不仅不害怕,反而还在试图张牙舞爪地吓唬人。

她这样,能吓到谁?

少年扭开头,笑出了声。

"不生气了吧?"见他终于笑了,九郡主松口气,用他的辫子尾巴挠挠他的脸。

少年斜眼瞥她:"我什么时候生气了?"

"你不生气,那刚才怎么还要露出'我好生气,你快点哄哄我'的表情?"

少年捏住她故意作乱的手,慢条斯理地将辫子从她手里抽出来:"因为我长这么大从没遇见比我更好看的人,你夸别人更好看我当然不服气。"

"……就这样?"

"就这样。"

九郡主张了张嘴想说什么,对上少年那双漂亮眼睛,又闭了嘴。

可就这么被他噎着又真心不服气,她瞪了他半天,愤愤抓起地上的稻草弱唧唧地丢到他怀里。

"下次我再信你我就是猪。"九郡主踢踢他的腿,"往里面挪挪,我要睡觉。"

少年顺从地往里边挪挪,露出一片压平的稻草堆,九郡主不嫌脏,手脚一抻就躺了下去,顺手扯过少年腿下红黑相间的外衫衣摆搁脑袋下当铺盖,完全没有拿他当外人。

九郡主睡眠质量很好,躺倒没一会儿就睡着了,不知梦到什么嘿嘿傻笑两下。

少年看了她一会儿,屈指蹭掉她脸颊沾到的灰尘,又故意捏着小辫子挠她鼻子。

睡着的九郡主不舒服地皱眉,扭过脸,任性地翻了个身,他的衣摆顺利从她后脑勺的霸占中解放。

少年松开辫子,支腮注视她片刻,抬手在她睡着的面容前晃了两下,她毫无反应。

明明认识没有多久,她竟对他如此不设防,这可不是什么好事。

野兽捕猎时最喜欢选择这样单纯无害的猎物。

他勾起嘴角,脱下黑色外衫盖到她身上,顺便将她睡歪的银色耳饰拨正,抬眼时正好与窗外满脸"虽然你们肉麻死人,但我绝对不会玩忽职守"的大鬼对视。

少年食指卷起九郡主散落的一缕黑发,冷淡地阖眼。

与此同时,半开的窗子"啪嗒"一声合上。

见鬼,没有风,窗户怎么自己关上了?

九郡主并不嫌弃柴房,她小时候闯的祸一大堆,放狗咬小王爷,抓虫吓六郡主,偷偷拔太傅大人的胡子,甚至趁她亲爹不防备还在他脸上画过乌龟。

闯的祸多了,挨的打和罚也数不清,小点的祸就经常被打一顿屁股,然后按照严重程度决定是关柴房还是祠堂。

她早习惯拿柴房当卧房,因此,在马匪窝的这一觉睡得没有半点不适。

隔天一早,九郡主被外面的争论声吵醒。

边关如今的天气已经有点冷了,早晚寒气更重,九郡主一觉睡醒却没觉得很冷，拉下脑袋上罩着的衣裳，眼神迷茫地盯着房梁看了会儿，后知后觉地想起昨晚发生的事。

哦，被马匪抓了。

九郡主打着哈欠坐起身，抱着盖在身上的外衫扭头去找少年，他正懒洋洋地用手指绞着几根枯草编蚂蚱，这还是她在边关的城内时教的他。

听见动静，他抬眼，提醒道："衣裳。"

听声音不像是刚睡醒的样子。

九郡主这才注意到她手里抱着的是他的外衫，他穿在里面的红色劲衣上缠着几根银色链子，再加上头发和耳朵上的银饰，南境人的特征更加明显。

一夜过去，少年从头到脚干干净净的，好像刚从宴会走出来，反观满身皱巴巴的九郡主，连耳朵下面的辫子都有些松散。

九郡主揉揉眼，拍了两下衣服上的草灰，正要把外衫还给他时突然打了个喷嚏。

少年编蚂蚱的动作一顿。

九郡主耷拉着脑袋和他对视片刻，在他无声的示意下，试探性将他那件外衫披到自己身上。

少年收回目光，继续编没编完的蚂蚱。

九郡主不自觉地弯起嘴角。

他比她高很多，衣服也长，穿到她身上几乎拖地。

九郡主低着头，提起掉下去的衣摆卷巴卷巴缠到腰间，浑身上下乱七八糟的风格混到一起，一时之间让人看不出来她究竟来自中原还是南境。

少年扶着墙慢吞吞地站起身，走到她身前，将编好的蚂蚱放到她脑袋上，她一抬头蚂蚱就掉了下去。

九郡主下意识接过那只草蚂蚱，抬头时终于想起来一件事。

"绳呢？"她举起两只活动自如的手朝他眼前挥了两下，纳闷，"我昨晚睡觉之前手脚上还缠着绳子呢，现在怎么没了？"

少年弹了下她手心里的草蚂蚱，随口道："拆了。"

"拆了？"

九郡主觉得这个草蚂蚱的颜色看着不太对，目光越过他朝墙角扫去，那里挤着一堆比枯草颜色更深的蚂蚱。

哦,懂了。

昨晚她睡觉的时候,他无聊之下就把绳子拆开编蚂蚱了。

九郡主震惊:"你能解开绳子,昨天我被捆成毛毛虫的时候你竟然没给我解绳子?我之前还想着给你解绳子,你竟然不给我解绳子?"

因为看她像只毛毛虫那样努力地拱来拱去的很可爱。

她好可爱。

少年又往她手里放了只蚂蚱,道:"你没说要解开。"

九郡主把蚂蚱丢回去:"不要试图用一只草蚂蚱让我消气,我是会被一只草蚂蚱收买的人吗?"

大概是猜到她会这么说,少年慢悠悠地从怀里摸出一串草蚂蚱、草蜻蜓、草蝴蝶。

九郡主:……你一晚上不睡觉,就搁这儿编小屁孩才喜欢的东西玩呢?

直到那串小玩意全部露出来。

草星星,草月牙,以及坠在最末尾的那一颗小小、小小的心心。

"算、算了,这次就……就原谅你一点点。"

九郡主脸有点红,抓过那串草编的小玩意挂脖子里,将那颗小小的心攥进手里,抬头对上他黑漆漆的带着笑的眼睛,伸出两根手指头比画,干巴巴地强调:

"真的就只原谅你这么一点点,一点点!"

马匪头子和寨子里的军师商量了一晚上该如何处置抓来的这两个南境人。

若是直接放了,堂堂漠北西风寨无论如何面子上都过不去,万一叫死对头南风寨那边的人晓得,那群蛮娘非得扯着大红绸子飙过来敲锣打鼓。

可若是不放,南境人阴诡歹毒,万一趁寨子里的人不注意时偷偷投毒,这一寨子老小都得遭殃。

军师提议:"不如先想办法将人困在寨子里,我们派人外出寻找有办法克制南境人的高人。"

马匪头子接受了军师的提议,但他得想办法保证抓来的那两个人在这段时间内不会搞事情。

"所以我们该怎么样才能困住他们的同时,还不让他们有机会下毒?"马匪头子问。

如果有这种好办法,那他们还要去找什么高人?自己人就能直接搞定了啊!

军师无话可说。

军师决定亲自去找那两位南境人面谈,但大鬼不放心军师的安全,因为军师是寨子里唯一一个有文化且有脑子的读书人。

军师弱不禁风,看厨房大娘杀只鸡都能吓得脸色煞白捂着嘴巴蹲在墙角干呕,万一那两个歹毒的南境人对军师出手,他怕军师连半炷香的时间都撑不过去。

于是大鬼拼命拦着想要进柴房找人的军师,而"文化人"军师舌灿莲花,几句话的工夫就把嘴笨的大鬼堵得无话可说。

歹毒的两位"南境"人这会儿正趴在窗户边看外面两人吵架。

九郡主下巴搁到窗沿,遗憾道:"如果有瓜子就好了,以前六姐姐威逼利诱我去茶楼听书时都会准备两碟子瓜子,等瓜子嗑完,一段书差不多也讲完了。"

少年顺手从兜里摸出一把瓜子递给她。

九郡主诧异:"你哪儿来的瓜子?"

"哦,昨晚出城时顺手抓了两把瓜子。"

原本是为了以防万一想用瓜子留个记号,回头认得路。

他是路痴。

九郡主恍然想起来,不客气地嗑起瓜子。

少年比她高,站在她身后时下颌几乎是擦着她的发顶,耳下的小辫子自然垂落,柔软的头发尖懒洋洋地搭在胸前。

她嗑完半把瓜子心想不能这么吃独食,索性一抬手,将剥好的瓜子递到少年唇边。

她津津有味地围观大鬼和军师的"战争",凭直觉将瓜子送到某个高度,少年眨眨眼,下颌向前微倾,慢悠悠叼走两粒瓜子。

九郡主收回手时才察觉到不对劲,愣愣盯着自己的手看了会儿。

刚才那个触感是……是什么?

少年兴味盎然地望着院子里争执的两人,两手撑在窗沿边,几乎将九郡主圈进怀里,嘴角扬起,催促道:"瓜子。"

见她久久没有搭理他,少年低头看她发顶,提醒:"瓜子。"

九郡主囫囵将剩下半把瓜子塞他手里:"你自己剥!"

少年瞄了眼手里还带着她手心温度的瓜子,若有所思地眨眨眼。

九郡主努力不让自己脸红,两手插袖兜里强行将注意力转移到院子里那两人身上。

不是剥好的瓜子少年不喜欢,转手装好瓜子,注意到她有点红的耳朵,右手在空中拐了个弯,指尖轻轻碰了下嘴唇。

院子里和军师各执一词的大鬼不经意回头,一眼瞧见那两人正趴在窗边美滋滋围观他们吵架,窗外堆起一小片的瓜子壳。

军师顺着他的目光看过去,下意识地抬手捂了下眼睛,嘴里酸唧唧地念叨:"非礼勿视非礼勿视,男女授受不亲,朗朗乾坤……"

军师是个秀才,在西风寨待了好些年,始终无法习惯寨子里开放的风俗。军师骨子里还是个有点迂的酸秀才,见不得光天化日之下男子与女子过于亲近,会害羞。

军师过完年整三十五岁,至今还是个老光棍,寨子里外不少女子向他提亲,都被拒绝。

"女子怎能、怎能向男子求亲?"柴房内,军师坐在草席子上,脸红脖子粗地说出原因,"即便是入赘,也应当由男子上门提亲才是。"

九郡主嘀咕:"女子如何不能提亲?以后我若要嫁人,也应当由我亲自上门提亲。"

也许只是气话,九郡主骨子里叛逆得很,别人指东她打西,听见不喜欢听的大道理还会从各种刁钻的角度提出质疑。

酸腐军师没有听见她的嘀咕,文绉绉地将他此行的目的说出,客客气气,温和有礼。

他希望大家可以和平相处,寨子里的人不伤害他二人,但他二人须得为

033

昨日的无礼向马匪头子诚心道个歉。

九郡主本来也没打算和马匪对着干，她有别的事儿要干，正打算应下时被少年漫不经心地打断。

"要求我们道歉之前，你们是否需要先向昨晚被你们抢了货的车队道歉？"少年从就近的咸菜碟子里夹走两块腌白菜。

没想到他会冷不防地这么说，军师愣了愣。

九郡主来了兴趣，一边啃馒头蘸酱，一边添油加醋道："是哦，你们昨天抢了人家整个车队的货，还绑了好些老人小孩，连护卫都死了几个。既然你们打算和我们讲道理，公平起见，你们也应该先做个表率吧？至少向我们证明你们是真心诚意打算和我们讲道理的。"

在场四个人，最擅长忽悠人的就数九郡主和少年，这两人搭档起来上战场搞不好能忽悠走一个队的人。

军师和大鬼稀里糊涂地被他俩反客为主地打发走，走之前还被薅了二两银子当定金。

为何要定金，军师和大鬼被忽悠得甚至忘了问。

九郡主揣着坑来的二两银子乐不可支，趁着那两人还没反应过来赶紧装起剩下的馒头和腊肉，招呼少年跑路。

"走之前，我们得先把我包袱里的宝贝手链带走。"

"手链？"

"你之前送我的那条。"九郡主认真道，"那可是我这么多年来收到的第一份礼物，不能丢，平时我都舍不得戴，就装在包袱里。"

少年动作一顿，浓黑的眸缓缓转向她。

九郡主在前面开路，指指右侧的树丛，安排道："等下我们从那边走，之前进来的时候我看见有小孩从树丛里偷偷看我们，这条小路可能是小孩的秘密宝地，我们偷偷去破坏小孩的宝地。"

她好坏。

九郡主笑眯眯地叉腰："总之，我们先去寨子里看看有没有其他值钱的宝贝，悄悄拿点，就当是替天行道了。"

他们原本的包袱里装的都是和亲车队里的物什，那些东西大多附着自带的印记，当铺人认得印记，她当不了太多东西。

九郡主早先便计划来个偷天换日，本来是没打算找这帮马匪的，谁知道他们自己送上门来让她坑，她只好将计就计，烫手包袱丢给他们，她再从寨子里淘点好东西带走，不亏。

哪怕以后有人发现这些东西来自和亲车队，她也早已跑远了。

九郡主弓着腰在前面带路，小声和少年说："你不擅长打架，所以等下你藏在这里，我去顺手牵羊。如果我被人发现你立刻原路返回，但是不要回柴房，找个隐蔽的地方等我，记得留个记号……就用瓜子壳当记号吧。"

九郡主想了想，回头看他："你还有蛊吗？除了小易。"

少年冲她微笑，点点头。

"能自保吗？"

少年再次点头。

九郡主松了口气，迈出一步，又不放心地回过头："真的可以自保吧？"

少年笑容不变，屈指轻弹，空气中急速掠过一丝冷意，九郡主顺着他手指的方向看去，发现那片树丛已经被毒得枯萎了。

九郡主吸了口气，认真地看他："你有那种蛊吗？就是可以让我百毒不侵的那种？"

"没有。"

"能让我金刚不坏也行？"

"没有。"

"起死回生……"

"都没有。"少年似笑非笑瞥她，"不过，我手里倒是有可以让你对那株草情根深种的蛊，要不要？"

九郡主冷静下来了，说了声再见转身就要跑，后颈忽地一凉，她险些踉跄，震惊回头："你该不会给我下了你说的那个情根深种的蛊了吧？"

少年笑弯眼："是啊。"

"那根草？"

"当然不是。"少年微微挑眉，"一株草不值得浪费我珍贵的蛊。"

那她会对什么东西情根深种？

少年满含深意:"情蛊只能对活物下,作用对象也只能是活物,动物或是人。"

九郡主左顾右盼,没发现除了他以外的任何一个活物,咽了咽嗓子。

"你,你别告诉我是你……"

少年但笑不语,若无其事地抬手挥了挥:"早去早回,阿九。"

她还是这么好骗。

第二章

逃 离

九郡主会一点点功夫:各方面的一点点。

她小时候有一次惹恼了王妃娘娘而被撵出王府,遇到一个老乞丐,后来她才发现这个老乞丐竟然是丐帮前任帮主。

九郡主跟着他学了一套打狗棒法,将欺负过她的人通通套麻袋揍了三四五六顿。

后来老乞丐为了钱而将她逐出师门,师徒就此决裂,她亦被阴晴不定的王爷爹逼回王府,而现任王妃向来嫉恨九郡主逝去的阿娘,平日总是苛待九郡主,谁也不敢指责她,就连王爷楚随望也睁一只眼闭一只眼。

小小年纪的九郡主举步维艰,为了不被饿死,只能经常出门给别人跑腿赚钱。

太白居的大厨是个隐世的刀客,刀法出神入化,九郡主跟大厨学了一套刀风烈烈的刀法。

卖豆腐的大娘曾经给魔教打过工,九郡主又跟大娘学了套阴狠诡异的鞭法。

赌坊的打手做过现任武林盟主的情敌,九郡主继续跟打手学了套可刚可柔的掌法。

胭脂铺的制粉人是个金盆洗手的神偷,九郡主从他那儿学了套神出鬼没的轻功。

怡红院的老板娘做过疏雨阁的杀手,威胁九郡主在她被暗杀前必须继承她那一身杀人的本事。

十年的时间，九郡主东边学一榔头，西边学一锤子，一身功夫没能学到炉火纯青，乱七八糟组合起来更是显得不伦不类，却也正因如此，时常叫人捉摸不透她下一步打算出什么招，但凡出手便是攻其不意出其不备，打起架来屡试不爽。

这次也是多亏胭脂铺制粉人教的那套神出鬼没的轻功，九郡主悄无声息地潜入匪寨的藏宝库，不仅翻出少见送她的银链子，还找到两大包袱的金银珠宝。

临走前，她顺手牵了个首饰盒，留着以后给她家小易做房子。她想着少年手里应该还有不少盅，便扯了块布准备多包些小首饰盒带走。

九郡主收获满满，正要推开窗户偷偷出去时忽然听见门外传来脚步声。

"既然这次是您的过错，自然不可苛责他二人向您道歉，他们看起来还年轻单纯，似乎并无恶意，被困在柴房一整夜也没有生气毒杀寨子里的人，可见都是心地善良的……"

九郡主耳朵动了动，好像听见那个文绉绉的军师的声音。

同时门外还有更沉的脚步声传来。

"军师说什么我照做就是。这次确实是我鲁莽了，但要我向那两个毛孩子道歉是万万不能，这事关我们西风寨的颜面……我最多将东西还给他们，再额外补偿些算是道歉。"

军师又说了些什么九郡主没注意听，她推窗时发现窗框卡住了，若要推开得发出不小的动静。

可这宝库只有这一扇窗，不走窗就得走门，那岂不是要当面和马匪头子撞上？

听他方才那话的意思是打算和解，要是被他发现她正在顺手牵羊他宝库里的东西……那可就麻烦了。

九郡主悲伤地捂住脸，早知道就先按兵不动了。

门"嘎吱"被推开。

她想也没想顺势藏进专门放置布匹的布堆里，拉起一块布遮在脑袋上。

马匪头子和军师在里面找了半天也没找到九郡主和少年的包袱，正疑惑怎么回事，军师转眼瞥见角落那堆花里胡哨的布匹，便提议找人裁些新布做包袱，若时间充足还可以给人做两套新衣裳。

马匪头子觉得太便宜那两人，但寨子里唯一有脑子的军师都发话了，他再不情愿也只能为了寨子里人的安危而点头。

九郡主：……你不情愿就再坚持坚持啊！不要这么容易就放弃啊大哥！

就在马匪头子准备掀开九郡主顶在脑袋上的那块布时，门外传来惊慌的呼喊。

"寨主，寨主不好了，小小姐不见了——"

马匪头子大惊，连忙带着军师出门寻人，等外面传来门关上的声音九郡主才悄悄掀开一条缝，确定没人后心有余悸地呼出一口气。

九郡主满载而归，很是期待少年发现她带来如此多的好东西会是什么表情，于是加快了脚下的步伐。

在看见少年蹲在地上与蹲在他对面的陌生小女孩后，九郡主满面的笑容渐渐僵硬。

这、这是怎么回事？

小女孩看起来才四五岁的模样，圆乎乎的脸蛋，扎着两个灯笼发髻，脚踩兽皮靴，眼睛圆圆，可爱得很。

小女孩抬头看九郡主，露出一个灿烂的笑容。

九郡主下意识地回以同样灿烂的笑容，反应过来后悚然，惊恐地用目光询问对面无聊到拿着树枝戳蚂蚁的少年。

——她是谁？怎么会在这里？你被发现了？我们要不要赶紧跑？

等待许久的少年慢悠悠地站起身，拍拍衣角沾到的灰尘和落叶，接过九郡主肩上两个沉重的包袱："不认识，不知道，不了解。"

九郡主看向小女孩。

小女孩对她笑过后就一直崇拜地望着少年，也不闹腾，很安静地笑。

"她是不是一直在看你？"九郡主感到惊讶。

少年从包袱里找到那条手链，递给九郡主，眼皮都没抬一下："因为从没见过我这么好看的人吧。"

又来了又来了,他又来了。

小女孩弱弱反驳:"阿爹才是最好看的。"

九郡主心想比少年还好看的人,那得有多好看?不知道有没有机会见见她阿爹?

少年偏头看向小女孩,危险地笑:"在我们那里,说假话可是会被丢去喂虫的。"

小女孩仿佛被吓到,表情变得呆滞。九郡主连忙挽救道:"他骗你的,好好的怎么会随便把人丢出去喂虫子呢?不可能不可能。"

少年似乎也懒得在这种小事上计较,淡淡道:"阿九,抬手。"

九郡主下意识地抬起手。

手腕传来微微凉意,九郡主收回目光,少年将那条银色手链重新给她戴了回去,她愣了愣,唇角缓缓上扬。

少年抖抖她腰间挂着的一个包袱,哐里当啷的声音让他微微挑眉:"什么东西这么重?"

九郡主解下绳子递给他,转眼忘了不愉快的事,高兴道:"我本来打算找个首饰盒子给小易做房子的,后来想到你应该还有不少蛊,临走的时候就一口气把小首饰盒都带走了,以后可以给你的蛊做小房子用呀。"

那怕不是要累死他。

少年黑而长的眼睫轻扇了下,凝视着她因为开心而微微泛红的脸颊。

身体里短暂沉睡的蛊开始苏醒,体内的躁动逐渐蔓至四肢百骸。

少年眸色愈深,面上神色不动,从装着首饰盒的包袱里挑出一个袖珍盒子,其他的扔到一边,似乎并不太动容:"我带的蛊不多,留一个就够用了,其他的带着也是累赘。"

"好吧。"九郡主想看看他的手,"方才是不是有虫子爬到你手上了?我好像看见你手背上有东西。"

少年动作一顿,慢条斯理盖上首饰盒的盖子:"你看错了。"

"可是……"

"只是放了只蛊出来透透气,总闷着对它们也不好,正好可以借此机会让它们换个环境适应适应。"少年握着盖上的首饰盒,双手矜持地背到身后,笑眯眯道，"阿九，它们说很喜欢新家，让我谢谢你。"

它们喜欢就好。

九郡主有点不好意思，摸摸头发上的易容蛊，小声告诉它等离开这里就让它试试它的新家。

少年漫不经心地站在她和小女孩中间，挂在腰间的银饰被风吹得轻轻晃动，银环束起的高马尾的发梢静静垂至手背。

九郡主没有发现，他身后那个小女孩在看清他黑色长发下的双手时，稚嫩的脸蛋瞬间被惊恐占据。

小女孩被吓哭了。

九郡主眼疾手快地扑过去捂住她嘴巴，扭头看向若无其事的少年，压低声音催道："趁还没被发现我们赶紧跑吧！"

说完，她将小女孩往腋下一夹，一手捂在小女孩嘴上，匆忙跑路的同时还不忘道歉："对不起对不起，等我们出去之后就放你回来。放心，我们是好人，不会对你做什么。"

小女孩眼泪汪汪地抱住九郡主的腰，小心翼翼地往后看了看步伐不紧不慢的少年，想起之前看见的和他的脸迥然不同的那双可怕的手，瑟缩着脑袋埋进九郡主的衣裳里。

后面听见动静追过来的马匪们赶到时只看见枯萎的树丛，以及扔到草丛里乱七八糟的首饰盒子。

"小小姐被劫持了！"

"一定是昨晚那两个可恶的南境人！"

几人对视一眼，急忙折返回去将此事禀报寨主。

九郡主"挟持"小女孩跑了一段路才反应过来这件事完全不合理。

"为什么我要带着她逃跑？不带她的话我能跑得更快，带了她还要担心等下留她一个人会不会有危险。"

简直是给自己找麻烦。

九郡主后悔莫及。

少年抬起手，善解人意道："我倒是可以帮你解决掉这个麻烦。"

小女孩看见他的手立刻吓得打了个哭嗝，下意识地抱住九郡主大腿呜呜咽咽。

九郡主无奈："你别吓她了，把她吓哭了你能哄得好？"

少年偏开头，假装没听见。

小女孩陆续打了好几个哭嗝，委屈巴巴的样子看得九郡主心软，从包袱里摸了半天也只摸到少年昨晚送她的草蚂蚱绳。

她很心疼，不舍得将这个礼物送人，纠结良久之后还是给了小女孩哄其高兴。

这下轮到少年不高兴了。

九郡主转头又去哄少年，少年面无表情地盯着小女孩手里的草蚂蚱，冷笑。

她已经能猜到他那张嘴会说出哪种吓小孩的话，哄人似的戳了下他的胳膊，他看她一眼，唇角轻抿，倒是没再说什么。

下山的路不长，山脚伫立着一个小小的村落，远处传来狗叫，空气里弥漫着淡淡的饭香。

九郡主饿了。

小女孩的肚子也跟着"咕咕"叫。

两人对视一眼，九郡主眼巴巴地望向没什么精神的少年。

"我饿了。"她说。

小女孩也跟着小声说："我也饿了。"

少年纳闷："你们饿的时候看着我就能吃饱吗？"

九郡主拍马屁道："因为你秀色可餐，我多看你两眼就半饱了。"

小女孩憋了片刻，不知道该怎么说，干脆不说话，使劲点头表示附和。

一大一小脸上的表情简直如出一辙，少年无话可说，从包袱里找出早上九郡主一把塞给他的馒头和腊肉。

他不饿，便坐去一边，单手支颐瞧着那边的两人就着腊肉啃馒头，一边啃一边聊天。

"小妹妹，你叫什么名字呀？"九郡主问。

"我叫小钰。姐姐你叫什么名字？"

"就不告诉你。"

九郡主眯眼笑道："你阿爹没有告诉过你，不要随便告诉陌生人你的名字吗？"

小钰没想到成年人的心思如此险恶，扁扁嘴，眼泪已经蓄好。九郡主一指坐在破烂界碑上晃腿的少年，恐吓道："你再哭的话，他真的会揍你。"

小钰害怕地咽了咽口水，默默将最后一块腊肉送给九郡主用以"贿赂"，九郡主满意地借花献佛递给少年。

少年瞥了眼道："我不要别人不要的东西。"

"真不要？"

"不要。"

"那算了。"

等他饿的时候就知道这一口肉多么珍贵，多吃一口就多点力气。

吃饱喝足这一顿，九郡主开始思考该如何安置小钰，思来想去她倒是想起另一桩事。

"小钰那时候怎么会在你藏身的地方？"九郡主悄悄问少年。

少年还记着她为了哄小孩把他的东西送了出去，眉眼略显阴郁，轻哼了声，不想理她。

小钰倒是听见了九郡主的话，坐姿很乖地回答："小钰在和朋友们玩捉迷藏，藏在那里谁都找不到我的。"

原来如此，那个位置确实适合躲藏，否则她当时也不会放心地让少年在那里等她了。

九郡主又开始愁了，小钰显然是寨子里的人，现在她把人家的小孩拐走，要是让小钰爹娘晓得，不得天涯海角地追杀她？可若是将小钰送回去，那他们便白演了这一遭。

小钰举起手："姐姐，我想去找阿娘。"

九郡主疑惑："你阿娘不在山上？"

小钰说："阿娘和阿爹吵架，阿娘带着好多人出去了，好久没有来找阿爹，阿爹不让小钰见阿娘，可是小钰很想阿娘，阿娘一定也很想小钰。姐姐，你可以送小钰去找阿娘吗?"

听起来好像是小钰爹娘大吵一架后老死不相往来了,而且还不让小钰见她亲娘。

若当真如此,将小钰送到她阿娘那里,也不算是坏事。

九郡主还没张口,少年当场便应道:"可以。"

小钰顿时笑开了花。

少年继续道:"报酬是你脖子里挂着的那串东西。"

九郡主第一次见素来随性的少年和别人讨价还价,顺着他视线看过去时,哑口无言。

小钰脖子里挂着的东西正是她送的那一串草蚂蚱,末尾坠着一颗小心心,这一路颠簸遇见许多事,小心心已经快被磨掉了。

少年的目光危险地虚点着九郡主,大有"你要是不同意我现在就放蛊吓她"的威胁意味。

九郡主:……跟小孩抢东西,你幼不幼稚?

九郡主从山脚小村落的农户手里租了一辆牛车,农家进城大多靠牛车,她便租了个最便宜的。

牛车后面拖着块半仗长的大平板,足够坐下三个人,这会儿刚过收割季节,平板铺着一层干净的稻草,散发着一股清新的稻苗味。

由于九郡主没有将那串草蚂蚱要回来,少年冷漠地去前面与车夫一块儿驾车,九郡主抱着小钰靠在扶手上编稻草。

九郡主摇晃着编好的一串蟋蟀同小钰商量:"我用这串编好的换之前那串,可以吗?"

比起从大坏蛋哥哥编的草串,小钰显然更喜欢漂亮姐姐亲手做的草蟋蟀。

九郡主趴在扶手上,在一路摇摇晃晃的颠簸中戳戳少年,少年无动于衷。

九郡主将东西挂他脖子上,少年偏头懒懒瞥她,过了那个劲就对这玩意失去兴趣了,对九郡主更是"你不理我我也不理你"。

比之前更幼稚了。

九郡主将脸压在扶手上看他,好笑:"你今年几岁了?"

"七岁。"少年面不改色,将草串揪下来扔给九郡主,"别人碰过的东西我也不要。"

"你要求怎么这么多?之前是谁点名道姓要这个的?"九郡主继续戳他,"连我也哄不好你了?"

哄人都没有一点诚意,哄得好才怪。

少年轻哼着斜她一眼,双手向后搭,懒洋洋地倚着扶手另一侧,上半身略微后倾,垂落的黑色马尾不经意扫过九郡主的手背,被她抓进手里摁在扶手上。

"和不和好?"九郡主说。

少年干脆不理她了,闭眼假寐,充耳不闻。

九郡主气极,又拿他没办法。他约莫来自大户人家,独占欲强,某些时候性格又稍显恶劣喜欢捉弄人,看得人尤其想揍他,可没办法,他正常的时间远比闹腾的时间多。

况且,他昨天一整晚都没有睡,脾气不太好很正常,这会儿应该也确实困了。

算了,暂时先忍一忍,等他睡醒再说吧。

九郡主兴致缺缺地看了会儿手里的柔软黑发,忽然之间计上心来。

牛车速度不紧不慢,太阳落山之前及时赶到最近的城镇,九郡主抱着睡着的小钰叫醒同样在睡觉的少年。

少年打了个哈欠,瞧见九郡主皱巴巴的衣摆,顺手拍掉她衣裳沾到的稻草,一点也不觉得不久前还在和她怄气的自己方才的做法有什么问题。

九郡主努力憋了笑,扭过头不看他,怕自己会绷不住:"走、走吧,先进城找点吃的。"

少年莫名从她的磕巴中读出一丝做贼心虚,转身将银子交给车夫时感觉到哪里不对劲,在车夫若有似无的眼神暗示下,他抬手撩了把马尾。

长发中下的部位全被编成了辫子,发尾用稻草编成的星星、月亮、心心系紧,一把撩开时就像是将星星、月亮和心心全部抓进手里。

看起来有点丑。

好吧,不只是有点丑,简直是丑死了。

少年气笑了,她的报复心还挺强。

他将下系在辫子上的所有草编物,廉价品本可以囫囵地一把扯下丢到路边,他慢悠悠捋下后反而将东西扔包袱里,漫不经心地算了算,恰好与他昨晚编来送她的那串草编物的数目完全一致。

车夫坐上牛车时发现,方才仍一脸倦怠的少年,转眼间唇角便浮出淡淡的笑。

在客栈睡了一宿,隔天一早九郡主精力充沛地带着小钰出门逛街,小钰说想给阿娘买礼物,阿娘看见礼物一定会很高兴。

九郡主觉得这个年纪的小钰太懂事太可爱了,抱着她兴致勃勃地从街这头逛到那头,满载而归。

少年懒得理她俩,找了个茶楼喝茶听书,茶楼位置极好,坐在二楼窗边往下看,目之所及皆是忙忙碌碌的九郡主。

少年单手支起下颌,马尾里的几缕辫子随之倾向肩头,他垂着浓黑的长睫,居高临下地瞧着楼下买糖葫芦的九郡主。

九郡主买了两个小鸟糖人。

九郡主买了一包蜜饯果子。

九郡主买了两只小泥人。

九郡主买了一条鱼。

…………

少年单手托腮瞧她手里那条活蹦乱跳的鱼,漫不经心地猜测着她许是打算回客栈后亲手炖一锅鱼汤。

九郡主不知师从何处,厨艺称得上极好,少年来中原这段时间尝过许多中原的美食,大多味道不错,仅仅是不错,唯独九郡主做出来的东西最合他胃口。

九郡主说她大师父是酒楼大厨,她的厨艺就是大师父教的。

少年忽然有点饿。

楼下说书人讲到兴起,忽地拍起惊堂木。

"话说京城那九郡主啊,那可是众所周知的大魔王,在京城作威作福便罢了,甚至拳打六郡主,脚踢小王爷。京城各家名门闺秀不屑与之为伍,才子俊男更是瞧不上她那粗鲁放荡的作风,孤寡至今也是那九郡主的报应……"

少年没兴趣听书,对说书人口中的九郡主更没兴趣,垂眸扫了眼楼下似乎准备打道回府的九郡主,仿佛已经嗅到鱼汤的香味。

少年眉眼染了笑,抬手拍拍压皱的袖摆便要起身下楼。

说书人扔在抑扬顿挫。

"……咱们修帝念在好歹叔侄一场,便派人十里红妆送那九郡主出嫁。"

楼梯边站满了人,窃窃私语。

"虽说是要送她嫁去南境那等遥远之地,可不论怎如何,九郡主已年有十七,十七岁仍未婚的女子可是要被左邻右舍嚼舌根子的,若再这般拖下去,依着那九郡主嚣张跋扈的性子,许是这辈子都嫁不出去。"

身穿黑底红边短衫的少年缓缓停下脚步,波澜不惊地抬起眼,静静地看着那说书人,仿佛正在看着砧板上一条聒噪的鱼。

说书人浑然未觉,再次拍下惊堂木,眉飞色舞道:"修帝心肠仁慈,即便九郡主丢光了皇家的面子,可也愿为九郡主着想。谁知那九郡主竟不领情,表面答应,暗中却要挑战咱们皇家的威严,方到边关那一夜便与一神秘男子私奔……"

满座哗然。

比起九郡主"放荡不羁"的无聊故事,人们更喜欢听"郡主与神秘男子私奔"的私密事。

说书人借着喝水的动作将杯子挡在唇边,遮住一丝得意的笑。

人们追问那男子是何人,九郡主与那男子又是何种故事。

说书人按着话本子里的故事胡诌一通,将九郡主描述得如何如何不知羞耻,将那男子描述得如何如何挣扎矛盾。

故事的高潮戛然而止于一句意味深长的"九郡主便使鞭子将那男子捆住,迫使他与自己夜夜笙歌"。

满座听客正听得脸色泛红。这说书人最擅长讲述一些欲语还休的情节,说暴露吧,远不如话本子里描述的那样惊心动魄;说平淡吧,又委屈了这位说书人的才华。

听客们大多是本地人,都了解说书人讲书的本事,一听他停在这里就知道他在暗示打赏,嘘声过后一大群人心甘情愿送上打赏。

说书人数了数银子,这才满意地继续。

今儿这一场戏说书人赚得盆满钵满,收了场子后算了算数目,发现这次竟是近期赚得最多的,可想而知,九郡主和那神秘男子的续集将成为他未来的"财富密匙"。

说书人那叫一个高兴,路上买了坛酒,拎了只烧鸡,骂骂咧咧踹开一个蹲在路边的小乞丐,哼着淫词编出的艳曲拐了个弯,美滋滋地走进自家小院,走了两步忽然想起来忘关门,欲转身去带上门。

"嘎吱!"

身后传来幽幽的关门声,落闩的沉声敲上说书人心头。

说书人莫名颤了颤,警惕地回过头,只见一名眉眼干净俊秀的小少年正站在屋檐下的那半块阴影里。

正是黄昏,微微泛红的夕阳余晖将生了青苔的台阶一分为二,少年踩着一双黑色短靴踱步而下,靴边坠着两条银色的月亮形状的细长链子。

莫名地,说书人眼皮一跳。

少年施施然站在台阶上,修长双腿笼在即将逝去的余晖中,上半身隐入屋檐下的阴影,浓黑的眼映出一点夕阳的红。

说书人瞪着他,满眼不耐烦:"你谁啊你?随便闯进别人家。"

少年凉凉的目光若有似无地落在他身上,似乎是笑了一下。

说书人面皮一颤。

少年不紧不慢地屈起食指,一只拇指大小的蛊出现在他指背,小蛊乖巧地蹭蹭他手指,带着明显的讨好意味。

说书人盯着那只诡异的虫子,后背猛然蹿起一阵寒意,不自觉地后退半步。

少年撩起眼皮,浓黑的眸子意味深长地瞧着他,似笑非笑道:"它饿了。"

谁饿了?

说书人刚张开嘴,一阵剧痛袭来。

昏过去之前,他看见少年黑色短靴上的银色链子映出夕阳的血红色。

少年回来的路上买了两袋炒栗子。

九郡主和小钰已经吃过晚饭了，小钰玩了一整天累得不行，这会儿已经盖上被子老实睡下。

九郡主拿着一对江湖侠客的泥人坐在桌边，装模作样地闭上一只眼，悄悄将两个小泥人凑一块儿亲嘴。

两张脸还没碰上，门忽然被人从外面推开。

只敢在没人的地方偷偷色一把的九郡主吓得一激灵，泥人摔到地上，男泥人的耳朵裂开，女泥人滚进桌底。

做贼心虚的九郡主连忙将脚边的男泥人踢进桌底，双手背在身后佯装无事发生，却抵不住满脸通红，眼神闪烁地看向门口。

少年两只手分别抱了两袋炒栗子，一眼看去就知道是刚出炉的栗子，热腾腾。

九郡主登时坐直身体，眼巴巴地望着他，耸耸鼻尖，已经能闻到炒栗子的香味。

少年将两袋炒栗子放到她面前的桌上，没在意她的反常，懒洋洋道："路上看见的炒栗子，吃不吃？"

栗子是现炒的，袋子外面都是热乎乎的，九郡主剥开两粒尝了尝，眼睛一亮。

"真的好吃！你不吃吗？"

"给你买的。"少年眉梢一扬，明示道，"我看见你买了一条鱼。"

九郡主愣了下，纳闷："你不是去茶楼听书了吗，怎么还能看见我买鱼？你长了四只眼睛吗？"

从茶楼二层往下看，哪哪儿都是她，想装作看不见都难。

少年单手撑在桌上，不答反问："我好饿，你的鱼呢？"

他特地买的栗子打算换她的鱼。

九郡主动作一顿，默默将两包炒栗子抱进怀里，试图从凳子上起来。

少年一手摁住她的肩膀，一手捏住装栗子的纸袋，笑意温和地重复道："鱼呢？"

九郡主舍不得这两袋炒栗子，抓着袋子不放，抬头望向他浓黑的双眸，硬着头皮道:"炖、炖鱼汤了……"

"鱼汤在哪儿?"

九郡主心虚地一晃眼:"鱼汤喝光了……"

少年脸上浮现出"你敢吃独食你死定了"的微笑,毫不客气地抽走那两袋香喷喷的炒栗子。

"我没得吃,你也没得吃。"少年无情道。

九郡主朝栗子伸出手试图挣扎一下:"万事好商量,好商量,栗子凉了就不好吃了呜……"

虽然他对炒栗子没兴趣,但买都买了。

少年思考片刻,吝啬地放下一颗栗子,眼神凉凉:"那个小家伙有没有喝过鱼汤?"

他都没有喝到的鱼汤,绝不允许那小家伙喝一口。

九郡主眼神到处乱飘,最后定格在他用来收买的栗子上,非常纠结,该不该说实话呢?

答案已经不言而喻。

少年放下一把栗子,神色平静:"喝了几碗?"

"就一碗!"九郡主脱口而出。

少年看出她的小把戏:"一碗是你的量还是她的量?"

九郡主抓了一把桌子上的栗子,眼疾手快地装进兜里,生怕他又反悔,虚张声势道:"小、小孩子多喝点鱼汤补补身体怎么啦?小钰被我带下山,万一将人送到她阿娘那里时被饿瘦了,那我心里多过意不去呀?"

九郡主是糙养的,游荡途中吃什么都不介意,可小孩子身娇体弱,若是一不留意吃得不好伤了身体留下病根子,这是未来多少年可能都养不好的。

少年才不想听她解释,别人身体怎么样跟他有什么关系,冷哼一声,抱起两袋栗子转身就走。

九郡主心里一咯噔,冲着他的背影欲言又止。

少年走到门边停住,下一瞬脚步一转,脸色不豫地又走了回来,重重将两袋栗子放到桌子上,微微倾身盯着她眼睛道:"起来,跟我走。"

九郡主眨眨眼:"这么晚了要去哪儿?"

少年道:"去买鱼!"

买条鱼而已,说得要去杀人一样。

"扑哧!"

九郡主没忍住笑出一个音。

少年眯起眼,正要将栗子收回去,九郡主连忙抓住他的手,跳起来道:"买买买,我们买两条鱼好吧?"

少年没说好,也没说不好,最后还是默许她买了两条鱼,一条红烧,一条清炖。

今晚月圆,月辉洌洌。

九郡主晚上躺在床上望向窗外的月亮,心不在焉地想事情,想着想着总是不自觉地想偏。

——去买鱼!

九郡主再次笑出声,为了不吵醒睡在她隔壁的小钰,只得扯起被子挡住脸,闷笑。

他生个气怎么也这么可爱?比小钰还可爱。

隔天九郡主醒得早,无所事事地听外面的动静,听见隔壁一对小情人一大早就开始卿卿我我,也听见楼下刚开始叫卖的吆喝声,却偏偏没听见对面的房间发出动静。

小钰也睡醒了,迷迷糊糊地钻进九郡主怀里嘟囔饿要吃饭。九郡主带小钰洗漱之后去敲少年的房门,喊他一起吃早饭,她可不打算重蹈昨晚的覆辙。

"老大,起床啦,吃早饭啦!"

连续喊了好几遍也没人理她,她对着紧闭的房门一头雾水。

他该不会大清早就出门了吧?

这么想着的同时,一张纸片从门缝里推出来。

"肉包子,咸豆花。"

白纸黑字,无比清晰,笔迹干净,笔锋嚣张,倒是与他的少年气息颇为相似。

少年有起床气,九郡主之前在边关的城内见识过,但他没对她发过脾气,通常都是自己生闷气,顶着一张没睡醒的脸,能不吭声就不吭声,直到那股子起床气散去才恢复正常。

因此，每当九郡主喊他吃早饭时，他都会用纸条回话。

"知道了，等我回来给你带早饭。"

九郡主牵着小钰去买早饭。街上人不多，等她俩吃得差不多时，这条街上的行人才陆陆续续多了起来。

九郡主去给少年买肉包子和咸豆花，听见几个客人坐在里面闲聊。

"你们听说了没？那个说书老头失踪了。"

"失踪什么呀，肯定又是喝醉酒不知道跑去哪里睡觉了。"

"说到这个，咱们最近还是不要随便在外面过夜，听说南境有些人不服气和咱们中原结亲，一个个的都来挑事。你们也都知道南境是些什么人，身上不知道藏了多少虫子和毒，可太危险了。"

"难怪前几天武林盟的人也来了，原来是为了抓这些南境人。"

"可不是嘛，更何况全中原谁不知道盟主和南境人有仇？若说这江湖谁最想彻底灭掉南境人，盟主必然荣登榜首。"

"那可太好了，早点把那些南境人抓到就能早点还咱们一个安稳，这几日真是人心惶惶的。"

"要我说，南境就该早点没了，那种骇人的手段放到谁身上谁受得了？南境人还用小孩喂蛊呢。"

"连自己的小孩都不放过，这样的人与畜生何异？"

"别说了，那边就有个带小孩的南境人。"

"那又怎么样？一个带着拖油瓶的女人而已，听见又能拿我们怎么样？"

…………

编了南境发辫、戴了特殊银饰的九郡主淡淡看了他们一眼。

肉包子老板吆喝："你的包子，拿好。"

小钰手里拿着一串糖葫芦，虽然听不懂里面的人在说什么，但她听见了"南境人"三个字。

"姐姐，南境人是什么呀？"

九郡主将肉包子和豆花装进袋子里，没在意其他人，懒洋洋道："南境人就是专门给坏蛋'背锅'的人。"

"'背锅'又是什么呀？"

"'背锅'就是明明不是你做的坏事,别人却理直气壮说就是你做的坏事。"九郡主摸摸她脑袋,"乖,我们小钰以后才不是那种是非不分的孩子,对不对?"

小钰听出来她是在夸自己,当即高兴地用力点头:"对,小钰是乖孩子!"

里面的几个男人脸上一阵红一阵白,显然听出来九郡主是在嘲讽他们没脑子,连个孩子都比不上,于是没按捺住当场就和九郡主动起了手。

半盏茶后,满身清爽的九郡主和几个鼻青脸肿的大个男人一块儿被官兵押去衙门。

九郡主从衙门出来时已经响午了,小钰早就饿得不行,委委屈屈地抱住她的腿,仰头看她:"姐姐,坏蛋哥哥来找我们了呢。"

少年在客栈一直没等到九郡主的早饭,饿到身体里的蛊都开始闹腾才慢吞吞地穿上短靴出来找人。

他今天状态不太好,脸色苍白,衬得那双眼睛黑得越发浓郁,出门前甚至都没编辫子,只简单束了个高马尾。

少年穿了套玄青色底纹的窄袖交领短衣,是中原男子行走江湖常穿的款式,从头到脚只有发圈是银色的,整个人俊秀挺拔,乍一看根本看不出来他来自南境。

跟他站在一起,反倒是胡乱装扮一通方便躲避通缉的九郡主更像初来乍到的南境少女。

九郡主看见他,愣了愣,随即快步走到他面前,皱起眉:"你脸色怎么这么白,不会生病了吧?"

然后她想起什么,"哎呀"了一声:"我忘了让人把早饭带给你,肉包子和豆花肯定都凉了!"

从头到尾都没提起为何从衙门出来。

少年最后还是将凉掉的肉包子和豆花吃光了,九郡主说要给他再买一份热乎的,他说浪费,耷拉着眼皮自顾自把凉掉的早饭吃完。

九郡主看见他咬包子都一副有气无力的样子,心想他肯定是生病了,周身蓬勃的少年气全没了,只剩下枯朽阴暗的厌世气息。

不过九郡主不讨厌这样的少年,甚至感到一丝稀罕,她感觉这样的少年才更真实，小钰却更加害怕他。

他看起来总是干干净净、清爽利落，像这样会生病会郁闷反而让人更加想要靠近他。

小钰悄悄远离少年，小声和九郡主说："阿九姐姐，坏蛋哥哥看起来更坏了。"

九郡主试图替少年说好话："他一点不坏的。"

小钰感到伤心："可是坏蛋哥哥现在看起来就好坏嘛。"

为了证明少年一点也不坏，九郡主大胆地拽拽少年的马尾，正在擦手指的少年怏怏地偏头看她，用眼神询问她在干什么。

九郡主朝小钰眨眨眼，意思是：看吧，我拽他头发他都不生气，他一点也不坏。

小钰被她说服了，盯着少年柔软的黑发，一只小胖手蠢蠢欲动。

少年冷冷瞥了小钰一眼，小钰内心的蠢蠢欲动顿时被掐灭在摇篮，呜呜咽咽地埋进九郡主怀里。

坏蛋哥哥好坏！

九郡主搞不懂这孩子怎么突然又伤心了起来，哄了会儿确定她没事后才看向少年，没忍住手痒又拽了下他身后的头发，好奇道："你今天怎么没编辫子？"

少年不想说话，将脑袋朝她那边歪了歪。九郡主不太懂他的意思，少年言简意赅道："编。"

他声音哑得不行，喉咙好似被大火燎了一夜，最后只余下一捧残热的灰烬。

九郡主吓了一大跳，连忙放下小钰抬头去瞅他的脖子。

"怎么一个晚上不见，你声音就变成这样了？风寒？还是昨晚吃鱼的时候被鱼刺卡着了？"

九郡主不是大夫，看不出什么异样，半路拉他去看大夫。少年懒得反抗，一路被她拽着带进医馆。

大夫诊断片刻，掀开少年的眼皮看了看他漆黑的瞳孔，又掀开少年的衣服瞧了瞧其他几处部位。

九郡主忧心着少年的身体健康，见他衣服被掀开也没想起来别开脸。

大夫卷起少年的袖子，九郡主盯着看。

大夫撩开少年的襟口，九郡主还是盯着看。

大夫让少年脱了上衣，少年一动不动。

九郡主眼都不眨一下，催促道："愣着干吗，脱衣服啊。"

小钰还是个孩子，跟着九郡主一起盯着少年。

这一大一小都这么赤裸裸地盯着他，着实让人无话可说。

少年感觉头更疼了。

大夫催道："脱衣服啊，夫妻俩连孩子都有了，这会儿还害羞什么劲？"

九郡主根本没多想别的，附和点头道："就是，孩子都有了，害羞——"说到这里，话音戛然而止。

九郡主夯毛："孩子不是我们的！"

大夫惊讶看少年，眼神里充满了"你小子年纪轻轻后院娇花倒是养了不少嘛"的意思。

少年面无表情，接着哑着嗓子呵笑了声，这大夫应该给他自己看看眼睛，十七岁的夫妻如何能生出个这么大的孩子？

只想看戏的大夫若无其事地"哦"了声："我懂。"

九郡主继续夯毛："孩子真不是我们的！"

小钰弱弱举起手："小钰、小钰是捡来的。"

大夫不以为意："是不是捡来的不重要，先让你爹脱衣服。"转而又补充道，"现在轮到你娘害羞了，快把你娘带出去等着。"

这解释跟没解释根本没区别，老大夫年纪大了根本听不懂，或者根本不想听懂。

小钰年纪小，还没来得及组织好语言进行身世上的辩解，大夫不耐烦地挥挥手把她俩打发了出去。

小钰蹲在外面委委屈屈地画圈圈："阿娘和阿九姐姐一点也不像。"

九郡主生无可恋："如果像的话就更说不清了。"

没多久，大夫拧着眉毛出来："你夫君的身体情况不容乐观啊。"

听见前半句九郡主还想继续解释，一听后面那半句她顿时紧张起来，连忙站起来："什么？什么不容乐观？"

听起来少年马上就要死掉了，九郡主还没带他去过京城吃太白居的点心，也没带他一起坐船去看桃花坞的桃花，还有，听说无极岛的酒超级好喝，一坛子下去就能原地升天的那种。

她答应了要带少年游遍中原，这会儿连边关都还没游完，才开了个头就要结束了吗？

眼见九郡主满脸灰白，大夫继续道："也没什么，你们再来晚点，你夫君的病就要痊愈了。"

九郡主一口气卡在胸口不上不下，扭头看见少年掀开帘子从屋里走出来，仍旧是脸色苍白的模样。

大夫又道："不过这大约还是你夫君身体底子好，自己熬一夜熬了过来，但凡昨儿夜里出点意外，指不定你今天就见不着他了。"

九郡主刚松下来的气顿时又提起来，憋了憋实在没忍住："大夫，您老人家说话可以一口气说完吗？一次说一句真的很吓人。"

大夫："下次一定。"

这么多年来一向只有九郡主噎别人的份儿，很少有人能噎得住她，少年是一个，这位老大夫也是一个。

她揉揉脸，心说算了，又问大夫少年究竟怎么回事。

大夫说："你夫君昨晚是不是混着吃了什么东西？"

九郡主想了想："吃了鱼。"

竟然忘了反驳大夫的那句"你夫君"。

少年困倦地打了个哈欠，好似他们讨论的对象和他没有半点关系，生生死死什么的也不关他的事。

大夫道："吃的什么鱼？如何做的？放了哪些食材？没吃其他的了？"

九郡主一一回答，末了突然想起来："还有栗子，炒栗子，但他吃得不多，就吃了两颗。"

两袋炒栗子全被她吃光，两条鱼倒是都被少年吃掉。

大夫转头写了张药方，叮嘱道："应当就是这个了。他人可以栗子和鱼混着吃，但你夫君体质特殊，栗子和鱼不能混着吃，否则……"

"否则会怎么样？"

大夫慈祥一笑:"否则会一睡不起。"

九郡主神色凝重地记下了这个事儿,摸摸自己的喉咙,瞥了眼几乎快要合上眼睛当场睡觉的少年,抬手拽了下他袖子,他睁开眼,莫名其妙地看着她。

她指了指少年,又问大夫:"那他嗓子也是因为鱼和栗子?"

"只是烧了一整夜的后遗症,搭配着吃点药就好。"大夫不以为意,将药方递给她,道,"好了,结账吧,二两银子谢谢光顾,下一位!"

九郡主思路早被大夫带歪,满脑子都是"你夫君",因而侧过身朝少年看过去时,张口就是一句:"夫君……"

少年被她喊得愣了下,没精打采耷拉着的眼角微微一跳,不自觉地轻眨了下眼。

九郡主这才反应过来方才说的什么话,当场就蒙了,傻兮兮地和他对视片刻后才后知后觉地浑身冒热气。

"不不……不是……"

大夫将包好的药放她手里,满面慈爱道:"瞧,这不还是小夫妻嘛,我这双老眼什么时候看错过?"

少年是多年来唯一让九郡主连续数次脸红的人。

回到客栈的九郡主只要一想到方才那个画面就想把自己闷死在枕头里,尽管少年后来当作没听见般跳过这个话题,可说出去的话泼出去的水,她无论如何都过不去心里这个坎。

不服输的九郡主翻了个身,仰面躺在床上盯着帐顶瞅,自顾自琢磨半天终于想到一个能让她释怀的好主意。

得想办法让他也对着她脸红一次,不能只有她一个人脸红。

九郡主并未多想为何心中不服气只有自己会对少年脸红的异样,只当是胜负欲作祟,满心跃跃欲试,一定要公平公正地得到少年的脸红。

单身多年的九郡主趴在窗边左看右看试图寻找灵感,好不容易叫她瞧见一对在河边树下低声细语的男女,女子娇俏可爱,男子温润儒雅,在女子凑近他说话时男子轻轻撇过头,显出几分羞意。

九郡主灵光一闪,换回中原女子的衣裳,随手扯过面纱戴在脸上,试图假装一名温柔贤惠的大家闺秀。

九郡主走到河边时那对害羞的恋人已经离开此地,满心失望,正唉声叹气着,身后忽然传来一阵吆喝。

"解忧解忧,可解世上一切烦忧。"

"客官你是否有诸多烦恼?是否对家中夫君不满意?是否对独自抚养孩儿而怨愤?是否因婆婆的恶毒而委屈?是否因邻家的轻蔑而气恼?"

"不论你遇到何种烦恼,只要一两银子,我解忧定解你烦忧。"

"良心解忧,不灵退款。"

…………

九郡主盯了眼解忧摊子前面竖起的牌子,大气地拍下一两银子,双手撑着桌面,目光灼灼道:"我要解忧。"

解忧心想可算招呼来一个冤大头,乐呵呵抬头瞧着眼前戴着面纱的少女,隐约感觉她的眼睛有点眼熟,可又想不起来究竟在哪里见过,索性不管其他。

"客官有何忧需解?"解忧善解人意道。

九郡主正要张口,解忧又道:"可是感情上的烦恼?"

九郡主大惊:"你怎么知道?"

废话,如她这般年纪的女子他见过的没有一百也有八十,其中十分之八九都是想解感情烦恼的。

解忧当然不会将这话说出来砸自己招牌,神秘一笑,抬手甩了下宽阔潇洒的长袖,摆出高人风范:"既然我做解忧这行,自然得有点真本事,客官不妨说说您的感情烦恼。"

九郡主满心烦忧,根本没心思去注意别的,思来想去后凝重道:"是这样的,我今早对一名……一名少年……脸红……"

解忧乐了,这个简单:"您这是想解相思忧啊?"

九郡主压根没往这方面考虑过,想也没想驳回道:"不是这个,我是想问你,我觉得只有我脸红不公平,我想让他也对我脸红,一次也行,你有办法吗?"

解忧笑得更加快乐,打起扇子装得一本正经:"这个简单。不过我这里有几个不同的法子,针对不同的情况,当然,收费也是不同的。"

九郡主一脸遇见"奸商"的表情:"可是我方才已经给了你一两银子。"

"那只是问诊费罢了。"解忧说得理直气壮,"买法子的价格分别是,一两,五两,十两,你买不买?"

这么贵?果真是奸商!

九郡主有点心疼钱,却还是咬咬牙再次拍下一两:"一两,先说来听听。"

解忧笑眯了眼,中原女子真好骗,几句话的工夫就赚足了下月的盘缠。

"这方法一,远距离勾引。"

"远距离勾引?"

"就是你站在离那男子稍远的地方,向他抛媚眼、撩衣裳、摸腰摸大腿。"

九郡主用一种"究竟是你疯了还是我疯了"的眼神盯着他。

解忧面不改色地举起手发誓:"我发誓,没有男人在看见你这般美丽的女子对他做出那种举动后还能忍得住不脸红。"

这家伙嘴巴这么甜?

九郡主心理斗争许久,愣是没说服自己那么做,若当真这样实施,到时第一个脸红的绝对是自己。

不妥,万分不妥。

"五两的法子。"交钱时,她的心都在滴血。

解忧悄悄将银子装进兜里,心里对这位客人越发满意,因此说话的语气也显得稍微正经些。

"五两的法子嘛,更简单了,你只需要在吃饭或者做别的事时假装不经意地碰碰他的手背、大腿、腰、后背,随便什么地方,只要是他的身体部位,如何都可以,但一定要碰到,且必须是若有似无的触碰。"

九郡主觉得自己肯定是被骗了,这什么解忧?根本就不靠谱,瞎出的什么鬼主意?

解忧见她不信,抬扇一指隔壁桥上经过的一对男女:"客官莫急。你瞧那对小情人,女子虽未碰着那男子,那手却似有若无地挨着男子的手背,瞧见了没?男子已经脸红了。"

竟然是真的。

九郡主难以置信,明明解忧说的话更像胡扯。

解忧摇着扇子,得意道:"俗话说男女授受不亲,对少年人来说,这种望梅止渴的触碰才更有吸引力,客官若是不信大可以回头试上一试。若是少年不脸红,你便回来找我,我定将这五两银子退还与你。"

九郡主沉吟片刻,双目炯炯有神地望着他:"还有二两呢?"

"问诊费,不退。"

"明明其中一两是方法费。"

"法子既出,可换,不可退。"

大奸商!

九郡主苦恼地思索着,还是不放心,摸摸兜,纠结地捏着十两银子和自己做心理斗争,最终还是因为实在舍不得这十两银子而选择放弃。

九郡主深深看了眼解忧:"我回去试试,若是不灵验,我定要砸了你的招牌。"

砸呗砸呗,反正等她回来,他早赚够钱跑路了。

解忧一点也不慌,老神在在道:"可以,招牌就放在这里,你想砸随时来砸。"

九郡主吸了口气,不死心地试图与他讨价还价:"我花了七两银子,当真不能将最后一种法子说与我听?"

"十两。"解忧一毛不拔。

九郡主套近乎:"其实,我觉得你的声音很耳熟。"

解忧一本正经:"其实,我也觉得你的眼睛很眼熟。"

九郡主:"所以真的不能给个友情价?买二赠一也不行?"

摊主:"好吧,给个友情价,九两,不能再低了。"

铁公鸡!奸商!

九郡主气呼呼地走了。

解忧望着她的背影,摸摸兜里的银子,奸诈一笑:"中原女子真是含蓄,若换成我南境女子,哪个不是第一步先勾引,第二步上手摸,第三步就直接睡了心仪的男子?"

旁边倏地传来稚嫩童音:"周不醒,你又骗人。"

解忧一听这名字,登时炸毛:"少主你能不能别叫我这个名字?听起来跟我不行似的,我很行!就算你是少主也不能这样侮辱我!"

正在啃糖葫芦的小少主面无表情地看他,重复道:"周不醒,我们要去找阿月了。"

周不醒:"少主,你应该叫月主大哥。"

少主"嘎嘣"咬下一口糖葫芦,严肃地绷着张小脸:"他抢我娘子,我才不要叫他大哥。"

周不醒嘀咕:"你一个十二岁的小屁孩懂什么抢娘子?即便中原那小公主当真嫁来南境,也不可能立刻给你当娘子。"

要么先将人养着,等少主十六岁再与小公主成亲;要么,直接将人送入孤寡无情的月主房中。

周不醒颇认真地想着,依境主的性子还真说不准她会如何做,手心手背都是自己的孩子,境主会偏谁?

兴许是少主吧。

小少主不耐烦道:"周不醒,快点走,我要去找我娘子。"

周不醒:"你方才还说是去找月主。"

小少主一抬下巴,生气道:"谁要去找那个抛下弟弟,自己一个人来中原玩耍的坏蛋哥哥了?"

周不醒提醒:"你之前还不愿意叫他哥哥。"

"周不醒!"

"在。"

小少主丢下糖葫芦,恼羞成怒道:"等我找到阿月,我就告诉他你不给我吃不给我喝,还驱使我给你驾马车!"

周不醒无语,大少爷嘴里啃的那串糖葫芦可不就是用他坑蒙拐骗赚到的钱买来的?这还没啃完就要过河拆桥了?

周不醒心想,等找到月主,我就向他告状说你个小屁孩竟想与他抢月主夫人。

少年发现九郡主出去一趟再回来就变得有些奇怪,时不时偷瞧他不说,被发现也只是佯装不在意地别过脸。

她甚至换回中原女子的衣裳，摘下银饰，将长发斜编成两股辫子垂至胸前，旧铃铛穿入发尾，倒是肖似最初见到她的模样。

少年单手托起下颌，若有所思地瞧了她片刻。

九郡主去楼下倒水，不经意地撩了下头发，露出一截白皙的颈项。

少年无动于衷地眨眨眼。

九郡主喝完水，抬袖扇扇风，宽阔的月白衣摆轻轻滑落，纤细手腕若隐若现。

少年换只手托腮，面无波澜地倒了杯热茶。

九郡主楼上走一圈，楼下走一圈，门前转两圈，后厨溜半圈，最后一分反馈也没得到，气呼呼地撩起裙摆坐在客栈后院的石凳子上，一边生闷气一边恼火地拍桌子，拍到手都疼了，又委屈巴巴地低头吹吹手。

解忧说的都是什么破法子，根本没用，少年毫无反应，甚至数次忽视她。

九郡主气得想去把解忧抓过来揍一顿出出气。

少年倚在窗边，饶有兴味地欣赏着九郡主从最初的干劲满满到此时此刻的萎靡不振。

九郡主除了睡觉时会取下易容蛊，其余时候都会让易容蛊窝在头发里，比起她的真实容貌，少年见得更多的还是她的易容。

与并不算起眼的易容相貌相比，她那双乌黑明亮的圆眼反倒更容易惹人注意，就连生气瞪眼也可爱得要命。

过了片刻，她开始盯着手腕上的银色手链沉思，不知道在想些什么。

临冬的风拂过窗枢，带起一阵清脆的铃铛声。

九郡主回过神，抬头朝声源处看去。

少年着一身玄青，歪头轻抵窗框，浓黑的眼底盛着临冬的枯黄枝叶，瞳仁倒映一圈小圆点，那是朝气蓬勃的九郡主。

他唇角带笑，手中摇晃一枚漂亮的银铃铛，指了指她，又指了指自己的头发。

九郡主愣了下，那枚铃铛已从窗边飞出，铃声响得越发急促。

九郡主连忙抬手接住，铃铛是好铃铛，表面纹着陌生却漂亮的图案，凹痕精细得让人怀疑这玩意若要放到珍品阁，恐怕也该是最后压轴的宝贝。

再抬起头，少年已不在窗边。

九郡主回想少年最后指头发的动作，那是什么意思？

她迟疑地摸了摸自己的辫子，辫尾坠着一枚从边关城内淘来的便宜货铃铛，福至心灵。

他的意思是要她换个新铃铛？

九郡主突然就不气了，抑制不住地弯起嘴角，矜持地摘下旧铃铛，将少年给的铃铛小心翼翼系到发尾，拎起来幼稚地晃了晃。

"叮当叮当……"冬日的风温柔地送来空灵清脆的声响。

少年抓了两把瓜子回到窗边，恰好瞧见九郡主摇晃发辫铃铛那一幕，唇角不由得弯起。

九郡主一抬头就看见他在笑，被风吹得微凉的脸在他戏谑的目光下逐渐发烫、发热。

如坐针毡。

"阿九，"少年好似没注意到她的害羞，懒洋洋倚着窗，拖长嗓音故意问道，"铃铛好看吗？"

九郡主眼神到处乱飘，手指一个劲儿地搅弄那只漂亮的铃铛，明明心里爱不释手，嘴上却勉为其难道："勉勉强强，嗯，勉勉强强。"

少年不紧不慢道："二两银子。"

九郡主蒙蒙地看他。

少年竖起两根手指，隔空遥遥瞧她："看在我们认识这么久的份儿上，友情价，只收你两个铜板。"

九郡主气得一口气甩给他二十枚铜板。

一两的方法不仅失败了，还害得九郡主再一次对少年脸红，甚至亏了二十个铜板。

九郡主气得不行，双手掐腰在屋子里踱来踱去，仔细思考该如何实施第二步的五两之法。

买都买了，不能浪费。

辫尾的铃铛"叮当叮当"地响，小钰恰好午睡醒来，要九郡主抱抱。

"姐姐,我们下午要去哪里玩呀?"

"下午不玩啦,我们要去买点东西,准备准备明天就出发带你去找你阿娘。"

"好吧。"

小钰欢呼着抱住她的脖子,在她左右脸颊上各亲了口。

九郡主也啵了下小钰的脸蛋,随后动作一顿,忽然想到什么,眼睛闪闪发亮。

她可以把少年拉着一起买东西,借此机会对他进行第二步,然后再报早上二十铜板之仇!

小钰趴在她耳朵边小声说:"姐姐,坏蛋哥哥来了。"

门是关着的,门外传来好几人的脚步声,九郡主从未刻意倾听过少年的脚步声,对小钰的听声辨人略感惊讶:"你能听出来他脚步声?"

小钰点点头,伸出两只小胖手比画:"坏蛋哥哥的脚步声很好听的,这样,这样,这样——就是坏蛋哥哥的脚步声啦。"

九郡主看不懂。

算了,小孩子的想法本来就是天马行空。

九郡主放下小钰走过去拉开门,少年屈起的指节悬在半空,若是速度稍微快一点,最终落点就会变成九郡主的额头。

少年不慌不忙地收回手,垂眸瞧她。

九郡主还惦记着早上亏掉的二十铜板,本不想理他,转念又想到下午准备实施的计划,便若无其事地仰头看着他,道:"你现在感觉如何?等下我去买些明日出发需要的东西,要一起吗?"

少年瞥了眼房间里的小钰,可有可无地应了声。九郡主牵着小钰高兴地从他身侧走过去,走出几步发现他没跟上便转身喊他,柔软发尾系着他送的铃铛。

少年静静看了会儿她的背影,这才不疾不徐地抬脚跟上,与她并肩,小钰牵着九郡主的手走在另一侧。

少年拒绝与小钰走在一起,他觉得小孩是个麻烦,小钰也不想和他一起走。

九郡主走在两人中间,一会儿和左边的人说说话,一会儿又和右边的人聊聊天，竟颇似一家三口日常出门闲逛。

"等下要先去布匹铺子看看小钰的新衣裳做好没有，再去干粮店整点方便携带的干粮。"

"以防万一我们还要再买两柄伞，天气越来越冷，斗篷也必不可少。"

"最好再买点迷药之类的，万一遇到麻烦还可以逃命，还有金创药，地图……"

她絮絮叨叨了一大堆等会儿需要准备的东西，走过一处卖糖的摊子顺手买了三块糖，小钰一块，少年一块，自己一块。

少年不是很喜欢吃糖，懒洋洋地看着九郡主嘴上说着要买各种必需品，实际却买了一大包零嘴。

买了一些后她觉得边拎边买太累赘，索性将钱袋子塞给少年，塞的时候以为他不知道，偷偷摸了下他手指头，然后抬头觑他神色，期待着他脸红。

少年轻轻扬眉："银子给我做什么？到我手里，以后可就不会轻易还给你了啊。"

没反应。

九郡主有点失望，抱着一堆零嘴头都没回："看你逛街没精打采的，不知道的还以为我们虐待你了呢。为了给你提精神，钱袋子给你，等下我买完东西你就可以打起精神帮我付钱了。"

说得像是为他着想，还不是因为她手里东西太多，用钱袋子付钱的时候太麻烦？

少年倒也不在意，瞥了眼她无意间碰到的指节，随手将钱袋子挂在自己腰间："除了帮你付钱，等下我是不是还要负责给你提东西？"

九郡主笑眯眯地回头："你怎么知道？你以前和女孩子逛街的时候也会帮她们提东西吗？"

这句话是无心的。

少年没说是或不是，一块糖咬到现在还没咬完，左边的腮帮子被糖顶得微微鼓起，他睨她的眼神带着些许散漫，鼓起的侧脸却透着几分少年气。

九郡主想戳戳他鼓起的脸，却碍于满怀的东西腾不出手，而且她还在和他怄气呢，只得暂时按捺住。

少年示意她赶紧走。

九郡主走开的同时故意用胳膊肘蹭了下他手臂，偷眼瞧他侧脸。

少年十分淡定，阳光下的侧颈皮肤白皙如玉，青色脉络若隐若现，玄青襟口边缘的喉结微微滚动，是少年人的青涩形状。

他把糖咽下去了。

九郡主猛地别开眼，耳中莫名地"嗡"了一声，她揉揉耳朵强自镇定下来，试图想些别的转移自己的注意力。

他怎么还不脸红？

九郡主开始反省是不是她摸他的地方还不够多，可是按照解忧的说法，下一步就应该摸他腰，摸他大腿。

九郡主虚眸盯着他玄青的衣摆和窄瘦的腰身，心里嘀咕着实在是下不去这个手。

随便摸良家妇男的大腿和腰，如果被他发现了是不是得负责？不管怎么说她还有个名义上的夫君，虽然她逃婚了，但人至少不能，也不应该，对她名义上那位夫君的同族男子动手动脚吧。

尽管这名男子长得好看，脾气又和顺，对她更是此生以来从未有过的好。

可他坑了她二十铜板。

九郡主矛盾地再看他一眼。

可是他真的很好很好。

少年神情平静，金色阳光从他漆黑的眼睫上跌落，在眼尾缓缓拓下一点镀着金边的虚影，周身气息纯净又温暖。

九郡主深深觉得自己的七两银子打了水漂，痛并懊悔地叹了口气。

少年眼眸微深，无声地笑了下："你叹什么气？"

她哪能说实话？只得道："我就是刚想起来……你以前老说你全世界最好看，那你在南境时是不是有好多姑娘欢喜你？"

少年懒散地瞅她："打听机密要事需要付报酬。"

九郡主有了点精神："这也算机密？"

少年故意逗她："事关我的脸，即便只透露一个字，它也是机密。"

是错觉吧？之前觉得他温和美好的一切都是错觉吧？

果然他还是早上那个面不改色坑她二十铜板的坏家伙。

九郡主为自己片刻的意志不坚定而愤愤,咬牙切齿瞪他一眼,又觉得不够舒心,一把将怀里的零嘴全塞他怀里。

趁他腾不出手,九郡主眼疾手快掐住他两边脸颊使劲捏,手劲时重时轻,捏在他脸上倒更像猫爪子胡乱踩动。

少年眨了下眼,被她捏得想笑,在她因身高的差距而不得不踮脚时不动声色微微俯身,睫毛稍垂,笑着随她闹腾。

九郡主左搓右捏,直把他白皙脸皮弄得泛红才肯撒手,仰视着他那张似笑非笑的脸,对于自己刚做的好事颇为得意。

"解忧的法子根本没用,还是我自己的方法好使。"她哼声,目光止不住地逡落在他脸上,越看越满意,扭过头时的含糊咕哝渐渐散入风中,"瞧,这不就脸红了嘛。"

逛街回来的九郡主双手托腮,双目无神地盯着满桌子的东西,深深陷入自我反省中。

为什么一转眼的工夫她就买了这么多东西?而且,她为什么要买兔耳朵帽子?是墙上挂着的那两个斗篷不够她用吗?

加上对面那个白色的水囊,她已经有三个水囊了,就因为那个白色长得好看……长得好看了不起?

她还买了一堆毛茸茸的袜子,颜色和款式过于粉嫩,少年毫不犹豫拒绝了她的无私分享。

送不出袜子的九郡主数了数,一共八双粉色袜子,都是冬天穿的。

她正往脚上比画尺寸合不合适。

小钰很喜欢九郡主买的一双兔儿鞋,正踩着兔鞋高高兴兴地到处蹦跶,和屋子里的花草说话不够表达她的快乐,犹豫片刻,终究还是勇敢地往少年眼皮子底下凑。

罕见地,少年没有像往常那样吓唬她,反而垂眸瞧着她鞋子上的四只兔耳朵,偏过头,若有所思地瞥向拿着袜子正沉浸于悔恨之中的九郡主。

小钰年纪虽然小,但她以前看多了阿娘和阿爹的吵架,经常能在他们发火之前感觉到"阿娘又要和阿爹吵架",因此,她很快就发现少年对她的兔儿鞋产生了兴趣。

"坏蛋哥哥也想买兔兔鞋吗?"小钰悄悄看了眼完全没注意到这边的九郡主,小声问少年。

少年逛街的时候买了一包炒花生,心不在焉地剥着,闻言也只是轻飘飘给了她一点目光,倒是没有露出任何不耐烦的表情。

小钰胆子大了点,努力爬到他身边的凳子上:"姐姐藏了一只兔兔帽,和小钰的兔兔鞋一起买的。"

少年往嘴里抛了颗花生米,完全没有因为她是小孩子而给她特殊关照,凉凉地瞥她,看似友善地笑道:"看来你是又忘了上次看见的东西,要不要再让你看一次?"

想到在山上看见的他藏在身后的那双可怕的手,小钰顿时睁大眼。

少年单手托腮,另一只手的指尖故意轻敲桌面,咚,咚,咚,有节奏地唤醒小孩子内心的恐惧。

在某个瞬间,白皙手背骤然浮现一丝细微的凸起,皮肤之下有柔软无骨的东西在涌动。

熟悉的景象叫小钰立即害怕地倒退一步,眼圈都红了,鼓起勇气带着哭腔大喊:"我、我才不怕你!"嘴上这么说,下一瞬却委屈巴巴地朝屋子里的九郡主跑去求抱抱。

对于吓跑小孩子这种事,少年并没有一丝愧疚,反而有些无趣。

九郡主埋在一堆日用品中挑挑拣拣,扔掉这个心疼,扔掉那个也心疼,最后不得不下定决心再去买个更大的包袱。

见小钰又一副要哭的样子,她一边给小钰擦眼泪,一边伸长脖子大声问外面若无其事的少年:"你又跟她说什么了?"

少年剥着花生壳,头也不抬:"没什么啊,就是稍微满足了一下她的内心需求。"

"内心需求?什么内心需求?"九郡主走出来,"不然你也满足一下我的内心需求吧。"

"她想看我的蛊,就好心让她看咯。"

少年习惯性想卷小辫子，卷住头发才想起来他今日只束起长发，没有闲心编辫子，不太习惯地收回手，耷拉眼皮懒散道："你有什么内心需求？说来听听，说不定我当真可以满足你。"

九郡主只当他说笑，想到他方才的话，随口道："要不你也让我看看你的蛊？"

"好啊。"

九郡主愣了下："要没看过的那种。"

少年单手翻转，玄青窄袖下的修长手指缓缓张开，掌心托起一只暗红色的蛊。蛊虫拇指大小，与其他蛊虫不同的是，这只蛊身上有黑色的花纹，正撅着屁股一耸一耸地吃花生米。

"它竟然会吃花生米？"

九郡主很久没见他拿出新的蛊虫了，这些日子都只能和小易一块儿玩，当下眼睛亮起，满脸都写着跃跃欲试。

"大餐前的开胃菜而已。"少年姿态闲适，语气更是轻描淡写。

九郡主不知道它的大餐是什么，以为和少年之前的那些蛊差不多，喂点普通的大饼就行。

"这是什么蛊？好漂亮呀。"一无所知的九郡主越看越手痒，想摸。

少年打了个哈欠："食人蛊。"

九郡主伸手戳戳那只看起来相当漂亮的蛊，软软凉凉的。

"食人蛊？这么漂亮的蛊怎么会叫这么可怕的名字？"

"越漂亮的东西越危险。"

少年虚眸看向试图反抗九郡主触摸的食人蛊，眼神不咸不淡。

正要张大嘴巴露出尖利牙齿吓人的食人蛊猛地一僵，仿佛被踩了尾巴的猫，惊得一下子弓起软趴趴的身体。

九郡主自认没见识，非常惊讶地"哇"了声，眼底闪闪。

食人蛊身体更加僵硬，在少年温和的眸光下缓缓缩起弱小的身体，不情不愿地伸出光秃秃的脑袋，假装友好地蹭了蹭九郡主的手指。

九郡主见食人蛊对自己的触碰并不反感，甚至还肯亲近她，心情大好，胆子稍大。

少年说过，有些蛊讨厌人类，不仅不愿意让人碰，有时候脾气大了还会咬人。

但九郡主从未遇见敢咬她的蛊。

"话说回来，其实越漂亮越危险这种话都是相对而言，也不是绝对的嘛。"九郡主用指腹轻轻抚摸食人蛊，沿着蛊身的诡异花纹游动，"看，它就很温顺。"

食人蛊屈辱地蜷缩起来，在心中破口大骂她懂个什么蛊。

九郡主诧异："咦？它缩起来了，像含羞草，它这样也是在害羞吗？"

它是在努力压抑想要吃掉你的欲望。

少年面不改色点头道："对，它比较害羞。"

"哇，它好可爱啊，还会害羞。"九郡主忍不住再次摸了摸食人蛊，没有察觉到脑袋上被忽视的易容蛊很不开心地打了个滚。

食人蛊一点也不想被夸可爱，它明明是最凶猛的蛊，于是气呼呼地将自己团成个圈，留下个花纹最多的屁股对着九郡主。

九郡主惊喜地戳它屁股。

食人蛊被戳得越发自闭。

小钰在一边看得眼含羡慕，趁他俩不注意时手脚并用爬到凳子上，眼巴巴望着那只被迫胆小的食人蛊。

九郡主看少年："小钰可以摸吗？"

少年似笑非笑，没说不可以，也没说可以。

九郡主正琢磨他不说话是什么意思，小钰已经试探性地伸手去戳了。

方才还温顺着的食人蛊登时咧开嘴巴露出一排尖锐锋利的牙齿，从身体里发出一道森寒且刺耳的"吓"，像受到攻击的毒蛇。

倒霉的小钰又被吓哭了。

旁观全程的九郡主："呃……"

她看看那只缩回脑袋继续撅屁股装死的食人蛊，又看看一脸无辜的少年，听着小钰的哇哇大哭，忍不住喃喃道："你的蛊果然和你这个主人一模一样啊。"

一样的爱吓唬人。

城中不能久留，马匪不知道什么时候就会追上来，九郡主租了辆干净宽敞的马车一大早便带着小钰和少年一起出了城。车夫在外面悠闲地驾着车，有一搭没一搭听着里面的三个人吵闹。

九郡主从小没人管，头发要么是一把扎，要么是找根簪子随便簪起，发型格外简单。

人们都说"身体发肤受之父母"，九郡主自认阿娘已逝，家里那个阿爹有等于没有，从没将那句话当回个事，也从未想过正经打理，反正只要平日做事不妨事就行。

遇见少年之后她才恍然发现，原来头发也可以编许多款式的辫子，好看，顺眼。

而少年编的辫子更好看，天下第一的好看。

他来自南境，对发饰和发辫的了解肯定比她多，于是九郡主迷上了编辫子。

少年今天没有束马尾，两鬓各编两缕以红绳缠绕的细辫，从耳上的部位绕至脑后互相交叠，用一圈月亮形状的银饰随意束起，额前留下一点碎发，浓黑的眼在碎发下若隐若现，抬眸瞥视时整个人显得慵懒又神秘。

九郡主喜欢他这个新发型，眼也不眨地看了他好久，忍不住要拜师。

少年被她缠得睡不着觉，从马车这边挪到那边，又从那边挪到对面，最后实在没办法一把揪住她滑落的头发，带着点起床气道："坐好，给你编。"语气凶得仿佛回到说要去买鱼的那天。

也只是表面凶而已。

九郡主老老实实地背对他坐好，感觉到发丝间穿梭的指尖的温度，微微的凉，说不上来的舒服。

少年困顿地打着哈欠，只想着敷衍完这位闹腾的九郡主之后方便倒头补眠，却没注意小钰正睁着好奇的双眼瞅着他俩。

马车慢悠悠地晃，少年在轻微的晃动中给九郡主编了同款发辫，最后戴上他之前用过的月亮银饰，捋捋这边的碎发，顺顺那边的绒毛，算是大功告成。

少年懒得再动弹，身体往后一倒倚着马车车壁就要继续睡。九郡主摸摸辫子，露出餍足的笑，刚起身就被什么东西拉扯着退回去，险些摔进少年怀里。

头皮传来一阵拉扯的细痛，应该是压着头发了。

"什么东西勾住我……"

九郡主回过头,与同样被扯痛的少年对视,未说完的话就这么卡在喉咙里。顿了下,两人的目光缓缓移向同一个地方。

半空中,几缕长发被揉成杂草似的辫子,这边凸出一块,那边凹进去一块,这几缕长发有的来自少年,有的来自九郡主,不讲章法地交错缠绕。

而这缕丑得让人一言难尽的辫子发梢正攥在一只小小的胖手中。

两人的目光一前一后落在"罪魁祸首"脸上。

小钰眨巴着无辜的大眼睛,在两人的注视下慢慢地、心虚地松开小胖手,两只手掩耳盗铃地背到身后。

"小钰不是故意的……"小钰干巴巴地解释,"坏蛋哥哥和漂亮姐姐的辫子好看,小钰也想学。"

然后她就学成了这样。

出去千万别说这是和少年学的编辫子,他绝对不会认。

九郡主能怪什么都不懂的小孩子吗?当然不能。

然而毫无心理负担的少年单手勾起小钰的后领子,轻轻松松将小家伙提溜到马车窗口,作势要把人扔出去。

九郡主连忙扑过去把小钰抱进怀里,这一番动作再次扯动两人编在一起的发辫,衣裳上的银饰"叮当"作响。

九郡主疼得嘶着气,本想说"没必要没必要",一抬头对上少年浓黑的眼,到了嘴的话立即吞回去,转头就肃着脸假装教训小孩子。

"小钰,以后不可以随便把两个人的头发编在一起,知道吗?"

小钰知道错了,却不知错在哪儿,怯怯点头,蔫巴巴地问:"为什么不可以把哥哥姐姐的头发编在一起?"

少年垂着鸦色睫毛,满脸漠然地拆那条丑辫子,在小钰悄眼偷看过来时,他轻抬了下眼皮,随后便听见九郡主一本正经地解释。

"因为结发为夫妻,只有夫妻才可以像那样把头发编到一起。"九郡主说,"比如你阿娘和你阿爹,如果你把你阿爹的头发和别人的编到一块儿,你阿娘一定会生气地打你屁股。所以,你把我和坏蛋哥哥的头发编到一起,他才会生气得要把你扔出去。"

说着,九郡主扭头看少年:"是吧?"
少年徐徐抬眼,迎着她坦荡荡的目光,波澜不惊道:"不是。"
九郡主:你能不能不要老是拆我的台?
"那你说是为什么?"九郡主鼓起脸。
少年重新低下眼专心拆辫子,嘴角轻扬,慢条斯理地吐出四个字:"因为很丑。"
九郡主看了看他手里拆了一半的辫子,一时竟不知该如何反驳。

第三章
月　主

马车内静寂片刻后，小钰的声音弱弱地响起：

"阿九姐姐，阿爹的头发真的不可以和别人的编在一起吗？"

九郡主双手叉腰，严肃点头："绝对不可以！"

"原来阿娘是因为这个才走掉的。"小钰恍然大悟。

九郡主呆了下，心中有了个不太好的猜测："等等，等等小钰，你方才说什么？你阿爹他……"

"阿娘最后一次和阿爹吵架，就是因为有人将阿爹的头发和别人的头发放在一起送给阿娘的。"小钰天真地追问，"阿九姐姐，只要我将阿爹的头发拿走，阿娘就会和阿爹和好吗？"

这大概不太可能，你阿娘阿爹和离的原因根本不是头发不头发的问题，而是你阿爹在外面有了别的女人，而那个女人还炫耀到你阿娘眼皮子底下。

九郡主欲言又止，她不敢这么说，怕伤害小孩子脆弱的心灵。

"绝对不会和好。"散漫的少年嗓音不合时宜地响起。

九郡主扭头：你不要说得这么直白，稍微委婉点好吗？

少年无视她的警告，带着恶趣味地火上浇油道："小家伙，你阿娘这辈子都不会与阿爹和好了。"

九郡主很想缝上他的嘴，瞪他一眼，担心地低头看向小钰。

小钰扁扁嘴，倒是没有放声大哭。

少年继续慢腾腾地拆发辫，这次的语气淡如白水："不过你阿娘值得更好的人。"

小钰喜欢听别人夸阿娘，皱起的脸终于舒展开。

九郡主也微微松了口气，心想他可算是说了句好听的，他终于成长了，九郡主有被感动到。

接着，少年的声音不疾不徐地响起："至于你阿爹，不如扔去喂狼好了。"

小钰又被吓哭了。

——不会说话其实可以不说的。

少年完全没有要反省的意思，旁若无人地拆发辫，右腿放松地搭在左腿膝盖上。

玄青色长摆垂在腿边，宽松的深色长裤勾勒出的线条历历鲜明，短靴侧方装饰用的银饰虚虚荡在半空，就像九郡主此时的心，摇摇欲坠。

她大脑放空地盯着他短靴上的银链看了片刻，倒是难得回想起尚在京城的一些小事。

她在京城和不少世家少爷打过交道，大多是公子爷动嘴，她动手。

全京城嘴巴不干净的公子爷她都揍过，其中大部分油头粉面，穿着一身不伦不类的白色长袍，摇着故作风雅的扇子招摇过市，好似一群穿上衣裳装人的禽兽，颠三倒四冲进的集市到处撒疯。

于是九郡主理所应当地认为男子的审美格外奇怪，并且在她眼里，这些公子爷跟禽兽没有区别，顶多穿的衣裳不同罢了。

这种根深蒂固的想法在见到少年的那天晚上不攻自破。

来自神秘之地的少年让她眼前一亮，他的辫子好看，发饰好看，衣裳好看，眼睛好看，容貌更是天下第一好看。

好看的人做什么都好看，哪哪儿都好看。

他在她眼里几乎没有缺点，非要说的话，只有这张嘴有点气人，总爱说些吓唬人的假话。

不过，这世上总归是人无完人，苛责他人的同时也得仔细审视自己。

九郡主想到这些日子对他的压榨，略感惭愧，便抱着小钰坐到他旁边，静静看着他慢悠悠地拆发辫。

看着看着，她忽然开口。

"老大。"

少年抬眼。

——你叫什么名字？

对上他那双浓黑漂亮的眼，她到了嘴边的话不知怎么就说不出口了。

你叫什么名字？你真名是什么？老是叫你老大，听起来我就像在你手底下累死累活做事儿的小弟……小妹。

九郡主感到莫名其妙，只是问个名字而已，为何问不出口？又不是问他家里有没有未婚妻。

打住，不能继续多想了。

她呼了口气，用手心狠狠揉搓脸颊，心说自己真是想一出是一出，咳嗽一声道："没什么，你继续拆你的辫子，不用理我。"

她心虚的表情哪里像没什么的样子。

少年索性停下拆辫子的动手，盯了她两眼，轻轻挑眉，用眼神询问她究竟想问什么。

九郡主不自觉勾了勾手腕上的银色手链，方才勉强压下去的冲动又想破土而出。

少年想到什么，低头翻了翻腰间的绸袋，从里面抓了一把瓜子和花生递给她，语气带着点他都没察觉到的无奈："喏，吃饱再说。"

九郡主睁大眼，不可置信。

她看起来就这么贪吃吗？

她嘴上说着不要，手却早已剥开两颗花生。

"究竟想问什么？"少年在她面前竟是耐心十足，"过了这个村没这个店，这次不问，下次我可就不一定愿意回答了。"

九郡主眼神闪了闪，不知是因为送到嘴里的花生，还是因为方才的胡思乱想，听见他说没有下一次时心头一跳，张嘴便是一句不受控制的："你未婚妻叫什么名字？"

话音落地，整个世界都静了下来，小钰敏锐地感觉到不对劲，悄悄将自己团成个虫子，钻到最角落的地方。

外面偷听八卦的车夫一脸愕然，没想到车里那两个原来竟不是夫妻，于是仗着没人看见，将身体朝马车门的方向倾靠想要听更多的八卦。

最震惊的莫过于说错话的九郡主，当她反应过来自己这张嘴又说了乱七八糟的东西后，只想当场给自己嘴巴缝两针，再找条地缝钻进去度过余生。

少年掀起眼帘，目光耐人寻味地将浑身僵硬的九郡主上上下下扫视一番，这在她看来，好似被一点点扒掉衣服。

太令人无地自容了。

九郡主感觉胳膊凉飕飕的，想把衣服往上拉一拉。

少年还没说话，她忽然深吸口气，硬着头皮道："我什么都没说。"

少年眼底带笑："哦。"

九郡主："你什么都没听见。"

少年满脸认真："嗯。"

九郡主："即使你听见了，也要马上忘记它。"

少年从善如流："好，我忘了。"

九郡主镇定地揭过这一页，剥开两颗花生米，塞给少年一颗用以贿赂，勉强做出和善的表情："那你继续拆辫子吧，我不打扰你了。"

如她所愿，少年继续拆辫子。

九郡主撇过脸故意看着窗外缓缓后退的沿途景色。

辫子拆开的那瞬间，交缠在一起的长发各自松散垂下。

她回过头，乌黑眼底蕴着窗外绚丽如火的晨曦。

少年安静地瞧着她，好整以暇地放下长腿，略略向前倾身，双肘支膝，两手托腮，眼睛一眨不眨地瞧着她，双眸乌黑清亮。

九郡主微微晃神。

少年眼眸弯起，唇角勾起，嗓音含着浓浓的笑。

"阿九，我没有未婚妻。"

就非得提醒她方才有多丢人是吗？

片刻后，伴随着少女恼羞成怒的骂声，马车狠狠一震，有什么东西撞到马车车壁，少年的闷笑声随之传出。

车夫连忙扯了下缰绳稳住前方的马儿，心有余悸地看向车帘子。

须臾，车帘掀开，一脸懊恼的九郡主提着裙子坐在车夫旁边，努力表现得善解人意道："大叔，接下来我来驾车，您先进去休息休息吧。"

车夫："不……"

九郡主不由分说地拽过缰绳，将人推进车厢："不麻烦不麻烦，我可以，你放心。"

车夫："不是……"

九郡主放下车帘子："真的不麻烦，不用担心，我会安全把你们送到大杨镇的！"

究竟谁才是被雇的车夫？

黄昏时刻马车到达大杨镇，九郡主打算先休息一夜明日再出发。

小钰说她在山上偷听到阿爹与人说话时提起阿娘，阿娘在一个叫作南风寨的地方。

九郡主问小钰她的阿娘叫什么名字，小钰睁着大眼睛歪了下头，天真道："阿娘就是阿娘呀。"

其实仔细想想，九郡主也不记得自己那位王爷爹叫什么名字，只记得阿娘的名字。

于是她放弃询问小钰阿娘的姓名，知道小钰阿娘在南风寨，事情已经好办许多。

在边关那两天她去外面打听过，大漠马匪无数，"封狼居胥"者唯有西风寨与南风寨。

西风寨主脑子不好使，但是一身蛮力，以暴力服人，西风寨便也崇尚武力。

这南风寨主是个人物，身为女子，数年前率众迅雷不及掩耳端下整个西边的马匪窝，雷厉风行斩旗立寨，不服者皆斩于马下，西风寨就此岿然屹立于大漠。

九郡主带着瓜子坐在茶楼听了一下午的书，听说西风寨主与南风寨主曾是夫妻，亦是不打不相识便喜结良缘。后来因西风寨主风流债过多，南风寨主不堪其扰，遂带领南风寨众人彻底脱离西风寨。

南风寨与西风寨如今是水火不容的死对头，偶尔撞上抢同一批货的情况，两方人马宁愿不要那批货也要把对方狠狠削一顿，大多时候是南风寨主大获全胜，因而西风寨众人对南风寨恨得牙痒痒。

九郡主对这位未曾见面的南风寨主很是好奇，因此，当小钰说她阿娘在南风寨时，九郡主高兴得甚至多吃了一碗饭。

三日后，三人在前往南风寨的路上成功走"歪"了。起因是九郡主买到一份假地图，三人东绕西绕了三天，最后绕进了深山老林。

深更半夜，荒郊野外，一个路痴，一个小孩，一个倒霉的九郡主，三人围坐在火堆前默然无语。

柴火"噼里啪啦"地烧，间或迸出火星，临冬的夜逐渐寒凉，裹着毛毯的小钰捂着鼻子闷闷地打了个喷嚏。

九郡主愧疚极了，蔫头耷脑的样子看得小钰都忍不住去摸摸她的脑袋，小小声安慰她："没有关系的，等天亮了我们就可以走啦。"

九郡主忧愁："可是天亮我们也找不到方向。"

小钰很自信："我们跟着坏蛋哥哥走。虽然他很坏，可是他超级厉害。"

九郡主看了她一眼，有点不忍心戳破："你确定要跟着他走？他是路痴欸。"

"路痴是什么呀？"小钰懵懵懂懂。

"路痴就是……"

九郡主抬手指向正在烤野鸡的少年，少年的目光隔着暖金色的火光点在她脸上，她动作一顿，别过头，及时改口："路痴就是他手里的那只鸡。"

路痴为什么会是一只鸡？

九郡主假装认真解释："因为那只鸡是路痴迷路了，所以才会被你坏蛋哥哥抓起来烤了吃。"

问题与答案并没有因果关系，但糊弄小孩子足够了。

少年听见她的解释，偏头瞥了她一眼，她心虚地移开视线。

他没打算和她计较路痴的问题，只伸出手，掌心向上。

九郡主乖乖递上早已准备好的调料，嗅着空气中香香的烤鸡味道，肚子开始叫唤，眼巴巴地望着他手里的烤鸡。

少年学东西很快，当初在边关时只是见她烤过几次野鸡野兔，学习两次就能将肉烤得鲜嫩美味。

但他不常动手,杀鸡取肉的活计不美观,一不注意血就会溅到衣服上,脏。这次要不是九郡主被一张假地图打击得提不起精神,他也不会亲自动手。

九郡主渴望地望着火堆。

少年垂下眼皮看向金灿灿的烤鸡,闻着很香,看着也很香,但他没有胃口,便盘膝坐在火堆前想别的事情。

九郡主和小钰一人拿着一只油光水亮的大鸡腿。鸡刚烤好,鸡腿还有些烫,两人同时拎着鸡腿左右手互换,再放到唇边吹吹气,最后再"嗷呜"一口啃下。

"噼啪"跳跃的火光中,两颗火星炸开,迸上少年搭在膝上的手背,他回过神,偏头便瞧见那两人啃鸡腿的动作。

他失笑,抬指拭去手背落下的火星灰烬,慢悠悠地屈起一条腿,单手支颐,凝视着对面被一只鸡腿哄得眉开眼笑的九郡主。

她捏着袖子给小钰擦了擦脸上的油渍,小钰将鸡腿递到她唇边,她敷衍地咬了一小口,又将自己没碰过的那一半鸡腿送到小钰嘴边。

"好吃吗?"

"好吃!"

"那下次还让你坏蛋哥哥烤鸡腿。"

"好!"

隔着暖金色的焰苗,九郡主含笑的目光落在少年的脸上,嗓音轻快:"坏蛋哥哥明天可以再烤一只鸡吗?"

坏蛋哥哥说:"不可以。"

对面的一大一小同时蔫了下来。

坏蛋哥哥又说:"明天再说。"

对面的一大一小瞬间又喜笑颜开。

少年手肘支膝,掌心托腮,目光倾斜,将火光中似真非真的女子面容擒获,不期然地竟想起离家出走的前一晚,他的亲生母亲,南境现任的境主,带着她的心腹眠师来寻他。

眠师犹豫片刻,还是将来这一趟的目的告诉他,过几日境主便会向中原提亲,待中原小公主嫁来那日,需他前去迎亲。

眠师曾有恩于他,整个南境,唯一有资格要求他做事的只有眠师,可这并不代表他必须听眠师的。

他拨弄着手中的蛊,语气淡淡地说小公主又不是来嫁他的,他去迎什么亲。

一旁不语的境主正等着他这句话,当即道,那便由你娶她。

少年没有生气,反而不以为意地笑了起来,白皙指尖轻点掌心蠢蠢欲动的摄心蛊,漫不经心地说,哦。

第二天,南境的月主殿下便在众目睽睽下离家出走了。

他从小无人管,也没人敢管,十多年来活得随心所欲。要他娶亲?娶的还是从未见过面的中原小公主?

真是搞笑。

境主说的话少年向来左耳进右耳出,中原那位和亲的小公主他更是不在乎,离家出走那天他甚至想过是否要先去解决了那位小公主,若是小公主出事,接下来南境有的忙。

然后他迷路了,若有若无的恶意也在日复一日的迷路中被慢慢磨灭。

少年在边关转了好些时日也没走出这片大漠,后来听说小公主的送亲队伍终于抵达边关,他突然来了兴趣,屈指将虎视眈眈的摄心蛊拢入袖中,临时决定去瞧瞧那位和他一样被当做棋子的可怜小公主。

迎亲队伍过于显眼,即便他是路痴也能寻得到小公主的所在。

小公主想要逃婚。

少年恶趣味地给其他人下了沉睡蛊,袖中的摄心蛊对小公主的味道垂涎三尺。

小公主撞进他怀里。

小公主眉眼狡黠生动。

小公主牵起他的手。

小公主带他一起逃婚。

小公主对他一无所知,完全不知道她带走的这个人多么危险。

…………

火苗"噼啪"一声,火光渐渐暗淡,寒夜来了。

少年将探头探脑的、依旧对九郡主不死心的摄心蛊摁回袖中,随手朝火堆里添了些柴火。

倚树而眠的九郡主无意识拉了拉身上的斗篷，皱眉。

少年起身从包袱里找到先前买来的两条新斗篷，轻轻盖在九郡主身上，两条斗篷压得她有些不舒服，脑袋歪了过去。

少年将她脑袋拨正。

小钰睡在垫着软褥的马兜里，就在九郡主身边，小孩子身上盖着最厚最软的斗篷，小手紧紧拽着斗篷的白色毛毛，嘴里嘟囔着梦话，睡得正香。

少年将斗篷帽子拉上来盖住小钰下半张脸，只露出鼻子，有点嫌弃小孩子的娇贵。

随后他又转身坐回九郡主手边，重新替她拉了拉滑下的斗篷，甚至担心她睡着后斗篷滑落而腾出一只手专门替她披斗篷，半点也不嫌弃九郡主的"娇贵"。

九郡主适应性极强，在哪儿都能睡得着。她说过，她小时候被欺负，被撵出门，睡过破庙和小黑屋，经历过最恶劣的冬日，露宿野外就不算什么。

少年凝视着她安静无害的睡容，她没有一点感觉。

他无声勾起唇角，单膝微屈，眯眼打了个哈欠，正想着等会儿要不要再去找点干柴回来添火，肩头倏然一沉。

身旁的少女昏沉沉地歪倒在他肩上，睡梦中无意识地掀开斗篷盖到他身上，右手依赖地攥着他的衣袖，另一只手摸索着将斗篷挪给他更多。

即便是睡着也还记得他在身边，要给他分些温暖。

少年将斗篷给她挪回去，她很快又给挪回来，甚至将手搭在他腰上，死死抱着不放。

少年反手攥住她还想往下滑的手，指间不知何时滑入一串冰凉的腰链，贴在他和她之间。

他有点想笑，又有点无奈，索性拉起斗篷帽子盖在她脸上，低语似的。

"老实睡你的觉。"

九郡主醒的时候天色蒙蒙亮，她睡得不算很舒服，但也不算难受，斗篷盖在身上，后脑勺枕着一个说软不软说硬也不硬的东西。

九郡主拉下斗篷。

少年垂睫瞧她，指尖缠着一圈冷冽的银白色。

九郡主揉揉眼："你手上是什么东西？"

少年见她疑惑便将手伸过去，猝不及防之下她直面他手上那玩意儿，看清之后瞬间抱着斗篷连滚带爬离他三尺远，头发上的铃铛"丁零当啷"乱响，像极了她此时高低起伏的心情。

九郡主满脸惊恐，压着嗓子，口不择言："冬天哪儿来的蛇？你是不是昨天大半夜趁我睡着跑去挖蛇洞了？你晚上好好的不睡觉挖什么蛇洞！"

被胡乱指摘了一通的少年无语片刻，指指自己的腿，面无表情地直视着她，冷呵了声："我给你当了一晚上的枕头，如何去挖蛇洞？"

是、是这样吗？

九郡主看看他那双伸直的腿，少年屈膝的同时表情有点微妙，不悦地甩开手指上恋恋不舍的小银蛇，握拳捶了捶双腿，瞥向九郡主的目光比清晨的风还要冷。

好像错怪他了。

九郡主打着战反思自己的愚蠢，紧紧抱着斗篷，心虚地、一步三顿地蹭了回去，挨在他身边，讨好地拽拽他肩侧散落的黑发。

"对不起……"她眼巴巴望着他，诚恳反省，"是我误会你了，是我不识好歹，把你白白当枕头睡了一晚上，方才还不分青红皂白地凶了你，对不起，你腿还麻吗？要不我给你揉揉？"

不等少年反对，九郡主将斗篷盖他身上，伸手就要去揉他小腿。

斗篷往下倾斜，盖住少年外衣的玄青长摆。

指尖距离他的腿不过分寸，少年倏地攥住她手腕，手心压着她腕上的银色手链，虚眸看她。

她是真的害怕蛇，小时候被蛇咬过险些就没醒过来，一朝被蛇咬十年怕井绳，尽管他已经把那条小小的银环蛇丢了出去，但她的身体至今还在控制不住地细微发抖。

他几不可见地皱了下眉，目光幽深地看着被他攥进手中的那只纤细的手腕，她怕得在发战，不同于被大鹅追着跑了三条街的玩闹似的害怕，而是发自内心的恐惧。

九郡主没注意他的眼神，眨巴眨巴眼，食指弯了弯，试探性勾住他一角褶皱的衣料。

少年将她手指头摁了下去。

九郡主失落地垂下脑袋，像极了她那只被压下去的蠢蠢欲动的手指头。

少年拽了拽她手腕，引得她不由得抬头。

在她困惑且沮丧的目光中，他轻轻抿了下唇角，低声道："抱歉。"

九郡主愣了下："什么？"

少年摸摸她的脑袋，用的是没碰过小银蛇的那只手，表情前所未有的认真，浓黑眼底映着她蒙蒙的脸。

"我不知道你怕蛇。"他想起她方才抱着斗篷连滚带爬的下意识动作，阴郁地皱了下眉，是对自己的讨厌，"我原本以为既然你喜欢蛊，兴许也会喜欢那种长相还算漂亮的银环蛇，是我想当然了。"

在南境，蛊比蛇可怕，中原人也十分恐惧南境的蛊，他没想到阿九不怕蛊却会怕蛇。

九郡主似是才听懂他话中的意思，极慢地眨了下眼。

少年松开手，将斗篷重新披回她身上，再次揉揉她的脑袋。

"那只手方才碰过银环蛇，我去洗手，你去叫小钰起床，等会儿有人过来为我们带路。"

九郡主迟钝："……啊？"

"啊什么，还没被银环蛇吓醒？"

九郡主一激灵："醒了醒了！"

少年这才转身去洗手。

接下来不到一炷香的时间里，九郡主连续打了好几个喷嚏。

九郡主摸摸发痒鼻子，有点想笑，毕竟她很久没生病了："我是不是得风寒了？"

"生病了还能笑得出来？"

少年往她身上裹了两件斗篷，九郡主被裹成个毛球，帽子将脑袋盖得严实，只露出一双乌黑的眼睛，水灵灵地望着他。

他低眸打量着她的脸色，故意吓唬她："再不注意些的话也许今晚真的会得风寒。"

九郡主震惊："你会看病？望闻问切？"

少年淡定反问："我有说过我不会看病吗？"

好像真没说过。

九郡主纠结："你上次被我拉去看大夫的时候竟然没有说。"

"哦，"少年扭过头，不以为意道，"因为我确实只会看。"

九郡主："只会看？"

少年摊手："闻问切都不在我能力范围之内。"

望闻问切，他只会望，好像没毛病。

九郡主沉默片刻，干巴巴地捧场："那、那你会看病也很厉害了，我连看病都不会。"

少年点头，面不改色："你说得对，我确实很厉害了，所以不必再去学闻问切。"

他不能把那一身"我就是很厉害"的气息稍微收敛一点？

脸皮稍薄的九郡主选择换个话题，低头拽了拽身上厚厚的斗篷："我现在看起来是不是很胖？"

少年正在解马绳，闻言偏头看她一眼，她戴着斗篷帽子，下半张脸缩进斗篷领口，勉强露出一双圆圆的黑眼睛，像一只藏进被子里只敢露出个脑袋的胆小波斯猫。

少年嘴角轻抿，似乎是在笑："没有很胖。"

九郡主松了口气。

少年又说："只是一点胖而已。"

九郡主很生气。

她抽出另外一条斗篷往他身上缠，他正牵着马绳，走不开，任由她往自己身上扑，在她撒手的同时还不忘提醒："绳子没系上，斗篷会掉下去。"

九郡主绕到他身前，发现斗篷前面黑色的系带确实没系上。

而宽大的红色斗篷笼在身形纤瘦的她身上，毛茸茸的边缘险险垂至脚踝，同样的款式披在少年身上反倒小了许多。

少年两手牵着马绳,腾不开手,九郡主只好动手替他系绳带,碎碎念:"我俩年纪明明差不多,为什么你比我高这么多?斗篷才到你小腿,我的都到脚踝了。"

因为她就是矮。

不过,若是说出来的话她定会恼羞成怒。

少年垂下眼睫,目光轻飘飘落在她颤动的纤长睫毛上,定定地看了一会儿,在她抬头的瞬间不动声色地移开视线。

九郡主将他压在斗篷下的长发与辫子撩出来,退后半步看,忽然发现他披上斗篷之后不仅没有显得臃肿,整个人看起来反而更加修长挺拔,心情顿时复杂起来。

说恼火吧,可少年长得好看,缠绕着红绳与银饰的辫子乖乖垂落在他胸前,异域与中原风混搭在他身上竟该死的吸引人,她看着看着就忍不住想笑。

说高兴吧,可她明明刚开始是想让他和她一样变得臃肿的,结果反而让他变得更好看。

九郡主心痛地叹了口气,决定不去纠结这个让自己难过的问题,转身将马兜挂到马鞍上,小钰趴在马兜边缘好奇地四处乱看。

"阿九姐姐,我们什么时候可以找到阿娘呀?"

"等出去就可以啦。"九郡主选择性忘记方才的不愉快,好奇地问后面神色有些微妙的少年,"对了,你之前说等会儿有人给我们带路是什么意思?你有办法联系到外面的人?"

少年抬手将斗篷帽子戴上,帽檐压着长睫,乜过来的视线似明似暗:"你知道银环蛇在什么情况下才会在冬天出来活动吗?"

九郡主想了想,肯定道:"你挖了它的洞。"

少年冷冷睇她。

九郡主改口:"那就是别人挖了它的洞。"

少年不想和她说话了。

九郡主牵着一匹马走到他身边,戳戳他:"开个玩笑嘛,但我说的是真的,银环蛇冬天不睡觉反而跑出来吓人,要么是有人挖了它的洞,它迫不得已才出来觅食,要么是……"

少年瞧她。

九郡主自信道:"那条银环蛇是家养的。"

倘若银环蛇是家养的,那它今早之所以出现在这里,一定是因为它的主人就在附近。

九郡主猜得没错,前后不过两盏茶的时间,他们便碰上一对背着药篓子的中年夫妻。

中年夫妻一身异域打扮,说话的口音带着南境的特色。

他们来自南境,听闻中原药类繁多,这次正是来中原收集草药的,该采的药差不多采完了,再过段时间就会回南境。

九郡主听他们说话时忍不住多看了几眼少年,同样来自南境,但他说话的口音听着更像是中原人。

九郡主先前没有注意到这一点,这会儿有了对比,忍不住对少年更好奇了一点。

他来自南境,为何中原话说得如此流利?莫非他以前来过中原?可是不应该啊,他对中原的食物很陌生,不像是在中原待过的样子。

九郡主抓心挠肺地好奇起来。

异域夫妻的药篓子里装了不少药草,听说九郡主可能得了风寒,便从篓子里找到几味药草,向九郡主介绍这些药的用处,随后又说:"这里距离我们住的地方不远,等回去之后,你们不如先去我们那里待一会儿,正好可以给你煎点药,风寒可不能小瞧。"

九郡主挺不好意思的,耐不住夫妻二人身为医者的热情,便答应了下来,心里想的却是包袱里还有多少盘缠,走的时候应该给这对夫妻留多少银子。

因着少年的身份,九郡主莫名地对南境人有好感,路上与夫妻俩聊得口干舌燥,也知道了大夫姓苏。

"其实南境与中原并没有很大的差别,只是风俗和习惯不太一样。"苏夫人说,"看你们的装扮不像中原人,你们也是来自南境?"

九郡主摸了摸头发上漂亮的银饰,指着一路懒洋洋的少年,道:"我和小钰都是中原人,只是喜欢南境的服饰才这样打扮,不过他是正正经经的南境人。"

小钰附和:"小钰和阿九姐姐是中原人,只有坏蛋哥哥才是南境人哦。"

其实她不太懂什么是中原和南境,但她记得九郡主之前和她说过南境人的故事。

夫妻俩对视一眼,有些诧异:"倒是看不太出来。"

"看不出来?"

苏大夫说道:"确实看不出来,这位小公子看着很像是我们以前见过的中原……"

他有些形容不好,便顿了下。

九郡主体贴接话道:"像大户人家的大少爷?"

"对对对。"夫妻俩连连点头,"小公子一表人才,一定来历不凡,即便是在南境,我们也很少见到小公子这般相貌与气质的人物。"

明明被夸的是少年,九郡主却像是自己被狠狠夸了一通,拉着少年的袖子摇晃两下,眉开眼笑道:"他们在夸你欸。"

少年漫不经心:"哦。"

真敷衍。九郡主用眼神戳他。

少年又补充了两个字:"谢谢。"

夫妻俩看了看心情极好的九郡主,又看了看这位矜贵的小公子,对视一眼后纷纷笑了。

几人继续聊些别的,不知怎么聊到中原与南境这次的联姻。

作为当事人的九郡主在听见这件事时,表情有一瞬间的心虚,却努力装作若无其事。

苏夫人犹自感慨道:"当真是今时不同往日,南境亦非往日的南境,连昔日凶猛的西陆都不敢轻易侵犯如今的南境,更别说如今处于弱势的中原……"

说到这里,她忽然想起来旁边的那名少女便是中原人,不好意思地闭上了嘴。

九郡主倒是没有生气,毕竟苏夫人说的是实话,如今的中原确实岌岌可危。不过她倒是对南境挺好奇的:"我以前听书时说书人都说中原和西陆旗鼓相当,北域稍弱,而南境因不擅武力更落后一点,算是四方列国最羸弱的。现在的中原年年败落处于弱势我倒是知道,不过南境又是如何强大起来的?"

苏夫人看了她一眼，笑道："你相信存在以一己之力改变整个南境大局的人吗？"

九郡主心说不太相信。

苏夫人道："你不相信吧？原本全南境的人都不相信，可事实是……确实有人做到了。"

九郡主有些惊讶，少年倒是听得无动于衷，反而睨了眼旁边试图偷偷拽他袖子的小钰。

小钰缩回手，委委屈屈地贴紧了九郡主。

九郡主牵着她的手，对苏夫人道："那个人是谁？"

"南境月主。"苏夫人一字一顿道，"两年之内，只凭一人便将离心的南境打得团结一致，甚至还将驻扎在西南边境的西陆大军打得连退数百里。"

昔日南境游离的族人居多，谁都不服谁的管教，几乎是分裂式的大境，而那位月主的横空出世，直接震慑了全境游离的族群，以他为中心，其他部族纷纷向他所在的部族靠拢。

九郡主若有所思，难怪南境向中原求亲时修帝都不敢拒绝，恐怕多多少少和那位神秘的南境月主脱不了干系，毕竟他可是凭实力将凶猛的西陆大军击退数百里。

连西陆都不敢和南境对上，更别说如今摇摇欲坠的中原了。

九郡主更好奇那位南境月主了："那位南境月主究竟是个什么样人？"

苏夫人神色略显复杂，半晌，说了两个字："蛊人。"

"蛊人？"

苏夫人解释道："蛊人需要以身体作为蛊虫的养料，以鲜血饲养蛊虫，只是一般人是无法成为蛊人的，成为蛊人的第一条件是能够成功活下来。"

九郡主心里一惊，凡是涉及生与死的东西应当都很残忍，这世上根本不存在不需要付出代价就变得强大的机缘。

苏夫人大约是看出她的想法，道："蛊人需要在很小的时候就以身饲蛊，百年来，南境只出现过五个蛊人。"

"五个？"

"虽然有五个人，但其中四个蛊人只是被蛊寄生，而月主作为第五人，与另外四个不同的是，他彻底驯服了蛊。"

提到蛊，九郡主就忍不住去看少年，他倒是没什么反应。

"如果他只是蛊人就好了。"苏夫人的表情有点说不上来的奇怪。

九郡主不太明白这话的意思。

苏夫人幽幽道："蛊人身体虚弱，精神脆弱，向来活不过三十。蛊人的蛊虽然厉害，但蛊人却无法习武，能活到三十岁已是极限。可那月主天生与众不同，蛊术无人能及便罢了，偏偏又习得一身神鬼莫测的功夫，便是没了蛊也无人敢轻易寻他麻烦。只要他活一日，南境便会继续强盛一日。"

因此，大多南境人对那位月主真是又爱又恨。

几乎不怎么开口的苏大夫不经意瞥了眼九郡主身边波澜不惊的少年，突兀地开口道："传言啊他曾在一夜之间杀光一座城的人。"

九郡主愣住。

苏大夫道："一城数万人，无一活口，因此也有人称南境月主为无人城主。"

"啊这……"

苏大夫道："实际上，不仅南境游离的部族惧怕月主，就连他们自己部族的人也害怕那位月主。"

九郡主"咦"了声，小心翼翼道："为什么呀？"

"因为他杀人不分敌我。"苏大夫道，"无人城内数万人，全部死在月主手里，其中有南境人，也有西陆人。有人去向那月主讨说法，也只是落得个死无全尸的结果。"

听起来很恐怖，可九郡主越听越感觉哪里不太对劲。

一夜之间仅凭一人便杀光城内数万人，这世上当真有人能做到吗？即使是往水里下毒，也不能保证每个人都会去喝有毒的水呀？那位南境月主是如何做到最终不留下一个活口的？

九郡主长这么大，听说过的最厉害的人当属昔日武林第一的剑神谢清醒，可即便是谢清醒，他也只是于青芒山下一剑斩千军。

既然如此，那么这位南境月主又是如何在一夜之间杀光一座城里的数万人？莫非他比谢清醒还要厉害？

而且，若是后来有人去找那南境月主讨说法，可每个人又都是死无全尸，那是谁亲眼见到那位月主杀了这么多人？这说法岂非前后矛盾？

九郡主明显感觉这位苏大夫对那位南境月主观感不太好，这也能理解，毕竟苏大夫是救死扶伤的大夫，可能确实不太喜欢喜好杀戮的人。

尽管"南境月主好杀戮"这个说法尚且存疑。

她不太好意思提出她的疑惑，只是向一旁心不在焉听故事的少年投去询问的目光。

少年回她一个疑惑的眼神。

哼，一点也没有默契！

九郡主扭回头，自顾自想象那位传闻中的南境月主的形象。

杀人不眨眼，一定很冷酷。

身体里养着蛊，皮肤可能不太好。

会武功，身材应该比较健硕，毕竟这苏大夫和苏夫人说南境月主与以前身体虚弱的蛊人不同，那他一定格外健康魁梧。

九郡主脑子里缓缓浮现出一个脸上有疤、身材高大的冷酷男人的画像。

苏大夫二人恰好瞧见某种想要的草药，便拐弯先去采药，九郡主对那位月主好奇得要死，连忙问旁边兴致缺缺的少年。

"你见过那个南境月主吗？"

少年睨她："怎么？"

九郡主比画了一下道："我方才想象了一下南境月主的形象，我想知道我有没有想错。"

少年牵了下嘴角，忽然就有了点兴趣："你以为的是什么形象，说来听听。"

九郡主兴致勃勃："身材高大！"

少年："嗯。"

九郡主："脸上或者身上应该有被蛊虫咬过的伤疤，长得可能不太好看，但应该是个壮士！"

少年："……哦。"

九郡主："还有就是，像话本子里冷酷无情的杀手，人狠话不多！"

迎着九郡主自信的眼神，少年停顿，随后从容点头，面不改色地赞同道："是的，没错，他和你形容的一模一样。"

苏大夫二人的住处就在山脚下的一处小屋，门外围了两圈篱笆，院子里晒着许多草药，站在门外甚至还能嗅得到一股清淡的药味。

九郡主打了个喷嚏，揉揉鼻子。

苏夫人笑着推开门，解释："院子里晒了一些味道比较刺鼻的草药，药性浓烈，你们可能会不太习惯。"

九郡主的确不习惯，刚进门就连续打了好几个喷嚏，好似对某种草药有特殊反应。

夫妻俩笑得不行，一边收草药一边尝试找出究竟是哪种草药的问题。

九郡主捏着袖子堵住鼻子，眼泪汪汪地跟在少年身后进了屋，小钰在山上待的时间长，很少下山，对屋子里外的东西都很有求知欲。

九郡主鼻子难受无法陪她一起玩，便放她一人去院子里玩耍。

苏大夫在院子里收草药，苏夫人进门准备烧点开水，没找到水壶，还是九郡主从厨房的锅碗瓢盆里找到的。

苏夫人有点不好意思："我给忘了，前两天准备将水壶洗干净……你们在这儿坐着等一会儿，我很快回来。"

九郡主捏着鼻子点头说好，一句话说完再次打了个喷嚏，少年扶着桌子笑得不行，九郡主气得抽掉他的椅子自己坐。

少年不以为意，脱下斗篷折在臂弯中，抬眸扫了眼屋内的装饰。

苏大夫收完草药后便去为九郡主把了把脉，从晒干的草药中挑选出几味药草道："确实算不得风寒，不过若是继续这样下去，夜里或许会咳嗽起来。我去煮点药汤，等会儿你喝完之后捂一捂发发热，不要出去吹风，应该很快就会好起来。"

九郡主闷闷地点头，说"麻烦你们了"，在夫妻俩都去后厨时悄悄从包袱里翻出来一锭银子藏在供桌的糕点下面，期间，她又打了三个喷嚏。

少年实在看不下去，从包袱里翻出来一块干净的白色绢帕，九郡主狐疑地瞧他手里那块帕子："你什么时候去买的帕子？"

边边角角还绣着娇娇嫩嫩的小粉花，一看就是姑娘家用的帕子。

九郡主顿了下，心里莫名地开始泛酸水，眯眼瞧他："不会是出门的时候哪个姑娘送你的吧?我都没有看到。"

少年轻展帕子,将正面对着她,差点就能盖到她脸上,垂着眼皮居高临下睨她,似笑非笑道:"不知道谁用帕子包了一堆蜜饯偷偷塞我包袱里,昨晚才吃完蜜饯,这就不认识自己买的帕子了。"

这和睡完就不认账的浑球无甚区别。

被内涵到的九郡主轻轻咦了声,迎着少年嘲弄的眼神,面不改色地扯谎道:"我就说这帕子怎么瞧着有点眼熟,原来是我的?还是你细心,这次是我记性不好,下次会记得的,我发誓。"

从小到大她发的誓可多了,老天爷哪能记得请她发了多少誓。

心虚的九郡主接过帕子挡住下半张脸,转头溜去后厨想看看有没有能帮得上忙的地方。

少年眯眸瞧着她逃跑的背影,想着她方才看见他拿出那张帕子时稍变的脸色,指尖若有所思地点点下颌,随后笑出了声。

不多久,苏夫人烧完茶出来,跟在她身后的九郡主撩开遮面的帕子,嗅着茶香味,先前打个不停的喷嚏竟意外止住。

年轻妻子凑过来瞧了瞧,恍然大悟:"原来你对银环蛇草不适。"

"银环蛇草?"

"银环蛇草是一种烈性药,单独使用是见血封喉的毒药,却也是解银环蛇毒的最有效解药。"年轻妇人想起来了,"我们最近正在研究新药方,院子里晒了不少银环蛇草,许是味道太呛人,你闻着不舒服,恰好青萝茶又是能解银环蛇草毒性的药茶,这一次可真是巧了。"

确实够巧的,一环套一环地中毒解毒,解九连环似的。

九郡主多喝了两杯青萝茶,终于不再一个接一个地打喷嚏,少年顺手将她脸上的帕子取了下来,慢条斯理地两折、三折,重新放入怀中。

九郡主看得瞠目结舌,直到瞧见他将帕子放进怀里,突然感觉脸上有点烫。

那个帕子她是专门捂口鼻的,他竟然当着她面直接贴怀放置?

九郡主险些没蹦起来。

少年拢了拢玄青的衣襟,斜眸瞥过去,她立时冷静下来。

他眉眼染着些懒意,拖长声音意有所指道:"毕竟这是我收到的第一张由姑娘家赠予的帕子，往后自然得好好珍惜。"

你珍惜什么珍惜？就你这长相，多的是姑娘家愿意送你帕子。

九郡主还没说话，苏夫人脱口而出："你们不是夫妻吗？"

两人同时转眸看她。

苏夫人后知后觉，臊道："对不住对不住，是我误会了，你们看起来关系亲近，我还以为……"

说到这里，苏大夫与苏夫人默契地岔开话题。

九郡主无意中转过头，恰好撞上少年浓黑的双眸，蒙了下，猛然想到年轻妻子说的那句"夫妻"，竟有些慌乱地别开脑袋，抓着茶杯的手紧了紧，却还要挺直腰背努力做出一副若无其事的模样。

小钰这时从门外跑进来，手里抱着什么东西，一边跑一边惊慌大喊："阿九姐姐，阿九姐姐……"

小胖孩一脚绊到门槛，差点摔倒。

九郡主眼疾手快将小胖孩捞起来，小钰呼了口气，接着紧张兮兮地将手里的东西伸给她看："阿九姐姐，我捡到一只小鸟，它是不是快要死掉了？"

这是一只最普通的雀鸟，灰毛尖喙，京城那些纨绔公子哥最爱拿弹弓射下这样的雀鸟亵玩。

雀鸟翅膀下面染着血，许是被人用弹弓打伤的，伤口边缘的血迹几乎干涸，奄奄一息地躺在小钰手中，豆子大小的眼睛半阖着，确实是快要死掉的模样。

苏夫人听见动静过来察看，简单做了些包扎，雀鸟仍旧一副无精打采的样子，甚至连米粒都不愿意吃。

小钰有些担心地问："阿九姐姐，它可以活下来吗？"

九郡主不擅长治疗，只好向苏夫人求救。

苏夫人道："伤口已经处理好了，能不能活得下来得看它自己，若是它很想活下来，一定可以活下来的。"

于是小钰将雀鸟当成宝贝揣在手中，走哪儿都要带着。

九郡主喝完治风寒的药，道谢过后准备就此告辞。苏夫人出言挽留："快要中午了，不如就先留下吃顿午饭？况且，你方喝完药，下午药效上来会很困，这边的夜比较寒凉，若是再来一遭，或许真要染风寒。"

九郡主犹豫了一下。

苏夫人指了指小钰手里的雀鸟，道："不如先在这里休息一晚，明日瞧瞧这只雀鸟的伤势能否好转，你家那位妹妹也会安心些。"

九郡主只好暂时留下，但她不好意思白吃饭，便主动提出去后山劈柴拎水。苏大人本不愿让她一个姑娘家的动手做粗活，架不住她态度坚决，便随她去。

九郡主拉着试图到后院钓鱼的少年一起去后山劈柴拎水。

少年手里拎着一个木桶，玄青的窄袖被九郡主亲手挽了上去，直至小臂，露出一截瘦长白皙的手腕，长发被扎成一束固定在肩后。

九郡主花了半盏茶的时间夸赞他的手多么漂亮，手腕多么修长有力，最后拍拍他肩膀，鼓励道："相信自己，劈个柴而已，我可以，你也可以的。我劈那边的一堆，你劈这边的一堆，各自分工干活不累的！"

少年盯着她，语气很是复杂："在南境，没人敢叫我做这种事。"

那可不是，他是大户人家的少爷出身，谁敢叫自家少爷做粗活？除非不想活了。

九郡主就不一样了，王府里兄弟姐妹常常欺负她，克扣她饭食之类的腌臜事儿屡见不鲜，九郡主不自己动手早就饿死在她那间小破屋里了。

区区劈柴拎水，对她而言如家常便饭，倒不如说她挺乐意做这种事，因为做这种事不需要费脑子，她可以让自己在活动身体的同时放空大脑，整个人难得处于一种轻松愉快的状态中。

更何况，她每次犯错，三师父都会罚她劈柴，一劈就是一下午。

九郡主许久没做这种事，竟有些迫不及待。

少年低眸时瞥见她微微蜷缩的手指。

中原的郡主本应十指不沾阳春水，可她与众不同，指尖沾满烟火的气息，透过那十根清晰分明的手指，他甚至能看见她曾经历过怎样恶劣的寒冬。

九郡主没有在意他的眼神，笑容可掬地望着他，双手合十期待着他的松口。

少年静默片刻，认命地接过刀，禁止她去劈另外一半的柴火，反而支使她去一边专门捡柴火，这种事简单不费手。

九郡主美滋滋地跑去拾柴火，抱着满怀的柴火回来时忍不住和少年分享她的快乐。

"老大，我是不是从没和你说过，其实我特别喜欢这种捡柴火劈柴火的生活。"九郡主说，"等我带你游遍中原，你回你的南境，我就找个环境好的地方盖座小房子，然后快快乐乐地劈柴过日子。"

她想得美。

少年将劈散的柴火摞一起，懒得理她，九郡主不在意，自顾自说得热火朝天。

"对了，你回南境之前要记得告诉我你的名字，等我以后闲着没事去南境玩的时候就可以去找你啦。"

少年拎起水桶，绕过她走到井边打水，九郡主屁颠颠过去转绳子。

"说到南境，之前我还有好多话没问你，不过我怕苏夫人他们听见，不好意思继续问，他们好像对南境那位月主很有意见。"

少年对她的絮叨置若罔闻，指挥她继续放绳。

九郡主一边放绳一边抓紧时间问："老大你认识南境的少主吗？我在京城的时候听人说南境出了个人中龙凤的少主，少主和月主是不是一个人？"

九郡主在少年面前自言自语惯了，本就不指望一脸阴郁的他真心回答，正要继续唠叨下一个话题时，忽听他哼笑着开了口。

"不是一个人。"

咦？

得到少年的回应，九郡主兴奋起来，忍不住继续追问："那少主好不好看？"

"没我好看。"

"哦，你没有直接说他丑，说明他应该挺好看的。"

"小屁孩有什么好不好看的。"少年冷哼。

"好吧好吧，不好看。"九郡主得寸进尺，"那你们南境的少主和月主有没有什么关系？一个月主，一个少主，听起来好像有点关系，他们会不会是兄弟？"

少年还没说话，她立刻否定："不会的，蛊人的诞生过程那么残忍，南境的境主怎么可能舍得让自己的孩子受那种苦？虎毒还不食子呢，即便是我那讨厌的阿爹也不会把我丢去做蛊人，毕竟明面上我还是他女儿，我要是死了他肯定会被人骂死。"

少年打水的动作微微一顿,明朗干净的眉眼倏地染上一丝阴郁。

九郡主没注意,犹自疑惑:"我想不通,为什么月主叫月主?因为他代表南境的月亮吗?"

少年提起水桶,步伐松快地往回走,声音淡淡:"因为好听。"

九郡主暗自换了几个称呼,浑然未觉地点头表示赞同:"确实,比起南境日主、南境天主、南境云主,还是南境月主更好听。"

少年转身去打第二桶水。

九郡主只是对南境月主一时好奇,这阵子心血来潮过去之后就没什么兴趣了,反正她脑子里想到的南境月主只是一副冷酷壮士的形象,已经固定印象了,想再多也没用。

九郡主提着一桶水,站在水缸边观察着说:"差不多只要再打两桶水就能装满水缸了。"

少年将最后一桶水倒进水缸,垂眸与泛着波纹的水面上的自己对视,面无表情。

他真没干过这种粗活,若是被周不醒晓得,他定要震惊地将这事儿传遍整个南境。

少年偏头看向眉飞色舞的九郡主,停顿片刻,移开目光的同时心想中原的这位九郡主真是好大的本事,勾勾手指便可蛊惑恶名昭著的南境月主心甘情愿去做这些乱七八糟的杂事。

勾勾手指便可蛊惑南境月主做杂事的九郡主对此一无所知,甚至试图将这位恶名远扬的月主大人拖去厨房烧烧柴火打打下手。

九郡主说:"我们去问问能不能借用一下厨房,中午给你做焖饭,我做的焖饭可好吃了。"

少年被她拖着走,没精打采道:"我要吃鱼。"

"给你做就是啦,清蒸还是红烧?"

"小钰才会二选一,"少年扬了扬眉,"我自然是两个都要。"

九郡主骂道:"贪心!"

少年被她拉着往厨房走去,懒洋洋地晃了下手:"那你做不做?"

"做做做,"九郡主咕哝,"撑死你。"

"撑死我,南境百姓对你感恩戴德。"

"那你在南境是有多不讨人喜欢。"

少年低头看着被她牵住的笑,嘴角扬起:"谁在乎南境人喜不喜欢,中原人喜欢不就行了。"

九郡主喝了风寒药之后睡了片刻,小钰担心受伤的雀鸟,忙碌着观察周围还有没有其他受伤的鸟儿。

少年被九郡主指派着做了一中午的活,午饭后就坐在后院的池塘边,一边旁若无人地钓鱼,一边陷入谁也叫不动的自我沉思中。

苏大夫夫妻俩搞不懂怎么回事,只当他沉迷钓鱼,便不再打扰他,收拾好东西继续在院子里整理草药。

正午的阳光暖洋洋,少年坐在高大的石头上,两条长腿悬空垂在空中微微晃动,撩起玄青的衣摆。

鱼竿随意压在掌心,鱼线直直垂入水中,少年淡薄的目光轻飘飘掠过平静无波的水面,虚无所踪。

难得的清净中,他开始回想遇见九郡主的这一路上所经历的事,想着想着又乱七八糟地考虑今晚该吃什么。

清蒸鱼和红烧鱼都吃过了,今晚不如吃烤鱼吧?

顿了下,他又想,阿九似乎更喜欢喝鱼汤,不如再钓一条炖鱼汤。

想归想,可钓了大半个时辰,鱼钩动都没动过一次,少年开始反思是不是自己钓鱼的法子不对。

最后心安理得地总结,不是他钓鱼的法子不对,而是他运气不好。

过去十七年间,少年只钓过一次鱼,还是周不醒带他去的。

那天天气很好,试图把他拉出去晒太阳的周不醒苦口婆心劝说:"钓鱼真的很有意思,月主你信我,绝对比吓唬人有意思,你别整天琢磨怎么吓唬人,不如像我一样想想怎么才能钓到大鱼。"

谁天天闲着没事琢磨吓唬人了?很累的。

少年嗤之以鼻,却还是跟着去了。

彼时才十岁的小少主见两位哥哥又一次丢下他独自跑去玩耍，顿觉自己被抛弃，抱着周不醒的鱼竿威胁说必须带他一起，否则他就告诉眠师他俩逃课钓鱼。

少年提着自家弟弟的后衣领直接把人丢了回去，抽掉鱼竿，光明正大地逃课去钓鱼。

小少主在后面哇哇大哭。

周不醒不得已只好哄着把小少主带了过去，于是也就导致这次的钓鱼体验格外差劲。

少年一条鱼也没钓到，反倒是周不醒和小少主钓了足有八条鱼，小少主甚至提着鱼得意地向自家哥哥炫耀。

少年面无表情地看他一眼，当着他的面朝桶里的鱼下了蛊，眨眼的时间，八条鱼全部翻着白眼和肚皮浮上水面。

周不醒和小少主惊呆了。

少年觉得不够解气，顺手蛊翻了整个池子的鱼，等三人离开时，水面密密麻麻浮着数百条死气沉沉的鱼。

这天晚上，众人的晚餐清一色的全是鱼。

自那之后，周不醒私底下给少年起了个绰号——鱼杀手。

鱼杀手本人对此不自知，他坚定地认为不是他钓鱼技术不好，而是他运气差。

少年想钓两条鱼，一条留给自己烤鱼，一条留给九郡主炖鱼汤，可他钓了一个多时辰，该死的鱼钩依旧毫无反应。

林间枝叶被风吹落，水面拢下几片碎叶，泛起细微的波纹，前院传来开门的声音，九郡主睡醒了，轻快地问院子里的夫妻俩有没有什么她能帮得上忙的地方。

苏夫人说可以一起晒草药，再给晒过的草药翻翻身，顺便教她如何识别一些常见的烈性毒草与解毒药草。

九郡主学得很认真，一面学习，一面背诵年轻夫妻教给她的简单的药草药性。

年轻夫妻夸她记性好，只讲一遍的东西就能记住。

天色渐晚。

少年看着波澜不惊的水面，缓缓皱起了眉。

阿九的鱼还没钓上来。

少年双腿盘膝坐在石头上，自言自语。

"烤鱼可以不吃，阿九的鱼汤不能不喝。"

阿九风寒，应该喝点热的暖暖。

"你们也认为应该捉条鱼吧？"少年虚垂下眼睫，指尖点了点裸露的修长颈项，"所以，你们谁去捉鱼？"

身体里的蛊一动不动，谁都不想离开温暖的被窝。

少年眼也不眨划破右手的食指指尖，一滴血滴入水中，很快融入池底。

几息后，光秃秃的鱼钩终于有了反应。

少年扬起笑，满意地拎起鱼竿，夕阳下，早没了鱼饵的鱼钩终于如他所愿钓上一条最大的鱼。

九郡主找来的时候，少年正好将鱼放进桶中，他人还端正地坐在天然雕刻的石头上，远远看去竟有种仙风道骨的飘逸感。

九郡主离得还远，稍微扬声，好奇道："你一下午钓了几条鱼？"

少年面不改色："一条。"

九郡主高兴道："一条也够吃啦！"

他就知道，阿九才不会嫌弃他鱼钓得少，无论何时，她总能找到最完美的角度真心诚意地夸赞别人。

九郡主说："原来你喜欢钓鱼？"

少年不置可否，他喜不喜欢钓鱼只是取决于她今晚想不想吃鱼罢了。

九郡主想到个好主意，接过他手中的鱼竿，兴味盎然地提议道："我知道有个地方特别适合钓鱼，而且那里的酒也超级好喝。"

"什么地方？"

"无极岛。"九郡主语气里带着一丝回味，"我以前还在京城的时候，有人给我六姐姐送过一条鱼和一壶酒，我去蹭过一次，无极岛的醉鱼与无极酒真是天下一绝。"

这是她第二次提到她六姐姐,第一次是小馆那次,而第二次又是吃鱼又是喝酒。

想必她与那位六姐姐关系不错。

九郡主无比想念无极岛的醉鱼与无极酒,扭头看着少年,双眼亮晶晶:"等我们把小钰送到南风寨,下一站就去无极岛吧,你一定会喜欢无极岛的无极酒和醉鱼!"

"我会不会喜欢不一定,"少年不带情绪地睨她,"反正你肯定喜欢得不得了。"

"总之,你不反对就是同意啦。"九郡主眨眨眼,快速道,"好,我们尽快把小钰送回去,然后立刻出发去无极岛!"

少年没有反对,只懒懒道:"你的鱼竿掉了。"

九郡主捞起鱼竿。

少年又说:"随便你。"

九郡主走回前院才反应过来少年的那句"随便你"是什么意思,就是同意她说的前往无极岛的提议。

经过一下午的悉心照料,小钰捡回来的雀鸟终于有了点精神,甚至可以吃米粒了,小钰感动得快要哭泣,这是她第一次亲手拯救一条鲜活的生命。

苏夫人摸摸她的脑袋说:"生命是非常脆弱的,这个世界上每一条生命都有它们存在的价值,万物有灵,你救了一条生灵,它们一定会感激你的。"

小钰似懂非懂地点点头,心中莫名地骄傲,也更加怜惜这只可怜的小鸟。

九郡主抓起两颗米粒,小心翼翼地送到雀鸟嘴边,雀鸟战战兢兢地看她两眼,试探性地伸出鸟嘴从她指尖叼走一粒米。

九郡主满足地笑弯了眼,忍不住招呼站在阴影中的少年一起来喂鸟。

少年心无波动地瞧着小钰手中那只脆弱的雀鸟,没什么兴趣,却因为九郡主的一句话而纵容她将米粒放到自己指尖。

雀鸟轻轻啄了下他的手指。

小小的喙若有似无地触碰着他的手指,像极了边关那晚九郡主的衣袖飘忽着划过他手背的触感。

少年垂睫看它。

雀鸟歪着脑袋与他对视，虚弱地"唧"了声。

脆弱的生命。

少年抿了下唇，朝九郡主伸出手，九郡主不解："干吗？"

少年抬起下颌，点点她手中的米粒："再给我一粒。"

九郡主笑，分给他一大把，忍不住嘲他："你不是没兴趣吗？"

少年不以为意："现在有兴趣了，还不许人变卦？"

看把他理直气壮的。

"行行行，都给你都给你，你和小钰一起喂鸟吧，我去做晚饭。"九郡主索性将米粒全塞他手里，叮嘱道，"一次不要喂太多，会撑着它的。"

少年点点头，接过米粒之后便同小钰蹲在门口一起喂鸟。

院子里只剩下他二人与一只鸟。

小钰天真道："坏蛋哥哥，你是不是喜欢阿九姐姐？"

少年喂出一粒米，神色不动地反问道："你一个小孩知道什么叫喜欢。"

小钰不服气道："我当然知道，阿爹可喜欢阿娘了。"

说着，她想起什么，稍微弱气下来，道："虽、虽然阿爹也喜欢其他人的娘亲……"

少年嘴毒道："那你阿爹的喜欢可真够廉价的。"

完全不在意他的话是否会伤害到小孩子稚嫩的心灵。

小钰扁扁嘴，却没有反驳，鼓着小胖脸认真道："所以坏蛋哥哥一定不可以学我阿爹，你要一直一直很喜欢、很喜欢阿九姐姐哦。"

少年没说话。

小钰催道："你不要装作没听见，我知道你听见了！"

少年充耳不闻，自顾自喂鸟。

小钰急道："阿九姐姐说不可以喂小雀吃太多的！"

"你还给它起了名字啊。"少年有点想笑。

小钰严肃道："阿九姐姐说起了名字就会有感情，我喜欢小雀，所以我要给它起名字。"

少年嫌弃地瞥她，顿了下，站起身伸了个懒腰，眼尾余光扫过小胖孩手中脆弱易逝的雀鸟，嘴角微微牵动，像是在笑，细看却又觉得只是错觉。

"用得着你说。"

小钰不明所以。

少年懒得再继续和她进行幼稚的对话，双手背到身后施施然绕去后院。

晚餐准备了炖鱼汤，按照苏夫人的说法，九郡主特地往鱼汤里放了一些补气养神的草药，起锅时试了试味道，药味不重，反而让鱼汤更加鲜美。

九郡主迫不及待地与少年分享，他在她的鼓励下喝了整整两碗鲜鱼汤。

不知是不是鱼汤里的草药自带提神效果，少年夜里如何都睡不着，只好披上外衫去院子里吹吹风。

越吹越燥。

他拧着眉，抬手摁住筋脉鼓动的侧颈，隐约察觉到哪里不对劲，体内的蛊虫活跃得让他有些燥郁。

身后忽然传来推门的声音。

少年回首，眸色暗沉。

苏大夫背对他轻轻带上房门，站在台阶上与院子里的少年对视。

月色凉薄，鼻尖萦绕着冷冽的药草气息。

少年微眯眼。

苏大夫率先开口，声音笃定："南境的月主为何会出现在中原？"

少年声音冷淡："关你什么事。"

苏大夫道："你上一次离开南境是两年前，两年后，西陆大军退出数百里。如今你又出现在中原，让人不得不多想。"

"还是那句话，"少年哼笑，"关你什么事。"

苏大夫坦白道："中原近年来极不太平，若你来中原是为添乱，这天下恐要大乱，我不希望这世上再起纷争，最终受伤的还是两境普通百姓。"

"这就是你在阿九的鱼汤里下药的理由？"

少年才不管他说的什么天下大事，天下大事关他何事？从始至终，他所在意的只有九郡主的鱼汤。

正因是出自九郡主之手的鱼汤，他才会毫无防备地喝下去，若换了旁人，他看都不会看一眼。

蛊虫的躁动让他心情不太好,眼底弥漫着浓郁的黑,仿佛下一刻就要大开杀戒。

苏大夫显然没想到他是这种想法,愣了许久才反应过来,有些失语:"那些药只对蛊虫有特殊反应而已,对普通人反而有好处,可以促进睡眠,阿九姑娘喝了鱼汤能够得到更好的休息。"

少年这才微微收敛缠绕周身的戾气,再次恢复事不关己的一贯态度。

苏大夫对他这瞬息间的变化感到愕然,没想到传说中杀人不眨眼的那位南境月主竟是这样的少年。

若非下午偶然发现那位阿九姑娘头发上的易容蛊,他怎么也想不到恶名昭著的南境月主就在他家中。

易容蛊脾气极大,只有驯服所有蛊的南境月主才能够随意驱使,若非得到月主的同意,易容蛊一旦碰到普通人类,会立刻毁掉那人的脸。

恶名昭著的南境月主竟在我家蹭吃蹭喝。苏大夫此时的心情有些复杂。

也不能说月主是蹭吃蹭喝,毕竟他亲手替他们夫妻俩准备了足以过冬的柴火和满满一缸的清水。

可也正因如此,才让人更加怀疑这位阴晴不定的南境月主究竟想做什么。

苏大夫冷静地看着少年,注意着他的一举一动。

少年根本没有在意他的打量,抬手摁住袖中一只被惹怒的摄心蛊,摄心蛊的杀性比食人蛊还要强烈,但凡受到一点威胁就会忍不住想要杀人。

再加上他还喝了两碗掺了料的鱼汤,引得摄心蛊越发燥郁难当,连带着他的心情也很不美妙。

少年缓缓抬起眼。

苏大夫看出他那一瞬间周身迸发的冲天杀意,不由得警惕起来,死死盯着他。

少年呵笑:"怎么,现在知道怕了?往阿九鱼汤里下料的时候,就没想过被我发现之后会发生什么?"

苏大夫不是很想说实话,但他是个识时务的人,实话实说道:"我没想到你喝了两碗鱼汤还能清醒地站在院子里,我下的料足以让一头狮子沉睡三天。"

少年似笑非笑。

苏大夫认输道："这次是我失手,我愿意随你处置,只请你看在阿九姑娘的份上放过我妻子,她什么都不知道。"

少年向他走近一步。

苏大夫顿时浑身紧绷。

少年扫他一眼,轻飘飘地从他身边走过。

苏大夫安然无恙地站在原地,满脸惊愕,不敢相信那位残忍无情的主儿就这么放过了自己。

少年推开门,目光瞥来,凉凉道："阿九的风寒还没治好,若她明日风寒加剧……"

话未说完,其中暗含的深意却无比清晰。

少年关上门,留下苏大夫站在原地望着那扇门若有所思着。

少年了无生趣地躺回床上。

经过这么一遭,身体里的蛊虫本该安静下来,却不知为何,他竟反常地越发烦躁。

不能杀人,也不能随便伤人,若是出事,明日阿九发现了一定会怀疑,说不定还要生气。

不想让阿九生气。

少年翻了个身,把脸闷进被子里,很烦。

过了片刻,窗户被人敲响,苏大夫悄悄推开那扇窗,表情带着些许挣扎。

少年冷冷地盯他。

苏大夫咳嗽两声："那什么,我刚想起来忘了和你说一件很重要的事。"

"最好是能让你活着回去的事。"少年阴沉道。

苏大夫不知为何竟不太惧怕这样的少年,深呼吸后闭上眼,决定一口气说完："虽然我只下了让蛊虫沉睡的药,但药方里恰好有一味能引起蛊虫繁衍冲动的药,若是蛊的主人与蛊一起睡着,那味药不会产生任何作用,可若是蛊的主人没睡着——"

显然,眼下这位蛊的主人并没有睡着,所以那味药的药效开始不受控制地发作了。

少年猝然甩出一个枕头,砸到窗户,发出沉重的声响。

苏大夫赶在危险来临前及时撤退,撤退前还不忘给予最后的安慰:"只要你不要老是想那位阿九姑娘,药效就会慢慢平息下来!"

但那可能有些困难。苏大夫幸灾乐祸地想。

第四章

荒　漠

　　"不要老是想阿九。"

　　少年拉起被子蒙到头上，被对方刻意提醒之后，他反而更加在意这一点，愈是在意，体内的蛊虫愈是躁动不安。

　　又不是春天，胡乱地发什么情。

　　"你不想去见她吗？"

　　"她就在隔壁。"

　　"可我想见她。"

　　"让我去见她。"

　　少年阴着脸掐死两只试图跑去隔壁打扰九郡主的蛊虫，黑色的血染在苍白的指尖，被另一只忍得难耐的蛊虫舔食殆尽。

　　隔壁房间里的少女浑然未觉地翻了个身，犹自睡得香甜。

　　少年忽然停住，一动不动，浓黑的眸直勾勾盯着帐顶。

　　九郡主的呼吸很轻，轻得仿佛就在他耳边。

　　少年闭了闭眼。

　　阿九。

　　半响，他一把掀开被子，起身出门。

　　夜里起风了。

　　苏大夫小心翼翼地推开门，妻子还在睡，他放松地吁了口气，脱下外衫刚躺下，忽听门外传来不紧不慢的脚步声，颤动的心脏猛地一提。

敲门声好似鬼差手中的招魂铃，倏忽飘摇，敲进他动摇不定的心底。

苏大夫装作没听见。

敲门声猝然停下。

门外死一般的寂静，风雨欲来。

苏大夫听着耳中怦怦跳个不停的心跳声，越想越觉得不安，咬咬牙正要起来与那南境月主说清楚，忽听一声细微的"吱呀"。

门开了。

刹那间，夜间的风挟裹着冷冽的危险气息疯狂涌入，窸窸窣窣的爬行声附和似的混入其中，有东西爬过门槛、房梁，静静吊在帐幔顶部。

伸手不见五指的黑暗中，他能感觉到一双双眼睛阴沉沉地注视着他。

苏大夫浑身僵硬，瞳孔微微颤动，控制不住地偏向最危险的门外。

少年单薄却修长的身影笼入暗影中，耳侧的辫子在暗淡的月光下刮出一圈清晰的轮廓，短靴上的银饰因风而动，发出"叮当叮当"的催命音。

少年一个字都没说，屋内的男人却全身冷透，感觉得到死亡的刀刃正虚悬在他颈项之上，锋利寒凉。

少年的声音轻轻响起，盖过爬行生物暴躁压抑的鼓动声。

少年说："我睡不着的时候，会格外想折磨人。"

九郡主一觉醒来天已大亮，她活动着睡得有些酸的脖颈，对于自己昨晚的睡眠质量感到惊讶。

她并不嗜睡，从小养出来的习惯，每天只要睡够一定的时辰就能精神一整天，且第二日醒得也早，这还是难得毫无顾虑地一觉睡到天大亮。

小钰比她起得还早，像一只雀跃的鸟儿，挥舞着手臂在院子里活力十足地跑来跑去。

瞧见她醒来，小钰兴奋扑过去，献宝似的将活过来的小雀递给她看："阿九姐姐，看，小雀好了！"

虽不至于完全好起来，但至少精神不错，小雀豆子大小的眼睛机灵灵地转动几圈，高亢地"唧唧"叫，再休养几日或许就能重新飞起来。

九郡主夸赞小钰真棒，瞧见院子里苏夫人正在将药材分门别类，洗漱过后便也过去帮忙。

"话说回来,老大和苏大夫他们今早都不在啊。"吃早饭时,九郡主才想起这一茬。

苏夫人说:"他俩一早就出门了,说是去找什么人,中午才能回来。"

九郡主不明白,少年来中原都没认识几个人,他能找什么人?而且,找个人而已,为什么不带她一起?

小钰想到昨天蹲在门口与少年的对话,捧着小雀,童言无忌道:"坏蛋哥哥肯定是去找别人家的漂亮姐姐了,哼。"

九郡主:"嗯?"

小钰喂着小雀吃饭,头也不抬嘟囔道:"我就知道坏蛋哥哥说的话不可以信,他和阿爹一样,喜欢都是廉价的。"

最后那句话还是她从少年那里学来的,活学活用,引得九郡主一头雾水,并着一丝说不上来的怪异。

小钰想到什么,突然抬头,自认为聪明地提议:"阿九姐姐,我们去找更好看的哥哥玩吧,我们不要和坏蛋哥哥一起玩了。"

九郡主还没说话,一旁准备出门的苏夫人听见后笑着说道:"既然如此,那你们不妨与我一道出门?"

她正要去山下的村落行医,每隔一段时间,他夫妻俩都会去附近的村落行访问医,因为这边的村落离镇子太远,有些上了年纪的老人家身体毛病多,偏偏又出门不便,他们便习惯了去那些村落里行医。

九郡主正好无事可做,待在这里等少年回来也是无聊,便愉快地接过她身上的药篓子,带着小钰与她一道下山。

九郡主原本想的是今日便离开,谁知少年一早就不见人影,不知何时才能回来,只能再耽搁一天。

行医问诊回来已近黄昏,少年与苏大夫早已回来。

少年依旧坐在后院的石头上自顾自钓鱼,一派悠然,反观与他一同出门的那位早已累瘫在院子里。

苏夫人瞧着自家丈夫生无可恋的脸,茫然:"你们这一天去做什么了,怎如此疲惫？"

去漫山遍野地追杀心怀不轨的坏人，这附近最难缠的山匪八成都死在少年手下。

此举勉强也算是为民除害，说出来倒也不是不行，可少年的行为分明只是借此平息蛊虫的躁动与流淌在血液中的汹涌杀意。

苏大夫无言以对，他哪能真的实话实说，只能独自咽下苦水，眼神充满幽怨地望向若无其事的少年。

少年跳下石头，步伐轻快地走到门口，抬起那只轻而易举便能掐断一个两百斤男人脖子的手，动作自然地将九郡主鬓边散乱的碎发撩到耳后，顺手拨弄了一下她发辫上的铃铛，听着那清脆的"叮当"声，声音散漫如往常。

"我找到一份地图，等明日休整好，我们便出发吧。"

少年身后的苏大夫热泪盈眶，在心中祈祷他们最好早点走。

九郡主惊讶地扬眉，说好啊，又奇怪道："你今天去哪儿玩了，竟然还能找到地图。"

少年面不改色道："苏大夫想找一味草药，但那种地方毒虫比较多，便带我一道去探路，毕竟我擅蛊，寻常毒虫对我来说没什么用，回来的路上顺道去了趟最近的镇子买了份地图。"

苏大夫见他脸不红心不跳地扯谎，表情有点一言难尽，不忍直视地别过头，生怕自己一时冲动就实话实说了，到那时好不容易捡回来的一条命怕是真得丢掉。

这位月主扯谎跟喝水一样，任谁也看不出来他一句话中哪个字是真，哪个字是假，与昨夜他说"睡不着的时候格外想折磨人"一个德行。

苏大夫昨晚是真的被吓到了，南境月主恶名远扬，说一不二，更何况昨夜本就是他有错在先，若是这位喜怒无常的南境月主非要追究，他根本逃不过。

九郡主被少年一副和善的外表所蒙骗，闻言道："毒虫？可是就算你擅长蛊，也不能小瞧其他毒虫，说不定刚好有一种毒虫就克你呢。"

少年"哦"了一声，任由她胡思乱想地担心，想了想，微笑着说："好吧，下次注意。"

"不是下次注意，是下次一定不能再以身犯险。"怕苏大夫听见会多想，这句话九郡主特地压低了声音。

"知道了，知道了。"少年扭开头，"你好啰唆。"

九郡主扯他的辫子："我在担心你，你还嫌弃我啰唆？"

少年明智地选择转移话题："今晚吃什么？我好饿。"

九郡主立刻被他带歪，骄傲地与他分享今日的战利品："哦，我们从山下带了一些村民送的咸货和鸡蛋，今晚煮鸡蛋汤，再蒸些咸货。"

山下的村民十分热情，苏大夫夫妻俩行医从不收钱，那些村民不好意思，每次都会准备许多东西赠予苏大夫夫妻俩。

九郡主在京城时跟着几位师父学过一些手艺活，苏夫人行医时她就去村民家里动手修缮他们家坏掉的东西，也因此得了村民们送的一些礼物。

少年低头时不经意瞧见她手指上磨出来的细小伤口，微微蹙眉。

九郡主不以为意，整理着东西便要与苏夫人一道去厨房。

少年跟在她身后，她要打水，他便提过桶，她要洗食材，他便提前替她清洗干净捞出来给她备用。

冷水刺骨，少年脸色都不带变的，等九郡主自顾自忙碌的时候，他才甩着手上的水珠，拖长声音故意道："阿九，水好凉啊，有没有热水？"

九郡主这才将注意力重新放回他身上，没看见他唇角勾着的得逞的笑。

苏夫人不识他本性，瞧他如此意气，眼中不由得带了笑，小声与自家丈夫咬耳朵："你瞧那少年，对阿九真好。"

苏大夫心情复杂："……他就只对阿九姑娘好。"

苏大夫看不下去了，决定眼不见为净，溜回前院与小钰一起喂鸟。

苏夫人是个热心人，见了少年对九郡主显而易见的态度，忍不住开始想些别的事。

晚餐准备好后，热衷于给人牵红线的苏夫人对疲惫的苏大夫道："阿九与那少年明日便要离开，在他们离开之前，我打算试着撮合撮合他俩。"

苏大夫手一抖，碟子险些摔碎："什、什么？"

苏夫人自信道："我瞧那少年待阿九如此特殊，许是对阿九有点想法，只是他似乎不打算明说，而阿九心思单纯，现在还没发现……"

苏大夫往她嘴里塞了个馒头，严肃道："我觉得我们还是不要插手小孩子的感情事。"

苏夫人不服道："他们年纪不小了。"

苏大夫急了："我知道你喜欢给人做媒，但他们俩真的不能乱来！"

苏夫人疑惑："为什么不能？这两个孩子明明两情相悦，只是显然没经验才都没看出来，我稍稍给他们提个醒也不合适吗？"

苏大夫："若只是提个醒倒也不是不行……"虽然他无法想象那位月主发现他的心意后会是什么表情。

苏夫人打定主意要在少年少女离开前给他俩下剂猛药，于是当天晚餐时，苏夫人给九郡主夹了个米粉丸子，佯装不经意道："对了，阿九，下午在村子里的时候，有个年轻人问我你的名字。"

九郡主抬起头，茫然："啊？"

身旁的少年不动声色地夹走她碗里的一块腊肉，别人碗里的肉更香。

苏夫人又道："那年轻人高高瘦瘦的，穿着青色的衣裳，说你修好了他家的篓子，想谢谢你。"

九郡主根本想不起来那个人是谁，她今天修了许多东西，懵懂道："哦哦，可是我已经收到很多谢礼了。"

"那怎么能一样？"苏夫人道，"人家是想单独感谢你。"

九郡主感到为难："可是我明天就要走啦，感谢就不用了吧，反正只是一点小事而已。"

苏夫人没瞧见少年有何反应，倒是九郡主几句话就将话题彻底堵了回来，一时噎住。

苏夫人还没说什么，苏大夫已经敏锐地察觉到少年瞥过来的目光，连忙往自家妻子碗里放了个丸子，截过话头道："先吃饭先吃饭，菜冷了就不好吃了。"

苏夫人："可是……"

苏大夫往她碗里放了个鸡腿："没有可是！"

苏夫人奇怪地瞧他，不懂他怎么突然变得这样不讲道理。苏大夫哑巴吃黄连，有苦难言。

没等他想好如何敷衍过去，对面的少年颇有兴致道："阿九，明日去看看也无妨，正好顺路。"

在场唯一了解少年心有多黑的苏大夫心里一"咯噔"。

九郡主也没多想，见少年有兴趣，便随口道："顺路吗？好啊，那就顺便去一趟，正好有两家的桌子还没来得及修，明日一道修了。"

少年抬起眼，意味深长地扫了眼对面坐立不安的苏大夫，慢条斯理地掰断手中焦脆的饼子。

苏大夫不敢说话。

苏大夫这一夜睡得极不安稳，他甚至连续做了好几个噩梦，无一例外，梦里全是隔壁那位月主做坏事的画面。

隔日一早，苏大夫眼下一片青黑。

苏夫人惊讶道："你眼睛怎么了？昨夜没睡好？"

苏大夫："做了个噩梦。"

苏夫人："什么噩梦？"

苏大夫语气幽幽："梦见传言中那位南境月主来我家蹭吃蹭喝。"

苏夫人大惊："那确实很可怕！"

很可怕的南境月主轻轻推开门，目光从他二人身上一扫而过。

一无所知的苏夫人热情道："你们也醒了？快些洗漱，晚些一起过来吃早饭。"

少年"嗯"了一声，懒洋洋地打了个哈欠，肩侧缠绕红绳的辫子轻轻晃动。

苏大夫忽然想起来，那位阿九姑娘似乎也编了相同款式的辫子。

正想着，那位阿九姑娘就推门出来了，头发有些乱，辫子没编好，手里拎着两根细长的红线去找少年，声音带着刚睡醒的柔软，小声抱怨："我头发又散了，红绳怎么都缠不进去。"

少年站在她身后，极其耐心地将红绳一点一点缠进她发间，和他一模一样的发辫。

苏大夫默默扭过头。

吃完早饭，一行人朝山下的村落出发，路上苏夫人不停试探少年对九郡主的心意，苏大夫几次都没拉住她。

九郡主只觉得苏夫人今日热情过头，却没有多想，直到抵达昨日的村落，一行人在村口撞见一名高瘦的害羞男孩。

男孩看起来只比九郡主小一点，白白净净的，像个读书人。

远远瞧见他们，男孩踟蹰地迎上前，看向九郡主的双眼藏着浅浅的光。

苏大夫不自觉看了眼旁边若无其事的少年，又看了看面前与九郡主打招呼的那男孩的脖子。

心累。

苏大夫拉着自家夫人，不让她去凑热闹。

男孩说："我今日一早便等在这里，不知你们今日还会不会来，好在你们当真来了。"

苏夫人笑道："若我们不来，阿武你要这么等一天？"

名叫阿武的男孩摇摇头："若是你们不来，我打算下午便拎两只鸡上山寻您。"

苏夫人心照不宣地笑，他哪里是寻她。

阿武有些不好意思地转头与九郡主聊起来，说感谢她昨日修好了家中的篓子，九郡主说举手之劳，阿武又说是否方便请她吃饭以表谢意。

九郡主疑惑，心想我只是给你修了个篓子，你就大方地请我吃顿饭，怎么算都划不来啊？

九郡主道："谢谢，真的不用了，我今日只是来将剩下两家的桌椅修一修，修完就走，不再停留的。"

阿武肉眼可见的失望，却还是没忍住问道："那……敢问姑娘芳名？"

九郡主当然不能说出自己的真名，含糊几句带过这个话题，不经意间往少年身边站了站，阿武这才瞧见今日一同过来的还有一名容貌陌生的少年。

少年身形修长，双眸乌黑，面容清俊，低睫瞥下来的目光带着冷冽的锋芒。

阿武心下一凛。

小钰听见熟悉的声音，从马兜里冒出个头，开心道："大哥哥，小钰也在这里哦。"

阿武愣了下，笑道："原来小钰也来了，哥哥没有看见你，真是抱歉。"

小钰说："谢谢大哥哥昨天的糖。"

"不客气,你若是喜欢……"顿了下,阿武才道,"哥哥家里还有些,过会带给你好不好?"

小钰张开双手乐不可支道:"大哥哥,我们现在就去!"

阿武觑了眼对面的少年与九郡主,道:"可你要先问问你阿兄阿姐同不同意的,若他们同意,哥哥才可以带你回家吃糖。"

小钰期盼地望向九郡主。

苏大夫瞄了眼少年阴郁的脸色,在一旁憋笑快要憋出内伤,赶紧拉着自家夫人与他几人分开走,以免等下被那位脾气不太好的月主大人的火气烧到。

九郡主没有留意少年,犹豫片刻,不想占别人便宜,便道:"小钰,等下姐姐给你买糖。"

"可是大哥哥家的糖好吃。"小钰说。

阿武也道:"我家是做糖的,有些糖的口味是我自己研究的,别的地方可能买不到。"

这下子真没办法,九郡主只好带馋嘴的小钰上门打扰。

落后一步的少年表面温和地摸了摸小钰的脑袋,小钰不解地仰头看他。

少年轻飘飘道:"你阿爹阿娘有没有教过你,每个人都要为自己说过的话负责。"

小钰老实摇头:"没有喔。"

少年拍她脑袋:"你现在知道了。"

小钰不知道。

小钰还没有发现大危机正在朝她靠近。

阿武家中的糖确实有不少种类,即便是在京城生活了十七年的九郡主,也有好些口味的糖没尝过。

阿武见九郡主对他的糖起了兴趣,顿生希望,与她介绍这些糖的口味与原材料。九郡主听着听着无意间一抬头,忽地发现房梁有些怪异,便提出要上去瞧瞧。

阿武吓了一跳,文文弱弱的姑娘家竟要上那么高的房梁?

九郡主道:"我瞧着那边有点歪,不知是不是瞧错了,我怕是房梁时间太长，万一过些日子这房梁掉下来砸到人可就不好了，我只是上去看看，确定没问题就下来。"

阿武看了眼旁边的少年，少年对此不见分毫担忧，他便犹犹豫豫地点了点头。

九郡主取下包袱交给少年，足尖轻点墙壁以此借力，轻盈跃上高处的房梁，红裙在空中划出一圈弯弯的弧度，晃花了年轻人的眼。

阿武眼中的沉迷之色越发浓烈。

少年呵笑一声，拎着小钰的衣领提到面前，顺手拍拍阿武的肩头。

阿武这才回过神。

少年浓黑的双眸直勾勾瞧着他，唇角轻轻掀动。

一刹那天昏地暗。

阿武瞳孔扩散，却又在某一瞬间激灵回神，迷迷糊糊地与少年对视，随后低下头，一眼瞧见神色迷茫的小钰。

阿武突然别过头。

少年满意地将小钰扔去一边，自顾自地仰头专注地凝视着敲打房梁的九郡主。

阿武的眼神一直追着小钰不放。

小钰发现这位大哥哥变得有些不对劲，他看她的时候让她感到害怕，小钰不住地坏蛋哥哥的身后跑。

少年偏过身，单手把人拎出来，和善道："还记得我说，人都要为自己说过的话负责。"

小钰害怕。

少年把懵懂的小孩放回原位，阿武眼神阴郁地盯着小钰："你要吃糖吗？"

小钰："我……"

阿武走近一步，脸色微微扭曲，问："你要吃糖吗？"

小钰更害怕了，瑟缩着后退："我、我不吃了，我不吃糖了！"

"可你先前还说要吃糖。"阿武神色变得狰狞，"你说过要吃糖的，你说过，你必须吃糖！"

小钰被他前后的变脸吓到，呜咽着重新跑回看热闹的少年身后，大哭着号叫:"小钰不要吃糖,小钰再也不要吃糖了呜呜呜……"

九郡主被下面的动静吸引,找到房梁问题后轻巧跃下,发现小钰被欺负哭了第一时间看向常年搞黑手的少年:"你又欺负她了?"

少年:"如果是我欺负她,她还会藏在我身后?"

说的也是。

那就只剩另外一位。

九郡主狐疑地转向阿武,发现他瞳色黝黑,神情狰狞恐怖,像是陷入了噩梦,口中不断重复着一句话:"吃糖,吃糖……"

九郡主吓了一跳,如论如何也想不明白为何一个正常的人情绪变得这么快。

少年捏起一颗糖扔进嘴里,事不关己道:"也许他只是本性暴露了呢。"

九郡主觉得阿武看起来更像得了某种癫狂的病。

阿武嘴里还在重复"你说过要吃糖的",手里抓着大把的糖想要挨近被吓哭的小钰,九郡主无法,只好将人打晕带去找苏大夫夫妻二人。

少年跟在她身后,在她转身的同时,从容不迫地将罪魁祸首摄心蛊拢入袖中。

正在问诊的苏大夫瞧见昏迷的阿武大吃一惊,再加上听了九郡主的描述,以为有瘟疫即将蔓延,忐忑不安地把了把脉。

片刻后。

苏大夫面无表情地收回手。

九郡主皱眉问:"他如何了?是什么病症吗?"

苏大夫表情微妙地瞧了眼她身后漫不经心吃糖的少年,少年轻挑嘴角,回以一个堪称温和的微笑。

苏大夫悚然收回目光,睁眼说瞎话道:"不是什么大病,痴心妄想症罢了。"

苏大夫让人将阿武抬回去,九郡主顺便和旁人说了下阿武家中房梁的弊端,这才去往另一家修缮桌椅。

少年这次没有再跟去,反而就着苏大夫身旁的椅子随意坐下,双膝微屈,单手支着膝盖,侧歪头,以手背托腮,若有所思地睨着苏大夫。

苏大夫给人把脉的手一抖,尽量镇定地对面前的人道:"没有什么大碍,回去多喝些水，晚上早睡，坚持几个月就会好转。"

说罢，他将人送出院子，关紧大门，回头盯着一派悠然的少年，语气严肃道："你对阿武用了摄心蛊？"

摄心蛊乃是传说中的蛊之一，与食人蛊并称两大杀器，能够完完整整地控制人的心神，若是蛊的主人愿意，甚至能将人变成听话的傀儡。

摄心蛊只有蛊人才能驱使，摄心蛊如此强大，这也是南境人宁愿放弃一切也要耗费全部精血去培养一名蛊人的原因。

时隔多年，摄心蛊重现，而罪魁祸首却用如此珍贵的蛊去控制一个微不足道的毛头小子，只因那小子觊觎他的心上人。

实在是、实在是——荒唐至极！

苏大夫简直要被这位不走寻常路的月主大人折磨疯，双手叉腰，焦躁踱步，语速极快道："我就知道，传言中的南境月主十多年不出南境，第一次走出南境就打得西陆大军撤退数百里，这是第二次，你第二次走出南境，你这次来中原究竟想做什么！"

他着实担忧，怕这位阴晴不定的月主大人干出无法挽回的事，这实在不能怪他过分忧思，毕竟在传说中每当蛊人出世定会引起战乱，没有人能够拒绝蛊人带来的巨大诱惑，这才是他如此警惕眼前这位南境蛊人的原因。

身为一名救死扶伤的大夫，最怕见到的便是战事。

而罪魁祸首对此无动于衷，甚至颇为悠闲地剥开一颗糖。

少年目光斜睨过来，似笑非笑道："这是第二次。"

第二次对他颐指气使。

苏大夫猛地噤声。

少年扔给他一颗糖，伸长双腿仰面躺回躺椅，一面晒着太阳，一面懒散道："我对搅乱中原没有兴趣。"

苏大夫试探："那你此行……"

少年瞥他，慢吞吞道："迷路而已。"

苏大夫本不相信少年那套似真似假的说辞，可转念一想，昨儿一大早他把他拎去抓山匪，中途数次问他接下来的路如何走。

他不会真的不认路吧？

听闻蛊人脱胎换骨成为真正的蛊人后也绝不完美，或多或少都会存在一个致命缺点。

有的只剩半副身躯。

有的精神不正常，整晚整晚睡不着觉，最后被自己的精神失常折磨至死。

有的记性不好，时常忘记自己是谁，甚至也会忘记如何驱使蛊虫。

苏大夫打量着躺椅上一派悠然吃着糖的少年，传言中的南境月主狠戾残忍，除却他昨日的作风看得出来一星半点外，其余时候，他看着更像一个意气风发的少年。

可他是南境月主。

而他的致命缺点是不认路。

苏大夫后知后觉地想到，也许这十多年来他不曾走出南境，或许正是因为他路痴。

这也太离谱了。

苏大夫神思恍惚，无意识想象着少年被困在一座陌生的山中，走来走去也找不到出去的路，然后暴躁到折磨人的样子，像极了昨晚不耐烦到满山遍野抓山匪的状态。

于是，苏大夫莫名地对这位不认路的月主大人生出一丝诡异的同情。

"也就是说，你这次出来只是单纯因为找不到回南境的路？"苏大夫试探道，"其实我最近也没什么事，要不我送你回去……"

少年转头，盯着苏大夫试图散发善意的脸："你话很多。"

苏大夫："倒也不是……"

少年平静道："第三次。"

苏大夫对上他那双阴晴不定的双眸，终于闭上了嘴。

九郡主修桌子腿的时候连续打了好几个喷嚏，心里直犯嘀咕，想着是不是谁念叨她了。

可就算当真有人念叨她，那也绝不会是念叨她的好。

这时，门外传来震天响的大呼大喊："三娘子和二当家来了！"

紧接着便是空前绝后的兴奋呼喊，"三娘子"与"二当家"换着喊，时不时掺杂着别的几个名字。

气氛之热烈，比京城的新年还要热闹。

就连正在修桌子腿的这家人也忍不住大喊起来，甚至还有人起身冲到门口呼喊。

马蹄声由远及近，嘈杂中透露出奇怪的秩序，随后天上"哗哗"飞下好几个布袋子，有一个砸到九郡主脑袋，她蒙了下。

小钰蹲在她身旁，捡起一个布袋子瞧了瞧，很没见识地"哇"了声："阿九姐姐，是钱哦。"

九郡主粗略扫了眼，袋子里装了好几块碎银子，混着一些铜钱。

九郡主心下有些奇怪，将钱袋子还给这家人，凑到门口看热闹，小钰身子矮，只能挤在后面干跺脚。

九郡主出来得迟了，只能瞧见马队众人的背影，一行数十人皆是女子，为首那位束起高马尾，披着红披风，黑色马匹之上的背影飒爽。

猎猎一声"驾"于半空震荡开来，马队紧随其后，钱袋子柳絮似的满天飞。

马蹄声渐远，热情洋溢呼唤着"三娘子"与"二当家"的声音也逐渐停歇。

短短一段时间，整个村落的状态从低迷掀至高昂，最后恢复平静，其速度之快让九郡主也不由得咋舌。

农户们攥着钱袋子热泪盈眶，同好奇的九郡主解释道："方才来的是南风寨的大当家与二当家，每年这个时候她们都会带着钱袋子来周边散银子。"

九郡主"嗖"一下站起来。

南风寨？那不就是小钰阿娘所在之地吗？

那些人还在感动着三娘子等人的豪侠心肠。

"我们这附近几乎只剩下妇女老幼，壮丁要么被招去边关，要么被拉去修城墙，留下的尽是些老弱妇孺，最近的镇子离得又着实远，出行不便，便是有了生意也赚不着几个钱。"

"自从几年前三娘子带着人打下南风寨，我们这边才好过些，别看南风寨在外面的名声差，在我们心里，南风寨就是顶好顶好的。"

九郡主没时间再听他们诉说南风寨的好，抓起小钰就要去找少年。

与此同时，苏大夫从前方跑来，正迎上携家带口的九郡主。

离得老远苏大夫就开始大喊："不好了阿九姑娘，与你一道的那位少年被那群娘子抢走了！"

九郡主"唰"地停下脚，震惊道："你说什么？"

苏大夫跑得近了，这会儿正扶着膝盖喘得慌，还要在心里破口大骂那位想一出是一出的南境月主，抬起头时表情却瞬间转换成担忧紧张。

"是这样的，方才他正要出来找你，没想到刚出门就撞上前来散银子的南风寨二当家，二当家为人豪爽不拘小节，可她偏偏有个嗜好，她好男色。"

九郡主想到少年那张天下第一好看的脸，忍不住发出一声惊叹："果然有眼光，一逮就逮了个最好看的！"

苏大夫心说你这反应不对啊，连忙补救道："那二当家瞧上了他，二话不说就将他掳上马，强行将人带走了！"

我可真是一派胡言！苏大夫在内心痛骂少年乱出馊主意，他哪里是被抢走的？

分明是对方刚问了句"可愿随我走"，少年张口就说"好啊"，末了还转头叮嘱苏大夫一定要告诉阿九他被强行掳走了，让她务必快些去救他。

苏大夫无言以对，还是拖着沉重的步伐前来告状了。

九郡主见识过少年惊为天人的男色，深知他那张脸对"好男色"的女人来说意味着什么。

那就是天上月，水中花，看得人心痒痒，非得将他摘下来不可，寻常人见了根本把持不住，连她都有几次险些被俘获。

九郡主望向远方，马队来得快去得也快，只余下未尽的沉沙，马队早已见不到人影。

她抱起小钰翻身上马，喃喃道："希望在我赶到前，老大的清白尚在。"

你们两个就没有一个是正常的。

半个时辰后，南风寨马队停在一处破庙，将要休整。

有人同三娘子道："大当家，收到准确消息说距此不过十里之外的荒原将会行过自无极岛而来的车队。"

三娘子生得一双英气长眉，双目精神，红唇轻启道："无极岛的车队？

那可是一条大鱼。"

"我们要不要去分杯羹？"

"一杯岂够？"三娘子道，"自然是全都要了。"

一行人欢呼不已，唯独角落的二当家围在一俊美少年前嘘寒问暖。

少年身形瘦长，黑发乌眸，垂在身后的几缕辫子缠绕着鲜艳的红绳，衣裳上的银饰在阳光下熠熠生辉，衬得他那双充满少年气息的眉眼越发夺人心魄。

二当家痴迷地递给他一笼手炉，恨不得马上上手去摸摸他："这个送你，这一路上被风吹得冷极了吧？快焐着暖炉暖暖，这可是我从路上劫来的好物，自个都舍不得用。"

少年天生冷白肤色，落在二当家眼里却是因冷风吹出来的苍白，可把她心疼坏了，随后也不管他接还是不接，又从身上掏出众多好东西讨好他。

有人实在看不下去，与三娘子道："大当家，二当家这性子怎么就不能改改？见着个好看的就恨不得把心掏给人家，往后遇着心肠歹毒的，被骗了都不知道。"

三娘子瞥一眼，冷笑："何须往后，她现在正上当受骗着呢。"

"什么？那少年是……"

三娘子抱臂道："你当他是傻的？老二问一句他就跟了上来，甚至自己独骑了一匹马，完全就是送上门来的'皮色货'。"

南风寨众人大惊："那他岂不是故意跟来？是有什么目的？二当家会不会有危险？"

三娘子心想那少年目的如何她自然不知晓，只不过是该让老二长长记性了，越美的东西越危险，她就是死不长记性。

至于危险？这里这么多人，任那少年如何也是双拳难敌四手。

二当家犹自与少年套近乎："对了，还不知道你叫什么名字，我该怎么称呼你？"

少年道："我姓'九'。"

"九公子！好姓氏！"二当家道，"待这次事情结束，你可愿随我回南风寨？虽然我房中已有数名男子，但我发誓绝不会亏待你。"

少年还没什么反应，南风寨众人听到这儿却不约而同抬手扶额，这种话说出来，哪个良家男子愿意随她走？

随后便听见那俊美少年淡淡道："若我家阿九同意，我自然不会反对。"

众人：这也行？

二当家心下一喜，随即想到什么问："你家阿九？阿舅？是你阿舅？你阿舅现在何方，过段时日我亲自上门拜访。"

少年侧了下头，瞥了眼破庙外："在路上了。"

荒漠。

一行十数人的普通车队从风沙中穿梭而过，领队之人戴着面罩骑于马上，固执地带队前行。

穿过暴起的风沙便是一望无际的灰青色荒原，领队喝道："原地休整！"

紧绷的车队松散下来，众人席地而坐，该喝水喝水，该吃干粮吃干粮。

领队接到手下消息："这荒原地处大漠交界，南风寨与西风寨算是占了这处荒原，这附近马匪极多，据说不少车队都折在这荒原。我们手里这些货又都是从无极岛交换回来的，若是消息泄露，南风寨与西风寨想必不会干坐着。"

领队闻言，沉色道："休息结束立刻出发。"

破庙空无一人。

九郡主进去转了一圈，看得出来这里有人休息的痕迹，破旧佛像下还丢了吃剩的半块干粮。

九郡主从角落的柱子边发现几粒瓜子壳，当即肯定少年和南风寨众人在这里待过，追的方向没错。

小钰坐在马兜里颠了一路，有点累，九郡主带她吃了点东西，又喝了点水。

"小钰，你之前是不是说过，你阿娘和你阿爹大吵了一架，吵完架带着许多人离开山上？"

小钰啃着干饼点头："是的呀，阿娘把二姨三姨她们都带走啦。"

九郡主心里有了点想法："那你还记得你阿娘在山上的时候，别人都叫她什么吗?"

小钰想了想,老老实实摇头:"小钰不记得了。"

九郡主把她抱起来,笑了:"想不起来也没关系,也许很快你就能见到你阿娘了。"

小钰阿娘可能就是南风寨的寨主三娘子,再不济也该是南风寨的二当家、三当家。

二当家好男色并且抢走少年,这种做法不太像是能从西风寨带走数人的小钰阿娘,暂且排除。

三当家不了解,有可能,但可能性不大。

九郡主更倾向于三娘子就是小钰阿娘的猜测,若是这样,那么小钰也就是西风寨那倒霉的马匪头子的女儿。

"我可真了不起,随便一抱就把南风寨和西风寨的小千金给抱跑了。"九郡主深深叹了口气。

她想到什么,拍拍小钰的脑袋叮嘱道:"小钰,若是你找到你阿娘,千万不能说是我把你从山上带下来的。"

小钰不懂:"为什么呀?阿九姐姐带我去找阿娘,阿娘会很高兴的。"

九郡主心虚,还能为什么?当然是怕三娘子把她当成贩人不成反而试图收买人心的人贩子。

她摸摸鼻子,打算走一步算一步:"算了,到时候再说吧。"

九郡主站起身,将小钰放回马兜,正要离开时忽然听见门外传来争吵声。

"我都说了不要来不要来,你非要来,有什么事比找阿月还要重要?"

"你个小孩懂什么,那可是无极岛的车队,无极岛什么地方?中原最大的藏宝地,从无极岛运出来的东西就没有不值钱的。"

"能比阿月还值钱?"

"那当然还是阿月更值钱。"

"我不管,我们去找阿月!"

"你急什么?阿月可以再找,无极岛的宝贝却是可遇不可求,而且说不定阿月也对无极岛的东西感兴趣,到时候要是在那碰见他不是正好?"

"你开什么玩笑?阿月什么宝贝没见过?他一把火烧了乌吉娜藏宝库的

时候眼都没眨一下。"

"你当时又不在场，你怎么知道他没眨眼？"

"不是你说的吗！周不醒你是不是有病？我真是疯了才会相信你是来找阿月的！你个守财迷！贪财鬼！抠门精！"

说话间，门外推搡着走进来一大一小。

大的那位稍高，一身乞丐服，到处打着补丁，比丐帮还像丐帮。

小的那位十二三岁，细皮嫩肉，一身白色的中原服饰，小脸紧绷，不悦地拉扯大的那位要回去。

两人拉扯间不经意发现破庙里竟然有人，同时"咦"了声。

小的立刻收回手，挺直腰背，绷着嫩生生的脸，一副"我才没有做过丢人之事"的少爷模样。

这应该真的是位少爷，而且还是有少爷包袱的大少爷。

大的那位丝毫不在意衣裳被扯掉，看着装像是少爷的仆从，但从他之前与少爷说话的态度来看更像是朋友。

最重要的是阿九觉得他的声音极其耳熟，绞尽脑汁思索良久终于想起来，睁大眼："原来是你！"

周不醒抬头看见她的脸，愣了下，心中划过一丝悚然。

这不是被月主抢走的那位中原小公主吗？

想着，周不醒猛然反应过来，既然这位姑娘在这里，那他们家月主应当也在这附近？这一趟果然没白来。

九郡主却不知道他心中所思，一看见他就想到被他骗走的七两银子，越发气愤："还我七两银子！解忧骗子！"

周不醒骗过的人太多了，最初根本没想起来七两银子的事，此时突然被她当面喊了声解忧，顿时想起不久前干过的一件坏事。

那个戴着面纱来解忧的姑娘！

周不醒难以置信地盯着她，缓缓吸了一口冷气，脑中转得飞快，眼前这位姑娘是中原的小公主，也是月主大人看中的姑娘，而他在不知情的情况下骗了她七两银子。

不久前在边关卖衣服时骗她五两银子后被月主大人威胁的画面历历在目，

周不醒后背瞬间冒了一层冷汗。

坑她五两银子就被月主狠狠记了一笔，若是月主再晓得他后来又骗了她七两银子……

"什么七两？怎么回事？你们认识？"仿佛被忽略的少主不悦地插入这个话题。

听见他的声音，周不醒心中霎时涌起一个新主意。

死也要拉一个垫背的。

少主，接下来就要委屈你了，毕竟中原有句话叫作"死贫道不死道友"。

天黑了，月光与火棒映亮前方的道路。

车队众人戴着面具，火光舔舐面具上的黑白色花纹，如同恶鬼的微笑。

领队耳朵轻动，忽地大喝："有埋伏！"

马儿前蹄被陷阱困住，"嘶嘶"作声，领队迅速翻身下马，众人绷紧神经，手持长刀，严阵以待。

南风寨众人将无极岛车队前后左右包围，各自站在早已设好的陷阱之外，三娘子从阴影中走出来，扬声道："东西留下，人可以走。"

车队众人自然不会放弃这些珍贵的货物，两方人马僵持片刻终于互相交锋。

打斗声震天响，夜幕也被这些嘈杂的声音影响，月光越来越亮，倒下的火棒上的火苗燎过荒原的枯草，熊熊大火阻拦众人的退路与前进之路，谁也不肯放弃这批神秘的货物。

少年就在这样的厮杀中抓起一把瓜子，坐在一辆被推翻的破车上，长腿交叠，左腿随意搭着右腿，玄青的衣摆垂直脚边，若有似无地撩过黑色短靴侧方的银链子。

他将瓜子随手弹进厮杀圈中，一会儿击中无极岛人的小腿，一会儿击中南风寨人的手肘，搅浑水搅得不亦乐乎。

一群人打着打着以为暗中藏有某位高手，动作各自小心下来，互相凝视对方，场面一时胶着。

火苗燃烧的噼啪声中，少年悠闲嗑瓜子的声音便显得有些突兀。

两方人怔愣过后，齐刷刷地将视线转到无人注意的火苗包围圈之外。

二当家失声道："你怎么去那里了？那里危险，快点过来！"

"你醒醒，他看起来像是需要你保护的人吗？"

三娘子只想敲开老二的脑壳让她冷静冷静，这种情况下还能老神在在坐在那里嗑瓜子的会是普通人吗？

或许是她小瞧了这少年。

三娘子警惕地眯起眼。

少年处于万众瞩目的中心却不以为意，短靴上的银链子映着金红色火苗的光，笑得格外温善。

温善个鬼。

他从容抬手，隔空指了指火圈对面，将他们的注意力成功转移给对面暗处之人："也许你们还有一位共同的敌人，那边的不出来凑个热闹吗？"

本想渔翁得利的西风寨众人见被发现，咬牙切齿地走了出来，恶狠狠地瞪向那名悠然自得的少年。

"小小姐在哪儿？"

三娘子与西风寨不对付，一听这话，刹那转头，冷冷地盯向那少年："小钰怎么了？他对小钰做了什么？"

西风寨主恨得牙痒："他将小钰拐下山，原来是与你一伙！"

三娘子根本不想听这男人说话，眉一皱，狠厉道："小钰在哪儿？"

话音落地，远处忽地传来小孩子清脆的大喊："阿娘——"

三娘子倏地转头。

车队众人抓住机会即将冲破包围圈，却被横空插一脚的西风寨众人给堵了回去，气得险些口吐芬芳。

少年听见小钰的声音就知道九郡主也在附近，老老实实地放下腿，滴水不漏地收敛起这副搅浑水的姿态，又抬手捏捏眼尾，稍稍酝酿了一下，再次抬眸时赫然一副惨遭欺负的模样。

九郡主当即以为他当真受了欺负，怒气还没提上来，人却是愣住了："你、你这样瞧着还挺好看的。"

他面无表情揉揉眼，恢复一贯的漫不经心，屈指狠狠弹了下她脑瓜子：

"你一点也不关心我。"

"我这是相信你能够保护好你自己的清白。"九郡主揉揉额头,摊手,"瞧,你这不是做到了吗?"

少年道:"你再晚来些我就要被人强行带回去成亲了。"

"那你得给我留双倍的喜糖。"九郡主嘴硬道。

少年呵笑一声,索性将看热闹时剥好的瓜子仁塞给她:"记账上,日后全给你。"

九郡主见他还能贫嘴便知他无大碍,又不想掺和进那边的三方混战,拉着他就要偷偷溜走。

少年却牵住她的手,道:"三方人马都要争抢的宝贝,不想看看是什么东西?"

九郡主诚恳道:"知道得越多死得越快,我们还是抓紧时间快点跑路吧。"

而且等那三娘子与西风寨主发现是她拐走的小钰,到时候这么多人围堵她一个,想毫发无伤地脱身还是有点困难的,更何况还要带着不会武功的他。

可少年偏偏不走,趁着那边混乱之时,抬手揽住九郡主的肩膀将她身体压低,借着火苗蹿高的掩护悄悄溜到车队后方。

"我很好奇,去看看。"

"不行,这太浪费时间了……"她试图拉他赶紧走,反而被他带走。

然后和同样溜过去寻宝的周不醒二人撞了个正着。

四人面对面相视,气氛有一刹那的凝滞。

同样被拽过来找宝贝的小少主瞳孔震动。

周不醒早猜到会有这么一天,心中虽淡定如常,表面上却表现出震惊不已的模样:"少主,我就说阿月会来这里吧!"

接下来就是少主吸引月主注意力的时候了,少主身为中原那位小公主名义上的未婚夫,月主却半路抢走了小公主,现在少主和月主碰面了,谁还能顾得上七两的事?

周不醒琢磨着这么多事搅和到一块儿,说不定这位小公主很快就会把七两那件事抛之脑后,这么一来月主也就不会知道这件事然后来找他麻烦了。

被狠坑了一把的小少主浑然未觉周不醒的算盘,只是愣愣地盯着将九郡主虚揽在怀里的少年，又亲眼瞧着他抬手九郡主头发上的荒草余灰仔细挥落，动作自然，神色温和。

一点也不像他记忆中的那位哥哥，哥哥一向厌恶亲近旁人，而旁人怕哥哥厌哥哥又不得不倚仗哥哥，哥哥和所有人的距离都很远，这么多年只有眠师大人能够与哥哥平等地站在一起。

小少主懂事以来就没见过哥哥的脸上露出这种堪称柔和的神情，更别说是对着一名中原的女子，连他都没有见过这样的哥哥。小少主故作老成的小脸终于绷不住，难以置信之下选择自欺欺人，喃喃自语："我哥怎么可能会碰姑娘？他肯定是假的……"

周不醒："他绝对是如假包换的阿月，你亲大哥。"

这下轮到九郡主呆住了。

怎么回事？路上随便碰见两个人，这两人就成了老大的弟弟？而且他们一路上总是喊着的那个名字叫什么来着——

他就是阿月！

九郡主震惊转头。

场面一时变得有些滑稽。

九郡主在来的路上听这兄弟俩絮叨了好久阿月的故事，比如说他是如何一把火烧了乌吉娜的藏宝库，再比如说他又是如何因钓不着鱼而心狠手辣将整池子的鱼全蛊翻的。

九郡主初时听着还觉得他们口中那位阿月挺好玩，想着以后如果有幸遇见这位"阿月"，一定要教他如何钓鱼。

结果不过半日，她就见着了这位阿月的真面目。

她震惊的同时忍不住茫然思考，前两日他拎回来的鱼究竟是如何得来的？他不是不会钓鱼吗？

而小少主费了好大的劲才说服自己相信对面眉眼含笑的少年当真是他亲大哥，从没得到亲哥笑脸相对的小少主心酸又委屈。

"哥，我找你好久……"

少年瞥他一眼，似乎是不打算与他相认，转头拍拍九郡主的肩膀，漫不经心道："他们认错人了，不用管他们，我们继续找宝贝。"

小少主张了张嘴还想说什么,被后面的声音打断。

这边闹出这么大的动静,车队的人齐齐调转矛头对准他四人。

南风寨与西风寨不甘示弱,也加入争抢货物的行列,一时间场面变得无比混乱,浑水摸鱼的轻松悠闲,火上浇油的不亦乐乎。

九郡主避开好几次攻击,她当少年只擅蛊不擅武,时时将他拦在身后细心护着。

少年半点也不觉得自己是吃软饭的,在她身后摸鱼摸得越发嚣张。

周不醒简直对自家月主的厚颜无耻叹为观止,传言中的南境月主心狠手辣、残忍暴戾,谁知道他本质就是个隐瞒身份躲在小姑娘身后吃软饭的小白脸呢?

周不醒不敢提醒小公主她身后那位多么可怕,他怕自己小命不保,嘴巴是用来吃饭的,而不是用来说话的。

于是为了小少主的性命着想,周不醒一边浑水摸鱼,一边捂着小少主的嘴不着痕迹地将他拖离战场。

九郡主不想惹麻烦,现在场面变成这样已经彻底失去控制,谁胜谁负那批货归谁她一点也没有兴趣,只想带着少年偷偷跑路,一转头却被不知何时绕过来的南风寨二当家拦住去路。

二当家死死盯着他二人紧握的手,抬眼怒视少年:"你明明说过要与我一道回去!我答应你绝不亏待于你,你却要食言?"

九郡主震惊地抬眸望向少年,脱口而出:"你真要去做她压寨夫君?"

不等少年答话,二当家冷厉道:"你是哪里来的丫头,这少年姑奶奶我早先便瞧上了,你若识趣最好撒手!"

嘿,早先是有多早?比她还早?

一听二当家那话,九郡主这叛逆脾气顿时就上来了,从小到大她就喜欢跟看不顺眼的人对着干,立马拽着少年的手高高举起,对着二当家恶狠狠道:"我就不撒手,我不仅不撒手,还要攥得更紧,你又奈我何?"说着,直接伸展五指,紧密地与少年十指相扣。

指尖的温度穿透肌肤,直抵人心。

两人编着同样款式的辫子,缠着同样的红绳,就连衣裳上的银饰都是一对儿的款式。

一个红裙似火,明眸皓齿;一个黑衣如墨,眉眼如画。

登对。

他俩站在一起完美诠释了什么叫作"神仙眷侣",登对得让人心里直冒酸水。

少年低眸扫了眼被九郡主攥紧的手,唇角的笑越发浓郁。

二当家顿时气血上涌。

"你竟说话不算话,我生平最恨说话不算数之人!"

一柄长刀挟裹冷意寒风迎面而来,九郡主偏身推开少年,鬓边的黑色长发被刀刃带起的风撩起,余光瞥见地上扔着数把长剑,脚尖一踢剑柄,长剑在空中划过半个圈,完美地落入她手中。

长刀拐弯,迎面而来。

九郡主眉目一凛。

刀与剑的铿锵撞击声中,少年再次兴味盎然地嗑起了瓜子。

从某种程度上来说,阿九这也算是为他争风吃醋了。

少年云淡风轻地转过头,对身后的人道:"要嗑瓜子吗?"

提剑偷袭的人愣了下,还没等他回过神,眉心落下一点冰凉,眼前一片猩红。

少年指尖点在他眉心,眨眼间偷袭的人仰面倒下,少年慢条斯理揩了下食指,继续好整以暇地观看九郡主打架。

他站在这里就是一道无形的屏障,无人能越过他走近九郡主。

根本没看见少年方才所为的九郡主理智尚存,对付二当家时只守不攻,毕竟她与这位二当家无仇无恨。

反观二当家却气上心头,一招一式处处都是破绽。

九郡主从二当家刀下利落旋身,手下留情,曲臂仅以剑柄击中她的胸口,二当家身形一晃,连忙捂住胸口后退。

九郡主撤出半步,横剑相望。

二当家气得胸口起伏,瞪视九郡主半晌,涨红了脸咬牙切齿骂道:"混账!登徒子!不要脸!"

好好地打着架,她怎么就成登徒子了?

二当家捂着胸口,那里的衣襟不知何时散开,九郡主那一剑正好不小心勾住她衣领扯了开来,露出半片雪白的肌肤。

九郡主立马转身去捂少年的眼睛,然后又腾出一只手捂住自己的眼睛,同时大声认错道:"我不是故意的,对不起!"

二当家蒙了一瞬:"……没、没关系?"

气氛变得诡异起来。

少年的眼睛还被九郡主捂着,但这并不妨碍他识物,侧身递给她一把瓜子仁,是刚剥好的。

九郡主有点慌,对二当家那句"登徒子"心有余悸,从指缝里瞧见二当家已经整理好衣裳,这才敢松开手,悄悄往少年身后躲去,拉着他的衣衫挡在眼前。

"我真没想故意扯她衣裳。"九郡主小声说。

少年低头看她:"扯了也无所谓,反正又不是扯的你衣裳。"

九郡主脑子里不受控制地浮现方才惊鸿一瞥的雪白,心里一紧,磕磕绊绊道:"你、你刚才看、看见没有?"

按照中原的说法,看了姑娘家的身子可是要对她负责的,九郡主是不在乎这样的说法,可南境那边不知道有没有同样的风俗。

她怕少年当真因为这无意的一眼而留下做压寨夫君。

少年冲她眨眨眼:"看见了。"

九郡主脸都被吓白了,看起来急得要哭:"那可怎么办呀!你看了她身子是不是要对她负责的!"

都是她不好,早知道就不用剑了,随便使什么都好,怎么就非得用剑?

大火燎过枯草,余烬漫天飞扬。

少年抬袖将她睫毛上落下的一片灰烬拂开,仿若拈开一朵桃花,垂睫瞧她,语调轻快:"可是我只看见你将她打得落花流水,要负责也是对你负责啊。"

有一股特殊的香味从拂动的袖间飘来,九郡主不合时宜地晃了下神,迷迷糊糊地想对她有什么好负责的?

对面的二当家被他二人的旁若无人气清醒,原地跳脚道:"呸!狗男女!

你二人究竟是何见不得人的关系！"

少年并没打算解释，转头对九郡主道："她问我们是什么关系，阿九，我们是什么关系？"

九郡主正在斟酌如何用词才能不再惹怒对面那位脾气暴躁的二当家，下一瞬耳边便炸开意想不到的惊雷。

"阿九？她就是阿九？原来你说的不是阿舅，是阿九？你又骗我！"二当家气到快要失智，"你说你姓九，九？以她之名贯之你姓——好！很好！"

为什么你们说的话我现在开始听不懂了？

九郡主觉得这个晚上着实鸡飞狗跳，先是马不停歇地追赶南风寨之人来到荒原，随后又无辜被扯进抢夺无极岛宝贝的行列中，之后发现一路同行的那二位少年竟是老大的弟弟，而她现在甚至被迫成了南风寨二当家争风吃醋的对象。

太混乱了！

与此同时，混战中的三娘子一刀扎进车队领队的脖子，鲜血溅到她冷肃的脸上，黑夜中火光映出的侧颜宛如幽鬼。

西风寨众人竟被她这一下子惊到。

无极岛的人全部死在这场混乱中，三娘子招呼部下收揽货物，西风寨的人不服，两方人刚联手解决了无极岛，转眼针锋相对起来。

僵持是被小钰的哭声打破的。

小钰被三娘子的人护在怀中，眼睛和耳朵全被捂着，本该什么都看不见，却隐约听见她阿娘和阿爹的争吵声，这便哭了起来。

她的哭声引起所有人的注意。

于是，原本的争抢货物之争霎时转变成争抢小钰。

二当家见小钰就要被西风寨抢走，再也顾不着男人，提刀就冲了上去。

九郡主松了口气，连忙拉着少年就要溜，他却凑到她耳边轻语："那批货里有无极岛的酒。"

九郡主的脚顿时就走不动了，那可是无极岛的酒，价值千金的无极酒，她的眼睛都在冒光。

彼时，惯会浑水摸鱼的周不醒顺利从死人堆里翻出来一沓车队的冕牌，牌子上的字镀了金，他打算带回去把金粉抠下来卖了。

小少主因为被少年漠视，此时正蹲在火圈最外围自闭，对于周不醒贪财的行为再没力气指责。

周不醒躬身悄悄从一具尸体翻到另一具尸体旁边，视野里出现一双辅以银饰的黑色短靴。

周不醒激灵抬头："月——"

后面那个字没说出口，被少年冷睨一眼，周不醒回过神，看向他身后正在翻酒坛子的九郡主，后背冷汗直冒。

"阿月，阿月。"周不醒改口，"叫顺了一时改不过来。"

少年瞥向火圈外的小少主："找个时间把他带回去，别老是出来给我添乱。"

周不醒暗示："可他是少主，我只是个小仆从而已，怎么能说动少主跟我走。"

但是如果给钱的话就好办了。

少年笑了声："既然这点小事你都做不到，那么总该做一件力所能及的事。"

周不醒有种不祥的预感。

少年转过身，面向人群中愤怒地和西风寨众人对骂的二当家，扬声道："二当家。"

二当家同样愤怒地看过来。

少年侧过身，露出周不醒那张颇为英俊的脸，意味深长地笑道："我身边这位兄弟十分仰慕二当家，与我发誓非你不要，只是他人较为害羞，不好意思直说，这才托我与你言明。"

周不醒想说话，却不知为何说不出话，月主对他用蛊了。

他竟然被下蛊了！什么时候的事儿？

周不醒惊恐地使劲摇头，想要以此证明自己绝对没有那么说，可他动不了，只能疯狂眨眼睛表示别听他胡说。

二当家一眼瞧见脸色煞白的周不醒，眼睛缓缓睁大，心脏狂跳。

好生俊俏的小伙，是她喜欢的类型，可他摇头是什么意思，果然是害羞吗？

二当家这颗被少年气死的心重新活了过来，面上也活泛起来。

少年这一声成功地将对面两寨人的注意力吸引过来，他们这才想起来除了车队这里还有第四波神秘人，默契联手齐齐攻杀过来。

荒原马嘶。

这会儿真不能继续贪便宜了。

察觉到这边动静的九郡主眼疾手快扯过最近的马绳，一把将酒坛子甩上马鞍挂住，动作干净利落地翻身上马，红裙划过黑马摇起的尾巴，双腿一夹马肚，黑马兴奋地扬起双蹄，向着人群中的少年冲去。

"阿月！"

少年回眸。

疾驰的黑马踏火而过，九郡主一手牵绳，倾身将另一只手伸出，眉目灼灼。

"上来！"

少年浓黑眼底映出她那一身如火的红裙，越来越近，近至眼前。

身后是烈焰的熊熊火光。

他握住她的手，转瞬借力上马，在后面一众追杀的嘶喊声中，不紧不慢地将她揽进怀中。

荒原火苗渐熄，灼热的灰色余烬似丹青画卷中一抹极淡的背景色，画中有风起，少年少女鲜衣怒马，并肩远去。

第五章

无 极

半月后,无极岛外城。

无极岛上宝藏遍地,天上飞的,水里游的,也许就是稀世珍禽,甚至随手挖块土都可能挖出一块拳头大的金锭子。

但这一切都属于内岛,外岛与普通岛屿无甚区别。

无极岛无论外岛还是内岛,其中生活的居民都极其富裕。

外岛经商,与人来往,内岛的人却不爱出岛,更不爱与人打交道,多年来独自守着这世外桃源过着几乎与世隔绝的生活,他们能够依靠外岛自给自足,便无需外界的救济。

只不过偶尔,无极内岛也会向外敞开神秘的大门,恭迎有缘人入岛。

例如这十年一届的武林大会。

无极岛外城海域。

苍茫海面上浮起一层灰白的雾,数十艘乌篷小船陆陆续续向着无极岛的方向驶去。

其中有一艘坠在船队尾巴的乌篷船,拨开水雾,只见站在船头的船夫慢慢悠悠地摇晃双桨。

九郡主抖了抖钱袋子,满脸苦恼:"还剩二两银子了。"

一身黑衣的少年缓缓打了个哈欠,今天起得太早,他还没睡醒就被她连拖带拽地拉上船,说是要去无极岛喝酒钓鱼。

她振振有词：无极岛的酒和鱼天下一绝，不来就亏大了。

九郡主叹完气转头发现少年正困倦地倚着船壁打哈欠，想到什么，便起身将他拉出去："吹吹风就清醒了。"

少年并不是很想出去吹风，却还是顺着她的意思坐到了船头。

"二位也是为了这次的武林大会而来？"船夫是个爱说话的，见他们都出来便忍不住搭话。

九郡主"欸"了声，好奇："武林大会？"

船夫有些惊讶："你们不知道今年的武林大会是在无极岛举办？"

九郡主老老实实地摇头，来的一路上她到处躲躲躲，又买买买，根本没注意武林大会的事儿，不过，她对此格外有兴趣。

听说武林大会很好玩的。

"举办武林大会的话，那武林盟主是不是也要过来？"

九郡主想到以前听魔教出身的二师父说过，三师父年少轻狂时曾与现任武林盟主争过同一名女子，可惜最后也没争过，只得孤身一人黯然隐退江湖。

至于三师父后来为何做了赌坊的打手，据二师父王灵灵所言，是因为赌坊给的钱最多。可三师父看起来也不像是有钱人，身上穿的衣服还是打着补丁的，搞不懂他从赌坊赚来的银子都用哪儿去了。

三师父为人沉默寡言，不解风情，一棍子下去都蹦不出一个字，所以其他几位师父都叫他木头。而二师父出自魔教，性子最是不拘，最喜欢逗三师父，故而也是最了解三师父的那位，九郡主听到的"三师父与武林盟主是情敌"的八卦就是二师父透露的。

她对这位武林盟主有点兴趣。

船夫似乎很喜欢那位武林盟主，笑得眼尾都有了褶子："盟主自然也要过来，历任盟主都要亲自将武林盟的令牌交给下一位，每一任的武林盟主必定风光霁月，文武双全。"

"那武林盟主是不是都要长得很好看才行？"九郡主又问。

"武林盟主向来锄强扶弱，以铲除邪魔歪道为己任，自然都是气宇轩昂、一表人才。"船夫说。

九郡主自言自语："我三师父长得也不差啊，莫非武林盟主比他还好看？"

船夫道:"姑娘在说什么?"

九郡主选择转移话题:"那武林大会什么时候开始呀?在哪里举办?我们这样外来的人能不能也去凑个热闹?"

"武林大会就这两天开始,上岛之后就能知道具体在哪里举办了。"船夫失笑,抬手指了一圈,"你瞧,这海上船只里的人啊,可全都是来参加武林大会的高手。"

"这么多人?好热闹啊。"九郡主环顾一周,扭头朝乌篷船内没什么兴趣的少年喊,"我第一次看见这么大的场面,阿月,我们上岸之后也去凑个热闹吧!"

自从知道他叫"阿月"后,她再也没叫过他"老大",整天"阿月阿月"地喊,像是喊不腻。

说来也巧,她的封号是"昭月",他叫"阿月",倒是有缘。

隔壁驶过一艘小船,有人站在船头,听见这话嘲讽地轻嗤:"姑娘家的也想舞刀动枪,真是不自量力。"

九郡主不高兴地瞥过去,对方是一名身着蓝色长袍的男子,怀中抱剑,故作潇洒,迎着冷风就这么直挺挺地站在船头,跟个石头柱子似的。

九郡主纳闷:"现在连猪都会说话,真是稀奇。"

不等那人发火,九郡主撩开船帘重新钻进去,同时大喊:"阿月阿月,你听见了吗,方才外面有猪在哼哼……"

里面的人敷衍答:"会说话的猪能卖不少银子吧。"

"阿月,这头猪不值钱,贴钱都没人想买的。"

船外那人听他们如此旁若无人的对话,气得火冒三丈,正要说什么,后面突然撞上来一艘船,连带着他的船头狠狠拐弯,一下子撞到旁边的船头。

乌篷小船猛地一颤,九郡主进去后还没来得及坐稳,反被这一下颠得再次扎进少年怀里。

脑袋磕到他下颌,有点硬,撞得她脑门疼,手指压着他腰侧的银链子上,硌手。

少年单手撑住船壁,另一手扣着她的腰将她扶起来,微微蹙眉,眼神不善地瞥向船外。

九郡主眼含泪水，揉揉撞疼的脑门，嘀咕："怎么回事？"

外面的船夫与谁交谈，最初只是平和的对话，接着听见对方趾高气扬的声音："坐这种小破船的能是什么尊贵的人？再尊贵能有本王尊贵？随便给点钱打发了就是。"

船夫被对面这位不知哪儿来的大少爷气得脑子里"嗡嗡"叫。

对方坐着一艘华丽的大船，一路驶得极快，也不管前面是不是有船，一条直线走到底，撞到谁便嚣张地扔下银子。

船夫是个普通人，不敢与这样非富即贵的大少爷作对，只得忍气吞声捡起银子。

大船上的少爷专门守在船头扔银子，他享受这样的瞩目，眼风一瞥就盯上旁边那艘小船，侍从察言观色立即送上一袋子银子。

抱剑的蓝衣男子怒目冷视，小船又被对面的大船狠狠撞了两下，蓝衣男子一时没站稳"扑通"摔进水里，溅起老大一朵水花。

大船上的少爷顿时乐了，一连扔出好几块碎银子打水漂，恰有一块击中蓝衣男子的脑袋。

蓝衣男子痛呼，双手拍打水面狼狈地在水里扑腾，手中的剑也沉下了海，想要与那船上的大少爷拼武力，却在见着那少爷身旁的魁梧侍卫而心生退缩，最终只能灰溜溜地爬上小船。

船夫眼中浮现不屑。

大船的少爷一口气撞了两艘船，心生骄傲，随手扔下两袋银子，瞧见两艘小船的人都敢怒不敢，这才快活地拍起手来："本王今日心情好，不与尔等计较，下次若要再拦着本王的路，叫人拆了你的船。"

船夫："……"好想拿银子砸爆此人狗头。

大少爷那几句话刚说完，就见那艘最不起眼的乌篷船内有人漫不经心地撩开了船帘，少女看似普通的容颜映入他眼中。

大少爷最初看见的是那双眼睛，有一刹那的眼熟，身体反应快于大脑反应，脚一滑竟从船头摔下去。

侍从大惊失色，连忙将大少爷扶起来，反而被脾气暴躁的大少爷反踹开。

"滚开！"

大少爷脸色煞白,哆哆嗦嗦地捂住眼睛,努力让自己冷静下来,心中安慰自己那个家伙正在被通缉逃亡中,这会儿应该藏身南境或者北域,怎么可能还在中原?

他深深吸了口气,终于说服自己试探性地睁开一只眼皮,见着少女的全貌,虽有几分相像,但仔细看必然不是他认识的那个人。

那家伙嚣张得很,这姑娘倒是瞧着有几分乖巧。

提心吊胆的恐惧顿时散去,少爷扶着侍卫的胳膊站起身,尽管腿还有点软,但他装得很是盛气凌人,不三不四地上下打量着那姑娘,恶毒评价:"真丑,简直脏了本王的眼睛。"

现在这么嚣张,方才见到她被吓得摔下船的不知道是哪个。

这人她熟得很,只是她着实想不通为何会在这种地方瞧见他,这种大少爷就该留在京城,表面前呼后拥,背地里再被人套上麻袋揍两顿。

那人正是京城的小王爷,当今皇帝的亲弟弟,最小的那位,今年才十六岁。

先皇临终时小王爷恰好出生,这小王爷仗着身份高贵,一向说一不二,除了没杀过人放过火,吃喝嫖赌倒是样样皆通,京城里的世家纨绔全以与他玩乐为荣。

九郡主的拳头不由得痒起来。

说来,她和这位小王爷还有不少私仇,小时候她被王府里的人欺负,这位小王爷也没少跟在后面踩她,甚至可以说,小王爷热衷仗势欺人的"启蒙老师"就是她。

年纪大了之后,九郡主学了功夫,时常将这位小王爷套上麻袋狠揍,揍完还让他找不到证据。几次下来,小王爷对她心生恐惧,再也不敢随便欺负她,有时候见到她甚至还要绕着走。

今日倒是久违地又被这狗眼看人低的小王爷羞辱了。

哈,他胆子大了。

九郡主觉得有点新奇,也没有生气,反而缓缓扬起一抹神秘莫测的笑,她想看看小王爷还能干出多出格的事。

她的眼睛着实熟悉,很容易唤起小王爷潜藏内心的恐惧,可小王爷又不想在人前暴露胆怯,当即便疾言厉色斥道:"看什么看?你这刁民见了本王不跪下就算了,还敢这样瞪本王?"

九郡主看着他的目光越发慈祥和蔼,仿佛把他当成个地主家的傻儿子。

太像了,太像那个家伙了,就这个眼神,就这个意味深长的、好像是在琢磨该如何将他套进麻袋痛殴的眼神,即便不是他熟悉的那张脸,可这个眼神,实在是太像了。

小王爷更加恐惧,后背汗毛直立,指着她颤颤巍巍道:"你、你再看!你再看!再看本王就让人把你眼睛挖下来!"

身旁的侍从默默望天,自从小王爷听说南境那位可怕月主的传说后就非得学他,天天嚷着要挖眼睛。

而且,他这副样子怎么看都更像他惧怕对面那个小姑娘吧。

侍从无语地翻了个白眼。

九郡主觉得小王爷这等胆怯的样子着实伤眼,转念又想,这位锦衣玉食的小王爷好端端的不在京城待着,为何要来这偏僻遥远的无极岛?

想着想着,她便敷衍道:"尿包,胆小鬼。"

一瞬间寂静。

听见她熟悉到深入灵魂的声音,小王爷头皮又是一麻,整个人像是中了风一般哆哆嗦嗦个不停,当场就颤着嘴唇失声道:"疯九——"

眼睛像,声音也像,就连相貌也有几分相似,甚至连她挂在嘴边骂他的词都是一模一样,她不是"疯九"又是谁?

话音未落,就见乌篷船内走出另一人。

少年一袭黑衣,眉眼极俊,明明面上带笑,看人的目光却冷飕飕的似北域冰原的寒风。

小王爷蓦地打了个哆嗦,被九郡主多年揍出来的、对危险的感知潜意识立即发出刺耳警告,几乎是在对面那艘乌篷船船帘掀动的瞬间,他就条件反射地闭上了嘴,甚至不顾形象地连连后退。

而他下意识的反应,也成功挽救他这条除了吃就没什么用的舌头。

少年唇角带笑,语气透着淡淡的好奇,盯向小王爷的眼神却是危险阴暗的。

"阿九,我似乎听见狗吠了,可海上哪儿来的狗?"少年轻飘飘扫了眼对面脸色惨白的小王爷,轻描淡写地笑,"还是只结巴的丑狗。"

九郡主沉默片刻，缓缓应道："你说得对，这狗太丑啦，伤眼，谁把他放出来的？真不负责任，我要狠狠地谴责他！"

这浑蛋小王爷之前竟敢嘲讽她丑，九郡主记仇得很。

少年摸摸她的脑袋，满意道："那你多看看我，洗洗眼睛。"

九郡主扭头，夸赞道："哇，我的眼睛终于得到了拯救，方才他丑得我都快瞎了！"

小王爷：刁民！你们都是刁民！

小王爷一张嘴说不过两个人，最后只硬邦邦抛下一句"等到了无极岛你们都给本王等着"，便火急火燎地催促侍卫将船开得更快点。

于是，九郡主就看见那艘大船再次撞开数艘小船，招惹无数谩骂，风雨飘摇地离去。

她终于憋不住大笑出声，这个白痴王爷多年如一日的胆小。

此时已经驶出老远一截的小王爷裹着毯子坐在船舱椅子里越想越恼火，将身边一圈人全都大骂一遍之后才稍微消了点气。

侍从苦着脸给他端了杯降火的茶。

小王爷摔了好几个杯子，这会儿才好了点，一手端茶，一手叉腰在船舱里来回踱步，怎么想都觉得不对劲，她绝对是那位逃婚的九郡主，可她都被通缉了，为什么还是有恃无恐地会出现在这种地方？就凭她换了张脸？真正熟悉她的人怎么可能认不出来！

拧巴着眉毛思索片刻后，小王爷朝侍从招招手，不悦道："去，给本王找纸笔和信鸽，本王要给小六写信。"

他要问问尚在京城的六郡主最近有没有收到九郡主的消息，整个京城唯有她最了解她。

无极岛一年四季都是三月天的气候，春暖花开，人声鼎沸。

九郡主身上还穿着加厚的里衣，领口和袖口都镶着暖融融的皮毛，坐船时还感觉有点凉，这会儿早已热得想换衣服了。

外岛十二月的寒冬，而无极岛内桃花正灼灼盛开，没来过无极岛的都会被岛内一年四季的春天惊到。

九郡主像个被关在笼子里从未见过蓝天的鸟，扑腾着从城门一路跑进内城。

"哇，阿月你快看前面那个楼——"

九郡主想拉少年一起感慨，回头发现他人不在，倒是后面挤了一群人，而且都是二八的姑娘家，正中央赫然是被丢下的少年。

少年身形高挑，立在姑娘堆里也是拔尖的，肩膀上挂着两个包袱，这会儿正越过姑娘的包围圈面无表情看着已经跑远的九郡主，对身旁的漂亮姑娘们反倒是视而不见。

姑娘们更激动了："我就喜欢看不上我的男子！"

无极岛的人都这么奇怪吗？

有姑娘拈着桃花枝想要送给少年，被另一个姑娘挤开，姑娘们兴奋地将手中的桃花、手帕、簪花等小物件纷纷丢向少年。

一时间，以少年为中心的方圆一丈之内竟像是下起了宝石雨，甚至还有人从两侧的二楼丢桃花手帕。

风中有桃花香。

少年眼前飘下数张帕子，他慢吞吞地侧过头避开那几张香味刺鼻的帕子，不经意间头发上却落了一朵桃花，将落不落地卡在银饰边缘，像一朵桃花发饰。

还挺适合。

九郡主不仅没有同情他，反而看热闹地笑起来。

少年乜了她一眼，身体微微前倾摇了摇头，想要摇掉头发上的桃花，他腾不开手，只能以此摆脱送上门的桃花。

黑色长发随之倾下，桃花瓣掉了下来，缠绕红绳的辫子也跟着滑过肩膀垂落身前，发梢的红绳系着一个小小的蝴蝶结，不起眼地藏在头发里。

少年眸光一转，抬眼睨向看热闹不嫌事大的九郡主。

他记得之前在船上，她无聊至极时曾拽着他头发玩了会儿，嘴上说着是要学习编辫子，原来却是偷偷摸摸给他系蝴蝶结？

阿九胆子越来越大了，都开始觊觎他的头发了。

少年似笑非笑地盯向前方一无所知的九郡主，不躲不闪地任由身旁的姑娘们往自己身上丢礼物。

姑娘们见他并不排斥她们丢礼物，纷纷大着胆子走上前，每个人都想将这位俊美的少年拉回自己家中，谁都不肯放弃，矛盾就此产生。

"去我家！"

"他要去我家！"

"你们家里男人还少？又跟我抢人？"

"说的好似你家中没有男人？"

少年身上的包袱被七八位姑娘扯住，各自往不同的方向拉拽，动作再大些，包袱就要彻底散开了。

包袱里装的都是九郡主买的衣裳和各种稀奇古怪的小玩意。

少年整个人被姑娘们拉扯得左摇右晃，却偏偏事不关己地仰头望天，云淡风轻得仿佛即将"五马分尸"的那位并不是他。

照这情况下去，要么包袱被七手八脚拽散架，要么少年被姑娘们拽走。

没想到无极岛的民风如此开放。

九郡主终于不能继续坐视不理，连忙跑回去，弓着身挤进姑娘们的包围圈，一下一下扯开姑娘们八爪鱼似的胳膊。

"各位漂亮姐姐别拽了别拽了，阿月包袱都散开了。"

"阿月是人，这么拽下去要被拽裂开的。"

"烦请各位姐姐让让，让让，我们还有事要先走一步——"

九郡主拉着少年的袖子一边挤一边跑。

姑娘们见她如此大胆，而那位少年却也由着她，这才搞明白原来他俩才是一对，纷纷喊声，遗憾又不甘地让开。

少年嘴角一翘，随九郡主跑路的同时顺手将腰上险些被拽掉的包袱系了回去，不紧不慢的动作好似此时正在闲庭信步地赏花。

刚要散开的姑娘们瞧见他这副仿佛被自家姑娘宠坏了的模样，顿时心生不满。

"既然是一对，方才他家那位怎还站在那里看热闹？"

"故意想看我们笑话是吧。"

"岛外的人真是黑心肠。"

"夫妻俩都不是好人，真讨厌。"

一人一句把九郡主说得满头雾水，跑了一半突然停下，想要回头给那些姑娘解释清楚，下一瞬，手腕被人扣住，一股力道拉着她迫使她只管向前走。

身后的不满之声逐渐停歇，风中的桃花香若有似无。

少年身后系着小蝴蝶的发梢飘到九郡主脸上，有点痒，心口也有一点痒。

她耸耸鼻尖轻嗅，迷迷糊糊地想，这是无极岛的桃花香吗？可是又不像是桃花的香味。

无极岛内的生意与外面差不多，只是岛内生活的居民穿着更为随意，说话做事更喜欢慢悠悠的，甚至还有人搬出躺椅坐在门口晒太阳。

九郡主身上只剩下二两银子，原本的打算是先上岛住一晚，再将包袱里没什么用处的金银首饰给当了，可出乎意料的是无极岛城内竟然没有当铺。

无极岛的人极其富裕，不需要也不想开当铺，无极岛的居民非常随意，开铺子也只是因为有钱到极度无聊，便以此打发时间，只有极少数人喜欢与外界之人打交道。

无极岛除了没有当铺，也没有戏园子与杂耍之类的，这些有钱人无聊的时候自然会去海域外城凑热闹看耍戏，很少有人愿意做这种取悦他人的事。

就连城内"唯二"的客栈与酒楼，也是经过岛主同意的外来人建起来的，岛内的居民才不屑做这种除了能赚钱就没别的好处的麻烦事。

九郡主搞明白个中缘由的时候，羡慕得想要流泪。

有的人在外面风餐露宿顿顿吃素，有的人却因为太有钱而特地开铺子抬高价欺负买家寻乐子。

九郡主非常后悔，在少年被城门口的姑娘们围堵的时候没有出卖他的色相换银子，现在再回去试试不知道还来不来得及。

她频频向后看的动作吸引了少年的注意力，他没好气地敲了下她脑瓜子："把你脑子里不靠谱的想法收收，敢卖了我，你就死定了。"

九郡主狡辩："我怎么会做那种事？"

顶多就是先卖了他，然后再把人抢回来，总之不论怎么样先赚一笔就对了。

少年早就看透她的本质，懒得继续这个话题，抬脚走进客栈，漫不经心地在柜台上放下一锭金元宝。

盘算盘的掌柜喊了声:"无极天字房一间!客官您请!"

九郡主呆呆地看着他上楼。

金子。

那么大的一锭金子。

他竟然偷偷藏私房钱。

九郡主左思右想也没想出来少年那锭金元宝哪儿来的,只记得他好像做了个从包袱拿东西的动作。

他看着像大户人家的少爷,可一般离家出走的少爷不都是穷光蛋吗?二师父给她的话本子里都这么说的。

况且,他的衣裳襟口被火燎出个洞,到现在还没补过呢,如此节俭的大户人家的少爷真不多见。

那他的金元宝从何而来?之前的一路都没见他用过金元宝。

九郡主琢磨着,这一路以来,她和少年几乎没分开过,除了他被南风寨二当家掳走那次。

莫非是那次?

九郡主恍然大悟,却又有些纠结。那次之后她一直没问过他她不在时发生了哪些事,她赶到时他衣着规整,她便以为他没受什么欺负。

可这锭突如其来的金元宝动摇了她坚定的想法。

九郡主有些不放心,跟着少年即将拐弯的背影"噔噔噔"追过去。

小二帮少年推开门。

九郡主颠颠地从楼梯口跑过去:"阿月阿月……"

少年头也没回,直截了当地反手关上门。

"啪"的一声,兴致勃勃的九郡主碰了一鼻子灰。

"阿月,"她耳朵贴着门,屈指敲敲,认认真真地说,"你把我落在外面了。"

里面传来声音:"那就继续落着。"

九郡主不可置信:"阿月你是不是嫌弃我了?"

里面的人不吭声。

九郡主反思道:"你一定嫌弃我花钱如流水了对不对?可我就是喜欢漂亮衣服,我也不想老是买买买,可它们都好好看,都好适合我,不买的话我会觉得对不起漂亮衣裳呀。"

里面传来轻哼。

九郡主继续反思道:"你是不是还嫌弃我老是捯饬你头发?可你头发摸起来就是比我的舒服,我想学编辫子嘛,好吧,早上我不该偷偷给你辫子尾巴系蝴蝶结……"

里面传来嗤声。

九郡主真诚反省道:"阿月你听我说,对不起,这一路我不该在你睡着的时候故意用树叶挠你,也不该把你丢在姑娘堆里害得你差点被人扒了衣裳,更不该丢给你七八九十个包袱让你一个人背……"

里面传来冷笑声,连带着杯子落桌的细微声响。

九郡主竖起耳朵:"阿月?阿月你是不是在喝茶?阿月我也好渴啊,阿月你理理我呀。"

她额头抵着门,一边不厌其烦地敲门,一边委屈巴巴地呼唤:"阿月你是不是嫌我烦了?你要是嫌我烦,你就直说,我保证以后少说话。你现在不让我进去,我只能去外面露宿街头,无极岛的夜晚没有外面的冷,苏大夫说我身体倍儿好,我一定不会得风寒的……"

里面的人还是没有任何反应。

九郡主顿了下:"阿月,我走了?"

里面还是没有任何回应。

九郡主扬声:"阿月,我真走了?"

里面的人依旧无动于衷,稳如泰山。

九郡主:"我真的真的走了!"

九郡主觉得自己可能很快就要和少年分道扬镳,满心忧愁,这时,门被人从里面拉开。

刚换完衣裳出来的少年无语俯视着她,想起她在门口自顾自说的一大堆话,有点无语:"我只是进去换了身衣裳的工夫,你怎么想到分道扬镳的?"

九郡主没理他,一把掀开他的手,兔子似的快速跑进房里,在他侧身看过去时,当着他的面嚣张地磕上门。

"啪"的一声,像极了半炷香前她被他关在门外的那一声。

还没等他开口，面前的雕花门突然又被人从里面拉开，他微微挑眉，垂着眼皮睇她，用眼神问她在干吗。

她比他矮，眯着眼仰头看他，在他歪头表示不解的同时对他扮了个鬼脸，重重哼出一声，再次当着他的面不近人情地阖上门。

成功进屋的九郡主长驱直入，左顾右盼。

价值一锭金子的天字房就是和其他的房子不一样，瞧瞧这雕花的桌子，瞧瞧这玉瓷的花瓶，别致新颖讨人喜欢。

九郡主爱不释手摸了摸窗边的玉瓷花瓶，转头又摸摸镶金边的茶壶把手，心想这客栈真有钱，杯子都是用银子制成的。

绕过青白的月牙窗，里面摆着一张蓝幔的大床，绸被整整齐齐叠放在一边，窗户半开，有桃花枝娇艳地伸展进来，窗下摆着一张软榻，落了几瓣桃花。

九郡主半跪在塌上，推开窗户将脑袋探出去，目之所及是繁华的无极岛。

白衣剑客驻足与人交谈，粉衣少女面若桃李，携花弄枝。无极一条街直直通向远处的苍茫青山，街道两边没有小摊小贩，只有懒洋洋散步的人群。

外来客与无极岛居民很容易区分。

九郡主好奇地左右看了几圈。

南方桃花盛开，北方绿树如茵，无极岛大得一眼望去根本看不见海域，四面八方矗立着整整八座雕花红笼的十层高楼。

高楼巍峨，气势恢弘，楼外旋转的木梯紧紧盘绕八座高楼，高耸入云，整栋楼建造精致，看得出来设计这栋楼的人比较擅长机关术。楼上似乎没有人，但离得最近那座楼附近倒是聚集了不少外来客，约莫是有好玩的事情。

闲不住的九郡主突然也很想去凑热闹。

"阿九。"

门口传来少年敲门的声音。

里面的人学他之前做的那样，没理他。

少年收回手，从容不迫道："不开门的话我就一个人去吃饭。"

里面立刻传来"噔噔噔"的脚步声。

九郡主跑到门口才停下，有点不想就这么如他所愿，可这屋子毕竟是他花钱包下的。

她矛盾至极，倾身贴着门试探道："你要去吃什么？"

"醉鱼。"

九郡主眼睛一亮，是她最想吃的无极岛醉鱼。

无极岛极大，整座岛单独拎出去堪比半个内京城。

无极岛总体分成三个包围圈，内岛、外岛与外域。

最中心的是内岛，外人不可擅入，只有内岛之人才能随意出入，内岛人口稀少，能住进内岛的只有岛主、副岛主以及其他长老之类的尊贵之人，类似于京城的皇宫。内岛一圈皆布下阵法，且入口隐秘，不易寻找。

环绕内岛的是外岛，外岛住着的大部分是无极岛之人，偶尔也会有外来人，只不过外来人进入外岛需要准备好足够的银两，毕竟这个地儿着实坑人。

外岛以外皆是外域，外域与海相接，是无极岛前任岛主数十年前亲手划分的区域。

百年来，无极岛越来越多人来探寻秘宝，为了能让无极岛的居民安稳生活，前任岛主特地将外岛以外的一圈区域剔出来租给岛外的人，只要他们不捣乱不搞事就可以一直租着外域做生意。

外域与内岛外岛不同，外域和岛外的世界无甚不同，有街有人，有商铺有小贩，有大青楼也有小倌馆，甚至这么些年下来还有人定居在无极岛外域。

最令人不可思议的是，外域的物价也非常平民，与外岛一锭金元宝包一间房的奢侈形成鲜明对比。

九郡主不知道无极岛还有外域的存在，下了码头就一条直线走到底，直接从城门来了外岛唯一的无极客栈，烧钱包了一间镶金的天字房。

因此，当她拉着少年来到外岛唯一一座酒楼点了一条价值十两的醉鱼之后，坐在二楼听楼下的人闲聊，忽然听见有人将内岛、外岛与外域的区别说给外来人听时，她拿着筷子的手都是颤抖的。

九郡主瞳孔震动，望向一脸淡定的少年："你、你听见了吗？"

少年给自己添了杯茶，静候醉鱼送上来，若无其事应道："听见了。"

九郡主嗓子干涩："你为什么都不惊讶？"

少年纳罕地瞥她,反问:"我为何要惊讶?"

"金子啊!"九郡主激动地拍下筷子,"我们本来可以去外域住,一锭金子都够住半年了,而且——"

她仰头看着酒楼挂在墙上的菜单,心都在滴血,声音颤颤巍巍的:"这里的一条醉鱼足足十两,要是我们去外域肯定要不了十两,太亏了,亏死了,亏炸了,亏疯了!"

少年慢条斯理地喝了口茶,发出一声司空见惯的:"哦。"

"你还'哦'?"

"那就'嗯'?"

九郡主见鬼似的瞪着他:"你为什么这么淡定?"

就好像烧掉的那些钱不是他的。

那可不是一两二两,那是一锭金元宝和十两白银啊,真金白银,够她买多少件衣裳了。

少年点头道:"确实不是我的钱。"

是无极岛车队货物里的钱,他顺手牵羊罢了。

九郡主语带试探:"不会是你……卖身的……"

少年放下茶杯:"我卖身给你了?"

九郡主眨巴眼:"我哪有钱买你?我是说南风寨二当家,你不是被二当家掳走了吗,我赶去之前,你们有没有……"

最后四个字她说得心虚不已,还有点含糊。

少年似笑非笑:"以前怎么没看出来你懂得这么多,和你那位六姐姐小倌馆去多了?"

"才不是。"九郡主在危险边缘来回试探,"因为我五师父是怡红院老板,我小时候经常偷偷去怡红院给姑娘们端茶倒水……"

五师父要钱要命不要名声,九郡主从小受五师父的教导,身上多多少少沾了些类似的品性。

"咳咳,我就不明说了,你懂的吧?"九郡主挤眉弄眼暗示。

懂什么?懂那种事?有什么好懂的。

少年嗤了声,垂下的目光不经意滑到她秀气的鼻尖,到微微弯起的嘴唇,掠过她嫩绿领口下温白的颈，顿住，脑海中有什么一闪而过。

少年像是刚回过神，眉心微蹙，生硬地偏开视线，修长手指摩挲着茶杯边缘，一圈又一圈，在她不怀好意的探究下罕见地静默了下来。

九郡主稀奇地凑过去看他的眼睛："阿月，你是不是害羞了？"

少年摁着她的脸把她推回去，蹙眉："谁害羞了？"

"你没害羞，方才听我说到怡红院的时候为何避开我的眼神？"九郡主非要追根究底，"你还说不是害羞，你就是害羞，看你平时懂得这么多我以为你也是个中老手，没想到你这么单纯呀，还不如我呢。"

他是真没想到，在他面前一贯薄脸皮的九郡主提到这种事竟然能够脸不红心不跳地侃侃而谈。

她师父都教了她些什么东西，她是不是懂得太多了？他哪里是害羞，分明只是看见她——

耳垂忽地一热，耳饰被不听话的少女拨弄得"叮当"作响。

少年猛然抬眼，浓黑眼底倒映着九郡主得逞的笑脸，指尖僵硬，耳后看不见的皮肤底下有东西重重一跳。

他黢黑的瞳孔偏向她手指的方向，眼尾危险地上扬。

"松手。"他压着音说。

"哦。"九郡主乖乖撒手。

他微微松了口气，侧过头，抿了口茶。

"可你的耳朵就是红了。"九郡主冷不丁地戳穿他，笑意盈盈，"我五师父说会害羞的少年郎是世间的瑰宝。"

少年"咣"地放下茶杯，抬眸盯她，眼底浮现赤裸裸的威胁与警告。

九郡主视若无睹，双手托腮，狡黠地眨了下右眼："而我遇见了全世界最好看的那块瑰宝。"

少女眉眼带笑，骄傲得仿佛他就是她这辈子最珍爱的、独一无二的那个人。

银色的耳饰被风吹得细细颤动。

少年凝眸看着她，胸口有什么东西重重一跳。

九郡主早晚要为她这张口无遮拦的嘴付出代价。

当少年扣着她的手腕面无表情地对她说"是的，我很单纯，所以孤男寡女的最好不要住一间房"，然后冷酷无情地将她丢去外岛的那一刻，九郡主多么想回到两炷香前死死捂住自己那张多话的嘴。

"阿月，我没钱了，去外域会露宿街头的。"她试图装可怜。

少年根本不吃这一套："少来，你还有一两银子。"

"一两银子根本不够花。"

少年"呵"了声："只要不乱买衣裳和乱七八糟的小玩意，一两银子足够你吃睡两天。"

少年漠然道："你要为自己说过的话负责。"

否则她一直不长记性，什么话都敢对他说。

九郡主嘀咕："说实话也不行了？你真记仇，小气，恼羞成怒。"

少年："三天。"

他真的要把她一个人丢去外域三天，而且只有一两银子。

九郡主硬气道："去就去，不就是一个人嘛，又不是没有一个人过！"说完毫不留情转头就走。

少年微眯眸，下一瞬，她又跑了回来，狠狠踢了他一脚，气道："你给我等着，等我赚到大把大把的钱，到时候就是你哭着求我收留你，哼！"

这一次是真的头也不回地走了。

少年拍拍腿上的脚印子，注意着她的背影，神色无波，不疾不徐地抬脚跟了上去。

外域果然与岛外的镇子没有任何不同，热热闹闹的，还有好多江湖侠客穿梭其中。

九郡主刚进来就将先前的不愉快抛之脑后，热情快乐地奔走于各个小摊之间，经历了外岛客栈一锭金元宝的天价磋磨，她看外域的价格竟觉得十分亲切顺眼。

九郡主左手一串糖葫芦，右手一袋煎饺，腰间还拴着一袋酥糖，顺手买了个粉嫩的桃花发饰别在头发上，又仔细挑选了一串同款的桃花耳饰与彩色的发带，最后停在一处馄饨摊前。

"老板一碗馄饨，不加葱谢谢。"

跟在她身后的少年想叹气，本来以为一两银子够她吃三天的，结果她一个下午就快花光了。

老板动作麻利，很快给九郡主端了一大碗馄饨。

"哇，好多，便宜量大，难怪老板你家生意这么好！"九郡主竖起大拇指。

老板爽朗大笑："姑娘慢吃，我还要继续做别的份。"说完便回去继续下馄饨。

九郡主用勺子舀起一个馄饨尝了尝，美滋滋地眯起眼："好吃。"

味道鲜美，肉里有海鲜的味道。

是了，外域沿海，什么都缺，唯独不缺海鲜。

九郡主胃口好，吃了两个煎饺和半串糖葫芦，照样吃得下大半碗的馄饨。

她不喜欢浪费食物，大师父是享誉天下的名厨，从小就教她不许不浪费食物，她从来不会让碗里剩一粒米，但她这一路吃得太多，现在着实无法立即吃完所有的馄饨，便打算稍微休息会儿再吃。

这倒方便了她听八卦。

跟着五位师父学功夫的日子里，九郡主深刻明白一个道理，街头巷尾的小道消息最多，虽然有些真真假假鱼龙混杂，但仔细分辨也能分辨出个七八分。

于是她便听见旁边的江湖客讨论起了外岛的那八座高楼。

这个她有印象，悄悄竖起耳朵。

少年买了一件黑色斗篷披上，戴着兜帽遮住大半张脸，坐在她身后不远处的面点铺子前，点了份面，置于桌面上的手指修韧干净，一身神秘的气质叫过路的人不由得多看了两看。

灰衣客道："东北方向的无极楼半个时辰后开门，届时应当会有不少人过去排队挑战。"

白衣客道："我们不用早早去等着？万一叫别人抢了先，不一定什么时候才能轮得到我们。"

灰衣客摇头道："去得早了也没用，时辰不到，无极楼不放人，况且，论起排队挑战，住无极客栈的更有优先权。"

白衣客看着比较年轻，约莫二十岁，显然也是第一次来无极岛，对此表示不解。

九郡主听了一半也没听懂,她一边继续吃馄饨一边悄悄听。

灰衣客解释道:"来的路上我与你说过吧?外岛与外域不同,外岛虽然只有一间无极客栈,但在那客栈住一夜至少十两,吃喝另算,便是打水洗个手也要额外花银子。"

洗手还要花钱?这么黑?

九郡主一口汤呛住,歪过脑袋眼泪汪汪地咳嗽。

离她不远的少年听见动静微微偏过头。

隔壁的两位江湖客没有太在意九郡主的咳嗽,灰衣客自顾自道:"可即便如此,仍旧有不少人愿意去无极客栈烧银子,你可知是为何?"

白衣客自然不知。

灰衣客道:"因为无极客栈的人有挑战无极八楼的优先权。"

无极八楼?

九郡主揉揉眼睛,想起在无极客栈里看见的那八座雕花红笼的高楼。

八座楼分别位于无极外岛的东、西、南、北、东南、西南、东北、西北。

那八座楼莫非就是无极八楼?

"无极岛的人极有钱,光外域这一圈地的租金每年都能赚足千万两真金白银,这千万两金银不是贡给无极岛主和内岛的,而是分给外岛居民,即便外岛的人什么都不做,这辈子的钱都花不完。"

灰衣客重重叹气:"更别说,外岛居民闲着没事还会来外域雇人做生意,他们可不需要交租金,钱生钱,钱生钱,生生不息。"

白衣客惊呆了:"那他们岂不是富可敌国?"

"富可敌国称不上,但随便拎个人出去都算得上富甲一方。"灰衣客道,"可大部分的无极岛之人又不爱出岛,顶多只去海域外围那一圈溜达,越有钱越无聊,因此他们才会建造出专门花钱的无极八楼。"

他二人说到这儿就不说了,显然都知道无极八楼是什么东西,可九郡主不知道呀,她好奇得很,心痒难耐想听后续。

两位江湖客吃完馄饨就提剑走了,留下九郡主一人对着馄饨汤唉声叹气。

馄饨店老板见她如此,便问她为何愁眉苦脸,她便将无极八楼的事儿说了一遍。

老板笑了:"你来无极岛不是为了无极八楼?"

"不是呀。"

"那是为了这次的武林大会?"

"也不是。"九郡主老老实实道,"我就是馋无极岛的酒和醉鱼。"

老板笑得更大声,他莫名很喜欢这个小姑娘,正好此时人也不多,便将手头的事儿交给自家孩子,坐下与她细说:"这无极八楼是个赚钱的好地方。"

"咦?"九郡主更感兴趣了,"怎么个赚钱法?"

这不巧了嘛,她可太缺钱了,这世上还没有她知道赚钱的规矩却赚不到的钱。

老板道:"无极八楼各有十层楼,每层楼设有一个专门的擂台,每个人都可以上台挑战擂主,擂主连胜三场便可登上一层楼,且赢得百两白银。擂台打至第八层楼,胜者便可得黄金百两。挑战之人不用任何赌注,输了也无所谓,只要不怕受伤。"

也就是说,无极八楼是专门设置给江湖人打擂台赚钱的?那若是有个高手一路打到第十层,岂不是一夜暴富?

九郡主蠢蠢欲动:"若是我从一楼往上打,那我先打上二层楼,二层不就没有人了吗?到时候我该挑战什么人?"

老板道:"越往上,虽然擂台上的人越少,可并非擂台打输了就要从头开始,若是你在二楼输了,那么你以后还可以继续从二楼开始挑战,故而每层楼滞留的人都不少。"

原来如此,不是每个人都是天之骄子武林第一。

九郡主跃跃欲试。

老板又道:"无极八楼开门的时间不一定,今天大约会开东北楼与西北楼,住在无极客栈的人有优先挑战权,可凭借客栈的信物去无极八楼自行挑战。姑娘看起来很有兴趣?"

九郡主点头,把身上最后的几十枚铜板摸出来:"我缺钱。"

老板被她的诚实逗笑,多少不差这点钱,索性也不收她钱了:"这顿算我请你,若你日后挑战成功,到时再给我饭钱也不迟。"

九郡主太感动了，老板人真好，自信道："你放心，我一定会赢。"

老板失笑，摇头。

无极八楼建立至今，可从没有哪个姑娘家成功战至第十层楼。

待九郡主离开，馄饨店老板过来收拾东西时发现桌子上放着一块碎银子。

老板左右看了看碎银子，一脸纳闷，一碗馄饨才值几个钱，谁这么大方给了块碎银子？

九郡主没有直接去无极八楼，先去外域的酒市买了一小坛无极酒，之后才慢悠悠哼着怡红院里听来的小曲往回走，五师父说姑娘们作的词艳了些，不许她唱词，只许哼哼调子过瘾。

有一次九郡主完成了很难的任务，没忍住得意地唱了一嘴，被二师父听见，可把二师父气坏了，拎着鞭子就冲去怡红院和五师父打了一架，打那之后她再也不敢乱唱歌。

从外域回到外岛的无极客栈，九郡主瞅着别人打水洗个手都觉得心疼，那可是白花花的银子买来的水。

"掌柜的，可以找你打听个事儿吗？"九郡主忍住不看，闷头往柜台走。

掌柜的正在打算盘，头都没抬道："一两银子。"

九郡主心虚道："我只有两枚铜板。"

掌柜的抬头看她一眼，他认得她，和那位有钱且神秘的神秘少年一起的："那就叫你夫君掏钱。"

她还没开口解释，掌柜的又来一句："喏，你夫君回来了。"

九郡主没想起来立刻反驳这句"夫君"，扭头朝门口看去。

少年逆光而入，依旧是一身黑底红纹的劲衣，双袖束窄，些许绑带随意垂下，左臂弯挽着一件黑色的斗篷，侧颜倦懒。

似乎是注意到有人看他，少年微微侧首，耳上蓝色的碎玉耳饰晃了一晃。

九郡主下意识地扬起笑，抬手朝他打招呼："阿月……"

话音刚落，她猛然想起自己正在和他闹别扭，打招呼的手僵在半空，匆匆收了音，转头佯装和掌柜的讨价还价。

掌柜的一眼看破："你们吵架了啊？"

九郡主嘴硬："没有。"

掌柜的了然："那就更得找你夫君要钱了。"

说着，掌柜的奸诈地朝少年吆喝道："那位少侠，你家娘子找你有事儿，烦劳过来一下。"

九郡主趴在柜台上恨不得伸长手去捂掌柜的嘴巴："我没有，我们也不是夫妻！"

少年扫了眼麦毛的九郡主，耐人寻味地笑了下，慢吞吞地走去。

九郡主转回目光道："掌柜的你不老实，我不问你了。"

这句话刚说完，柜台就有人放下两锭银子，纨绔小王爷的声音嚣张响起："一两银子罢了，本王给疯……她付二两，掌柜的你只管答话，别乱说些不该说的话，否则本王叫人割了你的舌头扔去海里喂鱼。"

掌柜的默默对这位傻缺小王爷翻了个白眼，扬起笑脸对九郡主道："姑娘请问。"

九郡主瞥了眼旁边穿得好似花孔雀的纨绔小王爷，他一脸"不用谢反正本王有钱"，虽然佯装不在意地替她付了钱，但付完钱之后立马退离五步远，甚至还叫侍卫前后左右将他围了一圈以保护他，生怕她会对他做什么似的。

小王爷嫌弃地上下打量她这一身混搭装扮，嘀嘀咕咕："这疯狗哪里像是成了亲的样子？什么夫君娘子，眼瞎了吗……见过她疯起来的样子，谁还敢娶她啊，什么眼光……"

对面的少年极轻地瞥了他一眼。

小王爷凶恶地瞪回去，甚至在心中挑剔地将少年从头到脚批评了一遍。

除了脸长得好看，简直一无是处！疯九怎么会和这种只会拖她后腿的小白脸私奔？

九郡主逃婚的消息传回京城没多久，全京城的人都知道九郡主在边关和一位接应她的神秘男子私奔了，有的人同情那位神秘男子，有的人惋惜九郡主的美好前途，还有的人在家中摔碟砸碗乱骂一通。

小王爷自然是摔碗的那位，他是从六郡主那里听到的消息，六郡主说疯九逃婚了，小王爷听后松了口气，六郡主又说疯九和一位神秘男子私奔了。

小王爷一口气没上来直接翻着白眼厥了过去，六郡主淡定命人掐他人中穴，小王爷被生生疼醒，破口大骂："你就不能轻点？每次都下这么重的手，我没死也被你掐死了！我可是你亲叔叔！"

六郡主涂着指甲道："亲叔叔又如何，你若死了，阿九哪怕是在天涯海角也要放鞭炮庆祝一番。"

小王爷被她这句话说得立马蔫了下去。

九郡主讨厌小王爷，是真的讨厌他，因为他以前实打实地欺负过她，骂她没娘亲，淋过她冷水，还在泥坑里跟她打过架。

后来发生了一些事情，小王爷才后知后觉地改变想法，他见到九郡主就打战不是因为害怕她揍他，而是怕她揍了他以后反而更加讨厌他，更遑论原谅他小时候对她做的那些事。

六郡主嘲他："这你倒不用怕，毕竟在阿九最讨厌的人名单上，第二名也许会变，但第一名永远都只会是你，安心吧。"

小王爷绝望地以头饳地。

九郡主倒是没有多看他一眼，心安理得地拿了他那二两银子，顺便回收一两，剩下一两留给掌柜的："掌柜的，我在外域听说无极客栈可以凭借信物去无极八楼挑战，我现在想去挑战，信物要怎么拿？"

掌柜的还没说话，小王爷就叫了声："你疯了吗去挑战无极八楼？你不要命了？"

九郡主抄起两粒花生砸过去，正中小王爷脑门，小王爷就这么被两粒花生砸晕，侍卫们乱成一锅粥却没人敢动她，小王爷吩咐过不能碰她。

掌柜的因她这一手失语片刻，随即便从柜子底下摸出来一块玉牌，上面刻有"无极客栈"四个字。

九郡主正欲接过，少年却越过她先行接过玉牌。

他比她高，站在她身侧，影子虚拢着她。

"我的。"少年垂眸瞧她，小气道。

九郡主看看空空如也的手，抬头，一脸不解："你生什么气，该生气的不应该是我吗？"

少年顿了下，否认道："我没生气。"

"你就是生气了。"

"没有。"

"就有。"

少年放下玉牌，镇定道："对，我生气了。"

九郡主也不拿那玉牌，双手环胸，不开心地仰头看他："哦，那我也生气了。"

两人旁若无人地就"生气"与"没生气"来说斗了几句，明明听起来是一个让人头皮发麻的吵架话题，但听众却莫名觉得他俩根本不是在吵架，而是在谈情。

掌柜的甚至悠闲地拉过一碟花生米，边吃边津津有味地看戏。

少年单手搭在柜台桌面上，指尖滚着一颗花生米道："你气什么？"

九郡主气道："当然是气你把我一个人丢去外域，现在还不给我客栈的信物。"

前者不成立，至于后者。

少年将那枚玉牌推到她手边。

九郡主没拿，直截了当地问："我和你说了我为什么生气，你也要和我说你为什么生气。"

少年偏头："你方才见到我装作没见到。"

九郡主茫然地"啊"了声，想起来后很是不解："我还在生你的气，当然要装作没见到你，不然我的面子往哪儿放？"

少年想了想，是这个道理，这个气生得有点莫名其妙，想着想着反而被自己的阴晴不定给气笑了。

于是从掌柜的碟子里抓起一把花生米放进九郡主手里，哼笑着："那现在要不要和好？"

九郡主也从掌柜的碟子里抓起一把花生米放进他手里，嘴角弯起，却还要努力压着笑，假装勉为其难道："和好就和好……"

转眼，她眉眼弯弯拿起玉牌信物，拉着少年就要往外走，意气风发道："阿月阿月，快点，我们去无极八楼凑热闹，去迟了人就多起来啦。"

少年被她拉着向前半步。

柜台后的掌柜大喊："花生米，二两银子！"

无极八楼在江湖上也称"销金八窟",只不过销的不是打手的金,而是无极岛人的金。

无极岛居民赚的钱太多,大部分都花不掉,索性便将多余的银两投入无极八楼做奖金,有些聪明人还会在八楼下设立赌场,赌比赛谁赢。

九郡主到的时候东北楼恰好开门,挑战者们蜂拥而入,被楼下守门的挡了回去,乱糟糟地排队去领号。

大门旁边还有个小门,小门上写着"捷径者入",专门留给自无极客栈而来的贵宾。

九郡主拉着少年走到门口被拦住,守卫冷酷无情道:"闲人免进。"

九郡主摸出玉牌,守卫并未惊讶,来无极八楼挑战的江湖女子也有不少,开门放她进去,待她走后才对旁边的守卫道:"又来一个自以为是的。"

旁边那守卫也跟着嘲笑,摸出一锭银子:"我赌最多两炷香她就得被抬出来。"

"那我赌最多一炷香。"最开始的守卫也摸出一锭银子。

东北楼内奢华亮堂,正中央是一座一丈高的擂台,长宽约莫五六丈,擂台前后左右都摆着许多桌椅,桌上摆着果盘与茶具,已有不少人落座互相推杯换盏。

九郡主盯住一个人,将身上最后一两银子和两枚铜钱塞给少年,叮嘱道:"你等下就去找那个人下注要押我,最好只有你一个人押,赔率越高我们赚得就越多。"

说完,她强调道:"我一定会赢的。"

否则她就真的连最后一两都没了。

少年拢起银子,不甚在意地撩了下眼皮道:"过来一点。"

九郡主疑惑,身体却向他更挨近一些:"怎么了?"

少年抬手将她发上新簪的桃花发饰取了下来,左右瞧了两眼,眼神有些玩味。

九郡主这才想起另一茬,翻兜找到几条新买的发带与同款桃花耳饰,郑重放进少年手里,与那一两银子同样的贵重。

"这些都是我在外域买的，加起来一共只花了不到一两银子。"九郡主骄傲道，"我是不是有进步？"

"进步挺大。"少年拈着那个桃花耳饰，意外地挑眉，"这是？"

九郡主道："之前在城门口你被姑娘们围堵的时候头发上掉了一朵桃花，我瞧着挺好看的，这耳饰虽然看起来像姑娘家用的，但设计得好玩，你戴在耳朵上，这朵桃花是朝向耳后的，头发放下来别人就看不见你的小桃花啦。"

少年"哦"了一声，将耳饰与发饰放一块儿，笑了："是一对儿。"

九郡主愣了下。

少年垂睫瞧着她，抬起手，重新将粉色的桃花发饰别进她发中，不经意间屈指蹭了下她脸颊，指腹温热柔软。

九郡主歪头看他。

少年单手负在身后，面不改色道："脸上有灰尘。"

九郡主胡乱抹了两下，转过身向擂台走去的同时忍不住用指尖轻轻戳了戳脸颊。

有点烫。

两个时辰后，无极内岛的书房。

白发老头坐在画好的新阵法中琢磨该如何完善最后一步，门外忽地传来匆忙凌乱的脚步声，随后有人用力敲门。

"副岛主副岛主，不得了了，有人来无极八楼踢场啦！"

"踢就踢，赢了将银子给他们就是，又不是没钱，不够再去向云澜要，咱们不缺这点银子。"

副岛主头也不抬，举笔在阵眼处加了一笔，加完又觉得不妥，皱眉沉思。

外面的人更大声了："不是啊副岛主！您这次一定要出来，来踢场的是个十七岁的少女！"

副岛主翻了个白眼："这话你可别叫云渺听见，叫她听见非抽你一顿，男女平等懂不懂。"

外面那人跺跺脚："不是啊副岛主！不是平不平等的问题，那个十七岁少女今天是第一次来，已经一口气踢到九楼了！"

副岛主不动如山:"九楼而已,十楼不是还有不少高手守擂?撑不住就叫云澜或云渺去走一遭,他俩不是一直看不起外面江湖人的功夫?若那少女够厉害,叫云澜兄妹俩栽个跟头挫挫他们的锐气也好。"

外面那人撕心裂肺:"不是啊副岛主!那个踢场的少女用的是咱们失踪十年的、岛主的独家无极掌啊!"

副岛主手一颤,毛笔尖饱满的墨水滴到阵眼上,水墨洇开,这个阵法设计图算是彻底废了。

副岛主一把拉开门,怒不可遏:"这么重要的事你不早说!前面啰唆那么多句'不是啊副岛主'是吃饱了撑的吗?"

外面那人:"不是啊副岛主——"

副岛主:"闭嘴!带路!"

夜幕降临。

黑衣少年抱着头发略微凌乱的绿衣少女缓步走进无极客栈。

九郡主身上带着淡淡的酒气,又晕又困,快要失去意识的时候还记得搂住少年的颈项防止自己掉下去,温白的脸颊紧紧挨着他的侧颈,睡得迷迷糊糊。

少年身后整整齐齐跟着一列无极楼的守卫,守卫们一共搬了七个银箱、三个金箱,白花花金灿灿的元宝闪烁的光芒瞬间填满整座客栈。

正在打算盘算账的掌柜的惊得算盘都掉了。

九郡主听见声音,费力睁开眼,醉醺醺地问:"到了吗?"

少年低应着。

九郡主硬撑着清醒,含糊道:"我有钱,我要最好的天字房……"

少年听见这话,不由得弯起嘴角,笑了。

最好的天字房,就是他包下的那间房。

九郡主不是易做梦的体质,她入睡快,醒得早,浅眠的频率比较多。

约莫是今日太累了,又喝了点酒,再加上偶遇故人小王爷,她难得梦见小时候的一些事。

春日梨花开,新旧物什参半的院子里,小小的九郡主被二师父盯着扎马步,出一点错就会被踢屁股,一头栽进梨花堆里。

小九郡主呸呸吐着梨花花瓣,二师父提溜着她的衣领子将她放好,门外传来五师父的骂声。

"王灵灵你个老女人给我滚出来,我知道你躲在木头家里!"

二师父装作没听见,拎着小九郡主拍拍她脸上、头上的梨花:"重新扎马步,要稳。"

小九郡主问:"要多稳才可以呀?"

二师父说:"稳到我踢你屁股你也不会摔个狗啃泥,摔得丑死了。"

小九郡主长长叹了口气:"练功好难啊。"

门外五师父还在骂:"王灵灵你死了还是聋了?别给我装作听不见,马上把你昨儿从我房里捞走的五百两黄金还给我!你自己卖豆腐赚不到钱就来偷我的钱,你敢不敢要点脸!"

向来不要脸的二师父对此无动于衷。

小九郡主有点纠结,一边伸长手臂扎马步,一边皱巴着眉毛:"二师父,五师父说你偷她金子。"

"听她胡说,我是那种人吗?"

二师父一屁股坐进竹制的躺椅里,优哉游哉倒了杯酒,就着两块豆腐吃起了下午茶。

小九郡主老实点头:"你是。"

然后屁股又被踹了一脚。

小九郡主习惯了二师父的坏脾气,摇摇晃晃从梨花堆里爬起来,拍拍头发拍拍屁股,继续扎自己的马步。

二师父见她如此乖巧,举着杯子凑到她面前哄骗道:"小酒不想喝酒?好香呢。"

小九郡主说:"五师父不让我喝酒。"

二师父嘲笑道:"陆青衣那死丫头都把你塞怡红院里给她跑腿儿了,该看的不该看的你可不都看光了?她哪儿来的脸教你别喝酒?"

小九郡主觉得两位师父说的话都很有道理,迟疑片刻便张开嘴巴要试试。

五师父似乎终于受不了二师父的装死,直接用轻功飞了过来,进来就看见一袭红衣的二师父喂小孩喝酒,顿时火冒三丈。

"王灵灵你想死啊竟然喂小酒喝酒!她才十岁!你想噎死她吗!"

五师父一把拍掉二师父的酒杯,还把桌子上的酒杯茶盏全踢翻,没喝够的二师父也火了,两人当场便在院子里大打出手。

梨花满天飞舞。

两位师父三天吵一架,五天打一架,小九郡主司空见惯了,经验使然,在被二人的掌风扫到之前默默离开两个女人的战场,溜到厨房后面的三师父那里看他劈柴。

二师父说三师父是她捡回来的,因为他在外面摔坏了脑子记不得自己是谁,她就好心将人领回来做苦力,三师父话少,二师父就给他起名叫木头。

谁知道领回来没多久,他就自己跑去赌坊做了打手,每月领最多的银子,做最苦力的活儿,回家还要将赚来的银子交给二师父。

小九郡主最同情三师父了。

三师父长得很好看,和二师父五师父的好看不一样,三师父虽然看起来瘦瘦高高好欺负,但站在他身边却很有安全感,小九郡主特别喜欢和三师父待在一起。

绝对不是因为三师父话不多,就算她练功没练好,三师父也不会骂她,更不会打她罚她。

"三师父,二师父和五师父又打起来了。"小九郡主蹲在三师父身边说,"她们快要把你院子里的梨花打坏了。"

三师父淡定劈柴:"嗯。"

小九郡主又说:"二师父把你埋起来的酒也喝掉了。"

三师父又捡起一根柴火,头都没抬:"她埋的。"

哦,这个道理她懂,二师父埋的酒,二师父自己挖出来喝了,没毛病。

小九郡主听见后院"噼里啪啦"的碎裂声,不由得担心:"三师父,二师父和五师父快要把你的院子拆了。"

三师父依旧专心劈柴:"再建。"

小九郡主觉得三师父说得也有道理,想了想又说:"三师父,五师父说二师父喜欢你,你喜不喜欢二师父呀?"

三师父劈柴的动作一顿。

小九郡主满怀期待地望着他:"你们会成亲吗?等你们成亲了,我可以不练功,休息一天吗?"

三师父终于不劈柴了,直起身,将柴刀放进她手里,瘫着一张脸说:"劈完,劈不完不许吃饭。"

小九郡主傻眼了,这不是她的三师父,三师父从来不会一次说这么多话,更不会罚她去劈柴!

之后九郡主就在梦里劈了一夜的柴,隔天一早醒来时腰酸背痛,整个人像是刚被二师父痛揍了一顿,连胳膊都快抬不起来。

三师父果然是我永远的噩梦。九郡主痛苦难耐地想。

她嘶着气坐起身,一边活动僵硬的手脚,一边回忆着昨晚发生的事。

我打赢了。九郡主后知后觉地想。

昨晚她太高兴了,一晚上赚足了七百两白银与三百两黄金,一时激动便请整栋楼的参与者喝酒,自己也喝光了半坛子的无极酒,最后还是死拽着阿月的衣裳要他背自己回去。

她太理所应当了,以至于没有人怀疑他们的关系,甚至还有人瞎起哄。

少年低下头轻嗅她身上的酒味,有些无奈,没有背她,反而将她打横抱起,她迷迷糊糊中又闻到那股让她心神恍惚的香味,忍不住更加向他靠近,搂住他的颈项,埋首在他肩窝咕哝。

"阿月。"

他应一声。

"阿月阿月阿月。"她不厌其烦地重复,像是只会说这两个字。

他也不厌其烦地应着,声音里带笑。

"阿月,我是阿酒,举杯邀明月的酒,"她的声音越来越含糊,"你叫什么名字……"

人声吵闹,有人划拳干杯,有人唱歌跳舞,还有人把擂台当作鼓胡乱击打一通。

她仿佛听见少年说了什么,三个字的,可是其他人的声音太吵,她听不清,越是努力去听,越是听不清。

165

想不起来。

九郡主死活想不起来少年昨晚说的那三个字是什么，狠狠把脑袋埋进被子里自我郁闷。

九郡主想，所以他究竟叫什么名字？我要不要直接去问他？可是以前都没问过，现在突然问起来，他会不会觉得我意图不轨？可是我没有想对他意图不轨……好像也不是一点没有……

想到这里，九郡主竟然愣了下，仿佛大晴天的迎头而来一道霹雳，屏住呼吸，缓缓睁大眼睛。

她太震惊了，以至于没能第一时间发现仅一扇月牙窗之隔的外室中竟然有人。

少年坐在桌前，从容剥了一碟子的坚果与瓜子，依旧是一身黑底红纹的劲衣，衣着装扮几乎与昨日无异，唯独右耳换上一只新的耳饰，小小一朵桃花悄悄藏在他耳后，谁也看不见。

坐在他对面的是一位白发苍苍却精神矍铄的老头子，老头直勾勾地瞪着他，表情有点说不上来的复杂。如果不是少年尚且坐在这里，老头早就冲进内室将睡觉的九郡主胡噜起来了。

他越是焦灼，对面的少年越是闲适。

少年剥完一碟果子，接着剥第二碟，他手边已经放了三碟瓜子，两碟果子，一碟去了核的糖葫芦。

他还嫌不够，低垂着乌黑眼睫慢悠悠地继续剥，剥完也不打算给客人尝尝。

副岛主忍不住想问他究竟想剥几碟，剥完又不吃，摆在这里给谁看？能不能快点剥完，然后他们俩心平气和地好好聊聊。

少年放下瓜子，喝了口冷掉的茶。

副岛主张了张嘴，还没说话，少年肩头那只颜色艳丽的蛊立刻弓起身露出尖利的牙齿。

副岛主重新闭上嘴。

南境人都好烦啊，动不动就放蛊吓唬人。

昨晚有人想强行闯进来找那踢场的少女，少年眼皮都没抬一下，那人却惨叫着捂住耳朵跌倒在地，指缝里满是鲜血。

众人大骇。

少年姿态散漫地坐在桌边，长发用彩色发带高高束起，发带尾端掺入黑发，静静垂在他肩头。

他微低头，不紧不慢地剥着瓜子，窗外的毒虫与隐藏的蛊受他驱使，虎视眈眈地堵在门前，形成一道让人不敢轻易靠近的屏障。

从头到尾他都没有说一个字，屋门大开，好似并没有不欢迎任何人，其实全是假的。

明明他看着只是个十七八岁的少年而已，手段却如此狠戾。

收到消息赶来的无极岛人将这层楼围了个水泄不通，除了无极岛的人谁都不能靠近。

副岛主姗姗来迟亮明身份，依旧没得到少年多余的一个眼神。

若是使用暴力的话，并非不能通过这道危险的屏障，可那少年是踢场少女的朋友，甚至还有可能是她夫君，他们若想从少女口中得知岛主的下落，必然不能对这位少年动粗。

副岛主又气又急，索性遣散其他人，独独留下自己，后半夜少年撤了蛊与毒虫，副岛主这才得以进屋。

但少年依旧没有开口说一句话，除了最初在副岛主想要开口解释时，他抬起食指竖在唇边漫不经心"嘘"了声，之后便无言到天明。

副岛主坐得腰酸背痛，他年纪大了禁不得折腾，更何况他只是个擅长阵法布置的普通老头，这么一夜坐下来，整个人快活得快要下去和阎王爷喝茶下棋了。

僵态终结于内屋忽然传来的一声"咚"。

少年起身进屋。

副岛主左右看看，确定没有危险后才揉揉腿，迟一步跟进去。

然后就看见在别人面前一副目空无人姿态的少年疑惑地歪下头。

萦绕周身一整夜的危险气息转瞬收敛，眼前的少年不过是一名真正的、好似无害的少年。

副岛主面露错愕。

九郡主因为发现一件令她难以置信的糊涂事，一时没把持住搁床上翻滚数圈试图让自己冷静下来，结果一圈就滚到了地上，脑袋磕到地板，疼得直嘶气。

外面有人走进来，她猜到是少年，心口古怪地揪了揪，捂着额头抬起脑袋，看见他竟然以指抵唇笑了起来。

她有点窘迫，悄悄将捂额头的手指往下松松，连带着遮住眼睛，自欺欺人一般假装无事发生。

黑暗中也能感觉到有人走近，短靴上的银链随他走动而发出细微的碰撞声。

他停在她身前。

他在看她。

九郡主的脸越来越红，在少年伸手准备将她扶起来时，她整个人好似察觉到般猛地向后一缩。

少年的手落空了。

九郡主看不见，等她挣扎着放下手时，他已经收回落空的那只手，不动声色地瞧着她，从眉到眼，一点一点地看。

宛如凌迟，让人浑身难受。

九郡主有点莫名的尴尬，想说些什么转移注意力，憋了半天只蹦出一句："阿月，我、我做噩梦了……"

少年随意地蹲在她身前，手心搭在双膝上，侵略性的眸光微微敛起："做了什么噩梦？"

九郡主避开他的眼神："我梦到我十岁的时候，三师父叫我劈柴。"

她抬手比画了好大一圈，又将视线转回来，心有余悸道："整个厨房的柴火叫我一个人劈，劈不完还不给我饭吃，就因为我问他是不是喜欢二师父，他一定是心虚。"

少年思考了一下，抬手托起下颌，像是当真只打算与她闲聊，好奇道："你如何知道你三师父喜欢你二师父？"

"因为他就是喜欢。"九郡主因为他放松的姿态而放松下来，肯定地说，

"我感觉,三师父就是喜欢二师父。"

"感觉?"少年若有所思地"哦"了声,"感觉这么准的话,那你能感觉到我……"

说到这里,他突兀地停住,唇角轻抿,神色莫测地看着她。

她等了片刻,没等到他下一句,见他一直盯着自己看,有点不自在地咳了声,挥挥手道:"我能感觉到什么?"

"没什么。"少年垂下眼,懒声道,"夸你厉害呢。"

时隔多日终于又被少年夸赞厉害,九郡主一时飘飘然,靠着床沿,抬眸对上他戏谑的目光,没来由地心慌,移开眼。

下一瞬,没忍住,重新将目光转回来,落点在他右耳的耳饰上,微微愣住。

"你戴小桃花了?"

她伸手去摸了下,温热的指尖碰到冰冷的耳饰,她瞬间回过神,讪讪缩回手的同时,不经意间却又瞧见他束发常用的银色发环也换成了她送的普通发带。

她送的小玩意,他全带在身上。

她心口似乎有一处地方急速塌陷,转瞬却又被这条发带严丝合缝地束起,收紧。

"咳咳……"副岛主举起手挥了挥,"抱歉打扰你们,可是我这件事真的很急……"

听见陌生声音的九郡主猛然回过神,惊讶地倾斜着身子朝声源处看去,一边扒拉着睡得凌乱的头发,一边探头去看那个怪老头,扭头看向少年:"他是谁?他怎么在我们的屋子里?"

少年因她那句脱口而出的"我们的屋子"而微一挑眉,接着就听见她咨啬地说:"他给银子了吗?不是说无极客栈打水洗个脸都要收银子吗?他都进了我们屋子,我们收他多少钱比较合适?二两会不会太多了?"

少年无语地提醒她:"你已经赚了七百两白银三百两黄金。"

"蚂蚁再小也是肉。"提到昨晚赚到的银子,九郡主高兴极了,伸手去扯他用新发带系上的头发,"对了,我的银子和金子呢?我今晚要抱着它们睡觉。"

十个箱子都整整齐齐地码在外室墙角。

少年垂眸盯她一眼,握住她手腕,一根根松开她不安分的手指。

九郡主偷看他一眼,低下眼睑,又偷看他一眼,再低下眼睑,假装不经意地用手指勾勾他掌心,被他用力按住后嘴角控制不住地上扬。

他俩对话声音不大,但也不算小,副岛主默默从怀中摸出一锭金子,镇定道:"姑娘若是缺钱尽管说,无极岛绝不会缺了姑娘的银子,只要姑娘愿意告知老朽你师从何处。"

师从何处?这还是第一次有人问她有关师父的事情。

九郡主歪头看向白发老头。

今日无极客栈有无极岛副岛主坐镇,整个客栈都没人敢大声说话,楼下围了一圈又一圈的人,想看看这位传说中的副岛主长什么样。

无极岛内岛的人几乎不出门,可一旦出门便意味着无极岛将有大事发生。

九郡主洗漱用的盆子是纯金打造的,早饭用的筷子雕纹纯银的,碗碟镶金边,连煮粥用的米都是特地从无极内岛取出来的天香米。

一番洗漱下来,她觉得眼睛都要被这些价格昂贵的东西闪瞎,然后又看见华丽丽摆在桌子上的天香米海鲜粥全套早饭。

九郡主这辈子就没受到如此好的待遇,一时有些受宠若惊,不知所措之下频频去看少年,中间却丝毫不误事地吃了两大碗的天香米海鲜粥。

少年面无表情将一碟子剥好的瓜子倒掉,侧身准备去拿第二碟。

九郡主攥着筷子连忙按住他的手,咽下嘴里的海鲜粥:"等等等等,你干吗把瓜子倒了?"

她可喜欢吃瓜子仁了,倒掉多浪费,这么多瓜子仁,如果是一个人剥的话得剥多久?

少年干脆利落地倒了第二碟瓜子,眼都没抬一下:"瓜子才值几个钱?比得上天香米?"

九郡主想也没想地回:"可是我喜欢啊。"

她好心疼倒掉的两碟瓜子,左右看了两遍窗外的瓜子仁,瓜子掉到地上和泥土混杂到一块儿,肯定不能吃,又不像糖果和花生有壳包着,掉了还能捡起来。

心痛。

九郡主边喝粥边瞪他,脸颊被勺子挤得鼓起来,有点可爱。

少年没有再将第三碟瓜子倒掉,反而重新要了两碟带壳的瓜子重新剥了起来。

九郡主这才知道原来那几碟小零嘴全是他亲手剥出来的,顿时开心得想回到床上打滚。

于是她一边吃着瓜子仁,一边与那无极岛副岛主聊起了天。

副岛主说:"阿九姑娘可还记得,昨晚你在无极八楼里使了一套功夫?"

九郡主诚恳道:"我使的功夫太多了,你说的是哪一套呀?"

副岛主:"……就是那套最厉害的无极掌!"

九郡主"啊"了声,在副岛主充满希望的眼神中疑惑地反问:"我使过无极掌吗?"

副岛主:"啊?"

九郡主道:"你们是不是记错了?掌法的话,我好像只使过一套王八木头掌。"

副岛主:……你说什么掌?你再说一遍?

九郡主老实道:"王八木头掌,我三师父教我的,二师父说这套掌法就叫王八木头掌。"

副岛主一口气险些没喘上来,他们无极岛引以为豪的独门掌法,到了别人嘴里竟变成王八掌!

简直欺人太甚!

九郡主见副岛主反应如此大,不太放心地扯了下少年的袖子,少年神色不变地往她嘴里塞了两粒花生。

九郡主抿嘴时嘴唇碰到他指尖,动作一顿,偷偷看他一眼,他毫无反应。

以前也不是没遇见过这种事,她趴着看话本子时看入迷了不想动,就喊阿月把零嘴递过来,嘴巴"啊"地一张,零嘴就到了嘴里。

之前从不会觉得不好意思,偏偏这次无法控制。

她迟钝地察觉自己有点不太矜持,纠结半晌,决定暂时先避开他的投喂,五师父教育怡红院的姑娘们时说过，若想与心上人更进一步地拉近关系，首先要先从距离感开始培养，忽远忽近的距离感才会让男人更加把持不住。

九郡主深以为然，于是立刻坐直身体，离少年远了些。

少年看看她微微泛红的脸，又低眸看看自己的手指，最后看看两人之间天堑的鸿沟，目光变得有些危险。

九郡主被他看得毛骨悚然，硬着头皮拉过凳子坐得离他远一点，佯装无事发生般继续和副岛主聊。

副岛主很艰难地问她那套"王八木头掌"是谁教的，她说："我三师父教的。"

"你三师父又是何人？是男是女，来自何方？相貌如何？"

九郡主还没说话，副岛主"哗啦哗啦"倒出来一堆金子："只要姑娘愿意告诉老朽你那三师父的消息，这些金子都是姑娘的，若是不够，老朽命人再去取。"

九郡主琢磨着这不对，这老头为何对她三师父如此感兴趣？

她又想起来二师父说过，三师父以前摔到过脑袋，失了忆，不知从何而来，也不知自己叫什么，二师父给他起名叫"木头"，因为他为人木讷，一棍子下去都蹦不出来几个字。

二师父从没叮嘱她不许与外人提到三师父，偶尔无聊的时候还会将失忆前三师父的糗事说与她听。

九郡主不掺和二位师父之间的恩怨情仇，她只想捧着瓜子看热闹。

想到这里，她眼一弯，坦然答道："我三师父叫木头，是男，不知来自何处。"

相貌极好。

最后一句话她没有说，五师父说做人要留一线，嘴巴也要留一线，长得好看的人容易惹麻烦，不论男人还是女人。

副岛主还要问什么，只见她拎起一大块布"哗啦啦"将桌上的金子全收了起来，像一只见财眼开的贪财猫。

九郡主将一包袱的金子放进少年怀中，又抠抠搜搜地摸出来一锭金子放在桌上，化被动为主动，笑眯眯道："副岛主问了我这么多问题，我也想问你一个问题,不知堂堂无极岛的副岛主为何会对我那位三师父如此感兴趣?"

无极岛岛主戚白隐十年前与武林盟主一同去剿灭魔教,回来的路上被魔教妖女偷袭,二人双双落崖下落不明。

无极岛与武林盟寻找戚白隐整整十年,毫无消息。

无极岛每一任岛主都会无极掌,无极掌共一百八十掌,组合起来可打出无数种掌法。

每任岛主都会在一百八十掌的基础上融入自己的风格,戚白隐的风格是掌风沉默内敛,只守不攻,但若是非攻不可时,掌风也依旧沉默内敛,点到即止。

戚白隐为人寡言少语,不爱杀人,二十岁便做了无极岛的岛主,此后再未出岛,直到现任武林盟主携爱妻前来,邀他出岛铲除肆意妄为的魔教。

后来魔教安分许多,可戚白隐这一去却再也没有回来。

无极岛其实很讨厌武林盟的人,尤其是武林盟主,如果不是他带走戚白隐,无极岛也不会失去他们岛主整整十年。

可他们也都知道,这不能全怪武林盟主,是他们岛主心甘情愿的,因为武林盟主的爱妻是岛主昔日的未婚妻,也许是余情未了,戚白隐这才选择出岛助他二人一臂之力。

副岛主每每想起这回事都会气得胸口疼,为了一个不爱他的女人险些丢掉自己的性命,甚至不顾整个无极岛,这个岛主太没有责任心了!

想归想,戚白隐却也是他看着长大的,无论如何都怪不起来。

今年武林大会如期举行,武林盟主来信问他是否可以在无极岛举办,他会携爱妻前来。

消息传出去,届时会有不少武林中人前来,无极岛顺势提议待武林大会结束,为了庆祝,无极岛将现场抽取十人送去内岛,只要是内岛里的东西,看中什么随便挑,一人挑一样,无极岛绝不食言。

无极内岛从未向外人开放,这是数百年来的第一次,也是唯一一次。

这便是今年来无极岛凑热闹的人越来越多的原因,甚至就连四方列国的皇室也派了人前来。

如此一来，四国之人都会聚集于此，人越多眼越杂，消息也就顺势而来，或许可以从中寻到戚白隐的消息，再不然找到那魔教妖女的消息也是好事。

听完故事的九郡主对那位戚白隐并没有任何想法，甚至还有点想打瞌睡，这种类型的话本子放她面前她翻都不会翻，太老套了，没意思。

"三师父就是三师父啦，我都说了他叫木头，他说他叫木头，那我当然要相信，做徒弟的就要相信师父嘛。"

九郡主一脸淡定："况且，我一共五位师父，五位师父个个都很厉害，也都互相认识，如果我三师父是你说的戚白隐，我其他几位师父怎么会认不出来呢？"

副岛主看得出来她对外人的防备，虽然她表现得轻松，但只要一提到她几位师父，她就会习惯性将话题扯向别处，明显不愿多言。

副岛主的利诱对她都没用，最后是闻声而来的云澜公子及时拦住了他。

"老头，别逼得太紧。"一袭白衣的云澜公子温和安慰道，"容易适得其反。"

云澜在无极岛负责掌管账务，和不少人打过交道，晓得对付不同类型的人应当使用怎样的法子。

可眼前这位姑娘明显软硬不吃。

"姑娘初次来无极岛便将无极八楼踢到十楼，姑娘身手不凡，可见姑娘师父们的身手也定当不同凡响。"云澜笑道。

这人夸人夸到她心坎上了，九郡主连连点头："那当然，我五位师父是全天下最厉害的师父！"

云澜应道："姑娘的五位师父如此厉害，不知此次是否也会来无极岛凑热闹呢？"

少年微微眯起眼，指尖不急不缓地敲了敲桌子。

九郡主捏了颗花生米，单手托腮，并没有上当受骗，笑眯眯道："公子是想套我的话？"

云澜见她不吃这一套，也不遮掩："姑娘说得没错，我是有这个意思，不过既然姑娘不愿说，我也不会强迫姑娘。"

九郡主还没有反应，云澜反而听见一声不轻不重的嗤笑，转头，瞧见那位从头到尾似乎只在意如何剥瓜子的黑衣少年嘴角勾起，抬眸扫过来的目光带着些许轻慢。

"你倒是强迫试试。"少年懒洋洋地说。

云澜与他对视，脑中思绪千回百转。

原本云澜打算忙完这段时间后便出岛一趟，这才通宵将账务整了一遍，没有及时收到外面的消息，待他早上醒来才得知无极八楼被人踢了，对方甚至只是位十七岁的少女，更加让人惊讶的是，那少女竟是用的戚白隐才会的无极掌。

云澜来的路上换了身新衣裳，头发也抓紧时间梳得一丝不苟，走到无极客栈时完全看不出来他一夜未眠，他依旧是那位风度翩翩的云澜公子。

守在客栈外的人将昨晚发生的事说与他听，说到那黑衣少年的蛊虫时，其他人纷纷打了个哆嗦。

小小年纪心狠手辣。这是云澜最初对黑衣少年的认知。

然而，当他进门后一眼瞧见那心狠手辣的少年正坐在桌边有一搭没一搭地剥瓜子时，心中不由得升起一丝古怪的违和感。

直到那少女把手伸过去，黑衣少年无奈地笑笑，将剥好的瓜子全部放进她手心，极俊的眉眼晕开浅淡的笑意，眨眼便冲散了他周身那股与少年气息不符的违和感。

…………

敷衍走云澜与那副岛主，九郡主开开心心拉着少年一起去外域逛街，她现在银子多的是，想买什么就买什么。

从天亮逛到天黑。

少年跟在她身后帮她拎东西，两只手满满当当，从吃的到穿的，从穿的到戴的，从戴的再到玩的。

累。

少年深深叹了口气。

九郡主怀里抱着一袋子糖糕，举着手要给他一块。少年腾不开手，微微低下头，张口。

她矮一些，仰头看他，夜间红灯笼里蕴藏的暖光从他略显青涩的喉结滑下，落进她眼底。

她脸有点红，迎着红灯笼的光将糖糕塞他嘴里，多出来的部分还用食指往里戳了戳。

有点干。少年想着，喉结滚动。

九郡主落后半步走在他身侧，脑袋向他靠近，眼睛直视前方，嘴上却小声说："阿月，我跟你说件事，只跟你一个人说哦。"

少年漫不经心地应，目光落在她乌黑的发上，那朵桃花发饰熠熠生辉。

九郡主说："其实我觉得，我三师父就是戚白隐。"

"哦。"少年不以为意。

九郡主瞪他："就这样？"

少年舔了下嘴角的残渣，侧过脸看她："不然呢？"

"你都不震惊吗？"九郡主说，"戚白隐，那可是戚白隐，无极岛岛主，整个无极岛都是他的，他得多有钱啊。"

少年想了想，认同道："确实。"

"如果无极岛的人知道我三师父不仅每日晚上回来要劈柴烧水修屋子，白日给赌坊做打手，而且每月供银还要上交给我二师父……"九郡主"嘶"了声，"你说他们会不会立刻冲去撕了我二师父？"

少年笑："有可能。"

九郡主拍拍胸口，心有余悸："所以我绝对不能告诉他们三师父的下落，不行，我得找个机会提前和二师父通通气，不然等无极岛的人顺藤摸瓜找到京城，二师父想跑都来不及……"

九郡主抬起眼，再次神秘地凑近少年道："我再告诉你一个秘密。"

少年微俯身，她嘴唇几乎是挨着他耳朵的，呼出的气息洒在他耳骨上那只冷冰冰的耳饰上。

"我二师父以前是魔教出来的。"她压着声音说，"我怀疑她就是副岛主说的那个和戚白隐双双落崖的魔教大美人。"

这还用怀疑？明显是铁打的事实。

少年道："老头说的是妖女吧。"

九郡主扯他耳朵："就算是你也不许说我二师父坏话。"

她就是明目张胆地偏心她那几位师父。

少年敷衍地附和道："行，美人，你二师父是大美人，高兴了吧。"

九郡主扯他耳朵的手一顿。

他瞥她："又怎么了？"

九郡主别别扭扭地将手背在身后，闷头往前走，竟然是不高兴的样子。

少年站在原地，罕见地感到一丝茫然，还有点纳闷。

九郡主走了没两步转身又走了回来，气势汹汹地停在他面前，憋了半天，憋的脸都红了，只憋出一句莫名其妙的：

"不许夸我二师父是美人！"

街上有小孩三三两两嬉闹而过，断断续续的笑声掩盖住她下一句气话。

"……不许在我面前夸别人是大美人。"

第六章

躁　动

武林大会三日后如常举行，无极岛上外来客越来越多，有凑热闹的，有参加比试的，还有馋无极岛宝贝。无极岛为了找到戚白隐下了血本，四方列国暗中来了不少人，此地人多眼杂十分危险。

九郡主说这段时间无论如何都不能去了易容，并且有点心疼小易一天十二个时辰的值班，少年听说后漫不经心地说累死就换一只。

易容蛊自闭了。

九郡主转头去安慰小易，它主人就是这个臭脾气，嘴巴可坏了，其实心肠很软的。

少年懒笑："只有你会说我心肠软。"

九郡主头不对尾地提议道："我们晚上去划船吧。"

"不去。"少年说，"我要睡觉。"

可晚上他还是去了，九郡主笑得不行，看向他时乌黑双眸盛着满船星河："你不是说不来吗？你就是嘴硬心软。"

少年不说话了，坐在船头反思自己最近是不是对她太宽容了。九郡主撩起裙摆坐在他身边，双腿悬空随意摇晃着，放松地说："等我们离开无极岛，就去桃花坞看桃花吧。"

"无极岛的桃花你还没看够？"

少年双手撑在身后，仰头看着满天星河，想的却是方才她看着他时眼底满满的星光。

九郡主说:"无极岛的桃花是无极岛的,桃花坞的桃花是桃花坞的。桃花坞既然叫作桃花坞,一定是那里的桃花最有名呀?"

而且阿娘生前曾和外祖父外祖母在桃花坞住过。

她放软声音:"反正你来都来中原了,去吧去吧?就去一趟吧?"说到最后竟然有点像撒娇。

少年神色莫测地盯了她片刻,抬手拨开她不知何时爬到他手臂上的右手:"说话归说话,不要对我动手动脚。"

九郡主眨巴眼。

他歪头,侧脸抵肩,彩色发带束起的长发顺势滑落,在小船慢悠悠的摇晃中,他的语调也慢悠悠的:"要收钱的。"

于是她大方地塞给他两锭金子,买下他一整晚的手臂使用权。

无极岛的人最近经常来找九郡主套话,来得最多的当数那位风度翩翩的云澜公子。

云澜是副岛主的孙子,戚白隐算是他叔叔,虽然十年不见,但他总不能不管自己的叔叔,更何况这位叔叔还是无极岛真正的岛主。

九郡主不喜欢和这种能言善道的人聊天,因为这种人太会设圈套,一不留神就会进入陷阱,于是能躲便躲,尽量不和云澜碰面,反倒是少年时常与云澜打交道。

云澜拎着一坛无极酒来探望九郡主,叩响少年的门:"听说阿九姑娘喜欢我们无极岛的无极酒,我便让人将内岛埋藏多年的无极酒挖了出来。"

少年倚着门,用一种"你有病吗"的眼神看他:"你们给阿九送礼,送到我门口做什么?"

云澜笑道:"交给你和交给阿九姑娘是一样的,不是吗?"

自从副岛主吩咐无极客栈好生招待这二位客人后,无极客栈便专门腾出两间最好的房给他们住。

云澜晓得九郡主不想与自己打交道,索性也不费那个力气,每次过来都直接将东西交给少年。

少年从来不会拒绝,因为云澜送的东西确实都是阿九喜欢的。

九郡主有点愁:"俗话说拿人手短,吃人嘴软,我们都吃了云澜送来的这么多东西,日后他若是求我办事,我也不好意思拒绝啊。"

少年正在悠闲削梨,闻言道:"东西是我收的,你不好意思什么?"

九郡主挨在他身边,看着他一圈一圈地削梨,薄薄一层梨子皮弯弯曲曲地自他手中垂落下来,他手指很漂亮,握刀时微微屈起指节,骨骼分明。

九郡主说:"可我也吃了无极岛的东西,吃人嘴软呢。"

少年最后一刀划断梨子皮,捏着梨子两端的手指沾了一点梨汁,九郡主连忙给他递上干净的帕子,眼巴巴地望着那个梨。

无极岛的梨特别好吃,汁水很足,梨皮又薄,甜度适中,是她喜欢的味道。

九郡主习惯性伸手准备接过少年削好的梨,却见他自顾自放下匕首,不紧不慢咬了口刚削好的梨。

似乎是梨的味道还不错,他满意地舔了下嘴角,想到自己手上的梨汁还没擦,便张口叼住梨,拿着九郡主的帕子慢条斯理地擦拭手指。

九郡主:"不、不是给我的吗?"

少年将帕子还给她,她嫌弃地又把帕子扔给他。

他一手拿着咬过的梨,一手指了指碟中的三个梨:"想吃?想吃就自己削。"

九郡主委屈,她只想吃现成的,不劳而获多快乐啊。

少年对她的可怜巴巴视若无睹,咬了第二口梨后道:"东西是我吃的,他们看见你吃了吗?"

"没有吧?"

"所以就算是吃人嘴软,也该是我嘴软。"少年似笑非笑地敲了敲桌子,"你认为我会嘴软吗?"

九郡主服气了。

嘴软是不可能的,这辈子都不可能的,在他的思维里,四方列国无论什么东西,只要到了他手里,那就是他的。

九郡主就这么被他给带歪了,该吃吃该喝喝,闲着没事就去无极岛后面的树林钓鱼。

少年一听见"钓鱼"两个字就冷笑,九郡主想起周不醒说的"阿月根本不会钓鱼",顿时哈哈大笑,非要带他去钓鱼,想亲眼见识见识他的钓鱼水平是不是堪比他的迷路水平。

少年根本不打算如她所愿,这一下午到处转悠,就是不去岛后面的树林里钓鱼。

九郡主只好一个人拎着桶拿着钓鱼竿去后面钓鱼,偶然遇到一位同样不会钓鱼的黄衣女子。

黄衣女子眉眼桀骜,好动,鱼还没钓上来她就亲自下水抓了两条上来。

九郡主叹为观止。

黄衣女子发现这里除了她还有别人,一时惊讶,但也没有赶人,反而招呼对方离近点钓鱼。

黄衣女子说:"那个地方我试过了,根本钓不上来鱼!"

话刚说完,九郡主的鱼钩就动了动,拽上来一条大鱼。

黄衣女子不信这个邪,与九郡主互换好几次位置,偏偏每次她都钓不上来鱼,九郡主的桶倒是满了一半。

黄衣女子震惊:"为何我一条鱼没有钓到?"

九郡主:"或许,你可以,换一种鱼饵。"

用牛肉干做鱼饵这种方法究竟是哪个人才想出来的?

九郡主对她深表同情,并且对她很有好感,因为阿月也不会钓鱼,黄衣女子让她想到了阿月。

九郡主亲自给她换了鱼饵,又拉着她老老实实坐下等鱼上钩,最后两人钓了满满一桶的鱼。

黄衣女子握着九郡主的手说:"你是个好人,我喜欢你,你住在哪里?我明日就叫人给你送银子。"

你们无极岛的人就喜欢动不动送人银子吗?

大气!

九郡主脸皮还没那么厚,银子当然不能收,两人分开时已近黄昏。

九郡主满载而归,晚上做了一顿"满汉全鱼",少年看着满桌子的鱼,握着筷子,半晌,幽幽道:"一月之内我都不想再看见鱼。"

翌日一早,他的房门被人敲响。

黄衣女子一手提着一条鱼，立在他门前，眉眼桀骜道："你是阿九？"说着说着自己反而疑惑了，"我哥说阿九是个姑娘……哎，你女扮男装还挺像那么回事的嘛！"

少年面无表情，"啪"一下将门给关了。

黄衣女子不悦地踹门道："你这人怎么这么没礼貌啊！你给我出来，我教教你什么叫作礼貌！"

后面有人连忙抱住她的腰："渺姐冷静，冷静——"

"我冷静什么！他竟然敢关我的门？我的鼻子差点就撞他门上了！我引以为豪的鼻子——"

"可是渺姐你敲错门了啊！"

隔壁房门打开，九郡主打着哈欠伸出头，迎头看见昨天钓鱼时遇见的那位黄衣女子，后知后觉地"呀"了声。

黄衣女子也没想到会在这儿遇见九郡主，刚要和九郡主打招呼，拦腰抱她的人尖叫道："渺姐，她才是阿九姑娘啊！"

"我是云渺。"

"我是阿九。"

两个姑娘面对面坐着，中间横着两条鱼，在某个瞬间，活鱼激灵灵蹦了一下，尾巴甩了两人一脸水。

两人一起擦拭脸上的水，擦着擦着，同时笑了起来。

"好巧哦。"

"好巧啊。"

异口同声的话语让两人再次笑了起来。

云渺非常坦然，直接道："云澜是我哥，今天他有事来不了便叫我过来走一趟，但我觉得老是送一些除了贵就没什么用的东西不好，所以就给你带了两条鱼。"

九郡主弯起眼睛："我昨天钓的鱼还没吃完呢。"

云渺道："没事儿，晒晒做成鱼干一样能吃，而且本来也是多亏了你我才能钓到鱼。"

接下来两人就没话说了,气氛莫名有些拘谨。

半晌,云渺才抓抓头发,不好意思道:"我不知道你就是阿九,昨天遇到你真的是巧合。"

九郡主说:"我知道呀。"

眼睛是骗不了人的,云渺昨天见到她的眼神陌生又坦然,不像是对她有所图的。

云渺觉得自己哥哥不地道,让她来做这种事,害得自己差点被挺喜欢的小姑娘误会,便道:"你的事我昨天听我哥他们说过了,虽然我也很想知道岛主的下落,不过,反正十年都等过来了,也不差这点时间,至少现在知道岛主还活着,以后有的是时间继续找,我现在感觉那么多人强迫你一个小姑娘挺不地道的。"

九郡主笑起来。

小姑娘长得真好看。

云渺心里对九郡主越发欢喜,她喜欢漂亮姑娘,又道:"对了,我哥擅长温水煮青蛙,如果你真的不想说,最好不要直接和我哥接触。"

九郡主道:"阿月和你哥哥接触得更多些。"

云渺顿了下:"阿月?该不会就是你隔壁那个很没有礼貌的男子吧?"

九郡主纠正道:"他不是没有礼貌啦,他只是有起床气。"

"有起床气了不起哦……"云渺嘀咕。

九郡主倒了杯茶,道:"而且最近找他的人越来越多,他睡不好的时候脾气会很差,最近已经很不错了,以前他心情不好的时候还会放蛊吓人。"

"蛊……哦对,我哥说过这里确实有个玩蛊的南境人来着。"云渺说,"你们是一对儿吗?"

九郡主一口茶呛住。

云渺好似发现了什么,狡诈一笑:"我懂了,你喜欢他对不对?"

九郡主扑上去捂住她嘴巴,欲盖弥彰地大声道:"不对!"

云渺从她手底下挣扎出来道:"这有什么好害羞的?喜欢就是喜欢,不喜欢就是不喜欢,又不是什么见不得人的事。听我哥的意思,那个家伙好像对你也不是完全没有感觉。"

九郡主被戳中心事，有点恼，还有点说不上来的惊喜，迟疑了下："真、真的吗？"

云渺套话成功，得意道："看，我就说你喜欢他吧。"

九郡主恼羞成怒，拎着两条鱼把人轰了出去："你跟你哥哥一样就喜欢瞎套别人的话，我不跟你玩了！"

武林大会在无极八楼举行，里面是正经的比武场，非常适合打架。

今天是武林大会第一天，无极八楼里的人非常多，里里外外围了好几层，九郡主作为贵客自然不用和那么多人一起挤。

守门的还是之前遇见的那两个眼熟的守卫，九郡主愉快地和他们打了声招呼，两个守卫见到她有点尴尬，脸都被打肿了。

原本是打赌这姑娘连一层楼都过不去，谁知道她竟然一夜之间连踢十层楼，更让人脸疼的是，她竟还是副岛主与云澜公子亲自招待的贵客。

守卫越发羞愧，连忙放行。

九郡主不知道他们在想什么，进去后就左顾右盼好奇地打量，一边和少年闲聊。

"阿月阿月，你见过武林盟主吗？"

少年被她拉着胳膊，懒洋洋地走着："你一个中原人都没见过，我一个南境人怎么会见过。"

"说得对哦。"九郡主说，"那你听说过武林盟主的事迹吗？我以前经常听我二师父讲武林盟主的事儿，她很讨厌武林盟主，不知道他们什么仇。"

少年对她二师父没兴趣，敷衍地应了声。

九郡主还在兴致勃勃讲故事："我二师父还说过，我三师父是武林盟主的情敌，他俩为了喜欢的姑娘打过一架，也不知道谁赢谁输。我三师父长得特别好看，我以前就很好奇武林盟主得有多好看，三师父喜欢的姑娘才会连他都看不上，不是说这次武林盟主也会来嘛，我……"

手腕蓦地一紧。

九郡主疑惑回头。

少年将她拉到身前，居高临下睨着她，头顶洒下的光线聚拢着一团影子，影子虚掩着她。

"你三师父好看还是我好看？"

九郡主愣了下："……什么？"

少年道："我不好看？"

"好看呀！"九郡主使劲点头，恨不得把全天下最美好的词汇都用到他身上，"你是全天下最最最好看的人。"

"与你三师父相比如何？"他故意为难。

如果周不醒在，他一定会大呼小叫说月主你这个问题就像是问人家"你娘和我一起掉进水里你救谁"，属于死亡问题。

少年才不在乎什么死亡问题，他只在乎答案。

九郡主和他对视，目光从他的眉描到眼，一点一点认真地将他看进心里。

"那还是你最好看。"她弯起眼睛说，"阿月最好看啦。"

三师父的好看是师父的好看，阿月的好看是心上人的好看。

她还是有一点点偏心的。

武林大会的第一天没什么意思，全是打打打，无极八楼一共八十层楼，全部用来比试，一次进行八十场，人数筛选得极快。

九郡主感兴趣的不是比试本身，她就是来凑热闹偷偷下赌注的，可她最近太过出名，几乎人人认识她，但凡她押哪个人，其他人必然也跟着她押。

高手看高手，跟着高手押注准不会错，结果就是赔率被拉低，根本赚不到几个钱，反而浪费时间和精力。

"明天不去凑热闹了。"

回到客栈的九郡主趴在床上蹬掉脚上的靴子，满床翻滚，滚完又光着脚跑到窗口朝隔壁喊："阿月，阿月……"

没多久，隔壁窗户被人打开，少年上半身探出窗，歪头看过来，发带松散束起的长发在月光下缓缓铺开。

他眉眼倦懒道："说。"

九郡主也歪着头，隔窗与他相望："无极岛的醉鱼吃够了，无极酒也喝够了，我们明天就走吧？"

少年单手支腮:"你不是对武林盟主有点兴趣吗,不准备看完再走?"

"其实也不是特别感兴趣。比起抢走我三师父未婚妻的那位武林盟主,我对桃花坞的桃花更感兴趣。"九郡主说,"最重要的是,待在无极岛会有好多人看着我,走到哪儿都会被人认出来,我不喜欢被人盯着的感觉。"

少年翘起嘴角:"你想走,那就走。"

九郡主也学着他单手支腮,两人不远不近地对视着,月光安静地落下来,房檐下的红灯笼随风摇曳。

没来由地心动。

九郡主有点不好意思,主动缩回脑袋,关上窗户,后背抵着墙缓了会儿,偷偷打开窗歪头看过去。

少年正准备关窗,听见动静,眼眸一转,对上她的视线。

"阿月,"她举起手,手腕上的银色手链在月光下熠熠生辉,笑意盈满眼角眉梢,"明天见。"

说完,她迅速缩回脑袋,关窗落闩,一气呵成。

隔天一早,九郡主出了趟门,花了半天的时间将七百两白银与三百两黄金换成方便携带的银票,半路回来的路上撞见不知为何而来的白痴小王爷。

狭路相逢,九郡主当作没看见他,瞧见一间衣裳铺子准备进去瞧瞧有没有适合少年的新衣裳,进门时却被小王爷撞了一下。

"小六三日后到。"

九郡主抬起头。

小王爷已经跳出一丈远,一脸暴躁地瞪着她:"刁民!本王尊贵的身体岂是你这等刁民轻易触碰的?"

九郡主用一种"我不和脑子有病的人计较"的眼神看了他一眼,转头同掌柜的说:"这套白色的,那套蓝色的,还有上面那套黑色和红色的,统统帮我包起来。"

她有钱。

少年出门两个时辰,半个时辰找人,剩下一个半时辰找回客栈的路。

九郡主在客栈等了大半个时辰也没等到他，频频朝窗外张望，终于等到他进入她的视野。

他在外岛与外域的交界处，九郡主站得高看得远，眼底映入的少年身影极为渺小，但她却一眼就认出来了。

最好看的那个身影绝对不会错。

原本她是打算下去找他的，发现他似乎在同一个地方来回走了至少三遍，她突然就不想动了，趴在窗边津津有味地瞧着他淡定地再次绕了三个圈。

九郡主笑得脸都快僵了。

少年迷路时从不会问别人路在何方，因为他不着急，也不是非回到某个地方不可。在南境时，只要他迷路，周不醒与其他人会很快找到他，他们怕他离开南境。

"蛊人一个人离开太危险了。"

"一旦被外面的人发现月主的身份，届时会有许多人追杀他，不管他多厉害，总归是双拳难敌四手。"

"我们只有一个蛊人了，不能让他离开。"

"如非必要，月主还是留在这里比较好。"

"月主……"

"月主……"

少年停下脚步，微微皱眉。

外域与外岛交接处的桃花被风吹落，花瓣打着旋落在他手心。

他抬起手，想起九郡主发上的那朵桃花发饰，粉色的，小小的，成串地绽放在她的发上，好似会发光。

他勾起嘴角，低头吹掉手心的小桃花。

如今不一样了，无极客栈有一个人正在等他回去，与南境坐立不安的那些人相比，她在等的只是与她携伴同行的阿月，而不是令人提心吊胆的月主。

少年放弃了凭借自己的记忆找到回客栈的路，向附近卖东西的店铺老板问了路，店铺老板抬手指了指，少年微微抬头。

遥隔重重树影与花影，两道目光越过熙熙攘攘的人群，终于于半空汇聚。

明明远得连对方的脸都看不清，却莫名地能感觉得到对方正在笑，像是心有灵犀。

九郡主终究无法坚持到底，转身拿着一个云澜叫人送来的风筝从三楼一跃而下，脚步轻快地奔向外域的桃花林。

少年立在原地，等她到来。

"阿月！"她像被风吹起的一捧桃花，欢快地举着风筝喊，"我们来放风筝吧？"

远在京城的六郡主收到一封信。

"无极岛好玩，速来，喝酒。"

六郡主看完之后就将信烧了，吩咐人准备准备，下午启程去无极岛凑凑热闹。

新来的侍女奇怪道："小王爷不是已经过去了吗？"

六郡主正在修剪花枝，嗅到讨厌的香味打了个喷嚏，捏捏鼻子道："我那小叔脾气大，他这次一个人出门，不惹祸就不错了，可万一不小心惹着无极岛或者武林盟的人，到时不好收场。毕竟我与他一同长大，总不能眼睁睁看着他闯大祸。"

侍女很理解六郡主的心态。

小王爷与六郡主的关系极好，因为他们年纪相仿，并且小时候曾在一所寺庙同住过一段时间。

六郡主生下来就体弱，算命的说她命里有劫，需送去寺庙借佛祖金光冲冲劫气。小王爷是因为出生那天恰逢先帝驾崩，钦天监说是冲撞了龙气，需得送去寺庙借佛祖金光冲冲晦气。

两个小孩便在寺庙结下缘分。

小王爷脑子笨，小时候经常帮六郡主背黑锅，长大后倒是六郡主经常替他收拾烂摊子。

六郡主将剪子递给侍女，抄水洗手，侧身时瞥见门口的一株青柏，出了会儿神，直到侍女出声道："郡主，擦擦手罢，小心风寒。"

六郡主一边擦手，一边不经意道："不知那疯子九郡主现在如何了。"

侍女道："定然是不好过的，许是正在哪里风餐露宿吧。"

六郡主擦完手,将帕子丢进水盆,想起什么般道:"替我准备些首饰与银两,听说金粉铺的制粉人昨日研究出新的胭脂,三公主她们都很喜欢,想来是不错的。正好今儿有空,我便去瞧瞧,若是不错,买些留着去无极岛的路上用。"

侍女应声退下。

六郡主这才回屋提笔写信:

"我只要最好的那坛酒。"

九郡主打了个喷嚏,捏着鼻子将眼泪憋回去,闷声闷气道:"谁又在念叨我?"

少年正在喂蛊虫吃东西,头也没抬道:"桃子给我。"

九郡主捧了一兜从外域摘下来的桃子跑过来,好奇道:"你的蛊还会吃桃子呀?"

"稀奇吗?"少年单手支腮,百无聊赖道,"我的蛊还会吃人。"

九郡主伸出一根手指头:"那它会吃我吗?"

少年还没说话,只见那只浑身漆黑的蛊一屁股拱开比它大十几倍的桃子,一口叼住九郡主的手指。

九郡主吓了一跳,抬眼看少年。

少年手指按在桃子上,漫不经心地滚了两圈,垂着眼皮,意有所指道:"它一直都很想吃掉你。"

九郡主当他开玩笑,毕竟这只蛊很乖,只是叼着她的手指头啃着玩,牙齿虽然尖尖的,却很小心地不去划伤她,就像两三岁的小孩子啃手指那样啃着玩罢了。

九郡主趴在桌上逗了逗那只蛊。

黑蛊翻了个身,躺在桌子上露出白色的肚皮,好似缩小版的猫猫求安慰,乖巧得让人心软。

九郡主眉眼含笑,戳了戳它柔软的肚皮。

黑蛊舒服地蜷缩起身子,满桌子打滚,而后又伸展身体,厚脸皮地请求抚摸。

九郡主觉得它真好玩，索性搬过凳子坐在一旁逗它。

得到偏爱的蛊引起暗中觊觎的蛊虫们的不满。

少年移开眼，屈起食指扯了下襟口，有点燥热，起身离九郡主远了点，看不见就不会受到影响。

"不是说今天出发去桃花坞吗，怎么还没收拾东西？"他倚着窗，迎面而来的风渐渐缓解他体内的躁动。

无极岛的气候和外界截然不同，如今正是春日万物复苏的季节，亦是动物繁衍的忙季。

他体内的蛊感受到这里适宜的温度，已经开始蠢蠢欲动，往年蛊虫的繁衍季对他并没有什么影响，只是今年可能有点麻烦。

不知想起什么，他微微皱眉，偏眸看向对危险一无所知的九郡主。

历代蛊人都会被自己的蛊影响最终导致神智失控，而他至今没有出现失控的迹象。这在南境的人看来是好事，他们将这视为蛊人史无前例的转机，可只有他才知道，他不是不会失控，只是还没遇到足以让他失控的人。

现在他有了心上人，那个时机或许快要到了。

这可不是什么好事，若是他被体内的蛊占据了全部的意识，阿九一定会出事。

少年静静看着一无所知的九郡主，看了很久，她顾着和蛊玩，没有留意他的不对劲。

他的目光缓缓落在她逗弄着的那只黑蛊身上。

黑蛊似乎察觉到某种危险，激灵打了个颤，僵着身体装死。

九郡主抬头看向窗边的少年，商量似的道："阿月，你想不想去后山抓鱼呀？后山有好多鱼哦。"

"不想。"少年垂下眼，遮去眼底不受控制涌起的阴戾，声音毫无起伏。

九郡主趴在桌子上戳戳黑蛊，又道："我们在无极岛多待几天吧，说不定我们可以等到武林大会结束，无极岛还会抽人进入内岛，万一我们就被抽中了呢？"

少年不紧不慢道："你若想进内岛，无极岛的人想必会夹道欢迎。"

九郡主绞尽脑汁："那我们就……"

少年直起身:"你若真想留下来玩,只会同我直接说,可不会想这么多乱七八糟的借口。"

他可真了解她。

少年也没有继续追问,他对她总是如此纵容,只有偶尔被惹恼了时才会难哄些。

九郡主想了想,招呼他过来一起坐,搬过凳子坐在他对面,正视着他,认真道:"我之前不是和你说过要找个机会给我二师父通风报信吗?这几日我怕无极岛的人盯着我,一直没敢往京城写信。"

确实有这回事。少年瞥了眼桌子上失去宠爱后怏怏不乐的黑蛊,嘴角轻扬。

九郡主又道:"我六姐姐就在京城,这几日会来无极岛,到时我打算找她聊聊,问问她方不方便替我向二师父送封信。"

六姐姐?

少年敏锐地眯眼,就是那个带阿九喝酒,又带她去逛小倌馆的六姐姐?

少年轻轻敲了敲桌子。

听见声音的黑蛊缓缓蜷缩身体,把脑袋埋进肚皮底下。

"那就留下。"少年托起下颌,虚眸看她,"正巧我也要找几个人。"

"咦?"九郡主疑惑,"你要找谁?"

"几个不入流的骗子而已。"

"你被骗了?"九郡主惊讶,"不会是问路的时候被骗子故意指了错路吧哈哈哈。"

少年静静看着她。

还真被她说对了。

九郡主讪讪闭上嘴,老老实实地认错:"对不起,聪明如你,绝对不会被人骗的。"

少年还是看着她,眼眸浓黑,有点吓唬人。

九郡主坐不住了:"我忽然想起来云渺姐姐找我有事,我先去找她……"

余光瞥见桌子上装死的黑蛊,九郡主顿觉自己与小蛊虫同病相怜,充满同情地捏起黑蛊,一边往门口溜,一边假装不在意地说:"阿月,那我就先走了哦,这只蛊我可以带去玩一会儿吗?你不说话我就当你是默认了……"

少年剥了个内岛那些人送来的橘子,没说话。

九郡主说:"那我就当你是默认了!"

跑到门口时她想起什么般又转过身,后知后觉地追问了一句:"对了我忘了问,这只蛊是什么蛊啊?我带它出去对你不会有什么影响吧?"

少年撕掉橘子上白色丝:"对我来说没有什么影响。"

九郡主松了口气。

少年又道:"不过对你可能会有点影响。"

九郡主不解。

少年慢悠悠地笑:"因为你带走的那只是情蛊。"

九郡主:"嗯?"

少年重新拿了两个橘子,站起身,走到门口给了她一个,低垂着视线睨她,耐人寻味道:

"阿九,若是路上遇见喜欢的男子,只要将蛊送给他,往后他便是你一个人的。"

无极岛下雨了,岛面浮起淡淡的白色水雾,远远看着犹如仙境。

九郡主走在仙境里,感觉自己揣了个烫手山芋在身上,出去的一路上都觉得这只蛊会偷偷跑掉,万一落到哪个男人身上,她可就闯了大祸。

她只好将这只蛊仔细揣着,时不时瞧瞧它还在不在,在的话就松了口气。

不是没想过把蛊还给阿月,但她不知道怎么回事,只要一想到他说的那句话,"若是路上遇见喜欢的男子,只要将蛊送给他,往后他就是你一个人的",她就死活拿不出手。

感觉……只要把蛊给他,就像是在暗示什么。

雨越下越大,出行不便,岛上一切活动暂时停止。

回到客栈的九郡主深深叹了口气,捧着情蛊左看右看,依旧没看出什么特别的。

情蛊,她只在传闻中听说过,每当南境那边派使者来京城,京城的世家小姐们都会提着礼物上门拜访询问情蛊的事儿。

京城的世家小姐们多是被长辈安排婚事,颠来倒去总有人过得不如意,这些过得不如意的人更想找到情蛊好叫自家丈夫回心转意。

可情蛊这种东西哪是那么好找的？否则这世上也不会多出如此多的生活不如意的夫妻。

六郡主说四郡主嫁给刘尚书家的二公子，日日以泪洗面，因为二公子一年能娶三个老婆，每个老婆都比四郡主漂亮。

听说这件事后，九郡主当天晚上就偷偷去了刘尚书家，顺便悄摸摸看了看侧室。

侧室确实貌美如花。

"其实四郡主也不丑。"六郡主瘫在窗下的凉席上，一边折花一边感慨道，"只是整日哭来哭去的，活生生把自己哭得憔悴。情爱这种东西最没意思了，你瞧瞧，京城里嫁出去的几位郡主和公主就没有一个过得舒心的。还是我们这样好，名声虽然臭得没人敢上门提亲，可是日子过得舒心啊，你说对不对，疯狗九？"

"对对对，歹毒六说什么都对。"九郡主正在偷喝六郡主的无极酒，敷衍道，"全京城都以为我俩水火不容，你歹毒，我凶残，见了面不是掐就是打，我爹前几日才因为我抢了你一个手镯罚我跪了一宿的祠堂。"

"我不是叫人偷偷给你送毛毯垫子和糕点了嘛。"六郡主一朵纸花砸她脑袋上，"你又偷喝我的酒。"

九郡主抱着酒坛子往后退了一步，扬眉道："我冒着风险替你跑了趟尚书府打听消息，讨你一坛酒怎么了？"

六郡主说不过她，遂罢："算了算了，你喜欢给你就是……你这几日再替我去趟将军府，看看顾将军夜里都和哪些人见了面。"

"将军府可比尚书府戒备森严，哪是那么好进的。"九郡主躺平，"我不……"

"一百两。"

"成交！"

临出门前，九郡主从六郡主头上拔了根发簪。

六郡主习以为常地拨乱自己的头发，扯了扯衣襟，在九郡主打开房门趾高气扬走出去的瞬间，声嘶力竭地大叫："疯狗！你这条疯狗！我诅咒你这辈子都嫁不出去！"

九郡主配合地扬了扬手中的发簪，轻快道："多谢吉言啦。"

楼下的人听见动静纷纷抬起头，指指点点。

"九郡主又在欺负六郡主了。"

"六郡主也好不到哪里去吧，心肠真是歹毒，上次竟想找人把九郡主弄进青楼，若非有人发现得早，九郡主现在恐怕是……"

"她们俩可真是一个比一个恶毒啊。"

客栈外面风雨交加，九郡主捧着小小的情蛊躺在床上想了半宿也没想出该拿这只情蛊怎么办。

小易从她头上跳下来，好奇地与黑色的蛊碰了碰头。

九郡主托着下巴盯着它俩看了一会儿，越想越觉得不能继续这么被动下去，一骨碌爬起来去敲少年的房门。

这会儿正是深更半夜，少年原本已经睡下了，肩上披着一件九郡主买给他的红色长衣，昏黄烛火下的容颜显得慵懒惬意，瞧见她的脸微微一怔，她把易容蛊卸下了？

九郡主眼巴巴道："阿月，我睡不着。"

少年回过神，一把将她拉进门，没好气嘲道："你是想我给你唱首摇篮曲哄你睡觉？"

九郡主眼睛一亮："可以吗？"

少年反手关门："你想得美，要唱也该是你唱给我听。"

"我不会唱歌。"九郡主老实说，"我五师父楼里的姑娘们教过我一次，但是那次之后她们说什么也不肯教我唱歌，说我唱的歌能无形中杀死一支行军队伍。"

少年重新将头转过来，仔仔细细瞧了她一番，夸赞道："不错，比我还厉害。"

他杀一支行军队伍还需要蛊虫辅助，她就不一样了，一张嘴就能杀死整个军队，的确比他厉害。

少年被自己笑到，九郡主挥挥手，满脸纳闷："你想什么呢？怎么突然就笑了？"

少年随手将披散的头发扎成一个马尾，眸光虚虚笼在她白皙面容上，声调懒散道："想你唱的歌究竟有多难听。"

九郡主兴致勃勃："你想听吗？"

他无情拒绝："我不想。"

"你想！"

"我不想。"

"你想！"

九郡主张嘴就要唱，少年眼疾手快伸出两根手指头堵住耳朵，等她半首歌唱完，他没有什么反应，反倒是隔壁传来小王爷暴躁的骂声。

"哪个王八蛋大半夜不睡觉搁这儿鬼哭狼嚎？还让不让人睡觉了！"

九郡主扭头看向少年，犹疑道："其实，我声音也没那么大吧。"

少年安慰她："是那蠢货听觉异于常人。"

小王爷的听觉确实异于常人，有时候少年睡觉翻个身小王爷都能模糊听见。

少年发现小王爷听觉特殊的时候，没少干过大半夜驱使蛊虫四处爬行吓唬他的坏事儿。

昆虫窸窣的爬行声别人听不见，但小王爷却听得一清二楚，每天晚上都会被莫名其妙的声音刺激得做噩梦。

可即便是这样，小王爷也不肯搬走，因为那间屋子是除了少年的屋子之外离九郡主最近的了。

九郡主显然也很了解那位脑子有病的小王爷，想想算了，拉着少年坐在桌边道："虽然我不会唱摇篮曲，但是我可以给你讲一个睡前故事。"

烛火跳动，火光敛在九郡主温白的脸上，乌黑眼底的光芒在轻轻闪烁。

少年从屋里找了条毯子，九郡主盖在腿上挨在他身边，嗅到他身上浅浅的桃花香，开始慢吞吞与他讲睡前故事。

"很久很久以前啊，京城里有个五岁的小女孩，阿娘疼她，阿爹宠她，兄弟姐妹嫉妒她。有一年冬天，小女孩的阿娘带她去寺庙里烧香拜佛……"

九郡主五岁那年与阿娘一道去一座庙中上香，恰是六郡主与小王爷住过的那家寺庙。

阿娘去庙里烧香，九郡主调皮偷偷跑掉，偶遇在庙外偷吃鸡腿的六郡主。

八岁的六郡主举着鸡腿问她："你想吃吗？"

彼时还是锦衣华服的九郡主沉默片刻，从怀里摸出来两根用油纸仔细包起来的大鸡腿，金灿灿亮澄澄的，极香。

六郡主看得眼睛发光。

九郡主分给她一根鸡腿，六郡主送给她一个平安福。

"你明年还会来吗？"六郡主问她。

"不知道哦。"九郡主晃着小短腿，笑嘻嘻地说，"我回去问问阿娘，她来我就来。"

六郡主又塞给她一个平安福："这是给你阿娘的平安福，你们明年一定要来，你的鸡腿真好吃，比我的还好吃，是我吃过的鸡腿里最好吃的鸡腿。"

被如此珍重对待的九郡主收起玩闹的心，仔细收下平安福，郑重道："我会说服阿娘明年再过来的，到时候我给你带好多好多鸡腿。"

可她没能回来。

一年后，九郡主阿娘去世，京城动荡，同年十二月，六郡主盛装回朝。

故事讲到这里，九郡主就停住了，望着烛火发了会儿呆。

少年拿着银针轻轻拨弄烛火的芯子，音色温和："故事的后续是什么。"

九郡主没有立刻开口，黑色眼底盛着两点微弱的烛火，时间好像过了很久很久，却又像一眨眼。

她双手托腮道："后续就是失去阿娘的那个小女孩犯下一个滔天错误，背着巨大的罪名，最后一个人偷偷走掉啦，不过她过得很开心，因为她在路上遇见一个对她很好的小男孩。"

说到这里，她脸上有点红，不知是不是烛光照的。

九郡主缓缓趴在桌子上，半张脸埋进胳膊里，只露出一双圆圆的眼睛，眼神明亮，看着他认认真真地说：

"她很喜欢和那个小男孩一起游玩。"

可是小女孩现在还有罪名在身，戴着镣铐行走总是不自由的。

她很苦恼该如何将这具镣铐摘掉，一时半会儿还找不到可靠的法子。

于是只能说喜欢和他一起玩，而不是喜欢他。

少年和她对视，片刻后，也缓缓屈起双臂将脸埋进胳膊里，浓黑双眸一眨不眨地注视着她，沉吟后道："礼尚往来一次，你给我讲了睡前故事，那我也给你讲个睡前故事吧。"

九郡主来了兴致："你说。"

少年思考了一下该从哪里开始讲故事，烛火跳动了两次后，他正要开口，九郡主突然出声打断他。

"等等，我换个舒服点的姿势。"九郡主调整了一下手臂的弯曲弧度，试了好几次才找到最舒服的下巴枕手臂的姿势，"好了好了，你继续说吧。"

少年："……"

想说故事的心情就这么被她打断，有点不是很想说了。

九郡主催促道："你快说，你再不说天就要亮了。"

少年倦怠道："突然不是很想说了。"

九郡主傻了："怎么这样啊？我都准备好听睡前故事了。"

少年拖长声音："我就是不想说……"

九郡主威胁道："你不说，我就天天等你睡觉的时候在你耳边唱歌。"

少年诡异地一顿，正色道："很久很久以前，有一个小男孩出生在中原，他阿爹是中原人，阿娘是南境人。"

原来他阿爹是中原人？

难怪他中原话说得如此自然。

九郡主恍然大悟。

少年五岁那年，阿爹在外面有了别的女人，后来被他阿娘发现，阿娘就对阿爹下了蛊，并且将他阿爹带回南境，做成了试蛊人。

九郡主听得浑身一颤，试蛊人是什么？

"专门给族里试验蛊虫效果的人。"少年漫不经心地说道，"两年后，小男孩阿爹死了。小男孩阿爹死后，他阿娘就与另一个男人成了亲，不太管他，也没时间管他。族里有后来的小孩不认识小男孩，当他是外来人，最重要的是——"

少年勾起嘴角，咬着重音强调："小男孩从小就长得好看，那些小孩讨厌他，也嫉妒他长得好看，有一天他们骗他去了一个小黑屋，是他阿爹以前待过的屋子。"

九郡主愣住。

少年省略了一大段过程，只随便说了个结果："最后小男孩阿娘的朋友找到了黑屋里的小男孩，把他带了出来，重罚其他人。"

九郡主怔怔地望着他。

他说得轻松，可他曾被那些小孩骗去做了试蛊人，他阿爹被折磨了两年才死掉，他一个七八岁的小孩，那时究竟受了多少折磨？又是坚持了多久才等到他阿娘？

九郡主很难过，嗓子干涩，想抓起他的手，想抱抱他，想安慰他。

少年见她如此，不由得顿了下，他俩都趴在一张桌子上，他只要伸出手就能触碰到她的脸。

她脸是红的，这次想必是被那个故事气出来的。

族里的人几乎都快忘了那个人人畏惧的南境月主小时候经历过什么，他们只记得他狠戾残忍，喜怒无常。

其实也没有那么严重吧？少年心不在焉地回忆着自己过去的所作所为。

他觉得自己蛮平易近人的，只是有些人太胆小了，看到他笑一下都觉得他是在思考该如何杀人，其实他更多时候只是在想中午吃什么、晚上吃什么、夜宵吃什么。

只是被误会时他不曾辩解，别人便理所当然地认为他杀人如麻。

少年伸手摸了摸九郡主毛茸茸的脑袋，手感很好，心口轻飘飘落下一根名为"阿九"的羽毛，从此再也不肯离开。

九郡主坐不住了，"唰"地站起来，心里难受得不行，走过去主动张开手，酸酸道："阿月，你需要一个安慰的拥抱吗？我可以短暂地借你一个拥抱。"

少年是坐着的，视线略矮她一些，闻言只是慢吞吞道："我记得你们中原有句话叫，男女授受不亲……"

话没说完，她就扑进了他怀里，搂住他脖子，下颌搭在他颈窝里，两只手轻拍他挺直的后背，安抚似的说："我们之间才不用讲那些乱七八糟的规矩呢。"

而且他们之前也没少授受不亲过，多一次少一次的区别而已。

少年感觉到后背传来温柔的触感，鼻尖嗅到她身上的香味，一时静默下来。

他抬起手，掌心碰到她之前在半空停了一会儿，听见耳边她的呼吸声，无奈地笑笑，放下了手。

九郡主说："你不觉得生气吗？"

"生气啊。"

"可是你看起来一点也不像是生气的样子。"

少年歪了下头，一本正经道："哦，因为我在心里生气。"

明显是敷衍她的。她更气了。

但其实不是，少年最初确实会感到愤怒，憎恨，甚至想过出来之后就杀光所有人。

然而等他出来之后反而就没了那些怨恨，他的情绪好似被身体里蛊虫吞噬、消磨，连波动都很少有，整日懒洋洋地到处溜达，瞧着周围所有人对他又惊又惧的脸色，心情也还可以。

少年决定将他成为南境月主的过程省略掉，思索着挑了些有趣的故事说与她听。

比如说他是如何认识周不醒的，平时又是如何欺负他那便宜弟弟的。

他说了许多有趣的小事，音调不疾不徐，声音略低，带着一点点的笑意，像是在哄小孩睡觉。

九郡主不知不觉有了困意。

少年听着耳边她和缓的呼吸声，安静下来。

"阿九。"他轻声开口，"该回去睡觉了。"

九郡主一动不动。

隔壁忽然传来暴怒的指桑骂槐声："这都什么时辰了不睡觉讲什么鬼故事！大白天的是谈不了情还是说不了爱，非得挑这个夜深人静的时候讲鬼故事！讲鬼故事就算了，讲到最后竟然没个结果，这是讲故事吗？这是捅我的心挖我的肝不想让我睡个安稳觉！我招谁惹谁了我——"

爬行生物的声音再次危险地响起，隔壁的叫骂声微妙地卡住，随后是"噼里啪啦"的东西被撞倒的声音，接着便是侍卫们冲进门的杂音。

九郡主睡意消散，从少年怀里抬起头，听着隔壁惊天动地的动静，深深感叹："我二师父说过，打扰别人卿卿我我是会天打雷劈的。"

话刚说完，外面的风雨天猛然劈下一道惊雷。

这、这么准？

九郡主惊了，低头看见少年饶有兴味的黑眸，停了一息，面不改色道："我是说我家小易找着它夫君了，正在和它的夫君卿卿我我。"

少年可有可无地"哦"了声。

九郡主补充道："说来你可能不信，但小易夫君就是你那只情蛊。"

隔壁又传来气急败坏的骂声："这是什么世道？现在连虫子都是一对一对地跑出来吓人？你、你，还有你，马上给本王把它们拆散了，本王这辈子就是见不得有情人终成眷属！虫、子、也、不、行！"

易容蛊和情蛊干柴烈火翻滚一夜，九郡主觉得自己不能做棒打鸳鸯的那根棍，偷偷看了两眼就跑掉了，给它们留下温存的"二蛊"空间。

九郡主早上醒得早，噔噔跑到少年房里要了另一只易容蛊，毕竟小易正忙着，不好打扰它。

九郡主跟在他身后像个好奇的蚕宝宝不停地追问："阿月阿月，你说小易和情蛊在一起了，会不会像马和驴那样，生下来的是骡子？"

少年一边擦脸一边无精打采道："你这个问题就好像是在说，中原人和南境人日后生出来的孩子会不会变成西陆人，你看我像不像西陆人？"

"不像呀。"

少年将擦脸的帕子拧干，仰起头缓了会儿，说话的声音也没什么精神："两只都是蛊，生下来的孩子自然也是蛊，不然还会变成蜘蛛或者苍蝇？你见过虫子和虫子还能生出另一个物种？"

"是哦。"九郡主恍然大悟，抬起头时恰好看见他仰头时修长的颈。

线条紧绷，从下颌延伸至锁骨，几缕黑发弯曲着搭在他锁骨上，有点别样的勾人。

九郡主眨了眨眼，心里有点痒痒，手也有点痒痒。

想摸摸他。

少年困倦地捏了捏眉心，一偏头就发现她好奇地盯着自己看，眼皮一跳。

"……看什么？"

九郡主毫不躲闪，迎着他疑惑的目光，坦然道："看你呀。"

他的襟口是乱的，因为刚睡醒，衣服还没来得及整理，整个人随意而慵懒。

少年被她这个眼神看得失语片刻，体内又开始躁动，这几日蛊的活跃度越来越频繁，蛊人的失控期快要到了。

他不着痕迹地避开她的目光，抬手整了下衣领，顺手将衣服里的头发拨出来，自顾自走去镜子前准备收拾头发。

九郡主颠颠地跟在他身后，兴奋提议道："阿月，今天我给你梳头发编辫子吧。"

"我拒绝。"

"为什么？"

少年呵笑一声，已经开始着手编辫子："你说为什么？"

"我要是知道为什么的话就不会问你为什么了啊。"

少年被她噎了一下，有点莫名地想笑，于是转过头，伸手阻拦住凑过来准备弄他头发的九郡主。

"因为丑。"他嫌弃道，"你自己编辫子的水平你自己不清楚吗？"

九郡主理直气壮："可是编辫子就是要多多练习，你不给我机会多多练习，我肯定编不出来好看的辫子。"

她又说："所以你就让我试试，就试一试，不好看你拆了就是。"

少年还是不松手，防她防得滴水不漏。

九郡主抓着自己的辫子道："你看你看，这是我早上起来的时候自己编的辫子，丑吗？"

少年瞥了眼她的辫子，缓缓吐出一个字："丑。"

九郡主忍不住开始怀疑自己的审美："丑吗？我觉得还可以啊，虽然没有你编得好看，但是起码能看出来这是辫子。"

说完，她斩钉截铁道："不能说很好看，但绝对算得上中规中矩，反正不丑，是你要求太高了。"

少年点头，淡定道："毕竟我长得好看，辫子也应当是最好看的。"

九郡主决定放弃，下一瞬，少年收回手，迟疑着放开自己的头发，背对着她道："随便你。"

九郡主愣了下。

少年微微偏过头，警告地给她一个眼神："如果太丑的话，你就自觉点放弃。"

九郡主笑出了声，捧起他的柔软的黑发，高兴道："放心啦，肯定不会丑到让你无法出门的。"

云渺今天拉阿九去爬山，一大早就跑到客栈找人。

敲阿九的房门没人应，云渺奇怪地问向站在小王爷门口守门的侍卫。

侍卫目不斜视道："不知道不了解我什么都没看见。"

隔壁房门忽然打开，一前一后走出来两个人。

最先走出来的是换了一身红衣的少年，红色发带束起的高马尾，右侧头发上搭着黑色碎玉串成的发饰，右耳也配了一只黑玉的耳饰，颈间环绕两圈圈很细很细的银色链子，走动时链子上的点缀银饰发出细微的"叮当"响声。

九郡主跟在他身后出来的，穿了一身混搭风的蓝衣，蓝玉发饰从前往后环绕一圈，靛蓝色额饰妥帖地垂在额前，将她的肌肤衬得堪比白玉，乌黑眼底盛着灿烂如阳的笑。

一个一袭红衣，一个一袭蓝衣，站在一起竟无比登对。

云渺怔愣半晌，蓦地吸了口气，脱口而出："你俩简直天生一对——"

两人同时转动目光看向她。

云渺捂住嘴，改口道："我是说你俩一大早竟然从同一个房间出来，太让人惊讶了。"

九郡主举起手："因为我来给他编辫子了。"

她骄傲地展示着自己的成果："看，这是我编的辫子。"

云渺："在哪儿呢？"

九郡主从一片黑发里找出来两根小辫子道："在这儿呢。"

云渺："……真是非常显眼的两根辫子啊。"

九郡主假装没听懂她的感慨："云渺姐姐，你今天来做什么？"

云渺这才想起来正经事："哦对，我来找你去爬山。"

"爬山？"

"武林盟主下午过来，我哥让我去招呼他，我哪有心情招呼那家伙？"云渺做了个恶心的表情，"我讨厌死那个老东西了，让我去招呼他还不如去爬山呢。"

要不是武林盟主胡搞，他们岛主也不会失踪十年，无极岛的人大部分是讨厌武林盟主的。

九郡主卷着辫子，若有所思。

从无极客栈三楼望过去，最高的那座山就是无极山，山上种了各种花草树木，听说还种着一些连皇宫都没有的稀有珍宝。

云渺道："也不算是夸大吧，无极山上确实有一些珍贵的草药和植物，每年都会有不少人偷偷去寻宝，我爹在山下设了阵法，只要有人上山就会触动阵法。"

九郡主道："这么说的话，无极山应当只有你们无极岛的人才可以去，我去无极山的话会不会不好？"

"为什么不好？"云渺反问道，"你是岛主的徒弟，就是我们无极岛的人，虽然外面的人还不知道，但在我心里你就是我师妹，我带自己的师妹上山有什么问题吗？完全没有问题！"

九郡主："或许，我师父不是你们岛主……"

云渺笑了："你知道为什么无极掌只有每任岛主才可以学吗？"

九郡主当然不知道。

"因为学习无极掌必须要继承前任岛主的无极掌内力，而无极掌的内力一生只可以传给一个人，所以除了岛主没有人能够学会无极掌。"云渺说，"而你学会了无极掌，所以传给你内力的那位师父肯定是我们岛主，就算不是岛主，你师父的内力也肯定继承了我们岛主的内力。"

九郡主好像听明白了，又好像没听明白，隐约感觉哪里不太对劲，想了半天猛然反应过来："等等，等等等等！按照你的说法，只有你们岛主才会无极掌，你们，我……"

她指着自己的脸，震惊到话都说不出来了。

云渺笑眯眯地点头："对，是你想的那样，你就是我们无极岛的下任岛主啊。"

九郡主瞳孔颤抖。

云渺心安理得道:"所以我带我们下任岛主去无极山,谁敢说你我的不对?"

九郡主慌张地扭头去找少年。

少年摁着她脑袋让她注意看路,一脸淡定道:"苟富贵,毋相忘啊,阿九。"

云渺站在山脚下挥一挥衣袖,大气道:"看,这整座山日后都是你的,高不高兴?"

九郡主颤颤巍巍地想,我快高兴死了。

云渺带着她上山,一边拍拍她的肩膀,安慰道:"这样就被吓到了可不行啊,你得快点习惯一下,不然日后等我哥'嫁'进来,你不得被吓哭?"

你说什么?你再说一遍?

云渺忽略身后那道骤然冷下来的目光,一本正经地胡扯道:"我哥都快三十了还没成亲你知道为什么吗?因为他觉得账本才是他娘子,我爹催他成亲的时候他就说这辈子是不可能成亲的,除非无极岛出现女性岛主,他这辈子要娶就只娶无极岛女岛主,只有无极岛主才能配得上高贵的他。"

九郡主被吓得脚下一滑,云渺扶住她的胳膊,轻柔道:"我们无极岛可不讲究三妻四妾那一套,你若做了岛主,日后这整个无极岛的男子你看上哪个尽管挑,开不开心?"

九郡主开心得腿都软了。

云渺悄悄回头看了眼身后的红衣少年,他微微垂着眼睫,温白的脸上没有任何波动,手中正在漫不经心地编一束彩色花环。

若非方才感觉到身后那道冰冷的视线,云渺都要被他这副淡定的模样骗过去。

这还不够刺激人吗?云渺反思自己是不是做得还不够明显,并且在心中默默给自己大哥点了个蜡。

为了咱们未来岛主的幸福着想,哥你就稍微牺牲一下吧。

于是云渺更加疯狂地出卖自己亲大哥:"我偷偷告诉你,其实我哥对你观感蛮好的,他还问我你喜欢哪种类型的男子。"

九郡主闭上嘴,她喜欢阿月这种类型的。

云渺兴致勃勃道:"对了,我哥今天好像也在山上,要是碰上的话我们一起玩吧?他经常上山,比我了解山上有什么好玩的,让他带路正好。"

九郡主立马扭头下山:"我突然感觉有点不舒服,我们还是先回去吧。"

云渺勾住她的肩膀,关切道:"怎么突然不舒服了?正好,我哥蛮擅长医法的,我们直接去找他看看。"

然后她看见后面的红衣少年编花环的手一顿,缓缓抬起眼,迎着她试探的视线,少年嘴角轻勾了下,修长手指慢条斯理地折断了手中的一根桃花枝。

风吹落桃花,同时也吹得他红衣上的银饰"叮当"作响。

云渺后背莫名凉了一瞬,转过脸,突然感慨:"我觉得我哥可能活不长了。"

此时此刻,正在山顶挖草药的云澜突然打了个喷嚏。

"谁说我坏话呢?"

云澜捏了捏鼻子,提着白色衣摆小心翼翼越过一团毛刺,自言自语道:"八成又是云渺那个臭丫头,成天不想着我的好,净想着给我瞎捣乱。"

云澜是在半山腰碰见的自家妹妹。

他看了看妹妹旁边的九郡主,又看了看九郡主身边的红衣少年。

沉默片刻,云澜转身就走。

云渺习以为常解释道:"我哥不能容许自己蓬头垢面出现在大众面前,不要介意。"

九郡主心说我当然不介意,悄悄看了眼少年。

少年给了她一个眼神。

九郡主:"嗯?"

少年呵笑一声,移开目光。

云渺继续带他们往山上走,过了一会儿风度翩翩的云澜公子才重新出现在他们面前。

云澜不知道从哪儿摸了把扇子出来,"唰"一下展开扇面,气质儒雅,客客气气道:"我这妹妹性子直,若是哪里对二位招待不周了直接与我说,我回头教训她。"

云渺"喊"了声，而后眼珠一转，拉着九郡主就往另一个方向跑，头也不回对云澜道："哥，我带阿九去看金色鲤，阿九朋友就交给你了啊，好好招待不要怠慢客人！"

云澜有点搞不懂自家妹妹突然把人推给自己做什么，想想也许两个姑娘家更喜欢待在一起，便没有过问，回头看向红衣少年。

少年随手将编了一路的花环扔掉。

云澜目光跟着那个花环转了半圈，不知是巧合还是怎样，那花环竟然恰好挂在一株桃花树杈上，打落一地桃花。

云澜转回目光，拍掉自己脑门上的桃花，怪异地看着少年，阿九姑娘说他不会武功，可他方才这一手怎么看都不像不会武功的。

少年笑了下，漫不经心地开口道："云澜公子有没有想过一件事。"

"什么事？"

少年道："若是你死了，你名下的财产归谁？"

"自然是归我妹妹。"云澜摇扇子的动作一顿，略带警惕地盯着他，"阿月少侠为何这样问？"

"不为什么啊，只是想提醒你一句。"少年弯起眼眸，遥遥看了眼正往山顶跑的两道背影，遗憾道，"你妹妹真的很想早点继承你的遗产。"

他为什么这样说？云渺那臭丫头跟他说什么了？为什么突然牵扯到遗产的事情了？

九郡主跟着云渺一路跑上山顶，两人都会轻功，这一趟并不困难。

站在山顶向下看，四面八方环绕着苍茫海域，海上白雾袅袅，整个无极岛仿佛都被笼罩进白雾里，真正的世外桃源。

云渺站在她身边，好似挥斥方遒道："怎么样，我们无极岛是不是特别好看？"

"好看！"九郡主用力点头，"我从没见过这么漂亮的地方。"

站在三楼客栈与站在山顶所看见的景色完全不同，一方是井底观天，一方是大千世界。

云渺拉着她往下走了走："走走走，我带你看金色鲤去。"

山洼里凹着一潭幽泉，泉水泠泠，山泉眼就在潭中心，"咕嘟嘟"地冒着泡。

泉眼附近围绕着一圈金色鲤鱼，九郡主兴奋道："真的是金色鲤，好多金色鲤。"

云渺骄傲道："这只是一眼山泉里的金色鲤，其他还有好几处山泉眼都养着金色鲤。我听外面的人说金色鲤在岛外很珍贵，有多珍贵？"

云渺很久没出过无极岛了，对岛外的事情一概不知，她去过的最遥远的地方就是外域，最高的地方就是无极山山顶。

九郡主蹲在泉眼边，解释道："金色鲤在中原是吉兆的象征，传说见过金色鲤的人只要对它许愿就能够实现愿望，可以说金色鲤在中原百姓们的眼里和神仙是差不多的。"

最重要的是，金色鲤是真实存在的，而神仙是虚幻的，因此曾有人花上万黄金求一条金色鲤。

云渺对金钱没有什么概念，她不缺吃穿，无极岛太有钱了："那你喜欢吗？你要是喜欢，等你走的时候我给你抓一条，你天天对着它许愿。"

一条金色鲤相当于万两黄金。

九郡主震惊："不不不……"

云渺这就捋起袖子准备下水捉金色鲤："反正无极岛以后都是你的，一条金色鲤而已。"

九郡主连忙把人拉上来："不是，其实我不相信金色鲤能实现愿望的传说。"

假如金色鲤真的能实现愿望，那无极岛的人早就成神仙了。

云渺重新坐回去："那你对金色鲤这么好奇？"

九郡主眨眨眼："因为我二师父说金色鲤超级好吃。"

云渺懂了："那个花万两黄金买金色鲤的人该不会就是你二师父吧？"

九郡主哈哈大笑："我二师父没买过金色鲤。"

"那你二师父在哪儿吃的金色鲤？"云渺问。

九郡主顿住，竟然答不上来。

二师父说过，她吃的那条金色鲤是三师父亲手烤的，而三师父是无极岛的岛主。

也就是说，二师父来过无极岛，还和三师父一起烤过金色鲤？这么看来他们当初的关系应该不错啊。

可按照云渺他们所言，三师父是和武林盟主一起去剿灭的魔教，回来路上被二师父偷袭才落崖。

所以，剿灭魔教这期间二师父和三师父之间发生了什么事？而三师父失忆后，二师父却直接将人带到京城，并且不让无极岛的人知晓他人在哪里。

真相显然和外界的说法迥然不同，这倒是有点意思了。

在她沉思的时间里，云渺已经动作极快地下水抓了两条金色鲤上来，赤着脚站在水潭中心朝九郡主招呼："阿九，我们等会儿也烤两条金色鲤吃吧。"

九郡主觉得那一定会把自己的牙给磕掉，一口吃掉百万黄金，有一点奢侈。

但云渺显然没有这种顾虑，不知从哪儿找到的工具当场摆了起来，九郡主一边烤鱼，一边和她闲聊。

"云渺姐姐，你们岛主……"她顿了下，"和他未婚妻的故事你知道吗？"

"怎么可能不知道？整个无极岛都知道。"云渺负责生火，头也不抬道，"你好奇啊？也对，应该说给你听，若你以后碰上季炎鹤那对狗男女就狠狠啐他们一口唾沫。"

"季炎鹤？"

"就是现任武林盟主。"云渺说，"季炎鹤妻子叫闻笑，闻笑与我们岛主是青梅竹马，他俩是娃娃亲。无极岛每任岛主十六岁时都要出岛历练，我们岛主外出历练的时候认识了季炎鹤，还把季炎鹤带回了岛。然后季炎鹤不知道怎么就和闻笑搞到一块儿去了，闻笑说季炎鹤才是真爱，悔婚了，宁愿放弃无极岛人的身份也要和季炎鹤成亲。"

九郡主给烤鱼翻了个面，听得津津有味："然后呢然后呢？我听说我三师、你们岛主还和武林盟主打了一架。"

云渺因为她的口误抬头看她一眼，笑得不行："你口误了。"

"那不重要。"九郡主面不改色，"后来呢后来呢？"

云渺继续加柴火："无极岛有个规矩，若有人想要放弃无极岛人的身份，必须达成三个条件。"

"哪三个条件？"

"第一，出岛后再也不许回岛。第二，出岛后绝不允许对外人说起无极岛的事。"云渺停了一下，"第三，打败所有想要拦住她离开的人。"

云渺不太高兴，情绪明显低落了下去："我们岛主对闻笑特别好，岛主虽然不爱说话也不爱笑，但他人很好，闻笑想要什么他都会给闻笑找来，闻笑想出岛玩也是岛主陪她一起，我和我哥都没有这个待遇。可是闻笑爱上了季炎鹤，岛主不想她离开，拦住了她，季炎鹤就和岛主动了手。"

云渺愤恨地摔了下树枝，站起身，叉着腰踢其他的树枝，现在想来还是很气："我们岛主输了！他竟然输了！我们岛主和季炎鹤比试的时候从没输过，那是唯一一次输掉，一定是季炎鹤那个狗东西使了小手段，这对狗男女，我呸！"

云渺真的很生气，她小时候非常崇拜戚白隐，有一次她对岛外的世界特别好奇，偷偷坐船出去玩，结果被人骗光了钱，还被人拐走卖掉了，那些人发现她是无极岛的人，打她骂她要她说如何破阵进岛寻宝，她不肯说，险些死在外面，是戚白隐找到的她。

那一次，从不杀人的戚白隐为了她这个不听话的小屁孩，动手杀了十五个人，他怕吓到她，洗完手弄干净衣裳上的血才小心翼翼背起她。

从那之后，云渺发奋练功，却再也没出过无极岛。

九郡主还在思索戚白隐武林盟主夫妻俩之间的事，总是避免不了地想到二师父。

他们四个之间肯定有故事。

她想得入神，没注意云渺已经开始咒骂季炎鹤夫妻俩。

说到最后，云渺口干舌燥，火冒三丈却又无可奈何地说："若非为了无极岛的稳定，我早就出岛去找岛主了，太生气了，我都不能出岛，这十年急死我了。"

九郡主抬起头，递给她一条烤好的金色鲤，有些不解："为何不能出岛？"

"好吃！"云渺啃了口金色鲤，对她伸出一根手指头，"阿九，你知道一个有名门派的存在最需要的是什么吗？"

九郡主想不出来，因为她没有加入过任何大门派。

"要么是钱，要么是权。"云渺严肃地说，"如果钱权都想要，那么就必须具备第三点,实力强大。"

"如果只有钱,别人不会畏惧你,只会觊觎你的钱。我们无极岛什么都缺,就是不缺钱,外面有太多人觊觎我们无极岛。我们不参与任何党派斗争,朝廷与江湖之事对我们来说没有任何意义,所以我们没有权。"

"但并不是我们不参与争斗就没事了,我们太有钱就是罪,怀璧其罪你知道吧?我们只有钱没有权,别人不会怕我们,所以我哥就想着把无极岛打造成每个人人都渴望的、与每个人的利益都挂钩的存在。"

"外域租给岛外的人是前任岛主的主意,建造无极八楼是我哥的主意,只要无极八楼存在,就会有源源不绝的人来无极岛闯无极八楼,因为能赚钱啊。"

"倘若无极岛日后归江湖或者朝廷里的某个人,那么那些想要从无极岛赚到钱的人就会不爽,因为这极有可能损害到他们的利益。不爽的人越多,越厉害,那些觊觎无极岛的人才会收敛心思。"

"你看,江湖就是这么残酷。你觊觎无极岛,我也觊觎无极岛,我可以从无极岛得到利益,那我就不允许你损害无极岛,更不能损害我的利益。"

云渺再次咬了口烤鱼,声音含糊:"如果岛主还在,他那么厉害,能够震慑住许多觊觎无极岛的人。可他已经失踪十年了,没有厉害人物守着无极岛,四方列国的人都对无极岛蠢蠢欲动。"

九郡主停下了啃鱼的动作,望着柴火堆里跳跃的火苗缓缓皱起眉。

云渺说:"其实我很想参加武林大会的,但我哥说无极岛已经足够树大招风了,我若是输了还好,可我若赢了,江湖上的平衡就会被打破,没有人愿意看到无极岛既有钱又有权。所以我说什么也不能参加武林大会。"

九郡主垂眼沉思,咬了口烤鱼。

云渺自言自语似的说:"我武功比较好,留在无极岛还可以稍微护着,我若是离开了,无极岛就少了一个防御。前段时间就有人偷偷来无极岛试探,还带走了许多东西,我哥找了那些人好久才在边境荒漠发现蛛丝马迹。"

九郡主被鱼卡住,咳嗽起来:"你说什、什么?"

云渺奇怪地看她:"你怎么吃个鱼还能卡住?我说前段时间有人来无极岛偷东西了。"

"不是,后一句?"

云渺想了想:"我哥找了好久才从边境荒漠找到蛛丝马迹。"

九郡主再次疯狂咳嗽起来。

云渺吓了一大跳,以为她这是被鱼刺卡着,手忙脚乱给她拍背:"你怎么回事?边境荒漠有什么问题?你怎么还咳嗽起来了?被鱼刺卡住了?"

九郡主眼泪汪汪地捂住脸。

问题可大了去了,她之前就在边境荒漠和两方马贼抢过一批货,而那批货就是无极岛的。

听完她的解释,云渺也呆住了。

"不会吧?这么巧?"

九郡主捧着烤鱼,无辜地看着她。

云渺与她对视良久,激动地跳起来狂拍大腿:"干得漂亮,干得太漂亮了!阿九,你不愧是我们岛主看中的徒弟,太棒了!"

九郡主有点不好意思,毕竟那车队的人并不是她杀的,是南风寨与西风寨联手杀光的,她只是捡了个漏,还带走一坛酒。

"不管怎么说你都是帮我们报仇了!货被抢走算什么,我们又不缺那点东西!"

云渺太高兴了,她原地蹦了好几圈,还是觉得不够表达她内心的激动,干脆扑上去狂亲九郡主的脸,亲完又低头狂啃了一半的烤鱼,她高兴得现在看一条烤鱼都是眉清目秀的样子。

云渺已经啃了好几口烤鱼,嘴巴上都是油,九郡主被她亲得脸上也都是油,但看云渺高兴到恨不能跳进水里前后游三圈的样子,又不自觉地跟着一块儿高兴。

随后,她听见一阵快要咳出血的提醒式咳嗽声,后知后觉地转过身,正对上少年浓黑的双眸。

旁边是咳嗽得快要失了风度的云澜,他咳得嗓子疼,总算把阿九姑娘的注意力吸引过来。

他俩看见烟雾之后就朝着这个方向来了,结果刚到就瞧见云渺疯了一样逮着阿九姑娘的脸亲。

云澜捏着咳得发酸的脖子,在那一刻深刻感觉到他妹是真的想让他死,因为他身旁那位红衣少年周身散发的危险气息，已经快要压断这一片的桃花枝。

他生气了。

云渺看见她哥，根本不在乎什么危险气息，抓着她哥就开始口齿不清地解释。

云澜捂住她的嘴："我觉得我们还是下山之后再说比较好，否则我怕你会先死在这里。"

云渺被他生拉硬拽拖下了山。

山上只剩下红衣少年和蓝衣少女。

少年手里还拿着之前编好的花环，走之前他又从桃树上将花环取了下来，原本是打算留给九郡主的，她一向喜欢他送的小玩意，哪怕只是从路上随手摘一朵花送给她，她都会开心小半天。

等不到他的靠近，她忍不住眨了下眼，困惑地喊："阿月？"

少年浓黑的眼睛直勾勾盯着她，她脸上还有浅浅的油渍，是别人印上去的，身体里的蛊在躁动，叫嚣着要抹掉别人在她身上留下的印记，他眼底黢黑，几乎见不到一丝光，整个人仿佛深陷泥潭，没有任何神智。

蛊人独有的失控期毫无预兆地出现了。

潭水里有无知的金色鲤甩着尾巴跳跃出水面，溅了大片的水珠。

九郡主没等到他的回应，只好主动朝他走近两步，想问问他要不要吃价值黄金百万的烤鱼，毕竟金色鲤真的很贵，而且别的地方都吃不到，过了这个村当真没这个店。

她张口："阿月，金色……"

话未说完，她的下巴被人用力钳住，被迫抬起。

她被迫仰起头看他，乌黑的圆眼露出浅浅的疑惑，却没有挣扎，信任地随他触碰，只是声音充满疑惑，似乎是不明白他为什么突然变得这么奇怪。

"阿月？"

他好似突然清醒，低着眼，近距离地看清她的脸。

黑色眼底缓缓流入几丝碎光，光点小心翼翼环绕着她小小的脸，像一朵开在黑暗中的花。

她挥挥手，示意他快点回过神。

他闭了闭眼，心中戾气横生，只差一点那些东西就要逃出来欺负他的阿九。

它们在找死。

尽管理智险些破裂，表面上他依旧神色平淡，扣着她下巴的手指虽然很用力，另一只手却将花环缓缓放到她头顶，收回手的同时轻轻揉了下她发顶。

这是他的阿九，柔软纯净的阿九，谁也不能玷污她。

九郡主嗅到一股淡淡的桃花香，像极了刚进城门时被他拉着跑时嗅到的那个味道。

很痒，心里痒，她控制不住地再次眨了下眼睛。

少年黑色眼底映出她无辜的、沾着些许油渍的脸，于是嘴角抿紧，眼角眉梢都染上浓浓的戾气。

九郡主一点也不怕，就这么赤诚地看着他，随后咧了下嘴角，笑意清浅。

少年被她清凌凌的眼神看得窒了下，扣着她下巴的手不由得松了松，偏头看了眼还在冒泡泡的幽潭，两条金色鲤聚到池边好奇地探头探脑。

心中冰冷的戾气渐渐被压下，他镇定地转回头，随后捏起红色袖摆，低着头将她脸上的油印子一点一点抹干净，神情认真，没有丝毫敷衍与不耐。

在他擦到她脸颊的时候，她故意歪头躲了下。

他捏着她下巴又将她的脸给掰了回来，冷飕飕瞪她。

她这才闭上眼乖乖站好，任由他擦来擦去。

可接下来半响，他都没有再擦一下。

她睁开眼，近在眼前的是他离得极近的脸，她看见他低垂的黑色长睫轻轻一颤。

失去规律的呼吸逐渐融入桃花香中。

少年静静看着她。

你是不是想亲我？

九郡主到了嘴边的话被少年捏在指尖的深红袖摆堵了回去。

"……丑死了。"

少年神色自若地直起身，一丝不苟地擦干净她嘴唇沾上的烤鱼油渍，其实并不脏，更不丑，但他还是这么说了。

九郡主眨巴眨巴眼，微卷睫毛下的清澈目光慢慢往上攀爬，掠过他轻抿的嘴角，意外发现他耳郭竟然有点红，突然很想笑。

哦对，他很单纯的，他可能不擅长这种事，她突然睁开眼，他当然不能再继续。

九郡主后知后觉想起这茬事，忍不住笑眯了眼，笑着笑着白皙的脸也开始泛红。

他想亲我，他是不是也喜欢我？九郡主神思恍惚地想。

心口像涂了蜜，从里到外都甜滋滋的，连眼角眉梢的浅笑都甜得勾人。

少年移开目光看了眼齐刷刷凑到水岸边摇尾巴的金色鲤，顿了一顿，缓缓蹙眉，一群鲤鱼瞎凑什么热闹？

他重新转回目光看着她。

饶是内心颇有些期待的九郡主也有点不好意思了，别开脑袋，抓起他的袖摆挡在脸上。

少年停了一下，抽了抽袖摆，没抽掉，她攥得很紧，就像是紧紧系在他辫子尾端的红绳，硬拽是拽不掉的，得从绳结解开。

"你现在觉得脸上脏得不能见人也迟了。"他转移话题道，"我都看见了。"

九郡主心想她哪里是觉得自己丑得不能见人了，明明是害羞，他可真是一点也不懂女孩子的心。

"你看见就看见了呀，又不是不能给你看。"她笑着拉下一点袖摆，只露出一双乌黑的圆眼，眼底充满得意，"不过我方才突然发现一件事，特别开心。"

少年直觉那不是件好事，尤其是方才发生了一件他险些没能克制住的事。

身体里没能得逞的蛊开始躁动，叛逆，横冲直撞，似是在质问他为何没有继续。

少年索性直接将袖摆整个盖住她的脸，眼不见心不烦，自顾自思忖着。

她之前闭眼又睁眼是什么意思？他离得这般近，她不仅不生气，偏还笑得如此可爱。

罕见地，一向随心所欲的月主大人，有一天竟然也会为了他人的一个动作而心神不宁地揣测。

少年目光幽深地注视着那片红色袖摆，像红色的盖头，热烈如火，心尖微微一跳。

九郡主一把扯掉他的袖摆，猝不及防之下对上他若有所思的目光。

她想，你若有所思什么？是不是和我想的一样？

她有些忐忑但又有些高兴地笑起来，恶作剧地朝他吐了下舌头，转身优哉游哉地跳下台阶，头上的花环蹦掉了，她弯腰捡起花环，仔细拍掉花环上的泥土，转身看他。

"阿月，花环被弄脏了。"

少年"哦"了声，尽管耳尖已经烫得像暖炉，面上依旧不动如山："再编一个就是。"

九郡主得寸进尺，举起手说："我还要两个手环，左手右手各一个。"

少年嗤道："你是不是还想再编两个脚环。"

"如果你忙的过来的话也不是不行呀。"九郡主重新将花环戴到头上，双手背在身后，弯起眼睛，歪头看着他，"花环可比镣铐漂亮多了。"

镣铐束缚她的自由，可是花环却能够给予她自由。

"多来几个也不亏。"她笑靥如花，慢悠悠道，"我喜欢你……送的花环。"

215

第七章

喜 欢

这天晚上，少年失眠了，只要一闭上眼，脑海中就会自动浮现桃花树下九郡主笑着阖眸的画面。

她当时在想什么？她是不是真的知道他想做什么？

少年不确定，她看起来太淡定了，他在族里见过好几次男男女女亲密的画面，没有一个人的反应是像九郡主这样的。

周不醒无聊的时候喜欢瞎扯淡，他似乎说过类似的话题。

"哪有人被喜欢之人亲近的时候不害羞的？如果真的有，那肯定是因为对人家没有兴趣，你看乌吉娜，她未婚夫亲她的时候她都没表情，明显对她未婚夫不感兴趣。"

阿九有表情，她笑了，但她没有害羞。

少年茫然地看着帐顶，又忍不住回忆周不醒有没有提到过"闭眼"的话题，想了半天，着实想不起来。

半响，他抬手盖住脸，将这一切烦恼全部推卸给周不醒，都怪他整天不说正事，废话太多，否则他现在根本不需要如此烦躁。

好不容易安静下来的蛊虫似乎又有醒来的迹象，只要想起阿九它们便总是蠢蠢欲动。少年静默着揿了揿胸口，还是睡不着，阴郁地翻了个身，长发透迤在床畔。

隔壁传来忍无可忍的捶墙声，小王爷压着声音骂道："大半夜的别不是想女人想得睡不着觉，老是翻身翻身翻身，烦不烦啊！"

少年面无表情睁开眼。

小王爷也是说完了才意识到又惹到隔壁那位玩蛊的南境人，瞬间做好被虫子吓死的心理准备，然而这次他失策了，等了许久也没有虫子来攻击他。

小王爷摸摸脸，摸摸头，又摸了摸屁股，一脸古怪。

"这人转性了？"小王爷不太相信，翻了个身，忽然发现床边立着一道修长的影子，后脊骤凉，"啊！"

到了嘴边的尖叫被冷冰冰的东西堵了回去，一瞬间的软腻让他蒙了一下，而后反应过来，大惊失色，恨不能抠着嗓子将莫名其妙吞进去的东西呕吐出来。

红衣少年长发披散在身后，黑暗中像是来勾命的恶鬼，他居高临下盯着这位傻白蠢小王爷，手指托着下颌思索片刻，俯身看他。

小王爷惊恐后退："呜呜呜呜呜！"你要干什么？

少年微微一笑："听说你在京城是个纨绔少爷？"

小王爷："呜呜呜！"我不是！

少年才没打算听他废话，自顾自地说："那你懂的应该比周不醒多些。"

小王爷："呜呜呜！"你在说什么我什么都不懂！

少年瞧着他这副胆小的样子，皱了下眉，忽然之间就失去了追寻答案的心情。

"无趣。"

他直起身。

小王爷嗓子发紧，喉间恶心的东西已经离开了，话倒是可以说得出口。小王爷依旧警惕地瞪着红衣黑发的少年，看见他走开两步，这才注意到他竟然是赤脚而来。

窗户半开，他应该是从窗户进来的，可这是三楼啊，他如何进来的？

小王爷虽然胆子小，但他有的时候对危险的直觉很敏锐，与此同时，他的脑子反应也会变得比平时更快。

"你该不会真的是因为女人睡不着的吧？"他脱口而出。

红衣少年偏过头，艳丽如画的面容虚笼在黑暗中，黑沉沉的眸子静静地看着他。

小王爷瞬间想掐死自己的心都有了，咬紧牙关拼命改口："本、本王什么都没说。"

少年倚在窗边，状若无辜地歪了下头，长发逶迤，迎着窗外洒落的冷白月光，乍一看竟有几分蛊惑人。

好看是好看的，可是好看的东西通常都毒得很，比如说疯九，再比如说这个神秘诡异的南境人。

小王爷暗中掐了一把自己的大腿，疼痛让他泪眼盈眶，内心祈祷着这个讨厌的家伙赶紧走。

然而下一刻，他就听见讨厌的家伙慢吞吞地开了口。

"你与阿九相识多久？"

小王爷心一惊，他如何知道他与阿九相识？他表现得这么明显吗？

少年将他的惊疑不定看进眼里，勾起嘴角，眼底浮现些许冷意："青梅竹马？"

无论是中原还是南境，家族中的亲缘关系统统乱七八糟的，哪怕是有血缘关系的亲人也会成为夫妻，着实让人厌恶。

小王爷用一种"你疯了吗"的眼神瞪他："我们是……"只说了三个字，多余的话却没有再继续。

少年没什么情绪地瞧着他。

小王爷暗暗心惊，幸好将剩下的话憋回去了，否则疯九的身份就暴露了。

他还不知道这个少年是否知晓疯九的身份，疯九现在是戴罪之身，全京城都在通缉她，倘若这个少年不知道她的身份，疯九早晚有危险。

可若是他知晓还要与疯九做伴……他们的关系有那么亲近吗？

小王爷狐疑着，上上下下地打量着少年，这一刻完全忘记了未知的危险，出于长辈看女婿的心理将他从头到脚挑剔了一遍。

"原来你与疯九也没有那么亲近。"偶尔也会变得胆大包天的小王爷突然说，"否则你应当知道我与疯九的关系。"

叔侄关系而已，被他故意说得模糊不清。

然后他又说不出话了。

小王爷："呜呜呜？"你又来？

少年眸色冷淡地看他一眼："既然不会说话，那就闭嘴。"

小王爷忽然感到舌尖传来一阵刺痛，顿时痛得满床打滚。

少年看都没看他一眼，转身离开。

九郡主早上醒得早，坐在楼下都快吃完了早饭才碰见姗姗来迟的小王爷。

小王爷离她远远的，比以前每一次见到她离得还要远，一边偷偷摸摸地看她，一边"啊呜呜呜"地喝粥，喝一口粥就吸口气，捂着嘴缓一会儿，再喝下一口，然后痛得"嗷嗷"叫。

少年是最后下来的，小王爷一看见他那身红衣就吓得直接蹦了起来，兔子似的跑了一半又不甘心地跑回来把粥端走继续逃跑。

九郡主握着筷子眼睁睁看完小王爷自顾自地表演完这么一出，好笑又解气道："阿月，你是不是对那傻子王爷做什么了？"

否则他怎么会见到他就像是老鼠见到猫？小王爷胆子大，这些年除了害怕与她打交道，其他人他却是真真不放在眼里。

少年一整夜都没睡好，这会儿没什么精神，闻言只是掀起眼皮看她一眼，一言不发地坐下喝粥。

九郡主也没继续问，反而捏着个南瓜小馒头坐到他身边，将揣在怀中的小首饰盒拿出来，里面装着亲热过后的易容蛊和情蛊。

这两只蛊的尾巴还牢牢缠在一起，睡了足足一天一夜，今天还没有醒过来。九郡主对蛊虫不了解，见着这情况委实不放心，便直接拿给懂的人看。

少年见到那两只蛊缠绵温存的事后模样，眼皮一跳，莫名地有点恼火。

九郡主毫无所觉道："阿月，你对蛊虫比较了解，你看看怎么回事，它俩都睡了一天一夜，今天还没睡醒，会不会出事啊？"

少年冷着脸，"啪"一下合上盖子。

九郡主愣了下，纳闷地抬头看他："怎么了？它俩耽误你吃饭了？"

少年面无表情地咬了一口南瓜小馒头，阴着脸道："碍着我眼睛了。"

九郡主重新将盖子打开。

少年再次将盖子合上。

哎呀。九郡主和他杠上了。

一个不停打开，一个不停合上，里面的两只蛊睡得昏天黑地，完全不觉外部的危险正悄然降临。

少年最后一次合上盖子,掌心覆在盒盖上,没再给她打开的机会。

九郡主扒拉他的手,抱怨道:"你好奇怪,不就是两只蛊吗?你自己不看就算了,干吗不让我看?"

她要去拿盒子,他手一偏,盒子直接挪到另一只手里,他俩并肩坐,她一时够不着他那只手,气得索性挨着桌子边儿从他身前倾过去抢盒子。

从外面人的角度来看,她整个人几乎是伏在他怀中,姿态亲密,胜似新婚夫妻。

少年放下勺子,直接攥着盒子将手背在身后,半点也没给她抢回去的机会。

九郡主想摇晃他脑袋听听里面是不是进了水:"你干吗呀,给了我的东西就是我的,你怎么还带抢回去的?"

少年低着头看她,嘴角一挑,恶劣道:"就不给你。"

九郡主和他对视着,从他的眼神里看出来他是真的不打算将盒子还给自己,冷静道:"你给不给?"

"不给。"他抽回一只手,继续旁若无人地咬馒头。

九郡主盯着他看了片刻,好心提醒道:"你真的不给?等下你可别后悔。"

少年道:"那我倒是挺好奇你打算如何让我后悔。"

这句话刚说完,窄瘦的腰就被两条纤细的手臂搂住,少女身上的香味近距离飘到他鼻尖,温软的触感填满他的怀抱,僵硬的唇角碰到一根细长的、翘起的发丝。

客栈里的杂音悉数褪去,只有她碰着他衣裳上的银饰发出的细微声响。

他指尖无意识地蜷缩起来,神思迟滞,竟叫她就这么得了手。

九郡主成功从他身后将盒子抢了回来,心满意足地离开他的怀抱坐回原位,得意洋洋地哼了声:"就跟你说别后悔呢。"

少年静默片刻,兀自偏过头,在她看不见的地方缓缓弯起嘴角。

谁后悔了?

早饭吃完没多久,外面忽然传来吵闹声,九郡主正托着下巴自顾自研究情蛊和小易什么时候才能醒,听见动静后朝楼下张望了会儿。

她歪头瞧见少年也站在窗边看热闹，喊了他一声："阿月，发生了什么事啊？"

少年撑着窗懒洋洋地瞥了眼道："没什么大事。"

"那是什么小事？"她都懂了他一贯的说法。

少年饶有兴趣道："有人失踪而已。"

他想了想，又补充了一句："你三师父的前任未婚妻。"

九郡主愣了下，那不就是现任盟主夫人？

盟主夫人闻笑出自无极岛内岛，外面不少人都在打闻笑的主意，但盟主季炎鹤将闻笑保护得极好，十年来没有让外人得手过一次，谁知这才刚到无极岛，闻笑就莫名失踪了。

闻笑离开无极岛后再不能上岛，因此季炎鹤将她安排在海域之外的客栈里，派了重重高手保护她，结果她还是失踪了。

"我早就说过别让闻笑回来，别让她回来，你们非不听，现在好了，人失踪了，这责任归谁？"

云渺听到这个消息后火冒三丈，但她并不是担心闻笑的安全，她更担心闻笑被人带走后会说一些不该说的话。

云澜和副岛主正在想办法派人去找闻笑，闻言道："倘若岛主还在，定不会阻止她回来，况且她没进无极岛，只是在海域之外暂住，我们还管不着海域以外的地盘。"

"那你们说现在怎么办吧，"云渺撂挑子不干了，"反正我不想找她，她干脆死在外面好了……"

云澜警告地看她一眼，云渺的声音小了下来。

副岛主忽然喊道："云澜。"

云澜应了声，正色看去。

副岛主道："三门九室的钥匙还在不在？"

云澜皱眉："爹，你该不会是怀疑……"

云渺"唰"一下蹦起来："我就说她十年不回来，今年突然回来，原来是看中三门九室里的东西了！"

副岛主摇摇头："只是以防万一，这一次四方列国来无极岛的人，多数是为了三门九室里的东西,只是别人不知道三门九室最重要的是什么,闻笑在内岛住了十几年,又与岛主关系好,多少知道一些。"

现在整个无极岛只有他们三个知道,想要成为无极岛岛主其实有两个办法,一种是继承前任岛主的内力习得无极掌,还有一种就是拿到三门九室里的继任锦帛,这原本是为了防止历任岛主识人不清而错传岛主之位,谁知道现在反而成了烫手山芋。

与内岛充满阴谋气息的氛围不同,九郡主这边依旧轻松,她甚至买了一袋瓜子美滋滋地分给醒来的小易和情蛊吃。

这俩终于从缠缠绵绵中短暂地分开片刻,九郡主觉得自己真是太不容易了,感觉像是做了一次不用生孩子的娘亲。

少年听了她的感慨,倒是饶有兴趣道:"你是他俩娘亲,我算什么?"

九郡主眨眨眼,面不改色道:"你算它们阿爹啊。"

撩了这么一句后她就继续回头去逗那两只蛊了,顺便扯了个另一个话题:"阿月,你说情蛊和易容蛊生下来的孩子会是什么蛊呢?"

少年将目光从她乌黑的头发上移开,有点摸不清她方才那句话是不是他想的那个意思。

"那得等生下来才知道。"他回过神。

"咦?原来不是一开始就知道的吗?"

"若是一开始都知道的话,还要试蛊人做什么?"少年懒散地嗑了两粒瓜子,"我爹也算是为蛊的繁衍做出了一点微不足道的贡献。"

按照他的说法,他好像也曾为蛊虫的繁衍事业做出过一些贡献。

九郡主将这句话咽了回去,顺手抓了一把瓜子塞给他。

少年睨她:"你这是想让我给你剥瓜子。"

正在分瓜子的九郡主大为诧异:"原来你想给我剥瓜子吗?"

她恍然大悟,眉眼弯弯地托起下颌:"当然可以呀,不知道为什么,你剥的瓜子就是要比我自己剥的好吃一点。"

她得逞地眨了下眼。

少年反手将瓜子盖到桌面上,睇着她:"你有没有发现,你最近变得格外嚣张。"

尤其是在他面前，根本都不带遮掩的，想撩拨就撩拨，想后退就后退，像极了周不醒口中的"渣女"。

九郡主坐直身体仔细想了想，手指无意识地摸摸眼尾，喃喃："你说的好像很有道理。"

少年冷飕飕地等她下一句。

九郡主却没有再说，反而站起身走到他身前。

他即便是坐着也只比站着的她矮了一点，少年倒是想看看她又想做什么，抬眸睨她。

九郡主弯唇一笑，神情温柔，抬手摸摸他头发："阿月乖，你都十七岁了，不要再与两岁的小易和小情置气，它们什么都不懂，你与它们置气，最后气到的还不是你自己？"

他微微掀起眼帘，用一种"你是不是真的活腻了"的危险目光盯着她。

"软刀子"落在她脸上，她不躲不闪，略显无辜地眨眨眼。

少年骤然朝她伸出手。

她跑得比风还快，眨眼就使用轻功溜到了房间的角落，甚至还很骄傲地冲他比了两个"耶"。

少年指尖不紧不慢地点在桌上，听见危险信号的两只蛊敏锐地蜷缩起身体，而角落的九郡主尚且不觉。

少年看了她片刻，蓦地笑了。

"阿九，你跑得这么快，日后可也要注意了，千万别落在我手里。"

她折了一朵房间花瓶里的花，双手背在身后，脚尖有一搭没一搭地踢着地面，反问道："若是落进你手里又怎样？"

这可说不好。少年用眼神无声地嘲了下。

九郡主转瞬又回到他面前，伸出一只手，眉眼带笑，轻快道："我回来了，你现在只要一伸手就能抓到我，你想做什么？"

少年不说话了，敲桌面的动作也滞住，凝着她的阴晴不定的目光缓缓褪成最初的不咸不淡。

她乌黑的眼底清澈明朗，对他没有半点怀疑。

少年低下眼眸，扯了下嘴角，似乎是真的拿她没有办法，细微地叹了口气。

223

"……给你剥瓜子。"

他说着，将剥好的一把瓜子放进她手中。

对于盟主夫人失踪一事，江湖震动，因为谁都想从盟主夫人嘴里分一杯无极岛的羹，不是没有分打过她的主意，只是季炎鹤将夫人看得太紧，找不到机会。

闻笑这次来无极岛，对各方来说都是一个机会。

无极岛上空充斥着蠢蠢欲动的阴霾，外域的生意人甚至都没了做生意的心思，不少人前往外岛凑热闹，猜测着或许能从中得到什么蛛丝马迹。

"王爷，北域冰原的小皇子和西陆与北域的人原先住在外域，今日一早都搬来无极客栈了，不过南境那边没有任何动静，他们甚至连一个人都没派来，不知道是不是有什么阴谋诡计。"

小王爷侍从与他汇报情况的时候，刚从外域脂粉铺子回来的九郡主恰好路过后院，她是来喂鸽子的，手里抓了一把鸽粮，拐了个弯。

小王爷背对着她站在廊檐下，没看见她。

九郡主后退半步，拐了回去，竖起耳朵偷偷打听消息。

事关南境，她多少有些在意，毕竟阿月就是从南境离家出走来中原的，若是南境那边真的有人过来，又刚好认出他来，那可就大不妙了。

小王爷舌头疼得说不出话，昨晚被少年的蛊咬了一口，就像是吃饭的时候连续十次咬到同一个地方，舌头仿佛咬断掉，偏偏又断不掉，只是疼得要死。

他憋回疼出来的眼泪，打着手势：确定没有发现南境的人？

侍从点头："除了阿九姑娘身边跟着的那个红衣少年比较神秘，看不出来出自南境哪一支，其余的南境人都是很久之前来外域做生意的，应该和这次的事情没有关系。"

小王爷开始杠：如果南境人伪装成中原人，或者伪装成北域冰原的人，你能分得清？

侍卫："……属下再去打探打探。"

小王爷龇牙咧嘴摆摆手，在侍卫转身准备离开之后又扯了他一把，打手势问道：小六到哪儿了？

侍卫道:"六郡主明日应该就能到无极岛。"

九郡主刚听见这句话,身后小二突然出现:"姑娘,你在这里做什么?"

小王爷和侍从听见动静,一同拐了过来,瞧见九郡主的脸后,小王爷吸着冷气又跑了回去。

九郡主没好气:"出息。"

小王爷又气又怕,缩着脑袋躲在廊柱后面,半晌才鼓起勇气朝她打手势:你最近最好小心些,四方列国的人今天全都来了无极客栈,如果被人发现你的身份,你就惨了。

九郡主诚恳道:"看不懂。"

九郡主真的看不懂手语,没将他的手舞足蹈的着急放进心里。

少年在前厅找不着九郡主,听人说她来了后院便散步散了过来,小王爷一看见他那红色的身影,吓得立马缩回脑袋。

少年只是轻瞥他一眼,目光落在九郡主身上。

九郡主朝院子里撒了把鸽食,挨着他觑了眼小王爷,小声说:"你果然对白痴小王爷做什么了吧?他说不出话是不是你对他做什么了?"

少年从她手中拿了半把鸽食:"我看起来有那么无聊?"

九郡主欲言又止:"哦……"

少年又道:"不过昨晚确实无聊了些,便去做了些更无聊的小事。"

这不就是承认让小王爷说不出话的事儿是他干的了吗?

她摇头晃脑地叹息:"最近真是多事之秋,我们究竟什么时候才能出发去桃花坞啊。"

"不是随你吗?"

"可我六姐姐还没来,"九郡主顿了下,又说,"而且无极岛最近可能会出事,我们一时半会儿走不掉。"

少年却没有看她,倚着廊柱一副事不关己的姿态:"你想帮无极岛?"

"我三师父极大可能就是无极岛岛主。"九郡主敲着下巴,有点苦恼,"如果他真的是岛主,那我就不能眼睁睁看着这么一大群人觊觎无极岛却什么也不做就离开。"

撇开三师父的身份不说,云渺和云澜对她也是极好的,价值万两黄金的金色鲤眼也不眨地就送给了她。

闻言,少年稍微有了点兴趣:"你打算怎么做?"

九郡主还没想好。

他摸了摸下颌,若有所思:"不如把他们全解决了吧。"

九郡主大为震惊。

少年弯起眼眸,眼底的光彩被黑色眼睫掩住,看不出来他是不是在开玩笑,但他笑起来很好看,笑容明净,像是站在无极山山顶远远看见的那抹朝阳。

"这个实施起来可能有点困难。"九郡主震惊过后顺着他的提议认真地估算了一下,保守道,"就算是我三师父和二师父联手,也不一定能做得到。"

毕竟整个无极岛上数万人,包括无数武林高手与四方列国武功高强的禁卫,双拳难敌四手,再厉害的人也会被人海战术耗死。

说完,她反而想起来另一个人,认真思索后话音一转道:"不过,如果是苏大夫说的那位传言中一人屠一城的南境月主,也许有可能做得到。"

虽然不知道他用的什么手段,但她记得苏夫人说过,南境蛊人身上有一种蛊,能在一瞬间控制所有人的心神,或许这也是种办法。

少年对她的话置若罔闻,随手将鸽食全抛洒了出去,引来大片大片的"咕咕"声。

九郡主在这片"咕咕"声与鸽子振翅声中深深叹气:"不过我总觉得那不是人能做到的,倘若那位南境月主这么厉害,一个人一夜之间屠了一座城,为什么不趁热打铁把这么大的中原收入囊中呢?"

少年不感兴趣道:"也许他只是迷路了,迷着迷着就失去了称霸中原的心思。"

九郡主笑出声:"他又不是你,在边关转了两个月也没找到出来的路,你太厉害了,简直刷新我对路痴的认知……"

少年偏过头,静静地看着她,眸光冷冰冰的,大有一种"你再说一个字我们就老死不相往来"的含义。

戳人不戳心窝子,九郡主自知理亏,老老实实闭上嘴,撒光手中的鸽食,接着状若无事道:"阿月你快看,那里有一只鸽子头上没有毛,好好笑啊哈哈哈……"

少年拍拍手心残留的鸽食渣子，抬手勾着她侧颈将人拽了过来，几乎是按在自己怀里，居高临下地睇着她，似笑非笑道："来，看着我的眼睛，将你方才说的话再重复一遍。"

九郡主左看右看就是不看他的脸："嗯，鸽子头上没有毛。"

"上一句。"

九郡主自动跳过上一句："南境月主真厉害！"

"下一句。"

"鸽子头上没有毛。"她狡猾地将话题扭成一个圈。

少年凝了她半晌，三根手指紧紧捏住她的脸："你知道白痴小王爷为什么说不了话吗？"

因为他老是说一些不该说的话。

"唔唔唔！"我又不是他，我怎么会知道？

九郡主提起裙摆开始追着他打。

后院鸡飞狗跳，前院热闹依旧，站在二楼扶栏旁边的白衣女人听见动静，侧首向下看去。

她头上戴着白色斗笠，面容遮在斗笠的面纱下，风吹过，撩起面纱一角，露出她半张的侧脸，秀眉下的黑色眼睛毫无光彩。

跟在她身后的高大男人沉声提醒道："夫人，面纱。"

白衣女子这才抬手抓住飘起的面纱，侧耳倾听楼下的动静，轻轻一笑。

"她就是戚大哥的徒弟，阿九？"

男人道："是。"

白衣女子叹息道："她的声音很有活力，像渺渺。"

男人应了声。

白衣女子嗓音幽幽："当年若没有发生那些事情，她也不会成为戚大哥的爱徒罢。"

男人道："夫人，事情已经发生了。"

白衣女子柔柔地笑了："是，事情已经发生了，戚大哥也收了新徒弟，无极岛怕是很快就要换新岛主了，只可惜……"

她颤颤地垂下眸，让人看不清她的眼神。

227

男人推开门道:"夫人进屋罢,外面人多眼杂,万一被人发现,您的计划……"

白衣女子抬眸看他,男人登时噤声,深深垂下头:"属下失言,夫人责罚。"

白衣女子没有说话,眸光仿若结了一层薄薄的冰,最终也只是轻柔地笑笑,语气温柔:"我能有什么计划呢?不过只是想……"

余下的话融入清冷的风中。

云渺是来找九郡主吐苦水的。

"我早就说过别让闻笑来无极岛,结果现在出了这么个事,所有人找了她一整夜,我昨天都没睡觉。"云渺拉着自己的眼皮,愤愤不平道,"你看看我这眼底下,都黑了,我之后要睡多久才能把我这眼圈去掉?"

九郡主安慰她。

云渺注意到客栈今日人变多了,稀奇道:"人怎么突然这么多?"

无极客栈天地玄黄四个档次的房已经全住满了,掌柜的大赚了一笔,心情极好地喝着小酒敲算盘。

九郡主从掌柜的那里讨了坛酒,给云渺倒了一杯,压低声音道:"他们八成是冲着那个失踪的盟主夫人来的,也许是怀疑她已经被人带进无极岛,所以全都挤过来了。"

自己家的地盘被这么多人光明正大地觊觎,云渺气得脸都青了,一口气干了整坛无极酒,酒劲上头,一脚踩上桌子,趾高气扬地指着客栈里的其中一人道:"你,站出来,我要向你挑战!"

九郡主茫然脸,心想云渺是不是酒喝多了,为什么指着她说话?

少年站在三楼扶栏边看热闹,两手支在扶栏上,身体微倾,束起的长发顺势滑下肩头,红色的发带尾端挨着他的侧脸。

他将发带拨回去,单手支腮,颇有兴趣地等着看阿九如何反应。

客栈里的人也都在看热闹。

云渺还在喋喋不休说着要挑战九郡主,甚至动起手,九郡主哪能当真与她打起来,连哄带骗将她弄上楼。

云渺拽着她胳膊说:"你必须与我一战!"

九郡主哄小孩："好好好，行行行，等进屋就和你一战。"

云渺满意地点点头，刚走出几步步，忽然之间两眼一闭，整个人朝九郡主倒过去，九郡主惊了下，下意识伸出手准备接过她。

两人中间隔空横出一只手，那只手稳稳托住云渺倒下来的脸，九郡主愕然之下顺着那只手往上看。

小王爷一脸要哭的表情：跟我没关系，我又不是自愿要插足你们女人之间的好事，要不是你家那位喜怒无常的恶毒男人把我踢过来，我怎么可能会干这种脏活累活？

九郡主沉默了下，这才注意到站在他身后的少年。

小王爷憋屈地托着云渺的脸，忍不住想这个女人可真重，累死他的胳膊了。

少年脚步一动。

余光瞥见他动作的小王爷顿时蹦起来，生怕他踹自己屁股，再也不管什么男女之防，直接松开手，一把子将喝醉的云渺打横扛到肩头。

没来得及阻止的九郡主只能开口提醒："哎，你轻点……"

小王爷吸了口气，更加憋屈，扛人的动作却不由得轻了下来。

九郡主又说："对，就这样。"

小王爷脚步一顿，不可置信地想，她夸我？

小王爷有些飘飘然，脚下的步子都轻快许多，乘云般飘逸。

九郡主跟在他身后进门，看着他将云渺放到她的床上，她帮云渺整理了下衣裳，又给她盖上被子，转身看见小王爷正眼巴巴地望着她。

九郡主后背一凉，警惕道："你干什么？用这种眼神看着我是什么意思？"

小王爷只顾着打手势：你夸我，你再夸夸我。

九郡主再次诚恳道："看不懂，不过还是谢谢了。"

小王爷更加飘飘然，她不仅夸我，她还谢谢我了。

九郡主皱起眉，用一种"他是不是吃错药了"的眼神看着小王爷脚步虚浮地离开，转而看向已经自然地坐在桌边吃甜点的少年。

少年懒洋洋地举起双手，坦然道："这次我可什么都没做。"

所以他之前果然是有做什么吧？

九郡主抽掉他手中的甜点，一只手按在桌面上，俯视着他："不许吃我房里的东西，我们还在互相生气中。"

少年瞄了眼她的手，好整以暇双手环胸道："反正互相生气的人不包括我。"

"为什么不包括你？"她提醒，"不能我一个人生气。"

"为何不能你一个人生气？"

九郡主认真道："那会显得我无理取闹，又很小气。"

少年笑了出来，单手撑桌慢悠悠站起身，发上的银饰"叮当"一声响。

九郡主稍稍仰首，脸颊素白干净。

她怎么样都好看，笑起来好看，不笑时也好看。

她的一举一动，一言一行，全都踩着他的心尖。

这次轮到他俯视着她，浓黑眼底盛着细碎的笑。

"这可有点难办啊，阿九。"他微微低头，凑近她的脸，呼吸落到她白皙的脸颊，嗓音低低的，"我就是喜欢看你小气地无理取闹，就是对你生不起来气，你说该怎么办？"

好近，近到只要稍微抬起头，嘴唇就能碰到他的。

九郡主愣愣看他半响，胸腔的剧烈震动几乎要将她心口的秘密震开，温白的脸上慢慢蔓延出火烧似的晕红，到耳尖，到颈项。

她连忙捂着胸口后退半步，猛地转过身，深深吸了口气，过分激动地在心里"嗷嗷"叫。

他说他喜欢我——无理取闹。

晚上，云澜亲自过来将云渺接回内岛，对于自家妹妹给两位贵客带来不少麻烦一事，他很是头疼，提出要给他二人补偿。

九郡主不需要什么补偿，毕竟从头到尾她也没做什么。

小王爷举起手蹦得极高，想说是我帮你妹妹抬进屋里，说不出话，只好胡乱比画，侍卫无奈替他做翻译。

云澜看他一眼，咬牙切齿："登徒子，竟乘人之危轻薄我妹妹！"

小王爷：我明明是在帮你们，你们讲不讲理啊？

云澜拂袖而去。

九郡主笑得东倒西歪，被少年嫌弃地推开脑袋。

云澜嘴上虽这么说，之后却还是叫人给小王爷送了不少礼，小王爷坐在宝贝堆里美滋滋地挑选送人的东西。

"这个给小六。"

"这个适合我娘。"

"这个，给我爹吧，反正他都死了，不挑。"

"这个就给皇兄好了，他也不缺好东西。"

挑到最后，他在最底下找到一只红玉做成的骨节耳饰，红得浓烈明艳，似朝阳升起时冲破云层的光。

这个颜色让他一瞬间想起一个人，她小时候也曾这般明艳如火，即便被人打压、浇冷水，甚至被人踩进泥泞地，也不肯低头认输，反而燃烧得越发明丽灼人。

烧着了其他人，也烧着她自己。

小王爷沉默了一会儿，起身翻找出一块手帕将它仔仔细细包了起来。

侍从见他这么晚还开门，一时多嘴问了句："王爷，可是有事？"

小王爷翻了个白眼：没有事我出来喝西北风吗？

于是侍从闭紧了嘴，继续望天。

小王爷在九郡主门前踟蹰片刻，咬咬牙，将东西放到她门前，放完就跑。

跑到自己门口又不放心，回头看了两眼，拧巴着眉毛，担心晚上会有人将东西偷走，索性一屁股坐在门口。

侍从本想说王爷您进去睡，这里下属看着就行，可瞧着小王爷脸上好似是自作自受的表情，到嘴的话便咽了回去，心中却不由得纳闷。

那位阿九姑娘究竟是什么人，小王爷为何对她这种奇奇怪怪的态度？明明很关心她，却又不敢靠近她，像是曾对她做了不可饶恕的事。

九郡主早上是被外面的争吵声吵醒的，她趴在床上缓了会儿，确定此时的天还是蒙蒙亮，并不是她睡过了头。

外面那么吵，是不是又有热闹可以看了？

九郡主兴致来了，随便换了套衣裳，抓抓头发溜到门口准备凑热闹，刚打开房门就愣住了。

两方吵架的人直挺挺堵在她门口，分边而立，各自手持剑柄，气氛剑拔弩张。

她有点蒙，门外的人瞧见有人开门也默契地静了一瞬，齐齐将目光转到她脸上。

九郡主看看左边气得脸红脖子粗偏偏又说不出话的小王爷，又看看右边陌生的一行人，迈出去的一只脚僵了半响，如同蜗牛爬行般缓慢地挪回去。

"你们继续，不用管我，你们继续。"她两手拉着房门准备关上，还是躲在房里看热闹比较安全。

右边有人突然伸出一只手，抵住她的房门，不让她关门。

九郡主微微用力，没关上，那人用了内力。

"既然东西是在姑娘门前不见的，那么姑娘是不是也应当被怀疑？"

右方一行人为首的是一名和小王爷差不多年岁的少年，容颜稚嫩，气质却比小王爷尊贵得多，一眼看去很容易看得出来他的身份。

要么是皇亲国戚，要么是皇亲国戚身边的人。

九郡主多看了两眼他身边的人，皆是高领黑甲束身，应该是某种特有的御寒材质，看装扮不像是中原人，也不像是南境人，西陆更不是这种装扮，那就只剩下北域冰原了。

听说北域冰原那位百年难遇的小皇子也来了无极岛凑热闹，之前一直住在外域，昨日才搬来无极客栈。

北域冰原的小皇子她倒是略有耳闻，听说他文采斐然，容貌秀丽，性情温和平易近人，是北域百姓们心中的北域太子。

九郡主其实对朝堂与皇族的事情不感兴趣，只不过六郡主来找她办事时经常在她耳边念叨，念叨的最多的就是北域冰原的小皇子，玉琉原。

六郡主给他的评价是："若是玉琉原成为北域的皇帝，如今的大庆更加岌岌可危。"

六郡主不常夸人，玉琉原算是她最看得起的人之一了。

九郡主若有所思地收回目光，又去看气得满脸通红的小王爷，小王爷急冲冲比画着手势，又怕她看不懂，拽着侍从翻译。

"王爷说这件事与您无关，让您不用管，回去继续睡觉。"

九郡主"哦"了声，真的准备继续关门睡觉。

侍从脸上露出了欲言又止的表情。

北域冰原的人却不肯放过她，有人始终抵着那扇门，玉琉原抬眼看向小王爷道："楚随允，既然你说我偷了你的东西，便拿出证据来，你若拿不出证据，便是污蔑与我，你们中原就是这样不分青红皂白诬陷人的？"

小王爷只恨自己长了嘴却说不得话，侍从只得硬着头皮道："玉皇子，这件事我们已经解释过，我们王爷确实将东西放在阿九姑娘门前，夜里担心阿九姑娘醒来见不到礼物，这才坐在门前等待。王爷身体一向不好，凌晨时不小心睡着了，属下担心王爷风寒，便进屋给王爷拿了件斗篷，再出来却只看见玉皇子站在阿九姑娘门前，而地上的礼物不翼而飞。"

九郡主听得津津有味，仿佛并没有意识到他们口中的那个"阿九姑娘"就是她。

她听着侍卫的解释，不由得认同地点头，转头看向北域冰原的人，突然很想抓一把瓜子嗑起来。

如果阿月在的话，一定会准备好瓜子看热闹的。

九郡主神思一顿，想起来另一件事，阿月有起床气，她都被吵醒了，他会不会也已经醒了？现在还没出门是在屋内思考该如何解决这群人吗？

九郡主顿觉不妙，大不妙。

听见侍从的话，玉皇子反而笑了："可你这么说很奇怪，若真如你说的那样，你出来只见到我站在阿九姑娘门前，那么同样的道理，我也可以合理怀疑，在我出门之前是你拿走了那份礼物，因为我到的时候阿九姑娘门前空空如也。"

九郡主的思绪忍不住跟着玉皇子的话转了一圈，也很赞同地点点头。

侍从被倒打一耙，一时说不出话，小王爷急得跳脚恨不得冲上去和玉琉原打一架。

玉琉原将目光转向九郡主，口吻温和："并且，同样的道理，在我来之前、楚随允侍卫进屋之前的这一段时间里，阿九姑娘是否有醒过来打开门看见门前的礼物？"

当然没有。

九郡主无辜脸。

玉琉原看了她一眼,似乎是觉得她挺有意思,又看了她一眼才道:"换句话说,客栈里的所有人都是可以怀疑的对象,也许在我们都不在的这段时间里,还有其他人经过,拿走了那份礼物。"

很有道理,但和她有什么关系?就因为东西是在她门前弄丢的?

九郡主屈指敲了敲门,打着商量道:"所以,你们可以离开我的门前,换个地方继续吵架吗?"

两方人神色各异地瞅着她。

九郡主满脸真诚道:"你们吵到我睡觉了,趁着天没亮我还想回去继续睡,要不,你们随意?"

这次是小王爷先离开的,他无精打采地放弃争执,走了两步却又很不甘心地怒踢了脚最近的门,头脑发热一时没想到他踢的是谁的门。

九郡主:"你完了,你踢的是阿月的门。"

小王爷反应过来后,脸都白了。

两人齐齐屏息等待,出乎意料的是,里面竟毫无反应。

九郡主与小王爷面面相觑,一个比一个更小心地挨近房门。

小王爷将耳朵贴在房门上,指指门:他没醒?

九郡主也将脸贴在房门上,不确定:应该没醒?

后面的玉琉原饶有兴趣地望着他俩,忍不住也凑过来,压低声音问:"你们在做什么?"

小王爷立刻捂住他的嘴:闭嘴!别说话!

九郡主慢了一步,只捂住小王爷的手,两人的手全部捂住玉琉原下半张脸,险些没把他捂窒息。

就在这时,楼下忽然传来不紧不慢的脚步声,众人纷纷将目光转向楼梯。

少年今日换了一袭银纹黑衣,抬脚走上楼梯,衣裳上的银饰随着他的动作发出细微的响声,黑色短靴停在倒数第二级楼梯上。

几乎没人注意到,人群之后戴着面纱的白衣女子袖中藏着一枚红色,原先只是静观其变,却在少年出现的那一刻便勾起嘴角,无声无息退入房中。

少年好似察觉到什么,抬眸朝人群后瞧了一眼,随后又转回眸子。

"你们挤在我门前做什么?"

他左手拿着一袋炒栗子,右手拿着一袋栗子糕,目光慢慢定格在小王爷手上的那只手。

少年眸子浓黑,轻轻转眸,瞧向毫无所觉的九郡主。

九郡主见到他,眼睛一亮,二话不说撒手朝他走去,系在发尾上的铃铛"叮叮当当"地响。

"阿月,阿月阿月阿月。"她连续叫了好几声他的名字,但又不问他早上去了哪里,买了什么,只是睁着一双圆眼笑眯眯地望着他。

少年瞥了眼各自分开的小王爷和玉琉原,又瞥了眼她的手,侧身避开她的接近,不咸不淡道:"去洗手。"

"我出门前才洗过……"九郡主嘀咕。

少年睨着她。

九郡主认输:"我去洗,马上去洗,你记得给我留点。"

在其他人还没反应过来时,她已经飞速拉开门冲进去洗手了。

少年看向僵在原地小王爷,小王爷"噌"地跳出老远。

少年偏眸看向玉琉原。

玉琉原露出一个笑,刚要说什么,小王爷的侍卫苦思冥想半晌终于想到什么,发出一声响亮的"啊"。

在众人将目光转向他时,侍从双目灼灼地瞪向玉琉原,义正词严道:"玉皇子还没有说,为何天还没亮就等在阿九姑娘的房前!"

众人的目光"唰"一下转向玉琉原,充满谴责:你一个男人,天不亮就跑到姑娘家门前守着是什么意思?图谋不轨?暗送秋波?

少年捏了块栗子糕,颇有兴趣地瞧着他,眼眸乌黑,直勾勾看着人时却让人感到毛骨悚然。

玉琉原后背莫名寒凉:"……我只是路过。"

少年"哦"了一声,依旧静静地看着他。

玉琉原反应了片刻才发现他的意思是他挡路了,尴尬地错开半步。

少年慢悠悠从他眼前走过,径自推开九郡主的房门,关门前抬了抬眼皮,漫不经心地开口。

"玉琉原？"

玉琉原直觉被他记住名字不是什么好事，扯了下嘴角道："我是，少侠何意？"

少年勾起嘴角，懒洋洋一笑："你的命，挺大。"

"大胆，你胡说什么！"玉琉原的侍从先感到被冒犯，登时大怒。

玉琉原拦住欲上前的侍卫，微微皱眉："少侠这句话什么意思？"

少年单手捏开一颗炒裂的栗子，"噼啪"脆响，栗子壳破碎，一只烧焦的虫子从栗子里掉了出来。

玉琉原眼神随之坠落，不知为何竟有些在意那只虫子。

少年随手丢了那枚坏掉的栗子，抬手指了指他的眼睛，耐人寻味地笑了声，没再多言，徒留外面的人各自揣测那个动作的含义。

九郡主对外面发生的事一概不知道，她正坐在桌前兴致勃勃地剥栗子，顺手给小易和小情都喂了一颗。

少年朝她眼前挥了挥手道："它俩都有，我没有？栗子还是我买给你的。"

九郡主只好又剥了一颗塞他手里，冠冕堂皇道："你跟你儿子和儿媳斤斤计较什么？"

说着，她又剥了两颗送给小情和小易，捧着小首饰盒，美滋滋道："隆重给你介绍一下，这是我'女儿'和我'女婿'。"

少年："……有什么区别？"

九郡主认真道："区别就是你是可怕的婆家人，我是亲切的娘家人。"

少年不解："为什么我是可怕的婆家人？"

"因为话本子里婆家人都有一个坏婆婆啊。"九郡主笑盈盈地说，"坏婆婆很可怕的。"

少年掐了把她的脸，眯眼威胁道："我哪里看起来像坏婆婆？"

九郡主"哎呀哎呀"地叫唤疼，嘶着气拍他的手："你看你现在就很像坏婆婆！"

少年真是要被她的颠倒黑白给气笑了。

九郡主又和他闹了会儿才下楼，掌柜的大约有什么活儿要做，招呼店里的人帮忙搬东西，见到他俩一起下楼猛然想起什么狠狠拍了下脑袋，走上前去提醒道："阿九姑娘，今天你可能要让这位少侠避下嫌了。"

九郡主不解："为什么要避嫌？"

掌柜的唉了声："这是因为……"

左右看了一圈，掌柜的一手搭在脸边，低语道："这主要是武林盟主今天要过来，他会在无极客栈暂住到武林大会结束。"

身后有人走动，九郡主让了个位置，也学着掌柜的动作，一手搭在脸边，压低声音道："他住他的，我们为何要避嫌？大家都是客人，为何偏生叫我们避嫌而不是他避嫌？"

"不是你们，是你身边那位少侠。"掌柜的道，"你不知道吗？盟主平时虽然为人极好，待人亲切，但他偏偏最为厌恶南境南境的人，见不到便罢，可若是有南境之人整日在他眼前转悠，他定会忍不住将那人抓起来惩戒一番。"

这么蛮横霸道？

阿月就是南境人，正是武林盟主最为痛恨之人。

掌柜的意思是要她看着那什么武林盟主平白无故地欺负阿月？那个谁抢了她三师父心上人不够，还要迫使她心上人露宿街头？

简直欺人太甚！

九郡主压着火气道："我们住得好好的如何招惹他了？凭什么我们要为了他避嫌？他要是不想见到我们，不住无极客栈不就行了？偌大一个无极岛，不住无极客栈还有别的客栈夹道欢迎你们武林盟主，为何非得我们迁就他？武林盟主就了不起吗？武林盟主就该欺负我们普通人？"

她很少这么不客气嘲讽他人，尤其还是一个她没见过的人。

若是要她自己避嫌，她倒是无所谓，毕竟从小被白眼的次数多了去，多一次少一次没什么大不了。

可她不能忍受别人欺负阿月，哪怕是要他稍稍避嫌，也不行，谁也不能在她眼皮子底下欺负她的心上人。

九郡主愤愤道："阿月就要光明正大堂堂正正住在无极客栈，谁敢撵他我跟谁急！"

掌柜的被她的怒气吓了一跳，毕竟平时这位姑娘格外好说话，犹豫了一下才道："姑娘你不知道，因为盟主他和盟主夫人的孩子就死在南境人手中，死相极惨,盟主夫人甚至因此再不能孕,盟主便发誓,此生与南境人不共戴天,见之即杀。"

九郡主皱眉道:"我可以理解你们盟主的愤怒和憎恨,但他应该去找那个害死他夫人和孩子的人报仇,而不是将仇恨转移给其他的南境人,这是小人所为。若只是看不惯便罢了,依你所言,那盟主甚至还要对中原境内的南境人赶尽杀绝?这是什么做法?南境人低他一等不配活着?他这样爱迁怒其他人也配当武林盟主?"

掌柜的:"啊这……"

九郡主还在生气地疯狂输出:"他是不是脸特别大,就因为他是武林盟主,江湖人就都得听他的?他要是说杀光南境人,江湖人也跟着他一起杀到南境?哇,武林盟主原来这么牛的吗,那我也搞个武林盟主当当,到时候我就把南境人全凑到无极客栈,天天搁他眼前晃悠!"

掌柜的:祖宗你可别说了,再说就把人全吸引过来了。

少年在旁边满意地点头微笑,赞同道:"作为南境人,我非常支持你这么做,到时候我敲锣打鼓给你庆祝。"

九郡主回头和他击掌,认真提议道:"你也觉得我的话有道理吧?不如我就去参加武林大会,或者直接挑战武林盟主,如果打败了武林盟主,我是不是就可以不用参加武林大会直接当上武林盟主?"

掌柜的心想武林盟主哪是这么随随便便就能当的?更何况你还真不一定能打得过武林盟主。

正这时,门口走进一人,那人身材高大,气质斐然,面容温和儒雅,看起来不像是武林中人,更像是一位读书人。

"姑娘志向远大是好事,可有些事的确需要多多在意眼下,毕竟天外有天,人外有人。"

九郡主瞄他一眼,扭头问少年:"他是谁?"

"你都不认识,我就更不认识了。"少年耸肩,随口道,"随便哪里来的无名小辈吧。"

他说武林盟主是随便哪里来的无名小辈……

掌柜的简直要崩溃了。

九郡主遂转过头，点评道："嗯，不认识，无名小辈。"

完全看不出来她究竟是不是故意这样说的。

后面有人终于受不了他俩的目中无人，忍不住提醒道："那位就是当今武林第一的武林盟主！"

九郡主不仅不惊讶，反而有些跃跃欲试道："武林盟主就是江湖第一，我要是打败了江湖第一，我就是江湖第一了？江湖第一可以直接做武林盟主吗？"

众人：你做梦可能比较快。

"姑娘勇气可嘉，你若想做武林盟主，须得参加武林大会，这是规矩，不能坏了规矩。"

武林盟主哈哈大笑，他笑起来眼尾折起几缕鱼尾纹，三四十岁的年纪，面容却已经被岁月磋磨了许多。

九郡主不禁想到三师父，同样三十多岁，三师父看起来就年轻得很，比武林盟主好看多了。

九郡主有些失望，撇撇嘴。

武林盟主注意到她身边的黑衣少年，少年的衣着打扮明显属于南境人特有的风格，于是眼眸一眯，杀意若隐若现。

九郡主朝少年身前一站，将那杀意悉数拦截在身前，目光清凌凌地望回去。少年自然地向她身后侧了半步，眼眸带笑，姿态闲适，看起来就像是一无是处的、吃软饭的废物小白脸。

武林盟主沉声道："姑娘方才所言有理，可你并不是我，我的夫人孩儿受此之痛当是活该？若非南境人对我夫人孩儿下蛊，将我孩儿啃食得只剩下半个可怜的躯体，我夫人也不会受到惊吓双目失明至今，难道我不该憎恨南境人？"

九郡主丝毫没有动摇，站在少年身前的背影像一柄即将出鞘的冷冽弯刀，刀刃向外，只护着他一个人。

"你说得对，我不是你，所以我无法切身理解你的痛苦，我为我方才所言向你道歉，非常抱歉，没有站在你的角度考虑你的感受。"她直直回视着武林盟主，"可你也不是其他无辜的南境人，你也无法理解无辜的南境人因

239

为不知名的其他南境人而被连累,你伤了无辜的南境人,最终害得那些人得了个妻离子散家破人亡的结果,这也是他们活该?"

"你不是那些含冤入狱的罪人,你也不能理解那些人对罪魁祸首的憎恶。

"你不是战争中流离失所的百姓,你也不能理解那些人所经历的苦痛折磨。

"没有谁能切身理解别人的痛苦,但就连小孩都懂一个道理,罪不及无辜,你如何知晓你杀的那些南境人便是罪大恶极之人?若他们只是一介平民,只是前来中原做生意的商人,甚至只是流离失所的难民,你若见之便杀,又与屠夫何异?

"堂堂武林盟主便是这样滥杀无辜之人?当今武林盟,便是如此纵容杀人真凶?按照我朝律法,滥杀无辜之人皆当诛!"

当诛。

她竟说武林盟主该死。

武林盟主脸色冰冷地盯着她,周围人一时噤声,你看看我我看看你,竟是不敢出声反驳。

九郡主不卑不亢地挺直脊背,毫不避讳地迎着他冷冰冰的视线,每一个字都掷地有声:"你杀了谁,不杀谁,此事都与我无关,我也不想与你纠扯这种事。至于其他南境人我亦是不认识,不了解,不清楚,你与他们有仇你就与他们算账去,但你若强逼阿月为你避嫌,我不同意,这世上可没有这样仗势欺人的道理!"

她扬了扬眉,乌黑眸中燃烧着淡淡的怒意:"武林盟主又如何?你若想以你的仇恨为借口来伤我阿月,我就打到你做不了这个盟主。"

少女站在台阶上,眸光如火,俯视众人,神色矜傲道:"你若不信,今日便不妨来试试我能不能做到!"

整个客栈都因为九郡主的话而安静下来,众人神色各异地注意着下方的动静。

能在无极客栈这座销金窟里长住的人,大多有身份有背景,要么有钱,要么有权,且并不仅有庆王朝的人。

北域冰原和西南境的人纷纷抄手看起了热闹,江湖中人神色不忿,武林盟主在位十年，除了对待南境人较为残忍霸道之外，其余时候都是真正地为江湖做实事做好事的。

远的先不说，单就魔教一事盟主就得了不少人的支持，武林盟主在位十年的时间里，魔教不仅没有死灰复燃，最近几年江湖上甚至都见不到魔教之人的影子。

因此，当九郡主如此嚣张地放出那句看不起人的话后，江湖中人大为不悦，叫嚷起来。

"姑娘真是好大的口气，"楼上有人讥讽道，"不过是踢了无极八楼一栋楼而已，眼睛就长到了头顶，姑娘如此看不起我们季盟主，不知姑娘师从何人？"

"是啊，姑娘自诩武功高强能够打得过季盟主，想必姑娘定是师从高人吧？不如说出来让大家长长见识？"

"姑娘不肯说，莫不是怕了？"

"既然怕了就趁早滚出去，莫要留在这里继续丢人，四方列国可都在看我们大庆的热闹。"

少年抬了下眼皮，目光若有似无碾过叫嚣的那几人，眼眸乌黑，冷淡得像渗了墨的水。

那几人浑然不觉，怒气上头只顾着嘴上过瘾。

九郡主对江湖人的嘲笑充耳不闻，小时候听过的话比这些人说得难听多了，她根本不放在心里，更不打算将几位师父拉出来供这群人品头论足。

她依旧站在原地，直勾勾望着武林盟主季炎鹤。

季炎鹤与她对视片刻，恍惚中竟从她那双黑灵灵的眼睛中看见自己的影子，多年前他也曾像她这样，站在所有人面前说要挑战上一任武林盟主。

前任武林盟主不但没有嘲笑他，反而送了他一把刀，说少年可期，我等你来向我挑战。

季炎鹤没有接过那把刀，他当时年少轻狂，认为那是前任盟主对他的嘲笑，后来他才发现自己多么年轻，多么狂妄。

"姑娘说笑了。"

季炎鹤从回忆中回过神，心绪随之稳定，再看向她身后那位少年时眼中已不起波澜。

季炎鹤向身后的人招手,那人立刻将他的佩剑递上来,他抬手拿起那把剑递向九郡主,不怒反笑道:"听方才同道中人提起,姑娘独身一人闯上无极八楼第十层,想必姑娘实力不凡,假以时日定将成为武林中人人称赞的侠女。"

九郡主看了眼那把剑,不解道:"这是什么意思?"

是要把佩剑送给她?

季炎鹤面带慈爱道:"姑娘方才所言反倒让我想起年轻时的一些事,你与我年轻时一模一样,颇有些年轻气盛。其实我也曾向前任盟主做出挑战,那时前任盟主心胸宽阔,不仅没有生气,反而将他的佩刀赠予我,以此激励我继续前进。如今,姑娘向我挑战,倒是让我想起年轻时的自己。"

九郡主瞬间将双手背到身后,脸上充满对他那把剑的排斥。

季炎鹤笑得更加慈爱:"我当年也如你这般拒绝了前任盟主的赠刀。"

九郡主拧起眉,有些不开心,她一点也不想被季炎鹤这样说,仿佛她就是他年轻时的翻版。

"不要随便碰瓷我,我才没有你那么小气,还长得那么显老。"

九郡主嘀嘀咕咕抱怨的声音只有少年听见了,于是他在众人惊羡的目光中饶有兴趣地笑出了声。

季炎鹤最见不得南境人在自己面前如此放肆,神色微沉,握剑的五指收紧,眼神一瞬间变得杀气重重。

客栈众人感觉到那股子针对性的杀意,纷纷屏息。

九郡主完全没将他的杀气当回事,侧身,踮脚拍拍少年的肩头,认真道:"阿月,别担心,我不会让你被人赶出去露宿街头的。"

少年垂眸睇着她:"那你要与我一起露宿街头吗?"

九郡主不满:"我们是交了钱的,就要住在无极客栈,我们就住无极客栈,我看谁敢撵我们出去!"

一大群人纷纷看向缩在角落试图减小存在感的掌柜,掌柜的头上冷汗涔涔,一边抬手擦汗,一边赔笑:"这,这叫我如何是好……"

楼上小王爷察觉到外面气氛的不对,从侍卫那里听见事情经过,大怒。

"他俩今天是本王罩的，本王倒要看看谁敢撵他们走！"

小王爷提起衣摆气势汹汹冲下楼，他不认识武林盟主，只知道有人欺负疯九，他当然不允许有人欺负她，张牙舞爪站在武林盟主眼皮子底下，怒不可遏道："是你这个老不死的想撵他们出去？你是哪里来的东西，敢对本王的人指手画脚！"

所有人都用一种"这是哪儿来的傻王爷"的眼神看着他，侍从想拉都拉不住自家这位明显更像疯狗的小王爷。

九郡主倒是没想到他会站出来替自己说话，意外地看他一眼。

小王爷回头看着她，脸上还有点别扭，但话说得正气凛然："疯……你放心，反正本王不会让别人撵你们走的。"

九郡主心想，其实别人也撵不走我们，但她没有说出口，反而有些不得劲地拧起眉，用一种很奇怪的眼神看着小王爷。

小王爷更加嚣张地同武林盟主的人叫起板来，哪怕知道了这人就是武林盟主，他依旧死性不改。

"武林盟主又如何？武林盟主也是我大庆的人，本王是大庆的王爷，你与本王作对就是与整个大庆作对！"

其他人琢磨着琢磨着感觉好像有点道理，武林盟再大，那也是大庆境内的门派组织，每月可不是都要依法向朝廷缴纳税款？

一时间，众人表情变得复杂起来，就连武林盟主都有些一言难尽的尴尬。

不过他反应很快，闻言抱拳道："武林盟自然不会与朝廷作对，小王爷大可不必如此针对与我。"

"你要是不针对他俩，本王自然也不会针对你。"小王爷毫不客气道，"让你的人搬出无极客栈，本王今日不想见到你们的人！"

这可就太过分了，简直是将整个武林盟的面子踩在地上践踏，还是两面翻转的践踏。

季炎鹤瞬间沉了脸色，不悦道："小王爷，本盟主敬你是大庆的王爷，这才与你好好说话，可你若始终如此嚣张不将我武林盟放在眼中，武林盟自然也不会任你欺辱。"

小王爷难以置信："你的意思是你要与大庆作对？与我皇兄作对？"

季炎鹤已经摸透了他的性格，单手背到身后，不咸不淡道："小王爷言重了，想必当今陛下还不至于为了今日这么点小事就与我武林盟过不去。"

毕竟武林盟声名浩大，朝廷更有意与之交好，自然不会为了一个嚣张跋扈的小王爷与偌大一个江湖势力作对。

小王爷气炸了，骂骂咧咧要找人将他们撵出去。

九郡主实在看不下去了，提着小王爷的领子将人拖了回来，小王爷一看见她瞬间就蔫了下来。

"闹够了？"

"……够、够了。"

"知道武林盟是什么地位吗？"

"不知道……"

"是你皇兄都会对其和颜悦色的恶势力组织。"九郡主忽略武林盟的人变得难看的脸色，面不改色道，"你一个没权没钱的小王爷，回去老实待着绣你的花去。"

小王爷怒道："我才不会绣花！"

九郡主敷衍道："那就绣两只水鸭子。"

她随手将小王爷扔给少年。

小王爷眼睁睁看着少年神色自若地侧过身精准地错过自己，然后慢悠悠抬脚踢了下自己的腰。

小王爷直直跌进自家侍从怀里，气得头晕眼花。

侍从叹气："王爷，武林盟真不是那么好欺负的。"

小王爷腰疼，吸着气道："本王也不是好欺负的！"

侍从没再反驳，反而惊讶道："王爷，您可以说话了？"

小王爷愣了下，这才反应过来，摸摸嘴巴，又舔了舔嘴唇，舌头不疼了？

小王爷震惊地看向那个神秘的少年，少年轻飘飘扫了他一眼，随后便专注地看着九郡主。

是的，只看着九郡主，对旁人他连眼风都不肯分一点出去，看小王爷的那一眼已经是他最大的怜悯。

九郡主扔完小王爷，正要与武林盟的人好好说说今日谁留谁走，门外忽然大步进来一人。

"季盟主今日来无极客栈,云某作为东道主竟然不知道,真是怠慢了。"

云澜明显是听到消息匆匆赶来的,头发还有些凌乱,但他衣着规整,想必是来的路上抓紧时间整理了仪容,却忘了头发也要打理。

"不过季盟主,你前面那二位是我们无极岛的贵客,贵客肯纡尊降贵住在无极客栈,我们感激还来不及,季盟主今日想要将我无极岛贵客撵出无极客栈的举动,是否过分了些?"

季炎鹤的确听闻无极客栈住了两位无极岛的贵客,原本着人打听了原委,只是这两日因夫人失踪一事没顾上仔细了解,没想到今日就踢到了无极岛那两位贵客。

停顿片刻后,季炎鹤淡淡一笑道:"云澜公子说笑了,事实上,季某从头到尾都没有说过要撵走那二位贵客,甚至还提出要将佩剑赠予那位姑娘。"

"哦?原来如此。"云澜也客客气气地回以一笑,"我就说季盟主一向大度,怎么会因为这点小事就与我们的贵客起冲突。既然不是季盟主的意思,那究竟是谁说要将我无极岛贵客撵出去?"

齐刷刷的一片目光盯向角落的掌柜的。

掌柜的看了看事不关己的季盟主,又看了看来者不善的云澜公子,哽住了。

明明是不久前盟主属下特地前来吩咐他清理客栈的,可他不能说,一旦说了,今后武林之中就再没有他的立足之地。

掌柜的只能打碎牙齿自己吞。

云澜轻敲手中的扇子,视线一点点扫过围观的众人,每一个来到无极岛的人都别有心思,他们的心思他全都看在眼中。

他轻笑,眼中带着浓浓的嘲讽。

"既然无极客栈不欢迎我无极岛的贵客,今后便不必在我无极岛上做生意了罢。"云澜一甩衣袖,朝九郡主和黑衣少年风度翩翩道,"无极客栈太小,二位若是愿意,不妨随我去内岛暂住几日?为了赔礼,内岛里的东西,二位看中什么直说便可,我无极岛绝不食言。"

全场寂静。

那可是内岛,在场的所有人来无极岛,可不都是为了那十个能够进入内岛挑选东西的名额？如今无极岛的云澜公子却随便将其中两个名额赠予和武林盟有过节的人。

云澜转而看向小王爷："小王爷为人仗义，若是不嫌弃，可愿随我们一同入内岛暂住？"

小王爷被天上掉的馅饼砸晕了。

云澜是半路收到消息说季炎鹤带人欺负阿九姑娘的，他原本是听人说了那位南境少年对北域冰原小皇子说了一些意味不明的话，觉得有哪里不对劲才想过来与少年详谈的，却没想到竟然遇到这种事。

第八章

内　岛

九郡主第一次进入无极岛的内岛，背着手，脚步轻快地走在石子小道上，好奇地四处打量。

内岛才是真正的桃花源，世外之地，地面上浮着一层薄薄的水雾，像海面上的那种海雾，仙气四溢。

里面的建筑都是雅致精巧的，有结构恢弘的住楼，有巍峨岿然的砖楼，还有佛家的高耸琉璃楼，各种风格混合交错，不仅没有违和感，反而更显出飘飘然的仙气。

九郡主看见一只长得像鸭子的动物跳进一潭水池，多看了两眼。

云澜注意到她的眼神，解释道："那是天鸳，只有无极岛才有的鸟类，它只能生活在内岛的环境中，出了岛很快就会因为不适应而死掉。"

小王爷比她还好奇，见到一个没见过的东西就要问，云澜难得好脾气，一一解答。

九郡主走着走着一转头，忽然发现一直跟在她身旁的少年不见了。

"阿月他……有一点点不认路。"她伸出两根手指比画出一个小小的弧度，"就，真的只是一点点，你们不要说我告诉你们的，他会生气的。"

云澜和小王爷憋笑憋得厉害。

于是一群人纷纷散开去找路痴的少年。

九郡主是在天鸳跳下水的池子边找到他的。

他背对着她站在池子边，单手托着下颔，正望着平静的水面沉思着什么。

九郡主找到他之后就放下了心，隐隐起了捉弄他的心思，于是放轻脚步，蹑手蹑脚溜到他身后，再忽然从他身前探出头，故意吓他："嘿！"

少年一脸淡定。

她看着他。

少年眼眸轻轻一转，懂了，勾起嘴角："被你吓到了，真是可怕。"

九郡主笑死了："你装得一点也不像。"

少年不以为意地耸耸肩。

九郡主又道："你在这里做什么？大家以为你迷路了都在找你呢。"

少年"哦"了一声，漫不经心道："在思考一件很重要的事。"

"什么事？"

少年抬手指了指池中悠闲游泳的天鹅："在思考这只天鹅烤起来的味道怎么样。"

九郡主："嗯？"

少年弯起眼眸朝她无辜地笑。

九郡主摸了摸下巴，不由得也认真思考起来："这么一说，我们好像真的没有吃过天鹅……但这是人家的鸭子，我们还是不要随便打人家鸭子的主意了。"

这时，云澜也找到了他们，闻言，脸上露出一丝古怪的神色："你们想吃天鹅啊？"

九郡主一手拉着少年，一手背在身后，两人对视一眼，默契地摇了摇头，异口同声否认道："不是很想。"

云澜很懂："那就是有一点想。"

半个时辰后，小天池边围坐了四个人，中间摆了个烧烤架，烤架上的天鹅肉金黄酥脆，旁边放着珍贵的调味料。

小王爷跟着蹭了顿好的，啃得满嘴油。

九郡主嫌弃地给他递了张帕子，小王爷受宠若惊，竟舍不得用那张帕子。

少年侧眸瞧着，没什么情绪地笑了声，手中的树枝被折断。

小王爷头皮发麻，连忙将帕子揣进怀中，机敏地撤离他至少五步的距离。

九郡主看不懂他俩之间的暗潮涌动，转头给正在烤肉的少年切了条最好的天鸳大腿。

少年这才微微收敛敌视小王爷的目光。

云澜在一旁看得叹为观止,然后他接到了九郡主递来的另一条天鸳腿,少年同时侧首看向他,眼神平静。

云澜接天鸳腿的动作一顿,直接半路拐向少年那边:"我还是比较喜欢吃翅膀。"

少年淡定地给了他两根翅膀。

云澜一手一根翅膀,心里有点纳闷,明明天鸳是自家养的,为什么现在搞得自己更像是客人?

吃了一半云澜才想起正事,对于少年之前对北域冰原小皇子说的那些话,他发表了自己的看法。

"其实他们怎么样对我们来说没什么,可玉琉原毕竟是北域冰原最得民心的小皇子,若是他在无极岛出事,北域冰原大概不会轻易罢休,如果可以,我们当然更希望无极岛安稳。"

九郡主戳戳一脸"反正搞来搞去都是你们中原和北域的麻烦,不关我事"的少年。

少年嫌弃地扭过头,她又挪到另一边,继续戳他。

少年瞥了眼自己的衣袖:"你手上是不是沾了油?"

九郡主缩回手,从容不迫地摇头:"我没有。"

还没有呢?看看他袖子上沾到的两个手指印,之前沾到的蜂蜜糖水的水渍还没洗干净,这会儿又多了两个油指印。

九郡主干巴巴地发誓道:"下次我洗衣裳的时候帮你的也洗一洗,我保证一定把印子给洗掉。"

他可有可无地"嗯"了声,倒也没生气,甚至还有点纵容她的意思。

"玉琉原被人下了蛊。"少年拿着她的帕子轻轻擦了擦袖摆上的油印子,嗓音低缓,"一线生。"

云澜震惊:"蛊?除了你还有谁敢往北域冰原小皇子身上下蛊!"

少年冷冷抬眼,云澜立刻闭嘴。

九郡主接话，认真道："云澜公子的意思是你最厉害，除了你他想不到还有比你更厉害的人能给北域的小皇子下蛊，但他肯定不是在说你，是捧你踩其他人的意思。"

少年睨她，她笑眯眯地拿着帕子给他擦袖摆，他扯了下袖摆，她不甘心地又扯了回来，他便偏过头随便她折腾。

小王爷看得一脸牙酸，还有点敢怒不敢言，干脆愤愤啃鸡腿。

云澜抓紧时间追问道："一线生又是什么？"

"一线是生，一线是死。"少年懒懒道，"一线走到尽头，生就会变成死，中了一线生蛊的人眼睛里会出现一丝红线，等红线从左眼蔓延到右眼，就是他的死期。"

"那在你看来，玉琉原还能活多久？"

少年又不说话了，他很任性，想说就说，不想说谁都无法逼迫他开口。

云澜只好无奈地看向九郡主。

少年嗤道："别看她，她又管不了我。"

云澜：真的吗？我不信。

九郡主眨眨眼，不负众望地喊了声："阿月。"

少年撕了片天鸳肉，没搭理她，他一点也不喜欢和其他人一起吃烤肉，尤其是吃他亲手烤出来的肉。

他们又不是小钰那个什么都不懂的小屁孩。

可是天鸳是云澜养的啊。九郡主小声说。

少年眼皮都没抬一下，到了他手里的就是他的，他若想要，别说云澜，大庆的皇帝都拦不住他。

九郡主又喊了他一声："阿月！"

他依旧不动如山。

九郡主捏着帕子思索半响，在云澜鼓励的目光中灵机一动，抓着少年黑色的袖摆试探性地喊："我阿月，顶贵顶贵的天鸳肉吃都吃了，咱们不能白吃呀。"

少年动作一顿，转眸注视着她，漆黑眼底映着她笑吟吟的脸。

她弯起眼眸，仿佛看不见其他人，眼里只有他一个，勾着他袖摆晃了晃，认认真真道:"阿月,天鸳肉很贵的,如果云澜公子反悔了,向我们讨赔偿,我们没钱赔的。"

云澜看向一旁目瞪口呆的小王爷,缓缓道:"我吃饱了,你呢?"

小王爷打着嗝:"我撑死了。"

少年一手摁在九郡主脑袋上,将她的笑脸转向另一个方向,总之不要对着自己,瞧见她不舒服地揉了下脖子后又微微松开手,由着她将脸转回来坦然地望着他。

少年错开目光,眉心微蹙。

"玉琥原最多还有三日可活。"他语气反而显得不紧不慢,"再提醒你们一句,贼喊捉贼的声音最大。"

云澜和小王爷都听不懂后面那句话什么意思。

少年嘲道:"你们中原武林这位声名显赫的武林盟主,他会用蛊。"

蛊?

武林盟主季炎鹤会用蛊?

云澜震惊到两根鸡翅膀掉了下来。

九郡主不可思议地望着少年,显然都没想到季炎鹤竟会玩蛊。

"知道为何他讨厌南境人吗?"少年松开手,任由反应过来的九郡主因惯性而一头扎进自己怀里,"因为他怕有南境人看出来他用蛊。"

他屈指蹭了蹭九郡主的侧脸,她突然撞进他怀里,脸自然也压到他颈前的银饰上,压出几条细不伶仃的印子。

银饰被撞得"叮当"响。

九郡主下意识伸手捂住"叮当"响的银饰,一时竟被他这几句话中的信息量震得久久回不过神,便也忘了收回手。

少年垂眸瞄了眼她搭在他胸口上的手,视若无睹般抬起眼,轻笑着反问对面那两人道:"堵住一个人的嘴,最好的方法是什么?"

自然是让那个人永远说不出话。

云澜僵直在原地,脑中风暴席卷。

武林盟主妻孩都被南境人的蛊虫所害,所以他极其厌恶南境人,可他偏偏又会用蛊,甚至因为害怕被懂蛊的南境人发现他用蛊而对南境人赶尽杀绝。

这其中的深意，稍微细想一番都会令人不寒而栗。

少年抬手将九郡主摁在他胸口的那只手扒拉下来："阿九，便宜占够了没？"

回过神的九郡主缓缓低头，看了眼被他反握住的那只手，一言难尽地哽了下。

你好意思说，那你倒是先松手啊。

云澜给无极客栈的掌柜的留出三天时间让他准备好收拾东西走人，客栈里的长工短工很快换成驻守内岛的守卫，住客们倒是依旧住在客栈里，只是多少会有人对季炎鹤侧目。

季炎鹤脸色阴沉，索性搬回外域长租的僻静小屋，下属们继续外出打听夫人的消息。

天很快黑了下来，外域一片万家灯火，红灯笼高高挂起，兴高采烈欢迎着不久后的下一任武林盟主。

季炎鹤在小屋的床上调息打坐，屋中空寂，窗户紧闭，外面有人忽然敲了下锣鼓。

他蓦地惊醒，瞳孔泛着青白，略显沧桑的半张脸上青筋密密麻麻地鼓动着，血管中有东西在挣扎、跳动。

"我就打到你做不了这个盟主！"

少女清凌凌的嗓音近在耳畔，像催命的刀。

季炎鹤想起云澜说的那句话，无极岛的贵客。

十年来，无极岛从未出现过所谓的"贵客"，那少女是什么人，竟会被与世无争的无极岛待为座上宾？

除非她与失踪的无极岛主戚白隐有关系，她知道戚白隐在哪里，她有戚白隐的下落。

戚白隐果然还活着！

季炎鹤双目瞪大，突然呕出一摊血，红色的蛊从血中爬出。

季炎鹤浑身抽搐一瞬，紧闭双眼无声无息地仰倒在床上，好似死了一般。

窗外偷看的九郡主猛地吸了口冷气，手指紧紧抓着少年的袖摆，努力将他拉离窗户几丈远，找了个安全无人的位置才敢吐出那口憋了许久的气。

"都是玩蛊的，你的蛊这么可爱，季炎鹤的蛊为什么就这么丑？"九郡主拍拍胸口，心有余悸地摸摸少年的手，又摸摸他耳朵上冰冷的耳饰，接着捧住他的脸眼也不眨地注视着他，碎碎念道，"让我洗洗眼睛，快让我洗洗眼睛，我感觉我快要被刚才看见的东西弄瞎了。"

少年从兜里摸了片薄荷叶，捏起她下巴："张嘴。"

她想也没想就"啊"地张开了嘴。

少年将薄荷叶塞她嘴里，合上她下巴，指尖的触感温滑舒服，他收回手时略带凉意的指尖不经意扫过她下颚柔软的肌肤，眸色深了深。

九郡主舔了口薄荷叶，没察觉到他的动作，时不时扫向季炎鹤打坐的屋子："阿月，他的蛊会不会失去控制攻击其他人？"

少年道："也许。"

"那有办法让他的蛊不听他的话，只听你的话吗？"

"有啊。"

她充满希望地望着他，少年抬手捂住她双眼，故意低下头凑近她鼻尖："但我嫌脏。"

为什么会脏？

少年道："别人的血养出来的蛊，我嫌脏。"

他的蛊也嫌脏，倘若他当真接手了别人的血蛊，届时第一个不愿意的反而是自己身体里那些叛逆的蛊，折腾起来很烦，更何况，他的失控期快要来了，不能再添加不平稳的因素。

"好吧，这个方法我也觉得成功实施的可能性不大，如果是南境的那个月主也许能做到。"她嘀咕了一句。

少年："他能做到也嫌脏。"

"瞎说，说得好像你就是南境月主。"九郡主想了想又自己驳回了这个说法，"不过你说过你见过南境月主，那你这么说应该也是有理由的……也许你们擅蛊的人都有洁癖。"

她在看不见的视野中抬起手胡乱摸了下他的手背，无意中摸到他袖口的银饰，冰凉凉的，不知怎么那个银饰牢牢扣住她手腕上的靛青色绳子。

她扯了下，没扯掉，少年松开捂着她眼睛的手，两双眼睛同时看向勾在一起的袖口。

"你的袖子不听话。"九郡主说。

少年抬了下手，她也不得不跟着抬手，可她比他手短，他抬起一半她就已经抻直了胳膊，少年嘲笑道："明明是你的小短手不听话。"

她不听话的小短手一把攥住他的手。

少年低眸看她。

她指指自己的手，理直气壮道："是小短手自己不听话，不关我的事。"

少年低笑着偏开头，眉梢染着淡淡的愉悦。

解绳的过程中，季炎鹤醒了过来。

九郡主拉着正在解绳结的少年藏匿于暗处，亲眼看着季炎鹤走出去。

"他走了。"她从暗处走出来，回头，"阿月，我们进去看看能不能找到什么有用的东西。"

两人悄悄带上门，转身便瞧见屋里零星的蛊虫尸体。

九郡主脸色微微变了，第一时间踮脚去捂少年的眼睛。

"我们还是走吧。"她带着点安抚地说，"阿月，你不要不开心。"

少年拉下她的手，神色无波反问道："我有什么好不开心的？"

九郡主迟疑："因为蛊死了？"

毕竟他也是养蛊的，而且他的蛊那么可爱，看多了他的蛊便觉得全世界的蛊都应该这么可爱。

少年看她，见她是真的这么想，静了一瞬，抬手摸摸她脑袋："我没有不开心。"

顿了下，他又说："回去给你看其他的蛊。"

还有这种好事？

九郡主欢呼："好耶！"

云澜听说季炎鹤养蛊后就开始琢磨该如何应对这件事，最后决定想办法将真相公之于众，只是目前缺少决定性证据，不能光凭少年的一句话就给武林盟主定罪，江湖中人不会服气的。

除非找到能把武林盟主摁死的证据。

云澜和无极岛的人不方便前来打探消息，一旦被人发现无极岛的人夜间探访武林盟主的住处，那么江湖中人可就有的想了。

小王爷没有武功，更没有脑子，显然也不适合夜间打探消息，这便只剩下武功高强的九郡主和那位神秘的少年。

九郡主原本是打算一个人来的，毕竟在她的认定中阿月不会武功，潜入的话可能有些危险。但有关蛊的事她也不够了解，云澜仔细想了想，还是让他俩一起看看情况，他甚至给他俩想好了借口。

"一旦被人发现，你们就说是去挑战武林盟主的，江湖人不拘小节，常有半夜去挑战其他人的事情发生，你们白日才与季炎鹤产生矛盾，晚上去找他麻烦倒也说得过去。"

目睹屋中零星蛊虫尸体的九郡主觉得这趟出来只是打探消息还不够麻烦，她想搞出个更麻烦的事。

"阿月，如果我们把人叫来看见这些死掉的蛊，你说江湖人会相信我们吗？"

那自然是不信的。

季炎鹤有的是借口说是别人栽赃诬陷，更有甚者，他还可以栽赃少年说他想暗杀自己。

九郡主决定一不做二不休，直接搞个大的把所有人都吸引过来让他们亲眼所见。

两人离开的时候，季炎鹤房内冒出滚滚浓烟，直冲天际。

隔天一早，整个无极岛贴满了"武林盟主贼喊捉贼""武林盟主私下养蛊""季炎鹤以蛊残害妻儿"的画报，大街小巷全部都是，天上飘的，水里淌的，全是武林盟主的丑闻。

最初是没有人相信的，直到越来越多人说昨晚武林盟主的住处冒出浓烟，众人赶去一看发现只有烟没有火，原来是有人借此把他们吸引过来，之后所有人都看见武林盟主房间里的蛊虫尸体。

三人成虎，众口铄金，哪怕最初不相信的也会因为听得多了而渐渐动摇。

武林盟的人气得脸都青了，花了大半天的时间才回收全部的画报，只是偶尔也有零星被人藏了起来私下传阅。

外域与外岛开始流传武林盟主贼喊捉贼的言论,不得已,季炎鹤只得站出来正气凛然否认这件事,并且对天发誓他此生极恨南境人,他若养蛊,天打雷劈。

九郡主和少年从头到尾就没掺和过画报的事,他俩一回来就钻进房里睡大觉了,早上起来才晓得流言甚嚣尘上。

九郡主默默给雷公上了炷香,诚恳祈祷道:"今晚下大暴雨。"

少年也凑热闹跟着上一炷香:"今晚电闪雷鸣。"

两个阴阳怪气的人上完香,转头互相击了个掌,顺便从对方手里交换了一份零嘴,之后两人又同步地一撩衣摆,轻松愉快地坐进椅子里吃零嘴,端的一副与我无关的随意姿态。

云澜看得满脸无语:"你俩这默契程度是练了多久练出来的?"

他和云渺亲兄妹,这么多年也没他们这么默契。

九郡主捏着一颗葡萄笑眯眯道:"不久不久,也就个把月。"

云澜觉得自己还是不要跟他俩讲这种能把自己撑死的事情,着人回收了几张画报,转头正在研究画报,有些不解:"话说回来,我们明明只是叫人散布季炎鹤贼喊捉贼私下养蛊的消息,这个说他以蛊残害妻儿的画报是谁夹带私货搞出来的?"

小王爷在散布流言贴画报一事中出了大力气,非常骄傲道:"管他是谁呢,反正说的也没差,多一个朋友总比多一个敌人好。"

云澜皱紧眉头:"我总觉得这事儿没那么简单,后面应该还有人在推波助澜等着渔翁得利。我们说季炎鹤养蛊是因为阿月少侠确实擅蛊,他看得出来,并且这也是阿九姑娘和阿月少侠亲眼所见。可这说季炎鹤以蛊残害妻儿一事只是我们的猜测,没有决定性证据,那这个画报会是谁弄出来的?"

小王爷脑子不拐弯,一听这话就直接发表了他的看法:"当然是季狗贼他的妻子和孩子了,他俩可是受害人欸。"

云澜提醒道:"季炎鹤的孩子已经死了。"

"那就是他妻子呗。"

"他妻子也失踪了。"云澜说完一顿,隐隐抓住了什么关键线索。

"这还不简单？"小王爷"嗤"了声，掰了根甘蔗，好啃的那一头给了九郡主，自己留了不好啃的那一头，不以为意道，"季狗贼妻子肯定是假失踪啊，不然谁散播那种消息？当然只有当事人才了解事情真相了啊。"

云澜竟然觉得这位傻王爷的话很有道理，立刻吩咐人去寻找昨晚散布第三张画报的人。

话说回来，这个小王爷他是不是真的傻？还是说，大智若愚？

云澜侧头盯了他一眼。

小王爷立刻捂紧自己的甘蔗，警惕道："干什么？我就这一根甘蔗，你要想吃自己掰！"

云澜：行吧，这王爷是真傻。

九郡主吃葡萄吃得有点累，因为要吐籽，她苦恼地拎着一串葡萄，看了看上面，又看了看下面，最后遗憾地放下，转头抓了一把葡萄干。

她一边吃葡萄干，一边听云澜和小王爷瞎扯，她觉得很有趣，以前她只能听二师父和五师父吵架，一旦回到王府就是自己和其他人吵架。

她不打算参与云澜和小王爷的讨论，兴味盎然地竖起耳朵听小王爷振振有词分析他的想法，听了一半手边的葡萄干没了。

她扭头看向隔壁的少年，他也在听八卦，但没有她兴致高，整个人窝在椅子里显出几分懒散，长发高高束起，辫子垂在椅背后面，压着双膝衣摆上的银饰向下垂，他一动，细碎的银饰就会随之晃动。

九郡主勾了下他衣裳的链子，不解："你为什么要拿我的葡萄干？"

明明他桌子边上也有一碟。

少年屈指弹开她作乱的手，叼着两颗葡萄干心安理得道："因为别人的东西最好吃。"

九郡主没有生气，琢磨了一下觉得很有道理，便起身将他的葡萄干换过来。

"味道也没有什么不一样的。"吃了两口后，她疑惑地看向他，"我的葡萄干你吃着更好吃吗？"

少年心不在焉地点了下头。

九郡主想了想，犹豫着给他抓了一小把，剩下的全护在自己身前，画地

257

为界道:"我的。"

少年眯了下眼睛,嘴角翘起,抬手虚点她所在的方向,像是在点她这个人,又像是在点她手中的葡萄干:"现在是你的,以后是我的。"

总觉得他意有所指,是她的错觉吗?

一旁完全被忽略的云澜再次觉得还没吃饭就已经饱了。

小王爷说:"真搞不懂你担心什么,怕没人知道季狗贼的真面目?这不是很简单的事吗?"

云澜皱眉:"简单?"

哪里简单了?想让武林盟主身败名裂,这很简单?光凭一张嘴和甚嚣尘上的留言就能撕开他伪善的面具吗?

云澜不理解。

小王爷指着正在和九郡主抢一碟葡萄干的黑衣少年,满脸理所应当道:"他不是南境人吗?在玩蛊这方面肯定比季狗贼精通,季狗贼一个外来货能打得过本家?"

云澜思绪一顿,缓缓看向一脸漫不经心的少年。

小王爷充满自信道:"虽然他很讨厌,但他肯定比季狗贼厉害,他肯定有办法逼季狗贼当面露出马脚啊!"

云澜茅塞顿开。

听见他俩对话的少年嗤了声,这一刹那手中的葡萄干被九郡主抢走,他倒也不在意,抽了帕子慢条斯理地擦了擦手指,头也没抬道:"我为什么要帮你们?我又不是中原人。"

云澜已经习惯了他随心所欲的性格,面不改色地看向九郡主:"阿九姑娘……"

少年屈指敲了下桌子,毫不留情地打断他的话:"她管不了我。"

云澜心想你昨天也说过这句话,可是当时的结果多么让人欣慰,于是镇定地抬手冲九郡主抱了抱拳,将希望全部寄托在她身上。

九郡主很懂地转向少年:"我阿月……"

少年捏了个葡萄塞她嘴里,皮笑肉不笑道:"你又帮外人来坑我?"

九郡主顿了下,使劲摇头,满眼真诚,顺便将剩下的葡萄全部上交,以此表示对他绝对的偏爱。

小王爷嘀咕:"也不知道谁才是外人,你又不姓楚……"

少年瞥他一眼,漆黑眼眸徐徐转向一脸无辜的九郡主,随手揪了颗葡萄抛了两下,哼笑着移开目光:"也不是不行。"

下午,无极岛上空飘来沉沉乌云,颇有风雨压境的预兆。

内岛中心伫立着一座十八层的华丽琉璃塔,层层塔檐下悬挂八角琉璃灯,光华璀璨。塔顶坠下一颗七彩风铃,风吹过来,风铃尾巴上的彩色铃铛"叮叮当当"地响。

少年一袭黑衣倚栏而坐,单腿悬空,手中捏着两串红绳正在百无聊赖地编花绳,有风夹着细雨吹过来,润湿他的指背。

他喜欢这种天气,蛊的繁衍本能会被压抑,蛊人的失控期也会稳定下来,只要在这之前找到抹杀失控期的办法就行。

但是办法……也许无所不知的眠师知道,只是她人在南境,问她已经来不及了,或许可以问问周不醒。

少年揩了下手指上的湿雾,在风铃"叮当"的响声中侧歪了下头,眸光远去,嗓音平淡道:"要变天了。"

九郡主正站在风铃下仰头艳羡地望着那盏漂亮的风铃,闻言转过头,右手搭着额头,远眺一番后感慨道:"雷公真给面子,希望今晚电闪雷鸣,劈死季狗贼。"

她听小王爷喊了一天的"季狗贼",如今张口也是"季狗贼"。

少年扫了眼她头顶上的七彩琉璃风铃,严重怀疑无极岛人的审美,但瞧着九郡主如此喜爱的模样,便转开了目光继续编花绳。

九郡主跳起来试图够一下风铃尾巴上的铃铛,但她个子矮,蹦起来也够不着,她没有放弃,也没有使用轻功,就这么有一搭没一搭地围着风铃蹦蹦跳跳。

风铃被风吹得发出清脆的响声,悦耳的音色无形中绕着九郡主转圈圈,少年不自觉地停下编花绳的动作,偏头瞧着她,浓黑眼底不知何时漫上细微的笑意。

少年直起身，手肘支在屈起的膝盖上，手背慢悠悠托起半张脸，好笑地问她："阿九，喜欢风铃？"

九郡主头也没回答道："说不上喜欢不喜欢，不过我以前的屋子里挂着一串白色的风铃。"

她转过头，眼眸弯起，声音轻快地告诉他："我小时候喜欢"叮当"响的东西，阿娘知道我喜欢，花了好几天的时间亲手做了一个风铃给我当生辰礼物。"

她抬手比画了一下风铃悬挂的高度："那个风铃就挂在我窗户上，我开窗关窗时它都会响，我最喜欢下雨天坐在窗边听风铃的声音了。"

因为那会让她感觉阿娘还在身边。

"可惜的是，我走的时候太匆忙，没能把阿娘的风铃带走。"她不太放心地嘟嘟囔囔，"我那些兄弟姐妹看我不顺眼，我走了之后，他们大概早就去我屋子里把里面的东西全砸光了吧。"

少年瞄了眼她发梢系着的银铃铛，指尖轻轻摩挲，若有所思。

百丈琉璃塔顶的风铃"丁零丁零"作响，清脆的响声温柔地融入细风和雨中。

六郡主快到无极岛了，她前两日在路上捉到两名试图偷东西的小贼，设了好几个陷阱捉人，纵使这样，侍卫们也费了好些力气才捉住那两个胆大包天的小贼。

大的那个十八九岁的模样，浑身上下打着补丁，除了那张脸瞧着俊秀些，整个人不修边幅。

小的那个十二三岁，绷着个小脸，衣着精致，从被抓住开始就在骂那个乞丐小贼。

"周不醒你就是不长记性！这都是第几次被抓了，你就不能少贪点财吗？你缺那点钱吗！"

"我不是说过了吗，这次真不是贪小便宜，我就是好奇传言中的双刀长什么样……"

"双刀跟你有什么关系？又不是你的！"

"所以我才好奇啊，要是我的我还好奇什么？"

"你的好奇已经害我们被抓两次了，丢不丢人？"

"为什么要丢人？这也算是少见的人生阅历了吧。"

小少主被周不醒的无耻惊呆了，一时语塞，气得不想再和他说话，抱着胳膊独自转到一边生闷气。

六郡主敲着手心的一柄水墨扇，倚着马车，兴致勃勃地催他俩继续吵架："怎么不吵了？听二位吵架真是如听故事般有趣。"

周不醒朝她眨眨眼："这位郡主殿下，你若想听故事找我可就找对了人，我这里还有不少有趣的江湖故事，郡主殿下要不要听听？"

六郡主抬起扇子点了点下颌，奇怪道："你如何晓得我是郡主？"

周不醒满嘴跑马车道："因为您的气质看着就像郡主，高贵优雅，温柔知礼——所以您一定不会与我们这等平民百姓斤斤计较的吧？"

六郡主抬了下眼睛，将他从头到脚打量了整整两遍，在他真诚的目光中稍稍直起身，托着下巴倚着马车车窗，温柔地笑了。

"平民百姓吗？我瞧着二位更像是来自南境的大户人家。"

周不醒嘴角浑含的笑僵住，小少主也惊诧地扭过头。

六郡主道："真是不巧，先前听闻我家妹妹要嫁去南境，我便苦学了几日南境的语言，恰好听得出来二位的口音隐约像南境人。"

周不醒笑不出来了，苦学几日就能听得出来他口音里带了南境的特色？南境的自己人都听不出来，她是什么恶鬼？竟然连这都听得出来？

六郡主依旧温温柔柔捅他软刀子："说起来，我对南境关注颇多，前几日有人同我说南境那位名扬千里的月主失踪，随后南境的小少主也带着一位随从离家出走，而小少主的随从恰好贪财好宝……"

她故意停顿了下，眼眸点在周不醒窒息般的俊秀脸上，放慢语速道："二位该不会这么巧，就是离家出走的南境小少主和他的随从吧？"

周不醒缓缓敛起笑，脸沉似水。

血蛊是以身体里的血饲养蛊虫的一种法子，杀人无形，并且能够让人在将死之际凭借血蛊的游动与牺牲而苟延残喘片刻，因此血蛊在关键时刻也能救人一命。

但许多人受不住蛊虫养在身体里的痛苦，极容易因此死去，是以能够成功养出血蛊的人很少，也很难。

云澜从派出去打听消息的人嘴里得知，有两个办法能够引起以血养蛊之人体内蛊虫的暴动。

第一种方法是，用蛊人的血为诱饵，引起普通人体内血蛊的暴动。蛊虫尊蛊人为王，且每只血蛊都抵抗不了蛊人鲜血的诱惑。

云澜得到的消息，蛊人正是南境那位声名狼藉的月主，南境月主最近恰好失踪，没人知晓他去了哪里，一时半刻肯定拿不到他的血，第一种方法排除。

第二种方法是，逼迫养血蛊的人当众使用十成内力，如此一来，他体内的蛊就会因为主人内力耗尽而爆发，届时所有人都能看见季炎鹤体内的血蛊。

然而随之而来的还有一个大问题，季炎鹤武功高强，当今武林几乎没有人是他的对手，尤其是年轻一代，哪怕是他那个时期的高手，能与之一较高下的也屈指可数，戚白隐算是一个，可戚白隐失踪了。

九郡主闻言举起手，试探性道："其实，也许我可以试试去挑战季炎鹤？我本来就看他很不顺眼的。"

少年直接摁着她手指头将她的手摁了下去。

九郡主没有反抗，却悄悄竖起另一只手的食指和中指比了个"耶"。

少年眉眼一压，她立刻乖乖地缩回手，笑眯眯地戳了戳他的脸，用口型比道：放心啦。

云澜道："季炎鹤的十成内力可不是小事，阿九姑娘，你……"

少年转眸盯着云澜，开始琢磨该如何堵住云澜那张吐不出象牙的嘴，他一点也不想掺和中原人的麻烦事。

九郡主假装没有看见少年危险的目光，眨眨眼道："打不过我可以跑呀，我四师父轻功很厉害，他教过我不少逃跑的功夫，我以前还经常凭四师父教我的轻功偷偷溜去皇宫听八卦。"

皇宫戒备森严，她竟然能数次不惊动任何人地溜进去听八卦？

云澜惊讶地看着她。

少年从思考如何堵住云澜的嘴转而思考如何堵住九郡主的嘴，他低头看看自己的手，沉吟能不能先捂住她的嘴。

九郡主看他的眼神就知道他在思考一些危险的事情，索性一把握住他的手不以为意道："我五师父以前也带我和不少武林高手打架，我从没输过，当然主要是因为每次快输的时候我都直接用四师父的轻功逃跑啦。"

"逃跑"二字说得理直气壮，不以为耻引以为荣。

云澜被她的轻松感染，刚想说也许可以试试，随之又想到："可眼下还有一个最大的问题，季炎鹤已有八年未曾接受普通人的挑战，仅有的两次还是因为向他挑战的人来历不凡。"

"来历不凡是有多来历不凡？"小王爷自信地指指自己，"像我这样的？"

云澜直接忽视他："那两位一位是北域第一高手，一位是季炎鹤师叔的关门弟子。季炎鹤不轻易接受他人的挑战，毕竟挑战都是有风险的，若是赢了还好，输了，武林盟面子上多多少少过不去。"

他看向九郡主："倘若表明阿九姑娘师从我无极岛主戚白隐，季炎鹤即使心中不愿接受挑战，也会碍于江湖中人的风言风语而不得不接受。可如此一来，全江湖都会知道阿九姑娘将是下任无极岛主，届时所有人的眼睛都会盯在你身上，阿九姑娘日后行走江湖定是多有不便。"

不仅仅是多有不便，而是走到哪儿都会有人盯着，人为财死鸟为食亡，为了巨大的利益，有些人会使用什么手段谁都想不到。

尤其她此时还只是一个单纯的十七岁少女，远不如戚白隐那般实力深不可测。

九郡主用食指指尖挠了下腮帮子，踌躇道："其实，也不是……"

"江湖之事与你无关，也与我无极岛无关，这次若非武林大会在无极岛举办，无极岛绝不会参与这种麻烦事。可季炎鹤的确与我无极岛之间有点恩怨，我们都怀疑岛主失踪与季炎鹤有关，这次便不能坐视不理。"

云澜抱臂想了想道："我与云渺功夫也不弱，若能乔装打扮一番弄个假身份去骗季炎鹤使出十成内力，也不失为一个办法，可目前的难题是，假身份该如何凭空捏造？"

季炎鹤越来越多疑，要是只捏个假身份空口无凭去挑战他，他当然不会答应，除非拿出让他无法拒绝的证明。

难题，又是一个大难题。

云澜长长地叹了口气，捏造假身份需要一点时间，不知道到时候季炎鹤会不会已经走了。

"这有何难？"

门外传来一道温雅的女音。

九郡主愣了下，熟悉的声音让她精神一振，立即起身望向门外。

匆忙赶来的六郡主吃力地抱着两柄漆黑长刀，微微喘着气站在门外，神色虽有疲惫，却在见到屋中的九郡主后顿时精神奕奕。

"楚九！"

九郡主惊喜得原地蹦了两下："楚六！"

六郡主一抬下巴，骄傲道："瞧我给你带来了什么好东西——你大师父的传家宝！"

屋内众人的目光皆落在她手中的两柄漆黑长刀上，刀鞘上浓郁的黑没有一丝杂色，质感宛如黑色的万年玉，刀柄极长，与少女小臂的长度相近。

六郡主身娇体弱，费力地抱刀走进门，九郡主扑过去高兴地和她抱作一团。

随后而来的云渺脸上带着遮不住的得意的笑："哥，这位郡主说认识阿九姑娘，并且还带来了岛主的下落，我就将人带来了。"

六郡主郑重地将双刀放进九郡主手中，双刀刀柄之上分别深刻着"斩"与"堑"字。

刀柄刻下的凹陷棱角分明，走势凌厉，一股独属于"江湖第一"的狂妄霸气扑面而来。

见多识广的云澜腾地站了起来，不可置信道："这是双刀客李斩的斩堑双刀？"

翌日下午，武林大会最后的决战即将举行，武林盟主季炎鹤不得不露面，他需要将武林盟的令牌交给下一任武林盟主。

擂台上的两名盟主候选人分边而立，看热闹的站在楼上看热闹，加油鼓劲的在台下撕心裂肺。

擂台上二位盟主候选人互相行了个礼，客套话说完正要起手式，却没料到两柄黑色长刀"哧"的一声从天而降，破风声猎猎，锋利刀刃深入擂台半尺，稳如泰山的擂台竟亦为之震动一瞬。

黑刀现身突然，刀势却极为霸道，傲然立在擂台中央，不容置喙地将台上欲动手的二人阻隔开，宛如天然的一道深渊屏障，让人不敢贸然侵犯。

双刀刀身通体漆黑，刀身垂直落下一线金色，金色刀槽细得几不可见，经年累月流过的血将那抹金色浸成暗色，却依旧亮眼。

左刀柄刻有"斩"，右刀柄刻有"堊"。

全场寂静，台上台下皆是一片沉重的愕然。

九郡主头发扎成一股辫子，辫子发梢系着少年送她的那枚银铃铛，双手背在身后，慢悠悠从后方的楼梯一步步走上擂台。

她每走一步，发上的铃铛就响一声。

铃铛声响十次后，红衣黑发的少女抬手冲擂台上愣神的二位盟主候选人拱了拱手，满面歉意。

"抱歉抱歉，打断了二位前辈最后的决战，只不过有一件非常重要的事必须今天做，晚辈担心过了今日就没有机会在诸位江湖前辈的见证下完成这件事，望各位前辈见谅。"

若她只是孤身一人而来，无论台上或是台下的人都会为此不悦，可偏偏，她带来两柄长刀。

斩堊双刀。

没有人会对斩堊双刀说"不"。

九郡主缓缓直起身，身姿纤细，脊背却格外英气挺拔，鬓边碎发被风撩起，拂过眉眼。

站在远处二楼观赏台扶拦边的黑衣少年手中把玩着一枚天青色的釉瓷，指节修长，与天青色相得益彰。

少年眼睫微敛，静静地看着擂台上的少女。

九郡主今日换了身窄袖劲衣，束腰长裙，在台下人追问她所来何意之后，嘴角轻轻弯起，不卑不亢地朝前方神色凝重的季盟主抱了抱拳。

"前任武林盟主，江湖第一刀客——"

她彬彬有礼地笑了下，眉眼清洌，朗声继续道："双刀客李斩门下弟子，阿九，今日特携大师父斩堑佩刀前来向季盟主挑战，望季盟主应战！"

十年前，李斩卸任武林盟主，将武林盟的令牌交给曾向他发起挑战的季炎鹤，随后便彻底隐匿江湖，江湖人遍寻不到。

李斩为人豪爽大气，事事为他人着想，凡是有求于他的，只要不是作恶之人，他都是能帮则帮，自己穷得只能穿打补丁的衣裳也要接济穷人。

十八年前，齐州城饥荒，朝廷的救济粮迟迟未到，是李斩掏空腰包众筹后亲自率人前去赈灾。

十七年前，边关战事告急，也是李斩率众好友自发前去支援，与西陆骑兵大战两天三夜，以少胜多大退西陆骑兵，名扬四方列国。

十五年前，魔教猖狂，李斩孤身一人深入敌营，亲手俘获魔教妖女，逼得魔教不得不偃旗息鼓退居深山。

还有更往前一些的，二十年前，李斩婉拒四方列国公主们的求亲，两柄三尺半的长刀震碎无数少女芳心。

九郡主记得二师父曾说过："想当年你大师父也是个风流倜傥的美男子，惹得江湖与朝廷中不少少女为他心碎。"

九郡主瞄了眼后厨忙碌的那道两百四十九斤的身影，沉默片刻，心虚地移开了眼睛。

二师父拿着鞭子柄狠狠敲了下她的脑袋："别看你大师父如今胖成个大胖墩，那都是他自愿的。"

"可是为什么大师父要把自己喂成大胖墩呀？"九郡主不太明白。

她不是歧视胖子，只是对二师父说的"大师父当年也曾风流倜傥过"着实疑惑，她实在想象不出大师父曾经多么的潇洒倜傥。

她只能想到一个系着围裙的大胖墩，挥舞着锅铲身形灵巧地天上飞水上漂。

好可爱。

九郡主捂住嘴巴"扑哧"笑。

二师父舞了下鞭子，凌厉甩出的鞭子尖卷起两片落叶飞回她掌心，她悠悠捏起那两片树叶遮住九郡主圆圆的黑眼睛。

"小阿酒,一叶障目的道理懂不懂?真正的美人站在你面前,即使你遮住眼睛也能感受到他的美。"二师父说,"顺带一提,你大师父挺不要脸的,当年他说他打遍江湖无敌手,深感这世间着实无聊,便两袖清风滚去太白居做了厨子,江湖上不少人还以为他回家生孩子去了呢。"

九郡主捧脸,满脸崇拜:"哇大师父好厉害,做厨子也是天下第一耶!"

二师父再次敲了下她脑袋:"给我好好练鞭子,今天练不好第十式我就把你头发剃光送你去庙里做尼姑,到时你再也吃不到你大师父做的饭菜!"

九郡主立刻乖乖练起功,院子里霎时碎叶与飞花同舞。

大师父震颤着肉乎乎的身体端起两碟子肉颠颠跑出来:"小阿酒,快来,大师父给你做了蹄髈和鸡大腿!"

二师父一鞭子甩过去:"李胖子,你再没休尽地喂她,她早晚胖成你这个样子!"

大师父身形一转,轻巧避开那道鞭子,端在手中的蹄髈和鸡大腿稳稳当当地贴着碟子。

大师父和蔼道:"小王啊,木头也做了你爱吃的鸡翅膀,你不去瞧瞧吗?"

二师父舞鞭打人的动作一顿,转头盯向一脸馋的九郡主,郑重道:"吃,尽管吃,女孩子多吃点有什么问题呢?完全没问题,敞开了吃!"

九郡主欢呼雀跃地扔掉鞭子围着大师父转圈圈:"大师父天下第一,大师父全世界最厉害啦!"

九郡主只知道自家大师父是太白居的李大厨,也是个隐世的武林高手,但她确实没想到大师父竟是前任武林盟主。

她从未想过打探师父们的过去与秘密,既然师父们隐瞒身份待在她身边,一定有他们的理由,等以后他们愿意说的时候再问他们就可以了呀。

六郡主将前因后果解释一番道:"我原本是去找你四师父的,想瞧瞧有没有好看的脂粉给你带些过来用着,回来的时候遇上你大师父。李师父知道我要来找你,也知道你在无极岛,恰好近来武林大会召开,他说江湖危险,你孤身一人在外,得给你找个趁手的武器防身,这才托我将斩堃双刀给你带来。"

"大师父在京城也念着我呢！等以后回去我一定要好好谢谢大师父……咦？斩垩双刀很珍贵？"九郡主拎起双刀仔细瞧了瞧，轻轻松松做了个劈的动作，"我以前都是用这两把刀帮三师父劈柴的，一把用累了就换另一把，斩垩用起来特别顺手，这么多年都没豁口子。"

你们师徒俩对可怜的斩垩究竟做了什么啊！会遭天谴的吧！一定会遭天谴的啊！

小王爷在一众窒息的沉默中缓缓举起手："话说回来，其实我有一个疑问。"

六郡主："说。"

小王爷不满地嚷嚷："为什么你知道疯九她有师父，你还知道她师父什么身份，我却不知道？我们难道不是一伙的吗？"

六郡主怜悯道："你和楚九的关系和我跟她能比吗？我可是她亲自带去太白居吃过她大师父亲手做出来的鸡大腿的哦，他们聊天的时候才不会避讳我呢，聪明人总是一猜就能猜到的啦。"

九郡主瞥了眼委屈的小王爷，想到他近日不同以往的所做所为，皱着眉头思索片刻，勉为其难道："算了，以后给你留点鸡骨头吧。"

小王爷："……我不服气！"

九郡主转头和六郡主又抱到一块儿，互相整理对方的头发和衣裳，寒暄着好久不见甚是想念。

如今身在无极岛，周围没有京城里的眼线到处盯着，她们姐妹俩也不用再假装关系不和欺瞒皇族。

此时真是好得快要成连体婴。

小王爷围着她俩转圈，气得跳脚却无论如何都插不进去。

云澜和云渺也被融洽的气氛所感染，对视一眼纷纷笑了起来，他们很久没有和岛外的人接触了，格外喜欢这样热闹的氛围。

唯独坐在椅子上的黑衣少年面上平静，乌眸淡淡地瞧着早将他抛之脑后的九郡主，手中的一颗紫色葡萄不知何时捏得细碎，黏腻的汁水淌到他黑色的衣裳上，留下更深的水渍。

云澜隐约察觉到什么，忽然转头朝独坐在椅子上的少年看去。

少年垂下黑睫，抽出帕子慢条斯理地擦手，侧脸神情淡漠，甚至闲情雅致地重新揪了颗葡萄，一点一点地撕开葡萄皮。

他重新抬起眼，浓黑似墨的双眸睨向怔然的云澜，微微勾起嘴角，将头一歪，端的是一副疑惑不解的模样。

云渺捅了下云澜胳膊问他想什么呢，云澜拍了下自己脑袋，只当是自己多想了，转移话题说没什么，顺便同在场众人讲述了一番李斩过去所行的侠义之事。

九郡主顿时对大师父更加崇拜，她听得津津有味，又因为六郡主突如其来的到来而兴奋，一时竟没想起来向六郡主介绍她的少年，反而将葡萄干和葡萄全部推给六郡主，强调无极岛的水果特别好吃。

等她后知后觉地想起和六郡主介绍她的心上人时，才发现少年不见了，云澜和云渺也没察觉他是何时离开的。

九郡主担心他迷路，翻遍整个内岛也没有找到他。

六郡主说你找的那个人是谁？

小王爷立刻插嘴："我知道，是疯九的心上人。"

六郡主："你竟然有心上人了？楚小九你背叛了我们的友谊，当初是谁说的一辈子不嫁人的？"

九郡主脸红红，嘴硬："这不是还没到谈婚论嫁的地步嘛，而且他也不一定就喜欢我非我不娶，我现在这个身份确实有点麻烦……"

六郡主都快忘了她身份的事儿，通缉中的逃婚九郡主，未来的南境少主夫人。

说到南境少主，六郡主一拍脑袋："对了，我路上遇到两个想偷我双刀的南境人，我诈了他俩，没想到他俩竟然就是南境少主和随从！阿九，你最近千万不要露脸，易容也要做得更丑些，我之前一进门就认出来你了，你的易容不行。"

不太行的易容蛊很生气，想罢工。

九郡主郑重地将六郡主的叮嘱放进心上，继续找少年，可她找了一整夜也没有找到他。

九郡主摸摸胸口，莫名地担心，喃喃自语："他是不是生气了？我下午没有理他，他是不是真的生气了？"

六郡主迟疑："你心上人不会这么小气吧？"

九郡主心神不宁地摇摇头，有点后悔下午太放肆了，竟然忘了阿月，明明她一直很想介绍阿月给楚六认识的，而且阿月脾气有时候确实比较奇怪，偶尔会在她注意不到的地方闹别扭。

说起来，阿月最近好像有些奇怪。九郡主皱眉，仔细回忆，好像自从到了无极岛他就变得有些奇怪了，之前在山上时就隐隐有那种感觉，只是没等她确定，他又变回原来的模样。

难道是最近他遇到了什么事？

九郡主陷入懊恼。

等我找到他，要认认真真和他道歉。她想，我还要告诉他，我特别特别喜欢他，从没喜欢过别人的那种喜欢。

第九章

失　控

少年站在二楼观赏台的扶拦边，隔着一层珠帘遥遥观望擂台上纤瘦的红衣身影，手中把玩的天青色釉瓷风铃在他指尖的摆动下发出空灵的响声。

…………

周不醒和小少主将计就计蹭了六郡主的车队和船队成功上岸，昨晚才从一大群人的看守下逃脱，路上就碰见迷路的月主。

小少主本想和少年打招呼，却被周不醒捂住嘴："中原的六郡主知道我们身份，若是叫她发现我们认识阿月，那个聪明郡主第一时间就能猜到阿月的身份。"

小少主立刻闭上嘴，两人假装不认识少年般飘然从他身边走过。

少年却侧过身，轻声道："周不醒。"

周不醒脚步一顿，回头看他。

少年眼眸乌黑，眼底没有一丝光，黑暗吞没了他的瞳孔，脸上神情麻木，动作缓慢，仿佛一只失去思想的傀儡。

周不醒心中一惊。

这是阿月？他怎么变成了这个样子？

三人一同去了外域的客栈，周不醒敏锐地发现月主大人似乎出了些大问题，他一路上都没说话，只是垂着眼静静地走路，就连有人撞到他他都没反应，这要是搁以前，他早卸了别人的半条胳膊。

之后一整晚，少年也没有同周不醒与小少主说一个字，第二天一早，他从房中拿出一个天青色釉瓷的小风铃，带着他俩一道去了二楼观赏台，远远地看着前任盟主的徒弟与现任盟主的对战。

擂台上战况之激烈，隔得这么远，周不醒也能感觉到刀风与剑风的危险碰撞。

周不醒正琢磨着拿小少主的蛊在阿月身上做试验看看他身上究竟发生了什么才变成这个陌生的样子，总不能是为情所困吧？即便是为情所困，那也不该是变成个不声不响的傀儡。

随后便听见一夜未曾开口的月主大人终于开了金口，嗓音低哑：

"周不醒，你曾经问过我，此生最想要什么。"

周不醒吓了一跳，手一抖，试验蛊掉到自己鞋子里，他表情扭曲。

"是、是有这么回事，你当初说不知道，没兴趣。你现在问我这个问题，是不是有了什么想法？"他心虚地问。

少年放下挡风的珠帘，细微的"哗啦"声中，他缓慢地转过身，乌黑双眸平和地看着周不醒。

"周不醒，若是有朝一日境主让你在我与宋长空中间选一人相助，你选谁？"

宋长空是小少主的真名。

周不醒心里一惊，这可不是阿月会问出的话。

宋长空不安地左右环顾，刚想张口说"哥哥，我选你"，少年便神色淡然地颔首，不咸不淡道："我猜也该是宋长空，无妨，你们会选宋长空，在我意料之中。"

宋长空不知为何，听见这话忽然有点难过，周不醒的眉心却越皱越紧，心中涌起一阵不祥的预感。

少年重新抬眸远眺擂台上的红衣女子，黑衣身影孑然而立，他周身像是笼下一层看不见的屏障，谁也无法近得了他的身。

"周不醒，这世上没有一个人会选我。"他嗓音微低，带着一点惋惜的哑，"遇见阿九之后我以为阿九会是例外，我以为她心中只有我一人，可惜昨日我才发现，她心中装了太多人，每个人都比我重要，她为了外人忘记我。"

"你选其他人，无所谓，境主选其他人，也无所谓。"

"阿九选其他人，不行。"

多年来总是孤身一人，如今好不容易找到一个可以陪伴到他永远的人，却发现这个人心中装了太多东西，而他不知何时就被挤去无人知晓的角落，要他静等着他自己发霉发臭吗？

绝对不可能。

他低笑了声，周不醒却因他这若有似无的笑声而浑身发毛。

"没关系，你爱她，你舍不得伤害她，但我可以替你解决困扰你的这一切。"少年自言自语的声音缓缓飘散。

周不醒骤然惊醒，蓦地站起身："阿月！"

少年抬眸看着他，脸上是让他感到陌生的神情。

周不醒不由得倒退半步，心中感到惊悚，头皮发麻："你……还是阿月？"

少年缓缓弯起一丝笑，笑意不达眼底："你说呢？"

传闻每一代蛊人都会迎来终结的失控期，失控期来临的契机谁也不知道，处于失控期的蛊人是失去理智被欲望掌控的傀儡……欲望。

在这一瞬间周不醒倏然明白过来，蛊人失控期的契机是欲望！历代蛊人的欲望是活下去，可他们越想活下去便越容易失去控制，最终被体内的血蛊吞噬。而阿月曾经是个例外，因为他漠视这世上的一切，无论什么事什么人都引不起他的兴趣，自然也不会生出巨大的欲望。

可现在不同了，他遇见了中原的那位小郡主，他对她动心了，他的欲望是拥有她，在这期间，一旦他的情绪出现一丝不安的波动，都会被伺机而动的血蛊抓住机会。

他是阿月，却也不是阿月。

擂台之上，九郡主无意中瞥见下面出现一夜未见的少年身影，神思一滞，因此被季炎鹤抓住机会以剑截断她的攻势。

当今武林第一的内力果真浑厚，她手腕被震得发麻，胸口闷了一口气，却依旧凛着眉眼，霍然迎难而上。

发上的铃铛一声一声地响，似勾命的铃，一声声唤醒季炎鹤体内沉睡的血蛊。

少年在她的铃铛藏了一只蛊,唯一一只的心蛊,心蛊留在体内便是护心蛊,可救人一命,留在体外便是杀心蛊,可杀人无形。

少年在无人注意的阴影处划破指尖的皮肤,浅淡的血腥味融入风中,杀心蛊被唤醒,发出一声声人类听不见的尖叫,引起万蛊同震。

季炎鹤体内的血蛊倏地睁开眼睛,随着杀心蛊的尖叫开始四处涌动,试图破体而出与人大战三百回合。

季炎鹤最后的杀招因暴动的血蛊而僵在半空,九郡主看着他脸皮上鼓动的蛊虫痕迹,撇开眼嘟囔了一句:"真丑。"

刀尖一挑,长剑落地。

少年听见风中传来她的那句话,动作一顿,缓缓将双手背向身后,眸色暗沉,脸上却是慢吞吞笑着的。

台上台下寂静不语。

九郡主顺利完成任务,收刀入鞘。

季炎鹤双目爆睁,喉咙因血蛊的叛逆而发出艰难的"咯""咯"声,身体中的血蛊控制不住地四处蔓延,好似铺天盖地罩下的红色蝗虫。

江湖中人又惊又惧,一时竟忘了谴责武林盟主的道貌岸然,纷纷拔剑与血蛊作战。

血蛊疯狂攻击其他人,偏偏经过九郡主脚下时惧怕地绕过她,她脚下形成一个圆圈,没有蛊虫敢靠近,也没人有闲心注意到这些异常。

她陡然想起什么,转身寻找台下方才见到的少年身影。

他站在阴影处朝她笑。

她便也松了一口气朝他笑,脚尖轻点擂台飞身跃下,扑进他怀里,摸摸他有些乱的头发,还有马尾里松散的发辫。

"阿月,你看见了吗?我方才厉不厉害?"她脸颊红红的,刚打完架热的。

"厉害。"少年抱住她,半垂的眼皮遮住眼底的阴暗。

"对了阿月,你头发怎么乱了?连辫子都没编好。"她声音里透着些许忧心,更多的却是找到他的喜悦,"你是不是在外面迷路一整夜,刚刚才找到回来的路?"

少年停顿了一下,似乎是在思考该如何用"阿月"的性子来回应他,片刻后，缓缓答："昨日你忽略了我，我有些不高兴，便独自离开，你有寻我吗？我等你很久也没等到你。"

"有寻你的。"她用力点头，急忙解释，"我寻了你一整夜，可是我一直没寻到你，你去了哪里？是不是故意不想让我找到？"

少年不置可否地笑了起来，抬手在她眼前一晃，变戏法似的，手心倏地坠下一个天青色釉瓷的小风铃。釉瓷不过铃铛大小，里面装着特制的铃舌，摇晃时铃舌碰撞釉瓷发出的声音空灵清透。

九郡主惊讶地睁大眼，凝望他的眼睛带着罕有的小心翼翼："是送我的？"

她昨日才随口和他说她喜欢风铃，他今日就拿出一个这么可爱精致的小风铃，怎么可能叫她不喜欢他。

九郡主对这个小风铃爱不释手，眼中的喜爱满溢而出，她摇晃了好几下，眼底亮晶晶的，最后重重一握风铃，神色严肃地仰起头，望着他认真道："阿月，我有话想和你说。"

"我也有话想和你说。"少年面无波澜。

九郡主手臂下滑，以为他没有发现，偷偷抱住他的腰，眨眨眼无辜道："唉，好吧，这次让你先说。"

少年凝视着她生动的眉眼，想抬手触碰那道眉，那双眼，但他没有动，只是弯起涌起浓郁黑色的双眸，用她的"阿月"的声音，毫不动摇地说：

"阿九，以后这双眼睛就只看着我一个人，心里也只装我一个人，好不好？"

九郡主心口一跳，眼中闪闪，脸颊慢慢攀上艳丽的绯红，她以为他是在向她表达心意。

她本想先说的，可既然他都先说了，他都说了。

她转过头，为了表示真心一连点下三次头，点到脖子都酸了，才不好意思地抿了下嘴唇说："好的呀。"

少年眼眸沉静，得到她的回答后没有丝毫迟疑地抬起手，蠢动已久的摄心蛊终于如愿以偿，疯狂咬破她温白的肌肤，吞噬她馨香温热的血。

从不对他设防的九郡主感到后颈刺痛，颈部一阵冰冷，她有些茫然地抬起眼，眼底神采依旧存在，却逐渐褪却。

"阿月？"

她不解地摸了下后颈，从未想过少年会对她下蛊，仅仅只是感觉有些困倦，她使劲眨眨眼，却还记得扬起嘴角，悄悄告诉他。

"阿月，我也好喜欢你的。"

少年轻握她后颈的动作顿住，浓黑的眼底几不可察地透出一丝暗淡的光，挣扎的神色一闪而过。

九郡主昏睡过去之前还紧紧抓着他腰上的衣服，侧脸安心地歪在他怀中，口中轻若无语地呢喃。

"我想先说的，被你抢先了。"

少年眼底涌动的阴郁彻底破碎，天青色釉瓷风铃跌倒在地，滚动着发出空灵的响声。

"阿九？"

混乱中有少女在找她。

少年眼神清明过来，怔忡过后细心将她打横抱起，侧身匿入混乱的人群，没有再回头。

九郡主失踪一整天，无极岛一边要收拾武林盟主道貌岸然的烂摊子，一边派出人手去找人，个个忙得焦头烂额。

季炎鹤还剩一口气，云澜特地用断续膏续了他的命，得把人留着交代清楚他过去的所作所为，搞不好还能挖出别的料。

六郡主找不到九郡主急得只差派人下海找人，小王爷安慰她："莫慌，有人看见是那个阿月把她带走的，他俩肯定是找了个地方自己玩去了，之前他俩就背着我偷偷去无极山烤金色鲤吃。"

云澜和云渺知道是少年把她带走的之后松了口气，也没有再颠三倒四地找人，也许人家正在约会，万一到时候反而打扰他俩就不好了。

唯独六郡主不放心，她不认识他们说的阿月，又听说这位神秘的阿月来自南境，隐约感觉自己忽略了什么重要的东西，可她无论如何都抓不住那抹一闪即逝的灵光。

就在如此混乱的境况中，无极客栈雪上加霜传来新消息，北域冰原小皇子玉琉原晕倒了。

云澜这才想起来一直忙碌揭穿季炎鹤真面目之事，竟忘了玉琉原中了一线生的蛊，连忙翻找宝贝带去给他续命，趁着这点时间重新派人寻找少年，指望他早点回来救人。

消息始终没有传来。

六郡主想到自己路上遇到的南境少主与他的随从，立刻返回客栈找人套话，结果发现那两人不知何时也跑了。

整个无极岛几乎乱成一锅粥，周不醒与宋长空就在这样的混乱中乔装打扮一番，成功避开所有人的眼线，拎着大包小包食材回到临近海岸的一座小屋中。

宋长空手里拿着一截甘蔗，边啃边忧心忡忡道："我哥他一天一夜没出来了，他究竟想做什么？"

周不醒两手都是食材，胳膊累得发酸，进了院子就"嗷嗷"叫着把东西放下，大口灌了一壶凉茶，没好气说："管他想干什么，反正只要不把我们撵回去就行。"

"可是他这两天很不对劲。"宋长空皱着眉望向紧闭的那扇门，"他闷在屋里一天一夜了，连口水都没喝，他带回来的那少女也一直在睡觉。"

周不醒神色一顿，没想到这个头脑简单的小少主竟然也看出阿月的不对劲。

"哪有什么不对劲，只是蛊的繁衍季到了而已。"

只是蛊人的失控期来临了而已，不过这次应该算是熬过去了。

周不醒有些担忧地瞄了眼紧闭的屋门，心中还是隐隐不安，这次是熬过去了，下次呢？谁也不知道蛊人的失控期什么时候会结束，毕竟以前的蛊人根本没人熬过去。

说到这里，他忽然又想起来："话说回来，少主你是不是忘了屋子里那个少女就是你未来的娘子？你就这么看着你哥跟你娘子待一个屋？"

宋长空绷着脸："不然呢？我去把她拖出来，然后我跟我哥待一晚上吗？"

周不醒：你这理解的重点不对啊。

周不醒恨铁不成钢："你难道不应该冲进去和你哥大战三百回合，把你娘子抢回来吗？"

宋长空用一种"你是不是想让我去死"的眼神盯着他，愤愤骂道："要去你去，反正我还没活够，你想死你自己去死就是，干吗拉我做垫背的，你还是人吗！"

宋长空左看右看，拎着剩下的甘蔗悄悄去敲门。

"哥？"他用气声小心翼翼喊，"你要不要吃甘蔗啊？"

屋子里没有动静。

正常，之前也是这样的，阿月不想理人的时候会对外界的一切置若罔闻。

宋长空只是例行一问，心中没有抱太大的希望，他今天一共问了三次，早饭，午饭，以及现在。

宋长空正要退下台阶，眼前的门"吱呀"一声缓缓打开一条缝隙。

宋长空脚步一顿，连忙抬头。

少年垂着手站在屋内，还是黑色的衣衫，面容平静，他似乎是在回忆宋长空方才问的是什么，半晌才想起来，慢吞吞地伸出一只手，嗓音喑哑道："给我。"

宋长空愣了下。

少年提醒他："甘蔗。"

宋长空莫名慌张，一股脑将手中的甘蔗全塞给他。

少年低垂着眼睫，额前的发落在他宽阔的眼尾，在他眉尾拓下一层薄薄的阴影。

他将宋长空吃过的那一截还给他："这个就不用了。"

宋长空受宠若惊地抓着那截甘蔗，犹豫了一下，小声说："哥，你还要其他的吗？"

少年准备关门的手顿了下，抬起眼皮看了他一眼，眸光寂静，没有一点活气，他又低下眼，思索着。

宋长空默默数了八声，听见少年低缓开口："红薯，栗子，花生，瓜子，有吗？"

"我马上去买！"宋长空脱口而出。

少年又道："没有就算了，周不醒在哪儿？"

"他去做饭了,哥你一天一夜没吃东西,晚饭你想吃什么?"宋长空缩着脖子说,"还有就是……你带回来的那个中原姑娘,是不是也应该……吃点饭?"

"鱼,粥。"少年平淡地看了他一眼,"我给她用了摄心蛊,她还没醒。"

宋长空手中的甘蔗"吧嗒"掉到地上。

周不醒正在剁猪蹄,刚剁好一块,宋长空跑来跟他说阿月要吃鱼,他便去剖鱼。

宋长空看着他忙碌的背影,神色恍惚:"周不醒,你知道我哥对那个中原姑娘下了什么蛊吗?"

"摄心蛊吧。"

"你怎么知道?"

"只有中了摄心蛊的人才会对睁开眼后第一眼看到的人百依百顺,满心满眼都是那个人,这比情蛊更好用。情蛊还能留存一个人对其他人的感情,而摄心蛊只能对唯一的一个人产生感情,是好是坏全由摄心蛊主人决定。阿月想要的不就是这个结果吗?"周不醒才是看得最清楚的人。

"可是就算用了摄心蛊,也不至于一天一夜都不出门不吃饭啊。"宋长空不理解。他还太小,对成年人的世界无法完全感同身受。

周不醒想,你当然无法理解,毕竟做出那种事的并不是你以为的那个"阿月",而是陷入失控期后心中只剩下汹涌欲望的"阿月"。

九郡主感觉自己做了个很长很长的梦,梦里她没有被赐婚和亲,也没有在边关遇见阿月,反而在京城混得风生水起。

梦到最后,她在宫中的宴会上看见来自南境的使团。

少年一袭红衣懒坐在她对面的高位上,眉眼疏淡,手腕上戴着送她的那串银色手链,单手托腮心不在焉地观赏舞女跳舞。

注意到对面人的目光,他慢慢抬眸扫过她的脸,似是觉得有趣,换了一只手托腮,弯唇冲她笑了下,笑意不达眼底。

她眼睛睁大,想张口告诉他"阿月,我是阿九呀,你怎么不认识我啦",

却张不开口,只能僵坐在原地难挨地看着他,焦急又难过。

宴会的最后,她看见少年懒洋洋站起身朝修帝没大没小地拱了拱手,接着抬手指向她,眉眼张扬地说要娶她。

修帝问她愿不愿意嫁给少年,她终于能张口,嗓音干涩,试了几次才发出声音,一字一顿地认真答:"我愿意嫁给阿月。"

修帝又问:"你可愿意随他去往南境?"

她答:"我愿意随阿月去南境。"

修帝最后再问:"那你可愿陪他一起死?"

她想了想,在少年逐渐冷淡的目光下抬起眼睛,语气坚定道:"我不会让阿月死,有我在,谁也不能伤害阿月。"

…………

九郡主睁开眼时头很疼,眼也很疼,并且很饿,她纳闷地撑坐起身,双臂一软重新跌回去,眼冒金星地望着帐顶,饿到根本想不起来睡着之前发生了什么。

她饿得头脑发晕,却还记得随手乱抓,气若游丝地说:"阿月,我饿……"

她真的抓到了一只手,没什么力气地捏了捏,这人手指瘦长,指节冰凉,像阿月的手。

于是她努力翻了个身,在眼前的一大片乱转的金星中委屈地重复:"阿月我好饿。"

她被人勾住腰,少年弯腰将她抱起来妥帖地放进怀里,她坐在他腿上,软乎乎地挨着他肩膀,使劲眨眼,试图看清他的脸。

少年一声不吭,环着她的腰不让她掉下去,舀着一勺海鲜粥送到她唇边。

原本没力气的少女闻到饭香味顿时像变了一个人,"嗷呜"一口咬住勺子舔了个干净,眼睛都是亮的。

少年抽了抽勺子,没抽掉,她咬得死紧,几乎要把勺子生吞了。

"阿九,张嘴。"他在她耳边说,"你不张嘴我怎么喂你吃饭?"

她歪了下头,努力从模糊的视线里顺着他的声音寻找他的面容,尽管还是没什么力气,却还是抬起手凭借直觉碰了碰他的脸。

然后她乖乖张开了嘴,"啊"着等他喂下一口。

一碗粥吃完,她也能看清他的脸了,身上有了些力气,垂在床边的两条腿也不安分地晃几下。

少年要将她放下去再盛碗粥,她抱住他脖子不松手,脸色苍白,自己却没有察觉,甚至没感觉到后颈被蛊虫咬破的痛。

"阿月。"她有了力气就想说话,疑惑问,"阿月,我为什么会这么饿?"

少年揽着她的手稍紧,抿唇移开视线,不肯看她坦诚真挚的眼睛。

九郡主没等他回答,人又赖在他怀里,索性将脸贴向他的脸,感受着他脸上微微的热度,心里有点不好意思,却没有退缩,好奇问:"阿月,你是不是对我做了什么坏事,所以现在很心虚?"

少年动作一顿,抱着她起身的身体僵在半路。

九郡主得逞地笑了起来,下巴蹭了蹭他颌骨,得意道:"你果然对我做了坏事,我刚睡醒的时候饿得慌,没想起来睡觉之前的事,但是吃了粥之后就想起来啦。"

她松开一只手摸了摸还有些痛的后颈,少年没能拦住,她指尖碰到一截绷带,转过眼,意味深长地直视着他。

少年抿起唇角与她对视,最终还是他先溃不成军地侧过了眼,耳垂到颈窝的线条随着他偏头的动作拉直、绷紧。

他喉结细微地滚动,整个人绷得像一根弦。

九郡主若有所思,心里琢磨着这事儿可大可小。思考须臾,她小手一挥大气道:"算了,先吃饭,等吃饱我再和你算账,不然都没力气和你吵架,饿的还是我自己,亏死了。"

少年坐在她对面的椅子上,眉心微蹙,眼也不眨地看着她,一口饭菜也没动过。

这件事只能由他认下,不能让她知道失控期的事情,即便是失控期被欲望控制,那也是因为他的确对她产生了不该产生的欲望,不论是失控期,还是正常时,想得到她的都是"阿月"。

九郡主吃得安心,吃得放心,中途将鱼夹进少年碗里,他低头盯着那条鱼,刚拿起筷子,她又说:"鱼刺太多,阿月你帮我剔一下鱼刺。"

少年剔出一根鱼骨刺。

九郡主又说:"小刺也要剔掉。"

少年又剔出一些小刺。

九郡主不厌其烦地接着说:"不能把鱼肉弄坏,我要吃一整块的鱼肉。"

少年不剔了,放下筷子,面无表情地看她。

九郡主不带怕地回视着他,他一脸"虽然我确实做了一些坏事,但你不能仗着我对你做了坏事就随便欺负我"。

可他就是对她做了坏事呀,折腾他一下怎么了?

她沉吟过后慢慢放下筷子,双手置于桌面,肃起脸准备与他详谈这件事,下一瞬他却先垂下眼,迅速拿起筷子专心剔鱼刺,佯装无事发生。

九郡主转而改为双手托腮,笑着看他剔鱼刺。

少年面上淡定地剔鱼刺,手不抖,眼不眨,心中的淡定却在她满含笑意的注视中一点点瓦解,倾塌,崩溃。

直到她慢悠悠开口,亲自挑断最后一丝表面的平静。

"阿月,我做了一个梦。"

少年剔鱼刺的手没有丝毫迟钝,浓黑的长睫遮掩住他眼中闪过的复杂情绪。

他听见她说梦话了。

"我愿意嫁给阿月。"

"我愿意随阿月去南境。"

"我不会让阿月死,有我在,谁也不能伤害阿月。"

九郡主脸色苍白,幸好吃了点饭,嘴唇略微回了丝血色,摄心蛊没控制住一次吞了她太多血液,之前的头晕眼花也是因为失血过多。

少年捏着筷子的手骨节分明,用力到手背上青筋浮起。

半敞的窗上悬挂的小风铃"丁零"一声清响。

"我对你用蛊了,摄心蛊。"

"我梦到我们一起去桃花坞啦。"

两人异口同声。

停息一瞬,两人惊诧的目光半空相撞。

小风铃骤然之间响个不停,"丁零丁零",像是在为谁欢呼鼓掌。

静默无声中,九郡主歪了下头,有些疑惑:"摄心蛊?"

少年还没开口,门被人从外面一把推开,云澜的意外到来打断了两人的坦诚交流。

"可算是找到你们了。"云澜气喘吁吁地说,"再找不到你们,玉琉原就真的要死了。"

云澜将几人带回去,一群人挤在一间屋子里对着昏睡的玉琉原想办法。

"一线生这种蛊说好解也好解,说难解也难解,最简单的方法是挖了他的眼睛,只要一线生走不到头,他就能一直活着咯。"周不醒吊儿郎当地说。

"就没有'平易近人'一点的法子?"云澜问。

"有啊。"周不醒搓了搓手指头,"不过价格有点贵,听闻无极岛最不缺的就是钱,所以,云澜公子你懂的?"

云澜扭头看向懒得掺和的黑衣少年:"阿月少侠有没有什么办法?"

他知道他们几人是熟人,听说他是无极岛的云澜后,那位穿着乞丐服的男子自告奋勇提出要来帮他们解蛊。

六郡主正同九郡主确认伤势,发现她当真无碍后这才松了口气,转而抬眸打量立在她身旁的黑衣少年。

少年极高,黑衣衬得他肤色越发冷白,容貌极俊,全京城都找不到第二个比他还夺目的男子。他束着高马尾,用的是雾灰色的纤长发绳,发绳落进垂下的长发中,侧发编着几缕细长的辫子,每一缕上面都卷着小小的银色圆孔发饰。

六郡主忍不住又看了眼九郡主的装扮。

她也编了辫子,用的也是雾灰色的发绳,与少年的一模一样,就连侧耳发后编出来的辫子,以及上面的银色圆孔发饰也与少年的如出一辙。

阿九在京城时一贯是束马尾,从没编过辫子,她根本不会编辫子,以前教她编辫子她都嫌麻烦耍赖不想学。

六郡主回忆了一下这几日见到的阿九,每一日她的发型都有微妙的不同。

莫非?

六郡主探究地看向那位神秘的黑衣少年,心中有了些不安的猜测。

听见云澜的话,少年没什么表情垂下眼:"方法自然有,可玉琉原和我有什么关系?我为什么要费力救他?"

他现在的心情非常糟糕,失控期和摄心蛊的事已经足够让他躁郁,根本没心情管别人的事。

所有人都无奈地看向九郡主,毕竟这里能救玉琉原的只有他们南境人,惹恼他们,玉琉原怕是很难撑到找出下一个擅蛊的南境人。

少年因他们赤裸裸的视线而皱眉,忽而感到腰侧被戳了下,低头,九郡主双手合十冲他眨眼,眼神里透露的意思是能救就救嘛,救人一命胜造七级浮屠。

周不醒叫嚷:"阿月,不能白干活!"

众人瞪他。

北域冰原的人拱手道:"公子若救我玉皇子性命,北域感激不尽。"

"我要北域的感激做什么?"少年倚着墙,烛火将他侧影轮廓勾勒得越发模糊,"真要说起来,我最讨厌的倒是北域人。"

北域众人更加尴尬了。

周不醒凑到九郡主这边解释道:"因为阿月师父带他去过一次北域,在那边发生了一点不好的事情。"

不好的事?九郡主愣了下神。

北域众人没办法,只得顺着云澜的意思向九郡主发送求救信号。

九郡主一只手拽着少年的袖子,另一只手犹豫着抬起来欲盖弥彰地挡住眼睛,只要看不见就不会被道德绑架。

反正还有周不醒,只要肯花钱,周不醒也能救人,不是非阿月不可。

九郡主心里这么想着,总归还是有些不安,悄悄松开一条指缝瞅了少年一眼。

他眼也不眨地看着她,发现她偷偷张开一条指缝后没绷住,怔了怔。

看来她并没有因为摄心蛊的事而厌恨他,这样就够了。

少年沉默片刻,试探性拉下她的手,她没有拒绝,他便轻抿起唇角,反握住她的手,她的指尖有点凉,夜晚风寒,她又因为摄心蛊昏睡许久,这才刚醒又被夜风吹了一路，身体不知道会怎么样。

哪怕他知道习武之人的身体体质比一般人强许多。

他不想继续在这儿耗时间，只想快点解决别人的事，眸光轻转向北域领头的那位："救他倒也不是不可以，不过，北域皇族此后便欠阿九一条命。"

"阿九姑娘？"北域领头道，"没问题，阿九姑娘日后若有需要，只要不危及我北域安危，我北域，至少玉皇子的人愿全力相助。"

无故被多了个人情的九郡主挠了挠少年手心："阿月，干吗要欠我的？"

少年揉了下她脑袋，她不解地歪头看他，他眨了下眼睛，应当是有他的想法，她虽疑惑，却还是点了点头。

少年径自走向玉琊原，食指在袖子上的银饰轻划，血滴凝成。

南境月主的血能够勾出万蛊的欲望，区区一只一线生，一滴血大材小用了。

玉琊原醒来后少年就牵着九郡主离开了，周不醒被六郡主着人绊住，暂时走不掉。

等人都走得差不多后，六郡主命人搬了两张椅子，神色和善。

"不用紧张，坐，我只是有些问题想单独问你。"

屋子里的人将周不醒绑在椅子上后就识趣地守到门外，周不醒没想到会在这里碰见六郡主，本来只是想来赚个零花钱，谁知道这六郡主竟然也来旁观。

她一个郡主，怎么这么闲？

周不醒有点懊恼，他能猜到六郡主想问他什么。

"阿月——阿九身边那个黑衣少年叫阿月吧？"六郡主没有丝毫铺垫，开门见山，"名字里有个'月'字，南境人，十七岁，与你相识，看方才的情况那个阿月的蛊术应当在你之上……"

周不醒左右四顾就是不看她。

"他就是你们南境失踪的那位月主。"六郡主缓慢道，"我说得对不对？"

这不算是疑问句，她至少有八分把握，那个黑衣少年就是传言中狠戾无情的南境月主，尽管他看起来与"狠戾无情"半点不沾边。

"阿九知不知道你们的真实身份？"六郡主紧接着问。

"我不知道啊，这个你得问阿月和你们的九郡主，你问我这个外人有什么用呢？看到我头上这个淤青了吗？就是他俩联手搞出来的杰作，我跟他们的关系真没你想的那么亲近。"

周不醒滴水不漏地假装无辜，叫人看不出来他究竟什么意思。

六郡主沉思片刻："你们来中原想做什么？"

这题周不醒会："赚钱，听说中原地大物博，人也好骗，很容易赚到钱，我这不就拎着包袱跑来了嘛。"

"你贪财，说你来赚钱我信，你们少主为何悄悄来中原？"

周不醒叹气："这你们不是应该最清楚吗？中原和亲的九郡主失踪了，我们境主很生气，本来要派人与你们大庆谈谈究竟怎么回事，是不是看不起我们南境。多亏我们少主善良，故意离家出走吸引境主注意，让她没时间与你们中原搞事情。你身为中原的六郡主，不谢谢我们帮你们就算了，还派人将我绑成这个样子，天理何在？"

六郡主喝了口茶，温和道："你继续胡说，反正渴的不是我，我有时间听你胡说。"

周不醒无奈："你究竟想问什么，能不能直接问个明白？我搁这儿胡扯，你也随便听，这不是浪费我们两个人的时间吗？"

六郡主就在等他这句话，闻言放下手中的杯子，瞧见他舔了下嘴唇，换个杯子重新倒杯茶放到他手中。

周不醒："你给我茶，你倒是先给我松绑啊，你不松绑我怎么喝茶？"

"哦，茶是给你望梅止渴的，忍忍就过去了。"六郡主说，"你说得对，问来问去确实浪费时间，那我就直说了。"

周不醒很有骨气地丢了茶杯，左腿搭在右腿膝盖上，吊儿郎当地看着她。

"你们少主今年只有十二岁，你们境主却派人前来求亲，这究竟是什么意思？"

"老实说，其实我也不太懂。"周不醒满脸真诚，"这你得问我们境主，她老人家的心思我怎么能懂？"

这话在六郡主意料之中，她丝毫没有动怒，反而重新添了杯茶，静默片刻后，才有些艰难地开口。

"你们境主，是不是想把我们阿九送给你们月主？"

中原岌岌可危，南境势大，不论她们想对和亲的郡主做什么，中原都无法干涉。

这次周不醒没有立刻回答，他脸上的不学无术稍稍收敛。

六郡主说：“我希望你说不可能。”

"不可能。"周不醒瘫回椅子上，"我是说，你的希望不可能。"

换句话说，他们境主的确有要把阿九送给月主的想法。

"既然她是如此想法，那她以你们少主的名义来求亲是何意思？"六郡主重重将杯子压在桌子上，压抑着怒气道，"莫非是想让我中原堂堂昭月郡主侍二夫？这是在羞辱谁！"

周不醒无奈："这个我真不知道，我们少主对你们九郡主只有弟弟对兄嫂的感情。再者说，阿月和阿九现在这个关系，再加上阿月目中无人随心所欲的性子，境主能强迫他们做什么？南境怕阿月还来不及，连境主都要忌惮阿月几分。"

可这才是六郡主最担心的。

南境月主深不可测，行事作风完全凭心情，方才她亲眼所见，南境月主连北域都不放在眼里，他若想对阿九不利，阿九逃不掉。

而且，昨日阿九脖子里还没有绷带，今日却……谁对她做了什么？

周不醒好心提醒她："我劝你最好别操心他俩之间的事，阿月虽然对我们视如草芥，对你们九郡主却如获至宝。"

这句话他说得有些心虚，毕竟他们月主昨日才给心爱的姑娘种下摄心蛊，这是人能做出来的事儿？虽然这是因为失控期造出来的孽，但不论怎么说做出这种事的还是阿月，谁让他没能控制得住他的欲望？

周不醒叹了口气，又道："话说回来，我倒是也听过一些你们中原九郡主的传闻，她嚣张跋扈目中无人，与六郡主水火不容，事实却截然相反。"

"我还听说她是最不受宠的一位郡主，因为受尽欺负才会嚣张跋扈欺负其他人。我说，你们中原人如此不珍视自家的郡主，我们阿月却对她唯命是从，可你们这些欺负人的家伙反而怀疑我阿月是否不利于你们九郡主，不觉得很搞笑吗？"

六郡主皱眉："我与阿九的关系不一样，我没欺负她。"

"哦，倒是能看出来，你把她当亲妹妹。"周不醒说，"但你没看出来吗，你妹妹也很喜欢我们阿月，他俩两情相悦，你想拆散他俩不就是棒打鸳鸯吗？会死的，真的会死的，你敢那么做，阿月不会放过你的。"

六郡主无言："我只是想知道你们南境在打什么主意，没想拆散他俩，我比你更希望阿九幸福。"

"那你说错了，我可对你们九郡主的幸福无所谓，哪怕她变成傀儡人我也无所谓，我只希望阿月有朝一日能活得像个人。"

六郡主没想到他会这么说，不解地看着他。

周不醒却不想继续说了，站起身活动了一番手脚，在她愕然的目光中走到窗边，单手推开窗户，笑嘻嘻地摆摆手："我只是在拖延时间解绳子啊，白痴郡主。"

白痴郡主面无表情。

周不醒翻窗欲跳下，却在看见楼下围了一圈的守卫后沉默下来。

他松开手，讪讪回头："哎呀这何必呢？大家以后都是一家人不是，何必做得这么难看？"

六郡主微笑道："一家人？你说得对，今夜还很长，周公子，我们一家人不如继续聊聊？"

这晚，周不醒费尽心神才勉强应付完那个张嘴就是套他话的阴险狡诈六郡主，回到房内刚点上灯就被桌边坐着的黑衣少年吓了一跳，命都快丢了半条。

"我去，阿月你搞什么？你大半夜不去陪你心上人，跑我一老光棍这来干什么？"

烛火如豆。

少年看了许久那抹跳跃的烛火，光影层层拓在他眉心下方，将他眼睑下的长睫影子拉扯得根根分明。

"周不醒。"他拿出一沓银票，抬眸看着眼冒精光的周不醒，"我有话问你。"

"问问问，你就是问我玉皇大帝住在哪儿我也能给你找着！"周不醒财迷地抱住那一沓银票使劲亲。

少年"哦"了一声，淡淡道："我不想继续做蛊人了，你有没有办法？"

"哦哦，行啊，那就……"周不醒哽住，手里的银票"哗啦"掉下，他干巴巴道,"等等,等等,我是不是听错了?你说什么?"

少年睨他一眼,不疾不徐地捡起那沓银票,烛光下的手指瘦长干净,他一张张捋平银票褶皱的边缘。

"我不想做蛊人了。"他一字一顿地说。

周不醒沉默一瞬:"因为失控期?"

少年垂眼,静了须臾,再开口的嗓音略显沙哑:"只有蛊人才有失控期,换句话说,只要我不是蛊人,就不会有所谓的失控期。"

果然如此。周不醒神色复杂。

"你曾在眠师身旁待过几年,接触过的禁术应该不少。"少年直起身,不容置喙地将银票放进周不醒挣扎的手里,轻描淡写道,"让蛊人变回正常人的办法是什么?"

周不醒果断将银票塞回少年手里:"我不知道我不明白反正你别问我。"

瞧见他这样坚定地否认,少年反而松了口气般笑了,银票放到桌上,侧身懒洋洋坐回椅子里,拎着壶倒了两杯茶水,一副要与他彻夜长谈的姿态。

少年推给他一杯茶,光影下的侧脸带着意味深长的笑:"天还没亮,慢慢说,我不着急。"

一夜没睡的周不醒心如死灰。

他决定收回那句"希望阿月活得像个人"。

正常人成为蛊人的过程极为痛苦,甚至过程里还会失去性命,没有蛊人会在付出如此大的代价之后还想着要变成正常人,最重要的是,蛊人变成正常人,几乎是不可能的。

周不醒的确知道如何使蛊人变回正常人,但这种正常只是相对而言,并不是真正意义上的普通人。

变回正常人的蛊人依旧一辈子离不开蛊,只是再也不必以身饲蛊,换句话说就是用某种手段将蛊人身体里潜藏的血蛊彻底封印。

但这种封印的手段,天生无法习武的缺陷蛊人根本做不到,这是一种矛盾,毕竟没有谁可以不付出代价就得到想要的,上天是公平的,既然选择了身不由己,自然也不会轻易给出自由的钥匙。

周不醒有些头疼地想,偏偏阿月与以前的蛊人不一样,他不仅能习武,还能使用内力,若他当真想要封蛊,那也不是不可能,可这其中的过程却是无比危险,毕竟在此之前根本没有蛊人做得到这种事。

古往今来,他是第一人,没有经验也没有结果,一旦出现一点意外,他可能会再也睁不开眼。

周不醒不太愿意冒险做这种事。

可这种危险比起容易失去理智的失控期……似乎不遑上下。

少年指尖出现一只摄心蛊,平淡道:"自己说,还是被下蛊,你选一个。"

周不醒:就知道会这样!该死的摄心蛊!

已经被迫关禁闭自我反省很久的摄心蛊也在瑟瑟发抖,它也不想再干这种容易产生心理阴影的事,但是自家主人发了疯地想自虐,它能怎么办?

第十章

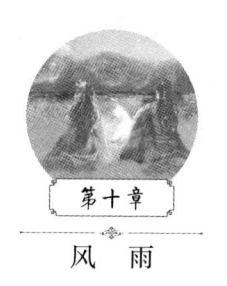

风　雨

深夜，牢狱。

季炎鹤被围困在无极岛的狱中，周遭昏暗，却还有两颗夜明珠照明，看守的守卫能瞧得见他脸色惨白，衣裳上还有干涸的血迹。

地上的有零星的蛊挣扎地向门外攀爬，守卫们看得毛骨悚然，着实害怕这种东西，不由得后退再后退。

一个瞬息的时间，几名守卫同时感到身体发冷，意识溃散。

正在打坐试图修复身体的季炎鹤感觉到什么，猛地睁开眼。

夜明珠的昏暗光线里出现一角白色裙摆，他骤然抬头，瞧见一张日夜相对的熟悉面容。

白衣女子唇畔含着温柔如水的笑，无神双目中却冷冰冰一片，她轻抬步子走到门边，手指搭在冷硬的牢门上，嗓音柔和。

"夫君，你痛苦吗？"

身材魁梧的男子安静地站在他身后，亲眼看着季炎鹤的表情从最初的震惊到愤怒，再到如今的恶毒憎恨。

"原来是你！原来是你害我——"

白衣女子轻柔打断道："夫君这是何话？我一介弱女子又是如何害了你？从头到尾不过是你自作自受罢了，你若没有做过这些事，又怎会变成现在这个模样呢？"

季炎鹤双眼充血，身体细微地颤抖："闻、笑！"

291

白衣女子蓦地止了笑。

"你这个毒妇,你不会有好下场,你不得好死!"季炎鹤双眸阴毒地盯着她,口吐咒怨,"你以为你比我好到哪里?若非是为了你,戚白隐也不会失踪十年,无极岛也不会变成现在这个样子!"

"季炎鹤,你有何脸面指责我?这一切不过是你下蛊蛊惑了我,与我何干?"她突兀地发出一声尖锐的笑,"你对我做的那些事,对我孩子做的那些事,你才是应当不得好死的那个人。"

"若非你利用王灵灵骗戚大哥出岛,他又怎会与王灵灵双双殉情?若非你贪心,既想要以我孩儿养成受你控制的蛊人好以此控制别人,又想要得到无极岛的滔天富贵,又怎会变成这样?"

"我的孩儿本不会死,我也不会受你欺骗这么多年,更不会因你所害而变成如今这样的瞎子。"

"这一切不过是你自找的,季炎鹤,你才是这世上最卑劣恶毒之人,你死上一千次一万次也不足为惜。"

"你去死吧!去死!"

在女人濒临崩溃的尖叫声中,散落在地的血蛊逐渐凝聚,掉转方向密密麻麻地冲向变成个血人的季炎鹤那边。

不过瞬息的时间,男人痛苦哀号的声音便消失在吃饱喝足的血蛊嘴里,只留下一双充血瞪大的眼睛惊恐地瞪着前方。

京城,小院。

黑暗中,戚白隐蓦地睁开眼,瞳眸溃散,须臾后,虚幻的目光渐渐凝聚。

他听见身旁有女人的呼吸,挨着他颈窝,他有点不习惯地偏了下头,头微微地疼,一瞬间涌进来的记忆让他不得不屏住呼吸。

王灵灵整个趴在他身上,像一只八爪鱼,缠得他呼吸困难。

戚白隐闭上眼缓了会儿,抬了下僵直的手臂,小心翼翼地将她从身上弄下去,迟疑着给她披了掖被子,一边摸黑穿衣裳,一边将地上散落的女人衣衫捡起来——折好放在床边。

他没有再躺下,而是就着黑暗凝视她许久,门外三更锣鼓响,他嘴角掀动,低哑开口。

"王灵灵，我要回无极岛了。"

床上装睡的王灵灵倏地睁眼，似是察觉到什么，一把掀了被子，又惊又怒道："戚白隐你什么意思？恢复记忆就想吃干抹净不算账？"

王灵灵气得站在床边拿枕头甩他，甩完还不解气，双手叉腰居高临下俯视他，冷冷道："行，你有骨气，回去就回去，回去你这辈子就别想再见到我。"

戚白隐："我……"

王灵灵抓起床上的东西往他脑袋上砸，像只被拔了毛的孔雀："你闭嘴！负心汉！臭男人！"

戚白隐："不是，我……"

王灵灵扔完了床单被褥，实在没东西可扔，正怒气上头地打算拆了床头柜打他一顿，随后就听见他无奈地开口。

"我回去准备聘礼。"他怀里抱着两个枕头，说，"然后来京城，向你提亲。"

王灵灵拆床头的动作卡住。

季炎鹤死了。

这件事谁都没想到，云澜将无极岛最好的续命膏用在季炎鹤身上，结果昨晚他还是无声无息地死了。

死亡时间大约在他们赶往玉琉原住处的那会儿，显然是有人掐着这个时间点故意弄死的季炎鹤，于是好不容易松了口气的无极岛众人再次提了口气，继续日夜不分的忙碌。

九郡主一觉睡得舒舒服服，早上开门第一眼就看见一袭红衣的少年坐在她门口的台阶上编花绳，鲜红衣摆静静铺散在青石地面上。

"丁零！"

她隐约听见风铃声，悄悄走到他身后想要吓他，脑袋伸过去之后却发现他手中拿着先前送她的那枚天青色釉瓷风铃，正在给风铃系编好的红绳。

九郡主收回手，转而蹲在他身前，好奇地看着他编花绳系在风铃上面。

等他系好红绳，她将手中的两根蓝色的发绳递给他，乖乖转过身，留给他一个后脑勺。

"要编新发髻，最好是能将风铃系在头上的那种。"

"你这是在为难我。"

风铃这么大一个，如何系在她头发上？她若喜欢，下次弄个铃铛大小的试试。

头发编好后，九郡主腿也蹲麻了，还没站起来就被少年从后面拥住，她嗅到一股浓郁的香味，不是他身上独有的那种带着点暖暖气息的香味，而是手工研磨出来的那种花香。

"阿月，你用香粉了？"

"没有。"

"可是你身上有一股像是桃花，又像是梨花的香味？"

"哦，可能是早上来的路上经过桃花林染上的。"他下颔搭在她颈窝里，压着她头发，困倦地打了个哈欠。

九郡主回头看了他一眼，忽然发现他脸色苍白。他皮肤本就冷白，这会儿反倒像是失了血的惨白，有种病气的美感。

"你生病了？"她皱眉试了试他额头的温度，冰冰凉凉的，疑惑，"怎么是凉的？你不是早上过来的吗，你在外面坐了多久？"

也没多久，回来后就一直坐在这里思考接下来要做的事了。

少年将风铃系在她腰间的腰封上，指尖随意拨弄了两下道："阿九，我想吃你做的鱼，加椒的那种。"

"水煮鱼？"

"差不多吧。"

九郡主拉着他站起身，去后面小天池里捉了条鱼绕去厨房，刚将碗筷摆上桌，六郡主与小王爷凑巧也来了。

小王爷："哎，来得早不如来得巧，这一大早上吃得这么丰盛呢？"

小王爷毫不见外地一屁股坐下。

少年耷拉着眼皮看他。

小王爷顿住，小心地朝六郡主身边挪了挪，同六郡主耳语道："你有没有发现他今天怪怪的？精神萎靡的样子，他比我们来得还早，他俩昨天……嗯？你俩昨天住一起了？我不同意！"

少年掀了掀眼皮，脸色依旧苍白，眼风却像软刀子刮过去。

险些被刮光头的小王爷讪讪闭嘴。

少年嗤声："要你同意做什么？"

小王爷"噌"地蹦起来："你们真……"

九郡主往少年碗里夹了两片鱼："吃饭。"她又夹了片鱼，"楚随允一向脑子不好使，你和他较什么真？"

小王爷张了张嘴："再怎么说我也是你小叔叔，直呼其名不太好吧？"

六郡主也往他碗里夹了片鱼，温和道："楚随允，闭嘴，吃饭。"

小王爷：太丢面子了。

吃完早饭，少年脸色好了不少，九郡主以为他是饿得脸色不好，这会儿吃饱了应当无大碍，便松了口气，踮起脚摸摸他毛茸茸的头发，顺便将他辫子上的普通绳结系成蝴蝶结。

少年垂眼看着她，在她抬起头时将她搂进怀里，下颌蹭了蹭她耳朵。

九郡主扒拉着他胸口的银饰说："压着我的脸了。"

少年松开她，一点点抚过她脸上被压出来的印子，又牵起她手腕压到自己脸上，压出差不多的印子，笑了下："同款。"

九郡主扭过头，指使他和小王爷一块儿洗碗，小王爷金尊玉贵从没做过这种粗活，理所当然地手滑摔了两个碟子和两个碗。

少年看着脚边的碎渣，沉吟片刻，将自己手里的两个碗也递给他，难得对他有了点好脸色："来，继续摔。"

小王爷："我觉得你是在看不起我。"

少年擦了擦手上的水珠，忽而想起什么，抬手将衣裳上的银饰一一摘下。

小王爷警惕："你想干什么？不要试图那些东西来暗杀我！"

少年没看他一眼，将"叮叮当当"的银饰放到一边，挽上两截黑色袖子，随手捞起一只碟子继续干活。

小王爷："……我突然发现你洗碗的动作很熟练。"

他该不会以前经常被指使干这种事吧？

此时，坐在院子里打扫卫生的两位正在闲聊，聊着聊着就聊到少年身上。

六郡主说："阿九，你知道他叫什么名字吗？"

九郡主轻快道:"阿月呀。"

"我是说真名。"

九郡主扫开一片飞花,微低着头,缠着绷带的后颈裸在空气中,声音依旧轻快:"还是阿月,对我来说他就是阿月。"

"只是阿月?"

"只是阿月。"

六郡主有些摸不准自家妹妹究竟知不知道那个阿月的身份,又是否知道他是个多么危险的人,她怕进一步会意外伤及他们的感情,退一步又怕阿九受伤。

"那你知道南境少主叫什么名字吗?"

"我知道他名字干吗呀?"九郡主瞧见一片卡在缝隙里扫不出来的枯叶,蹲下去,背对着六郡主说,"反正我都逃婚了,以后也不会再回去嫁给那个南境少主,名字不重要。"

"……我觉得还是蛮重要的。"六郡主迟疑着说,"或许你该知道,南境的境主姓宋。"

九郡主动作一顿,揪出那片枯叶,扔进一堆垃圾中,笑着回头,点头道:"嗯,我知道了。"

"不,我的意思是,南境境主有两个孩子,两个孩子都随她姓,南境只有……"

廊檐下传来少年波澜不惊的声音:"阿九,碗洗好了。"

九郡主朝他竖起一根大拇指:"真棒,你已经成长为洗碗小能手了。"

他笑了笑,在六郡主打量的目光中慢吞吞走下台阶,走到九郡主面前。

九郡主这才注意到他衣裳上的银饰全都不见了心生奇怪:"你衣裳上怎么没有亮闪闪的东西了?"

少年看了眼她白皙的脸颊,实话实说道:"继续留着的话,以后不方便抱你。"

九郡主愣了下,压着嘴角的笑一头扎进他怀里,不知碰到什么地方,他闷了声,她皱眉:"怎么了?你受伤了?"

他思考了一下,面不改色道:"昨晚同周不醒下了一夜棋,腰疼。"

"腰疼？"阿九关怀道，"那你得好好养着，我五师父说男人的腰不能随便受伤……"

话没说完，六郡主疯狂咳嗽打断她的话。

意识到方才不自觉说了那些话的九郡主张张嘴，满脸通红。

少年瞥了眼曾带阿九去过小倌馆的六郡主，一派自若道："不妨碍日后做正事。"

六郡主：你说的做正事是指哪种事？

这时，门外传来云渺的声音："不好了，阿九，季炎鹤死在水狱了！"

季炎鹤最终死于蛊虫反噬。

"原来蛊虫还会反噬主人？"

"练功的人能够走火入魔，蛊虫反噬主人很奇怪吗？"宋长空嫌弃地说，"你们对我们南境究竟有什么误解？"

众人扭过脸当作没听见。

宋长空借机瞧了眼自家哥哥，他除了脸色比以往稍白了些就没什么奇怪的地方，心里嘀咕着周不醒和阿月私底下搞什么东西又不带他玩。

大早上的他还没睡醒周不醒就踢开他房门，神情严肃地要他去找阿月，并且叮着阿月不许他再擅自动蛊，甚至连内力也不能用。

周不醒很少这么严肃，宋长空以为自家大哥快要死了，吓得脸色煞白从床上跌了下来，周不醒真正折腾一整夜，困得要死，屁都没放一个，臭着脸把堂堂少主撵走，自己霸占了自家少主的床。

宋长空对着空气愤愤踢了一脚，等你睡醒我就杀了你。

走到半路恰好遇见刚从内岛出来的阿月，便一路同行了。

无极岛关押罪人的地方是一处单独的水狱，设在无极山后山靠海的地方，故而叫作水狱，周围布下阵法，守卫的人并不是很多。

无极岛素来与世无争，关押的罪人大多是本土犯了小错的人，守卫的人也不多，这次因季炎鹤而额外增加一部分阵法和人手，没想到最后还是让他死了。

云澜问："可是季狗贼的蛊为何突然反噬？之前血蛊大爆发的时候他都能撑住，为何这次用了断续膏后反而死得更快？"

宋长空本想说"我哥更擅长这种事你们问他啊",到了嘴的话及时咽回去,毕竟这些人只当他和阿月是朋友,如此为阿月隐瞒身份也好。

宋长空使出毕生所学,总算是给了个答案。

"这人身体里的蛊死得一只不剩,蛊和人算是同归于尽的吧。血蛊不易养,养成血蛊的算得上半个蛊人,只不过半个蛊人和真正的蛊人相差还是很大的。半蛊人并不能完全掌握蛊,反而可能会被不听话的咬死,这种事我们见过不少,毕竟不是人人都能和我……我们月主相提并论的。"

"除此以外,养了血蛊的人这辈子也无法摆脱血蛊,血蛊死光了他人也会死,但他人死了血蛊却不一定会死。像这样血蛊和人一起死掉的情况,只能说明他的血蛊死光了,至于血蛊为何死光……"宋长空想了想又说,"不同的人体质不同,养出来的血蛊也不太一样,你们最好查查这人死前吃了哪些东西或者闻了哪些东西,总该是有什么东西是引起血蛊暴动后才反噬主人的。"

他刚说完,外围的九郡主就捂着鼻子打了个小小的喷嚏,发现所有人忍不住看她,她讪讪地后退半步,想说什么时没控制住又开始打喷嚏。

少年的衣袖被她拉起来捂鼻子,却还是受不了地打喷嚏,打得眼圈都红了,眼泪汪汪地看着蹙眉的少年。

云澜道:"阿九姑娘是不是风寒了?"

九郡主当然没得风寒,少年蓦地想起什么,一面抬手以手轻捂她口鼻,一面将她往外带。

"银环蛇草。"少年瞥了眼面目全非的尸体,嫌恶地别开眼,"你们最好检查一下附近是不是有银环蛇草。"

九郡主对银环蛇草有特殊反应,只要接近银环蛇草就会不停打喷嚏,之前在苏大夫家她就是这样。

九郡主自己都快忘了这回事,经过少年的提醒恍然想起来,连连点头。

一群人有了新线索,连忙开始找东西。

九郡主和少年走到门口迎面撞上再次匆匆赶来的云渺,云渺大呼:"阿九,你快同我出去看看,外面好多人喊着要你做武林盟主呢!"

还没反应过来的九郡主被云渺拉着跑,少年看了看空掉的左手,又看了看第二次破坏他好事的云渺，眯了下眼睛。

季炎鹤死了的消息传得很快，武林盟的人虽然很多事情还没调查清楚，但武林盟说不能一日无主，便继续之前被打断武林大会决战，谁知胜出的那人却满脸正气说除非与李斩唯一的徒弟阿九姑娘战一场，否则这个武林盟主之位他理不直气不壮。

所有人都亲眼所见是那名年轻女子亲手打败季炎鹤，纵使过程比较离奇，但无论如何都是她打败的季炎鹤，胜出那人坚持要与她一战。

于是江湖中人瞬间分成两派，一派表示支持，称赞他心胸宽广，行事坦然，一派不支持，因为他们都见过那女子的功夫，若她输了还好，若她赢了，这武林盟日后便是女人的天下。

九郡主看到两派人因为她差点打起来的画面，一时默然。

"我们绝不同意，武林大会公平公正，谁不是一场一场打上去的？"有人故意大声喊道，"如今这位姑娘只是因为赢了季狗贼而获得特权，这岂不是坏了武林大会的规矩？"

"规矩是死的，人是活的，众人亲眼目睹这位阿九姑娘乃李盟主亲传弟子，武艺高强，一夜连闯无极八楼东北楼的第十层，试问当今江湖有几人能做得到？阿九姑娘前日甚至以命相搏，只为揭穿季狗贼的真面目，她凭什么没有资格？"混在人群中的无极岛人有理有据地反驳。

于是两波人再次互相骂了起来，却没有一个人问过九郡主愿不愿意参加决战。

"可她只是个乳臭未干的小丫头，她懂什么江湖？她懂什么武林？"有人愤愤不平，"更何况她还是个女人，你们见过以前有女人做过武林盟……"

这话说完，一时寂静，倒不是因为江湖中人无话可说，而是因为说话那人被人横剑架住了脖子，颈间一线细微的红。

黑衣少年不知抽了谁的佩剑，在那人话还没说完便冷冷地将剑横在那人颈前。

"你方才说什么？再说一遍。"

少年反手握剑，露出一截手腕，身着一袭黑衣，衣裳上没有一丝异色的点缀,就连襟口都是纯黑色,长发束成高马尾扎在脑后,额前垂落的发梢轻扫着他干净的眉尾。

浑身上下,包括他的眼神,黑得摄人。

所有人都没看见他是何时进入人群的,更没看见他是如何抽掉别人的佩剑横在说话那人的脖子上的。

那人颤抖着闭上嘴巴,不敢再说出一个字。

少年却微微眯眼,嗓音低沉:"你,很眼熟。"

他比那人高出大半个头,侧着脸,眼风轻轻掠过那人故作镇定的脸,嘴角慢慢挑起了一丝笑,笑意稍稍冲散他周身阴郁的气息。

"我想起来了,你是季炎鹤的人,季炎鹤第一次去无极客栈那日,在楼下同我阿九起了冲突,而当日辱我阿九的人恰好有你一个。"

那人被他冷戾的眼神盯得头皮发麻,浑身僵硬不敢乱动,死命瞪着脖子下横着的这把剑,他已经感觉到脖子上传来的死亡气息:"我、我……"

少年却没有给他说话的机会,而是轻转黑眸,慢慢扫向陌生的人群,每扫过一人便瞧见那人瑟缩了下脑袋。

少年冷戾的目光如雾般起起落落,口中却依旧不紧不慢地数着数。

"一。"

"二。"

"三。"

…………

"七。"

少年重新将目光转回剑下人逐渐变得惊恐的脸上,漆黑瞳孔里倒映着那人发毛的脸,舌尖玩味地含着第八个数字,倏地,声音如同下棋落子般,冷冷落地。

"八。"

他停了一瞬,弯眸浅笑:"一共八个人,真是多亏了你,我才发现当日辱我阿九的八个人都到齐了。那日你们便折辱她,今日依旧折辱她,你们是不是当真活得不耐烦了?"

他太嚣张放肆了,有人看不惯他的旁若无人的作风,九郡主却没有给他们说话的机会。

"武林盟主事多钱少,浪费时间,还要为别人鞠躬尽瘁,我没那么伟大,我不打算做武林盟主。"她神情不似作假。

外围众人神色阴晴不定地看着她。

她微抬下颌,意味不明地一一扫过众人,最后落在台上正气凛然的准盟主身上,圆眼一弯,笑了起来。

"但我愿意接受你的挑战,我若赢了,我可以不做武林盟主,但在场所有辱我阿月和无极岛的人都需要当众道歉,并且武林盟保证日后若无极岛有难,武林盟必全力相助。"

"我若输了,便将我从无极八楼中赚到的七百两白银与三百两黄金全部送给在座的诸位,包括我从内岛带出来的独此一份的礼物。诸位意下如何?"

中原江湖八大门派今日皆见证了这一场决战,说是决战有些夸张,只能算是一个规模大点儿的赌局。

八大门派与江湖散人皆同意九郡主的提议,毕竟他们来这一趟除了想做武林盟主,也想进入无极岛内岛选宝贝,如今有人说只要挑战输了便愿意献出她的宝贝,谁不心动呢?

九郡主能打归能打,之前和季炎鹤对战时却没来得及使出全力,因为中途季炎鹤不知为何血蛊暴动,导致他后期不战而败,因此她才捡了个漏。

可中原武林高手遍地,前辈毕竟是前辈,内力浑厚,是她这个年纪没有的。

九郡主反手将斩刀横于身前,仔细凝视着前辈的动作,脑中却在快速思索接下来该用哪一招。

丐帮的棍法?不行,她和臭老头已经不是曾经那种似师似友的关系了,用了他的打狗棍法,若是日后传到京城,臭老头第一时间就能发现她人在无极岛。

四师父的轻功?轻功可以搭配出其不意的攻击打出做漂亮的决胜招。

五师父的暗杀技?正好可以搭配四师父的轻功使用,再加上大师父的双刀斩。

琢磨到这里,九郡主心下已有了决定,很快将身前横握的斩刀转到身后。

二楼一处帘后，头戴斗笠的白衣女子轻轻放下杯子，同身前低着头的男人轻柔道："消息可打听到？"

男人沉声道："是，边关那个说书人的死和他们脱不了关系。"

"如此说，真正的凶手会是谁呢？"白衣女子眼中毫无光彩，侧耳倾听窗外的打斗声，笑了笑，"我猜啊，又是你们南境那位名声不太好的月主。"

男人因那句"你们"眉眼微动，却没有抬头："夫人救了我的命，往后我就是夫人的人，南境与我无关。"

"可我救你只是为了伺机揭穿季炎鹤的真面目，再利用你的蛊杀死他的蛊。"白衣女子声音依旧温和，"这么多年，我若是不弄瞎这双眼睛，他怕是早该怀疑我恢复神智了。情蛊真是个好东西，害得我识人不清险些丢了性命，你说对不对？"

护卫没有说话。

白衣女子自顾自地说："他给我种下情蛊，害我失去孩子，还害得我失去争夺无极岛主位置的机会。戚大哥以为我是真的爱他，可我怎么会爱上这么一个虚伪的男人呢？不过这也不能怪戚大哥，毕竟被种了情蛊的我确实没有脑子，戚大哥误会实属正常。这一切，怪只怪当年在北域给了季炎鹤情蛊的南境人。"

她突兀地笑了声："为了拿回属于我的一切，我弄瞎自己的眼睛，在季炎鹤注意不到的地方救下无数人，我等啊等，等啊等，只为了等到这一天，报仇雪恨。"

她手指捻起一块桃花糕，摸索着蹭掉边缘的粉渣，没有吃，只是轻嗅："我很久没有吃到无极岛的桃花糕了。"

白衣女子笑出了声，笑声越来越大，越来越大，她笑得趴在桌子上，揩了眼角的泪水。

"你看到季炎鹤死掉的样子了吗？他求我别杀他，他求我啊，他跪下来，像狗一样求我。可是他不知道，从我恢复意识开始，他的所作所为不经意间都受我暗示。"

"戚大哥真的很好骗，只要用王灵灵的消息诓他，他定然舍不得对王灵灵的老家袖手旁观，他命大没死掉，王灵灵倒是人如其名，机灵得紧。"

"我好不容易等到今天,等到这个千载难逢的机会,只要让季炎鹤身败名裂,我卖个惨博人同情,再拿到三门九室里的任命锦帛我就可以名正言顺成为无极岛主,无极岛人即便再不甘愿也得顾忌武林盟人对我的同情而不得不同意我做岛主。"

"可是戚白隐他不仅没有死,还收了个亲传徒弟。"

"那个无忧无虑的小孩坏了我的计划,我也要她不好过!你瞧,她多么有活力?我真羡慕她。"

她的手指在桌子上"咯吱咯吱"地刮蹭,脸颊却是柔美动人的,自言自语。

"十八听力好,我派他去小屋外打探消息,那位南境月主已经给她种下摄心蛊,可惜却半途而弃,他可真是让我失望。情这种东西就像是毒药,伤人伤己,你说情有哪里好呢?"

男人还是没说话,只是看了她一眼,迅速垂下眼。

白衣女子笑着问:"你不觉得好玩吗?一个是不顾大局自私自利的逃婚九郡主,一个是人人惧怕且厌恶的南境月主。若是将他二人一伙的事情公开,你说他俩在江湖还有立足之地吗?不,不仅是江湖,整个中原都会厌恨他们。"

"戚白隐的徒弟,未来的无极岛主,真实身份竟是朝廷的九郡主,并且与一人便击退西陆大军的南境月主在一起,两人情比金坚,死也不肯分开。你说,江湖人会眼睁睁看着无极岛这么大的一块肉,落入中原朝廷嘴里吗?抑或是势趋庞大的南境手里?"

那自然是不可能的。

如此一来,江湖与朝廷都不会坐以待毙,要么齐齐围攻无极岛,要么一起追杀那位九郡主。

闻笑捏碎手中的桃花糕,染了一手桃花香,双目无神地望向窗外,喃喃自语:"我得不到的东西,别人也别想得到。"

"铮"的一声刀剑相撞,擂台上以两人为中心的厚重内力余波骤然向四周荡开,台下离得不远不近的一圈人感受到堪称爆炸般的内力余波脸色微变,纷纷再后退,停在不会被影响的势力范围之外,抬头看向擂台上毫无影响继续过招的两人,心中大骇。

这可比之前和季炎鹤那一战更加令人震惊，原来那少女挑战季炎鹤时竟然还留了几手，她不仅学了戚白隐的独家绝学，她的轻功更是神秘莫测，身法移动几乎很难用眼睛看得清，若非她只攻不守的打法将她的刀风凌厉展现出来，一般人根本无法捕捉她的行动轨迹。

盟主候选人作为和她交战之人自然比下面的人体验更直观，不过比起其他人，他更惊讶的是这名少女不走寻常路的功夫路数。

她竟然会竹上蜻蜓的轻功！

只一个愣神，男人被少女推出的刀风划破半片衣角。

一阵寂静。

那片深色衣角缓缓飘落擂台之外，犹如飘落河面的一片落叶，静静地落在一人脚边。

黑衣少年不紧不慢捡起那片衣角，抬眸看向擂台之上的少女。

其余人更是屏息，完全没看清她是如何划破的那片衣角。

擂台上，盟主候选人从愣神中回过神，看向九郡主的眼神有些复杂，有惊喜，还有疑惑。

"我输了。"

九郡主抿了下唇，她有些疑惑，因为方才划破他衣角时她能感觉到他的愣神，与其说她赢了倒不如说是这人主动让她一招。

盟主候选人半点不觉得输给一个年纪轻轻的少女有什么，比起其他人的不满与尴尬，他反倒更关注其他。

"你方才使用的轻功……"他向她走近两步，似是在斟酌该如何问出心中的疑问，"你认识谢清醒？"

九郡主愣了下："什么？"

谢清醒，四国第一剑客，谁人不知？只要是江湖人，没有不崇拜谢清醒的，哪怕他已经死了九年，至今依旧是江湖传说之一。

盟主候选人亦是崇拜的人其中之一，只不过和许多人不同的是，他有幸见过传说中的那个人一面，那人还曾指教过他的剑法，当时谢清醒用的轻功就是这名少女用的这种。

竹上蜻蜓，谢清醒的独创轻功。

这名少女既会无极岛的独门掌法，更是将竹上蜻蜓融会贯通，其中还有些连他都没见过的招数，显然来历不凡。

谢清醒死了虽已有九年，但有传言说他生前确实收过徒弟，也教过好些人武功，这名少女或许认识那些人之一，会一点竹上蜻蜓并不奇怪。

想到这里，盟主候选人反倒释然地笑了起来，抱剑拱了拱手，由衷道："我确实输了，想来这盟主之位与我无缘，今日与姑娘大战一场反倒勾起许久前的回忆，突然发现与其做武林盟主倒不如做一名行走江湖的散客，如那青行客一般，自由自在。"

话说到这里还有什么不明白的？他不愿做这个武林盟主，那么这名少女便是唯一武林盟主的人选了。

盟主候选人转身朝众人拱手，随后便携剑离开此地。

于是眼下的场面便显得有些尴尬。

九郡主作为唯一武林盟主的人选，站在擂台上，和擂台下一群人面面相觑。

她不想做盟主，下面的人显然也不想她做盟主，可若是不让她做盟主，那盟主之位该怎么办？

所有人在这一刻都感觉到了默契的头疼。

不过九郡主对这些都不在意，她更在意的是之前留下的赌注，若她赢了，那么底下的人就要像阿月道歉。

其他人也慢慢想起这么一回事，你看看我我看看你，都有些许一言难尽的后悔，也幸好这么多人并非所有人都不讲信用，也有不少江湖人士敢作敢当，当即便严肃拱手道歉，最后逼得最初不肯道歉的把人脸色越来越难看，也不得不跟着道歉。

"对不……"

最后一个字被突如其来的声音打断。

"且慢。"

众人不由得稍稍收声，转头凝向声源处。

"是失踪的盟主夫人？"窃窃私语声起。

闻笑一袭白衣，手中抱着一顶斗笠，迎着众人意味不明的目光一步步登上擂台，中途因失明而险些被阶梯绊倒，还是九郡主及时伸手将她拉上来的。

"闻笑？"

闻笑淡然颔首："是我，我也知道你是谁，你不仅是李盟主的弟子。"

台下的人听不清她们在说什么，九郡主却知道她的言外之意。

她知道她是戚白隐的徒弟。

于是九郡主凝视她的目光变得有些奇怪。

闻笑任看不见也知道她在打量自己，嘴唇一张一合："我是说，我知道你是谁，中原的九郡主。"

九郡主与随后走上擂台的少年同时抬眼。

闻笑双目无神，却人畜无害地微笑："我也知道你身边的那位少年是谁，当然，也许你还不知道他是谁。"

少年冷淡道："让你闭嘴的方法有很多。"

"是吗？可是如果我的人没弄错的话……"闻笑在逐渐安静下来的氛围中，声音不大不小地开口，"你这段时间不可以动蛊，更不可以动武，否则你体内的血蛊将会暴动反噬你自己，像季炎鹤那样死得面目全非。"

她救下的人太多，每一个都有所擅长的方面，十八擅长打听消息，因为听力极好。她的所有消息都来自十八。

少年倏地抬眉，侧颈筋脉鼓动，眼眸变得浓黑阴郁，手腕忽然被人攥住。

九郡主听见闻笑的话就知道她来者不善，但她说的话也许都是真的，阿月不能动蛊。

九郡主死死攥着他的手，他没说话，扫向闻笑的目光冷得似北域冰原的寒风。

闻笑身后落下一名浑身有疤的男人，男人将她护在咫尺，像一座山。

少年眼中杀意涌现。

闻笑却率先转头看向台下："诸位想必都认识我，我是闻笑，季炎鹤的妻子，但我恨他，是他用蛊害死了我的孩子，甚至毒瞎了我的眼睛，给我种下情蛊，让我永远无法远离他。若非我的孩子……我的孩子……"

街道上莫名出现的第三张"武林盟主以蛊残害妻儿"是她命人散布的，她却将一切功劳都揽到自己身上，从而博得八大门派的同情。

"我筹划了几年才等到今天这个机会，本想当着众多江湖前辈的面彻底揭穿季炎鹤的真面目,却没想那位阿九姑娘先我一步,我很感激她,我的孩子……瞑目了。"

她哽咽地停顿,楚楚可怜的模样,又是第一受害人,江湖中人早就信了她的言语,纷纷替她不平,咒骂死掉的季炎鹤。

她又命护卫们拿出各种证据展示,江湖中人更加相信她的言语。

九郡主直觉不对,等她继续往下说。

闻笑暗自抹了下眼泪,勉强压下言语中的哽咽,双目无神地望向九郡主所在地方向,泪眼婆娑道:"我是感激你的,所以有件事不得不告诉你,也告诉众人。"

她凭借直觉将无神双眸转向黑衣少年所在的方向。

"阿九姑娘,你可知道你身后那名少年是谁?"

九郡主下意识地攥紧少年的手。

闻笑道:"那是南境的月主,传闻中现世则必引起战乱的南境蛊人,亦是两年前孤身击退西陆大军的那位南境月主。"

气氛顿时变得紧绷,危险,一触即发。

中原与南境这么多年来友好相处,可自从南境出了那位残忍无情的月主,尤其是他一人击退两大族这件事传到中原,所有人都在提心吊胆他会对中原做什么。

"阿九姑娘可知道为何南境的月主会出现在你的身边?"

此话一出,所有人的脸色都变得十分微妙。

是啊,堂堂南境月主,为何独独跟在一名貌不惊人的少女身边?且这名少女即将成为……武林盟主。

闻笑微微一笑:"他在利用你,阿九姑娘,南境对我中原虎视眈眈,若你成为武林盟主,他便不用浪费一兵一卒便能掌控半个中原,从而从内击破,使中原成为南境的囊中之物。"

此言一出,众人哗然。

九郡主没有看向身侧的少年,只冷冷地说了一句话:"你有什么证据?"

底下也有人反应过来,质疑:"闻夫人,你说那少年是南境月主可有证据?季盟主的事他也出了不少力,说他是南境月主,总该有证据才行吧?"

"是啊,虽说四方列国的人都忌惮南境的那位蛊人,但总不能没有证据随便指着一个南境人就说他是南境月主。"

"证据自然有。"闻笑道,"北域冰原的人可在?"

一排人迟疑地应了声。

"玉皇子被人种下一线生蛊,险些去了,这件事你们应当都清楚。而我身后这位侍卫恰好也是南境人,一线生蛊他了解一点,当今世上解一线生蛊的法子只有两种。一,挖掉眼睛,二……"

她轻笑:"用南境蛊人的血,将一线生吸引出来,蛊人的血,可勾起世间万蛊的欲望,你们亲眼所见这位少年是如何救下的玉皇子,应当知道我是何意思。"

北域众人沉默不语,随后道:"阿月少侠于我玉皇子有恩,但你们中原与南境的事我们北域不好插手。"

言下之意,你们继续打,我们还要视情况而定。

少年从头到尾都没有说一句话,既没有承认,也没有否认,这让众人越发确定他的身份:他策划揭穿季炎鹤,再将阿九姑娘送上盟主之位,从而不动声色掌控半个中原,可见心机之深!

众人皆畏惧且愤怒地指控他。

只有九郡主知道,他从头到尾都没想过做那些事,边关偶遇是巧合,来无极岛是她的提议,多管闲事的还是她,他自始至终就没想过掺和中原的事,这一切都只是巧合,或者说被人算计了。

若是算计,那么算计他们的人便只有眼前这位闻笑姑娘了。

九郡主从没有如此生气,哪怕父王再也不宠爱她,兄弟姐妹都欺负她,甚至被昏君送去和亲,她都没有如此愤怒。

她的手在发抖,是气出来的,她也不知道为什么偏偏这次这么生气,大约是因为心上人被人欺负……他被误会,被指责,所有人都想要他的命,因为他是南境的人,是世人畏惧的蛊人。可他在她面前从未杀过一个不该杀的人,他甚至会给不知道他的身份而说了他难听话的夫妻劈柴打水,会钓鱼哄她开心,会因为一串蚂蚱而和小孩子斤斤计较,即便知道会暴露身份却还是救下最讨厌的北域之人。

闻笑道:"阿九姑娘,你被骗了。"

九郡主却缓缓笑了,少年感觉到她的怒火正在濒临爆发的边缘。

"你又如何确定,这一切都是他策划的呢?"

闻笑没有立刻回答,九郡主先替她说了:"你根本不用确定,只要将他是南境月主的身份暴露,再加以话语引导,在场的所有人都不会相信他。"

他是南境人,亦是百年难见的蛊人,他天生无法得到别人的信任。

"至于你,闻笑夫人,"九郡主冷冷地看着她,"现在我想对你说,你的嘴里一句实话都没有,而我这句话可是有证据的。"

闻笑嘴角的笑微微一僵:"阿九姑娘此话何意?"

九郡主转头看向北域众人,神色从所未有的冰冷:"你们想不想知道是什么人给你们的皇子殿下种下的一线生?"

北域众人眼神染上寒意:"姑娘知道?"

九郡主冷笑:"无极岛上会下蛊的南境人很少,关于这点想必你们都发现了,而阿月……南境月主既然宁愿冒着暴露身份的风险也要救人,自然不会是下蛊之人。他曾同我说过,一线生蛊极其少见,寻常的南境人一辈子都不一定能养出来一只一线生。可闻笑夫人的这位部下不仅了解一线生,甚至还知道如何解它……"

她顿了下,言尽于此:"我相信北域一定会查清楚这件事。"

北域众人顿时感到自己被愚弄了,脸色也不好看:"这件事我们一定会查清楚。闻夫人,我们虽然不打算掺和你们的事,但既然牵涉我们玉皇子的性命,这件事我们定要彻查。"

闻笑嘴角的笑僵了僵,最后只好无奈地叹了口气:"阿九姑娘,你方才扶了我,你是个善良的姑娘,我本不想与你为难的,可你也该知道,若你的身份暴露……你的姐姐与你的叔叔,回去后定是免不了家中长辈的一顿责罚,你也不想她们因为你而受苦吧?"

她在威胁九郡主,若九郡主再敢多说,她就将九郡主的身份暴露出来,而一旦身份暴露,六郡主和小王爷在岛上的所作所为就会传到京城,他们包庇逃婚罪人的罪名会传进修帝耳中,朝中各方势力也会随之变更,从而引起修帝对伪装多年的六郡主的怀疑。

不能因为一时的口舌之快而害小六这么多年的努力付诸东流。九郡主眼睛里都快冒火了，却还是不能冲上去揍她。

闻笑转头对台下八大门派扬声道："诸位，我做的事不仅是为了武林盟着想，更是为了中原安危，昨日我得到消息，南境月主自封蛊脉，一月之内无法用蛊，若想杀他，今日便是最佳时机！"

少年静在原地，不知何时中指指尖凝下一滴鲜血，周围寂静，血落在地上的声音清晰可闻。

喊打喊杀的众人心中涌起浓浓的不祥。

少年缓缓地笑了，慢条斯理地屈指指去指尖上的血，抬起眼，眸中杀意浓郁得几要惊动鬼神。

"想杀我？不妨来试一试。"

空地不见一只蛊虫，台下有人眼中出现蠢蠢欲动的色彩。

毕竟谁不想杀南境月主？只要杀了他，南境便不足为惧，可他危险也是真的危险，没人敢冒着生命危险第一个冲上去。

这样的情况早在闻笑预料之中，她倏忽靠近静默不语的九郡主，轻声道："楚随允给你的耳饰是我拿走的，我就是想引起北域和中原的矛盾，等玉琉原死了，北域不会善罢甘休。我本想将玉琉原的死嫁祸给你这位朋友，再引发中原与南境的矛盾。"

闻笑眼中出现疯狂："其实是我蛊惑了季炎鹤，我告诉他只要取得无极掌的内力就可以继承无极岛，他太贪心了，对戚白隐下了蛊，却没有弄死他，反而给了王灵灵机会救走他。

"戚白隐太蠢了，他以为我想要的是岛主夫人的位置，其实我只想做岛主，我要把权利捏在自己手里，谁也无法夺走。"

闻笑笑得喘了口气："你不知道吧，是我亲自带人将王灵灵和戚白隐逼下悬崖，他们没有死真是太可惜……"

她的话语顿住，嘴角溢出一丝鲜血，感觉到一柄冰冷的长刀深深没入她胸口。

很痛，却也很痛快。

这才是她想要的结局。

只要九郡主当着所有人的面杀了她,偌大个中原再也无法容得下九郡主,她的目的也就达到了。

闻笑冲脸上溅了血的九郡主笑了下,她明明已经看不见,却总觉得能看见面前这个姑娘多么愤怒。

闻笑是真的想要杀九郡主的两位师父,这个罪永远无法饶恕,她也是故意激怒九郡主,想逼九郡主杀她,只有她死了,江湖人才不会犹豫地冲上来围杀他们。

而九郡主宁愿冒着被愤怒的江湖中人群起而攻之的危险,也要替师父报了这份相隔十年的仇。

闻笑因九郡主刺出的这一刀舒了口气,脸上的癫狂逐渐淡却,嘴唇发白,却轻声道:"谢谢你之前扶我这个瞎子的那一下,我决定不告诉他们你是当朝九郡主,但中原已经容不下你了……楚今酒,你还是快点逃吧……"

如果可以,她也不想伤害这个姑娘,可她毕竟阻了她的路,她得除掉所有阻碍她的人。

护卫没想到闻笑会这样自寻死路,惊怒之下迅速抱起她渐凉的身体欲杀九郡主,身后不知何时乍现大片的蛊,颜色各异的蛊爬过擂台,啃掉木头桩子,蔓延至他脚下。

护卫冷静下来,使用轻功逃离。

八大门派震惊不已,亲眼看着台上的阿九姑娘捅了闻夫人一刀,而那位脸色苍白浑身浴血的南境月主也没有封印蛊虫,相反,蛊虫与周围的毒虫一同肆虐。

于是一直很犹豫的众人纷纷抄起武器灭蛊,剩下的飞身而上,试图趁机依靠人海战术斩杀那对沆瀣一气的男女。

九郡主面无表情一脚踏出,蛊虫自动绕过她脚下,她侧过身,一刀挥出,斩下最先杀过来的两人手臂。

只因那二人想杀她身后的少年。

她横刀立于黑衣少年身前,身形纤细,背脊挺直,脸上满是不容置喙。

下面的人原本当她也是被利用的可怜人,如今见她竟还护在南境月主身前,又气又恨。

311

她没有解释什么，握刀的手从颤抖到平稳，眼神也从最初的些许挣扎到如今的执着。

"他没有利用我，也没有做任何针对中原的事情。"她看着所有人，语气沉凝，"每个人都只相信自己看见的，而我也只相信我的亲眼所见。"

- 上册完 -

揽月 下册

毛雀 著

江苏凤凰文艺出版社
JIANGSU PHOENIX LITERATURE AND ART PUBLISHING

大鱼

有爱的青春陪伴者

第十一章

赏　月

无极岛一片混乱，浑水摸鱼的随便摸鱼，认真追杀的继续追杀，瞒天过海的也在全力瞒天过海。

云澜和云渺收到消息赶来时已经迟了，现场一片狼藉，受伤者无数。

这场争斗中的无极岛也是被蒙在鼓中的，江湖人自然不会将故意这仇算在无极岛头上，只要他们不明着站在南境月主那一边。

云澜和云渺对视一眼后默契地选择瞒天过海，暗中吩咐人连夜找遍各个少年和九郡主可能会去的地方，最后在无极山找到他们。

当夜，无极岛出动三十八艘货船，向着四面八方扬帆远去。江湖人看着三十八艘船只能干瞪眼，都能猜到他们想找的人就在其中一艘船中，却不知道具体是哪一艘船。

找不到罪魁祸首，江湖中人只好将磨好的矛头对准暗中相护的无极岛。

圆月高高悬挂之际，苍茫海面出现一艘前往北方的货船，船身斑驳，船帆在海风中猎猎作响，带着腥味的海风吹过脸，掌舵的船夫抹了把脸，转头同身旁的朋友闲谈。

"你说云澜公子帮他们逃走，咱们无极岛日后会怎么样？"

"那还用问，定然是被江湖人记恨。"

两人齐齐叹息。

周不醒从船头跳下来，仰头望月。

他和宋长空收到消息后第一时间找到了少年和九郡主。

彼时少年已解开前一日晚上亲手钉上的五颗封蛊钉，腰间衣袍濡湿，他穿的黑衣，若非上手摸真发现不了他身上都是血。

九郡主穿着一袭红衣，衣裳边缘白色的毛绒也被他的血染红，她眼眶发红，却又不敢问他究竟做了什么。蛊虫暴动那会儿她就发觉他的不对劲了，可他不想说，也没力气说，光是压制暴动到想要吞噬主人的蛊他就费了九分的精力。

直到周不醒和宋长空到来，一路紧绷的少年才细微地松了口气，将她推给他俩之后便昏睡过去。

幸好云澜和云渺给了他们一艘船，同时发动余下三十八艘船，只为了掩护他们尽早离开。

无极岛已经变成江湖的是非之地，往后也会不安宁，他们已顾不上其他。

…………

周不醒转头回船舱继续同里面的人干瞪眼，谁知道他刚进去便发现，先前还在忧心忡忡的九郡主和宋长空面对面坐在床边玩起了翻花绳。

少年安静地躺在他们身后的床上，双眸紧闭，长长的睫毛在他眼睑下勾起一道道根根分明的阴影。

嘴唇和脸色同样苍白，长发披散着，发饰与辫子全被摘下来放到一边，襟口的里衣是白色的，边缘染了一丝干涸的血，像雪上的一朵梅花。

周不醒看了看床上的少年，又看了看旁若无人翻花绳的两个人，实在憋不住。

"我说，你们是不是变脸太快了？之前明明还在哭天抢地问我阿月会不会死呢。"

宋长空甚至差点扒了他的裤子，就为了威胁他一定要救活阿月。

九郡主看了眼床上昏睡的少年："你不是说只要熬过今夜他就会醒过

来吗？"

"你就没想过他醒不过来？"

"没想过。"九郡主老实说，"他只是抽空去和阎王喝杯茶，等茶冷了他就会回来。"

周不醒："你好自信，除了阿月，你是我见过的第二个如此自信的人。"

九郡主一点点翻着红色的花绳，这是少年昏过去前唯一记得留给她的，留给她系辫子的。

他知道昏过去之后不知何时才能醒来，只记得提醒她不要忘记用红绳系紧辫子发尾，她系辫子的发绳总是容易松，以前都是他帮她编辫子，再帮她系紧发绳。

如果他睡着了，明日阿九的辫子就没人帮她系了。

九郡主没有用这根红绳系头发，她先前一直将发绳缠绕在手腕上，周不醒什么都不肯说，只留下一句"明日日出前醒过来就能再撑一段时间"便跑了。

显然这件事还没翻篇，后面的事也许更严重。

九郡主低下头，继续摆弄手中的花绳："况且，他连名字都没告诉我，他一定会醒过来的。"

"名字？那你问我啊，他叫宋……"

九郡主一个眼刀子甩过去："我要听他亲口说。"

宋长空翻了下花绳，拇指与食指勾着花绳翻来翻去，找不到下手的地方，闻言道："我猜阿月肯定不会想亲口告诉你他的名字。"

"为什么？"九郡主不解。

"因为他的名字吧，有点……"周不醒大笑出声，故意勾人胃口，偏偏就是不继续说。

九郡主转而看向宋长空。

宋长空实在翻不过这个花样，不太情愿地放弃，重新理了下花绳，严肃道："因为我哥的名字有点可爱，他本人非常不喜欢那个名字。"

咦？这不是更有意思了吗？

九郡主顿时来了兴趣，恨不得快进到第二天，然后问出他的名字，以后就天天在他耳边喊他全名，看他想杀她却又杀不掉她的样子。

周不醒本以为她听到那番故作玄虚的话后会更加好奇，甚至过来追问他阿月的真名。

却没想到她只是眼睛亮了些，便侧过身挨向床沿，上半身前倾，抬手轻轻拍了下昏睡少年搭在被子上的惨白手背，又虚握住他蜷缩的指尖，摇晃烛光下的侧颜显得格外认真。

"阿月，你要快点醒过来，亲口告诉我你的名字，这样我日后才能天天气你。"

周不醒无语。

跟这群人待在一起久了，他总觉得自己才是最正常的。

无极岛。

云澜与云渺焦头烂额地处理与江湖中人的矛盾，他们帮阿九和少年离开无极岛时就知道早晚会面临这一出，尤其是副岛主还将闻笑救了下来，并且强硬地将之扣押在内岛。

若非内岛外围布下一圈阵法，江湖中人才不会只过嘴瘾。

"哥，你后悔吗？"云渺问。

"后悔。"云澜面无表情，"但再给我一次机会，我还是会这么做。"

云渺感慨道："哥，我今天才发现原来你也挺帅的。"

"什么叫今天才发现？"

"近臭远香嘛！"

江湖中人吵着要他们放了闻笑的声音越来越大，还说无极岛是不是想背叛庆王朝想要投奔南境，云渺气得翻了个白眼。

"我没弄死闻笑就不错了，还要我们把她交出去？我爹也不知道怎么想的，竟然花那么大的力气救那个女人，让她死掉不好吗？"

"她要留着做人证,她说过的话只有他们知道,阿九姑娘性子很好,寻常不与人为难,却为何突然想要杀闻笑?一定是她对阿九姑娘说了什么。"

"虽然我们都不相信阿九姑娘和那位少年会滥杀无辜,但毕竟那是南境月主,单凭这个身份就不好收场……"

云澜头疼地揿了揿太阳穴:"我们无极岛不涉党争,这次暗中站在阿九姑娘那一边,朝廷只会以为我们想投靠南境,这次绝不会坐视不理,不仅阿九姑娘会被朝廷盯上,我们无极岛也麻烦大了。"

"如果岛主回来……"

"如果岛主回来就把这堆烂摊子全甩给他!"一向好脾气的云澜也要炸了。

正说着,推门声响起。

"抱歉。"低沉的男人嗓音在门口响起。

云澜与云渺齐齐抬头。

门口的男人身形颀长,一身粗布麻衣,面容沉稳却依旧俊秀,双眸漆黑,不苟言笑的寡言模样一如记忆里的那个人。

"岛主!"

云澜与云渺一起从椅子上蹦起来,竟全破了声直冲门口而去。

"哎呀,十年不见,当年只会跟在我们屁股后面馋烤鱼的两个小屁孩也长得这么大了啊。"

王灵灵捏着鞭子从戚白隐身后走了出来,随手搭着他的肩,似嘲笑又似怀念。

"臭妖女!"云澜云渺惊骇地瞪着戚白隐旁那个红衣女人。

王灵灵食指竖在红唇边,笑眯眯道:"以后要叫岛主夫人哦。"

两兄妹震惊到说不出话。

戚白隐默默看了眼得意的王灵灵,不置可否地看向僵在原地的两兄妹。

"……嗯。"

戚白隐回来的第一件事是去见副岛主,接着又去见了云渺与云澜两兄妹,最后才去见捡回一条命的闻笑。

闻笑倒是早已猜到他会回来,胸口的伤已经被止了血,除了脸色不太好之外,与平时无异。

"我猜你这几日便该恢复记忆。"

闻笑与她的护卫被关在单独的房间中,门外皆是阵法与守卫,她也不急着走,她在等戚白隐。

"既然是季炎鹤给你下的蛊,他死了,你的蛊便也该解了。"不等他们开口问,闻笑就先将想说的说了出来,似是知晓此时不说日后便更没机会说。

"我设计这一切是为了做无极岛的岛主,若你二人当年死在悬崖下,今日的无极岛主便是我。可惜,你们不仅没有死,还教出了一个前途无量的徒弟,她坏了我所有的计划……戚白隐,我知道你早晚会回来,你若回来,即便我拿到三门九室的锦帛也无法成为无极岛岛主。"

"所以你就想把所有人都拉下水,一不做二不休毁了无极岛?"

王灵灵觉得多看这女人一眼都是伤害自己的眼睛,但又不放心将戚白隐扔进来独自与她相处,抱着胳膊嘲讽地立在两人中间充当屏风。

闻笑胸口还有伤,说了这么多话,胸口闷闷地疼,她咳嗽几声,缓过来后才道:"无极岛不问世事几百年,早已惹了不少人的惦记。如今中原岌岌可危,修帝昏庸,各地民怨沸扬。南境势大,几乎要吞了西陆,北域亦不甘屈居人下,倘若有朝一日中原坍塌,你们认为无极岛会如何?"

必然是群相争食。

既然早死晚死都是死,倒不如先殊死一搏。

闻笑道:"我若做了无极岛主,第一件事便要无极岛入世!我无极岛不缺钱财,甚至与不少江湖能人异士交好,入世后若招兵买马操练兵戈,颠覆这王朝也未尝不可!"

她是那种为达目的不择手段的性格,只要能达成她的目的,哪怕是自己的命也可以不要。

毁掉无极岛，同时也意味着给予无极岛一个新生，一个踩在刀尖上的新生。

王灵灵本想说你痴人做梦，可仔细想想，闻笑说得竟也不无道理。

可这与她何干？她是魔教妖女，这等大义之事本就是她嗤之以鼻的。

戚白隐毫无情绪地看向闻笑，对上那双溃散的眼睛，静默片刻，缓缓道："你当年若与我说你想做无极岛主，我不会同你争。"

闻笑怔了下。

"你阿娘是师父最爱的人，她去世后，你就是师父最爱的人。师父不愿你受苦，才将岛主之位传给我。"戚白隐停顿了一下，"闻笑，我并不想做无极岛主，你该知道的，无极岛岛主历练回来后便终生不可出岛，因为外面太多人觊觎无极岛。"

戚白隐曾真心想要驻留无极岛，用一生来守护无极岛。

可偏偏他遇见了王灵灵。

他这一生便只想护住她一人。

戚白隐道："不过，你的话不无道理，无极岛确实该入世了，可那个人不会是你，也不会是我。"

王灵灵侧身看向门口，扬声道："楚今朝，你还等什么？"

静默一息。

木质雕花门被人从外面推开，身着蓝白交领长衣的六郡主抬脚迈入，发上簪花步摇在月光下轻轻摇晃。

她从容不迫地抬起眼，弯唇冲屋内的人笑了笑，最后才漫不经心地看向神色微妙的闻笑，意味深长道：

"闻夫人，真是不好意思，觊觎这个王朝的，可不仅仅只有你一人。"

三更夜，无极岛发出十年不见的召令烟花，所有人在无极八楼集合。

无极岛主戚白隐回来了，并且承诺无极岛将会给江湖中人一个交代。

众人哗然。

戚白隐长身立于主位前，神色不动，却没有表现出任何要给众人一个交代的意思，反而嗓音低沉道：

"无极岛众人听令。"

"岛主吩咐！"

戚白隐抬眸看向神情严肃的八大门派之人，罕见的嘴角稍勾，眼梢却冷冷垂下，将他一身的沉冷气势历历描出。

"阿九便是我无极岛下一任岛主。"

"阿九要做的事便是我无极岛要做的事。"

"阿九要救的人便是我无极岛要救的人。"

三句话重重落地。

八大门派之人神色大变，纷纷起身愤怒质问他此言何意。

戚白隐没有说话，王灵灵一鞭子甩开离他最近的那个人，满是倒刺的鞭子缠在那人嘴上，她在满目的鲜血中笑得格外嚣张。

"是魔教妖女王灵灵！"

"她不是死了吗？"

"不，她现在和戚白隐是一伙的！"

"无极岛你们怎么敢与魔教勾结！"

在众人憎恨与惧怕的目光中，王灵灵一脚踩上长椅的椅背，红色长裙从双腿两边开衩垂落。

戚白隐看了一眼，又看了一眼，实在没忍住悄悄将她裙摆往上拎了拎，被她一巴掌拍掉。

王灵灵翻了他一个白眼，随后重重甩下鞭子，目中无人道："我妄言教众何在？"

八大门派齐齐怔住，复大笑。

"哪儿来的魔教之人？魔教不是早十年就被灭了吗？"

"痴心妄想的女人罢了。"

"都十年了,还在做梦……"

"妄言教左护法问道在此。"八大门派其中一派的掌门心腹淡定站了出来,冲上位的王灵灵鞠躬拱手道,"问道恭迎教主归来。"

"妄言教右护法,问水,恭迎教主归来!"八大门派之人中再次走出一人。

"妄言教白露院,白岩,恭迎教主归来!"

"妄言教惊蛰院,惊雨,恭迎教主归来!"

"妄言教……"

此起彼伏的"妄言教"此时犹如一根一根的长钉,深深钉入八大门派之人的耳中。

一共十八人。

十年来,八大门派竟被魔教中人渗透,而他们却自以为消灭魔教为此沾沾自喜,一时间各个门派之人的脸色难看得犹如锅底,一个个气得手都在抖。

原来他们自己家才是魔教的老窝。

王灵灵轻蔑扫过那些人的脸,握着鞭子有一搭没一搭地敲着椅背,三声后轻飘飘地开口:

"阿九是我王灵灵的弟子,辱我弟子之人回去自我领罚。现在,听我命令。"

"阿九便是我妄言教圣女。"

"阿九要做的事便是我妄言教要做的事。"

"阿九要救的人便是我妄言教要救的人。"

"如有不服者,日后可自去向她挑战!胜者回来领罚,输者回来领赏!"

"……谨遵教主吩咐。"

不论外面如何混乱,在这讨厌的江湖胡搅蛮缠一通的王灵灵终于大仇得报,狠狠伸了个懒腰,随即看向沉思的戚白隐。

"喂,木头,你真打算让阿九做无极岛岛主?你不是说做岛主很累?"

戚白隐弯腰给她理了理裙子边角,起身时淡淡反问:"你打算让阿九做你教圣女?"

"当然不啊!圣女多累,我们家阿九哪能受这个委屈?"王灵灵理直气壮,"我就是说给别人听,今天气氛好,咱们绝不能输气势!你呢?你怎么个意思?"

戚白隐沉默了一瞬。

"……我也是。"

以此同时,海域上飘荡的大船被海波拍打着摇晃了一下,趴在床沿睡觉的九郡主倏地打了个喷嚏,她不安地皱紧眉,用力抱紧身上的被子。

船只轻晃中,一道修长的黑色身影静坐起身,豆大的烛光中,长发披散的少年慢慢垂下眼,眼也不眨地看了她许久,右手不受控制地抬起。

他冰冷的指尖勾向她手腕上系着的红绳,约莫是没力气,勾了好几次才勉强勾住,勾紧。

他合上眼,苍白嘴角缓缓抿出一个餍足的淡笑。

九郡主睡梦中隐约察觉到有什么动静,迷迷糊糊中睁开眼,映入眼帘的是朦胧的蓝色床幔。

她发了会儿呆,猛地坐起,左右四顾。

她记得昨晚清醒时还坐在阿月床边摆弄他的手指和头发,后来太困了,也不想动,索性趴在他床边眯一会儿。

可她现在却躺在阿月的床上,盖着他的被子,而他人却不在。

他一定是醒了。

九郡主既高兴又担忧,连鞋子都没来得及穿便光脚跑到门边,刚拉开门就撞进少年染了晨色的清冷怀里。

"阿月,你醒了?"九郡主两手抓着他雾紫的衣襟,匆匆仰头看他,"你怎么醒了也不叫我呢?"

少年抬手揽住她的腰,防止她摔倒,低低"嗯"了声,随即注意到她没穿鞋，蹙起眉："阿九，穿鞋。"

她顺着他的视线往下看，船只地板上有点凉，她焦急下来时没注意，这时才感觉有淡淡的凉气从脚底板蔓延至双腿。

海上湿气重，更显得冷。

她蜷缩着脚趾，镇定地看了他一眼，并未立刻回去穿鞋，反而用手牵住他的衣袖一定要拉着他一同进屋，一转身，整个人就被他打横抱了起来。

九郡主下意识摸向他腰间受伤的部位，忧心忡忡："阿月，你的伤口不会裂开吗？"

少年目不斜视地越过旁边的桌椅，稳稳当当地将她放回床上，接着弯腰去找她的鞋，声音从下向上飘来。

"小伤。"

"小伤你怎么会昏迷这么久？"

少年握住她一只脚，肤色白皙，脚尖圆润。他停了一瞬，想给她穿鞋，指尖温热。

她缩了缩脚趾，甚至悄悄将脚藏进被子里，脸也埋了下去，露出一双圆眼，眨巴眨巴。

"阿月，周七两什么都不肯同我说，他说你要是今天日出前醒不过来的话，以后都醒不过来了，我跟他说我不信，其实我怕死了。"

她很坦诚，有什么就说什么，心里担心他也会直言，她对他的感情也是这样，炙热温暖。

少年直起身，双手撑在床沿，静默地将脸挨近她。

她不明白他这是什么意思，见他用那双乌黑的眼眸凝视着自己，迟疑着歪过头亲在他侧脸上，然后撤回去，好奇地抬起手摸了摸嘴唇。

少年被她突如其来的一个脸颊吻弄蒙了，侧脸上残留的温度烫得吓人，比蛊虫在身体里沸腾时还要折磨人。

他极慢地眨了下眼，撑在床沿的手指细细蜷起，朦胧中听见她不确定地问："不是这个意思吗？"

少年默然地看着他。

九郡主脸颊后知后觉地红了一点，手指抓了抓掩脸的被子，小声说："那换你主动的话，也不是不行的。"

少年忽然直起身，带起的风撩了下她颊边的碎发。

九郡主眼睁睁看着他撤退半步，不紧不慢地脱鞋上床，神色从容地越过她坐进被子里，拉起另外半边被子盖住头，身子朝后仰倒，一翻身，半边被子全盖在他身上。

捂得严严实实，根本看不见他的脸。

九郡一脸疑惑。

少年一动不动。

九郡主松开捂脸的被子，爬过去戳戳他的被子："你该不会在害羞吧？"

他没说话。

九郡主拉扯他的被子，不高兴地说："我一个姑娘家都不害羞，你怎么搞得好像我轻薄你？"

说完，她被少年从被子里伸出来的手重重一扯，摔在他身上，他的脸露了出来——在笑。

"不是害羞。"被子隔在两人中间，他额头抵着她的，不同的温度互相传递，乌黑眼底映着她的脸，"看着你我冷静不下来，但我必须先冷静地思考另一件事。"

"什么？"

"要不要现在就亲回去。"他低垂着眼睫，眸光落在她微合的嘴唇上，再抬起眼时神色颇为苦恼，"可我睡了这么久，还没有来得及洗漱，有点生气。"

九郡主倏地笑出了声，搂着他脖子埋他怀里使劲蹭了几下，没让他看见自己脸上出乎寻常的红："阿月，我也没有洗漱呀，你会嫌弃我吗？"

"不会。"

"我也不会。"

于是气氛短暂地凝住了，呼吸变得发烫。

门外，周不醒突然敲了下门，没好气地警告："刚醒就想搞气血方刚的事儿，你是怕你的血流得不够多吗？"

九郡主猛然醒悟，向门口看去："周七两，你进来怎么不敲门呢？"

少年冷眼睨过去，眼风几乎要将打扰他的周不醒刮成碎渣。

周不醒认输地举起双手："你们俩都是要快活不要命的人，真是天生一对。"

九郡主赞同道："我也这么觉得。"

周不醒："我大概不是在夸你们……"

对上少年六亲不认的视线，周不醒及时改口，一边关门一边说："没错，我是在夸你们，你们天生一对，你们继续，我不打扰你们了。"说完，又伸进来个脑袋，"完事儿记得赶紧过来把第五颗封蛊钉钉上。"

等他人走了，九郡主才问少年："封蛊钉是什么？"

少年没说话。

她的手指摸索着伸进被子里，轻轻按在他腰上，正好是他受伤的部位："你受伤就是因为那个封蛊钉？"

少年看着她，还是没说话。

九郡主生气了，瞪他："你最好趁早老实交代，封蛊钉的事我还没和你算账。"

少年淡定地"嗯"了声，下一瞬，冷不丁地说："阿九，我们可以先继续之前的事吗？封蛊钉可以稍微迟一点再说。"

九郡主疑惑地看着他。

少年压抑着侵略的眼神直勾勾地落在她的嘴唇上："我觉得这件事更重要。"

九郡主张了张嘴，想说什么。

"阿月！周不醒说你醒了——"门又被推开。

看见屋子里的情形，宋长空的声音顿时卡在嗓子里，当少年微眯眸看向他的那一刻，他总觉得有把刀危险地从自己脖子上切了过去。

"——就当我没来过，我没来过！"

宋长空转身就跑。

少年冰冷的声音响起："回来，把门关上。"

跑了一半的宋长空老老实实跑回来把门关上。

周不醒准备好了东西进来，等着少年亲手钉上第五颗封蛊钉。

"他一大早醒了就来找我钉前四颗封蛊钉，第五颗封蛊钉留着没钉，毕竟第五颗钉上之后他会再睡一天一夜，非要回去等你睡醒再钉。"

封蛊钉是银色的短钉，半个拇指的长度，方形的尾端，钉子尖锐寒凉，这玩意儿扎进身体里得多疼。

九郡主摁住少年准备脱衣裳的手，眉心皱得像个八十岁的老奶奶："阿月，我们不钉不行吗？"

周不醒冷笑了声："现在不钉，他今晚就会因蛊虫反噬而死。"

于是她只好松开手，眼睁睁看着少年脱到最后一层衣裳停下了手。

少年转头看她，她毫不避讳地回视着他。

他微微皱眉。

周不醒充当翻译，说："他不想让你看他身上那四颗封蛊钉，他怕你被吓哭。"

少年没好气踹了他一脚："说的什么乱七八糟的东西？"

"反正大概就是这么个意思，"周不醒不怕死地补充，"要不然就是害羞，不好意思让姑娘家看他珍贵的身子。"

少年直接将周不醒踹了出去。

周不醒揉揉屁股站起来，不以为意地摊手："反正按照你们早上那个速度，早看晚看有什么区别？"

最后少年还是当着九郡主的面脱下了上半身的衣裳。

少年的肤色冷白，九郡主根本顾不上他身材如何，只看见他身上的四颗黑色封蛊钉。

原本应该是银色的钉子,钉在他身上反而变成了不祥的黑色,左右腰间一颗,双肩各一颗,还剩最后一颗。

胸口偏下的部位赫然一个结痂的血窟窿。

九郡主眼眶瞬间就红了,手指小心翼翼地触摸着他胸口结痂的地方,吸了下鼻子,很努力地压回眼泪,抬起头看着他的眼睛:"疼不疼啊?"

疼是肯定会疼的。

她想起来前几日她推开门时便看见他脸色苍白地坐在门口,那个时候他身上应该就钉了封蛊钉,她不知道,还往他怀里蹭。

这么一想,她眼眶更红了,眼泪没憋住终归是掉了下来,砸到他手背,他手指微微一动,似乎是想为她擦眼泪,她却抬起袖子默不作声地擦干净了眼泪。

他叹了口气,抬眸对眼睫湿润的九郡主轻声说:"阿九,过来些。"

她乖乖地挨近他,眼前黑了下来。

他一手捂住她的眼睛,另一只手将最后一颗封蛊钉深深钉入胸口。

她听见钉子扎破血肉的声音,感同身受般,心脏抽搐着疼,眼泪再次控制不住地掉下来,濡湿他手心,却不敢动,怕碰到他。

他还是没松手,只是低声同她说:"其实并不是很疼,你别哭,早上你跑得太快,我没来得及给你编辫子,等我睡醒再给你编辫子好不好?"

她说:"好。"

少年依旧捂着她的眼睛,眼皮越来越沉:"阿九,封蛊钉要不了我的命,只会暂时封印我体内的蛊,我睡着之后它们也会跟着沉睡。"

"嗯。"

"后日我想吃鱼。"

"不行,你身上有伤,不可以吃鱼。"

"那你用面团捏个鱼哄哄我。"

"好,给你捏很多很多鱼。"

"阿九。"

"嗯？"

他低头在她鼻尖轻吻了一下，气息下移，最后一点热度停留在她唇角，声音低低的，只有她能听见："亲亲就不疼了。"

等他睡着之后，九郡主翻箱倒柜找出全部家当，"啪"一声摁在桌子上，神色严肃地同周不醒说："周七两，我把钱全部给你，你同我说，阿月为何要封盅。"

周不醒眼睛直直瞪着桌上的一沓银票，嘴角的笑快要咧到眼尾，他一边收钱，一边询问道："你确定要问我？"

"确定。"

周不醒收了钱拔腿就跑："阿月说不能告诉你！"

宋长空听说周不醒坑了九郡主全部家产跑路后，第一时间跑到自家大哥床前告状。

"哥，周不醒那个贪财鬼坑了兄嫂三千两之后藏起来了，兄嫂找了他一下午也没找到。"

少年安安静静地睡着。

宋长空趴在床边，只有这种时候他才能接近自家大哥，阿月从不和其他人亲近，包括他这个弟弟。

可是有了九郡主之后，他就变了。

宋长空有点酸，却也有点高兴，高兴完又唉声叹气，托着下巴絮絮叨叨说了一大串，也好在少年是睡着的，否则就该把他丢出去喂鱼了。

宋长空走后，周不醒才从床底下爬出来，拍拍衣服上的灰尘，嘀嘀咕咕："最危险的地方才是最安全的，你们家小郡主现在正在外面挖地三尺找我吧？她肯定没想到我会藏在你床底下。"

他随手拿了根玉米，一屁股坐在宋长空先前坐过的椅子上，吊儿郎当地跷着腿啃，玉米啃得差不多时才站起身看了眼床上昏睡的少年。

苍白的脸色像棺材里的死人脸，连呼吸都是进得多出得少，只差那么一点点，没等失控期卷土而来他就死在封蛊钉下了。

明知道抹杀失控期要比陷入失控期更危险，却还是毫不犹豫地选择走上这条路。

"感情啊……"周不醒摇了摇头，不说了。

九郡主找来找去也没找到周不醒，最后还是放弃了，抱着被子去少年的房内打地铺，铺完被子，她趴在床边拍了拍少年搭在被子上的手背。

"阿月，我也要睡了，我们明天见哦。"

少年不说话就是默认，她乖乖拉起被子躺下，过了会儿总觉得哪里不对劲，一翻身正好对上床底瞪大眼的周不醒。

周不醒第二天去找宋长空吐槽："我觉得你未来娘子可能需要看看大夫，大晚上的和自己喜欢的人一个屋，不睡他那大床上反而搁地上打地铺，是不是有点毛病？"

宋长空一脚踩上他脚背，绷着脸纠正："请称呼她为我兄嫂。"

周不醒吃痛哀号："兄嫂，你兄嫂，我知道了！不就一个称呼的问题吗？这么斤斤计较干什么？"

宋长空说："你可以试试等阿月醒了去阿月面前说。"

周不醒："那明年今日就是我的忌日。"

他知道还敢胡说？真是不怕死啊。

九郡主一大早就在准备食材，少年身上有伤不能吃鱼，她只好从小食库挑选一些他能吃的东西，云澜兄妹俩给他们的船上准备了许多东西，足够在海上撑半个月。

按照原路线，十天后他们就会靠岸，目的地靠近北域，但他们不会去北域，只在边界处短暂停留几日。

厨房还有两个厨师，九郡主抱着食材进厨房时他俩愣了下，她笑眯眯同他们打了声招呼便熟练地动起了手。

两个厨师见此倒是有些意外，过了会儿习惯后便互相聊了起来。

高个的厨师说："听说靠近北域那片有一群臭名昭著的水匪，凡是从那边走过的船只都会被洗劫一空，不过反而因为那边正好在北域和中原的交界处，两边都懒得管。"

矮个的厨师说："姑娘，我们的船是不是要经过那边？"

九郡主利落地切着辣椒，闻言思考了一会儿："去北域的话，那里是必经路吗？"

"不是必经路，"矮个的厨师说，"但那是最近的路，绕远路的话至少要多行船十日，我们船上的吃食顶多只够撑接下来的半月。"

九郡主思索着，到那个时候阿月的身体不知能不能彻底好起来："附近有可以停靠的地方吗？届时补充些吃食，我们还是绕路吧。"

万一阿月到时候没有好起来，反而碰上交界处的水匪，到时候多多少少有点棘手。

矮个的厨师说："我估摸着下午便会经过无忧镇，到时候可以去镇子上添补些东西。"

九郡主本想到时一块儿下船去镇子上看看，想到还在昏睡的阿月，顿时敛了这些乱七八糟的心思。

高个的厨师这时便好奇问："姑娘同那昏迷的少年是……"

九郡主抬起头，毫不遮掩地笑了起来，眼眸弯弯的，像月亮："我喜欢他，想同他一辈子在一起。"

高个的厨师便感慨道："我家女儿也同姑娘差不多的年纪，去年才嫁了人，说起来也有一年零两个月没见过她了。"

"咦？那您女儿嫁去哪里了呀？"

"嫁去北域啦。"高个的厨师说。

矮个的厨师也插了一嘴说："我女儿嫁去南境了，姑娘你同那位南境少年关系亲近，你可去过南境？你可知晓那是个什么地方？"

九郡主老实摇头："我也没去过南境，我是在边关遇见的阿月。不过周七两和宋长空也是南境人,我可以把他们拉过来同你聊聊天呀。"

"可以吗?"

"应该可以吧?我去问问他们愿不愿意!"

于是最后周不醒和宋长空还是凑热闹来了厨房,一人蹲在一个锅前烧火,一边同他们闲聊。

"南境其实也没有别人说的那么可怕,那边也有很漂亮的地方。"周不醒想了想说,"说起来,我以前也是中原人,不过我还是在南境待的时间比较长。"

九郡主惊讶:"你是中原人?"

难怪他中原话说得这么好。

周不醒扬扬得意:"想不到吧,阿月也有一半中原人的血统。我可是纯正的中原血脉,不过我爹娘都死在战争里,我被南境的人俘虏去做奴隶。那会儿阿月出来玩正好迷路了,碰见我们这群奴隶被人打骂,顺手把打骂的那几个老头子解决了,给了我们一个逃跑的机会,能抓住机会的都跑了,没抓住机会的又被抓回去。"

九郡主很少听说少年的过去,正好这次他没醒,周不醒又有兴致,便竖起耳朵认真听。

高个的厨师不明白:"既然能救所有人,为什么不干脆全都救了?只是给奴隶一个机会,有的人跑得不快,那岂不是得了希望又失去希望,不是更残忍吗?"

宋长空跟着他俩这么多年,竟也没听周不醒讲他过去的故事,这会儿手上烧火的动作也停了下来,仔细聆听。

周不醒呼了呼火说:"可是阿月为什么要救所有人呢?他愿意给别人一个生的机会,那是每一条生命应得的机会,也许有的人只想吃口饱饭,并不想过上无所归处的逃亡日子呢?"

这倒也是。

"我算是比较幸运的一个,主要还是我胆子大,当时就敢去招惹阿月。"

周不醒现在想来感觉还挺有趣。

"你怎么招惹他的？竟然能活着长这么大？"宋长空震惊，他对阿月的印象还停留在"敢招惹阿月的人都会被弄死"。

周不醒沾沾自喜："我偷了他的钱袋。他本来确实想杀我，不过我看出来他迷路了，自告奋勇给他带路。他大概心情好，那次便没杀我，我觉得跟着他比较有前途，就死缠烂打一路走一路摸索地把他送回了你们南境。也是巧合，我师父，就是眠师，她通过这件事发现我是个可塑之才，便斩钉截铁将我留了下来。"

宋长空："……倒也不必如此添油加醋地讲故事。"

矮个的厨师小心翼翼地问："你们那位黑衣少年朋友，是不是脾气不太好？"

毕竟听他们说的，那少年蛮危险的，以后还是不要去他面前晃悠。

"那倒也没有。"周不醒在九郡主危险剁菜的声音中明智道，"阿月也不是见谁就动手的。"

宋长空决定给自家大哥说点好话，骄傲道："毕竟不是所有人都值得我哥亲自动手的。"

两名厨师：你这解释还不如不解释。

下午，船只靠岸无忧镇。

周不醒和宋长空最先跳下船互相追着在码头打起来，起因是周不醒顺走了宋长空的两根玉米，宋长空不服气，要他还四根，周不醒抠门不还，于是两人一如既往地你追我跑。

船上的人下去大半补充吃食，九郡主不想把少年一个人留在船上索性便留了下来。码头附近船只抛锚收锚，她觉得有趣便蹲到船尾看人家开船停船。

她是个爱热闹的性子，小时候到处跑养出来的不认生，见到谁都能自然地和对方聊两句，再加上她眼睛圆圆的，又爱笑，最讨年纪大的人喜欢。

半个时辰不到的时间她就和码头上的几位船工混熟了，她也乐于跳下船帮人家搬点小东西。

年纪大点的船工纳罕："姑娘瞧着不像穷苦人家出身的孩子，怎么做起这些事如此熟练？"

九郡主顺手帮他把粮袋提溜起来，笑眯眯地说："因为我从小是穷养的嘛。"

她不捣乱，也不是见谁就帮，船工并不是很需要她一个十七八岁少女的帮忙，只有瞧见腿脚不方便的才会稍微帮个忙，顺便同对方闲聊。

闲聊过程打听到一些消息，这里是无忧镇，距离北域最快还有十日船程，离京城更远，回去至少要大半个月，无极岛的消息还没传到无忧镇，她可以暂时安心顶着这张脸出门溜达。

无忧镇上江湖人比较少，大概是靠海，江湖人不太喜欢海，无忧镇附近其余几个镇子里的江湖人倒是多些。

九郡主暗忖这情况挺好，对自己有利，只是短期内暂时打听不到无极岛的情况。

年轻点的船工说："等姑娘船上的船工搬回东西，天色也不早了，姑娘倒不如暂时住下，正好咱们镇子最出名的就是月老庙，无论有没有心上人的都会去庙里拜拜，姑娘既然经过无忧镇也算是缘分，不如就去瞧瞧，凑个热闹也是好的。"

九郡主若有所思："月老庙？"

"这不是临近过年了嘛，每年过年前咱们无忧镇的月老庙都有不少人前来祭拜，姑娘可瞧见远处那棵大树？"船工指着镇子里的一棵树，虽然离得比较远，依旧能看见那棵树上挂满红绫。

其他船工凑热闹道："那就是月老庙里的百年月老树，同心同意的两人将写着对方名字的红绫挂上那棵树，日后便生生世世不分离。"

听起来很好玩的样子，虽然知道这种东西只是一个心理安慰，但九郡主还是记了下来。

而且，到现在她还没问阿月叫什么名字，说不定可以趁这次机会骗出阿月的名字。

她打定主意，又算着时间差不多了便回到船上，想去看看阿月醒了没有。刚上船，有人看见她便诧异道："姑娘没有同他们一道下船吗？"

"没有呀，我在后面看别人忙活呢。"

"哎，那我方才真是说错了话。"船夫说，"那位昏睡的少年之前醒了，问我你在那里，我以为你同周公子他们一道下船买东西去了，便说你下船了，那少年便去镇子上寻你了！"

九郡主愣了下："他不会是一个人去的吧？"

"好像是一个人？"

九郡主转身下船。

阿月是个路痴，他想一个人去镇子上找她，最后没找到她反而能将他自己弄丢了。

路上碰见抱着一大堆有的没的回来的周不醒和宋长空，听说阿月醒来之后就下船独自进镇，两人毫不客气地哈哈大笑起来，闹着要去看阿月笑话。

九郡主多少想给少年挣点面子的："阿月也没有特别路痴，有时候他还是能找到回来的路。"

"那哪是他自己找到的路？分明是路上留了他自己才认识的记号，再加上路况简单，他对附近也稍微熟悉一点……你看他这次到个完全陌生的地方还能找到回来的路？"周不醒语气坚决道，"他要是能自己找回来，我把头砍下来给你们泡酒喝。"

"那多恶心，我不要。"九郡主嫌弃道，"你把之前从我这儿拿走的钱都还给我。"

宋长空也说："周不醒你最好现在就把钱还给我兄嫂，等会儿被阿月知道你骗我兄嫂钱，他一只手就拧了你脑袋。"

"那不成，阿月现在手无缚鸡之力，想拧我脑袋起码也得两只手。"周不醒死猪不怕开水烫，"况且，他那封蛊钉还得靠我帮他稳着，拧了我脑袋谁帮他稳封蛊钉？"

周不醒如此自信自家月主钉了封蛊钉后便是个手无缚鸡之力的小白脸，胆子大了不止一点半点，他常年被欺压，这会儿能过过嘴瘾也是痛快的。

九郡主很不服气："阿月揍不了你，我还能揍不了你吗？"

"你要是揍我，下个月我就不给阿月封蛊钉。"

宋长空愤怒地踹他屁股："你敢不给阿月封蛊钉，我就把封蛊钉钉你身上！"

没等九郡主护短，宋长空先和周不醒闹了起来。

九郡主倒也不是非要把钱要回来，周不醒帮阿月稳住封蛊钉这个事儿她很感激他，把钱给他也是应当的，这会儿提起来纯粹是嘴上不服气。

重新进了镇子，三人分头去找阿月，问路的方式简单粗暴：请问你有没有见过一个"长相极其好看"的少年？

长相好看的人给人留下的印象比较深刻，九郡主很快就找到几处少年之前走过的地方。

少年正站在一间果脯铺子前沉思是否要进去买点果脯肉干，但他又想到万一阿九恰好经过这里，而他却进了屋子，不就错过了吗？

有进出的姑娘羞答答地问他是不是要买蜜饯果子，也有姑娘想给他塞手帕和蜜饯果子，看门的小厮酸溜溜地瞅着他。

少年走后，小厮看见一个红衣裳的姑娘走了过来，那姑娘问他是否瞧见一名个子高高的，长得又好看的少年。

小厮："哦！你说那个人啊，他往那边走了。"

小厮酸得故意指了个反方向，问路的红衣姑娘同他道谢后便朝他指的方向而去。

过了没多久，小厮瞧见那俊美少年不知为何又走了回来，他抬头瞧见蜜饯果子的名字，脸上露出一丝微妙的表情，接着转眼瞧向面不改色的小厮。

小厮眼睁睁看着他原地转了半圈，似是在寻找新的方向，随后他抬眸看向某处,波澜不惊地继续往前走。

他这是什么意思?他不是刚去过那边吗?怎么又过去了?

小厮一头雾水。

须臾,那红衣姑娘纳闷地走了回来,再问小厮:"我刚从那边回来,那边有好几个人都说没见到我要找的人,您再想想,您遇见的那少年他究竟是朝哪儿走的?"

九郡主塞给小厮一块碎银子。

小厮张了张嘴,本来还想胡说,看见碎银子后便老老实实地指了正确方向,红衣姑娘道完谢便拎着裙摆快步朝那边走去,中途被一大汉迎面撞着也没生气。

小厮突然对那红衣姑娘心生一点怜惜,自我反省:"我方才不该酸那少年的,他和那红衣姑娘想必是一对儿,既然他有了心上人,不招惹别的姑娘才是好事,可想而知那少年心中是欢喜那红衣姑娘的,若是那少年再回来,我定要同他讲那红衣姑娘寻了他好久。"

如此打定主意,小厮开始注意门口来往的人,本来是不抱希望的,毕竟红衣姑娘已经顺着正确的方向找过去了,他俩应当早些碰上面才对。

却没想到,他却眼睁睁看着那少年从另一个方向绕了回来,小厮在心中算了算,这少年从这边绕过去再绕回来,起码要绕过小半个无忧镇。

少年最后还是停在了蜜饯果子店铺前,他双手环胸站在台阶下,皱眉盯着那个眼熟的蜜饯果子店面,绕来绕去最后又绕了回来。

小厮见他打算往红衣姑娘的反方向走,实在忍不住喊了他一声:"那位公子,那位黑衣公子——那位长得极俊的黑衣公子!"

前两声没人搭理他,直到最后他喊"极俊的黑衣公子",那黑衣少年才停下脚步,回头看了过来。

少年停在他面前,嗓音低缓:"你喊我?"

这少年是真的好看,尽管他只是用一根红丝绳微微束起了黑发,衣裳也穿得随意,黑色襟口甚至还有一点火燎过的焦黑痕迹,可就是耐不住他的脸好看。

远看是一幅画，离得近了，反而俊美得让人不由得屏住呼吸，生怕打扰他呼吸。

小厮磕磕巴巴道："公子可是在寻一位红衣姑娘？圆圆的眼睛，相貌普通，但瞧着十分讨喜……"

少年微微地笑了，好奇问："你见过她？"

"方才她经过这里两次都在寻你，不过你来回的方向不太一样，兴许是恰好错过了。"小厮说得脸不红心不跳，"公子若要寻她，倒不如留在原处，她过不了多久应当还会回来。"

这也不失为一个办法，至少知道阿九正在找他。

少年完全没有产生"因为我路痴所以给其他人添麻烦了"的愧疚，他反而觉得有一点变态的满足。

阿九在找他，阿九转了好几圈一直在找他，阿九找不到他还是要找他。

少年带着这点怪异的满足倚着墙，大约也是他生得好看，站在门口反倒像个活招牌，引了不少姑娘家进进出出，给铺子里带了不少生意。

小厮忍不住同他搭话："公子瞧着不像本地人，是从京城来的吗？"

"算是。"阿九是，他不是。

"公子与寻你的红衣姑娘可是一对儿？"小厮好奇地问。

少年微微偏眸，凉凉地瞥了他一眼，表情有几分似笑非笑的意思。

小厮改口道："是这样的，我就是想说我们无忧镇有座月老庙十分有名，附近凡是未婚的男女，婚前都会过来拜拜月老。月老庙中还有棵月老树，只要将庙里的红绫写上二人的名字，再想法子将红绫挂到树上，挂得越高，便寓意着二人将来会携手走得越远，生活也会更加幸福。"

少年顺着小厮的视线看向镇子里最高的那棵树，树上红绫飘飘，确实不少人信这个。

"骗小孩而已。"他没什么兴趣地移开眼。

九郡主回来时，远远便瞧见懒洋洋坐在台阶上的黑衣少年，他手里捏了根稻草正在有一搭没一搭地编东西。

她喘着气停下了脚步，找了他许久也没找到的不安顿时沉寂，就站在原地静静地看了他一会儿。

他似有所觉，抬起了眼，手中是编了一半的枯草小星星。

九郡主抬脚朝他走去。

少年扔了小星星，站起身，被她扑了个满怀，他收紧手，连带着黄昏的风也一道揽进怀中。

"阿月，我找你好久。"

她小心翼翼地摸了摸他双肩，最后将手心轻轻覆盖在他胸口："阿月，你还疼不疼啊？"

少年思考了一下："说疼也疼，说不疼也不疼，看你心情。"

"为什么看我心情？"她茫然。

少年撩开她额间的发，笑着说："你若是心情好，我就不疼，你若是心情不好，我就特别疼。"

九郡主想笑，却还是压着嘴角伸手去掐他的脸："你以前说过你不会夸人的，你现在连好听话都会说了。"

其实他本意是若她要同他生气，他就装得很疼，若不同他生气，他便装得一点也不疼。

少年俯身纵容她随便掐脸，她觉得舒心了才拉着他高兴地提议道："阿月你知不知道这个镇子里有个月老庙，听说去庙里拜月老挂红绫就会有好事发生，我们来都来了，顺便去看看吧？"

少年眼也不眨道："好啊。"

少年身后的小厮满脸无语，之前他与少年说时，少年是怎么回答的？骗小孩的！

"我以为你会说这都是骗人的呢。"九郡主说，"我之前遇见周七两，他说这都是商人为了赚钱搞出来的骗人手法，等我们去了月老庙就会发现里面的东西全部都要钱。"

"他又不是月老,他懂什么月老庙。"少年哼笑。

"虽然我也觉得他的话有道理,不过反正我们来都来了嘛,现在也不缺钱,去看看也没有什么。"

九郡主牵着他的手,抬手指着前面最高的那棵树说:"阿月阿月,我要把写上我们名字的红绫挂到最高最高的地方。"

想起什么般,她忽然转过头:"阿月,你说我们到时候是写阿九和阿月,还是写真名?"

少年本想说去都去了,自然要写真名,话到嘴边倏地想到自己的名字,余下的话便悉数截断,轻咳一声侧眸避开她弯月似的笑眼,轻描淡写道:"就写阿九和阿月。"

"可是写小名的话,月老会不会觉得我们不真心?"她追问。

少年沉默一瞬,转身就走:"天色不早了,我们还是先回去吃晚饭吧。"

当晚,一行人暂住客栈,九郡主找了他一下午,有点累,吃完饭就回屋睡觉,少年也一言不发地回了屋。

周不醒和宋长空对视一眼。

宋长空感受着这微妙的气氛:"你有没有感觉他俩有点不对劲?"

"不是有点,是很不对劲。"

周不醒觉得有猫腻,但他懒得管,晚间起夜时恰好碰见不知为何从外归来的少年。

"阿月?"他有点奇怪,"这么晚了你出去做什么?"

少年瞥他一眼:"赏月。"

周不醒朝他身后看一眼:"小郡主也去赏月啊?"

恰好慢一步回来的九郡主咳嗽一声:"嗯,赏月。"

周不醒阴险一笑:"可是今晚没有月亮啊。"

九郡主指着少年,理直气壮:"我赏的是这个月。"

少年偏头看周不醒,目光凉凉。

闲着没事瞎问什么?管他俩要去干吗呢。周不醒立马扭头钻进房里。

少年转身对上九郡主笑吟吟的一双圆眼,她似乎什么都知道了,又好似什么都不知道。

少年思考片刻,假装没有看见她眼中的意味深长,抬脚就往楼上走。

九郡主站在自己的房门前,扭头看向准备开隔壁门的少年,少年也看着她,用一种"伸头是一刀,缩头也是一刀"的表情注视着她。

九郡主抬脚进门,关门之前悄悄将脑袋伸出房门,侧脸转向隔壁的少年,眼角眉梢染着浓浓的笑。

"晚安,宋月月。"她说,"我是说,赏月的月。"

少年眼皮一跳,她果然也去了,甚至还看见了他挂上去的红绫。

九郡主缩回脑袋,两边的门只留下一条缝隙,用门框虚夹着自己的鼻子,小声补充道:"我不是故意去偷看你写的字哦,我就是想去写阿九和阿月的,谁知道最高的地方已经挂了一条红绫,上面又写着我的名字和另一个名字,那我一看就知道是谁了嘛。"

少年轻转眼眸,用一种"我要不要把你灭口"的目光睇她。

九郡主心虚,再次缩小了一点门缝,夹在门框中间的鼻子也悄悄缩了回去,挺不好意思的。

她正要彻底关实,少年五指探入门缝,手心手背贴着门框,不管不顾地阻止她关门的动作。

九郡主没想到他宁愿冒着被门框夹手的风险也要这么阻止她关门,吓了一跳,连忙稍拉开门,皱眉,想骂他。

谁知他反而冷下脸,探进门的手立刻勾住她后颈将她扯了出去,用力将她摁进怀里,五指整个拢着她纤细的脖子,想收紧,却又压抑地控制住了。

他微微低下头,长发披散着滑落,阴郁的目光也随之压迫地笼罩下来。

"不是赏月的月。"浓浓的阴影中,少年盯着她,堪称咬牙切齿地强调,"后面两个字不一样。"

九郡主大着胆子仰头说:"我当然知道后面两个字不一样,可是读起来都一样嘛,对不对宋月月?"

"你这次说的是哪个月？"

"宋樾月的月。"

"哪个月的月？"

"哎呀这个不重要啦。"她捧着他的脸，亲在他嘴角，讨好似的蹭蹭他脸颊，"不要生气嘛，反正不论哪个月，都是楚今酒最喜欢的宋樾月。"

少年有时候很想把他爹从阎王殿拉回来，问问他爹当初为什么要给他起这么个名字，可他爹早死了，他娘回到南境后便将姓氏改成她的。

随谁姓倒也无所谓，只是让少年纳闷的是，为什么不顺便把他名字也给改了。

于是他决定自己给自己起个名字，他曾半夜拖着周不醒帮自己想名字，周不醒哈欠连天地给他想了无数个酷帅狂霸拽的名字，全被否定了。

最后也不知道谁先传出来的"南境月主"称号，少年随心所欲目中无人的作风引起南境人民的不满与畏惧，慢慢地，这个称号可止小儿夜啼，再没人敢叫他的本名。

如果就这么百无聊赖地过下去，少年很快就会忘掉自己的名字，偏偏他遇见了九郡主，她是唯一一个当着他的面放肆地叫他"宋月月"却还活着人。

他舍不得。

尤其是当她细细地亲吻着他的嘴角，如南境波斯猫那般轻蹭他脸颊，纵使天大的闷火也会被浇熄。

他理所当然地失眠了，侧脸和嘴角全是阿九身上熟悉的香味，好似她就挨在他枕边，呼吸间全是她的味道。

想触碰她，想呼吸她身上的香味，想把她拽进怀里听她撒娇似的一声声喊着"宋月月"。

倒也不是很讨厌她这么叫他，准确来说，有点口是心非的喜欢。

少年还是睡不着，一闭上眼全是阿九的模样。体内的蛊虫早被封印，本不该再有那种不受控制的灼烧感，可只要脑中浮现阿九的脸，他就难以抑制。

他冷着脸掀开被子，站在窗边吹了很久的冷风，随后转身去隔壁敲响周不醒的门。

周不醒睡眼惺忪："你大半夜不睡觉又想干什么？先说好我不帮你杀人啊，那是额外的价钱。"

少年冷眼看他，嗓音低缓道："周不醒，你骗了阿九多少钱？"

周不醒打了一半的哈欠霎时僵住，干笑："哈哈哈，哈哈哈，你在说什么？"

少年淡淡戳穿道："我只是眼睛闭上了，意识还醒着。"

那天晚上宋长空絮絮叨叨了一大堆，包括周不醒骗阿九七两的那件事。

周不醒瞬间改口："哎呀那怎么能是骗呢？都是你情我愿的交易……"

少年徐徐撩了下眼皮。

周不醒一磕巴："我跟、跟你讲你别想从我这把钱拿走，你现在手无缚鸡之力，我也是可以——"

话未说完，他就被少年冷笑着单手揪住衣领拖进了门。

第二天一早，九郡主收拾好东西准备回船上，发现周不醒不见了，有点奇怪。

"周七两呢？不会是又去骗人赚钱了吧？"

宋长空淡定道："胳膊又脱臼了，去接骨了。"

九郡主："又？"

宋长空偷偷瞄了眼若无其事的少年，安慰九郡主道："不用担心，反正他以前也经常被揍，估计这会儿正假装可怜搁路上骗小姑娘呢。"

反正他以前就惯会用这种法子骗族里小姑娘们的同情，族里年纪大点儿的姑娘全被他骗过。

九郡主也没在意，只是跟人说了声去找周不醒提醒他等下船就要走了，不要错过上船的时间。"

　　这句话刚说完,那边就有人来传话说他们的船昨夜被人撞了,船身漏了个大洞,修补至少也要一日的时间。

　　九郡主心说"这就是祸不单行吗",扭头便要去看看究竟怎么个情况。

　　到了之后才知道原来是镇子上一家商户认为这艘船占了他们的船道,又见他们的船眼生且普通,便故意撞了上去以此给外来人一个下马威。

　　船上的船工正同商户船的人争吵,下面的船工晓得这是昨日那红衣姑娘的船,便帮着说了几句,商户凶神恶相警告船工:"可别忘了你们都在谁的手底下做事!"

　　无忧镇商户不少,有死对头,也有合作伙伴,码头这块的负责人前两个月恰好同这位商户达成合作。

　　船工们愤愤不平,却也只得讪讪闭上嘴。

　　商户便越发气焰嚣张:"这块地我说了算,你们挡了我下货的道,耽误了我做生意的时间,若你们非要在此停船,自当赔偿我双倍的损失。"

　　船工觉得这人是个傻子,跟他说不通,索性当作没听见,着人去找九郡主。

　　九郡主到的时候恰好听见商户胡搅蛮缠的要求,便问旁边的人那条船道是否当真挡着他的路。

　　"那哪能呢?码头的船只都有固定的停放地点,你们停的地方本就是给外来船只泊船的,你们也付了泊船的银子,停在那里理所当然。"

　　"哎呀,那个人就是镇子里欺软怕硬的霸王,仗着家里有几个小钱,在官府里又认识几个人,做起事来便蛮不讲理我行我素,就这样骗了不少外来人。这次怕是也打着这个算盘,看你们船上的人衣着打扮亮丽,当家做主的又是个姑娘家便觉着你们好欺负,这才搞出这么一出。"

　　"姑娘若是惹不起,不如就给了那点钱,不然这人定然会闹上官府,官府里也有人同他沆瀣一气,想必姑娘还是要遭罪。"

　　说话的是好心人,却也习惯了这个情况。

可九郡主打小就是个叛逆的性子，闻言反倒不服气了，当即便与那商户对峙上了。

"你说这块地是你的地盘，你可有证据证明这是你的地？你若无法证明，还撞了我的船，这里这么多人做证，哪怕是告去官府你也得不到什么好处。"

商户自然没有证据，但他的船卡在外面，九郡主的船也开不出去。

"你若执意与我争执，那便去官府讨个公正！"九郡主扬眉，显然成竹在胸，"你可敢？"

商户见她如此自信，本有些心虚，但一听要去官府，再加上她身边要么是小孩要么是病弱的少年，这可没什么好怕的："去就去！"

两方人就这么声势浩大地去了官府，外面站了一圈围观群众，官府老爷显然也不是第一次处理这种事，敷衍了几句便将责任推到九郡主一行人身上。

这倒是在她意料之中，于是她当着所有人的面从包袱里不紧不慢地掏出来一枚玉佩。

"不是。"

又掏出来一根发簪。

"也不是。"

接着掏出来一条手链。

"还是不是。"

宋长空悄悄问少年："哥，兄嫂在找什么？"

少年眼也不眨地看着玩儿似的九郡主："不知道。"

"你不担心吗？"

"为什么要担心？"少年反问，"要担心也应该她担心我的伤势，我看起来不够虚弱吗？"

宋长空看着他哥这副理所当然装虚弱的模样，张了张嘴，竟无法反驳，索性乖乖闭上嘴老老实实待在一边看九郡主打算如何解决这件事。

围观群众也好奇她想做什么，毕竟类似的事情还从未有过这商户输的时候。

九郡主一连掏了大半个包袱，在官府老爷快要不耐烦时，这才慢悠悠掏出来一块令牌。

"找到了，找到了。"

九郡主终于找到想找的东西，单手拎着令牌上面的绳结，左右晃了两下，无害地笑道。

"忘了同官府老爷说，我们来自北域，这次私服前来中原是为了替我们家主子寻找一些珍贵药材。至于我家主子的身份，令牌上有，官府老爷不如自己看看？"

官府老爷一听他们来自北域就有点慌了，毕竟这事儿事关两国友好，一个处理不好就会闹大，若是这群人又是身份尊贵之人，届时更麻烦。

他颤颤巍巍接过令牌看了两眼。

正面是"北域"。

反面是"十二皇子玉琉原"。

官府老爷向来胆子小，这么些年官职也一直在原地打转，不敢做大事，自然也不敢随便触犯大人物，他不求升大官发大财，只要偷偷发点小财就够了。

他一向秉持宁可信其有，不可信其无的原则做事儿。

官府老爷这回也没敢验真假，当场腿就软了，连忙赔笑着将那面色大变的商户捉拿，并且判他赔偿双倍，最后毕恭毕敬地将九郡主一行人送出官府。

宋长空从头看到尾，对中原官员的变脸叹为观止，但他更不解的是："可是兄嫂那块令牌是哪儿来的？"

少年扫他一眼，懒得答话。九郡主抛着令牌随口解释道："玉琉原听说阿月救了他的命，醒来后便将随身令牌给了阿月，说日后有需要就去北域找他，有这块令牌可以直接去见他。阿月觉得没什么用就送我了，我觉着挺好看的就装了起来。"

她想了想,怪不好意思地摸摸令牌,惋惜道:"这玩意儿材质挺好,我本来打算找个时间给融了看看能不能做个首饰,还没来得及融就派上了用场,挺好。"

"可是这件事要是闹大,会不会被人发现我们要去北域?"他有些担心。

"早晚会被发现的,我们特征太明显了,江湖上的消息传得很快,估计没多久就会被人发现我们的行踪。"九郡主有理有据道,"与其等着被人发现,不如先主动抛出个烟幕弹,我说我们是北域的,又有北域令牌,指不定他们以为我们同玉琉原一道走的。玉琉原怎么说也是北域小皇子,中原人不敢真的拿他们怎么样,顶多路上盯着他们的人多一些。"

她停了一下,又说:"而且北域那些人有些狼心狗肺,阿月冒着暴露身份的风险帮他们救人,他们却在那种情况下保持中立,连句话都不帮阿月说,实在太过分了。但凡他们帮阿月说句话我也不会如此记仇,我现在用他们给的令牌给他们找点麻烦很过分吗?"

宋长空坚定道:"不过分!"

九郡主满意道:"所以说,如果可以我还想揍他们一顿,再让玉琉原把阿月的血吐出来——可恶,他竟然喝了我阿月的血,我都没碰过阿月的血,虽然我没有喝血的兴趣,但那可是阿月的血,可恶!"

宋长空总觉得自家兄嫂可能脑子也有点问题,悄悄离她远了些。

九郡主将令牌收了起来,算了算今天得到的赔偿,勉强算是将她亏给周不醒的赚了回来,高兴到要请所有人去最好的酒楼大吃一顿,毕竟修船还要一点时间。

"阿月身上有伤,不能沾酒,也不能沾腥。"九郡主掰着手指头数,恍然,"阿月,不然到时候你单独坐一桌吧,我给你点一大桌素菜,都是你一个人的。"

少年不带感情地看她一眼。

九郡主好心道:"我怕你到时候看我们吃香的喝辣的你会被馋哭,我这是为你好。"

少年呵笑着看着她的后脑勺。

半个时辰后。

九郡主和少年单独坐在一桌,桌上全是清汤寡水,隔壁那桌宋长空和船工们吃辣吃得满头是汗。

"为什么我要和你一起坐?"

九郡主不满,要起身去隔壁吃大鱼大肉,被少年抓住手摁在他腿上。

"他们在我面前胡吃海喝便罢了,阿九你若是也在我面前这样吃喝,我会忍不住胃口大开。"他眨了下眼,说,"阿九,你忍心我因为吃鱼而伤口复发吗?"

九郡主小声反驳:"那你就忍心我陪你喝清汤寡水?"

少年当然也不忍心,于是他俩心安理得地单独开了个包间,他面前放着清汤寡水,她面前摆着大鱼大肉。

九郡主说:"阿月,这是鱼,你不能吃。"

"这是辣子鸡,你也不能吃。"

"这是螃蟹,你更不能吃。"

"这是杭椒,你还是不能吃。"

她眼眸弯弯,像一只狡黠的波斯猫,甩着尾巴在他面前蹦跶来蹦跶去,故意勾起他的兴趣,下一瞬却又抽身而去。

其实他对波斯猫没什么兴趣。

少年放下筷子,索性也不吃了,单手托腮就这么看她吃饭。

九郡主原先还挺放得开,可被他如此盯着自己反倒有些莫名其妙的尴尬,渐渐地便收敛了许多,乖乖吃饭,吃完擦嘴,再喝茶,喝完茶又偷偷吃了块甜甜的桂花糕。

桂花糕刚吃完,就听少年漫不经心地问:"好吃吗?"

她犹豫地给他一半:"虽然味道比不上无极岛的,但是也还行。"

他却没接,反而慢吞吞地站起身,在她不解的目光下拽起她手腕将她拉进怀里。

眼前晃花了一片,她再反应过来时已经被他按在放花瓶的柜子与墙壁的死角,迟疑地眨巴眼,却没有反抗和排斥。

少年嗅到让他夜不能寐的熟悉香味,眼眸浓黑,两指扣住她下巴,迎着她惊愕的眼眸低下头。

她下意识地闭上眼,闭得很紧,有点紧张,心口怦怦乱跳,想捂住,怕他听见。

他低低地笑了声,停在距离她咫尺的地方。

"阿九。"他叫了声她的名字。

她偷偷睁开一只眼,用眼神问他干什么。

他却趁这时压下来。

隔壁,宋长空和周不醒正因剩下这只鸡腿该归谁而猜拳,船工们以茶代酒喝得痛快,楼下小二吆喝着"客官慢走"。

一楼的灰袍青年双手抱剑,一言不发地凝视着二楼某间紧闭的房门。

同桌的蓝衣姑娘说:"人找到了?"

灰袍青年若有似无地应了声。

蓝衣姑娘拨弄了一下腕上的手环,意味不明地笑了声:"想不到北域的小皇子出行在外竟只带了这么点人。"

第十二章

朋 友

为了避免招惹更多瞩目，九郡主决定今晚就走，只是修补船只至少要一日的时间。

她原本琢磨着要不要再停留一日，谁知码头上和她混了个眼熟的船工们听说后主动提出要帮她修船，她感觉怪不好意思的，拿出从商户那儿坑来的一半银子分给大家，晚上又同他们一块儿修船。

大半夜，一群人不睡觉反而修船修得起劲，大家一边聊天一边干活。

"姑娘，听说你们是北域的人，你们北域那边是不是真的很冷啊？"

九郡主咳嗽一声："挺、挺冷的？"

船工手中活计不停，接着好奇："那你们是不是穿得很厚？平时生活会不方便吗？沐浴的时候会不会很冷？你们穿的是什么料子的衣裳啊？我也想看看能不能买到保暖料子的衣裳给我女儿做一套，她冬天可怕冷了。"

"哈哈，这个这个这个，这个吧我也不了解，我只负责穿不负责做衣裳。"九郡主干巴巴地说。

她感觉自己快要待不下去了，偏偏这些船工又热情又爱聊天。

"我听从北域回来的朋友说北域的衣裳有羽毛，头上也会戴羽毛的发饰，十分好看，不知道你们有没有，是不是真的很好看？"

九郡主也很想知道北域的人是不是真的是这种打扮，随后想到无极岛上的玉琉原以及他侍卫们的衣裳。

"也不全是,有的和中原差不多,只是衣裳上会多些北域特有的装饰品。"她回忆着。

北域的发饰也许和南境那边差不多,都有各地的特色,比如说中原女子多戴发簪,南境女子戴珠串、铃铛或是其他好看的饰品,北域女子就戴白羽之类的?

别说,戴小白羽好像怪好看的。

九郡主忽然来了兴趣,同他们打了声招呼便要上船去找少年,一抬头却发现少年一直坐在船沿,嘴角噙着淡淡的笑,就这么单手托腮专心地看着她。

他眼中看不见其他人,一直在看她,看得底下的船工们都不由得哄笑。

九郡主后知后觉地红了下脸,在船工们没有恶意的打趣声中难得使用轻功,轻巧地跃至他身边,抱着他的胳膊蹭啊蹭,波斯猫撒娇也不过如此。

"阿月,周七两说你以前去过北域呢。"

周不醒说阿月小时候在北域遇见过一点不好的事情,所以他十分讨厌北域。

少年单手垫着她下巴,她压在他胳膊上,仰着头,睁着乌黑的眸子水灵灵地望着他:"你讨厌北域吗?"

"讨厌。"他答得疏懒。

"哦。"她说,"那我不问你了,免得勾起你的心理阴影。我去问周七两,他好像知道蛮多事情,肯定知道北域的风俗人情。"

她撒手就要走,少年却拉住她的手腕将她拽了回来。

他双腿悬空坐在船沿,她被拉着后腰抵着船沿,他侧眸对上她疑惑的双眼。

"我不仅讨厌北域,我也讨厌中原和南境。"他懒懒地说,"北域对我来说和其他地方没什么区别,讨厌而已,不算心理阴影。"

"那你有不讨厌的地方吗?"

他思考了一会儿，弯唇笑了下，没有答话。

不讨厌的地方自然有，勉强算是边关那片地儿，因为他是在那边遇见的她。

于是九郡主翻身坐到船沿"叭叭叭"问个不停。

"北域的衣裳究竟是什么样子？真的有羽毛吗？"

"大部分有羽毛。北域比较冷，很多动物活不下来，有一种白鸟耐寒，用它的羽毛织出来的衣裳保暖也轻巧。"

"那北域的姑娘们头上的发饰是不是漂亮的白羽毛？"

"各种颜色的羽毛都有。"他摸了摸她头发上碎玉发饰，忽然想到，"阿九，你是不是很久没有换新发饰了？"

她也摸了摸自己的头发，摸到他的手指，被他顺势攥住指尖。她眨眨眼说："你也很久没有在衣裳上戴银饰了呀。"

因为怕抱她的时候衣裳上的银饰硌着她的脸，他索性便全摘了，如此瞧着反倒像个正宗的中原人。

少年的眸光若有所思地落在她黑发上。

"阿月，北域的姑娘们好看吗？"

"记不得了。"

"哦，南境的姑娘们好看吗？"

"记不得了。"

"那西陆的公主好看吗？"

"不认识。"

她眨眨眼，指尖点在自己的鼻尖："那我呢？"

他笑了，低首在她鼻尖上吻了下："好看，没有人比你更好看。"

船修好时正是月上梢头，离开无忧镇时，码头的船工们恋恋不舍地同站在船尾的九郡主挥手。

"下次再来玩哦！"

"下次再来一定要带些北域的特产！"

九郡主大声说："等我下次回来一定带北域特产——"

直到看不见人，她才回船舱，周不醒和宋长空对她的好人缘感到不可思议。

"为什么短短一天的时间，你就能和他们打成一片？"

九郡主想也没想地说："因为大家都是很可爱的人啊。"

同样怀有赤子之心的人哪怕是萍水相逢的陌生人，大部分都会这样吧？

周不醒扭头看向掰包子的少年："阿月，你不吃醋？"

"这有什么好吃醋的？"九郡主控诉周不醒，"你真小气。"

周不醒叫冤："我又没吃醋，我说的是阿月！"

九郡主转头看少年，自信地问："阿月你吃醋吗？"

少年撩了下眼皮："给我递碟醋。"

九郡主一头问号。

少年抬了抬手中的包子："蘸醋。"

没见识的宋长空震惊："包子也能蘸醋吃吗？"

"他就是吃醋。"周不醒更自信，"故意用吃包子蘸醋的说法掩饰他阴暗的内心，啧啧啧，阴暗的内心。"

九郡主给少年递了碟醋，瞪向周不醒："周七两，我发现你真的好坏，坐着我的船，吃着我的饭，用着我的钱，你还想挑拨我和阿月的良好关系，你真是太坏了。"

宋长空终于找到和自己看法一致的人，一时激动，甚至没能维持住伪装少年老成的人设："兄嫂，我双手双脚赞同你的说法，他就是坏蛋，恶毒，歹毒，抠门精贪财鬼！"

周不醒无语："我就说了一句话，你们竟然全针对我，太过分了，到底谁恶毒啊？"

九郡主朝宋长空那边挪了挪椅子，却被少年一只手扯住椅背，挪不动，反而被他扯了回去，遂作罢，探着头同宋长空说："我觉着周七两也应该找个伴,不然他老想着挑拨我和阿月,这样不好。"

宋长空迟疑:"会有人这么没眼光地看上他吗?"

九郡主看了眼周不醒身上打着破补丁的衣裳,又看了看他那张经常说些不着边际之话的嘴,诡异地沉默了。

周不醒"吱哇"叫:"喂喂喂,你们这算是人身攻击了好吧。说别人坏话的时候能不能声音放小点,生怕我听不见吗?"

少年蘸完醋,不耐地抬了下眼:"不想听就捂住你的耳朵。"

周不醒:"不是,这不应该你们停止说坏话吗?为什么是我捂住我自己的耳朵……"

少年用筷子尖点了点碗沿,一点清脆的响声落在周不醒耳中。

周不醒感觉刚接上的胳膊又开始隐隐作痛,立刻叼了个包子,两手捂住耳朵,一脸幽怨地盯着对面依旧在说他坏话的两人。

这日子没法过了。周不醒痛苦难当地想,故意"吧唧吧唧"地吃完嘴里的包子。

当夜,梦中也被所有人欺负的周不醒满脸抑郁地醒了,一边想着自己真是倒霉摊上这么些怪人,一边爬起床去上茅房。

回来的路上周不醒突然瞥见一抹黑影钻进少年的房间,心生奇怪便跟了过去,随后脖子上架了一柄剑。

蓝衣姑娘不紧不慢道:"不想死的话,最好别动。"

周不醒低下眼睑,盯着那闪着光的剑刃,立马见风使舵道:"你们找错人了。"

蓝衣姑娘:"你如何知道我们找谁?"

周不醒:"反正肯定不是我。"

这句话刚说完,少年屋子里便传来重物落地的响声。

蓝衣姑娘嘀咕:"这么快就得手了?"

周不醒怜悯地叹气:"这位姑娘,天还没亮呢,不要白日做梦。"

蓝衣姑娘皱眉,长剑深入一分,划破他的皮肤:"什么意思?"

周不醒感觉不到疼似的，两指夹住那柄剑稍稍往旁边挪了挪。

蓝衣姑娘微微吃惊，这人看着一点也不着调，胳膊脱臼都要去镇子上找大夫看病，竟然也是会武功的？

周不醒屈指撑开她的剑，转身瞧着她，依旧是那副嬉皮笑脸的模样。

"姑娘，我劝你还是进去看看你那位朋友死了没有，早点去的话说不定还能给他捡具全尸，再迟一点，怕是只能捡到个脑袋。"

话音未落，隔壁听见动静的九郡主霎时推开门，眨眼便到了少年门前，抬脚踹开门。她只顾着阿月，甚至没看见周不醒和他对面的蓝衣姑娘。

黑暗中，少年听见她的脚步声，立时收回扼住灰袍青年喉咙的手，长袖拢下，遮住他沾了血的指尖。

灰袍青年重重咳嗽，从窒息中捡回一条命，来不及多看，迅速撤身从窗口撤出，"扑通"跳入水中。

九郡主只来得及看见他的灰色衣袍，见他跑了也顾不得其他，连忙上前检查少年有没有受伤。

少年咳嗽一声，微微揽着她，低哑着嗓音说："阿九，我没事。"

可她明明嗅到了血腥味，点上油灯仔细查看，发现他只是脖子上有一点剑伤，手心也有几道划痕，不知是什么东西划出来的，约莫也是剑。

她气急，一面给他上药一面骂道："别让我再看见刚才那个人，否则我一定把他揍成球捆起来挂在船上做船锚！"

少年没说话，低着眼睫专心看着她给自己处理这些可有可无的伤口。

片刻后，他说："阿九，一次不成，会不会还有下一次？"

"肯定会有下一次，下一次什么时候来我们都不知道，他为什么要杀你？难道是我们身份暴露了？是下午那会儿太放肆了吗？可是不应该这么快就被发现真实身份啊。"

九郡主皱着秀眉，又气又急，一时没控制住，将棉花团摁在他脖子上时力气大了点，听见他细细吸了口气。

"阿月，我不是故意的，还疼吗？"她挨近他颈间轻轻呼了呼，温热的气息如猫尾巴似的撩过他的颈和耳。

少年睫毛颤了颤,一双映着些微烛火的眸子透露出一丝侵略,语调却依旧是不紧不慢的:"阿九,我们接下来该怎么办?"

她低着头没看见他的眼神,顺着他的话仔细想了想,实在想不到其他更好的办法,小心翼翼给他的伤口缠上绷带后才道:"我想到一个办法。"

"什么办法?"

"我们住一间房。"

对于九郡主提出的"住一间房"的想法,少年没有任何异议。

九郡主严肃地解释:"我不是想占你便宜,只是你被人盯上了,我得离你近点才能保护你。"

少年弯着嘴角"嗯"了声,指尖点了点下巴,若有所思:"若是一定要说占便宜的话,反倒是我占便宜了。"

"是、是吗?"

"是啊。"少年摸摸她的脑袋,眼底亮着细碎的光,"孤男寡女共处一间房,不管怎么看都是男方更占便宜,阿九,你就不怕我对你做什么吗?"

九郡主非常自信:"你现在这个身体,确定能做什么吗?"

多少还是可以的。

少年意味不明地笑了声,收回手,眼也不眨地看着她起身将东西放到桌子上,准备出门前不太放心地回来拉他一起走。

"我去隔壁把被子和枕头带过来,你一个人留在这儿我不放心,万一有人趁着这个时间过来就危险了。"

她开门就看见周不醒捂着脖子唉声叹气地站在外面。

周不醒幽幽说道:"我怎么就没有人帮忙处理伤口?"

少年冲他扬了下牵着九郡主的手,懒懒地嘲道:"老光棍想什么呢?"

周不醒:老光棍怎么了?老光棍最光荣!

周不醒嘀咕:"至少我不会像某人那样心思歹毒地祸祸女孩子。"

九郡主问:"周七两,你怎么也受伤了?"

"当然是因为来暗杀的人不止一个。"周不醒摸了摸手上的血,觉得自己这回真是无妄之灾,"我遇到的是个姑娘,阿月你呢?"

"灰袍,青年。"少年想了想,补充道,"用剑。"

"对,我遇到的那个蓝衣姑娘也是用剑,不过她走之前朝我甩了个暗器,我没想到她还有这招,叫她跑了。"周不醒说得十分轻松,意有所指地瞅着少年,"阿月你怎么也能让人跑了?"

少年眼尾余光瞥向好似并没有多想的九郡主,淡定地露出缠着绷带的手,以及同样缠着绷带的颈项。

"毕竟我这段时间用不了蛊,也用不了内力,还受了点小伤。"他神色自若道,"来者武功高强,我当然打不过他。"

周不醒用眼神谴责他:你装,你就装。

少年懒洋洋地说:"我可是差点死在那个人的剑下,我这浑身的伤还证明不了吗?"

周不醒:我信你个鬼。

九郡主已经从自己屋里抱了被子和枕头出来,周不醒不太懂:"小郡主这是干什么?搬家?"

"贴身保护。"少年慢悠悠说。

周不醒无语了。

九郡主朝周不醒抬了抬下巴:"你的伤口也在脖子上,你可以自己上药吗?"

"当然不能。"周不醒脸不红心不跳。

九郡主"哦"了声:"那正好,宋长空那边不知道有没有事,到时候你俩可以互相帮助一下。"

周不醒:"我感觉你是在诅咒我们出事。"

九郡主发誓:"我只是没有第一时间想起你们,绝对不是诅咒,而且我没听见宋长空房间里有动静。"

她将被子枕头塞给少年,转身走到宋长空门前敲了敲,没人应,最后还是周不醒一脚踹开了门。

宋长空趴在床上呼呼大睡，被子掉了大半，怀里抱着个枕头，果真是孩子的睡姿。

少年嫌弃地别开眼，周不醒习以为常地拎起被子整个盖在宋长空头上，生怕闷不死他似的还在被子四角掖了掖。

九郡主感同身受般呼吸不过来了。

少年闲闲地抱着一坨粉色的被子枕头，这个颜色和他完全不搭，他不以为意，低头用下巴抵了下快要滑下去的枕头，漫不经心地瞥了眼宋长空："宋长空睡觉喜欢踢被子，只有塞紧了才能老老实实睡到天亮。"

周不醒给他竖了个大拇指以示赞同。

九郡主看看宋长空，又看看似乎对此毫不意外的少年，招呼着周不醒去隔壁坐下上药，周不醒哪敢真让她上药，抱着东西就想跑。

九郡主关上门说："那就让阿月给你上药吧，反正你俩都是男子，不用讲究男女授受不亲。"

两个男子同时沉默了。

少年看了眼周不醒：你敢让我给你上药吗？

周不醒把头摇成拨浪鼓：我宁愿血流尽而死也不敢让你上药啊！

两人默契地同时扭头看向九郡主。

九郡主拉开门，回头，弯起嘴角道："我去和船上其他人说一声今晚发生的事，让他们多注意些，顺便去看看船上有没有异常的地方，你俩就先看着办，有事喊我。"

九郡主发现少年对宋长空这个弟弟似乎并不如表现的那样淡漠无情，他甚至晓得宋长空睡觉的习惯。

九郡主想，还有周不醒，平时看起来好像很怕阿月，但每次又总是胆大包天故意在惹阿月生气的边缘来回试探，不还是生龙活虎蹦跶到现在吗？

所有人都说南境月主残忍无情，没有在乎的人，也没有人在乎他，可是周不醒和宋长空偏偏喜欢围在他身边。

九郡主沉思着，心中隐隐有了个猜测。

和船上的人打了声招呼后，九郡主沿着整条船走了两圈，在周不醒原先站着的地方找到一枚飞叶暗器。

她揣着这枚暗器回到少年房间，周不醒已经拿着药跑了，只留下少年坐在桌边托着腮打哈欠。

粉色被子和枕头放在他床上靠里面的一侧，紧紧挨着他的被子，似是在无声表示他的态度。

九郡主戳戳他肩膀："阿月，我本来是想打地铺的，可是你把我的被子放里面了。"

少年眯着眼看向那张床，转头："那你睡床，我打地铺。"

他起身准备把被子薅下来。有点困，这几天大概是封蛊钉的缘故，他经常容易感到困。

九郡主跟在他身后说："你身体不好，而且我们还在海上，又是冬日，睡在地上容易受凉。"

少年停下脚步，她脑袋撞到他后背，他回身，抬手揉揉她额头："那你说怎么办呢？"

九郡主指了指床上的被子，一本正经地说："我睡外面，你睡里面，我要保护你的。"

老实说，谁保护谁还有点说不准。

没等少年说话，九郡主又开始自言自语："要不要把宋长空和周七两也喊过来一起睡？万一到时候又有人杀过来，他俩能应付过来吗？"

少年道："你要是真把他俩喊进来一起睡，不用等别人杀过来，我会先给他们一个痛快。"

"他们可是你唯一的亲弟弟和好朋友呀，你忍心吗？"

少年嗤了声，随后一顿，表情有些奇怪，垂着眼看她，像是没听懂她方才说的什么话。

九郡主戳戳他的脸。她一直很喜欢戳他的脸，尽管他的脸戳起来没有小钰的有手感，但她就是喜欢戳他的。

"你是不是很奇怪我方才说的什么？"她眨了下眼，"我说，周不醒是你唯一的好朋友，宋长空也是你唯一的亲弟弟。"

少年攥住她作乱的手，压下，没有反驳，却也没有承认："阿九，你是第一个与我说这种话的人。"

"周不醒也没说过吗？"

"没有。"周不醒哪敢自称月主唯一的好朋友？他是活得不耐烦了吗？

"那个对你有恩的眠师也没有说过？"

"我懒得听她啰唆。"少年一想到眠师，头有点疼，抬手摁了摁眉心，仿佛已经听见眠师念经似的声音，"她太啰唆了，一句话能讲完的事非要用一百句话来解释，我每次听她说两句话就受不了走了。"

所以眠师不是不想告诉他，而是她想说的话太多，导致他抓不住她话中的重点，抓不住重点就更不想听她说话。

九郡主笑得不行，蹦到床上将两人被子的位置互换，坐下后拍拍被子，认真地喊他过去睡觉。

一小团毛茸茸的粉色坐在他床上招呼他过去睡觉，怎么看怎么奇怪。

少年脚步一顿，神色不动地走了过去，披着玄青的外衫掀开被子，她自然而然地拉开被子钻了进去，跟着在他身侧躺下，与他一同望着床幔聊天。

"阿月，我发现你很信任周不醒。"她数着一些细节，试图证明自己的说法，"封蛊钉的是周不醒，第一次封蛊也是找的周不醒，我们离开无极岛那次，你看到周不醒和宋长空来了后才放心昏睡过去，最重要的是，你很放心让你弟弟和周不醒一路同行。

"你平时好像很嫌弃宋长空给你惹麻烦，可你连宋长空睡觉必须要塞紧被子的习惯都知道。

"阿月，我在京城没别的朋友，和我六姐姐既是姐妹，也是好朋友，所以在我看来，你和周不醒就像是我和我六姐姐，宋长空……勉强和小王爷搭个对比吧。"

少年心不在焉地听着她絮叨，心里一派平静，也隐约明白她究竟想说什么，却并不是很在意。大约是情感比平常人淡漠，这些话在他心中甚至掀不起多少波澜。

周不醒和宋长空都知道，所以他们从未想过改变他，也从未想过强迫他去理解正常人的情感。

也许是蛊虫吞噬了他的情感，这几日封蛊钉将蛊虫死死压抑在体内，他倒是比以往多了些与外人说话的好心情，晚饭前他在船尾遇上一个船工，那船工颇好奇地问他日后如何称呼。

搁以前他会当作没听见，今天他不仅回答了，并且笑着回了个姓氏："我姓宋。"

有的船工叫他"宋少侠"，有的船工叫他"宋公子"，船舱底下的两位厨师还给他塞了两个红薯，说这是刚烤好的，让他偷偷带上去给九郡主，因为只烤了两个，要偷偷的，不给周不醒和宋长空。

九郡主还在不疾不徐地絮叨，她的絮叨和眠师的啰唆不同，她声音轻轻的，透着些许困倦的软，一声声响在耳边，像棉花团挠耳朵。

九郡主慢慢地说："周不醒和宋长空上次还跟我说你以前每次逃课都是他们帮你打掩护，虽然没人敢追究你逃课，但他们还是多此一举给你编了好多个逃课的理由，比如说你的蛊叛逆啦，你的蛊饿啦，你的蛊困啦……"

少年忽然翻了个身，被子从肩头滑下，黑色襟口微微敞开，露出两截干净修长的锁骨。

九郡主住了嘴，也翻了个身和他面对面，目光从他的锁骨移到他好看的侧脸上，疑惑地"唔"了声，问他："怎么了？"

他细细地看着她，从她的眉到她的眼，再到她不自觉弯着的嘴角。

"阿九。"

他抬了下眼睫，对上她仿佛蕴着水色的双眸。

她含糊地"嗯"了声，音调轻轻上扬，是疑问的意思。

少年乌羽似的眼睫缓缓落下，又抬起，声音好似透过挨在一起的枕头静悄悄地传递到她耳边。

"你躺在我身边却老是和我聊别的男子，我心里有点不开心。"

她蒙了一瞬。

他似乎觉得这样说没有任何毛病，还自顾自地点了点头，停顿片刻，语气更加确定道："是的，我非常不开心。"

她眨了眨眼，好笑地看着他，却没有说话。

他向她挨近，直直地望着她："我想听你喊我的名字。"

她顿了下，尾音轻扬："宋月月？"

他神情变得有些古怪，眼眸深深地凝视着她。她又喊了一声，喊上瘾般抑扬顿挫地重复了好几遍。

她声音逐渐低了下去，连带着一声被截断的："宋……"

翌日，九郡主有些不太习惯地醒了过来，揉揉眼，打哈欠。

虽说她没有认床的习惯，可毕竟是第一次和心上人同床而眠，昨夜辗转反侧几近凌晨才睡着。

她睡不着的时候特地偷听了旁边的动静，少年从头到尾没翻过身，一直保持同一个动作，直到她迷迷糊糊睡着，她都没听见他翻身的动静。

九郡主睡得有些不安稳，她总觉得和少年这样睡在一张床上有点奇怪，可是又说不上来具体哪里奇怪。

正常人会这样一起睡吗？肯定不会啊，可他们这是特殊情况，可以稍微体谅一下下的。

她歪头朝里面看去，里侧的被子是空的，少年已经起床了，她伸手摸了摸，凉的，他起床很久了。

他是睡不着所以起得早，还是昨晚睡得好才起得比较早？

九郡主突然对此涌起莫名的"求知欲"。

少年正坐在船尾钓鱼，鱼线斜斜地落入海中，随着船只前进的方向而在水面上割出淡淡的波纹。

他有些心不在焉，也知道这样根本不可能钓得上来鱼，却依旧固执己见地如此行事。

他打了个哈欠，海面的晨风吹得他一会儿是清醒的，一会儿是困倦的，可一闭上眼又全是九郡主昨晚躺在他身侧的模样。

粉色的被子，微微泛红的脸，乖乖闭着的眼睛，偶尔用鼻子呼吸时觉得不舒服而张开的嘴唇。

她睡熟之后不知道是不是做了梦，甚至不自觉地朝他的方向哼唧着挨了挨，很努力地将脑袋埋向他颈窝。

浅浅的香味仿佛一瞬间扩大无数倍，他僵着身体一动不动，却没有半点不适，只感觉她呼吸撩过的地方逐渐发烫，一整夜都是这样艰难地熬过来的。

也许不应该这样折磨自己。

她倒是睡得香。

少年抬眸远眺苍茫海面，有点阴郁地揉了揉眉心，整个人蔫不拉几的，背影瞧着很有几分疲惫的萧索。

有路过的船工忍笑地问他可钓着鱼，他懒散地说快了，船工们没有打击他这样铁定钓不着鱼的行为，反而善意地鼓励他。

少年其实觉得有点可笑，却无法当真笑话这些人对他发自肺腑的善意，倒不是他良心发现，而是他忽然想起来，倘若对这些人的善意给予冷笑，就等于是笑话阿九对他的善意与偏心。

他可以将这世上的一切都踩在脚下碾磨，唯独有关阿九的，一丁点也不可以轻视。

想到这里，他拎着鱼竿一动不动地盯着海面。

阿九昨晚不知道是不是开启了什么新思路，对他竟然抱有一些不切实际的希望，比如说她竟然觉得他会将周不醒当成朋友。

少年冷漠地收起鱼线，从船尾下来。

早饭时，打着哈欠的九郡主拉开椅子坐在少年身边，还有点困，主动将脑袋伸向少年。

对面的周不醒和宋长空不解地瞅着她想干吗。

少年嘴里叼着吃了一半的包子，自然地抬手整理她的头发，顺便给她简单编了一股辫子，最后将她的红玉发饰和耳饰取下来，含糊地说："这个颜色不搭你今日的衣裳，吃完饭回去换一个。"

她便高高兴兴地任由他摘了发饰，从他面前的碟子里拿了个肉包子，又探着脑袋嗅了嗅他碗里的粥："你怎么喝的甜粥？"

厨师说他身体虚弱，多吃甜的有力气，非让他喝甜粥，甚至还给他准备了不少饭后甜点。

少年将只碰过一口的粥推向她："你想喝？"

她一点也不介意地拿着勺子舀了一口，舔舔嘴角："太甜了，阿月，真的好甜。"

甜得有点齁，她只好多喝了两口自己碗里的白粥压下那股子冲嗓子的甜味。

对面看他俩喝粥都看饱了的周不醒和宋长空牙酸地别过眼，默默喝了口自己碗里的粥，酸的，哼。

少年也觉得碗里的粥实在太甜，喝不下去，瞅见九郡主碗里的白粥，目光凝住。

九郡主浑然不觉他打起自己碗里白粥的主意，她拿着干净勺子舀了勺咸菜准备搁白粥里拌拌，一坐下却发现自己的粥碗被他拿了过去。

他一口闷了他碗里的一半甜粥，抿着嘴角，波澜不惊地将她的白粥倒了一半进他碗里，混合着搅拌碗里的甜粥，低头尝了尝，没那么甜了。

少年镇定地抬眸。

九郡主震惊地拿着勺子指他："你抢我的粥？"

"你不是也喝了我的粥？"他心安理得道，"你若是喜欢，一整碗都给你。"

九郡主发现拿勺子指人不礼貌，放下勺子后又默默将剩下半碗白粥扒拉回自己面前。

算了算了，不跟幼稚鬼斤斤计较。

少年喝完粥，转而看向对面的周不醒："周不醒。"

周不醒警惕地抬头："干什么？你一叫我名字我就知道没好事，你先别说，给我点时间让我吃个饱饭，死也要做个饱死鬼——"

他狠狠吸了口气，又往嘴里塞了个肉包子，最后才鼓着腮帮子含混不清地说："好了，你说吧。"

少年掰了一块脆饼，一脸淡定道："我们是朋友？"

周不醒吓得一口喷了嘴里的肉包子，肉包子横空掠过饭桌，弹到了少年碗边。

少年缓缓地、缓缓地抬起眼，目光如刀落在对面周不醒的脸上。

气氛危险地凝滞住。

周不醒僵硬地坐在椅子上，满脸都是"我到底是幻听了还是幻听了"。

他旁边的宋长空比他好不到哪里。少年说话时，宋长空正在喝粥，一听这话，惊悚到一口粥卡到喉咙堵住嗓子，他呛得眼泪直流，扶着桌子狂咳嗽。

一桌子四个人，两人冷静如常，两人疯了似的猛咳嗽，一时间，船上满是此起彼伏的咳嗽声。

少年转眸看向憋笑憋得满脸红的九郡主。

九郡主压不住嘴角的笑，只好悄悄拿起两个肉包子一边一个挡住眼睛，同时低下脑袋用牙齿咬住粥碗，慢慢吸了一口粥。

少年拿起筷子，慢条斯理地夹了个煎饺给九郡主，剩下一个留给自己。

静默片刻后，他轻声说："给你们一顿饭的时间互相告别，等我吃完早饭，就把这船上的所有人都扔下海。"

于是九郡主再也憋不住笑出了声，笑到趴在他胳膊上，害得他甚至不能好好吃饭。

因为少年这一句"朋友",周不醒一整天都处于坐立不安的状态,他总觉得阿月随时随地准备暗杀他。

宋长空嫉妒死了:"为什么我哥突然这么说?为什么?他都没和我说过这种话,他甚至都没叫过我一声弟弟!你是不是偷偷给我哥下什么药了,周不醒你竟然给我哥下药?"

周不醒:求求你清醒点好吗?这种好事送给你我一点也不想要!太吓人了!

于是这两人因为这件事而在船上再次追逐打闹起来,从船舱追到船头,从船头追到船尾,周不醒只差爬到船帆上指天发誓自己什么都没做过。

九郡主觉得少年今天早上这一出是个进步,为了表示对少年迈出这一步的赞扬,她从仓库里翻出来一堆东西,最后拿着围棋把那三个人喊过来下棋。

九郡主:"我刚刚发现光下围棋太无聊了,而且围棋下起来好慢,我们来玩点简单的吧。"

周不醒瞄了眼她旁边困得昏昏欲睡的少年,确定他吃饱之后就没了杀心,稍稍放下吊起的心,随口问:"怎么个简单法?"

九郡主把围棋摆上桌。

几人盘腿坐在榻上,她拿着黑白子走了好几步说:"这样吧,我们拿棋子在棋盘上摆着玩,四个子连成一线就算是赢了。"

"四个子?这还不简单?"

"那就五个子?不然六个子也行,反正谁先连成一线谁赢。"

周不醒本性暴露:"赢了有没有什么好处?"

九郡主从少年袖子里摸出来两枚铜钱放到桌上:"一局两枚铜钱吧。"

"那也太少了吧,一寸光阴一寸金你听说过没?时间就是金钱啊小郡主,两枚铜钱也太少了。"

"周七两,你要是觉得少呢,可以押二两银子呀。"九郡主笑眼弯弯,"我们不介意的。"

周不醒介意。

于是他们便以两枚铜钱做赌注下起了五子一线的棋,下着下着又觉得光押铜钱没意思,周不醒瞄了眼倚着隔壁桌子合眸补眠的少年,坏心思地提议道:"光赌钱多没意思啊,小郡主,我们来加个赌注吧。"

九郡主疑惑:"加什么赌注?"

周不醒自信道:"输的人不仅要交两枚铜钱,还要讲一个小时候的故事,怎么样?"

九郡主迟疑地"啊"了声,抬眸对上周不醒似乎是善意的又似乎是恶意的眼睛。

周不醒和宋长空小时候的故事,肯定和阿月脱不了关系,他是想借这个机会告诉她一些有关阿月的事情?

周不醒扔下黑子,兴致勃勃地决定以身作则:"反正这局我输了,那我就先讲一个小时候的故事,怎么样?"

九郡主当然不会拒绝。

周不醒想了想,盘起腿坐没坐相地说:"我是个中原人,小时候刚去南境的时候族里小孩喜欢欺负我,宋小少主也跟着那些人欺负过我,还嘲笑我。"

宋长空满脸通红,恨不能给他嘴堵上:"那都是以前的事了!"

周不醒耸耸肩:"反正你们从以前到现在都在欺负我这是事实。"

宋长空无法反驳,愤愤地把他挤下棋盘,这局他要输,输了也要讲周不醒的糗事。

周不醒接着说:"后来我发现那些小孩很怕阿月,就天天跑去阿月身边乱转,阿月很不耐烦,当然,主要是我每次过去都会带着一群叽叽喳喳的小尾巴。"

有一年是冬天,他穿着破烂的衣裳跑去阿月的屋子外面蹲着,因为好衣裳都被讨厌他的人扒掉了,他舍不得再浪费钱买衣裳,只好天天穿着乞丐衣裳到处乱转。

阿月早上睡醒发现他蹲在门口打哆嗦,问他在做什么。

周不醒说:"你屋子外面稍微暖和点,我来取取暖。"

阿月用一种"你是不是想死"的眼神盯他,他嬉皮笑脸地朝阿月屋里蹭了蹭,阿月瞥了他一眼,并没有撵走他。

从那天之后,那些欺负周不醒的小孩再也不敢欺负他。

周不醒讲得口渴,遂倒了一杯茶润润嗓子才继续说:"后来我被调到小少主身边做事才知道,因为阿月把那些小屁孩全收拾了一顿,还有几个差点被他扔进蛊屋。"

周不醒催促:"来来来,下一局下一局。"

这次轮到宋长空和九郡主下棋,宋长空输了,得偿所愿地开始讲故事:"兄嫂我跟你说,周不醒在我们族里就是个'搅屎棍'。"

周不醒委婉提醒:"我是棍,你们是什么?"

宋长空不想理他:"他仗着和我哥走得近,之后几年在族里都是横着走,早课也不去上,嘴上说着是和阿月有事要做,但是我哥喜欢睡懒觉,早上根本起不来,哪有事要做?周不醒他就是不想去上早课才故意拿我哥当挡箭牌,太过分了,我天天睡不醒,他倒是天天睡到太阳晒屁股,气死人了。"

阿月有起床气,这一点九郡主倒是亲身经历过,但睡懒觉这个事儿吧,不太好说,究竟有多喜欢睡懒觉?

他今天起得就很早,她都没睡醒他就起了。

少年听他们说故事听得更困了,又一次打了个哈欠,根本不想控制,头一歪倒在九郡主肩上。

她太小只了,枕着她脑袋也不太舒服,少年抬手搭在桌边,挪了挪。

九郡主微微后移,让他将脑袋枕在自己腿上继续睡,还让周不醒将旁边架着的斗篷拿过来盖在少年身上。

少年在她腿上睡得心安理得,甚至还将她一只手拉进斗篷,强硬地与她十指相扣。

从头看到尾的周不醒和宋长空突然就不想下棋了。

"话说回来，我哥有起床气，要是我们下棋吵到他，他会不会把我'咔嚓'了？"宋长空开始忧郁。

"怕什么，你兄嫂会第一个拦着他。"周不醒说。

这倒是真的。

一个人输了下桌另一个人便顶上，宋长空输了自然是周不醒顶上。

九郡主这次有些心不在焉，阿月枕着她的腿，还与她十指相扣，她心神分散，很快输了这一局。

她当然认输，思考了一下便讲了个小时候的故事。

"我五师父是一家青楼的老板娘，我小时候经常去青楼帮楼里的姐姐妹妹们端茶倒水，这样能赚点零花钱。"

周不醒举手打断："中原人不会很忌讳女子进青楼吗？你还是郡主，你去青楼你爹不揍你？"

九郡主哽了一瞬："我爹没发现。我四师父上妆技术一流，我每次去青楼前他都会给我上妆，我五师父也会给我准备男装，况且我那会儿去青楼也不只是为了赚钱。

"我五师父在训练我，我每次过去她都会从客人中挑一个问我一些奇奇怪怪的问题。青楼里小道消息多，听得多了知道的事儿也就多了，刚开始答不上来，之后不光能认脸还能知道对方很多事情。"

她好笑地说："所以我也听到好多有关大人物的风流故事，比如说张侍郎很怕他夫人，偏偏又好色，偷偷在外面养了个小娘子，一直没被人发现。有一次张侍郎在路上喝醉了把我当成他养在外面的小娘子，非要拉着我回家说要跟他夫人讲纳妾的事儿。我觉得挺有意思就跟他回他府上，顺便将他养小娘子的事情同张夫人讲了，第二天便听说张侍郎被打得起不来床，连早朝都告假了。"

她刚说完，本该睡着的少年突然有了点动静。她微微低头想看他做什么，他却直接伸手勾住她脖子把她拽了下来，乌黑眼中的倦意褪了个干干净净。

"把你当小娘子？"

"那是他喝醉认错人了。"九郡主眨了下眼，感觉自己的睫毛碰到了他的头发。

少年"哦"了声："那你就这么跟着他回府？"

"因为我想看他是如何怕夫人的呀，我想着幸运的话指不定能看见他夫人揍他的场面，那多有意思。"九郡主骄傲道，"后来我还在张侍郎府前放了串鞭炮，把身体刚养好的张侍郎气得重新躺回床上。"

是她能干出来的事。

周不醒和宋长空笑倒在榻上。

几人继续下棋，直到外面有人进来问他们有没有拿走厨房剩下的最后两个红薯。

"那两个红薯有点坏了，本来是想留着喂船上的鸭子，今天一早起来却发现不见了，有点担心你们谁误食了之后闹肚子，这才来问问。"

谁也没拿。

"那就奇怪了，船上其他人我也问了，谁都没拿，那谁拿了？鸭子自己吃了？"那人嘀嘀咕咕地出去了。

九郡主忽然想到什么，"呀"了声，低下头，亮晶晶的眼睛对上少年微眯的黑眸。

"会不会是来暗杀你的人至今还留在船上？"

海上实在太无聊了，不能到处溜达，左看右看全是苍茫茫的海，每天都是一模一样的风景，只有偶尔落在船帆上的鸟儿稍微不同。

周不醒早就闲不住了，这回有机会搞事情他第一个举手提议："不是说吃了坏的红薯会闹肚子吗？不如我们今晚蹲在茅房外面瓮中捉鳖，我来搞陷阱，我很擅长搞陷阱。"

宋长空四处抓瞎："等等，你们在说什么？什么暗杀，什么瓮中捉鳖？"

九郡主这才想起阿月遭暗杀的事宋长空从头到尾都被蒙在鼓里，完全不知情，毕竟他睡得比谁都香，等他睡醒时，也没人同他讲。

周不醒奇道："你都不奇怪阿月脖子和手上的绷带是怎么回事吗？"

宋长空看了眼九郡主："我以为是兄嫂她……"咬的。

九郡主低头看向舒舒服服躺在自己腿上的少年，拽了下他垂在榻上的辫子，迟疑："阿月，你弟弟好像懂的比你多？"

少年瞥了她一眼，慢吞吞地坐起身，安静了一会儿，好似是在醒神，随即转眸看向宋长空，什么都没说，却又好像说了什么。

宋长空立刻做贼心虚地摇头道："我不是我没有我什么都不懂，我胡说的！"

周不醒揽着他肩膀故意说："哎呀，小少主害羞什么？你半夜看的那些书可都是从阿月房间偷走的呢。"

什么书？什么书要半夜看？

九郡主震惊："宋长空，你今年才十二岁吧？"

周不醒搅浑水道："毕竟是早熟的孩子，可以理解。"

九郡主转而想起另一件事，睁大眼瞪向事不关己的少年："等等，阿月，你也看过那种书？"

无辜被牵扯的少年微笑："你说哪种书？"

九郡主欲言又止。

宋长空崩溃："你们胡说什么？我偷看的明明是我哥的睡前故事书！"

因为这一出误会，宋长空满脸通红地抓起棋盘追着周不醒打，打着打着打到门外，九郡主失去了棋盘没办法下棋，百无聊赖地抛着棋子玩，从一颗棋子抛到两颗三颗四颗……

第九颗棋子没接住，她弯腰去捡，一转头发现少年正若有所思地看着自己。

"是不是发现我抛棋子也特别厉害？"她伸出两只手比了个"十"，"我最多可以一只手连续不断抛十颗棋子,今天是失误,等下看我抛十颗棋子。"

少年笑了,单手托腮眉眼含笑地凝着她:"嗯,阿九可真厉害。"

九郡主笑弯了眼,尝试两只手一起抛棋子。

少年抬手接住她抛的棋子,一颗颗放回榻上,继而转过脸,屈指蹭蹭她脸颊,在她越发不解的目光下指尖缓缓下滑,轻捏着她下巴,不带任何暗示地笑了下。

"阿九,你以为宋长空从我房间偷走的是什么书?"

最后一颗棋子"啪嗒"掉到衣裳上。

九郡主心想这个话题不是已经带过去了吗?他为什么又要扯回来?

少年对她控诉的眼神视若无睹,稍稍倾身,很懂地追问:"我之前就想问,你这么懂,是不是以前看过不少?"

九郡主心虚地移开眼,假装忙碌地捡起衣裳上的棋子,小声说:"我可以解释……"

"嗯,那你解释?"少年好整以暇地收回手,垂着眼睇她,等她的解释。

九郡主卡住,没想到他竟当真接下她欲盖弥彰的话茬,半晌才抬起脑袋诚恳道:"其实,那些书都是我六姐姐的。"

她说的是实话,六郡主喜欢看民间故事,下属替六郡主搜寻故事集时,稍不注意就会掺进来一些封面正经但内容极其不正经的故事书。

九郡主曾偶然从六郡主的藏书中,恰好挑中这么一本"金玉其外败絮其中"的故事书。

"真的只是恰好。"她掩耳盗铃地强调,"后来我二师父和五师父打架的时候发现我藏起来的小人书,我两位师父非常生气,拧着我耳朵训了我一整天,从那以后我再也没敢翻过小人书。"

说到这里,她有些心虚地屏息,语气放得很轻,试探性地问:"阿月,你真没——好的你没有!我知道了你真的没有呜疼疼疼……"

少年松开捏她脸颊的手指,瞥见温白的肌肤缓缓浮起被捏手指捏出来的红印子,像万里积雪中落下的一点红梅。

少年不知想到什么而微微拧起眉，侧开眼，随即又抬眸从眼尾窥了眼那抹红。

似是察觉自己的心理可能有点变态，他重新压下眼睫看着自己的手指，神色不动地平心静气。

九郡主揉揉脸，认为他这回真的把她掐疼了，哼声："阿月，我生气了。"

她表情严肃，再次强调："我，很生气，你懂我的意思吗？我很生气。"

少年抬起眼，眼底映着她的脸，像是在笑："我懂你的意思，你很生气。"

她转过脸，让他近距离地、仔仔细细地看清楚她脸上被掐出来的印子："是不是红了？你看看，你掐的，你掐红的，你认错吗？"

少年垂着眼看了片刻，在她准备撤身前的一瞬，低头轻吻在她脸颊的红印上，末了，目光落在她脸上大片绽开的红晕上，懒懒道："认错。"

九郡主呆了会儿，顶着燥热的脸提起裙子跑了，跑到一半又跑回来，捧着少年的脸迅速在他左脸亲了一口，亲完好似占了天大的便宜，拔腿就跑，头发上的铃铛"丁零丁零"作响。

少年捏了捏微微发烫的耳垂，凝视着她逃跑的背影，抬手挡住下半张脸，闷闷笑了声。

周不醒决定今晚守株待兔，少年一夜未眠，困得要死，回去睡觉了。

周不醒兴致勃勃地在茅房附近设下好几个陷阱，九郡主说："我觉得正常人不会中招的。"

陷阱布置得太明显了，可能只有瞎子才会中招。

但是周不醒很自信，因为他以前用这种陷阱捉到不少试图偷他钱的小屁孩。

九郡主觉得这样肯定捉不到那两个杀手。

周不醒说："你信我，要是我的陷阱没用我马上跳海自杀。"

倒也不必如此苛责。

九郡主觉得周不醒如此自信一定有他的理由，于是半信半疑地蹲在角落守候杀手，守到大半夜实在守不住了，回去睡觉了。

第二天一早，周不醒的陷阱成功捉住一只鸭子。

宋长空顶着两个黑眼圈，愤怒："你的陷阱根本一点用都没有！"

周不醒狡辩："那是因为昨晚没人来，只来了一只鸭子，你看你嘴里那只鸭子不就上当了？"

九郡主举起鸭腿提问："可是我感觉有点奇怪，为什么好端端的一只鸭子会自己去茅房？"

周不醒和宋长空对视一眼，异口同声："因为有人故意试探？"

周不醒更自信了："我不信那两个人没有三急，我从早守到晚就不信逮不住那两个人。"

周不醒想要守株待兔，九郡主打算主动进击，结果两人都毫无所获。

"可是船就这么点大，我们搜了好几遍，连养鸡鸭的地方都找了，船底也翻了个干净，偏偏就是找不到那两个人。"九郡主想不通，"难道我们都猜错了？其实他们已经跳海跑了？"

少年坐在船尾钓鱼，他闲着没事就来钓鱼，虽然从头到尾一条鱼都没钓到。

"若是当真跳海，他们活不过一夜。"少年抬手虚抓了把寒风，"水太凉了。"

如今正是深冬，晨风都刮得脸疼，穿着厚实地站在风中都有点冷，更别说跳进海里硬生生游回陆地。

九郡主头上戴着毛绒帽子，红色帽绳系紧，帽子边缘的白色绒毛被风吹得像蒲公英那般轻轻摇晃。

"也就是说他们肯定还在船上，只是藏在一个我们没注意的地方。"

少年也穿了一件黑色斗篷，兜帽遮住大半张脸，黑色毛绒下露出的眼睛映着朝阳的光辉，耳下垂着两缕缠绕红绳的辫子，被海风吹得向后滑。

九郡主呼了口气，白雾挡住大半的视野，她揪了下少年的辫子："阿月，你不冷吗？"

少年说："有点。"

"那你怎么还要坐在这里钓鱼？"

少年笑了声，没说话。九郡主伸出手摸摸他的脸，她手心拢在斗篷里焐热了，碰到他脸便是两极差距，说话时专注地看着他的眼睛，好像永远只能看见他一个人。

"钓鱼打发时间，回屋子里也没有别的事可以做。"

九郡主很理解他的心态："我四师父也喜欢钓鱼，他说钓鱼可能是一种别人无法理解的爱好，他享受的是钓鱼的过程，有没有钓到鱼对他来说没有关系。"

她回想着四师父说过的话，有点想笑，因为四师父有很多钓友，每次去钓鱼之前都有好多人一起来找四师父，一群人浩浩荡荡跑去荒郊野外钓鱼，一钓就是一天。

她也曾跟着四师父去钓过鱼，四师父将鱼竿放下后几乎保持着同一个动作一动不动，并且要求她也不许动，四师父说这是一种修行，也是一种锻炼。

后来九郡主被蚊子咬了好多口，回去的时候顶着一脖子的包，五师父可心疼她了，看见她手上、脖子上的包，气得抄家伙就和四师父打了起来。

九郡主摸摸少年的脸，回屋准备多拿两件斗篷给他披上，最好能把他裹成球，她想看阿月被团成球走不动路的样子。

等她走后，少年才慢悠悠收起鱼竿，屈指敲了下船沿，懒散的声音悄无声息融入海风。

"既然要藏，便老老实实藏好。"

船底寂静。

少年若无其事地拢起斗篷，转身回房。

待他走后，船下某处才传出细如猫叫的声音。

"他那句话什么意思？"

"我们被发现了。"

九郡主觉得船上有点无聊,转来转去能玩的游戏全玩了个遍,每天睁开眼睛除了海还是海,偶尔站在船尾扔些碎粮喂鸟。

船上时不时会落下一群路过的鸟儿,周不醒无聊到跑过来跑过去故意吓那些鸟,有一次恰好少年出来晒太阳,周不醒扑腾着双手冲到船尾,吓得一群鸟扑棱棱地展翅狂飞。

少年头发上落下两根鸟羽毛,落的位置刚好,卡在头发与辫子的缝隙里,乍一看倒像是漂亮的羽毛发饰。

九郡主趴在船沿笑:"阿月阿月,北域的发饰是不是就像你现在这样?"

少年抬手拿下那两根羽毛,平静地看着沉默下来的周不醒。

周不醒一步步后退:"咳,阿月,我们是朋友……"

这句话导致的后果是周不醒头上插满羽毛。

九郡主和宋长空笑得直不起腰,少年便将眸光转向他俩。

一瞬间寂静。

"咳……"

凝滞的气氛被一道细微的咳嗽打破,九郡主纳闷地看宋长空:"你咳嗽了吗?"

宋长空:"我以为是你咳嗽呢。"

周不醒顶着满头鸟毛,一脸幽怨:"那一定是我心碎的声音。"

谁也没理他,九郡主坚信自己没听错,而且她有种直觉,这声咳嗽一定和那两个没找到的杀手有关。

九郡主说:"如果我五师父在就好了。"

"为什么?"宋长空不解。"

九郡主解释:"我五师父也是个杀手,她知道杀手如何隐藏自身行迹,如果她在,肯定很快就能找到那两个人的藏身之处。"

可惜五师父还在京城做她的怡红院老板娘,也不知道那些想杀她的人发现她的踪迹没有。

少年手中捏着最后一根羽毛，沉思片刻后说："阿九，你五师父喜欢什么东西？"

"啊？"

"我在想，"少年摸摸她脑袋，沉吟道，"若是你五师父不同意我们在一起，会不会有无数种方法在你发现不了的情况下，让我悄悄离开这个世界。"

"咦？好像是哦。"九郡主认真思考，"可是我五师父没有理由不同意我俩在一起呀。我喜欢的人，我的师父们一定也会喜欢的，你放心吧……说到这个，你阿娘会同意我们在一起吗？"

九郡主悄悄看了眼宋长空，突然想到什么："我名义上好像还是你弟弟的……"

突然感觉有点罪恶。

周不醒怂恿宋长空道："小少主，到你展现威武的时候了。"

小少主翻了个白眼，转头朝对面两位"长辈"深深鞠了个躬，真诚祝福："再见我的哥哥嫂嫂，祝你们二位白头偕老早生贵子。"说完转身就跑，生怕慢了一步就会被丢下海喂鱼。

第十三章

遇 匪

宋长空晚上睡觉时总觉得下午听见的咳嗽声不对劲，再加上晚上吃得太多半夜睡不着，便爬起来去船尾散步消食，顺便看看能不能找到那声咳嗽究竟来自何处。

他漫无目的地转了一圈，两手空空转身回屋，没有注意到远方海平面出现了一弯摇晃的火光。

九郡主是在船只撞击而造成的天旋地转中醒过来的，她险些摔下床，幸好少年眼疾手快勾住她的腰将她扯回来。

"怎么了？"她心有余悸地抓紧少年的衣裳，自我怀疑，"难道我梦游了？"

"不是梦游。"少年将她胸前散开的衣襟细细拢好，忽而抬眸，"外面有人。"

门外很快传来匆忙的脚步声，终于有人拍门大喊："姑娘快醒醒！我们的船被水匪包围了！"

九郡主心神一凛。

船外，水匪的船越来越近，几乎形成圆月形将他们的船包围，外围的每条船的船头都站着五六个手持火把的男子。

水匪最大的那条船的船头立着一名人高马大的男人，浑身上下四不像，披着一件不知道什么皮毛的大氅，火把下的面容隐晦狡诈，嘴角划拉下一条细细长长的疤，蜈蚣似的蜿蜒至耳后。

他是这群水匪的头儿。

水匪头子生了一双细长却阴险的眼睛，他站在船头高处，晚上的海风吹起他的大氅。他似是感到失望，阴险的眼睛缓缓扫过对面船上的人。

"北域冰原最受宠爱的皇子出行，就这么条小船随身护送？骗我？"他恨道，"浪费老子时间！"

他拢了下皮毛大氅，只觉这一趟大费周章着实浪费时间，冷冷吩咐道："全杀了。"

话音刚落，便见一抹浅淡的嫩绿越过浓郁的阴影，缓缓走入他的视线。

九郡主披着新斗篷走出船舱，长发披散在身后，斗篷边缘的白色毛绒细撩起她的发，乌黑眼底倒映数十只火把的零星光点，犹如浸入满船星河的千年寒玉。

摇曳的火光中，少女身形单薄，神色茫然，无辜的圆眼左顾右盼，像极了一只误入厮杀兽群的无害幼兽。

水匪头子转身的动作一顿，双眼缓缓眯起，嘴角蜈蚣似的伤疤越发明显。

"女人？"

还是个漂亮的女人，比他寨子后院里的那些女人都要漂亮……不，应该说——诱人。

明明是一只无害的幼兽，浑身上下散发的味道却能够无形中引诱兽群为之厮杀。

水匪头子突然有了点兴趣，颇有兴趣地指着九郡主道："她留着，带回去，其他的，一个不留。"

九郡主的四师父是个轻功卓绝的神偷，亦是个走遍大江南北的商户。

五师父说四师父一个月赚到的钱足够普通人家什么也不做地吃三辈子，可他是个铁公鸡，绝不允许别人不劳而获，九郡主也不行。

九郡主很喜欢往四师父身边跑，因为四师父给的钱多。虽然四师父不喜欢不劳而获，但只要她付出等同的劳动力，他就愿意付双倍甚至三倍的价钱。

五师父经常嘲讽他贼喊捉贼："自己就是个小偷，还道貌岸然地教育别人不能不劳而获，他倒是看看他自己屋里藏的一柜子的宝贝，哪个不是他不劳而获弄来的？"

四师父淡淡地说："我偷东西也有付出劳动力，陆青衣，你可不能说我不劳而获。"

五师父差点撸袖子和他打架："阿九，你听听这小偷说的什么话？偷东西就算他付出了劳动力？是他有病还是我有病？"

九郡主头上顶着一摞书扎马步，听见两位师父吵架根本不敢吭声，等四师父一如既往地拿着一堆宝贝骗走五师父后，她才松了口气，捧着脑袋上的一摞书颠颠跑去找四师父。

"四师父四师父，我上次听大师父说你前几日出海送货的时候碰见水匪啦？"

"是啊。"四师父拨着金算盘算他昨日的进账。

九郡主好奇："水匪很厉害吗？"

"也就那样吧。"说到水匪，四师父倒是想到什么，停下拨算盘的手，耐心地与九郡主说，"阿九，你日后可有想过出海？"

"想过哦。"九郡主耷拉着脑袋，"可是我现在连京城都出不去，更别说出海了。四师父，你下次出海送货的时候可以带我一起去吗？"

四师父残忍拒绝："不可以。"

顿了下，他又说："不过等你再大点，四师父带你回北域冰原玩。"

那时候她年纪小，没想过为何四师父说的是"回北域冰原"，而不是"去北域冰原"，只知道同他追问水匪的事情。

四师父去过很多地方，经验丰富，卷起一本书轻轻敲了下她脑袋："等阿九日后年纪到了可以单独出海玩的时候，若是在海上遇上水匪，可千万

379

不要与他们硬碰硬。"

"为什么?"九郡主不明白,"五师父说遇见强盗直接把他们打一顿就好了呀。"

"水匪不一样哦。"四师父戳了下她脑袋,笑得温和,"水匪常年在海上出没,对他们来说,大海才是他们的老巢,我们在陆地生活,论起海上的经验自然远远不及水匪。所以,日后阿九若是出海遇见水匪,莫要与他们强行争斗,先顺着水匪,这样才能保护好我们自己人,之后趁水匪放松警惕的时候找机会炸光他们的船,让他们失去心肝宝贝的同时还得永远孤零零地漂泊在海上。"

九郡主对四师父的话铭记于心。

因此,当水匪头子说要她的时候,她第一时间想的不是如何杀了他,而是该如何保护好自己人。

水匪带来十数条船,都是比较大的船,每条船上都立着数十名手持弓箭与刀剑的人,若是自己船上的人轻举妄动,他们定然会大开杀戒。

九郡主有能力自保,却无法保证在乱箭齐发的情况下还能让船上所有人毫发无损。

四师父说,先顺着他们的意思。

她抬起手攥住斗篷兜帽两沿,轻轻将兜帽放下,抬头看向对面大船上的水匪头子,弯起眼睛,声音轻快道:"这位大人威武不凡,我自然十分愿意随大人回去。"

水匪头子倒是愣了下,第一次遇见不仅不怕他,反而还主动说愿意随他回去的女子。

这不很有意思了嘛!

"只要大人愿意放过我这条小船上的其他人,"九郡主眼神明亮,"大人想对我做什么都可以。"

不知道是不是错觉,海风有那么一瞬间处于静止的状态,肃杀的气氛凝聚在某一处。

船工们默契地停下手中活计，肃立在船沿两侧，周不醒将宋长空拉到身后，偏头看向立在阴影中的少年。

　　火把静静燃烧，海风吹得摇曳的昏暗光线将船上众人的影子拉长、扭曲，少年一身黑衣融入阴影变换的模糊轮廓中，冷白的脸在火光中若隐若现。

　　听见九郡主说的话，他不仅不生气，反而勾起嘴角无声地笑了下。

　　周不醒搓搓胳膊，突然感觉海上的风更冷了。

　　水匪头子似乎对九郡主的提议并没有太大的兴趣，双手环胸，用一种古怪的目光将她从头到尾打量了一遍。

　　"你的提议并没有足够的分量，我若不放过其他人，你依然是我的囊中物，你有什么理由说服我放过其他人呢？"

　　想要让水匪放弃到嘴的肥肉可不简单。

　　"因为我们不是北域的人。"她说，"我们只是为了行走方便才冒充北域的人，船上并没有多少宝贝，就连吃食也只够撑十五日。"

　　这也是让水匪头子大不悦的事，他脸色沉了下来，脸上蜈蚣似的疤痕越发显眼。

　　九郡主停了一下，摸摸脸，有点不好意思道："除此之外，我好像长得还过得去？至少不算难看？"

　　她掰着手指又说："也很大胆。"

　　水匪头子饶有兴趣地等着她继续说。

　　九郡主总结道："不仅不怕水匪，甚至心甘情愿随你们回水寨过日子的女子，或许我是第一个？大人不觉得得到'第一'很有趣吗？"

　　确实如此。

　　"大人，你若抢了我们的船也得不到多少宝贝，反而还会失去一个心甘情愿追随大人的女子，大人当真不肯放过我船上其他无辜之人吗？"

　　这个理由成功说服了水匪头子，他出来这一趟本就是为了利益，而这条小船看起来根本没有多少东西，抢了还不够塞牙缝，若是放了这条小破船上的人便能博美人一笑，倒也挺划算。

更何况，这个美人有点意思。

于是水匪头子挥挥手将下船的手下召回："把她带上来，其他人不用管，打道回府。"

船工们担忧地看向九郡主："姑娘，你……"

九郡主转过身，小声道："不用担心，我很快就会回来。"说着，目光闪烁地看向阴影中的少年。

少年缓步从阴影中走出，火光映亮他极俊的容颜，船上的水匪看清他的脸齐齐愣了下，似是没想到这条小破船竟载了两个漂亮人。

也不怕船太小装不下这两尊大佛，半路就沉船。

九郡主看见少年，迟疑了一下："阿月……"

她话没说完，胳膊就被水匪用力拽住，整个人随着那股力道往后跟跄了一下。

她"嘶"了一口气，有点疼。

几乎是眨眼间，少年便到了她身前，抬手勾住她的腰用力将她带回怀中，也不知他做了什么，动手的那名水匪仿佛一下子碰到尖锐的刺丛，嘴上惨叫了声，忙不迭地缩回手，手指上完好无损，什么东西都没有。

刚才碰到的究竟是什么东西？那名水匪握紧手中的刀，心有余悸地瞪着少年。

少年眼眸微眯。

九郡主下意识抚了下少年胸口，生怕他又解封封蛊钉。

少年顿了下，眸中杀意渐淡，低头看她："阿九，我这次什么都没做。"

没有杀人，也没有伤人，只是稍微警告了一下那个险些伤了她的水匪。

似被什么东西咬了一口的水匪满脸愤怒，不等他开口痛骂，立在船头的水匪头子眯起双眼，面带不悦道："他是何人？"

九郡主收回手，面不改色道："他是我哥……"

与此同时，少年的声音也随之响起："我是她夫君。"

水匪头子像是发现了什么好玩的事情："究竟是夫君还是情哥哥？不

过是什么人都无妨，杀了扔海里喂鱼。"

少年声音懒淡："你若杀了我，便得不偿失了。"

水匪头子一抬手，让要去把少年捆起来扔海里喂鱼的手下停下动作："你什么意思？"

少年偏头看了眼九郡主，嘴角一弯，抬眸与水匪头子阴险的双目对上。

黑眸深处隐约掠过几分戾气，却被他遮掩得极好。

"我家娘子与我十分恩爱，她方才所言也是为了保护我，可你若杀了我，我娘子定要拼命杀你为我报仇，你想要的便再也得不到。"他垂下眼，抬手触摸九郡主被海风吹冷的脸颊，嗓音带笑，"娘子，你说是不是？"

九郡主被他几声"娘子"叫得脸上发烫，又有点气他跑出来送人头，噎了半晌，只能僵硬地从牙缝里挤出两个字："是、是。"

少年便笑了，摸摸她脑袋，似是在夸奖她答得好。

可她一点也不想把扯进来，耷拉着眉眼十分不开心。

水匪头子冷声说："你威胁我？"

少年微微摇头，苍白的面容被海风吹得越发病弱，看起来像个只会站在女人身后吃软饭的废物。

可周不醒十分了解他，他哪里是废物，分明是人人唯恐避之不及的好看却危险的毒物。

周不醒摸了摸袖中所剩无几的蛊，在心中长长叹了口气。

月主虽然钉了封蛊钉，按理说不能用蛊，但是他毕竟是古往今来最特殊的蛊人，除了不能用血蛊，其他蛊还是能正常使用，这段时间适应了之后发现还能用蛊便越发不知收敛了。

真不知道这是好事还是坏事啊。

少年笑道："我曾与娘子发誓共生死，这辈子永不分离，娘子去哪儿我便去哪儿，若有人想要分开我与娘子……"

他停了一息，意味深长地扫过水匪头子脸上蜈蚣似的伤疤。

没等他再语出惊人，回过神的九郡主当机立断捂住他的嘴，神色坚定地看向水匪头子。

"是的，我与夫君永不分离，大人若要带走我，不如将我夫君也一并带走，夫君一定愿意与我一同追随大人。"她回望少年，尾音轻扬，咬着字音，颇有些咬牙切齿地一字一顿道，"夫、君，你说是吗？"

夫君啊。

少年眼眸弯弯，微微歪了下头，略带冷意的侧脸轻蹭了下她温暖的手心，嗓音明快地应了声："嗯，娘子说得对。"

却不知是应的她那句"夫君"，还是最后那句"你说是吗"。

水匪头子能嚣张狂妄地行走水域十数年依然没被两国朝廷逮捕，自然不是个蠢的，眼见对面船上那对男女夫唱妇和，心下便知这两个绝不可能是普通人。

既然人不普通，那么这条看起来普通的船自然也不可能普通。

水匪头子沉声改变主意："连人带船都给我拖回去。"

他倒要仔细研究研究这条船究竟有什么机密，以至于那对小夫妻竟敢当着他的面夫唱妇和地耍人。

水匪们立马行动起来。

九郡主估量着敌我差距，水匪足足几百人，还带着弓箭和刀剑，而他们这边只有十几个船工和两个离家出走的少爷护卫，以及一个病弱到脸上都没有血色的少年。

九郡主想着四师父说的话，遇见能打的水匪，不要硬碰硬。

她决定暂时以静制动。

直到船尾传来水匪的大喊："寨主，这里还藏着两个人！"

咦？

九郡主船上一众人纷纷转了视线朝船尾看去，一灰袍青年与蓝衣姑娘不知从哪儿跳了出来，正站在船尾与拿着刀剑的水匪无声对峙。

水匪指着船尾的破洞说："寨主，他俩藏在这船的破洞里，我看这洞有修补的痕迹，怕是之前这船和别的船撞过，要不是我们正好把锚抛进去准备拖着这船走，根本发现不了这个地方！"

听了水匪的话，九郡主恍然大悟，之前她的船被无忧镇一商户的船撞了个大洞，花了不少时间去修补，许是修补的时候被谁做了手脚，两个杀手这几日竟然就藏在洞中。

难怪他们怎么都找不到这两个人，原来他们藏在船下的洞里？这也太能藏了吧？

九郡主瞬间对这两个人产生了一丝丝说不上来的同情，也只是一丝丝，毕竟他们想要杀阿月，不值得更多的同情。

而这群水匪倒也巧，原本打算拖船走，船锚抛进来又捅破了那个修补好的洞，这才露出洞里隐藏的两个人。

灰袍青年和蓝衣姑娘用轻功跃上船尾，一人与对面水匪对峙，一人与九郡主等人对视。

九郡主刚想说什么，动手的水匪盯着灰袍青年和蓝衣姑娘，自信大喊："寨主，他俩是被他们故意藏起来的，他俩肯定是他们的老大！"

灰袍青年和蓝衣姑娘刚想说我们根本不是一伙的，就听九郡主的声音清凌凌响起，比水匪更加自信："我发誓他们绝对不是我们主子，我们怎么可能舍得让我们心爱的主子藏进那种小地方？即使我们先前就察觉到你们船队的行踪，我们也绝不会提前把主子藏进那种破破烂烂的地方以求主子活命，你们不要胡说！"

灰袍青年和蓝衣姑娘：不是，你不要胡说八道啊！这完全是越描越黑了啊！

少年听懂了九郡主的意思，便道："娘子说得对。"

"没错，姑娘才是我们主子，他俩算什么东西？"

"你们可别打他俩主意，他们和我们一点关系也没有！"

"要动手就冲我们来，不要伤害无辜的人！"

船上其他人瞬间明白他们俩的暗示，此起彼伏地大喊大叫，语言之强烈，情绪之高亢，充分向这群水匪传达暗示信息：这条船的主人只是少年和九郡主，那二人与我们一丁点关系也没有。

尤其是周不醒，他演戏一绝，又一贯擅长胡扯，几句话就把风向稳稳地带向"他俩就是我们主子，你们若想动他们，先过我们这一关"。

而水匪越听越觉得他们在欲盖弥彰，心下更加肯定这两人定然才是他们真正的主子。

灰袍青年和蓝衣姑娘快崩溃了："我们真不是他们主子！"

但他们又不能说自己是杀手，杀手怎么能当着这么多人的面承认自己是杀手呢？江湖上的人谁不恨杀手？毕竟谁也不知道杀手的下一个目标是不是自己。

灰袍青年和蓝衣姑娘有苦难言，瞪着九郡主的眼神几乎化作一把把利刃，恨不能将她千刀万剐。

九郡主弯唇一笑：你们打我阿月的主意，现在谁也别想置身事外。

水匪头子眼见这条船上又多了个漂亮姑娘，左右看了眼两个姑娘。

一个年纪小些，可爱。

一个年纪大些，性感。

很好，他全都要。

"把他们四个全带上来。"

水匪船上的房间里，一名水匪坐在一边审问他们四人。

"他俩叫什么名字？"那水匪指着九郡主和少年问旁边两人。

灰袍青年和蓝衣姑娘："不知道。"

那水匪又指着灰袍青年和蓝衣姑娘问九郡主和少年："你们主子叫什么名字。"

九郡主和少年满脸真诚："不知道。"

"你们没否认他们是你们主子！"

九郡主立刻摆出一副"糟糕说错话了"的表情，随后试图挽救："我没那么说，我只是说我不知道他们叫什么名字，你们不要随便套别人的话。"

"你们自己的主子，你们怎么可能不知道他们叫什么名字？"

"所以他们肯定不是我们主子。"九郡主脸色严肃道，"都说你们误会了，我们真不认识他们。"

那水匪无法从他们四人口中套出更多的话，一气之下把四人捆起来扔一块儿，试图暗中观察。

灰袍青年和蓝衣姑娘愤怒不已，但灰袍青年话比较少，说不出骂人的话，蓝衣姑娘便一人顶俩，骂道："我们根本不认识你们，你们胡说什么？要死也别拉着我们一起！"

九郡主安慰他们："我不是说了不认识你们吗？你们肯定不会死的，要死也是我们先死，放心，我绝不会让你们死在我们前面。"

蓝衣姑娘捋袖子就要冲过去抽她一顿，九郡主假装抱头鼠窜："我错了我错了我错了，我不该胡说，姐姐你就饶了我这一次吧！"

"你不要再说了！"蓝衣姑娘气得头晕，"我都说了不认识你们，你再胡说我打碎你的牙！"

少年和灰袍青年并肩站在墙角，两人沉默地看着屋子里上蹿下跳的两个姑娘，同时叹了口气。

少年转头看灰袍青年："你叹什么气？"

灰袍青年："我不该杀你。"

少年微笑："你这说的什么话？你要杀我便杀我，我还能反抗你吗？"

少年继续微笑道："你们说什么便是什么，我和娘子为你们付出生命也心甘情愿。"

灰袍青年：求求你不要再演了！

门外偷听的水匪再次肯定灰袍青年和蓝衣姑娘就是他们的头儿，当下便要和水匪头子打报告，不多久，水匪头子过来把蓝衣姑娘和九郡主带走。

灰袍青年被五花大绑，又被水匪拿刀枪弓箭指着，眼睁睁看着自己的同伴被水匪头子带走。

"你为什么不拦他们？"灰袍青年问一旁淡定的少年，"你明明可以……"

387

"我不可以。"少年向他展示自己被捆了四五六道麻绳的双手,一脸坦然,"毕竟我只是个手无缚鸡之力的小白脸。"

灰袍青年感觉前几日晚上被他扼住的喉咙又开始隐隐作痛。

这少年反差太大了,晚上是个杀人不眨眼的凶戾怪物,白天又是收起利爪尖牙的虚假废物。

没多久,九郡主和蓝衣姑娘毫发无损地回来了,灰袍青年隐隐松了口气。

九郡主过去松了少年手上的绳,看着他手腕被勒出的痕迹,皱着眉毛轻轻呼了呼。

少年摸摸她的脑袋,她仰头看他,说:"阿月,你为什么不问我被带去做什么?"

少年从善如流:"你被带去做了什么?"

"水匪头子问我想做他十九夫人,还是二十夫人呢。"

"那你如何想的?"

"那我肯定是不想的。"她转头看向蓝衣姑娘说,"所以我说让主子先选啦。"

蓝衣姑娘张牙舞爪:"谁是你主子?我杀了你!"

灰袍青年勉强摁住她:"我们说不过他们。"

也打不过他们。

灰袍青年迟疑着问:"行云,你选了十九夫人还是二十夫人?"

被称作行云的蓝衣姑娘一"爪子"呼到他脸上:"溯风,我劝你闭上嘴,我现在还不想杀了你。"

于是灰袍青年默然不语了。

少年好似没感觉到气氛的肃杀,不紧不慢地揉了揉被勒红的手腕,偏眸看着九郡主:"那她选了十九还是二十?"

"她选择先杀了我。"九郡主说,"所以我默认她两个都想要,十九和二十都给她就是。"

蓝衣姑娘杀气腾腾地瞪过来,没等她再说话,九郡主忽然想到什么,扭头看向他俩，有点惊讶的样子。

"等等，溯风？行云？你们不会刚好都……姓陆？"

溯风和行云愣了下，脸色渐渐冷肃起来："你什么意思？"

他们从不在外人面前表露自己的姓氏，只有在阁主面前才会连名带姓地喊人，能够随着阁主姓陆，是他们这辈子的骄傲和荣光。

九郡主睁大眼睛"啊"了声，稍微正了正身子，不似先前轻慢戏弄的态度，她微微皱起眉，用一种"不会这么巧吧"的眼神盯着他俩，随后从怀中摸出一枚青色的飞叶暗器。

行云脸色不太好看，这是她的暗器。

九郡主当着他们的面反手掷出飞叶暗器，寒凉的暗器极快掠过他们的发丝，深深扎入他们身后的木头柜子里。

她动作很快，几乎没人能看清她是如何投掷的飞叶暗器，只隐约瞧见一点暗器的锋芒闪过，转眼瞧过去，她白皙的手中依然保持着把玩东西的动作，可那只是一枚普通的铃铛。

若非亲眼所见，谁也不敢确定暗器是她亲手掷出。

速度太快了。

行云和溯风齐齐怔住，直直瞪向她玩铃铛的手，不敢置信般将目光转移到身后扎着飞叶暗器的柜子上。

那是疏雨阁独门暗杀手法之一，青叶杀。

二人震惊，甚至想立刻杀人灭口："你为何也会青叶杀？你究竟是何人？又如何知晓我们姓陆？"

听他们这般说，九郡主越发确信了心中的猜测。

"我五师父说过，我上面还有一位傻乎乎的大师兄和一位火暴脾气的二师姐。"她探究地打量着对面二人，"而他们的名字，刚好就是溯风和行云。"

九郡主不知道其他四位师父的真实身份，却一直都知道五师父陆青衣出自疏雨阁。

疏雨阁是中原最大、最神秘的杀手组织，据说疏雨阁的前任阁主是叛出以前的组织听雪阁而自立门户的。

三十多年前，北域出现一名惊才绝艳的神秘女子，名为陆听雪，听雪阁由她一手创立。

陆青衣是陆听雪捡来的第一个徒弟，也是唯一一个徒弟。听雪阁什么都敢做，贩卖情报，暗杀贵族，只要钱给到位。

后来陆听雪带着陆青衣来到中原，成立了四方列国第二大杀手组织，疏雨阁，而陆青衣正是疏雨阁的第一任阁主。

再后来，陆听雪于中原销声匿迹，听雪阁现任阁主陆飞霜怀疑是陆青衣杀了陆听雪，遂率人围剿疏雨阁。

可疏雨阁地处中原，陆飞霜不敢过多涉足中原，只能渐渐收敛，时不时搞个暗杀，试图让陆青衣吐露陆听雪的下落。

陆青衣什么都不说，她甚至捡了两个徒弟，溯风与行云，悉心教导他们，随后将疏雨阁交给他二人，自己则隐匿中原，在京城开了一家最大的青楼：怡红院。

九郡主一直觉得五师父的秘密不算秘密，因为几位师父经常把疏雨阁和听雪阁之间的恩怨当故事讲给她听，就好像一定要她知道，陆听雪的失踪与陆青衣毫无关系。

其实她都知道，只是几位师父说得太多，她不听也得听，这么多年来，她都快要把疏雨阁和听雪阁的故事倒背如流了。

陆青衣教九郡主练功的时候，经常会把行云和溯风小时候的糗事捞出来讲给她听，顺便把三人对比一番。

"行云的马步扎得比你稳多了，腿收进去，对，就这样。"

"溯风的暗器使得比你快多了，胳膊也收进去，对，就这样。"

"很好，坚持下去，你马上就要超过你师兄师姐了。"

九郡主曾问过陆青衣为什么师兄师姐不来京城玩，她可以请师兄师姐去吃好吃的。

陆青衣说:"当然是因为那两个笨蛋不知道我在京城。"

"为什么呀?五师父为什么不告诉师兄师姐你在这里?"

"因为告诉他们之后我就要回去做疏雨阁阁主,太累了,不想给你们这些中原人干活。"

疏雨阁没了陆青衣,多年来锐利的风头逐渐淡却,甚至连暗杀的任务也不怎么接了。

陆青衣对此没有任何异议,躺平摇扇子晒太阳:"反正疏雨阁不归我管,随便他们怎么折腾,陆听雪又不能从棺材板里爬出来教训我。"

九郡主一直觉得两位师兄师姐一定很辛苦,因为师父常年不在,他们要靠自己的力量撑起偌大的疏雨阁,维护疏雨阁荣光不灭,虽然现在的结果可能不太尽如人意。

她经常想,等日后见到师兄师姐,一定要给他们做好吃的,还要带他们游遍大江南北。

直到今天,九郡主亲眼看见她曾认为日子过得非常艰苦的师兄师姐被自己几句话坑得暴跳如雷,又想到他俩藏在船下破洞里可怜兮兮地度过一夜又一夜,一句"你们疏雨阁迟早要完"顿时卡在嗓子里,不敢说出口。

行云和溯风显然并不是很相信突然多了个小师妹这件事,他们义正词严地指责九郡主休想骗他们。

九郡主终于忍不住了:"你们疏雨阁还没倒闭真是不容易。"

她说完便捂住嘴——这张叛逆爱怼人的嘴啊,早晚要给自己惹来杀身之祸。

行云差点冲上去和她打架。

外面把守的水匪隐约听见疏雨阁什么的,想进去看看他们究竟在干什么,一推门发现两个女人正坐在桌边把酒言欢,一个说水匪头子威武不凡,一个说水匪头子貌若仙人。

水匪左看右看没发现什么猫腻,又听她们互相夸奖自家老大,心里一个高兴便不与他们计较,转身关上门。

下一瞬,两个女人立刻弹跳而起,一个说:"油嘴滑舌的女人,你休想骗我!"

一个说:"你们想杀我阿月,就算你们是我师兄师姐我也不会轻易原谅你们!"

溯风其实有点相信九郡主说的话,因此他并没有掺和进去,而是沉默片刻后,同坐在桌边的黑衣少年搭话。

"她叫……什么名字?"

少年喝了口茶:"阿九。"

"我是说真名。"

"阿酒。"

溯风狐疑:"你是不是,不知道她的真名?"

少年又喝了一口茶,老神在在道:"我当然知道。"

"那她叫什么?"

"阿九。"

溯风决定闭嘴。

为了证明自己所言非虚,九郡主甚至当众将五师父说过的有关溯风和行云的糗事翻出来。

"师姐小时候为了不练功偷偷翻墙,结果没站稳从墙头摔下去磕掉了两颗牙。"

行云脸色铁青。

"师兄小时候爱吃糖,但是听说男子汉大丈夫不能随便吃糖,每次都是晚上偷偷去买糖,因为吃糖太多而蛀了牙,被疏雨阁所有人狠狠嘲笑了一遍。"

溯风神色赧然。

九郡主滔滔不绝:"师姐你以前还追过男人——"

"不许说了!"行云挺不住,瞬间炸了,"不许再说了!"

最后还是水匪冲进来将四人重新五花大绑,水匪头子点着两名女子,皇帝翻牌子似的说："今晚选谁？算了，指到谁选谁。"

最后选的是九郡主。

少年黑眸平静地看着水匪头子，附在他袖子上的蛊蠢蠢欲动。

行云暴躁地站出来将九郡主拦到身后："我替她！"

"哦？"水匪头子倒是并不意外，"也行，洗干净送过来吧。"

行云脸色青黑，嘴上说着不相信九郡主是她小师妹，行动上却还是信了个九分半。

"你要是敢骗我，你就死定了。"行云被带走前，咬牙切齿地瞪着九郡主。

九郡主感动不已："阿月，师姐相信我是她小师妹了。"

少年收回视线，懒懒道："对，她信了，但她很快就会被水匪头子吞了。"

九郡主坚定道："我一定会救师姐的。"

话刚说完，被五花大绑的手脚上的绳子陀螺似的一圈圈脱落在地，她活动了一下手腕和脚腕，转眸瞧向一脸愕然的师兄。

溯风愕然。

九郡主也愕然。

随后九郡主疑惑道："师兄，五师父没有教你们如何解绳子吗？"

溯风："阁主只教过我们杀人之后该如何找到最隐秘的藏身之地。"

哇，师姐师兄也太惨了！难怪他们在船上藏了那么久都没被发现！

九郡主顿时更加心疼两位师兄师姐，至于他们暗杀阿月这件事可以暂时搁置，大家现在是一家人，一家人有事坐下来好好谈谈也不是不可以的，也许中间有什么误会呢？

懂了，这就先去把碍事的人干掉，之后再坐下来喝杯茶好好聊一聊。

因此，九郡主很自觉首先询问少年："阿月，师兄师姐暗杀你的事……"

少年手脚上的绳子不知何时也脱落在地，用的手法和九郡主用的一模一样。

他抬手摸摸她脑袋，笑着看向依旧被捆成毛毛虫的溯风，神色不动道："阿九的师兄就是我的师兄，日后都是一家人，暗杀什么的是误会一场，对吧，师兄？"

溯风："……对。"

总觉得应他这一声"师兄"格外费力。

少年又将视线转向九郡主，嗓音轻快地安慰她："放心去救人，阿九，师兄就交给我。"

九郡主便放心地翻过船窗，风刮得她手上的铃铛"叮当"响，为了不打草惊蛇，她仔细用帕子将铃铛层层包好放进怀中，身形轻巧地沿着船身敏捷跃向水匪头子所在的房间。

这边，少年慢吞吞喝了口冷茶，抬眸瞧向还没松绑的溯风，他眼神清明，似是在笑，笑意却又不是十分明显。

"虽然只与师兄师姐见过两面，但二位毕竟也是阿九在乎的人。"他似是想起什么，轻嘲一声，"太多了。"

溯风没听懂他这句"太多了"是什么意思。

少年嘴角轻撇，放下杯子不疾不徐地走过去，垂着眼睫替溯风松绑，微微泛凉的指尖似不经意地摁在溯风手腕内侧的命脉上，声音轻若无害的柳絮。

"既然是阿九在乎的人，便不能随意对待。之前杀我一事我不想与师兄计较，师兄亦是忘记比较好。"

有那么一瞬间，溯风不受控制地头皮发麻，手腕冰冷一片。

眼前这位比他稍高的少年轻轻抬起纤长的眼睫，双眸浓黑，似笑非笑地睇着他，似乎是在说，师兄，你还记得那晚窒息的滋味吗？

溯风选择性忘记那晚发生的事，现在有更重要的事情。

少年慢吞吞拦住要去救人的他。

溯风着急："你做什么？我们得去救她们。"

船只轻晃，左边传来高亢的咒骂声，右边传来划拳喝酒声。

少年轻笑："阿九说能救，便一定会将人完好无损地救回来。"

他沉吟片刻，指尖敲了几下桌子。

似想到什么，他颇有兴致地扬眉，眼底盛了许久不见的少年意气，嗓音清朗道："至于手无缚鸡之力的我，倒是也能做些力所能及的小事。师兄，你若无事，不妨也来帮个小忙。"

行云和溯风是陆青衣从难民堆里捡回来的，他们原本一个叫二丫，一个叫二狗，陆青衣觉得他们的名字太难听，便说："你们若是想跟我，日后便随我姓，就叫陆溯风和陆行云吧。"

行云和溯风很喜欢新名字，每天都要叫上好几十遍对方的名字，疏雨阁里的哥哥姐姐们也不会嘲笑他们，而是会跟着一起喊：

"行云行云，快来吃饭。"

"溯风溯风，快来捉鸡。"

"溯风……"

"行云……"

行云、溯风从不敢奢求做陆青衣的弟子，因此他们只敢跟着其他人一起叫她"阁主"。他们很努力地练习暗杀的技法，可他们真的很笨，学了这么多年也只是学到一些皮毛，他俩加起来也比不上陆青衣的一根手指头。

陆青衣最开始只是一个月消失好几天，之后是半年消失两个月，再之后又是一年也回不来疏雨阁一次。

直到五年前大雨夜，陆青衣裙角沾满血，手持青伞缓步回到疏雨阁，将疏雨阁阁主令牌交给这两个空有杀人之心却无杀人之胆的小杀手。

"疏雨阁日后便交给你们了，我要出一趟远门，不知道什么时候回来，也许以后不会再回来，你们爱怎么样怎么样。这么多年你们也没敢杀一个人，实在撑不下去就解散疏雨阁吧，毕竟这样苦苦支撑，实在太苦太累了。"

陆听雪曾说，青衣，不必苦苦支撑疏雨阁，累了就走吧。

可是陆青衣不听话，她撑了下来，如今她终于撑不住了，便将担子扔给两个小家伙。

同样的路，总要都走一遍才能学会自己成长。

陆青衣走得潇洒，行云和溯风却咬牙坚持，互相扶持着艰难地走了五年，他们带着疏雨阁众人和北域的听雪阁作对，从最开始的势均力敌到如今的力不从心，终于疲惫了。

尤其是前几日，北域那边传来消息说陆青衣潜入北域皇城试图刺杀皇帝，反被皇帝的人活捉囚禁。

疏雨阁派人前去打探消息，只打听到北域皇城确实捉住了一名身着青衣的女刺客，行云和溯风宁可信其有，便筹划活捉前来无极岛寻宝的北域小皇子玉琉原，以此作为筹码交换被扣押的陆青衣。

担心刺杀失败会连累疏雨阁其他人，他俩便计划此行只两人行动，却没想到半路弄丢了玉琉原的画像，认错了人，错将小师妹的心上人当作玉琉原。

其实也不怪他们认错。

一是小师妹一行人带着玉琉原的令牌。

二是江湖上都传玉琉原在无极岛受了重伤，而小师妹的心上人脸色苍白，活像一个病人。

三是九郡主的船又恰好出自无极岛。

当时不知情的溯风、行云一合计，觉得都对得上，当夜便抓紧时间执行刺杀任务，结果险些送命。

行云非常愤怒，更愤怒的是，他们暗杀错的竟是从未见过面的小师妹的心上人。

可恶！险些酿成大错！

行云暴怒之下与水匪头子单打独斗十几个回合，双方都没落着好。

水匪头子多年称霸一方自然也不是好惹的，他觉得驯服这样一个女人够味儿，便自大地没有叫人进来。

行云被他扣住手腕的前一瞬，下意识想摸暗器，手摸到腰上才想起来之前被迫净身换了身衣裳，身上什么东西都没有。

水匪头子掐着她下巴将她的脸转过来，却被她吐了一脸的口水，当即大怒地挥起巴掌，手起，却落不下去。

他惊怒地回头。

九郡主站在他身后，微微弯下腰，幽幽道："你想对我师姐做什么？"

……

门外阵阵嘈杂，船身摇晃。

"走水了！那边的船走水了！"

"寨主不好了，船走水了！"

溯风一脚一个水匪，一路畅通地大步走到水匪头子房间门口，用力推开门。看见屋子里的情景时，他惊了一瞬。

地上那个失去意识的人应该就是水匪头子了。

缓过神后，他脱口而出："这船马上要沉了，快点走！"

行云拽着九郡主就往外跑。

九郡主忍不住问溯风："阿月呢？"

溯风在前面开路，闻言头也没回："他说让你不用担心他，等你安全出去就能看见他。"

水匪的船队着火了，最开始只是最旁边的一条船，但水匪的船队是船船相连的，借着海风，火势很快蔓延，波及第二条船、第三条船，"轰"一下，转眼便烧到了第四条船。

另一边，周不醒冲自己船上的船工比了个手势。

那些船工瞬间砍断缠绕船身的绳子，重新扬帆。

猎猎海风中，浑身是洞的小破船转瞬便与水匪头子的船队拉开一大截距离。

海上火光冲天，黑衣少年立在着了火的船头，随手将把玩的火折子扔向隔壁浇了油的船上，火苗刹那间拔地而起，而他脚尖轻点，飘然离去。

"轰——"

着火的船发生爆炸。

少年飞来水匪头子豪华大船的船头，火苗引起的高热余波疯了似的撩起他的长发，随意披在身上的黑袍被灼热的海风层层卷起，他孤零零立在船头，像一只无家可归的黑色海鸟。

扑过来的水匪一个接一个死在他脚下，又被他波澜不惊地踢下船。

水花四溅。

"阿月！"

闻声，少年转头，瞧见迎面而来的九郡主。

九郡主勉强地朝他挥手，怀里抱着一堆趁机搜刮而来的宝贝，一挥手，宝贝掉了一半。

她心疼地回头看了好几眼，却不敢再停下脚步，身影纤瘦却坚定地冲向少年。

少年忍不住弯起嘴角，朝她微微张开双臂，将她接了个满怀。

宝贝"咣啷咣啷"又掉了一半。

"阿月。"她眼底映着金色的火光，以及少年含笑的面容，"是你做的吗？"

"是我做的。"少年歪了下头，长发滑落到侧肩，眉眼带笑，"厉害吗？"

"好厉害。"她努力踮起脚摸摸他的头发，认认真真地夸奖他，"阿月没有蛊也很厉害，特别特别厉害，比我想象的还要厉害。"

少年笑了，微微俯身，任由她触摸自己的发顶："那是自然。"

许久没有听见他如此矜傲地自夸，九郡主久违地笑出了声，忍不住将怀中搜刮来的宝贝全塞给他。

众人安全地回到自己的小破船上，立在船头，热热闹闹地瞧着远处星火一片。

"轰——"

水匪船队的最后一条船终于也在他们眼前炸成一朵低矮的烟花，海面亮如白昼。

九郡主直视远方，高高兴兴地张开双臂挥了挥，呼吸着海上被火燎过的焦潮气息，扬声喊道：

"北域冰原，我来了！"

阿娘的故乡，北域冰原，这次真的越来越近了。

北域与中原交界处最为嚣张狂肆的水匪被人在海上炸死了老大，这个消息很快传入两国。

两国朝廷都想叼走这块肥肉，一个比一个迅速地赶往水匪老巢进行剿匪行动，不但营救了被掳走的姑娘们，还在水寨里找到不少被扣押做奴隶的无辜百姓。

有侥幸活下来的水匪千辛万苦回到水寨却又被朝廷的人瓮中捉鳖，被迫将海上发生的一切全部吐露。

北域朝廷的人说："你们也听见了，水匪是我北域玉皇子亲自带人剿灭，这寨子里的东西自然得归我北域。"

中原朝廷的人不屑道："当真是你北域玉皇子带人剿灭的吗？据我所知，你北域玉皇子的船队此时正停留在无忧镇补充物资！敢问你玉皇子可是能够分身，一半留在无忧镇，一半跑去剿灭水匪？"

北域朝廷的人被噎了一下，却不肯放弃这块肥肉，死死咬定剿灭水匪之人就是他们的玉皇子。

中原朝廷的人追问侥幸活下来的水匪，剿灭水匪之人的相貌特征、乘的什么船。

水匪被用刑，苦不堪言，只得一一描述。

中原朝廷的人听后眉毛一皱，他倒是听说了前段时间无极岛发生的事，如今江湖武林乱得不行，魔教与无极岛勾结，前任武林盟主似乎也要出来走动，并且这几人恰好又关系匪浅，朝廷的人正头疼该怎么办。

倘若剿灭水匪的人恰好就是从无极岛出来的那几个麻烦人物，到时消息传出去,这中原武林对南境月主等人口诛笔伐的风向估计就会转变。

这可不行。

而剿灭两国朝廷都忌惮三分的水匪,如此之大的功劳,任谁听了也得赞他们一句有勇有谋为民除害,届时再派人追杀他们便难堵悠悠众口,到时朝廷就不好做了呀!

而且,水寨如此大的一块肥肉也不能轻易放手。

中原朝廷的人一边同北域的人僵持,一边紧急派人前往京城将消息送达天听。

整个中原风雨欲来。

在这之前,剿灭水匪的几位当事人正躺在床上大睡特睡。前一晚众人大肆庆祝了一番,累得不行,直接就地躺倒,最后还是船工们劳累,一一将人送入房间。

九郡主和行云抱一块儿醉醺醺地讲小时候的糗事,少年和溯风费了点力气才将她二人分开。

行云暴躁地给了溯风一拳,正中他眼睛。

溯风好似已经习惯了,面无表情地将她打晕扛到肩头,大步流星地将人送入房中。

九郡主也喝醉了,但她没有行云那般暴躁,她睁着雾蒙蒙的眼睛望着黑衣少年,眼前人是她心上人,然后心上人一分为二,二分为四。

"呀,好多阿月。"她晕乎乎地胡乱抓了其中一个阿月,"抓到啦!"

少年看了看被她攥进手里的头发,想笑,嘴角才勾起,她便用力扯了扯,扯得他踉跄了一下,险些将她压倒。

她却捧着他的脸,更加高兴地笑起来:"宋月月,你好可爱呀。"

少年哑口。

"宋月月,月月,宋月月……"她嘟嘟囔囔地重复着他的名字,左右手各抓了一个宋月月,双眼蒙眬,"阿月,我好喜欢你,好喜欢好喜欢你,你喜不喜欢我?"

少年稍微松了松她胡乱扯他头发的手，因为她用的力气太大了，扯得他头皮刺痛，他弯腰将她抱起来，答道："嗯，喜欢。"

"喜欢谁？"

"喜欢你。"

"谁喜欢我？"

"我喜欢你。"

于是她满意了，松开扯他头发的手，转而抱住他修长的颈，将脸埋进去蹭啊蹭，满身的桃花酒味掺着少女身上的浅香味，一丝丝渗入他心口。

他喉结微微滚了下。

九郡主迷迷糊糊地说："阿月，明天你要再和我说你喜欢我哦。"

少年停顿了一下，认真地看着她的眼睛："好。"

"每天都要说。"

"好。"

"你还记得要说什么吗？"

"我喜欢你。"少年低头轻吻她绯红的眼尾，"宋樾月喜欢你，宋樾月喜欢楚今酒。"

…………

两个大男人收拾好两个喝醉酒的女人后同时长呼了口气，两人又是一起推开门，各自站在门前，沉默地对视一眼。

溯风说："你能睡得着吗？"

少年衣襟几乎被喝醉的九郡主扯开，头发也是乱的，整个人看起来就像是刚被蹂躏过的可怜小白脸，但他嘴角含笑，眉眼轻松，甚至还抬手碰了下自己的喉结。

少年不知想到什么，笑了声，说："大约睡不着。"

溯风和少年差不多的情况，只不过头发比少年的更乱，因为行云实在能折腾，差点没把他扒光摁在床上。

溯风心累："那我们随便聊聊？"

少年并不介意和这位便宜师兄聊聊。

然后便宜师兄张口就问了一个死亡问题:"你叫什么名字?"

少年看了他一眼,慢条斯理地整了整散乱的衣襟,若有所思地开口:"师兄,你是不是对里面那位师姐怀有爱慕之心?"

溯风一惊。

少年又说:"你不敢告诉她。"

溯风再惊。

少年眼尾微弯:"师兄需要我帮忙吗?毕竟我也算是稍微有点经验……"

溯风转头就走:"谢谢,不用麻烦了!"

第二天,九郡主被饿醒,扒拉着床头头昏脑涨地想去厨房吃早饭,一推门发现出不去,仔细一看才搞明白她推的不是门,而是窗。

差点就掉海里了。

九郡主拍拍自己的脸,勉强清醒过来,低头时忽然注意到自己的衣裳不对,好大,而且这个款式和颜色分明是阿月的。

她吓了一跳。

听见推门的声音,她惊悚地转身看过去。

少年披着雾紫色的斗篷走进门,见她醒了,一边脱下斗篷放到架子上,一边朝她走过去。

"醒了?"他越过她将吹入冷风的窗子关上,抬手试了试她额头的温度。

他的手比较热,搭在她被风吹凉的额头上,她感觉很舒服。

九郡主咳了声,有点尴尬地摸了摸脑袋,又扯了扯衣领:"阿月,我的衣裳……就是那个,你……"

少年凉凉地瞥了眼她身上宽松的衣裳,停了一瞬,笑着掐了把她的脸:"你自己换的衣裳。"

她松了口气,偷偷觑他一眼。

少年似乎并不打算和她追究衣裳的问题:"头疼不疼?"

"头不疼。"她老老实实地摇头,捂着肚子,可怜巴巴的模样,"可是阿月,我好饿,还有早饭吗?"

早饭和糕点都在锅里,还热着,冷了会有人加热,专门等她醒来后给她吃的。

九郡主换完衣裳去洗漱,一顿饭吃饱喝足,心满意足地瘫在椅子上摸肚子,美滋滋的模样完全看不出来昨夜她闹着非要他脱衣裳陪她一起睡。

也许是肚子填饱了就有力气思索别的事儿,九郡主注意着少年新换的一身雾紫色的衣裳,倒是断断续续想起昨夜发生的事。

她苦苦回忆,勉强只想起来昨夜回房后发生的一些零碎片段,比如说,她是如何死缠烂打非要扒拉少年的衣裳,委屈巴巴地说:"可是之前都是一块儿睡的,为什么今晚不能一起睡?"

少年被她扯住衣襟,与她脸对着脸,呼吸略微急促,双眸黑得浓郁,压抑着呼吸想说什么,没说出口,她亲了下他的颈,嘴唇碰到他滚动的喉结。

他猝然起身。

她被他起身的动作害得脑袋撞到床沿,一边疼得揉脑袋一边挣扎着要下去抱抱他,还要脱衣裳,因为太难受了,更难闻,睡觉的时候不舒服。

船上的两名女子全都喝醉了酒,谁能给她换衣裳?

少年难挨地闭上了眼。

于是她自己老老实实把外面的衣裳全脱了,又跌跌撞撞走到柜子边找新衣裳,没找到——她在少年的房间,能换的衣裳则全在她自己的房间。

期间她撞到两次桌椅,少年不得已只好睁开眼。

最后折腾来折腾去,在他冷静的指引下,她自己摸索着找了件他的衣裳,把身上的脏衣裳全脱掉。

她速度太快,他急促地闭上眼之前甚至无意瞥见她后背一片细腻的白,心口突兀地涌起一股火,耳边有衣料摩擦的声音,很远,又很近。

海水温柔地拍打着船身,他听见衣裳掉到地上的声音,接着又是她穿不上衣裳焦躁地胡乱扯弄的声音。

"阿月，你的衣裳好难穿。"她踉跄着走到他身前，抓着他的手要他帮她穿衣裳。

他抿起嘴角，眼眸合上。犹豫片刻，察觉到她越靠越近，他牙根慢慢收紧，终于沉默着扣住她光滑的手臂，指尖发烫，几不可察地颤，摸索着一点点将掉下去的袖子给她穿好。

她那会儿太乖了，乖得让人不由得怀疑她是不是装醉。

他不太放心地睁开眼，发现她竟然站着就睡着了。

难怪这么老实。

九郡主终于想起昨晚发生的事，霍然起身，满脸通红。

迎面对上少年略带疑惑的目光，她磕磕巴巴地说："我、我去看看师姐醒了没有！"

少年凝着她逃跑似的背影，想起什么，低头看了看自己的手指，昨晚碰到她的触感似乎还残留在指尖。他怔忡片刻，将手虚握成拳背在身后，沉眸跟了上去。

行云还没醒，溯风不知昨夜受了什么苦，这会儿也回屋子里补眠去了，周不醒和宋长空也都在睡着。

九郡主反倒是这群人里醒得最早的一个。

下午，一群醉鬼才相继醒来，各自穿戴整齐填饱肚子之后终于有力气围坐一圈仔细聊聊。

溯风和行云首先讲述他们此行的目的，大概就是他们看见九郡主手中的北域令牌，错将少年人称玉琉原，这才前来刺杀。

说到这个，行云想起来眼前这位还是她的小师妹："师妹出来之前可看见阁主？"

她还是习惯喊陆青衣"阁主"，毕竟已经喊了十多年，一时间想改也改不过来，更何况，没有亲耳听见陆青衣的肯定，她自然不会擅自更改称呼。

九郡主皱眉："我离开京城前确实有听说五师父要出去办事，但我不知道她去办什么事。五师父经常出门，一走就是小半个月，她不在的时候，怡红院还是二师父帮她管的。"

行云正在喝茶润嗓子，一听这话，嘴里的茶险些喷出来："什、什么？什么怡红院？"

九郡主老实说："五师父在京城开了一家青楼，就叫怡红院。"

溯风和行云当场崩溃。

怎么会这样？他们阁主这五年来究竟经历了什么，为什么会沦落到去青楼打工？

"不是，青楼是五师父开的呀，五师父不是被卖去的青楼。"

怡红院专门收留一下无家可归的姑娘，有伤透了心日日买醉的，也有卖艺不卖身的，五师父从来不会逼迫姑娘们做她们不愿做的事。

行云道："真的？"

"真的，谁那么不要命敢把五师父卖去青楼？"

行云提起的一颗心重重落地："不是就好，不是就好。"

了解清楚陆青衣过去五年具体去京城干了些什么事后，行云和溯风差点又崩溃。他们真的搞不懂陆青衣放着好好的疏雨阁阁主不做，为什么要去做怡红院老板娘。

难道是怡红院的姑娘更好看更水灵吗？

行云盯着自己粗糙的手陷入了沉思，思忖着是不是该学学如何保养自己的身体以讨阁主欢心？

溯风将他们想要刺杀玉琉原的缘由吐露，主要是北域那边传来消息说陆青衣刺杀北域皇帝而被活捉，他们想用玉琉原将人换出来。

如果是几个月前，九郡主倒是可以肯定五师父绝不会去北域，可偏偏她已经离开京城许久，五师父的行踪还真说不准。

九郡主说："再过几日我们就能到北域，到时候我们先去城里打听消息，如果是真的，就算杀进北域皇城我也要把五师父带回来。"

行云表示赞同，随即道："阿九，你们原先去北域想要做什么？"

"刚开始只是因为被中原武林追杀,才想着去中原和北域的交界处避避风头。"九郡主拽了下少年的袖子,"之后听说北域碎玉蓝刚好这段时间开花,我们就想去看看。"

"碎玉蓝?"行云做了五年疏雨阁阁主,自然掌握了不少四方列国的情报,"那个不是北域的圣花吗?听说碎玉蓝只生长在北域寒山的寒池里,并且只能看不能摘,一碰到它,它就会碎掉,所以才叫碎玉蓝。"

正是因为如此神奇,九郡主才对碎玉蓝产生了浓浓的兴趣。当然,最重要的是,阿娘曾送过她一个生辰礼物,礼物上雕刻的花纹就是碎玉蓝。

她很小的时候就知道阿娘来自北域,这件事连阿爹都不知道。阿娘说等阿爹知道的那一日,就是她离开的那一天。

九郡主不想让阿娘离开自己,所以她一直没有告诉别人阿娘的秘密。

周不醒趴在桌子上快要睁不开眼,说:"我好困。"

宋长空嫌弃:"那你不回去睡觉?"

周不醒坚持用两根手指撑着眼皮:"可以听免费的故事为什么要回去睡觉?睡觉我就亏大了。"

宋长空服气。

行云皱着眉将九郡主身边眯眸打哈欠的少年挑剔地打量了足足三遍,她本想对小师妹说些什么,可顾忌到小师妹和那少年认识的时间更长,与自己相识不过短短几日……算了,有些话还是等找到阁主之后再说吧。

行云和溯风率先起身去船外看了看情况,周不醒和宋长空等不到新故事,索性回去继续睡大觉。于是,整个房间便只剩下精神奕奕的九郡主和倦怠犯困的少年。

船上很安静,甚至能听见船外海鸟鸣叫的声音,又是一种别样的宁静。

大惊大喜过后的宁静似乎总是格外珍贵的,九郡主享受了片刻这种特殊的时间,眼见着少年又打了个哈欠。

"阿月,你昨晚没睡吗,怎么这么困?"她将椅子朝他的方向挪了挪,没想其他的,想问就这么问了。

少年掀了掀眼皮，倦懒地瞥了她一眼，发现她好似已经忘记上午的事儿，双眸坦荡荡地直视着自己，心头微微一动。

"昨晚确实没睡。"他稍坐起身，意有所指道，"因为有个姑娘对我说了一些让人睡不着的话，我一整夜都在思考该如何回复那个姑娘。"

某个姑娘默默闭上嘴。

少年倾身向她挨过去，笑意深深："这位姑娘，可还记得昨晚对我说过的话？"

九郡主记性时好时坏，有时候前一瞬还在生气，转眼就忘了自己还在生气的事儿。

有时候记性又特别好，比如说让她感到尴尬的事，她能清清楚楚记住一辈子，包括各种细节。

九郡主几乎是瞬间就想起昨晚喝醉后非要少年给她换衣裳的事儿，她甚至还能回忆起他闭着眼睛时手指无意中碰到她肩膀的熟悉温度，脸上登时发烫，腾地跳起来转身就跑，欲盖弥彰地大声否认："不记得不知道我什么都没说！"

她跑得太快，少年感觉一阵风轻飘飘掠过，极快地挑起他额角的黑色碎发。

中途她撞到一个椅子，痛得立即抱起腿，吸着气低呼了声"疼"，却还是坚强地以单脚跳着逃回房间，"砰"的一声关上门，完全不敢正视自己昨晚丢人的所作所为。

九郡主后背抵着门，双手抱着腿，悲痛欲绝地想，她就只差没有亲手扒光阿月的衣裳把他按在床上亲了，她孟浪的心思简直是"日月可见"。

如果只是偶尔亲亲就算了，偏偏现在的她潜意识里竟然还想对阿月做那种事……

九郡主悄悄捂住烫到快要冒烟的脸。

少年站在原地眼睁睁看着她急匆匆跑回房间，哪怕撞到椅子也不敢回头，背影流露出浓浓的"我不听我不听我就是不听"的执拗。

他哑然，片刻后，笑着收回目光，随即又叹了口气。

他只是想兑现昨晚对她的承诺，每天和她说一次她要求的——

"你还记得要说什么吗？"

"我喜欢你。"

第十四章
北　域

　　十日后船只靠岸，此时便算是正式进入北域的地盘。

　　北域的气候与中原不同，一年四季里大约有一半的时间都处于冬季，但北域地域极广，尤其是几乎无人涉足的冰原，那里太过寒冷，很少有人能在那边正常生活。

　　九郡主等人下了船后就租了一辆白羽车前往北域的都城——凉城。路上恰好经过那片广袤的冰原，恰逢黄昏逢魔时刻，金色的夕阳光倾斜着洒在一望无际的冰面上，折出大片彩色的光辉。有不知名的彩色长羽鸟优雅地落在泛着光的冰面上，缓缓舒展绚丽的双翅，长尾在夕阳光下拖出一条条毛茸茸的彩虹。

　　最近恰逢碎玉蓝开花季，其他三域的人都闻声而来，一路上走过许多鸟车——在北域，拉车的不是马匹，而是耐寒且温驯的彩鸟。

　　宋长空趴在鸟车的窗户边缘，不住地惊叹：“北域可真漂亮啊！南境很少下雪，我从没见过这么大一片冰原。”

　　北域的这片冰原有多大？几乎媲美中原与南境的交界——漠关。

　　他们虽然不了解冰原，但都知道沙漠很大，这片冰原就和他们认知中的大漠差不多大。

　　大约是见识了一次这辈子都没见过的美景，几人心情都非常好，甚至中途休息时跑到冰面上溜冰，一群人追来追去摔了好几次。

凉城地处极北，气温偏寒，每年十二月后都会迎来寒流，一直持续到次年三月初。凉城生活着一种特殊的寒鸟，不惧寒，把它们身上的绒羽剪下来织成羽袍既漂亮又保暖。在凉城，百姓们几乎人手几件这样的羽袍。

寒鸟身上的羽毛长得快，太多太重，不剪下来它们可能会被厚厚的羽毛压死，剪下来不仅能给它们减轻负担，还能做成衣裳之类的送往中原与南境买卖，因此大部分凉城人乐于养寒鸟。

三日后，鸟车终于穿过壮阔的冰原抵达凉城。大约是最近发生的刺杀事件引起重视，如今入城需要经过严格盘查，守城的将士正在挨个盘查进城之人的身份。

"唉，今天怎么查得这么严？去年来的时候还不是这样呢。"有人搓了搓手，受不了地打了个喷嚏。

"你没听说吗？北域的元帝陛下前段时间遇到刺客了！"

"不是说刺客已经捉到了吗？"

"还有同伙没捉到啊，被抓到的那位咬死了只有一个人，不肯透露同伴的下落。"

"原来如此，难怪查得这样细致。"

"怎么会突然发生这种事？谁胆子那么大敢去刺杀北域皇帝？"

"哎哎哎，我听说了，说是听雪阁的那位阁主陆飞霜。"

"不可能，听雪阁不是替北域做事的吗，他们怎么可能会去杀自己的主子？"

"我听说的是疏雨阁的陆青衣去刺杀的元帝。"

"陆青衣不是早就隐退了吗？听雪阁的人找了这么多年都没找到她，她怎么会突然跑来北域刺杀元帝？"

"也不算是突然，毕竟再过几日就是那位阁主的忌日，她挑着这个时间回来也许是想祭祀故人。"

"往年怎么没听说她回来祭祀故人？今年回来一边祭祀故人，一边刺杀元帝？太奇怪了吧。"

排队的队伍往前走了一点，说话的几人没注意排在他们身后的是一名矮个少女。少女身穿粉色长羽袍，头上戴着细绒的白檐帽子，粉羽领子极高，遮住她下半张脸，只露出一双乌黑的圆眼。

她双手揣在暖和的粉羽里，歪着脑袋听他们讲八卦听得津津有味，结果听着听着他们又不讲了，她好奇得很，便忍不住歪过身子凑上前小声问："对不起，请问你们说的那个故人是谁呀？"

前面那人吓了一跳，低头就看见一双水色的黑眸望着自己，少女微露的肌肤很白，眼眸乌黑，穿着粉色的长羽，像个大点儿的粉团子，讨人喜欢。

那人脸上热了一瞬，结结巴巴地说："陆、陆听雪，故人就是听雪阁第一任阁主陆听雪。"

"哦，这样啊。那陆听雪的忌日是什么时候？"少女拽了拽眼睛下面的粉羽，鼻子痒痒，想打喷嚏，但她忍住了。

"姑娘来北域都没有打听过北域的事吗？"

少女乖巧地说："我是离家出走的，第一次来北域，还不了解这边的事，听各位大哥讲了陆、陆……"

"陆青衣。"那人好心提醒，"疏雨阁前任阁主，陆青衣。"

少女恍然大悟："对，陆青衣，听各位大哥讲了陆青衣和听雪阁的话，我才知道北域还有这么个故事，我可喜欢听故事了。"

大约是她长相乖巧，年龄又小，几位大哥便没有多想，真当她是离家出走来北域玩的哪家小小姐。

"你可晓得北域的听雪阁？"

"今天是第一次听说，听雪阁很好玩吗？"少女懵懂地问。

"那可不是好玩的地方，那是北域最危险的地儿。听雪阁是元帝陛下的左膀右臂，陆听雪是听雪阁第一任阁主，后来不知发生了何事，她带着一些人去了中原，变成疏雨阁的阁主。"

"然后呢？然后呢？她这么厉害，之后怎么会死掉呢？"

"唉,也不算是死掉吧。"那人犹豫了一下,"至今还没人找到听雪阁阁主的尸体,有人说她只是隐退了,还有人说其实她已经死了。"

"既然不确定她人有没有死,为什么会有她忌日这一说法呢?"少女不解。

"因为元帝陛下说她死了,还亲自在寒池为她建了衣冠冢,每年碎玉蓝开花的时节便是听雪阁阁主的忌日。"

听雪阁最大的靠山乃北域的元帝陛下,元帝亲自颁下圣谕,将十日后碎玉蓝花开之日定为陆听雪的忌日,没人胆敢置喙。

可听雪阁的人不相信陆听雪死了,尤其是陆飞霜。在陆青衣之后,陆飞霜也被陆听雪捡了回来,她们从小一起长大,感情一向极好,若非陆听雪出事,她们绝不会走到如今水火不容的地步。

陆青衣去了中原,而陆飞霜却被留在北域掌管听雪阁。不久后,陆飞霜只是出门执行了一次任务,回来却得知陆听雪已死、陆青衣等人背叛的消息,备受打击。她不相信陆青衣会做这种事,可惜,无论她如何追杀、逼迫昔日的好姐妹,始终无法从陆青衣口中得知真相,而陆听雪的尸体至今也没有人找到。

"如此想来,元帝陛下特地将碎玉蓝花开之日定为听雪阁阁主的忌日……倒是别有深意。"那人嘀咕了一句,却不敢大声猜测,毕竟这是在北域。

少女若有所思地扯了下脸上的羽领,垂下眼睫,往后退了半步,撞进白羽少年的怀里。

少年低头看她:"脸露出来了。"

她连忙将高领往上拉了拉,倒不是怕人认出来,而是怕风吹得脸疼。

少年抬手细心将她白檐帽子上的绒毛捋平,又将她羽领上被呼吸吹得微潮的细绒稍稍翻了个面。看见她被捂得红彤彤的脸,他没忍住笑了下:"怎么听故事还听脸红了?"

"是热的,热的啦。"九郡主翻起羽领继续挡脸,伸手拽拽少年长袍上的白羽细绒,多看他几眼,"阿月,你穿白色真好看。"

一路同行这么久，阿月在她面前穿过各种颜色的衣裳，唯独没穿过白色。这次他本来也不打算穿白色，却架不住她三番五次地暗示"白色真的好看""白色好好看""那件白色的衣裳最好看""好看的人穿好看的白色就是双倍的好看"。

最终他还是顺着她的意思穿了北域的白羽，清贵又意气。

九郡主问他为什么不喜欢穿白色，他看她一眼，翻了下自己的袖子，意有所指道："白色的衣裳不好洗啊阿九，若是你下次吃东西时不小心将东西掉到我衣裳上，我又得洗大半个时辰。"

九郡主当场就心虚地将白羽长袍放了回去，决定放弃让阿月穿白色的想法，因为她也觉得白色的衣裳太难洗。

阿月虽然有时候脾气不太好，但他对穿衣裳这方面没有太大需求，甚至可以称得上节俭，哪怕那件黑色的衣裳被火撩过，被蜂蜜水滴过，被血染过，他依旧没有扔掉，而是洗干净继续穿。

九郡主越想越觉得他太节俭了，她有点心疼他，于是改变主意，当场把店里各种颜色的羽袍全包下来送给他，并且郑重地同他说："我们衣裳多，你白色的穿脏了就扔掉换下一件！"

少年很感动她难得的大方，感动的同时费了点力气才把自己的钱袋子从她手里揪回来。

九郡主以泪洗面："呜呜呜。"

少年面无表情："嘤嘤嘤。"

周不醒悄声："神经病。"

宋长空传递消息："哥，周不醒说你神经病。"

周不醒拔腿就跑。

行云、溯风与他四人同行了十多日，早习惯他们四个这种轻松又热闹的氛围，见此也只是自顾自选衣裳。

第二天一早他们便来到城门外排队等着盘查，出发前，行云给他们几个一人一个作假的身份通牒，周不醒越看越觉得逼真，纳闷她哪儿来的这么好用的假身份。

行云说:"杀手需要的身份比较多,出门在外多准备一些假身份总是没错的。"

难怪一次能拿出四个作假的身份通牒。

九郡主看了看自己的身份通牒,又看了看少年的:"阿月,我们是姐弟欸。"

"我比你大点吧。"

"假身份啦,假身份。"九郡主戳了戳他的脸,"到时候要是被盘问,阿月你要喊我'姐姐'的,你现在先喊一声,我们习惯习惯。"

少年看了她一眼,似乎是觉得这样也挺有趣,还没说话,行云又把那两个通牒换了:"这两个是西陆身份,到时候盘问起来你俩容易露馅,换一个。"

这次少年选了一对表兄妹的。

周不醒很懂:"中原的表兄妹是可以做夫妻的,阿月,你坏坏哟。"

坏坏的阿月给他换了个"妹妹"的通牒。

周不醒抗议:"我是男人!"

宋长空提议:"但你可以男扮女装。"

周不醒突然发现这样也不是不行,竟然对此产生莫大的兴趣,溯风说为了稳妥起见还是先不要玩了,等入了城再玩也不迟。

一行六人分成三队进城,少年和九郡主排在末尾,前面周不醒等人已经顺利进城。

九郡主听了一会儿陆听雪的故事,将手塞进少年的羽兜里取暖,慢慢地排队,等了大约半炷香终于轮到他俩。

守城的将士看了眼身份通牒,又看了看他俩手塞一个兜的动作,挑了下眉:"表兄妹?"

九郡主乖乖点头,假扮一名害羞的少女。

少年在兜里捏了把她手心,在她不满地捏回来时神色自若地对查看的将士道:"也是夫妻。"

说着,他稍低头看向半张脸都藏在羽领里的九郡主,轻轻地笑了:"我家娘子害羞。"

"害羞的娘子"别开脸,塞他兜里的那只手却悄悄戳了下他手心,被他紧紧攥住。

将士确认无误后便将他二人放了进去,待他俩走出几步后才想起什么,又喊住他们。

九郡主和少年脚步一顿,眉心微敛,回头看向那将士。

将士从兜里掏出两颗糖,笑得露出牙齿:"祝二位百年好合。"

少年和九郡主都微微怔住。

将士说:"我前天也刚和我娘子成亲,所以身上还带了喜糖,正好剩最后两颗,可能也是缘分,就送给你们好了。"

大概是北域极大,北域的每一座城池也都比中原的大得多,但并不显得空旷,城中建筑颇高,大约是用来抵御寒风的。

走进城中一眼望去,建筑与京城没有太大差异,只不过外面摆放的冰制的东西比较多。

人群熙攘,蒸包子的热气影影绰绰地飘到街上,香味弥漫。一眼望去,街道前方行来一辆极高的鸟车,四只高大的黑羽鸟在最前方拉车,系在其修长脖颈间的绳子也是用最柔软的丝绸编织而成的。轿子外面覆着一层薄薄的纱,里面的人若隐若现。

不知道是不是错觉,九郡主总觉得进了城之后就暖和许多,她甚至拽下挡脸的羽领,拉着少年的胳膊带他四处转悠,在这个摊子买点小玩意儿,在那个摊子买点小零嘴,最后还是少年在后面给她兜着。

买着买着就遇见迎面而来的这辆奢华的鸟车,她没太在意,等车走了之后才听身旁的人讨论,原来里面坐着的是玉琉原。

周不醒四人已经在约好的酒楼中等他们许久,点的一壶寒茶都凉了。

"寒茶本来就是凉的吧？"九郡主一边把买来的东西分给大家，一边表示抗议。

周不醒耸耸肩，一口闷了半壶寒茶，爽快，嘴里像含了冰，半边身体都冻麻了。

九郡主笑死了，也喝了口寒茶，冷得扭过头打了个喷嚏。

少年给她手里塞了一杯热茶，指腹扣住杯口，没让她立即喝，等她缓得差不多了才让她喝热茶。

行云多看了他一眼。

溯风早已习惯，也喝了口寒茶，同样被冰得整个人麻木，他憋了憋，很努力地将嘴里的茶咽下去。

他们坐的位置极好，从窗户望出去一眼就能看见远处的高楼。大约与无极八楼差不多的高度，楼身盘绕着一圈一圈白色的冰花，形成外部盘旋而上的楼梯，远远看去仿佛通往仙界的台阶。

周不醒看见那座楼，眼冒精光："那座楼，你们看见没有？那座楼就是北域凉城最出名的金楼。"

"金楼？那是什么楼？"宋长空不明白。

"堪比金枝玉叶的楼，所以叫金楼。"周不醒说。

行云和溯风也听说过北域的金楼："听说北域的金楼只接待四方列国的皇族和身份特殊的人。"

九郡主纳闷："接待皇族好懂，身份特殊的人是指什么人？要有多特殊才能进那座楼？"

"类似于听雪阁阁主这种特殊人物？"行云猜测，"如果接待中原人，阿九，你三师父戚白隐戚岛主和你大师父李斩李盟主，应当是有资格入住的。"

说到这里，她停顿，偏头看了眼阿九身旁端着杯子漫不经心喝茶的少年。

九郡主顺着她的视线看过去。

行云说："南境的月主大约也能算一个。"

船上同行这几日，他们几个的身份早就盖不住了，与其遮遮掩掩，倒不如直接摊开了讲明白，是以也没人计较这种小事。

九郡主听了行云的话，满脸骄傲地拍了拍掌："我的大师父、三师父特别厉害。"

说着，她凑过去蹭了下少年的胳膊，拉起他的手和自己击掌，热忱表示道："我的阿月也特别特别厉害。"

周不醒很遗憾："可惜了，阿月失去了一个住进金楼的机会。"

少年懒洋洋地拨弄着九郡主挨着自己的脑袋："机会让给你，你要不要？"

"要是能进得去，那必然是要的，不要白不要啊。"

少年放下杯子，兴致缺缺道："那你先去金楼问问他们让不让带家眷入住。"

周不醒指了指自己，又指了一圈，唯独没指九郡主，说："你说的家眷包括我们四个吗？"

少年反问道："你说呢？"

宋长空悲痛喊："哥，我是你弟弟啊！"

周不醒欲绝喊："阿月，我是你朋友啊！"

溯风难得也跟着他们闹："阿月，我是你师兄啊。"

行云觉得不能自己一个人格格不入，于是也跟了一句："阿月，我是你师姐啊。"

九郡主眨巴眨巴眼，慢慢坐直身子，一本正经地望着啼笑皆非的少年，说："阿月，我是你表妹啊。"

其他四人异口同声地纠正道："是娘子啊。"

他们这边闹得正欢快，楼下却忽然寂静下来，于是便导致他们的笑声清清楚楚地传入楼下人的耳朵里。

楼梯那边传来沉稳规律的脚步声，很快楼上闹腾的六人察觉到外面的不对劲，在某个瞬间默契地止了笑，齐齐转头向门口看去。

有人礼貌地敲了敲门。

六人对视一眼，溯风走过去开门。

门外站着一名衣着精致的白发老者，年纪挺大精神却很不错，他身后还站着好些规规矩矩的人，大约是他的侍从。

白发老者说："抱歉打扰各位用餐，老朽此次是来寻一位姑娘。"

周不醒："哦，我们这里有两位姑娘，你要找哪位姑娘？"

白发老者目光精锐地看向房内的六人，他一一扫过屋内之人的脸，目光最后定格在坐在桌子右侧离窗最远的粉羽少女的脸上。

"敢问这位可是九姑娘？"白发老者开门见山，问得似乎略显唐突，语气却格外恭敬。

所有人的视线"唰"地转向九郡主。

九郡主指着自己的鼻子："我？"

白发老者抬了下手，身后跟着的人递给他一折画卷，他展开细看几眼后，将画卷转向屋内众人，询问道："敢问画上这位九姑娘，几位可认得？"

那画上的少女身穿白色的长裙，头发扎成一束，正坐在桌案前一面读书一面打瞌睡，似是察觉到有人在看她，她努力睁开眼，很努力向画外之人传达一个信息：我真的有认真读书，绝对没有偷懒。

太像了。

这个偷懒的样子，这个迷糊的眼神，太像了，简直与九郡主如出一辙。

几人的眼神彻底说明了一切。

白发老者后退半步，微微躬身，双手置于身前，恭恭敬敬道："金楼金玉贵，接封老板令，恭请九姑娘入住金楼。"

身后众人同时躬身作礼，震声重复道："恭请九姑娘入住金楼。"

楼下众人满目震惊，金楼掌柜的金玉贵竟亲自前来迎接一位名不见经传的小姑娘？这搁以前，可是只有元帝才有的待遇。

一时间，此地静得针落可闻。

九郡主表情有点奇怪，她看了看那幅画，似是恍然大悟，又看了看站在门外等自己答复的金玉贵，有点尴尬。她不自在地抓了抓后脑勺的头发，匆忙站起来，干巴巴道："那个，您说的封老板是……封无缘吗？"

毕竟她长那么大只认识一个姓封的人，除了封无缘，她着实想不到还有谁姓封。

金玉贵肯定道："是的。"

九郡主有点呆了。

一片诡异的死寂中，行云手搭在脸颊边小声问："阿九，封无缘是谁？"

九郡主也手搭脸颊边小声回："如果不是同名同姓认错人的话，这个封无缘也许和我四师父有点关系。"

"有点关系？"

九郡主憋了半天，蹦出来一句她自己都不敢相信的话："我四师父……就叫封无缘。"

周不醒原本觉得自己已经不会为这位小郡主的隐藏身份而震惊，前任武林盟主是她大师父，魔教教主是她二师父，无极岛岛主是她三师父，疏雨阁前任阁主是她五师父。

没想到不过一月的时间，他竟再次为这位小郡主的隐藏身份而震惊。

这次的四师父又是什么神秘的身份？

行云沉默半晌，表情凝重地拍了拍九郡主的肩膀，说："我是你师姐啊。"

周不醒骤然醒悟："我是你朋友啊。"

宋长空试探性："我是你弟弟啊。"

溯风觉得自己也应该跟上队形："我是你师兄啊。"

九郡主张了张嘴。没等她说话，少年抬手摁住她的肩膀，唇角含笑，垂眸与她对视，最后慢悠悠补充一句："阿九，我是你表哥啊。"

其他四人再次异口同声纠正道："是夫君啊！"

时隔五年，金楼掌柜的亲自出楼将一神秘少女迎入金楼，此事很快便在凉城内外传递开来。

"我听说那少女是封老板的女儿。"

"胡说,封老板根本没成过亲,哪儿来的女儿?"

"又不是一定要成亲才能生女儿。"

"等等,你们说的封老板是哪位?"

"你竟然不知道封老板?四方列国最有钱的商户,他的生意遍布四国,富可敌国就算了,封老板还经常自己出门走生意,结识了不少熟人好友,便是那听雪阁阁主陆飞霜都和这位封老板相识。凉城金楼可不就是封老板一手建起来的?"

"那这么说,封老板和四国皇族也……"

"你心知肚明就够了。封老板的来头谁也说不准,不过传言说他只认钱不认人,哪怕是元帝陛下亲自过来,他也从不露面,更没让人传达过只言片语。"

"不过这次金玉贵掌柜的亲口言明是接封老板令前来迎接那神秘少女,想来那少女与封老板关系匪浅。"

"我就说肯定是封老板的女儿!"

…………

九郡主根本没想过外面的传言有多离谱,她正在为四师父封无缘的有钱而震惊。

金玉贵说:"除了金楼,这凉城内的一半生意都有封老板的扶持,四方列国皆有封老板的人。"

九郡主一惊。

四师父明明这么有钱,她小时候却连块糖都没从他手里抠出来过。

封无缘说,想要什么就自己去赚,不要想着不劳而获,所以九郡主小时候做什么都要靠自己,用自己的手和脚赚钱。

几位师父从来不会插手教她练功以外的事,除了偶尔把离家出走的她揪回来。

金玉贵说:"我们恰好前几日接到来自中原的密令,这会儿四国各地商铺应该都收到封老板的密令了,密令只有一幅画和封老板亲传的一句话。"

"画倒是见过,那话呢?

金玉贵说:"封老板说九姑娘是他女儿。"

九郡主再惊。

金玉贵笑道:"见到你之前我本来有七分信,见到你之后倒是不太相信了。"

"为什么?"九郡主是真的好奇了。

"因为你长得不像他。"

九郡主小声:"因为我长得像我娘。"

金玉贵倒是难得地笑了:"你更像你外祖母。"

九郡主怔了怔。

金玉贵却没有再多说,带他们上楼,转移话题道:"最近几年四国开始着手打压封老板的势力,我们已经有不少生意被四国朝廷的人抢走,封老板倒是不怎么在意……话说回来,封老板最近是不是打算回去养老了?"

"四师父不是一直在养老吗?"九郡主看出来他不想多说,也没有强求,"四师父比我另外四位师父佛系,每年还会特地腾出时间吃斋念佛铺桥修路做善事嘞。"

封无缘是个温吞爱笑的青年,年纪看着像三十岁,脾气也很好,被人指着鼻子骂也不会生气,反而还会好心地请人坐下喝口茶润润嗓子再继续骂。

九郡主小时候经常去找四师父封无缘玩,因为帮他跑腿时他给的钱最多,而且他手里还有好多有趣的小玩意儿,她可以看、可以摸,甚至弄坏这些小东西都没关系,唯独不可以将它们带走。

四师父说:"这是我带回来给你娘玩的,你拿走算怎么回事?"

她小声问:"我只拿一个也不可以吗?"

"不可以。"

那个时候九郡主的阿娘已经去世,封无缘却仍旧每年外出都会带回许多稀奇古怪的小东西，之后专门去九郡主阿娘的坟前祭拜，将那些小玩意儿烧给已逝之人。

五师父陆青衣时常冷笑讥嘲："人都死了还假深情个什么玩意儿，活着的时候你不争，等人死了你倒是恨不得挖人坟头死同穴。"

二师父王灵灵哼着歌说："妙手空空，天下神偷封无缘啊，唯一偷不到的就是心上人的心喽。"

于是九郡主就知道了，四师父封无缘暗恋她阿娘，四师父对她这么好亦是因为阿娘。

封无缘常常对镜自省："长了张痴情种的脸也能怪我？"

嘴上虽这么说，第二天就将悄悄摸走一只小老虎木雕的九郡主提溜起来，严厉罚她去读书画画。

九郡主有一段时间很是颓靡，不想练功也不想赚钱，缩在自己的小屋子里望着阿娘送她的风铃发呆。

她突然想起来，阿娘去世后，再也没有人正经送过她一份独属于她的礼物。

大师父会在她生辰时给她做好吃的，二师父会在她生辰时带她出去教训坏人，三师父会给她柴刀喊她静心劈柴，四师父会叫她去玩小玩意儿却不会将小玩意儿送给她，五师父……

五师父说："你太像你阿娘了，我每次看到你都想先揍你一顿，送你礼物？送你一颗头怎么样？"

九郡主提着五师父送的一颗木偶头，陷入沉思。

木偶头也勉强算是一份礼物吧？

九郡主很快就想通了，区区礼物算什么？她可是凭借自己的聪明机智、善良可爱、温柔大度等优良品性获得了五位师父的疼爱呀。

九郡主臭不要脸地将自己狠狠夸了一通，相当自信地从小破屋子里走了出去。

她听见窗前的风铃又在"丁零丁零"地响。

……………

　　九郡主手里攥着少年送的天青色釉瓷风铃，趴在窗边一戳一戳地点小风铃。

　　"丁零！"

　　她笑了下，又点了点。

　　天青色风铃"丁零丁零"响个不停，近在耳边，又似乎远在天边。

　　不知为何，她忽然就很想见阿月，想得不得了。

　　脑海里刚闪过这个想法，门就被人叩响了，来人不紧不慢地敲了两下，再敲一下。

　　是阿月习惯的敲门方式。

　　九郡主偶尔上头的多愁善感顿时烟消云散，她跳起来，攥着小风铃"呼啦"一下跑到门口，一把拉开门，满眼都是雀跃的神采。

　　少年还没搞懂她为何莫名地如此高兴，怀里便撞进一具软乎乎的身体，他扶住她的肩。

　　她用力抱着他的腰，声音似乎有点闷，却比平时还要高兴。

　　"阿月阿月，你来啦。"

　　少年顿了下，抬手摸摸她的头发，笑着问："怎么了？"

　　"方才我在想着想见你，你就来了，是不是很神奇？"九郡主一脸"快说是快说是"的表情。

　　少年说："那不就巧了嘛。"

　　"什么巧了？"

　　少年低下头，额头抵着她的，专注地凝视着她的眼睛，发现她满心满眼真的只有自己时，指尖碰了下她微弯的眼尾，久违地感到餍足。他笑道："因为我也很想见你，所以就来找你了。"

　　九郡主眼底瞬间荡开一层他可能都看不懂的柔软，无法用言语形容的欢喜满溢而出，有一种被他独独珍视、只属于他一个人的欢欣慢慢地慢慢地涨入心间，涨得她鼻尖发酸。

少年亲了下她鼻尖，直起身，抬手，手中变戏法似的多出一串新的粉色发饰，上面装饰着北域特有的粉羽，很搭九郡主今天的这一身粉羽长袍。

"送你的新发饰。"他看着她的眼睛，慢悠悠地说。

九郡主愣了下。

"之前不是说了你很久没换新发饰吗，总是戴旧发饰会不会不开心？"

当然不会不开心。九郡主觉得自己很容易满足的，正如此刻，她就很想再给阿月一个超级大拥抱。

少年捏捏她的耳朵，指尖将她耳边多余的头发撩到耳后，又屈指抚平她额前微微压塌的碎发，将手中的粉羽发饰一点点戴到她黑发上。

一根手指大小的粉羽细细穿在她发间，粉银的发饰尖尖细细垂下，悄悄落在她额心，像心尖上的人在此刻悄然停留。

少年拇指轻摁她的额，随手拨了下那点垂落的粉银点缀，满意地笑了："我的眼光果然才是最好的。"

他路痴，周不醒几人便和他一道出门买东西，周不醒看上紫色的发饰，溯风看上青色的发饰，宋长空觉得白色的好看，一时间，这三人互相争论谁的眼光最好，谁也不肯承认自己的眼光差。

少年偏偏觉得这点粉色的最搭他阿九今日的装扮。

至于别的颜色——

"自然是全都要。"少年神色自若地将其他的全包了，"又不是没有钱。"

周不醒说："你买那么多干什么？你还能带回去生一窝小的？"

少年抬指捻着一枚苍蓝的玉饰，思索着搭什么样的发绳和发羽才能将阿九衬得更好看。听见周不醒的话，他漫不经心地答："买回去给我的阿九一天换一个新的玩，腻了就扔了。"

周不醒："……呵，男人。"

溯风感觉自己学到了很多，跟着少年买了一大堆东西回去送给行云，行云说："什么乱七八糟的东西？浪费钱。"

溯风颓了。

周不醒试图再次摆出解忧的招牌："十两银子，我教你如何追姑娘。"

溯风迟疑片刻，当真给了他十两。

周不醒收钱极快："我也不知道！"

然后，周不醒被溯风追着跑出整整三里地，寒风中冻得瑟瑟发抖直打喷嚏。

九郡主问他俩下午去干吗了，为什么两个都冻成这个样子。

少年拨弄着羽袖的饰品，心不在焉地答："大概是他们俩心里冷吧。"

"心里冷？"

"因为没有人给他们暖手。"少年瞥了眼和她十指相扣的手，轻描淡写道，"我就不一样了，对吧？"

因为这句故意挑衅的话，少年又被溯风和周不醒联手追杀，追到一半，两人成功被少年反杀。

"这不合理。"周不醒拨了拨满脑袋的雪，大声抗议，"你现在演的是明明是一个只会吃软饭的小白脸。"

溯风抖了抖掉进脖子里的雪花，吸着冷气说："我从没见过这种一夫当关万夫莫开的小白脸。"

少年不以为意，踢开脚边散落的一团雪球，若有所觉地抬眼朝窗口看去。

九郡主正趴在窗边双手托腮兴致勃勃地看着他们丢雪球，头发上的粉羽被风吹得微微晃动，北域的阳光落进她乌黑的眼底，清清亮亮的。

不知是谁扬起纷飞的雪，六角的冰花漫天飞舞，楼上楼下的笑声交杂着飞入雪中。

行云一出门就被迎面丢了个雪团子，脸色青黑，愤而追杀无辜的溯风和罪魁祸首周不醒。

少年吹了下垂落在眼尾的黑发，吹起一片雪花，尖尖的白角旋转着落到地面，视野里便出现一双粉白羽的短靴。

九郡主下楼加入打雪仗大军。

行云扬声喊："阿九，砸他！"

砸的是谁不知道，九郡主随手丢出雪团，谁也没砸到，宋长空听见动静也溜了出来加入混乱的队伍。

行云再次大喊："往左砸！砸周不醒！"

于是宋长空和九郡主联手砸向周不醒。

周不醒抱头鼠窜："你们这样合伙欺负人就没意思了吧！"

没人理他，都开始胡乱砸雪团。九郡主砸中其中一个人后，终于找到偷懒的空闲，转头对行云说："师姐师姐，我的新发饰好看吗？"

行云："就……还挺好看的？"

溯风觉得那个发饰有点眼熟，然后又见九郡主一边团雪球，一边眼巴巴地看着他："师兄，我的新发饰好看吗？"

溯风："……好看。"你先把雪球收一收，我怕说不好看你会砸我。

不过确实是好看的。溯风想。

九郡主捏着雪团看向周不醒，还没等她问，周不醒就高声道："好看好看好看，阿月送的都好看，你把雪团挪开，别对着我砸，我衣服里全是雪！"

金玉贵是最后一个出来的。这后院几乎全腾出来给他们几个小年轻玩，他一个老头子站在台阶上看他们活力十足地打雪仗，倒是也感觉自己年轻了许多。

九郡主问遍所有人她的新发饰好不好看，最后热情地朝站在台阶上的金玉贵喊了声："金掌柜——"

金玉贵听她问了好几遍"新发饰好不好看"，每次问之前她都会先招呼一下对方，此时一听她喊自己的名字，脱口便肯定道："好看。"

九郡主一脸茫然。

金玉贵明白过来是自己误会了，老脸一红，咳嗽两声，肃容道："九姑娘，楼里有贵客想见您一面。"

"贵客？"

金玉贵说："元帝陛下来了，说是想见您一面。"

他停住，越过九郡主看向她的身后。

九郡主转过头。

三步开外正分心揩手指和头发上雪花的少年闻言，偏头看去，风吹下他发梢的一朵雪花，六角冰花擦着他的睫毛转瞬坠下。

少年缓缓抬眼，正与金玉贵看过去的复杂目光对上。

金玉贵道："——以及，南境的这位月主。"

周不醒是最后一个知道元帝要见少年的人，听见这个消息后他的脸色瞬间就变了。

"怎么回事？"宋长空警觉。

周不醒不知道该怎么跟宋长空解释，张了张嘴又闭上。事实上，在来北域之前他就想过也许会有这一天。

"阿月小时候来北域那次，遇到了一件不太好的事情，"周不醒犹豫着说，"那件事似乎和元帝有关。"

究竟是什么事，具体情况周不醒也不知道，他只知道那次回去之后，阿月就从正常人变成路痴了。

少年一路走得从容，看起来完全不像是去见一位尊贵的一国之主，而是去见一位弄坏自己养的花的烦人邻居。

九郡主反倒忐忑不安，拉着少年的手指头，小声说："阿月，你说元帝为什么要见我们？"

少年钩了下她紧张的手指，一本正经道："因为我们长得好看吧。"

"……现在是开玩笑的时候吗？"

"难道不是实话吗？"少年反问。

九郡主思考片刻，肯定道："没错，你说得很对。"

元帝今年五十有二，中年男人的模样，只是面容有些虚弱苍白，似乎病症缠身。他的容貌与玉琉原有几分相似，眼眸是浅色的，看人时的眼神好似晴日落下几片雪。

九郡主站在少年身后悄悄打量着这位元帝陛下。

看起来不像好人，也不像坏人，非要形容的话，有点像话本子里最后才出现的极恶大坏蛋。

屋子里立着六名侍卫，守在元帝身侧，看气势，估摸着身手应该不错。

九郡主暗暗琢磨自己一个人能不能打得过那六个人，琢磨不出来，还是得实践。

她叹了口气，又看了元帝一眼。

传言中，元帝不爱外出，常年待在宫殿内，没有什么特别的乐趣，只在碎玉蓝开花之日才会去往寒池独自待一日，其余时候便没听说他离开皇城过。

即便每隔三年的三域大试，他也从不露面。

这是来北域的海路上周不醒八卦的，周不醒不知从哪儿学来的本事，小道消息可多了。

大约是九郡主旁若无人的眼神太过扎眼，正在自己与自己下棋的元帝抬起眼看向门口，瞧见白羽少年和他身后的粉羽少女，好似带着病气的脸上终于流露出一点笑意。

"好久不见。"

男人的声音带着一丝病弱，却听得出来心情极好。

九郡主纳闷他怎么一上来就说"好久不见"，毕竟以前都没见过。

"最好不见。"少年声音散漫，乌黑的眼酝着细微的嘲意。

九郡主愣了下，阿月和元帝认识？

守在元帝四周的六名侍卫神色微变。

元帝对少年略带轻慢的态度并不生气，反倒笑了起来："既然不想见孤，为何又要过来？"

少年轻嘲地瞥他："你是年纪大了，忘性也大？既然如此，不如早日退位让贤，你那些儿子倒是虎视眈眈挺久了。"

"孤更看好琥原，你认为呢？"

"与我无关。"

"可你救了琉原一命。琉原昨日回来同孤说很感激你,若是有机会,一定会好好感谢你。"

少年漫声说了第二次:"与我无关。"

元帝放下一颗黑子:"你和十年前不一样了,真是让人唏嘘岁月无常。"

"你倒是和十年前没有任何区别。"少年漫不经心道,"一样的衣冠楚楚,人面兽心。"

"大胆!"

六名侍卫手立刻握剑,蓄势待发。

九郡主听得目瞪口呆,阿月和元帝认识就算了,他竟然还敢当着元帝的面讽刺其人面兽心?

好!不愧是阿月!

九郡主悄悄鼓掌。

元帝不愧是一国之主,被年轻人指名道姓地骂禽兽都不带生气的,淡然阻止侍卫后落下一颗白子:"你骂人的功力比不上十年前了。"

少年抬手将九郡主好奇探出来的脑袋推回自己身后,抬眸瞧向一派淡然的元帝,不紧不慢道:"狗咬了我一口,莫非我要咬它两口?"

侍卫咬牙:快下令杀了他吧!

元帝捏在手中的棋子终于放不下去了,他拂袖转身:"是孤看走了眼,你比十年前更让人讨厌。"

少年还没说话,九郡主皱着眉插了句:"你比二十年前还要讨厌,不,一百年前,不行,一百年太长寿了……就二十年好了!"

谁也不许骂我阿月。九郡主小气地想。

元帝意外地看她一眼,九郡主左看右看就是不看他。元帝说:"小姑娘,你站出来,让孤仔细瞧瞧。"

这话说得,好像不听他的话就会死。九郡主的叛逆性子顿时就上来了,爆发时又稍微顾虑他是一国之主,捂住半张脸,压着嗓子嘀咕:"就不给

429

丑人看。"

少年离得近听见了："扑哧！"

九郡主又说："给阿月看。"

少年笑出了声："好，我看。"

九郡主眨眨眼，他肯定道："嗯，好看。"

九郡主笑弯了眼，有点不好意思地用指尖挠了一下下巴。

一旁被忽视的元帝出声道："孤又不会吃了你。你出来，孤瞧着你有几分像孤的旧相识。"

九郡主继续捂脸，慢腾腾地挪出来半个身子，剩下半边还藏在少年身后。

元帝接着说："将手放下。"

九郡主磨磨蹭蹭，不知道为什么就是不想给他看自己的脸。

元帝走近两步："将手放下。"

九郡主好生气，她可讨厌这样高高在上的人了，阿爹就是这种人，所以她格外讨厌阿爹。

阿爹毕竟只是个混吃等死的王爷，惹恼阿爹没有关系，可若是惹恼了这位元帝，能不能头和身子连在一起走出北域还是个问题。

就在她犹豫要不要放下手的时候，少年抬手挡在她眼前，白羽长袖落下，将她整个遮在身后，声音平淡道："玉千雪，你不配。"

玉千雪是元帝的名字，这世上敢叫他名字的人，几乎都死了。

侍卫大怒："你放肆！"

除了大胆就是放肆，全世界的侍卫都是这么说话的。九郡主在心中默默地想。

元帝脸色沉凝似水。

少年勾了下嘴角，波澜不惊地瞧向他，语气极慢，好似是给他时间，提醒他别忘了当初做过什么事。

"你配吗？"少年说。

不知道阿月和元帝究竟是什么关系，他如此嚣张，元帝竟都没有生气要杀他的意思。九郡主一边提心吊胆，一边疑惑不解。

比她更疑惑的该是元帝的侍卫，他们从未见过有人胆敢这样同元帝陛下说话。

这是不要命了吗？

九郡主看不见前面的人，心情却没有放松多少，反而更加担心阿月，毕竟他以前说话都不是这么针锋相对的，他总是懒洋洋的、爱笑的，比常人稍稍自信了些，嘲人时的嗓音也是隐隐带着笑的。

可唯独对元帝，他声音里一丝笑意都没有。

元帝突然说："听雪有你这么个朋友，不知是好事还是坏事。"

九郡主被提心吊胆的一口气呛住，咳得不能自已，满眼震惊。

她听见了什么？阿月是听雪阁阁主陆听雪的朋友？

算算年纪，陆听雪如果活着，今年至少也有五十五岁，比元帝大三岁，搁十年前，那她也得有四十五岁了啊！阿月那个时候才七八岁吧？

四十五岁的陆听雪是如何与七八岁的阿月成为朋友的？

九郡主再次疯狂咳嗽起来，试图吸引少年的注意。

少年微微皱眉，抬手碰了下她额头："又风寒了？"

——不是风寒啊！是我震惊你和传说中那位陆听雪的关系呀！

今日微服出行的元帝似乎也没兴趣再和他们继续聊。经过少年身边时，元帝脚步微微一顿，侧过脸，夹着雪的阳光劈头盖脸地洒下，阴影处的轮廓开始摇晃。

元帝说："十年前孤便说过，你若再敢来北域，孤不会让你活着回去。"

九郡主挨着少年的袖子，闻言，动作和目光霎时凝住，透过少年白羽袍的羽尖缝隙影绰地瞧见元帝脸上带了笑。

"这次可没有第二个陆听雪能救你了。"

元帝老了，也比十年前矮了。

少年却比十年前更高，白羽长袍曳至脚踝，风吹得他领口的白羽轻轻摇晃。

今日轮到他垂眼俯视着这位年过半百的糟老头子，乌黑的眼底渗出一丝意味不明的笑："这次谁救谁，还是未知。"

元帝神色不变地走了，走出一半倏地回过头，恰好瞧见从少年身后走出来的九郡主，隔着十数步的距离，他眯眸盯着她的脸。

九郡主冷不丁打了个喷嚏，少年抬手揉揉她鼻尖。

"北域不好玩。"少年说，"我们以后还是去桃花坞玩吧。"

九郡主僵硬地说："你听见元帝威胁你的话了吗？"

"听见了。"

"你一点都不担心的样子。"

"其实我挺担心的。"

"我一点都没看出来你在担心。"九郡主有点崩溃，"你倒是表现得担心一点啊。元帝可是北域的皇帝，他想弄死一个人还不简单？他明显就是针对你！"

"其实他针对我也不是一年两年了。"少年眨了下眼说，"他每年都要派几个听雪阁的杀手去南境暗杀我。"

九郡主："啊？"

少年惋惜道："可惜每次都失败。这次给他一个机会，若是在他的地盘他都杀不死我，那他可真是个废物。"

九郡主："呵呵……"

当夜，元帝书房，玉琉原默不作声地立在桌案前为元帝磨墨。

元帝一如既往，每天都会沉默地画一幅画。画上的女子与九郡主真实容貌有七八分相像，白羽长裙，双眸清黑，手持长剑冷若冰霜地看着画外之人。

白羽长裙尾端漫开星星点点的红，是雪上的红梅，亦是白衣上的热血。

玉琉原早就觉得在无极岛上见到的那名少女眼熟，当时只是觉得有两分眼熟，因为她的眉眼太像元帝画上的女子，是以才会一大清早去她门前徘徊，犹豫着是否要敲门询问她一些事情。

正因如此，他才会被中原的小王爷误会他对那名少女别有所图。

玉琉原见过太多次元帝笔下的这名白裙女子。

她叫陆听雪，传言中元帝玉千雪的左膀右臂，只听从玉千雪的指令，她连名字都是玉千雪给的。

玉琉原有些出神，没注意到元帝已落下最后一笔红梅，声调平缓地问："琉原，过了年是不是也该十七了？"

玉琉原神色一凛，正色道："回父皇，过了年便是十七。"

元帝放下狼毫笔，仔细端详着画上的年轻女子。

"十七啊，在中原，十七岁早该成婚了。"元帝似乎只是心血来潮，提议道，"你先前同孤说在无极岛上认识一名叫'阿九'的姑娘，正巧那姑娘这几日到了北域凉城，不如择日孤便为你们赐婚？"

玉琉原惊得手一用力，墨磨歪了，溅了一身的墨。他满脸惊愕，匆忙擦干净桌子上的墨，语无伦次道："父皇，阿九姑娘和儿臣只是萍水相逢，父皇不必如此……"

玉琉原见自家父皇神色不似说笑，咬咬牙，又说："阿九已觅得良人，儿臣不愿做拆散眷侣的恶人。"

谁知，听玉琉原这么说，元帝反而笑了："是吗？我儿善良。"

他拿起桌案上的画像，一折，两折，慢慢撕开。陆听雪的脸一分为二，二分为四，终成雪花般的碎屑。

"既然如此，那么这个恶人便由孤来做。"

玉琉原："父……"

元帝："回去好好准备一下，择良辰吉日成亲便可。"

玉琉原还想挣扎一下："儿臣还小。"

"十七还小？你大哥十七岁时就已经成婚了。"

玉琉原：大哥害我！

元帝最后道："就这么定了，回去吧。"

玉琉原神情恍惚地走出书房，望着今晚的月亮想，现在逃回中原还来得及吗？

九郡主再次发觉其实她对少年了解甚少。

阿月喜欢吃鱼，还要鱼刺少的那种鱼。

阿月喜欢编头发，每天早上起床第一件事就是坐在镜子前思索今日该编哪种类型的辫子。

阿月眼光很好，挑中的东西总是最适合他的。事实上，他长得好看，穿戴什么款式的东西都好看。

阿月还很自信，四方列国没有人比他更好看。

阿月……

九郡主掰着手指头细细数了一遍，恍然意识到她并非不了解少年，她只是不了解他过去的一部分，但她很想知道有关阿月的一切。尤其是元帝当着她的面说了那么一番话后，她更加对阿月好奇得不得了。

于是九郡主决定和他彻夜长谈，坦诚相见。

她拎着一包瓜子和两包花生坐在少年房里的凳子上，睁着一双乌黑的圆眼盯着他，开门见山："阿月，我们来玩你问我答的游戏吧。"

屋子的窗户没关，她进来便打了个喷嚏。他将窗子合上，抽掉她手中的瓜子给她塞了个暖手炉。摸到她的手背和脸颊还是凉的，他微微皱眉，索性把她拉到床上，摁住，用被子将她整个裹住。

九郡主挣扎："我不要坐着聊天，你站着太高了，我得仰头看你，好累。"

少年便抱来另一摞被子，也将自己裹成球，盘腿坐在她对面："好了，就这样聊吧。"

屋子里的炭火"噼啪"一声，温度逐渐上升。

九郡主觉得这个姿势不太舒服，上下腿换了一个位置，说："那我先问你第一个问题。你真的认识陆听雪吗？"

少年看了她一眼，她强调："我要听实话。"

"我没想说假话。"少年笑了下,"我只是在想,该如何回答才算合理。陆听雪和我……有过一面之缘而已。"

"可是那个糟老头子说你和陆听雪是朋友欸。"

"那只是他以为。"

"那你和陆听雪不是朋友吗?"

"我没有朋友,阿九。"少年掖了掖松垮的被子,停了一瞬,改口,"周不醒勉强算一个。"

"勉强算是吗?"

少年不太想聊这个,似乎是觉得屋子里暖和多了,伸出手抓了把瓜子,一边不疾不徐地剥瓜子,一边勉为其难地回忆着说:"我七岁那年被我师父带来北域……"

"等等,你师父又是谁?"九郡主从没听说过他还有师父,"是不是一个很厉害的隐藏人物,像我几位师父那样?"

"咔"的一声,少年轻易剥开一颗瓜子:"只是一个怪人而已。"

"可是这样的人物在话本子里一般都是隐藏的大人物欸。"

"那他应该没办法隐藏了。"

"为什么?"

"他死了。"

九郡主张了张嘴,被他塞了两粒瓜子仁:"不用想那么多,他已经死了九年。"

他慢吞吞地继续道:"我师父后半生为情所困,活得不人不鬼,他……因为一些事对蛊格外执着,听说北域有人以身饲养寄心蛊,便要带我去北域找寄心蛊带回去养几只。"

"寄心蛊是什么蛊?"九郡主乖乖举手提问。

"寄宿在心脏上的一种蛊。寄心蛊分子母蛊,母蛊控制子蛊。母蛊死了,子蛊也会立刻吞掉寄宿的那颗心脏,子蛊死了母蛊倒是没有太大影响。"

"这样好不公平啊。"九郡主愤愤,"如果坏人用这种蛊控制了好人,逼迫好人去做其不想做的事情，那不是很痛苦吗？"

少年笑了："我也这么觉得，所以我到了北域见到母蛊主人之后，对母蛊动了点手脚。"

"你做什么了？"

"我把子母蛊调换了。"

如此一来，原先的子蛊主人变成母蛊主人，母蛊主人变成子蛊主人，两个人的主次位置完全颠倒过来。

九郡主懂了："你肯定很讨厌原来的母蛊主人。"

否则按照他的性格，完全没必要掺和这种事，他只会托着下巴嗑瓜子看热闹。

九郡主觉得他不会特地把这种事拿出来单独说明，她猜测："元帝是不是给陆听雪种了子蛊？"

少年抬指戳了下她的额头："对，阿九聪明。玉千雪给陆听雪种下子蛊，陆听雪不能拒绝他，否则心脏便会被子蛊啃咬得痛不欲生。"

九郡主皱眉："糟老头子该死。"

"可惜他没死掉。"少年道，"我那时年纪太小，不算真正的蛊人，偷天换日调换子母蛊已经费了最大的力气。元帝发现我做了手脚要杀我，陆听雪自然不会让他杀我，她把我送出皇宫，让人护送我回南境，之后我倒是再也没见过她。"

元帝身边能人辈出，既然有人能找到寄心蛊并且将之寄宿到元帝与陆听雪的心脏上，那些人的本事自然也不小。

寄心蛊一旦被种下，便无法长期离开母体，短期可以取出来，若是超过两个时辰，被寄宿的人就会死。

换句话说，元帝心脏上留下子蛊，若是陆听雪死了，他也早该死掉，可他没死。

要么陆听雪也没死，要么他让人将母蛊转移到了另一个人身上。

可他这样多疑狡诈的人，怎么会随便将母蛊转移到不信任的人身上？

他连一手培养的陆听雪都信不过,更何况转移寄心蛊的子母蛊这种事,除了蛊人,很少还有人能做到第二次。

所以就只剩下两种可能。

第一,陆听雪的确没有死。

但少年可以确定,陆听雪的的确确已经死了,她若还活着,元帝也不会每年都派人前往南境暗杀他,只会想办法把他活捉去解蛊。

那么就只剩下最后一种可能,母蛊被迫睡着了。

"蛊也会睡着吗?"九郡主疑惑。

"当然会睡着。"少年指了指自己的胸口,"我不就是一个例子?不过我的蛊是因为封印而被迫沉睡,而有的蛊遇到极冷的环境为了自保便会和蛇一样选择冬眠,直到感受到舒适的温度才会苏醒。只要那只母蛊一直没睡醒,元帝的子蛊便不会死。"

对比起蛇,九郡主瞬间明白,她可讨厌蛇了……害怕蛇。

她小时候被蛇咬过,差点死掉,高烧了许久,醒来之后阿娘死了,曾无限宠爱她的阿爹不再认她,那日之后她的整个世界便崩塌了。

九郡主忽然想起来,端正起身体:"对了阿月,你师父呢?你被元帝欺负的时候你师父不在吗?不是他把你带去北域的吗?"

少年看了她一眼:"我后来才知道他去北域还有别的事,并非全然为了蛊。"

"别的事?"

他没答,不着痕迹地调转话锋:"总之师父回来时带了不少蛊,原本我离蛊人还差那么点摸不着的距离,他把蛊全种进我的身体,我便阴错阳差地成了蛊人。"

他嘴上说得轻巧,实际上当时堪称命悬一线,师父的希望全部寄托在他身上,对少年而言,成为蛊人可能会死,但不成为蛊人却是一定会死。半人半蛊的身体就像濒临破碎的陶罐,指不定明日就没了。

九郡主点点头,拉下脑袋上的被子垫在膝盖上,双手抱膝说:"就像我练功练到第九层还差一点就能练到第十层，却始终突破不了那一点难关，需要一个契机，对不对？"

少年揉了揉她的脸："说得没错。"

"可你并不想要那种契机。"九郡主看着他的眼睛说，"阿月，你是不是不想做蛊人？"

少年笑了下："现在确实不想做蛊人。"

说到这个，九郡主不由得正色起来，抱着被子毛毛虫似的朝他的方向拱了拱："你一直没有和我说为什么不想做蛊人，之前每次提到这个，你都悄悄转移话题。阿月，我假装没发现你转移话题，不代表我不想知道。"

封印蛊虫的过程很痛苦，他却宁愿承受那种痛苦也要封印体内的蛊，肯定是有很重要很重要的原因。

少年还是想故技重施转移话题，冷不防被她迎面扑倒在床上。她身上披着被子，整个压到他身上，熟悉的香味刹那侵入他的呼吸，占据他的心神，他完全分不出一点心思去考虑多余的借口。

少年眼睫一颤，双手僵在原处，不知该不该碰她。

九郡主毫无顾忌地捧着他的脸，神色肃穆地凝着他，声音郑重道："你今天一定要告诉我为什么要封蛊，如果你不告诉我……"

她缓缓低下眼。

少年的目光从她颈下的白皙皮肤一掠而过，似乎是觉得有点不舒服，身体微微动了下，被她察觉到，她贴得更紧。

他皱了下眉。

九郡主亲了他一口，较真地说："如果你不告诉我，我就亲到你说实话。"

少年哑口失言。

九郡主又亲了他一口，故意掐着他的颈，恶声恶气威胁道："说不说？"

可她的声音太好听了，威胁起来也只是像撒娇。

少年眼一闭，淡定道："不说。"

九郡主："可恶！你再不说我就真的要一直亲你了！"

少年睁开一只眼，眼中的笑意满溢而出，表面上任她为所欲为。

"那你亲吧。"他佯装勉为其难地说。

此时此刻，门外偷听的四个人互相对视一眼，你指我我指你，指了一大圈最后指回各自自己的脸上。

默然片刻，各自眨眼。

——要不还是散了吧。

四人齐齐猫下腰，悄无声息地转身。

九郡主没能逼迫少年说出封盅的原因，因为她忽然发现这种威胁人的法子似乎对自己更不利。

于是她从少年身上爬了起来，皱着眉，严肃道："我觉得你是想占我便宜。"

少年瞥了眼她搭在他胸口上的那只手："现在是你占我便宜。"

九郡主眨了下眼："不可以占你便宜吗？"

少年笑了。

九郡主说："不可以吗？"

"可以。"

"可以到什么程度？"

少年按住她伸进他衣服里的手，抬眼看着她说："到这儿。"

"只能到这儿啊。"九郡主很失望，脸上有点红，但还是试探性地问，"我就看看，不随便摸，也不可以吗？"

少年说："不可以。"

"那什么时候才可以？"

"成亲的时候。"少年将她拉下，反压到身下，乌黑的眸一眨不眨地凝视着她，"阿九，等回去，我们就成亲。"

第十五章

往　事

　　玉琉原来得不是时候，正是月上枝头的时间。

　　周不醒翻转着一根不知道从哪儿搞来的白玉笛子，堵在门口，好心肠地提醒："不想死的话你最好不要去打扰他们。"

　　宋长空撇头："哼。"他一点也不喜欢北域人。

　　行云和溯风也不喜欢北域人，但还是说："他们睡下了。"

　　玉琉原犹豫了一下："他俩要是听见我带来的消息，可能接下来几天都会睡不着。"

　　这么严重？

　　于是周不醒四人再次你看看我我看看你，互相推卸：

　　"你去。"

　　"不，你去。"

　　"我不去，你你——你去。"

　　"去什么去，谁找他们当然谁去敲门了。"

　　四双眼睛"唰"一下盯向满脸"你们到底在搞什么"的玉琉原。

　　四人异口同声："你去。"

　　玉琉原忐忑地敲响了九郡主的房门。开门的是长发垂腰的少年，瞧见玉琉原，他倒是有些意外，眉梢轻挑。

玉琉原踟蹰着说："你……你心情还不错吧？"

少年冷冷道："开门之前还很不错。"

玉琉原：开门之后就心情不好了吗？

半炷香后。

七人围坐在点着烛火的桌前，卷头发的卷头发，吃夜宵的吃夜宵，玩笛子的玩笛子，暗自琢磨着要把人绑架去威胁元帝。

玉琉原咳了一声，左看右看四周的人，尴尬地打破僵滞的气氛："我好像没有对你们做过什么坏事吧？"

宋长空第一个反驳："你说呢？"

周不醒："你纵容部下眼瞎。"

九郡主："你纵容部下无视别人欺负我的阿月。"

少年赞同："阿九说的都对。"

行云和溯风无话可说，毕竟无极岛那会儿他们都不在，于是只说："嗯。"

玉琉原试图解释："我那时候昏迷了，不知道你们遇到那种事，如果我知道……"

"你会站在我们这边吗？"九郡主问。

玉琉原闭上嘴。

仔细想想，如果他当时清醒着也不一定会选择站在他们那边，因为那天的他并非代表自己本身，而是代表整个北域。若是北域掺和中原武林争斗的事情传到修帝耳中，必然少不了一番疑神疑鬼，做皇帝的总是如此多疑，届时两国少不了一番水深火热。

玉琉原理亏，又不想继续交谈这个话题，只好选择逃避："我今天晚上偷偷过来是想跟你们说一件很重要的事情，真的很重要，重要到如果今晚我不说的话，明天我可能就会死无全尸。"

正无聊地揪衣裳上的羽毛的九郡主诧异："这么严重？"

周不醒等人来劲了："那你会怎么死？毒死？淹死？烧死？"

玉琉原神色僵硬："我觉得，你们可能有一点点的不礼貌。"

哪有人当着东道主的面直接问他会怎么死的啊！

"哦，看来还不会死。"周不醒坐回去，"那就不着急，那你慢慢说。"

九郡主赞同，并且给玉琉原倒了一杯茶："慢慢说。"

少年半路将那杯茶截了下来，再次赞同道："嗯，慢慢说。"

九郡主眼疾手快地拦住他要喝茶的动作。

少年疑惑地看着她。

九郡主将茶重新推给玉琉原，转过头，认真地对少年解释："晚上喝茶容易睡不着，你别喝茶，喝点白水吧。"

玉琉原含着一口茶，不知该感谢她的好心还是该吐槽她的区别对待。

溯风和行云盯着玉琉原的目光极其不善，玉琉原深刻怀疑自己今晚能不能活着走出这扇门。他有点后悔孤身一人前来，早知道该多带几名侍卫给自己壮壮胆。

玉琉原张了张嘴，突然就有点说不出口，如果他说"我父皇说要给你我赐婚"，也许他今晚就会葬身在这个地方。

所以他为什么要一时头脑发热就冲过来？羊入虎口他可真在行。

九郡主说："你究竟想说什么呀？"

少年懒洋洋地打了个哈欠，索性歪倒在九郡主身上，九郡主单手托着他脑袋放到自己肩上，转眸催促玉琉原："你再不说我们就要回去睡觉了。"

玉琉原瞅了瞅他俩挨在一起的身体，沉默片刻。

"我说了，你能让他收收杀心吗？"

少年眼都没睁，张口就来："她管不了我。"

周不醒和宋长空想到无极岛上那两次他也说过"她管不了我"，实际上全天下只有她能管得了他。

没有人将这句话当真。

玉琉原深吸一口气，冷静道："我父皇要给我赐婚。"

九郡主鼓掌："恭喜恭喜。"

少年也跟着鼓掌:"恭喜恭喜。"

周不醒说:"发糖吗?"

宋长空说:"不关我事。"

行云和溯风冷笑着放下手里的夜宵,说:"你是想买通我们去暗杀新娘子吗?"

玉琉原悄悄瞄了眼犹自恭喜他的九郡主,表情微妙:"你们可能杀不了她。"

当事人顺着他的视线指了指自己,一脸茫然:"看我做什么?我又不是你的新娘子,你想暗杀我?"

少年坐起身,面无表情地看着玉琉原。玉琉原双手举起:"跟我没关系,我今晚来就是想跟你们说,要不还是先离开北域吧?等过段时间再来也不是不行……"

少年盯了他片刻,转头看九郡主:"把他绑起来威胁玉千雪的可能性有多大?"

九郡主掰着手指头估算:"既然是糟老头子最疼爱的儿子,那就八成?"

"帝王无情。"

"那就七成?"

"玉千雪心黑手狠。"

"四成!"

玉琉原举手,自我否认道:"一成都不可能。"

全北域都知道,玉千雪当初能够登基,全是因为他让陆听雪杀光了所有危及他皇位的哥哥和弟弟,杀到只剩下他一人,自然只剩下他有资格做北域的皇帝。

这在北域并非秘密,总有人诟病元帝昔日的心狠手辣,可这么些年过去,偏偏元帝治国有方,北域百姓生活得也比以前更好,听雪阁对四方列国的影响也越来越大,百姓们早就对元帝的过去睁一只眼闭一只眼,只有胆大的史官们才敢在史册上记下一笔。

北域人胆子挺大，有人曾当着元帝的面骂其冷血无情、弑父弑兄，元帝却没弄死他，反而给了他一根笔和一沓纸让他随便写，后来这本书还被传成了册子流传在北域百姓手中，时间久了，不少人看了只当个饭后闲聊的八卦。

玉琉原说："你们现在在北域，若是我父皇当真要赐婚，你们根本走不掉。"

九郡主很不明白："可是这关我什么事？我又不是北域人，我是中原人啊，你们北域皇帝是不是闲得慌非要管中原人的婚事？"

玉琉原从怀里拿出一折画卷，神色凝重："不，你也是北域人。"

九郡主满眼疑惑。

行云看到那折画卷眼皮就突兀地一跳，眼疾手快地抓起画卷"哗啦"一声打开，抬眼盯着坐在她对面的九郡主，又拧起眉仔细端详着画中人。

其他几人陆续接过画卷看了看，各人的表情都不太一样。

宋长空反复观看画卷上的人，仔细对比画中人与九郡主的脸，震惊道："为、为何这画上的人与兄嫂如此相像？"

周不醒多看了几眼，忍不住点评："太像了，一看就知道你和画中人关系匪浅。"

行云和溯风没见过陆听雪，只听说过陆听雪的名字，此时见到画上的人倒是没想到陆听雪，只以为画中人与九郡主有什么血缘关系。

"这个人，不会是阿九你的娘亲吧？"行云迟疑。

"不可能的，我阿娘从不穿白色。"

画卷最后传到九郡主的手里，她和少年的脑袋挨在一块儿打量着画上的人。

九郡主说："我猜这个人可能和我阿娘有关系，会不会是我阿娘的娘亲？或者是我阿娘的姐妹？可是我没听说过阿娘有姐妹呀。"

少年摸了摸下颌，若有所思："这个人我似乎在哪里见过。"

九郡主指了指自己的脸："我呀我呀，你肯定把我和画上的人搞混了。"

少年摸她脑袋："我不可能把你和其他人搞混的。"

这句话让九郡主顿时眉开眼笑。她抬指触摸着画上的美人，隐隐从其冰冷的眼睛里看出被囚禁的无奈。

这太奇怪了。

九郡主和画中人静静对视，随后抬头看向惴惴不安的玉琉原。

"她是我外祖母吗？"九郡主想起什么，并不是很惊讶地分析，"金玉贵掌柜的说我和外祖母更像，我猜她应该是我外祖母。"

她从没见过外祖母，阿娘也甚少提外祖母，阿娘似乎极力避免跟她提到外祖母的事情，五位师父更是没提过外祖母，他们最多只说她阿娘如何如何。

唯一一次例外是陆青衣，阿娘忌日那天，陆青衣喝醉了酒，坐在阿娘的灵位前自言自语。

"谢青絮啊谢青絮，我好像总是迟来一步，你和她的最后一面我都没有来得及见到，明明你们两个是我这辈子最重要的人。"

"谢青絮"是九郡主阿娘的名字。

九郡主也是那天才知道阿娘真正的名字，阿娘在外的身份一直只是名叫"阿絮"的普通人。

玉琉原一个人面对着六双眼睛，着实不太能顶得住，他头皮发麻，实话实说道："她就是陆听雪。"

九郡主与陆听雪如此相像，只要元帝说她俩有血缘关系，那么她至少算是一半的北域人，北域皇帝为北域人赐婚符合常理。

更何况，九郡主之前还在中原武林惹起腥风血雨，元帝只要说北域愿意收留她，再为她赐婚，从此后北域便是为她遮风挡雨的地方，饶是中原那边也无话可说。

毕竟只是一个普通人而已，中原皇帝不可能会为了一个普通人与北域大动干戈的。

玉琉原说得头头是道，字字句句发自肺腑，末了，真诚地建议他们今晚就赶紧收拾包袱连夜离开北域，生怕慢一步便当真被迫成了亲。

听他说完，六人不仅不生气，反而还有点想笑，周不醒最夸张，笑到趴在桌子上捶桌，还要拉着满脸"你是不是有毛病"的少年一起笑。

少年嫌弃地拨开周不醒的手，抓着九郡主的手蹭了蹭被周不醒碰到的地方。

九郡主好笑地抓起羽袖仔细地为他擦干净手。

溯风和行云扶着脑袋缓了口气，不知道该说什么。

宋长空年纪最小，也是最老实的人，当场便义正词严地反驳道："什么普通人？我兄嫂是堂堂正正的中原九郡主，我哥是南境最强大的月主，中原九郡主和我南境少……南境月主早有婚约在身，你们北域皇帝想赐婚，那也得南境主和中原皇帝同意才行啊，你那个皇帝老爹是不是在做梦？"

玉琉原不可置信地望向九郡主："你是中原的九郡主？"

九郡主睁着一双圆眼，挺无辜的："我是啊，原来你不知道吗？"

周不醒扎心一刀："我以为四方列国早就知道这位打遍中原武林高手的阿九就是中原的九郡主，原来你们都不知道？"

九郡主也是因此才想起来，闻笑之前确实没有当着众人的面揭穿她的真实身份，再加上她那时顶着一张易容的脸，一直到现在还没暴露倒也在情理之中。

行云转头："其实你们之前要是不说的话，我们也不知道。"

溯风点头："外面传出来的消息只说跟着南境月主跑掉的是一名叫'阿九'的姑娘，前任武林盟主的徒弟，无极岛主的徒弟，更是魔教教主的徒弟。"

行云接着补充："没人说过这位阿九和中原逃婚的那位九郡主有关系。"

溯风挺好奇："说起来我一直很想问你们，既然你俩已经有婚约在身，为什么还要各自逃婚？"

九郡主："这个吧，说来话长……"

行云、溯风异口同声："那就长话短说！"

玉琉原崩溃："你们能不能先关注一下我？"

少年瞥了他一眼，淡漠地抬手指了指门："门在那边，有腿就自己走。"

玉琉原小声道："我是北域十二皇子，你们这样对我就不怕不能站着走出北域？"

九郡主好心提醒："我是中原九郡主，阿月是南境月主，你们要是对我们下毒手，不怕三域因此掀起大战？"

虽然她的身份搁中原皇族里有些尴尬，可不管怎么说她也是中原的九郡主，阿月更是南境最为重视的月主，他俩要是当真死在北域，南境和中原会不会因此借口而联手攻打北域还是未知。

可能性好像不太大。九郡主想，不过狐假虎威吓人也够用了。

玉琉原心累，他决定放弃说服他们离开北域，首先他得保证自己能够全须全尾地离开这个房间。

要不是为了还南境月主救他一命的人情，今晚他怎么可能独身一人前来告密？

这简直就是欺君大罪！

在确定玉琉原真的走了之后，六人才重新围坐在火炉前商量明日该怎么办。

"首先我们得确定元帝抓到的那个刺客究竟是谁。"九郡主说，"如果真是我五师父，对我们肯定不利。"

"方才就应该套玉琉原的话。"行云气道。

"他不会说。"少年屈起腿舒舒服服地烤着火，"玉琉原今晚只是来还我一个人情，人情还完就走，不该说的话他一句没说。"

更何况玉琉原还是元帝的儿子，怎么会轻易将事关元帝安危的事情告诉他这个危险人物？

九郡主举手："不如我用轻功去皇宫打听打听消息？我以前在京城也偶尔会去皇宫听墙角的。"

"这样太危险了。"溯风打断，"元帝本来就对你有所图，你若是去了，一不留神被他抓到反而留下把柄。"

"现在写信回去问问我其他师父的话，来回也要半月的时间，时间不够用，就算拖延时间也得想办法拖延个半月呢。"九郡主苦恼，"如果有熟悉北域、有人脉也有势力，还不是为北域办事的人就好了。"

话说到这里，六人同时停了一息，暖炉里的火静静跳跃，围坐一圈的人影悄悄拉长。

"金玉贵！"

北域的雪下了一夜，翌日一早终于停下。

金玉贵起得早，着人打扫庭院和阁楼上的积雪，防止雪化生冰。

金色朝阳掠过天际，屋檐下挂着的冰凌被人用扫把敲碎，碎冰映着阳光摔到地面。

九郡主探头朝楼下看了一眼，金玉贵正捧着一杯热茶指挥小厮们尽快清理碎冰。

九郡主双手搭在脸颊边喊了声："金掌柜！"

金玉贵抬头。

九郡主搭着栏杆纵身一跃，粉羽在空中掀起一条弯弯的弧度。

金玉贵看着她轻盈落在自己面前，面色不变，沉稳道："九姑娘今日起得这样早，可是有事？"

少年趴在四楼的栏杆上打哈欠，风吹过来有点冷，他揉了揉脸，垂眼瞧见九郡主只穿了一件粉羽长袍的背影，皱眉。

"阿九，帽子。"他扬声。

九郡主抬头，他已扔下一顶白色帽子，她老老实实接住后戴到头上，冲他比了个"耶"的手势。

少年这才拉起自己白羽后的帽子盖到脑袋上，重新趴回栏杆继续打哈欠，他真的很困，早起对他来说实在太难，尤其是这么冷的天起床出来吹冷风。

可阿九不喜欢睡懒觉。

少年侧脸搭上手背，余光瞥着精神奕奕的九郡主，心安理得地思考日后该如何给她养成睡懒觉的习惯，若是一起睡的话，她总会潜移默化受到影响吧？

九郡主拉着金玉贵回到大堂，楼里暖和多了，她便摘下帽子拎在手上。

金玉贵说："九姑娘当真找我有事？"

"有的，有的。"

九郡主接过他的茶杯，颠颠跑去重新倒满茶又跑回来递给他，笑盈盈的模样看得金玉贵有些莫名。

"九姑娘不妨有话直说，"金玉贵斟酌道，"金某定然知无不言。"

九郡主搓搓手，好奇地问："那我就直说了。金掌柜你见过我外祖母，我外祖母是不是陆听雪？"

金玉贵抿了口茶，没有说话。

九郡主说："金掌柜，一言既出驷马难追，你都说了知无不言，这会儿怎么就不说话了？"

周不醒等人也睡醒了，从楼上打打闹闹地跑了下来，想做第一个吃早饭的幸运儿。

见着金玉贵和九郡主都站大堂，周不醒便忍不住喊："你们站着干什么？早饭都吃过了吗？"

"没呢。"

"那正好一起去吃啊，边吃边聊多好。"

最后七个人都坐了下来，一边打着哈欠吃早饭，一边聊些乱七八糟的东西。

"北域没有腌萝卜，北域竟然没有腌萝卜。"行云在中原吃惯了咸菜就馒头，来到北域已经好几顿没吃到咸菜，快要把她憋坏了。

金玉贵默默记下腌萝卜，打算明日就添上。

其实金楼的早饭极为丰富，有海里游的，天上飞的，地上跑的，搭配各种口味的粥和面点,着实比京城王府里的早饭还要丰富,只是腌萝卜这种,实在是不好意思用来招待贵客。

九郡主已经喝完半碗海鲜粥,用筷子夹着一块油饼卷烤鹅,一边蘸酱一边提醒:"金掌柜的,你还没说我外祖母是不是陆听雪。"

金玉贵无奈道:"其实这种事您问封老板更合适。"

"哦,那就是真的了。"九郡主明白过来,"我外祖母确实是陆听雪。"

金玉贵一顿,想不到他竟然会被这个年纪的小姑娘套话。

九郡主笑着咬了口卷饼夹烤鹅片,含糊地问:"那我外祖父是谁呀?"

"应当是谢长木。"金玉贵说。

"谢长木又是谁?"九郡主问其他人。

"不认识。"

"没听过。"

"北域人?我们不是北域人,没听过这个名字也正常。"

"可既然是陆听雪看上的男人,肯定不会太差劲。"

于是几双眼睛齐刷刷转向金玉贵,

金玉贵喝了口粥,慢慢道:"谢长木不常用这个名字,他在外行走用的名字是'谢清醒'。"

"噗——"

行云呛住了,手忙脚乱地擦着嘴,满眼震惊:"四方列国第一剑客,青行客谢清醒?"

九郡主也惊了。她想起来之前武林大会时,在擂台上,那位盟主候选人曾问她是不是认识谢清醒,那位名扬四国的谢清醒。

"三十多年前横空出世,一人一剑,孤身便将试图侵犯中原的北域精锐斩杀在青芒山下的谢清醒?"

"是他。"金玉贵说。

"以前没听人说过谢清醒和陆听雪有关系。"周不醒也惊讶了。连他都不知道的秘闻,这得是多隐秘。

金玉贵剥开一只螃蟹腿，说："因为他俩一直都是用的假名。陆听雪是为元帝效命的北域杀手，谢清醒是为中原斩杀北域精锐的青行客，他们两个注定不能在一起。"

宋长空说："听起来像是中原话本里的悲情故事。"

"不是像，他俩肯定没有在一起。"周不醒分析，"元帝叫玉千雪，陆听雪叫听雪，摆明了就是一辈子效忠元帝的意思，倘若她爱上一名中原人，不就等于背叛元帝背叛北域了吗？元帝肯定不允许。"

行云说："所以他就给陆听雪种下寄心蛊，让她永远无法走出北域，更不能和谢清醒在一起。"

宋长空疑惑道："可如果谢清醒当真如此厉害，为什么不直接杀了元帝呢？"

周不醒："少主，出去你可千万别说你是我们南境少主。"

宋长空不服："我又怎么了？"

少年瞥了他一眼，拉过九郡主面前的碟子蘸了蘸酱，懒散地说："玉千雪给陆听雪种了寄心蛊。"

宋长空想了想，"啊"了声，接下来便心虚地沉默了。

"寄心蛊一旦种下，母蛊死了，子蛊也会死，谢清醒若是杀了元帝，陆听雪也会死。更何况，元帝是北域的皇帝，他若是真死了，那就不是个人恩怨，而是两国的战争。谢清醒应该是个清醒的人，肯定不能做出这种事，否则他也不会用假名相爱了。"

说着，周不醒忽然转头看向没什么精神的少年："阿月，如果是你，你怎么办？"

九郡主一直认真倾听着外祖母和外祖父过去的故事，闻言，不受控制地也跟着看向少年。

"与我何干？"少年连眼皮都没抬一下，自顾自喝了口粥。

"他们好歹也是你未来的外祖父和外祖母，你聊聊感想怎么了？"周不醒说。

少年纳闷地抬头，用一种"你是不是耳聋"的表情看着他："我不是已经回答过了吗，与我何干。"

众人都没明白他的意思。

少年给隔壁的九郡主夹了一只炸虾，抬眸散漫道："四方列国，与我何干？"

众人愣了下。

周不醒瞬间懂了："他的意思是该怎样就怎样，其他的不在他考虑范围之内，他只需要考虑小郡主一个人的安危就行了。"

少年懒懒地竖了根大拇指："下次努力第一遍就听懂。"

周不醒低调地摆手："下次麻烦你也第一遍就讲得通俗易懂点。"

九郡主弱弱举手："虽然听起来挺感动，但如果我遇到这种事，可能不太希望阿月这么做。"

少年转眸看她。

九郡主咳了声，真诚地解释："四方列国的和平是一个原因啦，可阿月你也是。如果阿月真的因为我而杀了一个皇帝，日后哪怕逃到天涯海角都会被人追杀，而四方列国因此陷入水深火热的百姓也会把你视作罪人，唾弃你辱骂你，自此遗臭万年。"

她认真地凝视着少年："我不希望阿月变成被现在和未来的人都讨厌的存在，阿月就要像现在这样，活得肆意又张扬，偶尔搞点恶作剧吓唬人，这样就很好很好了呀。"

行云思考片刻，终于想通："所以，其实陆听雪也是阿九你那个想法吧？因为太爱谢清醒，即使自己被种下寄心蛊，一辈子无法离开北域皇宫，也不希望谢清醒来救自己，她更希望谢清醒能够像以前那样，做一个清醒的青行客。"

众人啃着包子，茅塞顿开。

唯独少年慢吞吞地垂下了眼，心中嗤笑，谢清醒可一点也不清醒，倘若他能够清醒地看着心爱的人被折磨，后半生也不会活成那个疯癫的样子。

清醒是一种折磨，不清醒也是一种折磨，唯有一死才是解脱。

少年又想起十年前，那个一夜之间青丝变白发的男人捧着一堆稀奇古怪的蛊，对他说："我替你试蛊，你替我想办法。"

少年没有办法，他才七岁，还不是真正的蛊人，只能费尽力气将子母蛊调换。

"那谢清醒……外祖父之后去哪儿了？"九郡主捧着粥碗问。

"去南境寻找解蛊之法了。"金玉贵转而看向少年等人，"你们自南境来，或许在不经意中曾见过他。"

周不醒摸下巴，否定道："谢清醒来南境的时候我可能还在中原做奴隶。"

宋长空嘟囔："阿娘可能见过，等回去问问阿娘。"

少年没说话，放下筷子，托着下巴打了个哈欠，顺手撩了缕九郡主的头发卷啊卷。这些故事对他而言没有任何吸引力，因为谢清醒每年都要和他说一遍这个故事。

自从他成为半蛊人，谢清醒便像是找到了最后的希望，自愿成为南境的试蛊人，只为了让他早日变成真正的蛊人，从而解开陆听雪身上的寄心蛊。

可惜到最后，也没有彻底解开陆听雪的寄心蛊。

九郡主为了让少年卷头发更方便，搬着椅子朝他那边坐得更近了些。

"那陆听雪后来又是怎么死的？阿月以前不是给她和元帝调换了子母蛊吗？"周不醒提问。

九郡主跟着点头，随后想起来："不对，你们怎么知道子母蛊被阿月调换的事？"

明明那天晚上阿月是单独告诉她这件事的，他们为什么全知道了？

四人绝不承认那晚偷听的事，含含糊糊将这件事揭了过去。

九郡主愤愤，他们偷听。

金玉贵道："从来没人见过陆听雪的尸体，陆听雪是死是活，至今仍然是个未知的谜题。"

于是，一群人就"陆听雪究竟死了没有"进行分析，有说死了的，也有说还活着，只是被囚禁了。

金玉贵静静地听他们争论，自顾自吃完早饭，末了，抬头看了眼从头到尾都没参与说陆听雪死或是没死的少年。

少年察觉到有人在看他，心不在焉地掀了掀眼皮，正对上金玉贵已有些混浊的双眼。

金玉贵嘴角蔓延皱纹，脸上的岁月痕迹越来越沧桑，他似乎想说什么，嘴唇掀动一瞬，却没有说出口。

"陆听雪死了。"少年平静地移开目光，语调缓慢，像是在讲一个故事，又像是在随意地告诉他们真相，"寄心蛊对她伤害极大，子母蛊调换过来没多久她就死了。"

而谢清醒也因为试蛊太多年，身体损伤严重，最终连陆听雪的尸体也没能带回来。

谢清醒试蛊太多，后来神智已经有些错乱，他甚至忘了他还有个女儿叫作谢青絮，至死也没有想起来，更别提少年这个便宜徒弟。

少年还记得谢清醒最后一次疯疯癫癫地去北域，说丢了个东西一定要找回来，却再也没能回来。

他神色平淡，没人看得出来他在想什么，他也没将谢清醒的事告诉任何人，只单独说了陆听雪的结局。

有些事，不如一无所知。

大约是这个结局着实令人开心不起来，一桌子的人都不太想说话，一顿饭下来，气氛格外沉重，尤其是九郡主，这毕竟是她外祖母和外祖父的结局。

等早饭差不多吃完，周不醒才想起一件事："可是我们今天原本是打算问金掌柜那个刺客的事吧。"

对啊。

正准备先行离开的金玉贵早猜到他们会问这件事，捧着热茶转过身：

"你们是不是想问被元帝抓起来的那个刺客是谁？"

"对啊，对啊。"

"那个刺客有没有可能是陆青衣？"

金玉贵摇头："不可能是陆青衣，也不可能是封老板。"

行云惊喜："金掌柜为何如此肯定？"

金玉贵头发已经很白了，他今年六十二岁，在中原这算是长寿，北域人似乎是因为身处偏寒之地，所以老得比较慢。

金玉贵是自愿留在北域的，只为了活着等到这一天。

"封老板与陆青衣曾说过，二十五年之内，绝不踏足北域冰原。"

陆听雪怕他们自寻死路，很早之前便与他们定了二十五年之期，让他们回中原寻找青絮与女儿，好好看顾她们。

众人恍然，难怪封无缘没有亲自前来北域找九郡主，而是迅速在四方列国传达密令，原来是没办法。

"那刺客会是谁？"

"总之不是阁主就好。"行云和溯风松了口气。

金玉贵说："封老板倒是有安插人在听雪阁中，有人说听雪阁阁主陆飞霜已有十几日未回听雪阁。"

"所以，你们怀疑那个刺客是陆飞霜？"行云警觉，"可陆飞霜继承听雪阁后，一向唯元帝马首是瞻，好端端的，她怎么可能会去刺杀元帝？"

金玉贵淡淡看了她一眼，捧着茶杯喝了口热茶："今日之前，你可知陆听雪曾被元帝种下寄心蛊？"

自然不知。

别说行云不知，整个疏雨阁和听雪阁都不知道。

元帝对陆听雪种寄心蛊的事情，外界根本毫不知情，这次也只是因为当局者迷，他们刚好和九郡主消息共通，这才知晓一些以往无法接触到的秘密。

行云神色凝重："也就是说，陆飞霜也是被蒙在鼓里的人之一，她不知道真相,才会心甘情愿地继承听雪阁为元帝卖命,而这次突然刺杀元帝,极有可能是发现了真相才贸然刺杀。"

金玉贵不置可否,走之前叮嘱道:"你们想做的事自然会有人替你们做,你们几个年纪还小,最好不要蹚这浑水。"

寒狱。

冰凌寒铁铸成的囚牢困住一名衣着单薄的白衣女子,四周极静,只有一缕微弱的呼吸声。

忽而传来一阵匆忙的脚步声。

几近昏迷的陆飞霜猛然睁开眼,束在身上的铁链发出沉重的拖曳声。

寒铁囚牢外的狱守不知为何晕倒,很快,一名穿着狱守衣裳的女子快步跑了进来。

"阁主!终于找到你了!"来人似乎是听雪阁的人。

陆飞霜冷漠地看着来人,她睫毛上全是冰碴,视野模糊,思绪却是从未有过的清晰。

她刺杀元帝之事从未对他人讲过,哪怕是自己的心腹,她也一个字没有交代,因为她终于发现,听雪阁根本不是听从她的吩咐做事,而是直接听命于元帝。

这么多年来,她被蒙骗、被利用,甚至险些弄死从小一起长大的姐姐陆青衣。

真是愚蠢。

陆飞霜闭了闭眼,哑声嘲讽:"狗皇帝又想逼我说什么?说陆青衣和封无缘在哪儿?还是谢青絮以命提前十年布局,想要扶持的下一任胆敢对抗北域的中原皇帝是谁?"

可惜她一个都不知道。

来人一面翻狱守钥匙,一面迅速解释道:"阁主你误会了,我不是听雪阁的人,我是封老板手下的人。"

这倒是之前没有发生过的事。

"封老板很快就会过来，谢青絮的女儿已经来到北域，他们正在找你。"

寒狱囚牢被打开，陆飞霜一动不动，来人想要搀扶她走出去，她反而一掌扼住来人的喉咙。

陆飞霜脸色苍白，却仍旧在冷笑："封无缘的人从来不会喊我阁主。"

她手下一用力，此人便颓然倒地。

陆飞霜漠然地环视四周晕倒的狱守："不用继续试探我，我与陆青衣仇恨多年，根本不可能知晓他们的秘密，你们若要问我陆听雪的爱好，我倒是可以知无不言，言无不尽。"

是夜，北域皇宫。

元帝身披羽衫坐在床沿，殿中炭火烘烤，他拢了下滑下的羽衫，拿着下面的人送来的画卷慢慢翻看。

下面的人将下午试探陆飞霜的事如实禀报，元帝静了一瞬，道："罢了，想来她确实不知，先留着她，总能引蛇出洞。"

殿中只剩下贴身的侍卫。这些侍卫是他这么多年来精挑细选的高手，北域江湖势力较弱，因为高手都被他留在身边做侍卫。

他的敌人太多了。

元帝神色不动地继续翻看手中的画卷。

第一卷是白衣持剑的陆听雪，听雪阁阁主陆听雪。

第二卷是青衣焚火的谢青絮，智多近妖谢青絮。

第三卷是红衣点刀的九郡主，天下第一楚今酒。

三折画卷，三种不同的字迹，看得出来为楚今酒题字的人对她格外偏爱。

元帝问道："这'天下第一'何人所写？"

上方忽地传来一人的朗笑："自然是出自我手。你的手太脏，看一眼便算了，可不要弄脏我辛辛苦苦画出来的美人。"

元帝抬起头，眼前落下一片青色衣角。

面容清俊的青年随手抽走他手中的三张画卷，倏忽间青色身影已退后数步。

元帝喝止欲杀那人的侍卫们。

来人身形清瘦，站在远处，一点点卷起画卷，细心将画卷封好塞入腰封，随后才含笑打量起对面的元帝，眼梢轻抬。

"好久不见，玉千雪，你还是这么丑。"

元帝咳嗽两声，嗓音混浊，却也跟着笑了起来，眼底冰冷。

"确实好久不见，封无缘。"元帝道，"你如何还敢回来？"

封无缘纳闷道："我为何不敢回来？二十五年已经过去，你老到连这个都记不住了吗？"

元帝神色冷凝，捏紧了手中的杯子。

封无缘随意得仿佛回到自己家，一点也不担心会被这位北域之主杀掉，左右看了几眼后才冷不防地提了句："对了，陆飞霜是被你抓起来的吧。"

元帝道："是又如何。"

"她应当是发现二十多年前你对陆听雪种下寄心蛊，以此威胁青絮前往四国为你做密探的真相了吧。"

封无缘缓缓道："你本以为青絮会为你卖命，谁知她一直都在暗中筹谋利用中原势力推翻你北域，你发现一点蛛丝马迹，便一不做二不休先行暴露她细作的身份，害死了她。陆飞霜知道真相，不愿继续为你卖命，甚至要刺杀你，你见她失去利用的价值，便派人将她囚禁起来，好以此威胁陆青衣不要轻举妄动。"

封无缘遗憾道："真可惜，今日不能杀你，不然陆青衣非得先杀了我。"

侍卫们神色紧绷。

封无缘摊手："别担心，我这次来只是同你们的陛下打声招呼，我的二十五年之期已到。"

说着，他面带笑意地看向侍卫身后的元帝，意味深长道："接下来，你可要做好迎接疏雨阁其他熟人的准备。毕竟疏雨阁的那些人，可不是每一个都如我这般好脾气又好说话。"

顺利摆脱北域埋伏的高手后,封无缘于一处偏僻的角落落下,这才拍了拍腰间的画卷,长吁一口气。

他那一番话说得漂亮,实际上只是嘴上过瘾。他擅长轻功,根本不擅长打架,要他去偷点东西倒是简单。杀人?只怕还没碰到那狗皇帝脖子,他自己的手腕倒先叫人折了。

封无缘唉声叹气地转过身,恰好与后来的粉羽少女面对面。

于是,准备一不做二不休夜袭元帝的九郡主与刚从元帝寝宫出来的封无缘,尴尬地撞上了。

九郡主久违地见到四师父,本该开心地和对方打个招呼,但此时此刻这个场面着实让人有些尴尬。

于是她只能僵硬地抬了下手:"……嗨,四师父,你也是来刺杀狗皇帝的吗?"

封无缘暴怒道:"你还敢嗨?还敢刺杀皇帝?还不马上给为师滚过来挨打!"

九郡主收回"爪子",为难道:"滚过去可能有点困难,我走过去行不行?"

出师未捷身先死的九郡主被自家气急败坏的四师父捏着后脖颈拎走了。

他们走后,隐藏在暗处的少年才揉揉眉心颇为困扰地走出来。他放下手,抬眸盯着前方两个很快消失的身影,缓缓叹了口气,转头看向其他几个隐秘的角落。

"别躲了,人都走了。"

最先出来的是蒙面的周不醒和宋长空,紧接着是一身夜行衣的行云和溯风。

溯风:"……嗨。"

行云:"好巧,你们也是来刺杀狗皇帝的吗?"

周不醒:"我对自己几斤几两还是有点数的,刺杀谈不上,我就想看看今晚有几个忍不住的罢了。"

宋长空:"我只是睡不着才走到皇宫外面看月亮的。"

四人整齐地转头盯向少年。

少年淡定从袖中摸出一把匕首:"哦,我来补刀。"

——狗皇帝还能多喘一口气都得怪你刀磨得不够锋利。

九郡主和少年说起自家四师父时,用得最多的词是"温柔""和善""好脾气"。

然后,她翻船了。

九郡主被封无缘拎小猫似的拎回来丢进房里,半跪坐在烘烤暖和的榻上,垂着脑袋凄凉听训。

"谁让你去刺杀狗皇帝的?"

"……我自己想去的。"

"谁给你的胆子去刺杀狗皇帝?"

"……我自己给的。"

"你以为你是猫吗,有九条命?竟敢一个人去刺杀狗皇帝?"

"呜,对不起四师父,小九错了。"

"错哪儿了?"

"不该一个人去刺杀狗皇帝。"

封无缘气得直喘气。

半炷香后,守在门外的金玉贵敲了敲门,和善地问:"封老板,大声说话容易口渴,楼下备了茶水,需要给您送进去吗?"

封无缘大声:"不用!"

九郡主更大声:"要要要!"

最后封无缘还是黑着一张脸打开了门,睇眉看向金玉贵:"茶在哪儿?"

九郡主认错态度极为诚恳,诚恳到连一句哄骗师父的假话都不肯说。

"还敢不敢再犯？"

"敢。"

"敢不敢！"

"敢！"

封无缘气极："不许喝水！"

九郡主乖乖放下茶杯。

封无缘气得嗓子冒烟，连喝三杯热水才勉强缓了过来。他实在是没想到自家徒弟胆子这么大，竟然大半夜就跑去刺杀狗皇帝。

若非他恰好在外面碰见她，这会儿她就该被狗皇帝身边的那几位高手逮住扔进牢里和陆飞霜做伴了。

封无缘很想学陆青衣提着阿九耳朵在她耳边吼：给我老实点！

但他嗓子疼，实在吼不出来。

九郡主规规矩矩地跪坐在地上，见四师父气得干咳，挪了挪膝盖去倒了两杯水递给他，随后低下脑袋，表面态度真挚，内里屡教不改。

封无缘"啪"一下放下杯子，决定不跟她讲刺杀狗皇帝的事儿了，话音一转道："逃婚很好玩？"

九郡主眼睛一亮，"唰"地抬起头，用力点头："好玩呀。"

可好玩了，不仅认识了最喜欢最喜欢的阿月，还认识了好多朋友，打了好多架，吃了好多东西，买了好多小玩意儿。

九郡主兴奋道："四师父，我认识了好多朋友，他们正好都在金楼，明天我就介绍给你认识！"

封无缘把她兴奋的脑袋按下去："你以为我不知道？你在无极岛闹出那么大的动静，全中原谁不知道阿九如此风光？还认识了好玩的朋友？什么样的朋友啊！"

封无缘冷笑："抢了马匪的货，炸了水匪的船，烧了武林盟主的后院，现在还想去刺杀皇帝，你出来这一趟胆子倒是大了不少，哪个朋友教得你如此大胆，连命都不要了？啊？"

九郡主小声："其实不是他教的，我就是自己想那么做。他才不会教我做坏事，反而都是我教的他，就，我还挺不好意思的……"

说到这里，她小心翼翼地抬起脑袋，伸出"爪子"讨好地拽了拽封无缘的青色衣摆："四师父，我有件事想同你说。"

"我不听。"

"四师父，你听我说。"

"不听。"

"我有喜欢的人啦。"

"说了我不听！"

九郡主站了起来，在封无缘耳边喊："四师父，我不想去和亲，我只想嫁给喜欢的人！"

封无缘摁住她后脖颈把她摁回去，大怒："嫁什么嫁？你才多大就想嫁人？"

九郡主比了个手势，大声："我十七了，过年就十八啦。"

如果不逃婚的话，她早就嫁入南境，这个年纪放到中原都会被媒婆嫌弃，四师父还当她是个小孩子。

九郡主憋了口气，脸颊鼓起来圆圆的。

封无缘被她几句话噎住，又见她如此委屈的模样，不由得停顿，随后站起身，抱着胳膊开始啰唆："他有你大师父疼你吗？有你二师父宠你吗？有你三师父护你吗？有我会带你玩吗？有你五师父……算了你五师父天天带你去打架，都是陆青衣那疯女人给你教出来的臭毛病，当初我就说让你少跟陆青衣玩，现在好了，好的不学你专学她坏的！"

九郡主："我要跟五师父告状。"

封无缘沉默片刻，生硬地转移话题道："那个谁同你提亲了吗？送了你什么礼？可比得上无极岛万分之一？他家产如何？年龄多大？相貌怎样？能不能打得过你大师父二师父三师父五师父？"

九郡主认真地答："还没提亲，但是他说过回去就成亲。他送了我好多东西，我数都数不过来，他还帮我背了八个包袱，虽然礼物都比不上无极岛的东西珍贵，但是我很喜欢，他送的都是我很喜欢很喜欢的礼物。他家产应该挺不错，今年也是十七，过完年就和我一样十八啦，不过他比我大两个月。他长得也好看，全天下他最最最好看。他还会给我编辫子，四师父你看，我的辫子都是他编的，衣裳和首饰也是他搭的，我很喜欢的。"

至于能不能打得过大师父二师父三师父五师父……九郡主决定换个话题将之掩盖过去。

封无缘瞧着她满面春风，莫名地有点酸，连带着语气都是酸不拉几的："你以前都说我最好看。"

九郡主立刻道："四师父最好看。"

封无缘脸色好看了点，又喝了几口茶，语重心长道："男人都是只长了一张嘴的骗子，小九你还小，见过的男人有几个？"

九郡主说："好多呀，我在怡红院里见过很多的。"

封无缘："陆青衣个疯女人简直想气死我！"

九郡主递茶："四师父，阿月不一样的。"

封无缘嘲道："哪里不一样？长了四只眼还是两张嘴？"

九郡主肯定道："他和其他人最大的不一样就是我喜欢他！"

封无缘：这徒弟没救了。

封无缘时隔二十五年重新回到北域，自然有不少事情等着他去处理，他把九郡主关在房中罚她抄书，吩咐金玉贵盯着她不许偷懒。

金玉贵："天色已晚，要不还是明日再罚吧？"

九郡主手背在身后，悄悄给他竖了根大拇指。

金玉贵但笑不语。

封无缘想了想，觉得他言之有理，便叮嘱道："明日一定要提醒我别忘了罚这小疯子。"

金玉贵说不会忘，然而第二日他忘得比谁都快，封无缘说我总觉得我

463

忘了一件事，金玉贵答你忘了昨晚没吃饭，今日要多吃点。

封无缘恍然大悟，假装什么都没发现般下了楼。

封无缘一边处理事情一边问："与小九一道来的那些人在哪儿？给他们每人送份见面礼。"

金玉贵很懂："您特指哪位？"

封无缘神色淡淡："小九的朋友，我一视同仁。"

金玉贵笑了："他们都在房间里各自休息。"

封无缘走过一间房，突兀地转了下头："这间房住的是谁？"

金玉贵停了一下，说："南境的那位神秘月主。"

封无缘看了看这间房，又看了看隔壁九郡主的房，眼眸一眯。

"原来是小九的心上人。"

封无缘面无表情："将小九的房换去我隔壁。"

金玉贵没忍住笑了。

等他们去敲九郡主的门时才发现她人早就不见了，根本不在房间里，便又敲了敲其他人的房间。

周不醒是第一个出来的，举手投降："我不知道不了解别问我。"

封无缘转开眼。

宋长空睡得一头杂毛翘起："什、什么？"

封无缘皱了眉。

行云和溯风恭恭敬敬地喊了声："封老板。"

封无缘认出来了："你们是以前跟在陆青衣屁股后面跑的那两个小孩？"

行云、溯风："……我们长大了。"

封无缘点头，吩咐给他们每人送份见面礼："陆青衣果然害人不浅，好好的孩子不跟着她，果然长得乖巧又顺眼，哪像小九……不跟着陆青衣的时候，小九也是最乖巧可爱的。"

最后这句话说得理所当然又心安理得。

金玉贵微笑："您说得对。"

封无缘拿着最后一份礼,抬眸瞧了眼紧闭的房门:"还差一个。"

少年房里也没有人,封无缘的表情从最开始虚伪的和善渐渐变成"他们两个一大清早都不老实待在房间睡觉出去干什么了"的反常的平静。

"找。"封无缘轻声细语道,"找到人,把他脑袋给我揪下来当球踢。"

与金楼里的紧张忙碌不同,这会儿正在外面到处乱跑的九郡主和少年甚至可以称得上惬意。

九郡主买了一包糖糕:"这个是我四师父爱吃的口味。"

九郡主买了一壶茶叶:"这个是我四师父爱喝的茶叶。"

九郡主买了一个金算盘:"这个是我四师父擅长的算盘。"

九郡主买了一套笔墨纸砚:"这个是我四师父喜欢的墨宝。"

九郡主买了一盒胭脂:"这个香味是我四师父没研究过的,他肯定会觉得很有挑战性。"

九郡主在前面买了一堆又一堆的东西,少年跟在她身后拎了一堆又一堆的礼物,白羽的长袍垂至脚下,随着走动而微微掀动。

少女明眸皓齿,少年眉眼如画。

路过的行人忍不住多看他们两眼,水粉铺子里的女子对身旁的男子抱怨:"你看看他,你再看看你,你们真是云泥之别!"

男子拿出一锭银子:"我确实没有他长得好看,可我比他有钱。"

少年对他们的话置若罔闻,见九郡主买完了东西才慢吞吞地腾出一只手,眼都没抬地在柜台上放下一锭金子,水粉铺子老板笑得合不拢嘴。

男子掩面而退。

九郡主在外面跑了很久,这边看看那边瞧瞧,左挑右选出许多好东西,转头发现少年可能真的拿不下了才稍微收敛,磨磨蹭蹭地挪到他身旁,双手合十,心虚地认错:"对不起,我又没忍住买了好多东西。"

少年瞥了眼她的手指:"我又没说不准你买。"

"可你快要拿不下了。"

"那你就像以前那样买八个包袱,八个全系我身上。"

想到当初在无极岛的那个滑稽场面,九郡主挠挠脸,干巴巴地说:"我感觉你是在嘲笑我。"

"没有嘲笑你。"少年示意她离近点,她挨过去,手肘碰到他挂在胳膊上的糕点盒子,顺手替他拨正,听见他嗓音含笑地问,"中原是不是有句话叫'丑媳妇总要见公婆'?"

"好像是有这么句话。"

"那你特地买这么多东西,不都是给我准备好留着见你四师父哄他高兴吗?"少年轻描淡写道,"丑阿月总要见长辈,这才第一个。"

"你才不丑呢。"九郡主戳了下他的脸,又笑了,"而且,你也不是小媳妇。"

少年"哦"了一声:"你忘了你以前说过日后成亲也应当是由你提亲,男子入赘的事儿?"

九郡主茫然:"我说过吗?"

少年睨她:"说过。"

"我什么时候说过?"

少年眼眸转了过去:"你自己想。"

九郡主想不起来,接下来的一路都在努力思索她究竟什么时候说过的那种话,想了半天,人都快走到巷口,脚步猛地一顿。

"啊,我想起来了,是在马匪山寨里忽悠他们军师的时候说的。"九郡主美滋滋地竖起两根手指,"我还忽悠来二两银子呢。"

这是她为数不多钱包进账的时刻,其余时候都是出账比较多。

少年反问:"重点是二两银子?"

"重点是你想和我成亲嘛,我懂的。"

他侧过头,微微弯了下嘴角。

九郡主数了数他手中的礼物,发愁:"不知道这些东西能不能哄好我四师父,他要是不同意我们在一起,故意为难你的话怎么办呢?"

少年想了想，颇为认真道："打一架吧。"

少年一本正经："妨碍我娶你的人都捆起来，等我们成亲之后再说。"

她严肃提醒道："这次我只有一位师父来北域，后面还有四位师父等着见你呢阿月。"

双拳难敌四手，阿月肯定打不过五个人的，他会不会被五位师父暴揍个五顿？到时候她该帮谁呢？九郡主更愁了。

"不然我们先私奔吧。"她拉了拉帽子边缘，仔细思考私奔的可能性，"等我们在外面成亲了再回去见长辈，这样不管他们说什么都没有用。"

她细数着以前的见闻："京城的史二小姐就是因为和公婆关系不好才投河自尽的。八郡主的爹看不起她的夫君，她整天夹在父亲和夫君之间忧愁，人都瘦了好几斤。张家三公子始终无法讨得李家四小姐爹娘的欢心，夫妻俩经常闹矛盾……这样一看，长辈对夫妻日后的生活影响确实挺大，虽然我几位师父也不是不讲道理的人，可是如果师父坚决不同意的话，我也不能跟他们决裂呀，那就只能先私奔拖延时间了。"

九郡主讲了一大串，自己都快不记得讲了哪些人哪些事，只记得最后讲到七公主和她的夫君被长辈催生孩子这件事，眼前倏忽之间暗下。

有重物被丢到地上的声音传来。

她双肩被握住，羽袍后面的帽子被拉高，白色帽檐遮住她的眼睛，少年低头时轻声说："阿九，闭眼。"

她攥着他胸口柔软的衣襟，乖乖闭上眼，呼吸间有北域的寒意，很快又被另一种熟悉的温度覆盖。

她有点热，攥住他胸口衣襟的双手微微潮湿，睫毛颤得像风中的雪花，逐渐发烫的呼吸融化了雪花。

她快要喘不过来气。

"阿月……"

她难受地蹭了下他的脸，换气的间隙又被他吻住，后面那句"你为什么突然这么熟练"掺入呼吸缓缓渡到他唇边。

他笑了声,抬手捧住她的脸,没有再让她难受,微弯起唇角,指腹抚摸着她耳下的肌肤,低头细细地亲吻她,吻一下呢喃一句:"阿九。"

　　他眼眸乌黑,直勾勾地盯着她蒙眬的双眼,压抑的目光影影绰绰地落入她眼底。

　　"我想娶你,阿九。"他说。

　　"嘭——"

　　不知谁大白天放起了烟花,外面传来疑惑的对话声与杂乱的脚步声,一群又一群的人好奇地跑去围观谁在放烟花。

　　九郡主被这突如其来的声音惊醒,茫然睁大眼,看见他眼底剧烈翻涌的渴望,迟钝地眨了下眼,睫毛刮着毛绒的帽檐抬起又落下,瞬息间又见他恢复正常。

　　少年垂下眼,浓长的眼睫遮掩住眼底之色,屈指揉揉她红彤彤的耳根,声音被烟花的爆炸声掩盖。

　　隐隐约约中她听见他笑着说:"走吧,我也该回去闯难关了。"

　　封无缘派人找了他们一上午,不知道是不是有人故意隐藏信息,一直没有他俩的行踪。他琢磨了一会儿,决定晴空放烟花,阿九是个喜欢凑热闹的性子,大白天看见有人放烟花肯定会忍不住过去看看。

　　封无缘本以为这样就能把两个小的引出来,坐在烟花处准备守株待兔,谁知道九郡主人早就被少年亲蒙了,一路都晕晕乎乎地被他牵着走,等回了金楼还没反应过来。

　　少年将她推进房间:"去睡觉,接下来交给我。"

　　九郡主耳根还有点红,嘴唇也有点麻。她一直没反应过来情有可原,毕竟前几次少年都只是浅浅地亲吻她,这次和以前的温水煮青蛙不同,完全就是烈火烹饪,还是火上浇油的那种。

　　九郡主浑身发烫,趴倒在床上时脑子里想的还是少年眼中压抑的情愫。

　　是那个意思吧?是那个意思吧!

九郡主怕自己多想，害羞地蜷起身体把脑袋埋进被子里，过了会儿还是没忍住双手攥成拳用力拍了下床板，整个人裹着被子在床上翻滚好几圈，被子里的脸笑得像个傻孩子。

"我也不想这么傻的呀，可是他亲我欸。"

九郡主露出脑袋缓了口气，自言自语着又开始脸红，用力拉起被子盖在脑袋上，"呜呜啊啊"地滚来滚去。

此时此刻正在外面守株待兔的封无缘蓦地打了个喷嚏，总觉得自己忽略了什么事，等到烟花全放完也没见阿九出现，这时才有人赶来同他说九郡主和少年已经回金楼了。

封无缘心里琢磨着回去定要罚小九多抄两页书，进了大堂只见白羽少年正坐在桌边仔细分类桌上的礼物。

金算盘，茶叶，脂粉，糕点，吃的喝的用的玩的全被分门别类地放好。

封无缘脚步一顿。

少年抬了下眼。

封无缘咳了声，若无其事地将身前凌乱的衣衫整了整，双手负于身后，淡漠地瞧着那少年。

少年单手撑着桌沿站起身，在封无缘挑剔的目光中冲他清清朗朗地笑了下，不紧不慢地开了口："好久不见，这次我该叫您'封师兄'，还是'四师父'？"

封无缘冷笑："叫我爹。"

少年神色不动，张嘴就来："岳父。"

两年前，封无缘带着车队去南境走货，原本打算回来的路上拐去南境探望一位老朋友，就在半路碰见一名紫衣少年。

那会儿正是夜半，荒漠的夜风刮得脸疼，车队就地扯起帐篷休息，熄了灯后不知谁尖叫一声，封无缘出来时恰好撞见身形单薄的紫衣少年一脸无辜地望着他们。

月光下，少年紫衣上的银饰熠熠生辉，衬得他眉眼也干净通透。

少年指了指前面，又指了指后面，说："我只是想问个路。"

他也不想问路的，可他确实绕了好几天也没找到回去的路，周不醒半路跑去坑蒙拐骗，他便一个人出来溜达了会儿，谁知道就莫名其妙地溜达到荒漠？

周不醒大概正在疯了似的找他。

少年叹了口气。

封无缘本来是不信少年说的话，试探地给其指了个正确的方向，两天后，他又在路上碰见了紫衣少年，与他所指的方向相反。

封无缘稀奇："你真是路痴？"

路痴还能在荒漠里走这么久？想来也不是个简单的少年。

少年手中把玩着一柄不知从哪儿顺来的银色匕首，匕首在他指尖轻巧翻转，他收了手，不动声色："我不太喜欢别人问我这个问题。"

匕首微微出鞘，刀刃上的寒芒映着少年乌黑的双眸。

没等他说话，封无缘很懂地摆了摆手，说："既然如此，你便先随我们走一段。你要去哪里？"

"南境。"

封无缘脸色略显古怪："这么巧？我也要去南境。"

少年"哦"了一声，不是很感兴趣："去南境做生意？"

"那倒不是，去看望一位多年不见的老朋友。"封无缘说，"你若是放心，便随我们走一段，我办完事之后会独自去一趟南境，届时带你一道走。"

封无缘给少年单独备匹马，顺便与自己一道走。他想着这位少年来历不明，若是心有恶意，对其他人来说会很危险。

少年懒懒散散地骑着马与他们一路同行，从头至尾也没做过伤害其他人的举动，吃喝也是一个人，似乎是早已习惯如此。

封无缘若有所思地看了他几日。

之后他们遇见荒漠的一伙马匪，封无缘的人都准备好作战了，他们出行在外难免遇到这种事。"

可那紫衣少年却先他们一步解决了那群胆大包天的马匪。

不过短短一炷香的时间,紫衣衣角翩飞,沙漠的风送来咸涩的腥味。

少年立于染血的金粒沙石中,徐徐转过身,手中的银色匕首沾了血,紫衣松散,银饰"叮当"作响。

饶是见多识广的众人也不由得头皮发麻地后退半步,仿若见鬼。

少年对他们的警惕与防备视若无睹,只是松开手,任由匕首直直插入沙粒中,他冲封无缘挑了下眉,嗓音散漫道:"谢礼。"

一路随行的谢礼。

他一个人便解决了全部的马匪。

封无缘没有在意他脚下的尸体,目光略带深意,待到夜间无人时才与他单独交谈。

"你今日杀人时用的那套身法,是谁教你的?"封无缘问。

少年懒洋洋地仰望沙漠的月亮:"不想告诉你。"

封无缘也没太在意,给少年扔了一囊水:"你认不认识谢长木?"

与此同时,他将少年白日使用的那套神鬼莫测的身法复刻般展现。

少年将水囊放到一边,单手托起下颔饶有兴趣地瞧着他:"我第一次听见有人叫他谢长木,而不是谢清醒。"

封无缘:"你惊讶的不应该是我也会这套竹上蜻蜓的身法吗?"

少年耸肩:"不是很惊讶,又不是只有我才能学他的功夫。"

封无缘脸上露出笑:"谢清醒是你什么人?"

"我师父。"少年想到什么,似笑非笑地回瞥他,"不过他已经死了,从某种程度上来说,他的死和我也有关系。"

封无缘深深地看了少年一眼,摇头道:"和你没有关系。他自愿去南境做试蛊人,结果如何他都应该自己承担,更何况他人死在北域,他的尸体还是我手下的人替他收殓的。"

封无缘对少年的戒心彻底放下,拎着水囊坐在他身侧,与他闲谈:"既然谢清醒愿意收你做徒弟,那你肯定就是他一直在找的南境蛊人。"

少年脸上的笑淡了些。

荒漠夜晚的风有点冷,他无聊地拧着水囊盖子玩。

封无缘道:"你杀马匪时用了竹上蜻蜓和青芒斩,那是他独创的招数。"

少年无动于衷道:"你在和我谈心?可我并不在乎谢清醒认识什么人,他是他我是我,你我只是萍水相逢的陌生人罢了。"

封无缘哈哈大笑:"陌生人?差不多,不过从某种程度上来说,我也能算得上你半个师兄。"

少年嗤声。

之后一路随行半个多月,从头到尾少年也没有喊他一声"师兄"。

封无缘一点也不介意,天才都脾气古怪,谢清醒当年脾气也很怪,怪人才能看得上怪人,怪人才有怪的天赋。

后来周不醒终于找到迷路半个多月的少年,顺利将人带走。

少年走之前看了眼封无缘,在他和善送行的目光中,神色无波地问了他最后一个问题——

"你的人将他葬在何处?"

"寒山脚下的一处寒池。"封无缘道,"陆听雪生前最爱看碎玉蓝开花。"

第十六章

密　谋

　　北域凉城的寒山极高、极寒，整座山零零星星分布着数百处寒池，每一处寒池都生长着稀世罕见的碎玉蓝，每年都会有不少南境与中原的人特地赶来，只为看它一夜开花后又一朝凋零。

　　碎玉蓝只生长在极寒之地，尽管它唯一的作用只是供以观赏。

　　"陆听雪以前带我和青衣来寒池看碎玉蓝的时候说过，碎玉蓝极美却易碎，人手不可触碰。碎玉蓝只为它自己而活，被人触碰后宁愿自碎也不肯沦为人类亵玩的赏物。"

　　陆听雪想像碎玉蓝那样自在，可惜至死都是被束缚的。

　　封无缘站在寒山脚下，仰头看着这座二十五年不见的寒山，山顶山脚都被冰雪覆盖，山上种着北域特有的寒梅，经得住寒。

　　少年一言不发地听他回忆以前的事，顺手折了一枝红色寒梅。

　　封无缘听说他和小九的事之后，以前看他有多顺眼，现在看他就有多不顺眼，想尽办法挑剔道："寒梅在这儿生得好好的，你折它干什么？"

　　少年眼都没抬："我手欠。"

　　封无缘无语：哪有人自己说自己手欠的？

　　他们往山上走了一段路，金玉贵带路，最后三人停在一处比较小的寒池前，看着极为不起眼的小小寒池。

任谁也想不到，这个小小的寒池里葬着一位惊动四方列国的人。

金玉贵侧了侧身："他就葬在这里。"

寒池只是一潭幽池，也许是寒池的温度与外部不同，哪怕寒山再冷，四周更是冰凌挺立，寒池也不会结冰。

少年伸出手感受了一下寒山的冷意，侧过头，冷不防地问了句："寒山这样冷，尸体葬在寒池里，应当十年也不会腐烂？"

金玉贵点头："确实不会腐烂，但一般不会有人愿意将亲人葬入寒池。"

"为何？"

"葬入寒池需要买下顶好的碎玉棺，只有这样才能保证尸体不会被水泡坏，不过碎玉棺极贵，寻常人买不起。"

至于有多贵，那可就不是几个数字足以代替的了。

少年平静地看了会儿汩汩冒水泡的寒池，俯身将手中的寒梅放到寒池边缘。

封无缘愣了愣。

少年神色从容道："给外祖父带了一份小小的见面礼。"

封无缘："你给我好好叫他师父啊！"

少年："外祖父见谅，阿九今日暂且不能来，她若晓得你葬在这里，今晚又要气愤地去刺杀狗皇帝，现在还不是见面的时候，劳你再等上几日。"

封无缘无能怒吼："叫师父！"

少年稀奇地看他一眼，从善如流："哦，四师父。"

封无缘气愤到失语：我不是让你叫我师父！

少年偏头看向金玉贵："金掌柜在元帝眼皮子底下将师父葬进寒山寒池，想来费了不少力气。"

金玉贵看封无缘，发现他没什么意见后才道："表面上我们替北域做事，知道我们实际上是封老板手下的人极少。"

封无缘没好气道："青絮极为聪明，在赴死前就已经将一切都安排好了，别说金楼，哪怕是北域的皇宫，都有青絮安插进去的人。"

少年"哦"了一声，并不是很在意："南境似乎也有岳母安插的人。"

"你怎么知道？"封无缘反应过来，"没成亲之前不要乱叫人！"

不要乱叫人？懂了，那就是同意他和阿九成亲了。

少年放心地笑了，缓缓偏转眼眸看向已经放弃挣扎的封无缘："南境境主一向谨慎，不会无缘无故地向中原求亲，整个南境只有一个人说的话她才能听得进去。"

封无缘眼皮一跳。

"眠师，无所不知的神秘人，甚至知晓如何封蛊。她随境主一道回的南境，救过境主的命，境主极为信任她，她若提议与中原和亲，只要给出一个合适的理由，境主不会不同意。"

少年语气寡淡，脚步缓慢地绕着寒池走了一小圈，伸手做出个抓的动作，似乎是觉得这个动作不够好看，反手试了下，还不错。

"封师兄，你两年前说要去南境见的那位老朋友就是眠师吧。"

少年虽然不与人来往，也不爱和人闲聊，但这不代表他什么都没发现，相反，在南境待得无趣时他很爱观察族里的人，包括那位总是唠叨得他头疼的眠师。

少年总觉得眠师和族里的人不太一样，可又说不上来具体哪里不一样，直到他在荒漠遇见封无缘回来后再见到眠师，莫名地从眠师眼睛里看出了一些不同。

封无缘提起谢清醒时，眼中藏着哀伤与悸痛。

眠师看见试蛊人时，眼中也藏着哀伤与悸痛。

眠师对试蛊人的怜惜，想必也是因为十分了解谢清醒当年以身饲蛊的那件事。

少年提起白羽长袍衣摆，随意地蹲在寒池边，探手试了试水温，眼睛看着水里没什么表情的自己，慢吞吞道："封师兄，你两年前去南境，莫非是打算和眠师商量和亲一事？"

他太聪明了。

封无缘沉默片刻后坦白道:"青絮安排好一切退路,她给小九留下的退路便是与南境和亲,只要小九人到南境,你说的那位眠师会亲自前来接走她,日后她便会恢复自由身。我们暗中护送和亲队伍到了边关才匆忙回中原处理别的事,谁知道小九发现我们走了之后立刻收拾行李逃婚。"

九郡主武功高强,轻功更是卓越,若想逃婚,大可半路就跑掉,要不是察觉到几位师父暗中护送,她哪会坐以待毙等到了边关才跑?

少年垂着眼:"你们若与她直言,她会乖乖听话去南境。"

"她若知晓,定会追问我们为何要这么做,问完之后再问其他,青絮与我们都不愿她参与这些事。"

"可你们都没问过她想不想置身事外。"少年抬眼,似乎还想说什么,顿了下,嘴角一弯,"算了,反正最后也是你们亲手把她推到我怀里,若非这一出,我也不一定能遇见她,真是感谢几位师父的厚爱。"

封无缘:真想亲手弄死这个目中无人的家伙啊!

金玉贵开始带人起棺,碎玉棺沉得极深,不好起。

碎玉棺并非每个都难起,事实上只要在棺上系好重绳,再压入重物保证碎玉棺沉下后不会浮起就可以了,如果日后需要起棺,只需拉起压棺的重物,冰棺失去重压便会缓缓浮起,倘若嫌慢还可以拉动系棺的绳加快速度。

然而谢清醒的棺不同,金玉贵当年沉棺时担心留下痕迹,怕被人发现谢清醒的沉棺位置,便命人坠下压棺重物后立即斩断绳子。

这会儿为了成功起棺还真是得费不少力气。

寒池里的水漾出池岸,洒了一地,很快又结成冰花。

少年和封无缘站在后面静静地看着他们起棺。

过了片刻,封无缘自言自语似的说:"还有五日,碎玉蓝开花。"

少年眼睛微眯,低头看了看自己的手腕,慢慢攥了攥手指,内力还没完全恢复。

五日后,恰好也是他取下封蛊钉的那天。

碎玉棺抬出寒池那一瞬间，池面猛然结上一层薄冰，好似是寒池在为冰棺里的人离去而感到哀伤，却也只是一瞬，薄冰碎裂，池水"咕咚"。

碎玉棺通体冰蓝，寒气逼人，冰壁影影绰绰显出一抹人影。

碎玉棺开。

谢清醒双眸轻合，白发与身下的冰棺几乎融为一体，英俊的面容结满白霜，睫毛尖沾着一颗颗似珍珠的透明冰珠，一袭青衣如旧，安静地躺在碎玉棺中。

他的手指还保持着抓着什么东西的动作，至死也没有忘记牵着陆听雪一起沉睡。

可惜陆听雪不在他身边。

他身边只有一柄寒霜满身的青色长剑。

封无缘看了会儿谢清醒，眼中情绪翻涌，但他很快恢复正常，低哑道："青行剑。"

他拿起那柄冰封许久的青色长剑，偏头看向沉默不语的少年："谢清醒在你这个年纪时曾一剑斩千军，你作为他唯一承认的徒弟，能做到何种程度？"

少年眼梢一动，终于将目光从谢清醒沉睡的面容上移开，乌黑眼底映着那柄许久未见天日的青行剑，不言不语的模样像极了沉睡的谢清醒。

半晌，他才慢慢抬起眼睫，目光平淡地望进封无缘的眼底，容色寡淡，不轻不重道："封师兄，你是不是过于信任我了？"

那么多人一起筹谋多年，谢青絮甚至为此付出生命，只为二十五年后颠覆历史的这一天，如今，封无缘却将最重要的一注押在从未参与过他们计划的少年身上。

若是计划失败，他们所有人都可能葬送在北域。

封无缘说："我信任的是小九与谢清醒选中的人。"

顿了下，他眼底露出一点笑："除此以外，我个人对两年前那位给我留下一堆谢礼的怪脾气少年也很有信心。"

少年波澜不惊地看着封无缘，想起封无缘下午和他说的那个有趣的计划。

杀元帝，合两域，还天下太平。

这就是谢青絮付出生命也要达成的最终目的。

夜幕沉沉笼罩下来。

北域沿海停着数十艘华丽长船，船下海浪翻涌，明火闪烁中，最前方一艘奢靡的船顺利停靠在岸边。

北域下雪了。

一名相貌年轻的女人披着金羽长袍缓步走下船，姿容清丽，眉眼含笑。

身边有一位少女为她撑伞。

金羽长袍的女人问："可打听到他们人在哪里？"

少女答："打听到了，少主与月主已经在金楼住下。"

金羽长袍的女人思索片刻又道："还有谁在？"

少女答："周不醒。"

"你知道我想问的是谁。"

少女停顿片刻："逃婚的九郡主也在。"

"逃婚的九郡主？你们都是这样称呼她？"

金羽长袍的女人走下岸，笑了声，语气却比北域冰雪还要冷："那你们也该平等地称呼月主为逃婚的月主殿下。"

少女低下头，改口："月主夫人也在。"

金羽长袍的女人拢了拢衣襟，仰头凝视远处的寒山雪顶，喃喃："还有五日。"

后面有人忽然跑上前："眠师，中原变天了！修帝驾崩，六郡主楚今朝登基了！"

九郡主收到一封信，是六郡主传来的。

她举着信上看下看，左看右看，神色凝重，似乎是在甄别信上内容的真实性。

少年揪着她的发尾想给她编辫子，但她左边跑跑迎着太阳看信，右边跑跑对着水盆里的水看信，非要搞清楚这封信究竟是不是真的。

少年只得跟着她左边跑右边走，手不离她的头发。

九郡主确认再三，揪着信兴奋到原地转了三个圈，激动地张嘴无声呐喊。

发尾终于脱离少年的手心，他低头看了眼空空如也的手指，又看了看她难以自制的高兴模样，无奈地笑了下，抬手抵住她额头："转这么多圈，你不晕？"

九郡主确实有点晕，便晕乎乎地说："我太开心了，我六姐终于当皇帝了。"

少年波澜不惊地"哦"了声："恭喜恭喜。"

他们人在北域，消息来自中原，从楚今朝登基至今，中间应该隔了好些日子了。

也就是说，楚今朝派来北域的人可能已经在路上。

南境的人应该也在路上，等两方碰了面，大约就是世间大乱的时刻。

一无所知的九郡主扑进少年怀里："阿月，小六做了皇帝，我以后就不用继续假装别人了，我可以光明正大地带你游遍中原，到时候没有人再敢拦着我们。"

少年摸摸她的脑袋："想好接下来要去哪里了吗？"

"桃花坞，之前就一直说要去桃花坞，这次绝对不能再耽搁了。"九郡主碎碎念，"等我们看了碎玉蓝开花，找到我外祖母的遗体，之后就转道去桃花坞将外祖母葬在那里，最后回京城看望小六。"

专门送信过来的封无缘听着他俩旁若无人的对话，忍不住咳嗽两声试图吸引对面的注意。

九郡主抬起脑袋，有点不好意思地眨巴眼。

封无缘瞥了眼少年，转头对九郡主叮嘱道："日后回去见了你二师父和三师父，可千万别在他们面前如此放肆。"

"为什么？"九郡主回头看少年，"我们方才放肆吗？"

少年抬手将她压乱的发丝揉顺，眼也不眨道："应当挺收敛的，对吧四师父？"

封无缘："我跟你说过没成亲之前不要乱叫人。"

"好的，未来四师父。"少年眼梢微弯，重复了一遍九郡主的问题，"为何不能放肆？"

封无缘瞥了他一眼，又瞥了眼好似想到什么而有些心虚的九郡主，慢吞吞道："毕竟我是小九的五位师父里脾气最好的一位。"

也是武功最差劲的。

真打起来，他肯定打不过少年，但若是其他四位联手，这位学成了谢清醒全部武功的天才少年还真不见得能赢。

少年对他的暗示不置可否，自顾自低下眼，手指卷起九郡主垂在身后的黑发继续编头发。

九郡主显然也想到封无缘说的那一点，是以才会心虚地晃了下眼神，身体向后仰了仰，选择转移话题："四师父，为什么这次只有你来北域？大师父没来吗？"

"李胖子忙着收拾武林盟的烂摊子，来不了。"

九郡主顿时更心虚了，毕竟武林盟那事儿还是她捅出来的。她干巴巴道："那，那二师父和三师父呢？"

"他们负责护你六姐登基。小六年纪还小，又是女子，朝中上下定会不大安稳，等局势稳定下来他们才能抽开身过来找你麻烦。"

九郡主嘀咕："找麻烦的话就算了吧，我还想再多玩两年呢。"

她又想起来："那五师父呢？五师父也是北域人，她应该也会来北域的吧？"

封无缘看了一眼懒洋洋地给她扎辫子的少年，少年察觉到什么似的抬了下眼。

封无缘说："青衣已经在路上了。"

凉城以南数百里的淡雪之地，陆青衣一袭青袍坐在路边的驿站中歇息。

外面的积雪很薄，比起北域其他地区，这里已经算是暖的，马匹拴在木桩上，马蹄踏雪。

她的头发全部拢起卷入斗笠，单手撩开斗笠的纱喝了杯热茶。

小二问她需不需要点吃的，她说不用。

半炷香后，陆青衣合上眼，驿站中喝茶歇息的过路人拿出刀剑悄悄靠近她，剑刃闪出积雪的寒光。

陆青衣倏然睁眼，青袖似被风扬起，青叶暗器飞花般散出。

片刻后。

陆青衣翻身上马，直视远方，在心中算了算日子，还有五日便是碎玉蓝开花之日，亦是她与陆听雪的二十五年之约到期之日。

"还有五日。"

陆青衣仰头看天，感觉到一片碎雪落在她脸上，恍惚中好似又看见故人。

陆听雪知道自己被种下寄心蛊后便找到陆青衣，告诉她立刻离开北域，带着谢青絮一起走，所有人日后也不许再回北域，否则疏雨阁与听雪阁的人便会再次沦为元帝杀人的刀。

可她们没能走掉。

元帝早料到陆听雪会去找她们，命人封住城门，将她们扣死在城内。

听雪阁的人不知发生何事，留在阁中静候消息，陆听雪随元帝回去。

陆听雪说："让青衣和无缘走。"

元帝说谁也不能放走，尤其是陆青衣。

除了谢青絮，陆青衣与陆听雪最为亲近，若要威胁陆听雪，谢青絮与陆青衣谁也不能少。

陆听雪便将剑横在他颈前，眉目冷淡道："那便一起死。"

元帝不怒反笑："你不会杀我，不是因为寄心蛊，而是因为谢青絮，你知道，孤可以在你身上种下寄心蛊，自然也可以在青絮身上种下别的蛊。

"孤若死了，整个北域便会陷入大乱，你不会眼睁睁地看着北域人民陷入水深火热，你想要天下太平，正因如此才会选择做孤手中的刀，平北域叛乱，稳北域江山。

"可你又太过心慈手软，不肯助我统一中原，是因为那个男人吗？

"听雪姐姐，你为了一个中原人选择背叛我，如今还想再背叛我第二次？"

话说到最后已经变成温柔的嘲讽，昔日种种，皆是杀人的刀。

陆听雪握紧长剑，冷眼看着他。

玉千雪和以前那个心怀江山的弟弟完全不一样了，也许是皇位足以吞噬人的内心，他的眼中再也不是天下百姓，而是一统四国的贪婪。

陆听雪小时候颠沛流离，吃不饱穿不暖，平生最恨战乱。玉千雪曾受命前去灾荒之地赈灾，在半路将她捡了回去，训练她成为自己最忠诚的部下，为自己卖命。

他会用最温柔最信赖的声音叫她"听雪姐姐"，却也会用最寒冷的嗓音要求她将刀刺入敌人的心口。

她是他手中最锋利的刀，亦是最柔软的刃。

陆听雪收了剑，失望道："不是我背叛了你，而是你背叛了北域。"

她就不该从中原回来，北域传来消息说玉千雪病危，她便匆忙带着中原的神医赶回来替他医治，谁知却中了他的圈套，被他趁机种下寄心蛊。

寄心蛊下，死伤无数。

她太信任玉千雪了，可她忘了离开北域的这些年，皇位对一个人的影响有多大。

玉千雪早就不是原来那个玉千雪了。

陆青衣和陆听雪被困在宫中，五日后，陆青衣才被放出去。

元帝立在门外，北域的月光洒下来，将他半张脸笼入阴影。

他缓缓道："青絮自愿前往中原，为北域潜入中原皇族做内应，助我日后一统两域。"

陆听雪惊怒。

元帝笑道："青絮如此聪慧，心知留下只能成为你的软肋，便主动请求隐藏身份前往中原为北域做事，她只有一个要求，要孤放了陆青衣和封无缘。听雪，你的女儿没有为你着想，这就是中原人肮脏自私的血脉吗？"

他一向对中原人有成见，尤其当他最信任的部下与他最讨厌的中原人在一起，甚至生下了一个孩子。

他有多憎恨中原人，就有多想掐死谢青絮。

可陆听雪反而因此冷静下来。

元帝不会放她走的，即便谢青絮要求放了她，他也不会同意，所以她只要求带走两个看起来并没有太大威胁的孩子。

"听雪姐姐，你若有事，青絮在中原也不会好过，你可千万不要想着伤害自己。"元帝点着她的胸口说，"子蛊寄宿在你心上疼不疼？你背叛了孤，孤的心很疼啊。"

陆听雪拨开他的手："滚开。"

元帝也不生气，反而偏头看着陆青衣道："封无缘五日前已带着青絮离开北域，并且承诺二十五年之内绝不踏入北域。青衣，你如何选择？"

陆青衣站在陆听雪身前，毫不犹豫地选择留下来。

元帝说："可以。"

等他离开，陆听雪却抚摸着她的发顶说："留在我身边没有任何意义，青衣，阿絮才是最需要你的人。"

最初，年纪尚小的陆青衣不懂为何陆听雪会这么说，只知道第二日她便被送出北域。

"从今日起，你便是疏雨阁的阁主，疏雨阁二十五年之内不得踏入北域半步。"陆听雪将疏雨阁阁主的令牌交给她，命令道，"即便我死了，你也不许回来。"

多年后，陆青衣才明白陆听雪此举的意义。

元帝想要用谢青絮掣肘陆听雪，又想用陆听雪牵制谢青絮，并且试图以此获得中原的情报。他刚愎自用地以为这是一石二鸟,他以为他连陆听雪都掌控住了,小小年纪的谢青絮更加不算什么,可偏偏因此忽略了一件最重要的事。

谢青絮身有残疾天生无法习武,可她太过聪明,而拥有左膀右臂的谢青絮便更是如虎添翼。

得到消息后从边关匆忙赶回来的谢清醒找到自家女儿时,她已经挑选好最合适的皇族人选,只待接近他,获得他的信任——那个人正是九郡主的生父,阳王楚随望。

"他最好骗。"谢青絮斟酌着说,"没有野心,为人也不错,善良易心软,所有皇族中只有他最不惹人注目,只要得到他的信任,之后很多事都会变得没那么费力。"

谢清醒问她想做什么,她抬手接住一片青绿色落叶,抬眸看着父亲的眼睛,声音虽还稚嫩,却一字一顿地说:"我要杀了玉千雪,救我娘,统一天下。"

谢清醒沉默着看她,很久之后才说:"好。"

顿了下,他直起身,将那片青叶攥入手中:"你娘应当由我来救,你只要杀玉千雪,统一天下。"

谢青絮与他击掌。

陆青衣站在她身后的影子里,说:"日后有我保护你,你想做什么就去做。"

此后,疏雨阁的陆青衣便成为谢青絮手中的刀。

智多近妖的谢青絮缜密地料想了一切,唯独忽略一点。

陆听雪的心脏被寄心蛊蚕食,时日不多了。

陆听雪死后,元帝立即抛弃随时可能会背叛他的谢青絮,以至于中原京城动荡,一连揪出数名细作,其中一位便是阳王王妃,阿絮。

世人只知她叫阿絮,鲜有人知她真名唤作谢青絮。

彼时才五岁的九郡主身为细作之女少不得受些罪,阳王于心不忍,恳请陛下宽容,罪不及孩童。

阳王夜半进宫向修帝请愿献出一切,连封号都可以不要,愿意做一名平民百姓,甚至流落边疆,只求陛下能够饶女儿一命。

修帝便留了小小的九郡主一命。

九郡主上房揭瓦,修帝说有习武的天赋,阳王派人将九郡主打了一顿。

九郡主写诗作画,修帝说有阿絮的天赋,阳王派人将九郡主房屋内的一切摔砸打尽。

阳王找到教九郡主功夫的老乞丐,给了他一袋金子说:"你可愿与我合作?"

老乞丐掂着金袋子说:"你想我帮你做什么。"

阳王道:"我要你的人时时刻刻盯着小九,替她隐藏习武交友的行迹,她只能做一个被所有人唾弃嫌恶的九郡主。"

老乞丐说好,转头便将九郡主逐出师门,他嬉皮笑脸地说:"你爹给了我一袋金子,要我时刻盯着你将你的行踪汇报于他。看在你我曾师徒一场的份上我将这件事告诉你,日后你便多注意你的行踪,可千万别被我抓住什么把柄去换钱。"

那时失去一切宠爱艰难成长到七岁的九郡主伤心又愤怒,她跑回家把攒了两年的钱全部摔在老乞丐面前,哭着喊:"我爹不要我,我师父也不要我,你们都不要我!"

老乞丐弯腰将摔在地上的铜钱一点点捡起来放进她手中:"你走吧。"

"师父,你也不要我了吗?"小女孩眼睛红红,小心翼翼地拉着他破烂的衣角哽咽着问,"我只有师父了,你真的也不要我了吗?"

"你又不能给我钱。"老乞丐拽开她的手,露出阳王给他的一袋金子说,"这是你爹给我的钱,你能给我更多吗?"

九郡主咬牙擦干泪水,将沾了灰的铜钱仔细放进怀中,她仰着头说:"我会赚很多钱,我会赚到比我爹给你的更多的钱。"

老乞丐施舍般给了她一锭小金子:"现在是我的钱更多。"

九郡主扔下那锭金子,头也不回地走了。

陆青衣找到她时,她已经有了四位师父。

陆青衣说要收她做徒弟,她只问了一句:"你也会将我逐出师门吗?"

陆青衣说:"我可以将任何人逐出师门,唯独你,我永远不会那么做。"

九郡主顿时笑得露出两颗小尖牙,恭恭敬敬地鞠了个躬,将身上所有的钱全塞进她手中,清清脆脆地喊:"五师父!"

…………

陆青衣迎着冷风轻轻呼出一口气,白雾氤氲了她的视野,她神色冷肃,扯起缰绳,倏地挥鞭驾马。

"驾!"

青衣远去,徒留一行马蹄印下的雪中血水。

寒夜降临。

玉琉原正欲入睡,门外有人敲门道:"玉皇子,陛下来了。"

玉琉原不安地皱了下眉,心想元帝一向不爱出宫,今晚为何挑深夜前来?当下便麻利起床换衣去见元帝。

元帝在书房等他。玉琉原到的时候元帝正在欣赏一幅画,画上的人正是白衣似雪的陆听雪。

没等元帝开口询问,玉琉原主动道:"父皇,这幅画是儿臣少时见画中人美艳便向您讨来的。"

元帝回头看他:"孤记得。"

玉琉原便低眉道:"父皇今日这么晚过来,可是有事?"

元帝抬手取下那幅画,玉琉原脚步上前半步,欲言又止。

元帝偏头,脸上露出一丝奇怪的笑,说:"琉原,为何这般怕孤取下这幅画?"

玉琉原道:"回父皇,儿臣不是怕您取下这幅画。"

"那是为何?"

"陆姨去后，父皇每次画她后都会撕掉画作，儿臣觉着父皇赠送儿臣的墨宝难得，若是连这幅画也撕了，有些可惜。"玉琉原沉稳地答，"但若是画作碍了父皇的眼，父皇如何处置，儿臣绝不会有二言。"

"是这样啊。"元帝点了点头，在玉琉原不知何意的目光中当真将那幅画撕了个干净，点评道，"的确碍眼，日后再赠些琉原别的。"

玉琉原看着地上那些碎片，说："好。"

元帝又与玉琉原闲聊片刻，月上梢头的时刻，他突然咳嗽起来，咳得衣襟染了血，太医和侍卫早已习惯这种场面，动作熟练地替元帝处理干净。

玉琉原迟疑道："父皇的病症越来越严重了。"

元帝虚弱道："是啊，所以才需要南境蛊人的血为孤作引，这样才能取出子蛊。"

"父皇若是需要，大可向南境索要一滴血，为何这么多年父皇宁愿受着也不肯索要一滴血？"

元帝笑了起来，嗓音沉而浊："蛊人的血必须要新鲜的才能用，他走不出南境，孤如何取血？"

"可他人此时正在北域做客，父皇上次去见他……"

"听雪是他师母。"

玉琉原大惊，也就是说，南境月主的师父是那个曾名扬四国的谢清醒？这一点确实出乎意料。

元帝直接害死陆听雪，间接害死谢清醒，南境月主身为他们的徒弟，自然不可能用他的血救人。

元帝也是他的仇人。

玉琉原低下头，若有所思着。

元帝扶着侍卫的手缓缓坐起身。

"我儿，可想做皇帝？"

玉琉原错愕，连忙跪下道："父皇为何如此问？儿臣只要做父皇的儿子便心满意足了！"

"是吗?"元帝俯视着跪在地上的孩子,轻飘飘道,"我儿孝顺。"

玉琉原不说话。

元帝又道:"我儿如此为父着想,无极岛时为何没有让侍卫留下蛊人的血带回来给父皇?"

玉琉原身边的侍卫"扑通"跪下:"陛下饶命,那时玉皇子命在旦夕,昏迷不省人事,实在不知道后来发生的事!属下不知陛下需要那滴血,是属下无能!"

玉琉原深深俯下头,磕头认罪:"是儿臣的错,请父皇降罪。"

元帝摆摆手道:"我儿何错之有?不知者无罪,况且那血即便带回来也没用……我儿前些日子深夜前往金楼看望故人,可有什么发现?"

玉琉原不敢抬头:"儿臣不知父皇所言何意,那日去探望故人只是为了还他救儿臣一命的人情。儿臣深知他与阿九姑娘亲近,确实不愿拆散他二人强娶阿九姑娘,这才违背父皇意思悄悄前往金楼试图送他二人离开。儿臣有罪。"

"只是这样?"

"只是这样。"

元帝喝了口茶压下喉中的异味,淡淡道:"既如此,我儿也不知那阿九姑娘乃中原九郡主?"

玉琉原抬头,佯装震惊道:"什、什么?"

元帝盯着他的眼睛,浅色的眼底藏着刀,将他从头割到脚。

玉琉原后脊僵硬,面上却渐渐收敛惊色,低头认错道:"回父皇,儿臣的确不知……儿臣只知道阿九姑娘的师父来历惊人,却不知道她竟还是中原的九郡主。"

元帝没有再多说什么,待了片刻后便准备离去。玉琉原将他送到门口,最终还是没忍住问道:"父皇,儿臣心中还有一问。"

"问吧。"

"父皇既知阿九姑娘乃中原九郡主,那日为何提出要为儿臣与她赐婚?"

北域的皇帝为中原的郡主赐婚，实属荒谬。

"原因？"元帝轻笑，"听雪与青絮嫁给了中原人，她们的孩子，孤岂能再看着她嫁给别族之人？"

元帝回过头，深深地凝视着他，说："她们生是北域的人，死也当是北域的鬼，她们的血脉，生生世世都要做北域的子民。"

所以，即便被赐婚的那个人不是玉琉原，也可以是任何一个人。

待元帝走后，玉琉原才面色沉重地回到房中，一点点捡起地上散落的画作碎屑慢慢拼上，对着画上破碎的人脸，喃喃自语。

"陆姨，你曾在后宫的争斗之中救过我阿娘一命，阿娘说没有你就没有如今的我，可这次的事涉及北域安危，稍有不慎我便是千古罪人……我究竟该如何选择？"

陆听雪自然无法回答他。

玉琉原叹了口气，仰面躺在地上，心中一杆秤不知该倾向何方。

与其他人的紧张不同，九郡主这会儿正被迫抄写经文平心静气。

封无缘说："你最近太放肆了，还不知道反省自己，给我把这本经文全部抄完，抄不完不许出门。"

九郡主心里苦，眼巴巴地看向少年。

封无缘也看向少年道："你也想一起抄？"

少年看了眼苦兮兮的九郡主，又看了看一脸"我有话同你单独说"的封无缘，沉默片刻，摸摸九郡主的脑袋，安慰道："我出去一趟，等会儿回来给你带好吃的。"

"可是我不想抄书。"

"那就给你多带些好吃的。"

"带好吃的我也不想抄书。"

封无缘看不惯他俩黏糊，简直要烦死了，想拆散又拆不了，憋了一肚子火出门透气。

九郡主连忙跑过去把门关上，缠着少年要抱抱，磨他："阿月，我一个人真的抄不完的，这么厚一本书，这么——厚！"

少年想了想，说："我让周不醒和宋长空帮你抄。"

九郡主说："可是我想和你一起抄。"

少年用一根手指抵在她脑门上，笑了："我会帮你抄书吗？"

九郡主皱起眉头，想到他从前的性格，她被罚抄书，他不抓起瓜子坐在一旁边嗑边笑话她就不错了。

"但是，这句话的重点不是抄书，"九郡主强调，"是我想和你一起抄，和你一起。"

少年抬指遮了下眼睛，随即放下手，克制地亲了下她额头："好吧，等下回来就给你抄书。"

九郡主摸摸额头，弯起眼："那你快点回来。"

少年走出几步，回过头。她举着经文来回踱步，察觉到他看过来，她立刻挥了下手中的经书道："放心，我会专门给你留一半回来抄，不会让你无聊的。"

少年失语：倒也不必如此贴心。

少年转身："我晚点回来，你慢慢抄。"

九郡主追到门口："不行，你今晚要早点回来，你不回来我睡不着。"

抄书抄得睡不着。

恰好上楼的周不醒两根手指堵着耳朵说："你们能不能稍微低调点？"

"哦。"九郡主想了想，手搭在脸边小声说，"阿月，早点回来。"

少年也将手搭在脸边，小声答："就不。"

周不醒满脸"你们真是幼稚得我不敢置信"的表情。

九郡主一个人抄书的时间里，少年与封无缘分头行动。

等他俩前后脚走了之后，九郡主将经书一扔，敲了敲墙壁，隔壁也传来陆续敲墙壁的声音。

五人悄悄翻窗下楼集合。

"你们有没有觉得阿月最近怪怪的？"九郡主说，"而且阿月和我四师父明明是第一次见面，平时看起来却像是见过好多次的熟人，好像一个眼神就能看懂对方的意思，太奇怪了。"

行云："不止如此，他俩方才是不是前后脚出的门？他们有小秘密了。"

周不醒道："阿月不是会自来熟的人。"

宋长空强调："我哥都没对我这么和颜悦色过。"

溯风道："最重要的一点是，封老板得知自己当闺女的徒弟有心上人，竟然都没怀疑过那人的人品。"

周不醒和宋长空齐齐盯他，溯风咳嗽一声，解释道："我不是说阿月人品不行，主要是，你们想，哪有当岳父，我是说相当于岳父的，这么快对女儿的夫婿和颜悦色的？除非……"

"他们早就认识。"行云肯定道。

"他们怎么会认识？"周不醒想不通，"阿月基本上只待在南境，除了两年前那次出了趟南境，回来的路上迷路半个多月，之后就没走出过南境——当然不包括这次。"

众人围坐一团，仔细分析内心所想。

九郡主忽然想起什么，"啊"了声，眼睛亮亮地盯着周不醒："你说阿月两年前在南境迷了路，还是半个多月？"

"对啊。"

"几月你还记得吗？"

"大概九月十月的样子？"

九郡主立刻坐起身，兴致勃勃道："这不巧了。两年前九月十月的时候我四师父去南境做生意，回来的时候带了不少南境那边的小玩意儿。因为小玩意儿很有意思所以我印象深刻，他当时还翻出来一把特别好看的匕首，同我分享路上趣事的时候提到过在荒漠遇到一个迷路的少年，他把少年送到他要去的地方，那少年便留下那把匕首作为谢礼。"

周不醒"嚯"了声："不会吧？这么巧？"

九郡主追问："两年前你们去南境的时候阿月有带匕首吗？"

周不醒苦苦思索："我只记得钱……匕首，似乎有点印象，银色的？"

"对呀！"九郡主这下子几乎可以确定自己的猜测了，比画着，"这么大，上面有一颗红宝石的！"

"对对对，没错！"周不醒也想起来了，"那个还是我从西陆顺来的，半路被阿月拿去。"

四双眼睛盯着他，周不醒挠挠下巴说："总之后来阿月也没把那匕首还给我，我还当他丢了，原来是留给你们当谢礼了。"

五人终于理清其中的人物关系，恍然大悟。

"但是这和他们这两天神神秘秘出门有什么关系呢？"周不醒提问。

溯风说："也许是封老板打算试炼阿月？试试他够不够资格做自己徒弟的夫君之类的？"

"可我总觉得哪里怪怪的。"行云说，"他俩给我的感觉不像是试炼，可我又说不上来具体什么感觉。"

九郡主也想不通其中的违和之处，她总觉得四师父和阿月之间肯定有一层特别的关系，可她无论如何都想不通其中的相通之处。

宋长空嘀嘀咕咕了一句："搞不好你四师父就是我哥的师父呢。"

溯风和行云震惊道："你哥竟然还有师父？"

宋长空挠挠头："我记得是有的，但是不知道什么时候起好像就没人提起这回事了。"

周不醒抱着胳膊若有所思。

九郡主却摇头道："不可能。"

"为什么？"

"因为阿月和我说过，他师父很久之前就不在了。"九郡主仔细解释，"虽然他没说他师父是谁，但人都去世了，肯定不是我四师父，如果说阿月师父和我四师父是旧相识反而更可信。"

五人胡乱猜测着，猜来猜去最后竟然当真猜到些苗头，只是谁都没有想过少年和谢清醒的关系。

"不如我们偷偷跟上去看看他们究竟想做什么吧？"九郡主提议。

"他们人都走了这么久，就算出去也找不到人了。"

"这次不行，我们就等下次嘛。"

"有道理，等下次我们再约，到时候也不要让他们看出来我们的计划。"

暗自计划的五人悄悄等待下一次机会，九郡主翻窗回去继续抄经书，抄着抄着就趴在桌子上打起了瞌睡。

少年和封无缘一同出门寻找陆飞霜的踪迹，封无缘得到消息说陆飞霜可能被关在寒狱，他二人去寒狱外转了一圈后才回来。

封无缘奇怪道："你的内力是不是不如从前了？"

少年懒洋洋道："是啊，所以我最近只能靠阿九贴身保护。"

封无缘："你闭嘴吧。"

少年回去时九郡主已经趴在桌子上睡着了，她睡觉还算老实，知道自己会困，笔墨特地放到一边，生怕睡觉时弄到自己身上。

她只抄了几页便抄不下去了，后面的纸上写的都是阿月、宋月月、宋樾月。

字很大，字与字之间空着不少缝隙。

少年将那几张纸抽出来仔细辨认，没忍住笑出声，她在纸的最下面画了两个牵手的简笔画小人，一个写着阿月，一个写着阿九。

九郡主睡得香，丝毫没察觉到少年已经回来，手指微微蜷起，手中虚攥着一张干净的纸。

少年屈指擦了擦她脸颊不小心蹭到的墨水，许是纸上的墨还没干她便趴下睡了，侧脸这才沾了几点墨。

墨干了，擦不掉，少年本想叫醒她，顿了下，没作声，弯腰将她抱起。她下意识地抱住他的脖子，迷迷糊糊地睁开眼："阿月你回来了？"

"嗯，回来了。"

她安心地重新闭上眼，嘟囔："那你要抄书……"

"行，我抄。"

他将她放到床上，她困得不行，刚沾到床就往里滚了一圈拽起被子盖上，乖乖睡觉。

少年取了湿帕子，坐在床沿，拉下她蒙脸的被子，指尖拨开黏在脸上的发丝，一点点擦净她脸上的墨水。

她毫无反应。

少年凝视她许久，末了也只是抬起指尖轻轻碰了下她的脸颊，无声笑了下。

他起身将帕子放回去，转身坐到桌前，点灯看了会儿她写的那几页纸，十张里有八张都是他的名字。

他沉思片刻，偏眸瞧了眼床上熟睡的少女，昏黄烛火下的乌黑眸底染了浅淡的笑意。

少年提笔写字，眉眼认真。

九郡主这一觉睡得不是特别好，她做了一个梦，梦到小时候被蛇咬了一口，昏迷了好久，等她高烧好了后却发现阿娘已经被处死了。

她在梦中被人追杀，惶惶然跑了许久。

阿爹拦在她面前说你乖一点，不要再闹。

老乞丐拎着金袋子说，你已经被我逐出师门了，还回来做什么？

她绕过他们继续往前跑，看见大师父拎着锅铲站在太白居门前问她为何而哭。她说我爹不要我了，我师父也不要我了。大师父端详她片刻，圆圆的脸上露出一丝和蔼的笑，说你要是不嫌弃，那我做你师父吧。

接着是来太白居蹭饭的二师父发现她习武天赋卓绝，又听说她曾被原来的师父抛弃，一怒之下便收了她做徒弟，还要三师父一道收她做徒弟，二师父说你现在有三个师父，开不开心。她开心得出去跑了三个圈。

她在阿娘墓前看见四师父，最后又看见青裙染血的五师父，再往前是楚今朝，楚随允，小钰，苏大夫，云澜云渺，行云溯风，周不醒和宋长空。

她跑累了，她抓着周不醒问阿月呢？

周不醒和宋长空侧身让开一步，少年穿着初见的黑红色劲衣站在前方，马尾高高束起，耳下的两缕缠绕红线的辫子垂在身前，衣裳上熟悉的银饰一如昔日那般熠熠生辉。

天色陡然变暗，月亮高高挂起，冷色的月光铺天盖地笼下来，少年冲她弯起嘴角。

霎时，一路繁花盛开。

她停在他面前，他指尖点在她眉心，散漫地笑道："楚今酒，你怎么连做梦都要找我？"

因为喜欢他呀。

九郡主在梦里跑了一晚上，第二天一早睁开眼时整个人都疲惫得不行，她趴在床上发了会儿呆，穿衣起床。

眼风扫过旁边收拾得整整齐齐的桌子，她动作一顿，转身走了过去。

桌上放着一沓纸，乍一看，纸上赫然写着好几个硕大的"阿月""宋月月""宋樾月"。

却也不只是这几个字。

她注意到字下还有小字，便一边扎头发一边弯腰去细看。

看清上面写的字时，九郡主"咦"了声，松开手，扎了一半的头发一下子散开，随着她俯身的动作而下滑，垂落胸前。

她眼底映出细微的光，手中拿着那沓纸，一张一张地翻看。

"阿月"——喜欢阿九。

"宋月月"——喜欢楚小九。

"宋樾月"——喜欢楚今酒。

每一张纸上的名字后面都被人认认真真地补充了一句喜欢。

九郡主揣着一沓纸高高兴兴地出了门,敲敲少年的门,没反应。

封无缘路过,揪着她领子把人拖走:"一大清早就去敲男子房间的门,不知道的还以为你们已经成亲了。"

九郡主小声说:"成亲的话就应该从里面出来的……"

"楚小九!"

"好的四师父我闭嘴。"九郡主乖乖闭上嘴巴。

封无缘道:"昨晚抄书抄了多少?"

九郡主转身想跑,封无缘再次揪住她后领把人拽回来。

九郡主捂着胸口藏着的那沓宝贝的纸,恶人先告状道:"四师父,我还没问你最近几天怎么老是偷偷和阿月一起出门呢,你们在计划什么小秘密是我不能知道的?"

"大人的事……"

"我和阿月一样大。"九郡主反驳,"阿月可以做的事为什么我不可以做?"

她睁着那双好似什么都不知道的圆眼就这样看着他,不是质问,也不是指责,只是单纯疑惑为什么不带她一起。

封无缘松开手,皱了下眉,想说什么,到了嘴边的话不知为何竟变成:"我们去为你置办嫁妆,你跟着算怎么回事?"

九郡主眉开眼笑,捂着脸害羞道:"四师父,你这样搞得我好像很迫不及待地要嫁出去呢。"

"不是吗?"

"才不是。"

"不是更好。"封无缘转身,"我这就去把嫁妆全都撤了。"

九郡主连忙拉住他:"等等等等,四师父,撤就不用了吧,反正早晚用得上。"

封无缘要被她气死:"你们连亲都没定!"

九郡主想想也对,讪讪撒开手,顺便拍了拍封无缘被拽皱的衣角:"对不起嘛，四师父你消消气。"

封无缘毫无心理负担地糊弄完小孩子，转头就吩咐人这几日盯紧九郡主，免得她再察觉到些别的事。

少年站在窗口，低眸看着和行云手挽手出去买东西的九郡主："一直瞒着她真的是为她好？"

"至少这几日不要让她知晓，等碎玉蓝开花那日再同她透露一些瞒不过去的事。"

少年"哦"了一声，倚着窗框，神色显得散漫："她知道陆听雪被玉千雪害死，知道她阿娘是为何而死，也知道她六姐想要做皇帝。"

他偏眸看向封无缘："她已经知道了这么多，至于别的，还有瞒着她的必要吗？"

"有必要。"封无缘看向远方，"至少不能让她知道，她的师父可能会死在北域，否则她宁愿自己死也不会让我和青衣死在这里。"

封无缘回眸看看似乎无动于衷的少年："阿絮用自己的死证明她的确全心全意决定扶持楚今朝坐上皇位。如今即便楚今朝愿意倾中原之力前来相助，可杀元帝的罪名极大，无论如何，最终总要有人留下承担。

"我与青衣本就是北域之人，由听雪阁出身的我们亲手杀死元帝，这一切便与中原，与南境，没有任何关系。

"你们只要帮忙给我们创造机会，再找到陆听雪的遗体，将她与谢清醒一道带出去，就够了。

"元帝一死，北域会有新王立即登基，他不会拦着你们，我和青衣一死，这件事很快便会被人遗忘。"

封无缘无奈地笑了下，抬手拍拍他的肩膀，说："可惜我和青衣不能亲眼看着你们成亲了。"

少年看了看封无缘搭在他肩上的手，又看了看远处已经看不清人影的九郡主，声音很轻："谢清醒死在北域之后的一整年，我每天早晨都会坐在房顶上看向北方，不过下雨天就算了，毕竟我也只是随便坐坐。"

封无缘怔了怔。

少年转头，双眸乌黑不见光："可阿九不似我，她不会随便坐坐。"

说完，他也不管封无缘有何反应，转身向门外走去，恢复了一贯的懒懒散散："我去看看阿九今日打算买些什么东西，省得买多了她一人拎不动。"

封无缘："呃……"他怎么不知道自家徒弟如此热衷买东西？

九郡主悄悄拉着行云去逛街，却只是逛，并没有买。

行云见识过她热情"买买买"的大场面，这回见她压抑着天性竟然一样东西也没买甚是惊诧。

"你这次为何……不买东西？"

"嗯？"

行云指着隔壁摊子上的一串冰晶手链说："这个不好看吗？"

"好看。"九郡主夸赞道，"颜色好看，款式也好看的。"

"你不想买吗？"

"想买啊。"九郡主遗憾道，"不过我四师父一向不许我乱花钱，有他在我不敢乱买东西的。"

那还是真是个听话的好徒弟。

"那就说是我买的。"行云憋了笑，"这样你四师父就没话可说了吧。"

九郡主眼睛一亮："说得对哦。"

于是两人继续开开心心地逛起了街。

行云牵着她的手说："阿九，等北域的事情结束，你回到中原是不是就是公主了？"

九郡主也有点摸不清这个关系："历史上有郡主做皇上的吗？"

"没有吧？连女皇都极少极少。"

九郡主和她面面相觑："那我现在的身份是不是有点尴尬？"

"倒也不是尴尬，就是没见过郡主登基，你六姐真厉害，我从来没想过郡主可以越过皇子、公主成为女帝。"行云感慨。

九郡主骄傲地弯起眼睛，毕竟她们从小就开始筹谋这件事了，招兵买马收拢人心，虽然登基的手段可能有那么点不符合正规流程，但结果是好的就行了吧。

行云又开始沉思另一件事："等到时候你嫁去南境，是按公主和亲的礼仪，还是怎么样？"

九郡主从没想过这回事，一时间也有些迷茫。

行云思维发散："而且南境离中原这么远，你若是嫁去南境，可能一年都不一定能回中原一次。对了，你知道南境那边的风俗习惯吗？去了那边会不会吃不惯？而且你在南境认识的人也不多，如果到时候有人偷偷欺负你，你该找谁告状？还有啊，我听说南境那边民风特别开放，甚至还有一女几夫的风俗，你到时候会不会多纳几个夫君？"

九郡主忽然有点慌："阿月会气到把人都杀了的！"

行云促狭一笑："你没有否认纳夫君的事欸。"

九郡主有点窘："没有，我不是那个意思，我只要阿月一个人。"

"一生一世一双人吗？"行云莫名有些羡慕。

九郡主玩着手腕上的银色手链，心想她从未和阿月聊过这个话题。

行云转身买了一串新的手链，等她再回过头时却发现一行皇宫禁卫军迎面而来，直接将前方落单的九郡主给围住了。

"陛下有旨，请九姑娘进宫相见。"

行云要一道去，却被拦住："陛下说了，此次只见九姑娘一人。"

凉城城门大开，北域精锐立在城门两侧，容色严肃道："陛下派我等前来恭迎南境眠师入城。"

眠师今日徒步而来，身旁只随了几名贴身侍女与侍从，更多的人则留在海域。

大军压境是威胁，孤身前来便是拜访。

眠师戴着一层面纱，闻言，平和近人道："今日前来实属打扰，只是听闻北域碎玉蓝今年开花之日恰逢百年之期，着实好奇，便没忍住前来凑热闹，倒没想到惊动元帝陛下。"

接待的北域将领心想你带着么多人驻扎在海域，这点动静要是都没察觉到，咱们陛下干脆退休得了。他虚伪道："陛下说了，眠师若是有意可随时去皇宫闲聊几句，若是眠师无意，金楼那边已为您安排好，随时可入住。"

眠师似是才想起什么，道："说到金楼，我们离家出走的小少主与月主殿下是否也在？"

"都在，金楼好生招待着二位殿下，二位殿下也十分平和。"

"那就好。"眠师叹了口气，随军入城，"我们小少主倒还好，只是月主殿下脾气有些怪，我原本还怕他留在金楼会闹出人命。"

北域将领："……那倒没有，月主殿下平时只爱出门买些女孩子喜欢的小玩意儿。"

眠师做出一副惊讶的样子："月主莫非已有心上人了？"

"应当是有的。"你们自家人带来的姑娘，你们真不知道还是假不知道？装什么呢！

眠师故作好奇道："不知那位姑娘模样如何？脾气可好？"

北域将领心说我又没和那姑娘相处过我怎么知道她如何，是以便答："稍后您就能见到那位姑娘。"

话音刚落，身后就有人过来耳语道："将军，陛下要宣见金楼那位九姑娘，让我们提前将人带过去。"

眠师耳尖微微一动，眸中却十分平静。

北域将领道："抱歉眠师大人，陛下那边有急事宣我等觐见，这……"

眠师含笑说道："你们去忙就好，不用管我们。我们也只是来凑个热闹，顺便将家里调皮的小孩带回南境，不能让他们留在这儿继续给你们惹麻烦了。"

北域将领松了口气，客气道："两位殿下乖巧听话，并没有惹过麻烦。既然眠师这样说了，那我二人便先行告辞。"

眠师道："去吧。"

眼下只有几名北域精锐留下，眠师偏头看了眼身旁的侍女："见面礼可还在？"

侍女道："在的。"

眠师便笑了，侧身对旁边的北域精锐道："我方才忽然想起来，来时我们境主特地叮嘱要将一份礼物赠予元帝陛下，瞧我这记性，方才竟忘了这回事。不知各位将军可否为我引见元帝陛下？"

"这……"几名精锐有些犹豫，毕竟他们不是主事人。

眠师又道："其实也不是多么贵重的礼物，只是毕竟是我们境主精心准备的，南境有意与北域友好，诸位将军可愿给我个薄面？"

精锐们再也不好说些推拒之词，只好将人引向皇宫。

半炷香后，眠师在城内的小街上瞧见恰好出门的少年。

这是九郡主第二次见到元帝，第一次见面并不愉快，第二次想必也愉快不到哪里去。

元帝与第一次见面时相比看起来更加虚弱了，九郡主甚至怀疑他能不能活到碎玉蓝花开那日。

元帝咳得厉害，血色也偏暗，脸色枯黄，病气极重。

九郡主"朴实"说："你是不是快死了？"

侍从们斥道："大胆！见到陛下不下跪，竟还妄言陛下龙躯！"

九郡主心说我堂堂中原郡主跪天跪地跪祖宗，哪能随便跪仇人？于是再次发挥她见鬼说鬼话的本事："本来就是实话，你们北域连话都不让说吗？我又没诅咒你们陛下。话说回来，难道不是你们眼睛有问题吗？这么明显的事都看不出来？哦，我知道了，你们都是这么多年拍马屁拍多了，拍得你们自己的眼睛和脑袋都不灵光了对吧？"

侍从们被她几句指桑骂槐的话说得脸色铁青。

元帝却笑了起来："小丫头如此胆大，就不怕走不出这宫门？"

九郡主用脚尖踢踢地，坦然道："话就要摊开说才有意思嘛，你对我有杀意，我也想诅咒你早点嗝屁，大家都直接点，何必拐弯抹角试探来试探去？"

"你是真的不怕孤杀你啊。"

"那还是比较怕的。"九郡主将他上上下下打量了一遍，"不过我来都来了，你要是想杀我什么时候都有理由杀，而你都想杀我了，我干吗还要费力讨好你跟你说空话呢？"

侍从们被她如此大胆的话说得脸色变来变去，若非元帝阻止，他们早将她拿下押送寒狱。

元帝倒也不生气，反而扶着侍从的手站了起来，缓缓走下来，走到她身边。

"孤暂时不会杀你。"

"你不杀我我也不会感谢你的。"

"你可愿做孤的儿媳？"

九郡主眼睛瞪大，立即后退一步："你不会是老糊涂了吧？"

"看起来应当是不愿。"元帝不以为意道，"孤若封你做我北域的郡主，你可愿意？"

九郡主吸了口气："你真的糊涂了，快找太医给你看看脑袋啊！"

侍卫们意欲拿下这位口不择言的郡主，却被元帝含笑拦下。

"无妨，听雪的血脉，孤允她如此大胆。"元帝道，"你真不愿？"

九郡主道："我是中原的九郡主，与你北域没有任何关系。"

"也不愿做孤的儿媳？你若做孤的儿媳，日后便是北域的皇后，一人之下万人之上。"元帝宽容道，"当真不愿？"

九郡主本来想说你痴心妄想，没等她开口，门外便有人替她答了："她不愿。"

有人前来禀报："陛下，南境月主殿下与眠师大人来了。"

九郡主倏地转头，来人一袭黑红色的锦衣，抬脚跨过门槛，红黑色的衣摆掀起蕴着杀意的弧度，少年眼梢染了浓浓的郁色，乌黑的眼底没有半分笑意。

"阿月！"

九郡主快步朝他走去，中途被人持剑拦住。持剑人的胳膊霎时被折断，半条手臂耷拉着垂下，惨叫声徘徊在殿中。

元帝脸色微微僵了下。

"这是第一次。"少年冷淡的眸光扫过去，"也是最后一次。"

元帝盯着他："这是在我北域皇宫。"

少年眉眼阴郁道："他该庆幸是在北域。"

若非如此，这里所有的无关之人，今天谁也别想活着走出这扇门。

戴着面纱的眠师在少年之后进的门，见此面露歉疚道："抱歉，我们月主殿下脾气一向不好，平日更是护短，谁也不能欺负他身边的人。我们自己人也总是拿他没办法，回去我定好好教训他，元帝陛下见谅，莫要和孩子计较。"

孩子？十七岁的孩子？

元帝扯起一抹笑，眼中闪过阴狠："自然，孤怎会同小孩子计较？况且，本就是孤的人逾距在先。"

惨叫之人被拖下去。

九郡主看了眼那人，又看了眼好似沾到什么脏东西而慢条斯理擦拭手指的少年，少年抬眸看她。

九郡主小声说："你身体好了吗？"

"只有你觉得我身体没好。"少年将眼中杀意收敛，说，"不过也不算全好。"

"不算全好是怎么个好法？就是还不能打架吗？"

"算是吧。"少年摸摸她的脸颊，她习惯性歪着头蹭了下他手心，他

503

微微顿住,面不改色地歪倒在她身上,装虚弱道,"起正面冲突的话可能要吃点亏,还是需要你护着才行。"

"可你方才明明……"九郡主终于看出来他假装了。

"你这么一说我突然感觉胸口有点不舒服。"少年侧过头在她耳边低声说,"你替我遮掩些,别让玉千雪看出来了。"

即便猜到他可能是装的,她也忍不住顺着他,转头注意到那位说话的南境女子,不禁多看了两眼。

眠师与元帝谈了几句后也转过头看向九郡主,好笑道:"这位便是阿九姑娘吧?"

九郡主想到自己的身份,讪讪地将脑袋缩回去:"是……我是……"

元帝闻言,反倒微冷下眸光道:"不知眠师可知这位阿九姑娘的真实身份。"

"自然是知晓的。"眠师温温和和道,"我这趟前来,除了将境主的礼物赠予陛下,顺便赏赏花,更是为了将我们的少主夫人接回南境。"

九郡主身体僵住,她真的知道?而且她说的是少主夫人,不是月主夫人。

九郡主拽紧少年的衣袖。

少年脸色倒是没什么变化,淡淡地看了眼元帝,抬手摸摸九郡主的脑袋,似是在安慰她。

元帝道:"既是你们的少主夫人,那便是中原的九郡主。可孤瞧着,这位九郡主身为你们南境未来的少主夫人,却与你们月主殿下来往亲密,莫非南境有意……"

一女侍二夫。

他话没说完,字字句句却透着股冷嘲。

眠师大大方方地笑道:"元帝陛下怎的也同那些喜欢瞎胡闹的小辈那样乱想?我们可从未说过南境只有一位少主。"

这句话既反讽了元帝的狭隘,又表明了她的态度。

元帝动作一顿。

眠师说道："我南境向来是两位少主，只是月主殿下不爱听人叫他'少主'，我们这才唤他'月主'。想不到此举竟造成如此误会，真是叫元帝陛下看笑话了。"

元帝死死攥住手中的扶椅，竟是无法再扯出一丝笑。

少年若仅仅只是月主，凭借这个名不正言不顺的身份是无法掌握整个南境的，更无法夺得南境的掌控权。可他倘若成为南境承认的少主，那便是未来的南境之主。

南境再也找不出第二个能够与他争锋的南境之主，而南境内斗归内斗，可若是由北域出面杀死南境之主，南境众族必然翻脸无情团结一心，毕竟少年代表的是整个南境的颜面。

少年没有否认这个身份，垂下的眼睫遮住他眼中情绪，谁也看不出来他在想什么。

眠师侧身望着身旁不置可否的少年，似是叹息，又似是感慨。他曾最烦别人唤他少主，尤其是在察觉到境主的企图后更是疏远所有人，如今却还是为了心仪的姑娘默认下这个身份。

九郡主也呆住了，她还是第一次听见如此特别的说法。

阿月是南境境主的孩子，自然也算是南境少主，那么说来的话……

殿中人神色各异。

眠师好像知道他们都在想什么，微笑着证实了他们的想法："元帝有所不知，我族境主向中原求亲便是为月主殿下求的亲，中原九郡主与我南境月主自然是名正言顺，天生一对。"

她音调不疾不徐，仿若春风拂面，说出的话却不给人半点面子："若是有人试图强拆月主殿下与月主夫人，我南境定然第一个不同意。"

"啪"的一声，元帝掰断了手中的扶椅扶手。

终章

奔 月

眠师当夜入住金楼。

周不醒与宋长空听闻眠师来了，吓得连饭都没敢吃。眠师倒是对他二人没有什么表示，进门后就将少年和九郡主叫去房中聊了会儿天。

眠师开门见山道："你们的婚事初步定在二月初二，时间上能来得及吗？"

少年皱眉说："不能再早些？"

眠师丝毫没给他面子："你若不走，你俩现在洞房都入了！"

明明没有提及九郡主逃婚一事，九郡主还是感觉面皮发热，认错道："对、对不起……"

眠师转向她，又是满脸温柔："你说什么对不起？不愿嫁给这孩子很正常，愿意的才不正常。"

九郡主："……其实我愿意的。"

眠师立即改口道："是我们月主高攀了。"

九郡主一时不知道应什么才好。

少年没有任何不满，还在思考如何将婚期提前，眠师开始唠叨道："你以为现在还是之前吗？阿九嫁过来那是正规和亲礼仪，得从中原送到南境，脚程就要耗费至少一月。这之前我们还得走好一切流程，中原那边更要及时沟通，二月初二已是很赶了！

"你现在后悔了吧，早知今日，何必当初？你若不走，早该入洞房，也不至于现在还一个人孤零零睡大床！"

少年叹气："眠师，阿九面皮薄，你别说那种话。"

九郡主小声："我觉得眠师所言很有道理。"

少年冷飕飕地瞥她一眼，她扭过头装作没看见。

眠师收敛了些，喝了口茶继续道："这次我过来代表南境，不论这里发生任何事，你们都能够安然无恙地离开。过两日我先将少主与周不醒带走，你二人打算何时走？"

九郡主总觉得她的话有点奇怪，什么叫"不论发生任何事，你们都能安然无恙地离开"？她知道北域即将发生什么大事吗？

这个疑问在见到四师父与眠师平淡地打招呼时，隐隐有了个答案。

封无缘对眠师道："单独聊。"

眠师道："等会儿，我还没和阿九聊完，这么多年……"

封无缘用眼神示意她闭嘴少说话，眠师咳了声，装模作样地跟着他上了楼。

眠师知道月主也被牵扯进复仇大计中，心中颇为不安，在封无缘的房中焦躁地踱步："为何让他参与？他如今已封了蛊，到时候无法自保该怎么办？"

封无缘放下茶杯，用一种"你疯了还是我疯了"的眼神看着她："他便是封了蛊，今日的他也比你我有本事，我觉得我们还是担心一下到时我们该如何自保比较合适。"

"可也不能因为这样就把阿月牵扯进来，他年纪还小，本来也不用参与这种事，即便谢清醒是他师父，我们能解决的事，没有他也不是不可以。"

"没有他说不定真的不可以。"封无缘叹了口气，"阿眠，你在南境待了这么多年，是真的很喜欢那边的人。"

眠师怔了怔。

"我不是说这样不好,我倒是挺欣慰的。你、我、青衣、飞霜,我们四个都是被听雪捡回的听雪阁,我身体不好无法习武,只能学点简单的轻功,以前也一向是你们保护我,我总想着等我长大以后也要好好保护你们,可是长大之后的我们早已走上了不同的道路。如今的飞霜心中只有陆姐,青衣心中好歹多了小九,你心中也多了些人是好事。人有挂念才能好好地活下去,听雪若是知晓也会很开心。"

眠师微微冷静下来,没再说话。

封无缘道:"听雪的遗体藏在寒山的一处寒池中,寒山共有寒池一百零七处,我们无法确定她的碎玉棺在哪个池子里。"

"阿月能找到她?"

"他是蛊人,天下的蛊都对他的血有所感应,只要将血滴入寒池……"

"一百零七——他封了蛊,身体本来就不好,如今还要他拿出一百零七滴血寻找听雪的遗体?"

"前几日已经去找过几十处了,我们现在几乎可以确定听雪的碎玉棺被藏在寒山山顶的那处寒池。只是那里上去容易下来难,而且想将碎玉棺带走,玉千雪定然不允。他会派人拦截我们,将棺带下来的难度极大。"

封无缘沉默片刻后又道:"但只要找到听雪的遗体,阿月就能用血引出她心脏里沉睡的母蛊,只要母蛊一死,玉千雪也活不了。玉千雪绝不允许自己处于如此危险的境地,他若想活,只有两个选择,要么放弃听雪,要么活捉阿月,但无论哪一种他都会死。"

眠师皱眉:"阿月在北域待了这么长时间,玉千雪为何迟迟没有行动?"

"他在等我们先动手。"封无缘冷笑道,"他若先动手便是以北域之名挑衅两域,两域不会受此屈辱,倘若我们先动手,他便可以对外说是被人刺杀才不得已出手,事关一国之主的性命,中原和南境绝不能对此有所偏袒。"

眠师沉吟片刻:"也就是说,不仅我们计划在寒山杀他,他也早已做好准备让我们葬身寒山？"

封无缘点头："只是目前还不知道他留了哪一手，所以我们需要再耐心等一等，中原派来的那位才是最有资格接走听雪的人，即便我们死在寒山，只要找到听雪和清醒的遗体，他们就会被顺利送回中原。"

他说："听雪和清醒在桃花坞住过的那处宅子我已经买下来了，他们被困在北域多年，是时候回家了。"

九郡主正坐在一座小茶楼里听书，他们在说一些有关陆听雪的故事，最近不知为何，城中的说书茶楼都喜欢讲陆听雪。

九郡主喜欢听人夸陆听雪，一高兴赏银子，于是说书人越发卖力说故事，九郡主更卖力地打赏，如此循环。

少年看了眼被她拽走的钱袋子，将她面前的果碟拖了过来："还剩几个钱？"

九郡主把钱袋子打开给他看，没剩几个了。

少年从袖中摸出来几粒碎银子扔进去，九郡主收紧袋子口，然后在他百无聊赖托腮注视时继续给说书人打赏了几粒碎银子。

少年敲了敲桌子："当着我的面拿我的钱去养活别的男人，阿九你能耐了。"

什么你的钱我的钱？你的钱就是我的钱。九郡主用眼神这样说着。

少年抖了抖袖子和衣襟，两袖清风，怀中空空，满脸都是"你继续扔吧反正我没钱了，等下没钱结账你就看着办"的表情。

九郡主看了看钱袋子里最后的两粒碎银，犹犹豫豫："这顿饭多少钱？"

"三两银子。"

这么贵？

不过比起无极岛的天价……也不是不能接受。

周不醒忽然从隔壁窜出来，嚷嚷："小郡主小郡主，出大事了！"

九郡主和少年同时转头。

周不醒嘴上说着出大事了，但脸上却眉飞色舞道："你知不知道中原也派人过来了？"

九郡主站起身："难道是小六？"

"新帝刚登基，怎么可能这么快就离开京城，生怕她的皇位坐得太舒服吗？"周不醒说，"是那个谁，就是你——"

他话没说完，旁边响起另一道低沉的男音。

"是我。"

九郡主觉得这个声音有些耳熟，一时间没反应过来，只看见一道人影从屏风后面慢慢走了出来。

来人一身玄色锦衣，容颜端正温和，看谁都带着一点慈悯。

九郡主眼皮一跳，下意识地后退半步，脚踝碰到少年座下的椅子腿，险些跌进他怀里。

少年抬手扶住她，袖子上的银饰钩住她的头发，她没挣开，反而更亲近地挨着他。

"别动。"少年低声说，"我来解。"

九郡主便乖乖靠着他不动了。

周不醒偷偷抓了把桌子上的瓜子等着看热闹。

楚随望对他们光天化日下的亲密未置一词，只看着许久不见的女儿，嗓音温和道："小九，你是不是长胖了？"

正在思考如何见招拆招气晕自己亲爹的九郡主：断绝父女关系吧。

今天出门前应该看一眼皇历，九郡主想，真是流年不利，不仅在外面撞见那位讨厌的阿爹，回到金楼又碰见了一位老熟人。

她的启蒙师父，第一位师父，也是唯一断绝师徒关系的那位前师父，老乞丐。

老乞丐腰上别着一个钱袋子，是九郡主小时候在外面赚到第一笔钱时买来送他的，十年过去，她早忘了这回事。

老乞丐手中转着一根破棍子，嬉皮笑脸道："几个月不见，小阿九倒是圆润了不少啊。"

跟在九郡主后面进门的楚随望：……自己说这种话没什么，但从别人嘴里听见就有种莫名的不爽。

周不醒"扑哧"一声笑了出来，被少年睨了一眼后老老实实闭上嘴巴。

九郡主是真的没想到会在这种地方见到他们，表情变得很奇怪，似乎想说什么，又闷闷憋了回去，连少年也没理，自顾自就上了楼，把自己关进房间谁也不理会。

少年看了眼老乞丐。阿九曾说过，她小时候憧憬过追随一位老乞丐，只是后来那个老乞丐不要她了。

封无缘也在这时走了出来，瞧见这个场面不由得叹了口气，转头望向没什么表情的少年道："这其中的缘由比较复杂，由我们告诉小九的话，她也许难以接受。"

少年上楼的动作一顿，侧过身，环视半圈后，竟有些想笑："所以，你们想让我同她解释？"

楼上，九郡主一下子拽开门，气道："我不听！"

说完，"啪"地重新关上门，关门声充分将她的骨气诉说。

楼下众人面面相觑。

少年见怪不怪地抬了下眼皮："不用任何人传达，她自己能听得见。"

九郡主在屋里反驳："我听不见！"

少年扬声道："那一定是他们声音太小了。"

九郡主又不说话了。少年甚至能想象得到她正用脑袋抵着门，手指使劲戳门的郁闷模样。于是他单手支着楼梯边的扶栏，转回头看着大堂里的人懒声道："你们大点声说，声儿小了她听不见。"

少年脸上是笑着的，眼里却没有半分笑。他眸色浓黑且冷淡，睫毛稍垂，修长指节微屈着轻点栏杆，喉中浮过无人听得见的冷嗤。

楚随望对自家女儿和他的默契有点酸，酸着酸着又有点难过。

老乞丐与楚随望几乎是一人一句交替着说话。

"这件事说来话长。"

"阿絮是北域派来的细作,虽然从未向北域传递过任何会伤害中原的重要消息,但身份毕竟摆在那儿。"

"无论哪个皇帝都不会允许眼皮子底下出现别国的细作,尤其是她还如此聪慧。"

"阳王几乎倾家荡产才换来修帝一点慈悲心饶了小阿九一命,只是小阿九终究算是半个北域人,修帝始终放心不下,时时刻刻派人盯着她的一举一动。"

"一旦阳王对小阿九露出关怀之意,修帝便会派出更多的人盯着小阿九。"

"小九有一次被人贩抢走便是……好在李盟主将她寻了回来。"

"阳王与我合作也是因为那次小阿九被人挟持,我们想掐掉修帝留下的眼线。"

"小九与几位师父习武之事一直没被发现也是因为老头儿暗中帮忙。"

"阳王与六郡主阿爹不和亦是做给其他人看。"

"…………"

这番话看起来是对大堂里的人说的,实际上却是对房中的九郡主所说。

楚随望最后望向楼上那扇门,说:"小九,阿爹来接你回家。"

没有人应。

少年转身上楼,黑色短靴缠绕的银饰晃过细碎的光。

九郡主一下午都没出门,到了晚饭时间少年先去敲的门,她还是没有出来。

并非是不想出去,而是她没听见敲门声,也不饿。

她坐在窗边,双腿悬空,抬头仰望远方,入眼是那座极寒极高的寒山,寒山种满了特殊的寒梅,远远看着倒是颇有几分春色。

她晃着腿在发呆。她觉得自己像个笨蛋,像话本子里地主家的傻孩子的那种笨蛋，可她又很委屈，因为根本没人告诉她那么多的事情。

但即便再委屈，她也不敢对别人发火，因为每个人都有自己的苦衷，她若是怪别人便显得自己蛮不讲理不顾全大局。

所以她只能坐在窗户边吹着冷风自己生自己的气。

"还是我太笨了。"她仰起头，冷风吹进她敞开的襟口里，自言自语，"如果我聪明点自己发现的话，就不会这么难过了。"

她很茫然以后要怎么办，回中原吗？原本以为的坏蛋老爹其实是在保护她，还有曾启蒙她习武的老乞丐。

"一定是我太弱太笨了，不然为什么他们都不告诉我真相，还要想办法将我嫁去南境远离中原？他们不会以为这样对我来说算是保护吧？"

九郡主嘲弄地叹了口气，脑袋一点一点地磕着窗框，直到下面传来一丝细微的脚步声。

她的目光从捂脸的指缝穿下去。

茫茫的雪色中，少年披着黑色的大氅，帽子戴在头上，遮住他的额和发，他慢吞吞地竖起一根食指比在唇边：嘘。

大氅微微敞开，隐约可见他里面穿的还是白日那件黑红色的劲衣，细碎的银饰若隐若现。

九郡主瞧见他如此奇怪的表现瞬间忘记方才的烦恼，好奇地扶着窗框继续倾身往下看。

少年冲她微微张开双臂，又比了个手势：跳下来。

九郡主指了指自己，又指了指他：就这样跳下去？

少年眉眼一弯，点点头，屈指指向后方：那边人多。

随后他又指向另一个方向：我带你去另一个地方玩会儿。

九郡主迟疑地看了眼他似乎颇为孱弱的身体，忧心忡忡地想若是跳下去把他砸伤了怎么办。

要不，收着些？

这样想着，她深呼吸，双手一撑窗沿，把控着力道纵身轻盈跃下。

月光染过她的发，落下，少年稳稳当当地将她接了个满怀，末了，在她眉心落下一个混着月光的吻。

九郡主摸摸被他亲过的地方，脸颊碰到他帽檐上细小柔软的绒毛，小声说："你亲了我，今天你还欠我一个亲亲。"

少年忍着笑："欠你两个。"

九郡主仿佛得了天大的便宜，眉开眼笑，拽着他衣裳的绒毛压低声音问："你要带我去哪儿？"

少年抬手撑开大氅将她藏进怀里，大氅宽大，容得下一个她。她似乎很喜欢这种悄摸摸的感觉，主动抬手抱住他的腰贴向他身子。

少年说："我们去做坏事。"

"做什么坏事？"

"去了就知道了。"少年摸摸她的脑袋，"阿九。"

"嗯？"

"你的手往哪儿摸呢？"少年目不转睛地盯着她的脸。

九郡主讪讪缩回不听话的手，用左手拍了下右手，一本正经道："是它自己不听话，不是我故意要摸的。"

少年笑了声："手长在你身上，谁知道你说的是不是真的。"

九郡主噎了下，干脆也不装了，理直气壮道："我就摸了，反正以后你也要给我摸的，早摸晚摸都要摸，我提前试试手感也不行吗？"

九郡主嘀咕："那要是手感不太好的话，以后也有心理准备……"

少年收了大氅，将她晾在外面独自走了。

九郡主一惊，拽着他的大氅，诚恳地认错："我错了，我不摸了，我真不摸了，我也不胡说了呜……"最后还是成功地钻进他暖和的大氅里随便占便宜。

少年说的做坏事是去放冰灯。

碎玉蓝花开前几日的夜晚有放冰灯的习俗，这个时候许多年轻男女都会去放灯，灯上写着旖旎的愿望，祈祷来年与心上人喜结良缘。

少年带她去的是凉城第二街。

第二街并非是一条街，而是一栋楼，楼下就是环绕凉城的护城河，今夜许多姑娘与心上人一同来到护城河放冰灯。

九郡主站在第二街最高层，俯瞰众生，远处是冒出白色尖尖的巍峨寒山，隐约可见山上零散的红，那是寒山上盛放的寒梅林。

往下是唯一绕进城内的护城河一部分。河面宽阔宁静，河岸一侧是熙熙攘攘的人群，姑娘们蹲在河边轻轻放下手中的灯，安静的河水托着小小的灯盏缓缓漂向远方。这条河大约是通向寒山，远远地能够看见灯火延伸出去，寒山脚下闪过零零星星的火光。

北域的冰灯肖似中原的河灯，冰灯的模样模仿了碎玉蓝，约莫莲花大小，通体蓝色，花心一点火苗的橘黄，星星点点的光荡在河面，于冬日繁花盛开。

"心情好些没有？"身侧传来少年的声音。

九郡主趴在栏杆上，身子探出去一半，眼含羡慕地望着楼下星光闪烁的护城河，用力点头："好了好了，从来没有这么好过！"

她看得心痒痒，忍不住直起身拉他的衣袖撒娇道："阿月，我们也去放灯吧？"

他笑起来，早猜到她会这么说，背在身后的手伸到她面前，掌心托着一只晶蓝的冰灯。

她睁圆了眼睛，双手捧着小巧轻盈的冰灯举高，歪着头想看看灯的底部是什么做的，忽而身后有人结伴来看风景，一不留神撞到她后背，她没拿稳，冰灯脱手，坠向护城河。

身后有人惊呼，道歉，她还没反应过来，眼前的人已单手撑着栏杆轻巧地一跃而出，柔软发尾轻轻扫过她的脸颊。

黑红色的修长人影几乎没有停顿，在楼上楼下众人的惊呼声中轻勾起坠落的小灯，在这一刻，夜风吹得河面上的灯火齐齐摇晃闪烁。

雕龙画栋的高楼数层廊檐下挂着的灯笼也随风摇荡。

不过瞬息的时间，少年脚尖轻落在河中漂流的一艘小船篷顶，船身微微下陷，水流向四周细微地荡开，震开附近几只光芒微弱的冰灯。

黑衣少年单手执灯，微微抬首，含笑的双眸看向楼顶最高处的少女，漆黑瞳仁里映出漫天星河。

周遭终于有人反应过来，一片叫好声起。

今夜适合奔月。

满河冰灯流向寒山，九郡主和少年将之前那艘船租了一夜，两人坐在船上顺流而下。若是瞧见谁家的灯卡在河岸，九郡主便会想办法将灯重新拨回来，只是护城河太长太宽，无法顾及所有。

她最在意的还是自己的那盏灯。

少年问她在灯上写了什么愿望，她没说，也不愿意告诉他，他略显惊讶地挑了下眉。

九郡主原本打算看完灯就原路返回，转念想到之前在楼上看见的寒山上的梅林，便忍不住心动，想着来都来了，那就顺道过去看看。

船慢悠悠地漂向寒山，两岸的灯火逐渐稀少，蓝色的冰灯顺着河水向遥远的下游流浪，河岸静立的梅与破碎的星火蓦然相撞，在某个瞬间有风卷来，灯与梅都在摇晃。

河岸更下游有人路过，伸出手拾起一只冰灯，烛火几要燃至尽头，微弱的光映亮他的脸。

灯内写着两个字：

奔月。

"陛下，前面是南境月主与中原九郡主，只有他们两个，是否要……"

元帝单手捏破那只冰灯，暗夜中他的气色与白日里的虚弱大为不同，一行人并未执灯，只有河面的一点星火照出他嘴角的微笑。

"岂非正好？这次可是他们自己送上门来。"

元帝抬了下手，眼中明灭。

"传令下去，即刻封山！"

元帝下令封山一事很快传入金楼，起因是几名胆子的外域人今晚提前上山，想要寻个好位置以便明日赏花，到了山脚却被一众北域精锐拦住说元帝陛下正在山上拜访故人，闲杂人等不允上山。

这几人绕着山脚走了一段路发现整座山都被北域精锐围得水泄不通，根本无法找到缝隙上山，这便愤愤回来与同伴埋怨。

金楼的人听见这个消息面色微变，回去如实与封无缘等人言明。封无缘心知以元帝的性子不会无缘无故搞出这么大的动静，除非他在山上遇见什么事不得不封山。

封无缘心下顿觉不妙，在发现九郡主和少年都不见了的时候神色大变，立即遣人寻他二人。

眠师正在与封无缘商量接下来如何行动，周不醒带着一堆东西从房里出来，眠师问他去做什么。

周不醒瞅了瞅他们的架势，有些迟疑地说："我去给阿月取封蛊钉，今日正好是一月之期，他的封蛊钉也该取下来了⋯⋯你们的表情看起来很奇怪，发生什么事了？"

眠师愣了下："今日，竟然是今日？"

周不醒更加一头雾水了："什么今日不今日的，究竟发生什么事了？"

眠师没空解释，喃喃自语道："他体质特殊，蛊盛极一时，内力便随之衰落，如今他封了蛊，今日便是内力的极盛之际。

"谢清醒擅以杀止杀，阿月强制压抑这么多年，一朝解封，必会失控啊。"

十几只冰灯顺着护城河的一条支流浮入寒山，一只接一只撞入一汪幽潭，山上有水夹着雪垂直摔落幽潭，潭中溅起的水花混乱散入通往四方的小河，两岸梅花极盛，上下蜿蜒数里。

这里便是寒山特有的梅林。

九郡主下了船，绕着梅树转了好几圈，蹦起来折了一枝梅花，捻下一朵小花嵌入少年的发尾，自我感觉效果非常不错，一个劲儿地夸他。

少年任由她闹腾，只扭过脸瞥了眼："好看？"

"好看。"

"那就随便你玩吧。"少年揪着她的辫子把人拎回来，"不要折白色的梅花。"

"为什么？"

"像丧花。"

九郡主只折了两枝花，一枝红梅，一枝黄梅。

少年高马尾垂下的小辫子被她塞满小梅花，头一歪，梅花满满的辫子随之滑下，他眉眼精致本就好看，这会儿瞧着更像天上下来的漂亮花神。

九郡主笑得弯下腰，少年报复心起，转头便将被她揪秃的两根梅花枝插她发里。

她看着冰灯一只只撞进在瀑布的水流，接着翻入潭中。

"阿月阿月，灯没了。"

"都会没的。"

"你不相信冰灯能实现愿望吗？"她问。

他显然是不信的，但因为今晚点灯的人中有她，他便愿意相信。

他们站在岸边聊了好一会儿，终于在某个安静的瞬间，梅花围住的一汪幽潭有人撑不住"哗啦"一声冒出个脑袋，水花四溅，像个水鬼，满脸冰霜地盯着岸上那两个幼稚的人。

九郡主戳了戳少年的胳膊："阿月，她出来了。"

少年"哦"了一声，并不意外："比我想的还能撑。"

他们早发现潭水里藏了个人。

脸色苍白的女人如同女鬼，冷冰冰地盯着他二人："你们戏弄我？"

"戏弄算不上，只是好奇，为何这种天气会有人藏在这么冷的潭水里埋伏。"

九郡主蹲在岸边捯饬着少年的冰灯,她能发现潭水里藏了人还得归功于之前那些灯,光线虽暗,却也足够让她隐约瞥见潭底的一团黑影。

九郡主说:"你是何人?为何要藏在这里?"

大约是月色不足以照亮眼前的一切,再加上潭水着实幽冷,女人的睫毛上还沾着碎玉似的水珠,眼前的视线略显朦胧,便没能第一时间瞧清九郡主的脸。

女人似乎身上有伤,浮在水中警惕地不动,时刻防备岸上的二人:"我倒想问问你们是何人,又是玉千雪派来戏弄我的人?"

她冷笑道:"他又想来猫戏老鼠的那套?看我垂死挣扎究竟能给那种变态带来什么乐趣?我劝你们还是别白费力气了,该知道的不该知道的我一个字也不会说!"

九郡主诧异地与少年对视一眼,少年将大氅披到她身上,顺手将她头发捞出来,转眸瞧着水里的人淡声道:"聊天归聊天,可千万别把我们和玉千雪那种人混为一谈。"

九郡主肯定点头道:"我会恶心得连今天的晚饭都给吐出来。"

少年提醒道:"你今夜没吃饭。"

"哦,我等会儿回去吃。"九郡主不以为意,接着与水里的女人说话,"虽然还不知道你是什么人,但既然你也讨厌玉千雪那个糟老头子,敌人的敌人就是朋友,我们现在至少不算是敌人,所以你要不要先上来再说?水里不冷吗?"

她朝水里的女人伸出手。

月亮从乌云后露出个头,月光幽幽洒下,在她伸出手的瞬间,水里的女人眼睫轻轻一颤,水珠坠落。

女人终于看清九郡主的脸,瞳孔骤缩,失声:"听雪?"

她的神情不似惊惧,反倒像是不敢置信的狂喜,好似即将溺死之人终于抓住某根救命稻草,她甚至不受控制地伸出手。

九郡主愣了下,眼见着水中那女人越来越近,水中涟漪泛滥,女人眼底破碎的狂喜过于浓烈，让人不得不正色。

九郡主眉眼低垂道："你与陆听雪是什么关系？"

她没说陆听雪是她外祖母，是怕水里那女人与陆听雪有所仇怨，总之防一手是不会有错的。

水中那女人已浮至岸边，她好似没有听见九郡主说话，嘴唇惨白，神情也似易碎的冰娃娃，她颤抖着手想要去触碰九郡主的脸。

少年抬手挡在她面前，似笑非笑道："说话归说话，不要随便动手动脚，我会不高兴的。"

九郡主挨着他胳膊说："我觉得她不像坏人。"

少年的语气有些漫不经心："好人也不能随便碰你的脸。"

九郡主决定顺着他，主动往后挪了两步与水里的女人拉开距离，提醒道："我们还是这样说话好了。你与陆听雪究竟什么关系？你不说你是谁，我们没办法继续下一步。顺带一提，玉千雪也是我们的敌人，我们还是可以坐下来好好谈谈的，是吧？"

水里的女人眸色一僵，终于意识到眼前这个少女并非她认识的陆听雪。她神色一凛，眸色却依旧有些恍惚，声音虚幻道："你与听雪又是什么关系？"

九郡主指着自己的脸："我以为我这张脸已经能说明了。"

"你与听雪……"女人有些说不出话，顿了下，眼睛眨也不眨地望着九郡主，干涩地咽了咽嗓子，极艰难地说，"我、我……"

少年眯了下眼睛："你是陆飞霜？"

陆飞霜怔然。

九郡主"噌"地站了起来，说："陆飞霜？那不是我五师父曾经的好姐妹吗？"

陆飞霜愣愣地看着她："你……"

九郡主当场给陆飞霜展示了一番什么叫作青衣斩，以此证明自己确是疏雨阁前任阁主的亲徒弟："我五师父是陆青衣。"

陆飞霜费了极大的力气才从寒狱里逃出来，原本她是没机会逃掉的，但今日不知为何寒狱的看守忽然少了许多。她被关押这段时间观察过许多狱卒的脸，甚至在每一次被玉千雪猫戏老鼠般折磨时，依旧能够清醒地记住寒狱的部分路线。

寒狱有一条暗道是通往寒山的一潭幽池，这件事是很久以前阁里的人告诉她的，那个人不久前为了救她被玉千雪杀了。

今夜，她好不容易才寻到机会从暗道逃走，她受的伤极重，又在冷水中泡了这么久，再加上突然发现陆听雪还有个外孙女活着，甚至陆青衣也要回到北域……

一连几件事掺一块儿，她一时没承受住，感觉眼前开始眩晕，不得不强自抓破手上肌肤刺激自己保持清醒，摇摇欲坠地攥住九郡主的手急促道：

"听雪的尸体就被藏在这处梅林，玉千雪多年来故弄玄虚让人误以为他每年来寒山是为了探望故人，这一切都是他故意的！他在寒山埋了炸药布下困人的阵法，打算在寒山将与听雪有关的人一网打尽……"

话没说完她便倒头晕了过去，晕过去前还不忘死死抓紧九郡主的手。

九郡主扶着陆飞霜，小心翼翼地将黑色大氅包裹在陆飞霜身上准备将人带走。少年缓缓站起身，看着附近的黑暗，声音平静道："想要出去或许需要费些力气。"

九郡主也感觉到了附近凝肃冰冷的气息。

在他们毫不知情的情况下，北域的人已经将这座山悄悄包围了。

元帝最喜欢玩的游戏便是"猫捉老鼠"，这么多年来，能让他完全提起兴趣做出这么大一只笼子等着把老鼠捉进去玩弄的，想必也只有山上这二人。

有时候元帝也会怀念几十年前意气风发打马过市的自己，那个玉千雪是在路上瞧见一只花灯都会买下来带回去送给陆听雪的清雅少年。

可惜陆听雪从来不接他的花灯，她对他永远只有君臣之情。

他说:"这个人残害忠臣,得杀。"

她便去杀。

他说:"这人是前朝后代,留不得。"

她皱着眉,却还是动了手。

他说:"这人今日胆敢顶撞孤,来日便会以剑指孤,杀!"

她眼中露出失望,没有杀那人,只将那人送老归乡,随后便头也不回地去了中原。

玉千雪想,她早晚还会回来,只有北域才是她的家。然而几年后他等到别人传来的消息,她背叛北域与一名中原男人生了个女儿。

玉千雪当日便暗中斩杀十数名流连于北域的中原人,赏金千万寻天下能人。

数年后,寄心蛊在一屋又一屋的血水中艰难问世。

昔日的玉千雪彻底变成如今的元帝陛下。

少年对九郡主说:"陆飞霜需要大夫治疗。"

九郡主自然也知道陆飞霜不大能继续坚持了,从水里出来后陆飞霜便浑身发烫,冰天雪地身体却如此烫人显然是发了高烧,若是不能及时医治,之后能不能活下来还是个问题。

"玉千雪封山了。"她皱紧眉,冷冷地盯向幽潭对面的元帝,"我们要是想出去有点困难。"

若是没有陆飞霜,她倒是可以用轻功带着阿月逃出去,只是纵使她本事再大,也无法一次带两个人撕开这个水泄不通的包围圈。

元帝看都没看一眼昏迷的陆飞霜,他将陆飞霜留到今天便是为了用她做诱饵做累赘,陆飞霜以为自己是好不容易才逃走的,实际上全在他计划之中。

"孤原本想明日再对付你们。"元帝声气正常,凝视着他们的浅色眼睛透着几分温和,"可你们偏偏自己送上了门。冰灯不过是骗小孩子的玩意儿罢了,你们也信这个?"

幽潭中最后一只垂死挣扎的灯也被瀑布的水流掀翻。

九郡主没有因为元帝的话而生气,反而笑道:"你真的这样想吗?"

元帝看着她,幽潭涟漪阵阵。

九郡主道:"身为情绪不外露的一国之君,你却对区区冰灯抱有如此恶意,该不会是你以前想要一起放冰灯的人拒绝了你吧?"

元帝脸色微变,眼中的温和逐渐冻结。

少年接着道:"看来你不仅被拒绝了,还被拒绝得彻底啊。"

九郡主:"虽然不知道那个人是谁,不过我还是得夸一句有眼光,幸好没看上你。"

少年:"难怪如此嫉恨我们,原来是我们得到了他永远无法得到的东西。"

九郡主:"所以被拒绝一定也是因为长得丑吧。"

少年:"毕竟不是谁都能像我们这般长得好看又互相爱慕。"

九郡主还没说话,感觉怀里昏迷的陆飞霜不知为何轻轻动了一下,她低头看了眼,又没有反应了。

元帝的神色冷如寒雪,周遭密密麻麻站着的皆是他的士兵,梅林里的黑色一圈一圈绕过去,北域的五大高手分立在他身后,虎视眈眈地凝视着对面目中无人的男女。

元帝道:"你们如此激怒孤,就不怕无法活着走出这座山?"

"说得好像我们不骂你你就愿意撤了这些人。"九郡主嘲讽道,"有本事单打独斗啊,胆小鬼!"

胆小鬼绝不会拿自身安危开玩笑,他定定看着九郡主,末了忽然笑了起来:"你如此恨孤,是因为孤曾害死听雪和青絮?"

九郡主直视着他:"你不配,我只是很恶心你。你身为一国之君,却是小人作风,用对你有恩的女人去威胁她的孩子为你做事,害得所有人都因为你而家破人亡。"

"你若有本事，自然可以依靠你自己的手得到你想要的，那我还会高看你一眼，可你没有。你不仅没本事，甚至还想继续害人。

"你自私自利，你贪婪无度，你胆小无能，活该这辈子没人真心爱你，因为你就是不配得到任何人的爱。"

最后这句话终于戳到元帝的痛点，他的脸色骤然阴沉下来，背在身后的手微微颤抖。

"没人爱孤？爱是什么？孤不需要！"元帝沉下眉眼，"孤只要江山，只要一统天下！"

九郡主看着他的眼神带了些怜悯。

"你为何用那种眼神看孤？"元帝指着她，像一条被踩了尾巴的蛇。

"因为我刚刚发现，你这样活着其实挺糟践人的。"九郡主慢慢地说，"前几十年，你借我外祖母之手弑父弑兄才得到北域的皇位，而我外祖母死后，你却连北域都不敢出。你为何不敢走出北域？你的野心不是统一天下吗？为何这么多年却连区区北域都不敢走出去？"

元帝的身体开始颤抖，盯着她的目光阴冷如蛇。

九郡主一字一句指控道："因为你害怕失败，害怕被你的仇人暗杀，你更害怕的是没有别人相助，别说统一三域，你甚至连中原的一座城池可能都拿不下。你害怕你多年来的伪装被撕开，露出里面的昏庸与无能，你的本质不过是金玉其外，败絮其中。"

"闭嘴。"

"外面的人传你善于治国，可其实你只是喜欢用权力堵别人的嘴。"

"闭嘴！"

"你总是在自欺欺人，活了几十年，依然无法看清你的无能。作为一个皇帝，你是失败的，百姓爱你的儿子胜于爱你，因为他们看得清你无法给他们带来希望，所以只能将北域的未来寄托于你的孩子。"

"孤让你闭嘴！"

"作为一个男人你更是失败，你对陆听雪是什么感情？你爱她？不，你不爱她，你只是想利用她，又想要囚禁她，不允许她与中原人相爱。

"她背叛了北域吗？没有。陆听雪在一日，中原的大军便无法踏入北域一步。谢清醒在一日，北域大军依旧无法踏入中原一步。

"他们互相制衡，又互相爱慕。你嫉妒他们。"

"不许在孤面前提谢清醒！"元帝喝道，"给孤拿下他们！"

九郡主将陆飞霜交给少年，抬手一拦将他护在身后，缓缓后退至梅林中。

瀑布的水溅到她脸上、眼睫上，可她无所畏惧，冷静叙述。

"你嫉妒陆听雪，你更害怕她，她比你有本事，比你更得民心。你怕她有朝一日会夺走你的皇位，可她对皇位没有任何兴趣，她只想守护这个国家。她希望三域太平，而非战乱纷飞，所以她去中原寻求既能结束战争而你也无需退下皇位的办法。可你假装看不见，你利用她，你杀了她，你晚上睡觉时就不怕她入梦杀你吗？"

元帝的脸色霎时变得惨白，她这些话像刀子直直捅入他心间最隐秘的角落。

他每日每夜都在做梦，梦到陆听雪用那种怜悯又悲伤的眼神看着他，可她甚至都不肯骂他，她只是觉得他像一只阴沟里的老鼠，不值得她再浪费时间。

他疯了似的画她，撕她，想要证明她存在，又不想她存在。

他恨陆听雪，却又爱她的才能。

"孤本不想杀你。"元帝细喘着冷静下来，目光阴恻恻地盯向九郡主，"孤甚至想封你为北域的郡主。"

九郡主抬头挺胸道："我是中原的郡主，就算是死，也应当是中原的郡主。"

元帝瞧见她如此模样，仿佛见到昔日的陆听雪。

是了，陆听雪赴死那日，依旧如此孤傲。

她说，死了好，死了好。

元帝神色蓦地阴狠："今天谁也别想活着走出这座山！"

525

北域养了数年的五位高手纷纷袭至面前，九郡主正要孤身迎战创造逃走的机会，却见最先袭至面前那位北域高手倏地闷哼，竟不知为何半路跌倒，额心出现一个窟窿。

鲜血滴进雪里，在月色下极为骇人。

九郡主惊愕地回头，少年眉眼淡漠，随手将陆飞霜还给她，瞥眼道："你救的人你自己抱着，男女授受不亲，你还想叫我抱她多久？"

大约是方才那出太诡异，几乎没人看见他是如何做到的，眨眼便杀了一个江湖上甚至可以排得上前五的高手，这让人如何不畏惧？

北域四大高手略有迟疑。既然他们愿意为朝廷做事，自然是因为朝廷给了他们足以卖命的好处，但他们还不想像那位那样遭到不明不白的攻击。

少年朝警惕又震惊的九郡主眨了下左眼，悄悄给她看自己手心里剩下的四根钉子，低声道："一个月差不多到了，封蛊钉也该取下来了。"

九郡主震惊地将他从头到脚扫了一遍："你是如何做到不脱衣服也能把钉子取下来的？"

少年眉眼耷拉下来，呵笑："重点是这个吗？"

顿了下，他好似感到无奈，言简意赅道："上山之前便取下了封蛊钉。"

没找周不醒，是因为他大嘴巴，到时候肯定会到处乱说，烦人。

九郡主一手扶着陆飞霜，一手握住他的手腕："难怪我之前就看你脸色不对，取封蛊钉究竟对你影响有多大？"

她没问他为何取封蛊钉都不告诉她，首先在意的反而是他的身体情况。

少年没有回答，反手将她纤细手腕拢入掌中，用力将她向自己的方向拽了下，短靴原地旋转半圈，积雪随之飞散，与九郡主飞旋的粉色裙摆一起轻盈落下。

黑色短靴缠绕的银链染上月光，惨白如死人的脸。

少年将她摁进怀里，轻轻抬头，冷漠的目光越过她毛茸茸的发顶落在偷袭的四大高手脸上。

四人攻击落空，对视一眼，再次同时进攻。

少年神色漠然，握住九郡主双肩将她转向身后，随手抽了她发上一根梅花枝："这个借我。"

话音刚落，他身形如同鬼魅直接迎上四大高手的围攻，有两个分开试图去攻击落单的九郡主，却恰好落入他刻意制造的圈套中。

尖锐的梅花枝扎破一人的颈脉，鲜血溅上少年的侧脸，擦着他的鬓发洒到他黑红色的衣裳上，梅花艳然。

他抬手拭去脸上的血，乌黑眼底映出森冷的雪，侧脸恶如修罗。

九郡主将陆飞霜放在一株梅花树下，他们已经被圈入死地，若想突围，只能依靠梅林的地形隐蔽，或者先往山上去。

九郡主脑子里只是衡量一瞬，神色沉下，根本没时间去想为何少年身手如此诡异，转身便迎了上去。

少年随手抽出死在他手下那位高手的佩剑，看也没看抬手一扔，九郡主稳稳接住，纵身一跃，长发擦着少年的侧脸垂落。

她越过他立稳脚步，持剑横于臂前，凌厉地挡住攻向少年的那柄刀，刀与剑碰撞发出刺耳的摩擦声，月色下可见星星火点溅起。

微弱的光线中，少女眼中的怒火几乎要将人烧成灰，她收紧手，手腕使力剑下一翻，轻巧将那人的刀逼得不得不退后，瞬息以剑斩下，被人挡住的同时一脚蹬向那人胸口。

内力凝聚的一脚将那人蹬得连连后退，九郡主借力纵身跃回，轻飘飘落地。

她背对少年持剑而立，身形单薄，粉裙翩翩，长剑向敌。

少年脚尖踢起另一柄长剑，手握剑柄利落翻面，剑尖斜斜向下一点。

他侧过身，与九郡主背对着背，两人分别面向今夜的敌人。

九郡主直视前方，平静地说："回去再跟你算账。"

余下三名高手自然不愿听他们废话，元帝接连损失两位高手，绝不愿再折戟，厉声喝止道："弓箭手！"

黑衣军后退，弓箭手齐刷刷上前，四面八方亮起整齐的弓弩，三大高手立即撤退。

九郡主大致估算了一下弓箭手的数量，沉默了。

少年说："有把握吗？"

九郡主说："如果有把握我现在已经冲过去了。"

双拳难敌四手，更何况对方用的根本不是手，那可是无眼的弓弩，一支两支也就算了，若是一次千支齐发，那不得被捅成筛子？

九郡主转头看向势在必得的元帝，能屈能伸道："其实我们可以再谈谈。"

元帝道："迟了。"

九郡主："我是说，我们可以再谈谈你想如何死。"

元帝冷促一笑："这句话你们便去和阎王说吧。"

说完，他正欲抬手下令，后方忽然有人来报："陛下，封无缘已带人强行闯山。"

元帝看了眼对面的人，沉吟片刻道："假意挣扎，派人引他们上山进入阵内。"

大约是觉得此战必胜，他说话的声音也没有刻意压低，九郡主听得一清二楚，她立即想起陆飞霜昏迷前提到的那些话。

玉千雪故弄玄虚多年就是为了让人误以为他将陆听雪葬在寒山山顶，而他早已为今日之战埋下炸药布下阵法，就等着今日将所有人一网打尽。

若是真叫四师父他们上了山，那才是真的完蛋。

九郡主脸色颇为难看，低声问少年道："阿月，你轻功如何？"

少年神色不动道："那必然是不如你。"

"这种时候你还贫嘴？"

少年叹了一口气，说："我知道你的意思，只不过玉千雪的弓箭手虎视眈眈着，我们若一同从梅林离开互相没个掩护，顺利离开的可能性便小了许多。"

他顿了下，平缓道："所以你先走，陆飞霜丢下来做盾牌还能拖延一段时间。"

九郡主："呃……"

"开个玩笑。"少年眼也不眨说，"我知道你带着陆飞霜一人也能离开，剩下的交给我，我不认路，得留在原地等你回来带我下山。"

"可是你一个人……"

"你忘了我曾孤身退西陆大军？"

"那时你还有蛊！"

"蛊只是锦上添花，而非必不可少。"少年抬眸盯向胜券在握的元帝，淡声道，"阿九，我师父是谢清醒。"

谢清醒在他这个年纪时曾一人斩千军，他自然也不会比谢清醒弱。

"你现在若不走，等你四师父他们陷入圈套，山上的所有人，谁也无法活着走出这座山。"

尘封压抑多年的内力一瞬爆发，冰屑如碎雪，梅林乱红飞舞。

梅林地形隐蔽，却恰好最适合轻功身法卓绝之人逃亡。

弓弩万箭齐发，半路被梅林挡住大半，梅花漫天洒落，九郡主带着隐约有了些意识的陆飞霜迅速离开梅林。

她咬着牙没敢回头，在彻底远离梅林时才倏然回头看了一眼，掉落的梅花挡住她的视线，没有一人胆敢追来。

陆飞霜在颠簸中醒了过来，搞明白眼前的状况后强自撑着令人恶心的眩晕感，用力握住颤抖的手腕，冷静下来说："他们要上山？我对寒山更熟悉，我带路，你跟我走，半路拦下封无缘！"

一路再无人出声，漫山遍野的只有呼吸声与踏雪而去的细微声响。

她们身后数十丈，少年一人一剑拦在梅林前，脚下弓弩遍地，在他的对面，数名弓箭手被一剑引回去的无数弓弩刺入心口齐齐倒下，鲜血染红了身下的雪。

元帝身前的三大高手替他挡下无数弓弩，他倒是完好无损，三大高手身上或多或少带了些小伤。

剩下的北域精兵警惕而又惊惧地盯着少年,每个人脸上都充满凝重与犹疑。

少年侧脸被弓弩划了条小口子,但他并不在意,拇指指腹慢条斯理地擦掉脸上的血,面带笑意地回看着脸色极为难看的元帝。

"既然阿九不在,接下来我也不必继续手下留情了。"指尖擦过冰冷的剑刃,他微微抬眸,嗓音极冷,"毕竟我不太喜欢被她看见我如今失控的模样。"

今夜正巧,他的内力需要爆发,而玉千雪亲自带人过来送死,倘若无法满足玉千雪的愿望,他会感到非常遗憾。

少年嘴角轻勾,提剑一步一步向前走去,雪中的脚印一个比一个浅,他甚至用上了神鬼莫测的轻功,瞬息间消失在原地,在所有人警惕却又无法看清他身影的同时一剑破开来人的攻势,滚烫的热血流到元帝的脚下,染红他的靴子。

少年唯独没有杀他,故意留下他一命。

元帝浑身僵硬地看着面前这个恶鬼一般的少年:"怎么、怎么会……"

他明明已经封了蛊,怎还会有如此杀人手段?

"你不是自认为很了解我吗?"少年凑近元帝耳边,对眼前无数刀剑弓弩视若无睹,轻声细语道,"那你也当记得,谢清醒是我师父这件事。

"我的师父,天下无双。"

话音落地的刹那,他眸色一冷,竹上蜻蜓的身法与青芒斩的剑法毕现无遗,刹那连斩数十人。

他面容带笑,肤色白皙如月色,衣裳上的银饰映出今夜冷白的月光,红色的发带与袖带随风张扬,似招魂的幡。

少年一手拎着元帝的领子将他拖行在地,一手持剑重重向下一甩,剑刃氤着雾气的血水悉数摔进冷雪中,如红梅盛开。

寒风骤起,少年衣裳上细碎的银饰被吹得"叮当"微响,他将苟延残喘的元帝轻轻踩在脚下，剑尖垂直抵住元帝的胸口，在元帝惊惧又难堪的目光中缓缓抬起纤长的黑色睫毛，语气平静地留下一句话——

"前方无路，我封寒山。"

谢清醒曾一剑斩千军，他亦可一剑封寒山。

九郡主和陆飞霜没能找到封无缘，反而在半路碰上分头而来的陆青衣。

陆青衣是在山脚下碰见的封无缘，本想节省时间分头寻人，谁知一看见九郡主二人便知道封无缘他们中了圈套，身形一顿，脚尖点住积雪骤然停下。

枯树压下的雪簌簌而落。

九郡主甚至来不及和陆青衣叙旧，将伤重的陆飞霜放进陆青衣怀中，急促交代一番后便要折返。

陆青衣喊道："小九你又要去哪儿？"

九郡主头也不回道："五师父你去和四师父他们碰面，我要回去救我夫君！"

陆青衣：你哪儿来的夫君？你什么时候成的亲？你夫君又是哪个混账东西？

陆青衣太阳穴直突突，她知道这会儿不是纠结九郡主夫君是谁的时候，转头问陆飞霜："还能坚持住？"

陆飞霜吸了口气，直接伸手扶住她："不太能坚持。"

"没用！"陆青衣骂道，"这么多年的饭你吃的都是雪吗？脑子里装水就算了，肚子里也全是没用的水！"

陆飞霜忍住吐血的冲动。

陆青衣嘴上这么说，却还是将陆飞霜扶了起来靠着自己的肩膀，陆飞霜忍耐着虚声道："听雪的尸体藏在梅林。"

"你都快变成尸体了还管听雪的尸体藏哪儿？"

"陆青衣我忍你很久了。"

"忍不了就打一架，就你现在这样子还能拿得起剑？"

陆飞霜被气晕过去。

陆青衣最后看了眼九郡主离开的方向，估算着她的实力，既然能带着陆飞霜这个拖油瓶出来，回去再带个人应当也不是很难。

此时更紧迫的应当是封无缘那边，眠师与楚随望一道随行，若是他俩因为这次的事死了，中原与南境定然不会坐视不理，天下将大乱。

陆青衣咬了咬牙，转身向山顶而去。

九郡主从未如今日这般希望自己的速度能够快些，再快些，眼前的梅花枝几乎化为虚影，脸被寒风刮得几乎麻木，呼吸间甚至连白雾都看不见。

她目不转睛地直视前方之路，掠过无数积雪的花枝，发上满是白色的雪，似一夜白头。

穿过梅林不过几息的时间，风中掺着浓烈的腥味扑面而来，漫山遍野的梅香也无法掩盖那股让人战栗的味道。

九郡主脚步一顿，慢慢停了下来。

陡峭悬崖摔下大片水花，水流声潺潺，冷白月光铺天盖地坠下，呼吸间白雾若隐若现。

她眼也不眨地盯着前方一丈处。

影绰视线中，少年依旧穿着那套黑红色的衣裳，背对着梅林，高马尾微微散乱，辫子里的小梅花全部掉光，两根束发的红色发带被风卷起，飞舞着互相拉扯。

九郡主无意识折断一株遮在眼前的梅花细枝。

少年闻声转身，衣裳上的细碎银饰在月色下熠熠生辉，白皙脸上染了冰涸的斑点红色。

时间好似静止，唯有剑上的红色不断滴落。

像是终于清醒过来，少年波澜不惊的脸上出现一丝冰冷碎裂的痕迹。他抬起眼，睫毛颤动，睫毛尖冻住的几颗冰珠随之破碎，乌黑眼底映入一片异色。

"阿九?"

他迟疑了一下,后知后觉地将剑藏到身后,扔掉。他有些苦恼,解决麻烦的速度慢了些,终究还是被她看见了这样的一面。

九郡主面无表情,缓步向他走去。

他站在原地没有动。

她再进几步。

他下意识后退。

她加快脚步。

他退得更多。

九郡主忍无可忍,拔腿就跑,跑得比他退得还要快,瞬息便至他身前,拽住他衣领将他扯了下来,用力揪他耳朵,声音颤抖骂道:"你吓死我了!"

少年便抬手捂住她的眼睛,低声说:"看不见就不会被吓到了。"

九郡主更生气,使劲拽下他的手,本想揍他一顿,最终还是红着眼眶伸出手一点点抹去他脸上沾到的血,嗓子发紧,好几次都没说出一句完整的话。

少年低着头任由她为自己擦脸,乌黑双眸直勾勾盯着她的眼睛,注意到她眼眶越来越红时才犹豫着别开头,抬手将她揽入怀中,越来越紧。

"我有把握不会死在这里才让你先走。"

"你都没有和我说。"

"我不想被你看见我现在的样子,控制不住的时候我会变成没有理智的疯子。"

"可是你总不能一辈子都不让我看,我说过,我喜欢你的任何一面。"她埋在他胸口,低声说,"即使你变成疯子,也是我喜欢的疯子。"

少年揽在她背上的手蓦地收紧,哑声道:"对不起,没有下次了。"

玉千雪伏在雪里,脸上、发上皆落满红色的雪,他呼吸虚弱,双目溃散地望着夜空,整个人好似已经死了过去。

少年让他眼睁睁看着他的部下接连死在剑下，尸骨分离的画面一次次刻入他脑海，死亡的气息又一次次与他擦肩而过。

可他没有死。

"死了就太便宜他了。"少年站在他身前，缓声道，"况且，有人比我们更想亲手杀了他。"

封无缘等人未至梅林便与带着玉千雪的九郡主和少年迎面撞上，一行人又惊又怕，同时松了口气，可眼下又多了个麻烦。

山脚还有封山的千军万马，今夜出了这档子事，北域定然不会善罢甘休。

封无缘与眠师商量过后当场便遣人去山顶找到埋藏炸药的地方，挖出炸药破坏阵法留存证据。

陆青衣不管其他，先去梅林将陆听雪的遗体挖了出来。寒山气温极低，陆听雪的遗体被放入碎玉棺保存这么多年，一如昔日。

少年将母蛊取出，沉睡多年的寄心蛊终于醒来，趴在他手心懒懒打了个哈欠，嗅到什么味道般好奇地扬起小脑袋盯着面前的人。

九郡主看过陆听雪后便挨过去瞧着那只寄心蛊，她对这只蛊的心情极为复杂。

少年将蛊递到她面前："你对它做什么，它有的感觉子蛊也会有，它痛一分，子蛊便痛十分。"

九郡主捏了捏母蛊。

玉千雪脸色一变，捂住胸口喷出一口血，目光凶狠地盯着他们。

陆青衣见状，立即道："需要什么条件你才愿将它给我？"

少年答道："这是给阿九的聘礼之一。"

陆青衣缓缓瞥向九郡主。

九郡主小心翼翼地藏到少年身后，结结巴巴地解释："就、就是您想的那样……"

封无缘头皮一麻，刚想说什么，陆青衣看了眼九郡主，竟也没多说，只道:"小九若心甘情愿,我没有立场反对。"

少年也不说废话,将母蛊交给陆青衣。

玉千雪看见陆青衣拿到母蛊时整个人都崩溃了,疯狂要去抢走那只母蛊,却被人摁住,像一条狗趴在地上绝望地吠叫。

山脚下听闻消息前来接走自家陛下的人是玉琉原,原本他还有几位哥哥想来,被人拦在半路,他先抵达寒山。

封无缘将晕过去的玉千雪交给玉琉原,虚伪道:"有人在山上埋下炸药布下阵法试图暗杀你父皇,我们听闻消息这才匆忙赶来救人,可以理解的吧?"

玉琉原:……这么敷衍的借口一听就知道是假的啊!而且这是我爹!我亲爹!

两方人马都因为这种漏洞百出的借口而沉默。玉琉原神色复杂地看着自家父皇,低声说:"虽然父皇对我好也只是利用我,想把我培养成一个供他驱使的傀儡,但他毕竟是抚养我长大的父皇。你们实在太大胆了。"

封无缘道:"若是不大胆些,我徒弟与她的未来夫君早死在你父皇手下,今夜多亏我徒弟提醒及时,否则山上被那炸药炸死的人便是我们这里的数百上千人。"

眠师道:"若我们当真死在山顶,你们北域该给我们什么说法?"

按照玉千雪先前的计划,先把人困在阵法里,他的目标只是封无缘和陆青衣那些人,代表中原前来的楚随望与代表南境而来的眠师,完全不在他令人埋下的炸药爆炸范围之内。

他只需要将中原与南境的人困在阵法里,届时再杀了陆青衣与封无缘等人,北域皇帝杀北域叛徒这种事无论如何都让人无法质疑。

只是没想到会发生今夜这出,他若能忍一忍,忍到明日说不定真的能将人引入爆炸范围中一网打尽。

可惜人算不如天算,九郡主因楚随望的到来而不开心,少年为了哄她开心带她去放冰灯,玉千雪耐心告罄试图围剿他二人却错误估算他们的实

535

力，这才造成如今的偷鸡不成蚀把米的结果。

眠师对满脸绝望的玉琉原道："你也不想事情闹大引起三域之愤吧？"

玉琉原示意他们看看山下的千军万马："那些人都是父皇的亲信，我说的话他们不会轻易相信，他们不会让你们所有人安全无恙地离开。"

于是双方便都不说话了。

九郡主和少年对视一眼，正欲上前，陆飞霜先走了出来。

陆飞霜的伤口被简单处理了，她束起双手，平静地走出人群道："这一切都是我策划，山上的人也是我杀的。我恨玉千雪已久，入寒狱也是我的计划，只为了今日将他引上山与他同归于尽。"

杀元帝这种事总归要有一个人背下所有的责任，陆飞霜眼瞎这么多年，如今元帝生死完全掌握在陆青衣手中，她自然也没有其他可做的事。

陆飞霜愿意成为最后一块垫脚石，只要能将玉千雪摁死，哪怕她死了也在所不惜，反正她第一次刺杀玉千雪时就没想过活着走出来。

此话一出，全场寂静。

陆青衣与封无缘同时迈出一步："我们是同伙，这些都是我三人策划，与其他人无关，他们只是来看碎玉蓝开花而已。"

玉琉原说："你们确定要这样做？"

"确定。"

"你们会死的。"玉琉原说，"即使是叫我还陆姨救命的恩情，我也无法放你们所有人回去。"

眠师拦住欲掺和此事的少年与九郡主，面色平静地上前两步道："是，我们今夜只是前来寻找在山上迷路的月主殿下与月主夫人，山上发生的一切与我们无关。"

九郡主张了张嘴，被老乞丐捂住嘴，楚随望拱手道："既然人已经找到，那我们便先行离开了。"

陆青衣三人很快便锒铛入狱，九郡主与少年被分别关进房中，分了大量人手专门去看住他俩，以防他们偷偷去劫狱。"

九郡主说道："我不会去劫狱，我知道四师父和五师父是为了撇清我们的关系才这样做的，若是我去劫狱，四师父与五师父所牺牲的一切便白费了。"

老乞丐说："你能这样想最好。"

九郡主又说："在没有想出最好的办法之前，我不会随便去救人。"

三日后，因元帝伤重未醒，玉琉原暂时代为处理此事，宣布刺杀先帝之人将于五日后问斩。

又两日，眠师与楚随望各自带人离开凉城。

两域压境大军顺利远去，北域码头的人观望许久确定他们真的走了且不会再回来，迅速回去禀报各自侍奉的殿下。

玉琉原瞬间收到无数要求提前斩杀刺客的奏折，他焦头烂额地瘫在椅子里，心想父皇你努力一点活下来吧，我是真的不想处理这些麻烦事。

夜半时分，他收到一封信，展信仔细看完，闭了闭眼，犹豫片刻便将信放到烛火上烧了。

再二日，刺客问斩时间提前。当日下午，陆青衣三人被押上刑场，一众百姓指指点点。

"斩！"

随着这声落地，刑场霎时落下无数道白影，无数青叶暗器飞散开来。

人影重重，一道女音清脆响起：

"北域昔日无缘无故杀我听雪阁阁主，今日又斩杀我飞霜阁阁主，我听雪阁为北域卖命几十年，如今却得了这么个卸磨杀驴的结果？敢问北域将我听雪阁这么多年来死去的同伴置于何处？将听雪阁阁主又置于何处？"

执斩的官员被骂蒙了，他万万想不到还有人敢劫走这三个刺客，且那些还是听雪阁的人。

为首的是一名戴着面纱的女子，长发卷入白羽织就的绒帽中，只露出一双圆圆的眼睛。她恨道："今日我便要将人带走，我听雪阁从今日起与北域再无任何干系！"

站在她身后的那名高个男子似是无奈地叹了口气，大约是觉得她演得过了，救人时悄悄拍了下她的肩，她这才收敛，转头将皱着眉头的陆青衣等人带走。

一时间，数十条白影羽毛般扬起，又如白絮般四方飘散，前后守卫皆非对手，分头追击而去。

一时间刑场热闹非常，众人都说北域为何杀听雪阁阁主？飞霜阁阁主又为何刺杀元帝？而如今听雪阁叛变又是为何？

一定是元帝的错！

于是在某些人添油加火的强调中，北域百姓们逐渐相信他们的元帝其实是个利用完人后便将之杀害的阴险小人。

玉琉原气得不行，发自肺腑地下令："把那些散布谣言的人全部抓起来严惩！再派人去把劫狱的那些人追回来！"

现在才开始追究是否已经迟了？跟在玉琉原身边的小太监不敢说话。

十日后，一行船队换成车队抵达桃花坞，将两只碎玉棺一同下葬，陆青衣捏碎手中攥了一路的母蛊。

千里之外的北域皇宫，元帝玉千雪，暴毙。

再五日，车队低调地抵达京城。

新帝楚今朝立于城墙之上，亲自迎接众人回归。

最先走出来的是楚随望与老乞丐，接着是南境的眠师。

眠师道："我们此次前来是为提亲，具体事宜事后再和您详谈。"

楚今朝看了眼他们带来的提亲聘礼，有点惊讶道："你们不会一路带着聘礼去了北域，又带着聘礼来中原？"

眠师笑了笑。

所以他们真的带着聘礼跑来跑去！

接着下来的是戴着斗笠的陆青衣三人，楚今朝悄悄撩开面纱看了一眼，松了口气。

"幸好没事，之前传信说阿九策反听雪阁的人去劫狱我还有些担心……对了，阿九人呢？"她还没习惯在这些也算看着她长大的长辈面前自称朕。

陆青衣和封无缘放下面纱，对视一眼后有些无奈道："小九怕我们责怪她劫狱，带着阿月走了陆路，约莫还要半月才能回来。"

此时此刻，带着少年走陆路的九郡主在桃花坞喝得大醉，扒拉着少年的胳膊非要趴在他身上睡觉。

少年在她眼前挥了挥手："阿九，这是几？"

她重复："这是几。"

少年感到好笑，她又抬起头，迷迷糊糊地说："是阿月。"

少年偏头笑出了声。

她捧住他的脸，细细地磨着他的鼻尖与嘴唇，试图看清他的脸，但醉意上头她什么也看不清，最后还是失望地放弃，不听话地往上爬了爬，将脑袋搁他颈窝里，嘀咕。

"是阿九的夫君。"她侧过脸，"吧唧"一口亲在他脸上，有些委屈地抚摸着他的眉眼，晕乎乎地咕哝，"是不能一起睡觉的夫君。"

少年：看来还是不能让她多喝酒。

他将她放进被子里，又脱下她的外衫。脱到她的中衣时，他动作顿了一下，想起上次她喝醉换衣服那次，有些磨人。低头又隐约瞧见她衣裳下的白皙肌肤，微微闭了闭眼。

"阿九。"他勉强睁开眼，低唤了声。

九郡主挣扎着掀开一只眼，迷茫又无辜。

他解下她的中衣："明日我们便回中原。"

"我还没玩够……"她说。

少年扣住她的腰，支着她坐起身，她上半身整个倾入他怀中，长发散落，桃花酒的香味侵入心口。

他没有任何停顿，解开她的里衣，用被子将她裹了个严严实实，又去柜子里找了件新衣裳给她一点点穿上。

穿戴好之后，他才将她重新放进被子里，低头在她眉间吻了下，乌黑眼底压抑着显而易见的忍耐。

"早些回去，早些成亲。"

这样便能早些陪她睡觉了。

两月后，中原再次与南境缔结良缘。

出嫁前，几位师父轮流与九郡主谈心，谈得她眼皮都快睁不开。

楚今朝和小王爷是最后来的。

如今的小王爷比先帝在时还要闲，大约也是太闲了，加上和封无缘投缘，他前段时间莫名迷上品茶，还特地去了趟江南亲自购买茶叶，等他回来却听说九郡主婚期已定，他竟是最后一个知道的。

为此，小王爷独自生了好几天的闷气，最后还是自己把自己哄好了。

尽管他早已做好心理准备，但一想到她要嫁去那么远的地方，他就忍不住叹气，抱着胳膊在屋子里来回转圈，走一步叹三口气，叹得九郡主想把他套在麻袋里再打一顿。

小王爷委委屈屈地坐了下来。

楚今朝把他推到一边，坐在九郡主身边问："你真的决定要嫁过去了？"

小王爷偷偷看过来，竖起耳朵。

九郡主用手指强撑着眼皮，有气无力："你问我八百遍了。"

楚今朝："我总觉得给你准备的嫁妆不够多。"

"都快装出一支军队了还不多？"

楚今朝和小王爷很忧愁，两人前前后后忙活许久，事无巨细地准备，三番五次地确认不会缺少什么东西。

两人像是嫁女儿般，亲自目送联姻的队伍远去，齐齐叹息："嫁妆还是太少。"

侍女："……已经很多了。"根本就是装不下了。

即将前往南境的九郡主有点小开心，但这种开心在看见几位师父齐刷刷立在轿子外面时瞬间变成惊恐。

九郡主举起手发誓："师父，你们不用全都跟过来吧？这次我发誓绝不逃婚！"

师父们恋恋不舍地说："随便送一程。"

随便送一程，又随便送一程，最后一路送到边关。

九郡主躺平，她已经不相信师父们说的"随便送一程"。

当夜队伍驻扎边关之外。如第一次那般，九郡主甚至怀疑这次随行的队伍会不会就是第一次的队伍，不然怎么连驻扎的地点都一模一样？

九郡主累得不行，大半夜的也饿了，便悄悄出去找点吃的垫垫肚子。

"叮当！"

她忽然听见熟悉的银饰碰撞声，还没等她转身，身后人便伸出一只手，手指修长干净，手心托着一袋糕点。

她蓦地回头。

少年依旧穿着第一次见面的那身黑红色衣裳，银饰熠熠生辉，耳下的两缕缠绕红绳的辫子更是让人熟悉得恍惚。

"我就知道你晚上会饿。"少年凝视她片刻，仔仔细细地描摹着她的眉眼，嘴角弯起，抬了下手中的糕点提醒道，"从城里带出来的，还热着，味道还不错。"

九郡主倏地回过神："你怎么、怎么……"怎么突然来边关了？

少年眼也不眨地望着她："想见你。"

"那也不用这么晚……"

"我等不及。"少年反问，"这么久没见，你不想见我？"

想疯了。

九郡主没接糕点，一下子扑进他怀里，狠狠吸了口气，嗅到他身上那股熟悉的香味，心里酸酸胀胀的，声音闷闷："我也好想你，昨天晚上做梦还梦到你了。"

"梦到我怎么？"他轻抚她的发。

"梦到和你成亲后你抢我被子。"

少年失笑。

"所以我把你踢下床了。"九郡主仰起头，恶作剧笑起来，"你呢，你梦到我了吗？"

"梦到了。"少年从容不迫道，"梦到你把我踢下床。"

九郡主吃了大半袋的糕点，看着后面的队伍，纳闷道："话说回来，阿月你不认路，是如何找到我们的？"

"哦，我把周不醒带来了。"

"他人呢？"

"正在前面和你的人把酒言欢。"

九郡主若有所思，托着下巴思考了一下，眼睛一亮，福至心灵。

"阿月。"

少年似乎猜到她在想什么："不逃。"

"不是逃婚啦。"九郡主拽着他胳膊摇晃，"就是去附近玩一会儿，明日一早我们就回来。"

少年偏头看了眼对他二人视若不见的队伍，队伍里还有人在偷笑，于是他也笑了。

"我不认路啊。"

"我认识。"

"明日还能回来吗？"

"肯定能。"

"那走吧。"

少年笑，朝她伸出手。

九郡主将手放到他手上，握紧，在所有人慈祥的注视下短暂地脱离队伍，临走时还很不好意思地和众人比了个"嘘"的手势。

众人和善地回以"嘘"。

负责的将领过来巡查,问道:"郡主人呢?"

众人喝着小酒远眺某处,举起酒杯异口同声道:"郡主又被抢婚了。"

天漠相接,黑影与红影几乎融为一体,远处一只鹰振翅翱翔,风中铃铛声若有似无,杯中酒美,酒中月也美。

- 正文完 -

番外一

后 话

01 京城小霸王诞生记

九郡主刚回京城那两日，京城里的贵家小姐与风流才子纷纷闭门不出，尤其是曾经欺负过她的那些人，然而不过几日，他们听说九郡主带了个俊俏的少年回来，又忍不住八卦之心陆续出行。

微服出行的楚今朝说："这段时间已经有不少大臣给我递折子，明里暗里托我同你说大人不记小人过，不要和他们家孩子计较。"

九郡主坐在茶楼的凳子上，一边嗑瓜子一边说："我是那么睚眦必报的人吗？"

楚今朝心说你可不就是那么睚眦必报的人吗？

小王爷竖起耳朵听隔壁人说话，隔壁说一句他转达一句。

"楚今酒那臭丫头就仗着自己学过点功夫就到处欺负人，动不动捋袖子卷裙子，一点也没有教养。"

"我之前不就是说她不合礼数嘛，她竟然就拎起我绕着整条街飞了一圈，你说她过不过分？"

"你明明是说她泼妇……"

"你究竟哪边的？"

"…………"

"你看看她那脾气,谁能受得了她?成天和一些不三不四的人来往,晚上还和乞丐一起睡呢。"

"那不是十年前的事儿了吗?"

"那也是和乞丐一块儿睡过!"

…………

小王爷复述到这里,已经忍不住要捋袖子冲去隔壁拿人了,九郡主给他递了根扫帚。

右边房间又有人说:"楚今酒当初可是没日没夜缠着我要送我荷包的。"

"你白日做什么梦呢?楚今酒明明是送的我荷包。"

"她明明是把你们揍的像个荷包。"

"那也是送的我荷包!"

"荷包算什么?她还给我写过情诗呢。"

"你们真是笑死人,以前看不起她嘲笑她粗鲁、泼妇、男人婆,如今人家发达了,倒是一个个觍着脸往上送。"

"说得好像你不是?昨儿是谁喝醉了与我们吹牛说她同你表过心意?"

"反正不是我!"

…………

九郡主抄了另一根扫帚淡定地递给小王爷,拍拍他的肩膀,郑重道:"一边一个,挨个揍。"

小王爷雄赳赳气昂昂去了第一间房,刚踹开门就发现里面的姑娘们全都瑟缩一团,脸上被画满了王八,只有一个人例外,应当是为九郡主说话的那位。

那姑娘孤零零地站在桌边,一脸要哭的样子,手下却稳稳地替人研墨。

小王爷一脸茫然地左看右看。

周不醒和宋长空一人一根毛笔趴在桌前蘸墨水,周不醒嫌弃道:"你画得太丑了,让我来。"

宋长空不服气地推他:"你自己看看你画的什么东西,哪有王八壳长得像铜钱？"

"我的王八就像铜钱。"

"你这是歪理！"

"歪理就不是理了吗？"

"你这又是歪理！"

"你说不过我才说我说的是歪理，就算你是少主也不能这么以权谋私。"

"我哪有以权谋私？周不醒你能不能讲点道理？"

两人一人一根毛笔，不再管房里倒霉且嘴碎的姑娘们，开始朝对方脸上画乌龟，桌边磨墨的姑娘看着裙角沾到的墨水，欲哭无泪。

小王爷默默收回扫帚。

楚今朝从他身后探出个脑袋，屋子里已经鸡飞狗跳。

周不醒和宋长空各自挥舞着毛笔，挥舞着挥舞着不知道谁的毛笔飞了出去，直直冲门口而去。

小王爷眼睁睁看着那根毛笔最终摔在如今庆王朝最尊贵的那位脸上。

楚今朝："你们……"

整个屋子里的人都安静了下来，包括丢了毛笔的周不醒和正要丢毛笔的宋长空。

楚今朝抹了把脸，看了看手上湿漉漉的黑色墨水，又看了看屋子里的罪魁祸首。片刻后，她和蔼地勾起嘴角，眼底弥漫浓浓杀意："说吧，你今天想怎么死？"

周不醒后退："老死吧？"

楚今朝："把你头发和牙齿都拔光，也算是变成一位老者了吧？"

周不醒爬到窗户边："我突然想起来我还有事，我先走一步！"

楚今朝抬手："来人，活捉此人重重有赏！"

于是整条街上的人都开始狂奔，周不醒在前面跑得像只兔子，后面追了一条长长、长长的"尾巴"。

周不醒绕着整条街狂喊："阿月你害死我了！"

少年站在隔壁窗口，懒散应道："我只让你画乌龟，又没让你把毛笔丢姑娘脸上。"

那是姑娘吗？那分明是恶鬼之王！掌控万千小鬼的恶鬼之王！

周不醒崩溃："阿月你不是人！"

不是人的少年毫无同理心地抬手关窗，偏头瞥了眼屋子里对阿九怀有不轨之心的男人们，一扬手将手中的筷子插桌子上。

筷子穿透梨花木的桌子，直挺挺立着。

男人们噤声不语。

少年眉眼含笑，慢悠悠地坐在桌上，长腿微屈，漫不经心地瞧着抱头团起来的那几人。

"来，一个个排队站到窗口骂你们自己，不许敷衍，骂到我满意为止。"

少年抬脚踩住桌子下面的木杠，胳膊肘支着膝盖，单手托腮微笑道："若是不愿，那我便将你们挂到城墙墙头吹个二三四五日。"

"我是狗。"

"我不是人。"

"我是畜生。"

"我、我也不是人。"

少年敲了敲桌子："不能重复。"

"呜……"

"我烧杀掳掠！"

"我无恶不作！"

"我罪大恶极！"

"我下贱！"

"我淫邪！"

"我……你们都说完了我说什么了？"

九郡主抓着瓜子坐到少年旁边，迟疑了一下说："我如今这样看起来像不像京城小霸王？"

少年从她手中抓了半把瓜子说:"不像。"

"真的?"

"哪有小霸王长得像你这么好看。"少年揉揉她的脑袋,指着对面其中一个男人问九郡主,"你给他写过情诗?"

九郡主和被指到那人疯狂摇头:"怎么可能?"

少年"哦"了一声,指尖一点,又落在另一人身上:"你送过他荷包?"

九郡主疯狂摆手:"我都没用过荷包怎么会送别人荷包?"

少年停顿了一下,眼眸一眯,似笑非笑地瞧向最边上抖得最厉害的那人:"你向他表明心意?"

九郡主震声:"我不是我没有我这辈子只和你表明过心意!"

少年收回点到谁谁就死的死亡之手,满意地点头:"我也是。"

九郡主松了口气,为了不给自己继续找麻烦,拎着扫帚分给对面那些脸高高肿起的男人,指着窗外的街道,语重心长道:"将附近十几条街都打扫干净,还有一些犄角旮旯也扫扫,再去一些老人家里替他们打扫卫生,这次我便不同你们计较了。"

男人们感恩戴德地拎起扫把、抱着散落的衣裳拔腿就跑,还没跑到门边,两扇门"啪嗒"关上。

一群人脸上挤出一个干笑,僵硬转头,颤颤巍巍地说:"那个,还、还有什么要交代我们的吗?"

少年朝九郡主抬了抬下颌:"道歉。"

"对不起!"

一群人互相扇完巴掌道完歉狼狈地飞奔而去。

九郡主站在窗边仰头望天,感慨:"我果然有做小霸王的资质。"说完又坚定摇头,"不,我不能做坏人,我要做一个好人。"

02 见家长

从桃花坞回京城的路上，九郡主每天都要设想出三种"阿月见长辈"的可能性，并且给每一种可能都想好了对策。

她一定能让师父们都喜欢阿月的。

九郡主自信满满地回到京城，没等她实施一路积攒的各种对策，几位师父就已经对一脸淡定的少年点了点头，然后各自给了他一份见面礼，每份见面礼都可以说是无价之宝。

九郡主都看傻了，还有点酸："我五位师父从来没送过我礼物。"

少年怀里的东西快要溢出，索性将东西全给她。

这下轮到九郡主抱不住礼物了。

封无缘朝她招了招手说："跟我来。"

九郡主搞不懂四师父想做什么，和少年对视了一眼后一齐跟了上去。

封无缘打开第一间藏宝室，指着里面的东西说："这是我给你攒的嫁妆，你看看还想要什么，这段时间我再给你补上。"

九郡主人都蒙了。

五师父陆青衣打开隔壁那间房："这是我这些年给你准备的，虽然不多，但也够你吃一辈子了。"

九郡主怀里的无价之宝掉了一个。

二师父王灵灵打开陆青衣隔壁的房间，三师父戚白隐又打开她隔壁的那间房，大师父李斩再打开下一间房。

一连五间房的嫁妆让九郡主完全说不出话，怀里的礼物掉光她都没反应过来，少年在她身后一边笑一边俯身捡东西。

五位师父打开最后一间房说："这是你阿娘生前给你准备的东西，原本我们打算将你送去南境……小今朝登基失败我们都得死，而我们留下的这些东西够你一辈子衣食无忧。若是小今朝登基，这些东西留给你做真正的嫁妆倒也合适。"

九郡主眼眶红红，呜呜咽咽地抱着几位师父抹眼泪。

二师父王灵灵摸摸她脑袋说:"对你不够好是因为怕这次我们若是出事你会太伤心。"

五师父陆青衣拍掉王灵灵的手说:"还怕你知道我们出事的消息后,会不要命地替我们报仇。"

大师父李斩从兜里摸出一块糖说:"我们都更希望你一个人也能好好地活着。"

三师父戚白隐寡言少语,倒是没什么好说,只是和四师父封无缘暗中较劲地揉她脑袋。

少年抱着一堆东西站在他们后面静默地看着,光线从他额前切割而下,将他的面容笼出模糊的阴影,他沉默片刻,悄无声息地退了出去。

李斩似乎察觉到什么,回头看了一眼,只看见一片消失的红色衣角。

当夜,李斩将少年叫去太白居陪他一起做菜,美其名曰:怕阿九嫁到南境后吃不惯那边的饭菜。

少年最近有点忙,早上被李斩抓过去做饭,下午被王灵灵抓去和戚白隐一块儿砍柴,晚上又要和封无缘一起拨算盘。

唯独陆青衣没喊他干过任何事,因为她在怡红院办事儿,总不能把自家徒婿喊到怡红院陪姑娘喝酒吧?

小阿九第一个不愿意。

深夜,封无缘说自己年纪大了要去睡觉,让少年把账本都算清楚再睡,九郡主拎着一盒夜宵过来的时候他正托着下巴一页页翻账本。

他心算速度太快,根本用不着算盘,但为了给封无缘留点长辈的颜面便假装用算盘算账。

九郡主心疼他一整天都没闲下来,一边将夜宵拿出来一边絮絮叨叨:"我几位师父大概是想着我外祖父去得早,你没感受过太多师父的爱,所以就想让你做一些我小时候做过的事,顺便感受一下师父之爱。"

"你小时候就是这么过来的?"

"岂止?我不仅要跟着师父们做这些,回家还要练功读书,每天连懒觉都睡不了。"九郡主苦着脸叹气。

少年若有所思。

"干吗用那种眼神看我？"九郡主递给他一只勺子示意他喝汤。

少年拿着勺子，没动，反而意味深长地笑了起来："我在想难怪你总是起得这么早，原来是小时候的习惯。"

"怎么了吗？"

"没什么，只是突然在想你有没有可能连续睡懒觉。"

九郡主否认："绝对不可能，我从来不睡懒觉。"

少年懒洋洋看她一眼，心情颇为愉悦地喝了口鸡汤："那可不一定……大师父做的鸡汤？"

"对啊，这些都是大师父做好要我送来给你的。"九郡主凑上去亲了下他的脸，挨着他侧脸蹭了蹭，小声说，"不过这个是我自己要送你的。"

少年低眸笑了笑，抬手捏捏她脸颊，手感极好，便忍不住多捏了两下，将她脸捏成团子，被她摇头晃脑挣脱后才望着桌子上的账本深深叹息："你几位师父的爱真是沉重啊。"

九郡主揉揉脸："那我的呢？"

少年怔了怔。

她眨了下眼，目露狡黠，嘴角弯弯。

他笑起来，屈指弹了下她脑瓜子："再沉些。"

她脸有点红，别开头不看他，嘀咕："已经很沉很沉了。"

03 月亮

眠师带人回南境前一日的晚间九郡主睡不着，怀着满腔的忧郁爬到房顶看月亮。

窗檐下挂着两只小风铃，一只是谢青絮送她的生辰礼，一只是阿月送她的天青色风铃。

两只风铃被风吹得"叮当"响,她双手撑在身后仰头望着月亮,不自觉地哼起了歌。

旁边响起轻微的脚步声,她没动,感觉到有人在她身边撩袍坐下。

"你方才哼的是什么歌?"少年陪她一起仰头看月亮。

"阿娘以前哼来哄我睡觉的歌。"九郡主想了想又说,"我小时候很调皮,阿娘不哄我我就不睡觉。"

少年偏头看她,她也偏过头看着他,笑眼弯弯地问:"阿月你以后会唱歌哄我睡觉吗?"

"不会。"

"为什么?因为你不会唱歌?"

少年瞥她:"因为我有其他可以让你老实睡觉的办法。"

九郡主直起身,颇为稀奇:"比如说?"

"比如说,"他顿了下,"可以让你老实睡觉的蛊。"

"你这是作弊。"九郡主戳了他一下,反驳道,"你都封了蛊,以后就不能再随便用蛊了。"

"只是不能用血蛊而已。"

"我不管,就是不能再对我用蛊。"

"好吧。"少年叹了口气,"那小易也不给你用了。"

九郡主愣了下,侧过身,惊喜地抓他袖子:"小易醒了吗?"

自从阿月封蛊,易容蛊和情蛊就随他一同陷入沉睡,这段时间阿月的蛊虽然有陆续醒过来,但易容蛊和情蛊始终在睡着。

少年说,它俩还在新婚期,不愿意醒。九郡主不信,哪有只会睡觉的新婚期?就算是冬眠也有醒过来吃饭的时间。

少年瞥她,怎么会没有?谁会不喜欢睡觉?

他转念又一想,阿九不一样,她喜欢早起。

少年望了望天,没再继续就"睡不睡觉"的问题和她纠结,在她满怀期待的目光中找到睡眼惺忪的两只蛊，慢吞吞地递给她。

许久不见两只宝贝小蛊，九郡主一时爱不释手，对着它俩絮絮叨叨了许久。两只蛊刚睡醒，脑子还没清醒就听见一大串的唠叨，顿时烦得脑袋一缩，互相卷着对方的尾巴重新睡了过去。

九郡主茫然："它们怎么又睡着了？"

少年睨眼："你再多说几句它们就醒了。"

九郡主深信不疑，又说了好些话。

两只蛊烦不胜烦，委屈又愤懑地伸出脑袋瞪她，随后感觉到后面有一道凉凉的目光在盯着它俩，两小只同时哆嗦了一下，悲伤而又绝望地竖起脑袋强打精神听九郡主的唠叨。

九郡主浑然不觉，从北域冰原那会儿开始说，一直说到再过几日南境的人便会回去。

"等他们回去，你们也要一起回去了，到时候我们有好久见不到面。"

"再过些时候就是桃花开的日子，不知道能不能赶回来看桃花。"

"小六说给我准备了新宅子，以后回来就住我的新宅子。"

她的话明面上是说给蛊听，实际上却是说给少年听。

少年眼也没眨地凝视着她，在听见她说"我舍不得你们"时，唇角轻轻一动。

"我也是。"

她回头看他。

他手撑在她身后，指尖触碰到她的衣角，轻轻勾住，他俯身倾过去，浅淡的月光缓缓融入呼吸。

九郡主很喜欢他主动亲吻她的感觉，阿月的吻和他这个人不太像，他行为处事随心所欲，吻她的时候却格外温柔，像是生怕用力些她就会害怕、退缩。

他总是口是心非，很少有人说他嘴硬心软，她似乎是唯一一个这么说的人。

但她又觉得阿月的唇很软,所以她想,阿月明明嘴软心也软。

两只蛊好像也看得懂他们在做什么,害羞地缩回脑袋假装什么都没看见。

第二天一早,眠师等人返程。

九郡主站在城楼上远远观望离去的队伍,沉默很久,转头对身边的红衣少年说:"你为什么没回去?"

少年负手而立远眺着,闻言波澜不惊道:"他们速度太慢了,我多留几日再追上去也不迟。"

九郡主想说的根本不是这个,憋了半天才蹦出来一句:"我以为你今天就走,昨天晚上才……"

这句话听起来容易让人浮想联翩,恰好经过的王灵灵听见这话表情顿时就变了,转头盯着少年的眼神极为不善,压低声音质问:"昨晚?昨晚你们干什么了?"

九郡主实话实说:"看月亮了。"

王灵灵冷笑着抽鞭:"看哪个月亮?天上的还是地上的?穿衣裳的还是脱衣裳的?"

九郡主沉默片刻,诚恳道:"我挺想看脱衣裳的那个月亮,但是月亮不同意。"

少年面带微笑地对脸色狰狞的王灵灵点了点头,转身就提着九郡主领子把人给拎走了,防止她再继续说些不该说的话彻底点燃王灵灵的火。

王灵灵看了看他俩镇定离开的背影,挎着鞭子气势汹汹去找陆青衣算账,都怪她把小九教成这个样子!

番外二

南　境

　　宋长空离家出走数月，落下的课业不少，被眠师提溜回南境后便没日没夜地补课业。

　　补课业补出两只黑眼圈的宋长空表示非常不满："我哥也没上课，他甚至一次都没来过，为什么他不用补作业？这不公平！"

　　眠师用教棍点了点他脑袋，温和道："你哥有媳妇儿，你有媳妇儿吗？"

　　宋长空老老实实补课业去了。

　　旁边补作业的周不醒笑趴了，被眠师睨了一眼后突然想到什么，丢下笔，谄媚着给眠师捶肩："师父，是不是只要我也找个媳妇儿也可以不用补课业了？"

　　周不醒从小就跟在眠师身边做事，这孩子什么德行她最清楚，她若说是，下午这孩子就能带回来十几名无辜少女装聋作哑扮演他媳妇儿。

　　眠师改用教棍敲他脑袋，斥道："净想些乱七八糟的东西，给我好好补课业去。"

　　周不醒实在不想补课业，双手托腮，上嘴唇与鼻子顶了顶毛笔，然后唉声叹气地大笔一挥写了三个大大的字：

　　媳妇儿。

　　没多久外面有人找眠师，百无聊赖的周不醒竖起耳朵。

那人说:"月主与月主夫人在那边单独待了三日,今日一早,月主夫人才从房中出来。"

眠师淡淡点头表示知道了。

那人犹豫了一下又说:"月主……好像出来得更迟。"

眠师:"嗯?"

那人踌躇片刻,挠了挠头,凑近眠师耳朵小声说:"月主夫人一早便起了床,月主到现在才起床,一连三日都是这样,眠师大人,您说月主是不是体力方面……跟不上啊?"

耳尖的周不醒笑得毛笔摔了下来,笔尖挨着白纸甩了大片的墨水,他实在坐不住,等眠师和那人走了后一骨碌爬起来,拉着宋长空去凑热闹。

宋长空挣扎:"我课业还没写完!"

周不醒:"你不想看热闹?你哥竟然体力不足哈哈哈,他竟然会输在这方面,震惊全族!"

宋长空:你在说什么鬼东西?

少年的房间是单独辟出的一方天地,远离族里人,更接近他昔日与谢清醒习武时所居住的地方,平时没人敢去打扰他。

他是族里唯一一个有两处居所的人,一处在族内,一处在族外,他很少去族内的那间房,那里人多,烦。

他醒的时候九郡主已经不在身边了,怀里空空,旁边的被子还有点凉,她起床很久了。

习以为常的少年打着哈欠坐起身,挨着床头合眸缓了会儿才揉了揉胳膊和后颈,慢吞吞地起床穿衣。

他刚睡醒,整个人还有点倦懒,穿的衣裳也都是平时喜欢穿的简单样式,他像是忘了这几日他和九郡主的新婚夜,从头到尾垂着眼睫,不紧不慢地穿衣穿鞋、洗漱束发。

他甚至还有心情整理床铺,抱着昨晚弄脏的床单出门清洗。

暗处悄悄观察这一切的南境人们无语状。

这是他们家那位阴晴不定的月主吗？他竟然在新婚之日起得这么迟，还亲手洗床单？

震惊全族！

少年洗完床单时已经临近中午了。他没吃早饭，他原本的习惯就是一觉睡到临近中午，向来不吃早饭，只有去中原的那段时间才被九郡主盯着吃早饭。

这几日她倒是不敢喊他起来吃早饭，至于原因……

他想到她昨晚拽着被子眼泪汪汪滚到墙角禁止他继续靠近的场景，懒懒笑了声，扬手搭在额前看了眼天色，随后便慢悠悠地出了门朝着某个方向而去。

紧随其后的南境人们面面相觑。

"月主不是路痴吗？"

"他是啊。所以他不会是打算一个人去找月主夫人吧？"

"你们知道月主夫人在哪儿？要不要偷偷派个人去给月主指路？"

话是这么说，但没人真的敢去接近那位月主，他们只是奉命过来看看，不想真的在这儿送命，看见月主大人门前台阶上的那点褪色的红了吗？

那都是昔日月主的手下亡魂留下的洗不掉的痕迹——实际上那些暗淡的红色只是砖的材质问题。

一群人推推搡搡试图把别人推出去承担责任，推来推去谁也没真的被推出去，反而是身体十分诚实地跟着月主大人慢慢走远。

然后他们看见紫衣短衫的月主停下脚步，微微侧过身子，耳畔的辫子末端系着一根红色的绳。

有人声渐渐传来。

瀑布坠下的声音几乎掩盖细细的说话声，但时不时传来的朗笑声却格外吸引人。

瀑布下围着许多洗衣裳的年长妇人，年轻的女子围在另一边，她们一边闲聊一边浣衣。

紫衣的少女蹲在角落拍打石头上的衣裳,手上的动作慢慢悠悠,她更喜欢听这些人唠嗑,虽然她一句都听不懂。

"三天了吧?月主成亲已经有三天了,好快啊,一眨眼就三天了。"

"我们到现在还没和那位中原的郡主说过话,不知道她性格好不好。"

"与月主成亲,压力会很大的吧?"

"是啊,都三天了还没有出门,会不会是……"

说到这里,众人默契地停顿,纷纷岔开话题。

九郡主能听得懂"月主"这个词,她来到南境后听到的最多的一个词就是"月主",她知道这个称呼是专指阿月的,因此便格外在意了些,但其他的都听不懂。

是时候学习南境的语言了。

九郡主叹了口气,在她身后的年轻女子听见了,便好心转身问她遇到什么事,为何要叹气。

九郡主听不懂,却还是假装很懂地摇摇头表示没有什么。

大约是她面孔生,很快便吸引了旁边的其他几人,再加上她露出来的脖子和手腕上隐约还有些青淤,乍一看反倒像是被人欺负过。

这几位都是没有经验的姑娘,有经验的都在河对岸,因此一时之间没有往那方面联想。

"以前好像没有见过她。"

"是新来族里的吗?长得真好看啊。"

"身上是有伤吗?有谁欺负她?"

"她是不是嗓子难受说不出话?要不要带她去找眠师看看?"

一群年轻的热心人说做就做,有几个收起手里的活儿便带着九郡主起身去找眠师。

九郡主想解释,话到嘴边又咽了回去。她不会说南境的语言,说中原话的话,她们就会知道她的身份,而且她们可能也听不懂。

她停顿了一下，犹犹豫豫地跟着她们走了一段路，恰好瞧见前方多出一道修长背影。

女子们衣裳上的银饰"叮叮当当"地响，笑声与银饰的声音交错着融入风中，前方的紫衣少年缓缓停步，回身。

耳边的笑音戛然而止。

九郡主明显能感觉到牵着她手的那位姑娘手心冒出冷汗，虚抬起眼，对上少年看过来的平淡目光。

"阿九。"少年白皙的脸上浮出浅淡的笑意，仿若没有看见其他人，眼中只有她一人，淡淡道，"我以为你迷路了，原来你在这儿。"

他说的是中原话，普通的南境人不太能听得懂。

年轻女子们后知后觉意识到，她们身边这位受欺负的哑巴少女似乎正是月主大人那位神秘的新婚妻子，挨着她的人霎时散开，"叮当"声清脆。

七八个人惊疑不定地看着九郡主，眼神闪躲着看向别处。

九郡主没察觉到她们的目光所落之处，面对着前方的少年，无辜地眨了眨眼说："我才没有迷路，应该是你迷路才对。"

少年但笑不语，慢慢走到她面前。

年轻女子们不敢动，纷纷惊恐地收起目光低下头问安。

她们认识月主，却不认识月主的新婚妻子，毕竟月主的婚礼不是每个人都有资格旁观的。

九郡主碰了下少年的手，软声问："阿月，'谢谢'用你们的语言怎么说？"

少年瞥了眼她身后那些人，她们都低着头看不清脸。他又转回目光细细盯着九郡主白皙颈项上的痕迹，有些显眼。

他抬手拢住她纤细的颈，耐心地教她说"谢谢"，她刚学会便迫不及待转身朝那些人重复"谢谢"。

年轻女子们受宠若惊，九郡主还想说什么却没办法说更多，只能用手势表示她并不是故意骗她们，只是第一次来南境，对这里的一切都很好奇，她没有恶意，阿月也很好很好。

她们看不懂。

少年站在九郡主身后，抬手摁住她脑袋，她没有戴银饰的帽子，她起床时他还没醒，头发也只是束成一股，没人给她梳头发编辫子。

少年卷了缕她的发，抬了下眼，嗓音低缓道："她说她迷路了，谢谢你们带她回来，她很喜欢你们，希望下次还可以和你们一起玩，不用顾及我。"

他说的是南境的语言，九郡主听不懂，只能眼巴巴看着他，又看了看对面的年轻女子们，眼中充满希冀。

年轻女子们更加受宠若惊，惊恐地摆摆手后又迟疑了起来。

九郡主钩钩少年的手指，小声问他："你方才说的什么？"

少年比她高，她说话时他自然而然低下身子，她嘴唇挨着他耳朵，等她说完他才直起身："说你夸她们善良。"

九郡主"哦"了声，眉眼弯弯："她们也很好看！"

少年忍不住勾了下唇："需要我转达吗？夸她们好看的这句话。"

九郡主有些纠结道："这个……说……不许你说的话会不会显得我很小气？"

"不会。"他说，"我也不想对其他人说这种话。"

年轻女子们略显害怕，却又对月主与月主夫人的相处感到些许好奇，七八双眼睛都盯在他俩牵在一起的手上。

过去十几年，月主身边除了周不醒，几乎没有其他人能接近他，更何况陌生女性。

全族都找不出第二个比月主还要好看的男子，以前她们都曾私下讨论过日后能够得到月主青睐的女子会是何种模样，今日一见才知，原来月主喜欢这样长相讨喜的少女。

离开前，她们又听见月主说："回去后无须告诉其他人我夫人的事，将她当作普通人就好，她不喜欢被人区别对待。"

她们有些惊讶，回过头，却只看见月主殿下牵着少女的手慢慢地往回走，说着她们听不懂的中原话。

"阿月，回去你教我说南境话吧。"

"不教。"

"为什么？"

"麻烦。"少年懒洋洋说，"我不做没有好处的生意。"

九郡主扶着他肩膀，踮脚在他左右脸上各自亲了一下："学费？"

他低下眼："这只够教你说一句话。"

"那就先学一句话嘛。"她晃晃他胳膊，竖起一根手指，"一句话，就先学一句话，你教我说一句话。"

他任由她晃荡胳膊，半响，无奈地笑了，耐心地一个词一个词教她说话。

——阿月。

——喜欢。

他眼也不眨地凝视她，笑着说："喜欢阿月。"

她浑然未觉地走进圈套，磕磕绊绊地重复。

喜欢阿月。

他低头吻住她，用中原话低声说："我也喜欢阿九。"

…………

周不醒和宋长空赶来看热闹时恰好看见他俩旁若无人地卿卿我我，周不醒下意识地捂住小少主的眼睛硬是把人拖走，用中原话骂骂咧咧："接下来的大人教学不是你这个小屁孩能看的，赶紧回去补课业。"

宋长空：究竟是谁把我拉过来的？

九郡主决定给自己找个正经的语言老师，比如说好脾气的眠师大人。

她放下书，试图和少年讲道理："眠师温柔善良，讲课有经验，最重要的是她不会趁机欺负我。"

少年"哦"了一声："你的意思是我趁机欺负你？"

"你有没有趁机欺负我你心里清楚。"

少年"嗯"了声,放下笔,起身向她走去。

九郡主警惕地提笔横在身前:"你别过来,你别过来了,我好好写字,我保证好好写字!"

少年越过她伸手拿了本书,垂眼瞥过去,声音轻慢:"我只是拿本书打发时间,你在怕什么?"

他又说:"洞房那会儿你不是胆子大得很吗?"

九郡主涨红了脸,欲言又止,脑子不由得想起那晚发生的事,浑身发烫地拿起书盖到脸上假装什么都没听见。

少年俯身拿开她脸上欲盖弥彰的书,弯腰看着她,嗓音带笑:"害羞?"

"没有。"

"那你脸红什么?"

九郡主目光闪烁,憋了半天才憋出一句心虚的:"我热。"

"哦。"他将书放到桌子上,抬手解腰带,"那正好,我也很热,凉快凉快?"

九郡主难以置信地瞪着他:"阿月你变了,你以前不是这样的。"

他以前可是连亲一下都会红耳朵的少年郎,怎么、怎么成亲几日就变成这样了?

少年赞同地点头:"你以前也不是这样的,你以前可是能大胆到洞房时坐到我身上,最后险些弄伤你自己……"

她立刻伸出手捂住他的嘴,看见他眼底零星的笑意,整个人都在发烫:"那些事都过去了,你就不能忘掉吗?"

"不能。"他松开解腰带的手,一手支在桌子上,长发从肩头滑下,几缕辫子垂在胸前,他似笑非笑地瞧着她,"那天的阿九多可爱?我可是费了很大的劲……"

她两只手都去捂他的嘴,气急败坏地踩他的脚:"忘掉!"

他笑得不行,不再逗她,顺从道:"行行行,我忘了,忘了。"

她犹犹豫豫地松开手,眼见他乖乖站直身体后才松了口气,谁知道书还没放下,整个人便猝不及防被他强硬地圈进椅子里,他单膝抵住椅子分开她双膝,缓慢向前移。

九郡主惶然抬头,书掉到木质地板上,下意识想抬腿,却被他预先摁住,两手手腕也被他牢牢扣进掌心。

房间里只有银饰撞击时发出的细微声响,被他单膝碰到的地方都在发烫,她有点恼:"不许再往、往前……"

他漫不经心地应了声,却故意逆她所言,她气得想咬他。

他无动于衷,任由她咬,完全把她的咬当作猫崽子的啃咬,腾出一只手去摘她衣裳上细碎的银饰,摘一个扔一个。

九郡主听着耳边的"叮当"声,开始心疼起衣裳上的装饰品:"别扔了别扔了,不能好好地放下来吗?"

"不能。"

她更气了:"等会儿还要我一个个捡回来戴上。"

他刚要扔银饰的动作一顿,皱起眉,反手扔到桌子上,想了想,又拿了回来重新扔地上,这次扔得更远。

少年将头埋她颈窝里笑了会儿:"以后我扔的都由我捡。"

"不是你扔的你也要捡。"

少年应道:"我捡。"

九郡主毫不犹豫地拆穿他的敷衍:"你每次都比我醒得迟,我穿衣裳的时候你还在睡觉,你如何捡?"

少年低着眼,不动声色地解她腰封:"那你努力比我起得更迟。"

"为什么你不能努力比我起得更早?"

"我可以努力让你起不来。"

九郡主不仅嘴上说不过他,手上的速度也比不过他,等她从气恼中醒过来时紫色的短外衫都被他反手挂到笔架上了。

她想起他说一套做一套的骗人风格,头皮发麻地试图再挣扎最后一次:"天还亮着。"

"不用担心，很快就黑了。"他无动于衷，单手抵在她身后，撑着椅背，有些硬，"要不要放条软些的毯子？"

九郡主脑海几乎立刻浮现出某种画面，惊得一把抓住他的袖子："你要在这里……"

他亲了亲她耳尖，无害地笑："只是试一次，不行的话我们再换地方。"

她还是有些纠结，抓着他袖子的手指用力收紧，抬头时目光撞进他眼底，到了嘴边的拒绝竟然变成委婉的允许："那你去拿条毯子。"

九郡主觉得不能再和少年学习南境语言了，因为作为一名教书先生，他有私心，他对学生图谋不轨，这是可耻的。

九郡主义正词严拒绝了他的教习，并且态度坚定地抱着书去找眠师，请求她教自己学南境的语言。

这天一早九郡主去上课时，少年竟也带着本书老老实实进去听课，从头到尾都没有倒下睡觉。

对于少年按时上课且没有课上睡懒觉的正常行为，周不醒和宋长空表示难以置信。

"我哥他以前就没有一次不迟到。"休息时间，宋长空手脚并用和九郡主讲述少年过去的故事，"他能来乖乖听课就已经是很不得了的事了。"

周不醒对他的说法给予肯定："一年三百六十五天，阿月至少要逃课三百日。"

九郡主震惊："那阿月的成绩岂不是垫底？"

宋长空骄傲道："我哥那么聪明，课业算什么？全南境的人都是他的手下败将。"

周不醒凑近九郡主，小声说："这个有点夸张了，阿月在四方列国风俗课这块就不太行。"

"其他的都很行？"

"非常行。"周不醒肯定道，"只要他来考试，除了各族风俗课，都是他第一。"

虽然阿月来考试的次数比他风俗课的考试分数还要少，还都是眠师唠唠叨叨许久才把他唠叨来的。

正坐在他们隔壁看小人书的少年抬了下眼皮，瞥向刻意避开他的九郡主："我人就在这里，你想知道什么直接问我不是更简单？"

"可是我不想和你说话。"九郡主一看到他脑仁"嗡嗡"全是昨晚被他哄骗着说的那些稀奇古怪的词汇，她早晚要搞清楚那些词是什么意思。

他竟然仗着语言优势欺负她，她早晚要找机会扳回一城。

九郡主顿了下，拍拍周不醒："麻烦七两朋友替我转达，我最近不想和他说话。"

周不醒憋着笑转达。

少年合上书，眼睛看向她，话却是对周不醒说："你帮我问她，今晚回不回来睡。"

"不回。"九郡主脱口而出。

周不醒看戏道："还要我转达吗？"

"……转。"

周不醒便重新转达，九郡主抱着书假装无事地去吃午饭。

少年低眸笑，扔下根本没翻几页的小人书起身跟上，懒洋洋地提醒道："南境的菜和中原的不太一样，阿九，你可能不太吃得惯。"

这几日在外面那间房住时都是他下厨做饭，他从九郡主大师父李斩那里学到不少东西。

九郡主初生牛犊不怕虎，头也不回道："士可杀不可辱，我就算饿死，从山上跳下去，也绝不会向可恶的阿月低头。"

扬言宁愿饿死、从山上跳下去也不会向可恶的少年低头的九郡主，仅仅一顿饭的工夫就转身扑进他怀里委屈巴巴地"咦咦呜呜"。

肚子"咕咕"叫，她好饿，没力气学习了。

少年意料之中地摸摸她脑袋，唇角微微弯起，瞳仁乌黑明亮。

"我想吃醋熘白菜。"九郡主悲伤地背诵,"还有糖醋排骨、酒酿丸子、水煮鱼、云吞面、烧花鸭、金钩里脊八宝饭……"

少年"嗯"了声,用一根手指抵住她额头,笑吟吟地问:"那你今晚打算去哪儿睡?"

九郡主哼哼着:"那得看你做的饭好不好吃。"

等他俩和好如初手牵手去厨房时,宋长空才一脸不解地问周不醒:"如果我没记错,兄嫂也会做饭的吧?她做饭很好吃欸,她为什么不自己做饭?"

这是小夫妻之间的乐趣,他一个小屁孩懂什么?

周不醒怜悯地看他一眼,摇头叹息转身跟着去厨房蹭吃蹭喝。

九郡主兢兢业业学了两个月的语言,收获颇丰。

这段时间她已经凭借一口半生不熟的蹩脚南境语与不少人打好交道,上至八十岁老人家,下至三岁小儿,内族里的人几乎都眼熟了她。

虽然她南境语说得很烂,却十分热情好学,还喜欢带胆大的小孩飞来飞去捉鸟摸鱼,因此,她最得小孩子们的喜欢。

少年正在找九郡主,她这段时间学了些半生不熟的南境语,每天最大的乐趣就去找小孩子聊天玩游戏,有时候连午饭都不回来吃,他得去找她回来吃饭。

但他又迷路了,不知巧还是不巧,正好拐去了试蛊屋。

南境无人不知这位月主殿下少时曾被误丢进试蛊屋,几乎丢了半条命,自那后,守在试蛊屋的人便多了好几倍。

一群人生怕这个地方勾起月主殿下不好的回忆,忙不迭地给他指路,指完路又惨白着脸低下头,余光落入缠绕银链的黑靴。

"叮!"

细微的声响仿若勾魂的信号,越是靠近,他们浑身上下抖得便越厉害。

所有人都在等少年离开,却没想到他只走出几步忽然停下步子,脚尖一转,面向他们,似是故意磨人心态,短靴上的银链晃晃悠悠带起冷淡、讥嘲的弧度。

一群人屏息，小心翼翼等待，手心和额头冒出冷汗，度日如年。

忽有一人感觉肩头被人拍了下，脸色顿时大变。

少年漫不经心的声音从上方飘落："带路。"

此人吓得直接厥了过去。

少年神色不动，又拍了拍下一人，嗓音平淡："带路。"

如此一连厥过去三个人，直到第四个人才颤颤巍巍站起来，顶着众人逃过一劫的目光慷慨赴死——带路。

少年跟在他身后两步远，对身后异样的目光视若无睹，眼看带路人走三步软一步，这才缓慢开口。

"好好带路。"

带路人似哭非哭："月、月主大人，我害怕……"

少年将银手链缠到自己的手指上："我不会杀你。"

带路人还是害怕："我害怕断胳膊断腿……"

少年想了想，轻描淡写道："那你最好尽快找到阿九，只有她才能拦住我。"

反正他们心里执着认为他会伤害他们，不论他说什么他们都不会信，倒不如让他们将希望寄托在阿九身上，日后他们见到阿九也会恭敬些。

带路人瞬间鼓起无限勇气，走路快了许多，背影也坚强了起来，不多久便走到临时搭建的粗糙蹴鞠场，恰好瞧见九郡主左右手各抓着一个小孩身形灵巧地飞上最高处。

小孩子们"吱哇"乱叫，一个个高兴得不行。九郡主低头，对下面的小孩子喊："排队排队，排好队一个个来——"

小孩子们乖乖排成一条长龙。

带路人满脸绝望："月主大人，我可以先把我那捣乱的不懂事儿子带走吗？"

他儿子就是九郡主左手抱着的那个。

"随你。"

带路人都快被吓疯了，尤其是当他儿子飞扑进他怀里好奇地探头看向月主大人，问出一个堪称翻天覆地的问题——

"阿九姐姐比月主大人更厉害吗？"

带路人几乎是立刻就捂住自家儿子的嘴巴，恨不能马上磕头认错。

少年却微微弯起嘴角，嗓音清朗，充满少年气："是啊。"

带路人愣住，他怀里的小儿子却没有他想的那么多，拽开老爹的手，蹦跳着问："那月主大人也可以飞飞吗？"

"能啊。"

小孩子憧憬道："那月主大人也可以带我们飞飞吗？"

带路人双腿一软，险些当场跪下求阴晴不定的月主大人放过他家不懂事的小儿子，随后却听那位脾气不太好的月主大人懒懒答道："不行。"

"为什么？"

少年瞄了眼终于摆脱小孩缠玩而向他走来的九郡主，低下头，微笑："因为就是不行。"

小孩子耷拉下脑袋，小声嘀咕："月主大人没有阿九姐姐好，哼。"

带路人要被自家儿子气疯，摁着儿子脑袋跪下认错时，弯下的膝盖却被少年抬脚碰了一下，整个人趔趄着后退，而后稳稳站着。

少年看也没看他，从他身侧走过，缠绕红发绳的辫子自他眼前而过。

"阿九。"

"阿月，你今天来得比昨天早好多。"

"因为找人带路了。"

"那我们要不要准备一些谢礼？"

"不用。"

捡回一命的带路人抱着儿子转身就跑。

这天过后，有关"月主"和"月主夫人"的话题越来越多，自打少年从中原回来后，南境无一人伤亡，甚至还有人因为和九郡主处得好而对月主稍微改观。

毕竟他们都亲眼见过,昔日那位阴晴不定的月主大人面对中原的那位小郡主时,像极了一个意气风发的普通少年,会笑会闹还会玩幼稚的小游戏。

不久后的一日下午,周不醒穿着他那身破破烂烂的乞丐服,拎着包袱来和他们告别。

九郡主揉着肩膀问:"你要去哪里?"

周不醒抖了抖沉重的、全是金银珠宝的包袱:"你不知道啊?"

"我知道什么?"

"我回南境之前,你们家小皇帝问我愿不愿意去中原替她做事。"

周不醒笑得露出两颗尖尖的牙,不算虎牙,但颇有几分意气:"我只要负责替你们家小皇帝抓收受贿赂的奸臣,再顺便抄家,这种事儿还不简单?随随便便就能赚到一辈子花不完的钱,倒是挺划算。哎呀,太能干也是一种烦恼。"

他是个奸商,回来之后掂量琢磨了这么久,自然还是觉得替小皇帝做事更划算,他又不是什么好人,他只认钱。

除了阿月的事没法用钱来衡量,其他的都无所谓,替谁办事不是办事?有钱就行。

周不醒转身潇洒离去,扬手挥挥:"日后中原再见。"

九郡主凝视他背影许久,跳起来往后院跑:"阿月阿月,我们什么时候回中原?"

正躺在躺椅上晒太阳的少年脸上盖着本书,闻言懒懒道:"随时。"

"那我们现在就去收拾东西吧。"

"好啊。"

"你都不问为什么这么急吗?"

少年抬手拿下脸上的书,侧眸瞧过去:"前院后院几步的距离,八十岁老太太都能听见你们说话。"

九郡主把他拽起来:"那我们快点收拾收拾去追周七两,再慢点他就跑没了。"

"追他做什么，我们自己走不是更好吗？"

"……欸？"

"他急着回中原，我们又不着急，路上顺道去趟无极岛和桃花坞，再绕路从江南走，回京城的路上说不定还能遇到其他好玩的事。"

"也是哦。"九郡主决定先去画个计划图，"那我们今晚先收拾东西，明日再出发。"

少年眉眼含笑看她忙忙碌碌准备东西。

翌日一早，眠师收到一封离家出走的交代信，展信看完之后无奈地摇摇头。

宋长空看看前后左右空下来的座位，蒙了。

为什么他们又不见了？

眠师说："他们去中原了。"

宋长空蹦起来："他们又去中原？"

还都不带他一起玩！上次也是这样，这次又是这样？

与被困在课业室丧着脸读书的宋长空不同，此时骑着骆驼慢悠悠行走在沙漠里的周不醒缓缓停下脚步，抬头看了眼碧蓝苍穹。

一只黑鹰展翅飞过。

"自由真好啊。"

他感叹着翻身坐上骆驼，拿着一片荷叶顶在脑袋上，随着骆驼深一步浅一步地往前走，嘴里有一搭没一搭地哼起自创的情歌。

"那个姑娘吖……"

"真有钱吖……"

番外三

今朝不醒

楚今朝出生那晚，全京城的锦鲤自发汇聚成天龙的形状，也许是天色已晚，许多人没有注意到这个情况。

眠师出自北域钦天族，擅占天象，天下之事她几乎无所不知。

锦鲤汇成龙那晚她匆忙去寻谢青絮，告知谢青絮，中原乃至三域或将易主。

谢青絮自那日起便开始着人关注那日出生的孩子。

楚今朝从小就知道，命运与权力应当掌握在自己手中。

小王爷出生时先帝驾崩，钦天监说他冲撞了龙气，太后命人将他送去寺庙，楚今朝亦因体弱多病而被送去寺庙渡劫。

彼时新帝势弱，太后掌权，楚今朝父王因风头正盛而遭太后忌惮，送她去寺庙渡劫无非是太后用来威胁她阿爹的借口。

楚今朝年幼不懂事，从未想过不该她这个年纪去想的事情。

她爱读书，庙中收藏的书极多，上至天文下至地理，军事、权谋、医术全都有所涉及，藏书阁里的书她很快便读完了，小王爷总能从外面给她找到不同类型的新书。

后来楚今朝在庙里遇见一名带着粉雕玉琢小姑娘的年轻女子，小王爷虽然不太正经，但对一些小道消息格外了解，他偷偷指着那名年轻女子说：

"小六你看见了吗？那个就是阳王的侧王妃，听说她长得可漂亮了，就是戴着面纱看不见她的脸。她旁边那个小孩是九郡主，算是你妹妹……"

说到这里，他忍不住嘟囔："同样是郡主，凭什么只有你被送来这破地方过日子……"

楚今朝没有太在意，只觉得那位侧王妃是个美人。直到不久后，她在外面和那个粉雕玉琢的小姑娘互换鸡腿，心满意足地爬墙回后厨，一不小心听见胖厨子和那位侧王妃的对话。

"李大侠，数年前北州洪灾，朝廷迟迟不肯拨下赈灾款，小女曾领疏雨阁诸位与您一道前往北州赈灾，不知您可还记得？"

楚今朝震惊捂嘴，她只知道庙里的这位厨子做饭很好吃，她与厨子关系也不错，庙里僧人只吃素，她却时常跑来向厨子讨鸡腿。

李大侠？胖厨子以前做过锄强扶弱的江湖大侠吗？

胖厨子叹着气转身说："当然记得，谢清醒之女谢青絮名不虚传，若非你领封无缘的商会捐出百万银两，又暗中出计逼迫朝廷拨下灾款，北州怕是早已沦落。"

谢青絮的脸遮在面纱后，只一双黑色的眸清凌凌，道："此事非小女一人之功，若是李大侠不肯前往北州，北州早已成为荒城。李大侠退出江湖已有一年，新盟主却依旧尚未选出，可见江湖中人对李大侠的认可。"

胖和尚谦虚道："不必夸我，我只是一介厨子罢了。"

谢青絮轻摇头道："如今中原朝堂动荡不安，太后垂帘执政，甚至想对几位王爷痛下杀手，六郡主与小王爷只是开始，接下来便是我家小酒与其余几位郡主和世子、王爷。"

"虽说中原现在尚能撑得下去，可两域越发势大，也许十年或二十年后，三域便会爆发战争，百姓们又将陷入水深火热。"

"我阿娘受北域玉千雪挟制，阿爹与我恨不能手刃玉千雪，此番前来，既出自阿絮的私心，亦出自真心。"

她抬起眼，嗓音平静道："我欲寻回中原新帝，以其手颠覆这四方列国，不知李大侠可愿随我回京城？"

……………

楚今朝满脑子都是"颠覆这四方列国"，她的心跳极快，像是有什么东西试图冲破牢笼。

她身处狭小佛庙，抬眼时却仿佛亲眼看见江山万里、无垠苍穹。

"我欲颠覆这四方列国。"

而她，楚今朝，誓要颠覆这腐朽不堪的中原王朝，她要将小王爷毫发无损地带回去，要让阿爹不再因为她而处处受制，要让当今太后自食其果。

她从门后走出来，看着屋子里的两个人说："我要做皇帝。"

楚今朝至今未曾想明白，那时的她是如何有勇气站出来说那句"我要做皇帝"的，她甚至都没想过，那样走出去，听见秘密的她会不会死在他们二人手中。

这个疑问直到太后薨、谢青絮死之前她才得到答案。

谢青絮说，她原本是想将那些话说与小王爷和楚今朝两人听的，想借机试探他二人的态度。

而楚今朝显然是更适合做皇帝的人。

她有勃勃的野心，有清晰的目的，还有软硬兼施的手段。

她会收拢人心，会借力打力，还会装疯卖傻地颠倒黑白。

她熟读军书与谋略，憎恨太后与新帝，重情重义且心系百姓。

她敢在听见那番话后孤身走出来，说她要做皇帝，胆魄与胸襟已是当世第一。

最重要的是，她出生之日天降异象，锦鲤汇聚成龙，天下无人敢反对她继位。

她是翱翔的龙，天生的皇。

谢青絮给楚今朝留下了最后一个考验——在她死后，说服她的人为楚今朝所用。

前任武林盟主李斩，魔教教主王灵灵，疏雨阁封无缘与陆青衣，以及她的女儿楚今酒。

楚今朝早已得到李斩的认可，至于第二个人，她选择了楚今酒，不仅因为她和楚今酒关系好，还因为楚今酒的身份不同寻常。

天底下没有比阿九更恨这个旧王朝的人，因为她阿娘死在这个肮脏的王朝手下。

也没有比她更希望中原安稳的人，因为她阿娘唯愿天下太平。

楚今朝与楚今酒分工明确，一个足智多谋负责收拢人心，一个武功高强负责私下打探、传递消息。

…………

楚今朝登基后，曾有人暗示她为以防万一应当斩草除根，杀了楚今酒。

彼时她正在看一封信，闻言竟是笑了。她慢慢放下信，若有所思地瞧着那人，眼神清明，面上温和。

"你可知，为何阿九名为楚今酒？"

那人不知，却隐隐感到压迫，慌乱跪地。

楚今朝接过帕子擦手，绕过桌案走到那人面前，弯腰用捏着帕子的手抬起那人下巴，温润含笑。

"朕登基之前，天下皆知朕与阿酒关系不和，常用一句诗嘲笑她与朕之间的水火不容。

"今朝有酒今朝醉，你听过吗？

"不过半年，这句诗反而变成赞扬朕与阿酒姐妹情深的好话。

"也许是时间太久了，竟然已经没人记得朕曾改过名。

"楚今酒，是朕为阿酒取的名。

"楚今朝，是朕因阿酒改的名。

"你说，朕会允许旁人构陷朕的亲妹妹吗？"

她神色沉冷，直起身，垂眼俯视着面前这个早已瘫软成一摊烂泥的小人，面色淡淡道："拖下去吧。"

言罢，她又想到什么，重新回到桌案前，盯着那封花里胡哨的信看了片刻，皱眉。

服侍她多年的小宫女道："陛下可是有什么烦心事？"

楚今朝沉沉吐出一口气，道："准备好笔墨和练字帖，等周不醒到京城便将字帖送到他手中，他的字实在是……太丑了。"

话是这么说，但她还是勉强认出了周不醒信上的字，沉思片刻，回了四个字：

虚位以待。

周不醒从小到大经历过无数次死里逃生，自认是个福大命大之人，是以平日行事便总是吊儿郎当不太着调。

他对生命十分看得开，该活就活，该死就死，话本子里的那些"我命由我不由天"与他无关，他对自己的定位很清楚。

一个坑蒙拐骗、贪财怕死的浑球，而他，早晚会因他这不正经的性子而死。

人生在世嘛，活得自在才是最重要的。

此时此刻，这个坑蒙拐骗、贪财怕死的浑球正面带笑意地将一名柔弱的姑娘从客栈恶霸手下救出来，并且在姑娘泪眼婆娑向他道谢时，面不改色地朝姑娘伸出手："三两银子，谢谢。"

姑娘一脸惊异。

周不醒尽职尽责地提醒道："我方才冒着生命危险将你从恶霸手中救出来，只要三两银子已经是我打过折的价钱了……要不二两？"

姑娘哭得更厉害。

周不醒絮絮叨叨和她讲道理："二两银子也多了吗？那就一两吧，一两，真不能再少了！我是个生意人，亏了二两银子呢……算了，两文钱你总有的吧？"

哭得梨花带雨的姑娘芳心破碎，将两枚铜板摔在他脸上，愤愤不平地离去。

周不醒揉揉脸，捏着那两枚铜钱举起来对着太阳光瞅了瞅，暖金色的光线穿过铜钱的小孔落入他黑色的眼底，映出一颗小小的光斑。

"唉，今天只赚了两文钱喏。"

他长长叹出一口气，而后嘴角一弯，哼唱着不知名的小曲下了楼。

"去找冤大头赚大钱咯。"

周不醒给楚今朝写了封信，夸赞中原人美景也美，如果中原人能更大方些就更美了。

半月后。

楚今朝回信道："如果你能快点回到京城也很美。另外，你的字真的很丑。"

又半月。

周不醒接着回道："我今天刚到南州，碰见一件好玩的事，山匪抢新娘你见过没有？"

十日后。

楚今朝回："你不会出手救了人之后又问人姑娘要三两银子吧？你的字是真的丑。"

又十日。

周不醒也回："怎么能只要三两？我要了三十两！我都要得这么便宜了，还是被新娘打了一顿。"

八日后。

楚今朝："姑娘的手有没有打疼？"

又八日。

周不醒："我舍得让姑娘打我吗？除非给钱，三十两多吗？"

六日后。

楚今朝："也就只值三文钱。另，你的字真的丑死了。"

又六日。

周不醒："三文钱就三文钱吧，你为何老是强调我字丑？我字丑你不是也能认出来？"

周不醒："我方才想起来，连我师父都看不懂我写的字，你竟然能看得懂我写的字？"

五日后。

楚今朝："速归。"

第二日，楚今朝改变了主意："莫回，江南那边有人传来消息说有冤案，你去看看是不是有贪官，届时有人会接应你。"

周不醒收到这封信时发现还附赠了一样东西，展开一看，是一张字帖。

附字：奉命练字。

周不醒觉得不是他有病就是这个小皇帝有病，想了半天深觉自己没病，那肯定是小皇帝有病。

江南冤案"拔出萝卜带出泥"，前前后后花了差不多一个月才彻底解决这桩麻烦事。

自此后便有传言说京城来了个大人物奉命办差，专查贪官污吏，今日有人说他去了江南，明日又有人说他去了北州，好像那个人长了双翅膀，想去哪儿便能去哪儿。

没有人想得到，这个传言中的大人物整日穿着破破烂烂打着补丁的乞丐服，耳朵上挂着一支笔，怀中揣着一张字帖，今日笑眯眯坑走贪官受贿得来的金子，明日神神道道骗来污吏藏在小金库的银子。

直到被抄家、入狱，这些人想破脑袋也想不到究竟是哪里露出的马脚。

这世上忠臣不少，奸臣也不少，可奸滑聪明的忠臣却极少。

周不醒从不认为自己是忠臣，他永远不会做官，他不喜欢被囚困，而他之所以愿意回中原，一方面是觉得无聊，一方面也是不知何时对小皇帝存了那么点奇奇怪怪的探究欲，这才懒洋洋接受小皇帝的建议。

周不醒做过最底层的、人人可欺的奴隶，做过狐假虎威的小跟班，也做过奉皇命办事的高贵大人，思来想去还是觉得做一个小乞丐更自在。

于是他找了个时间去街头蹲着继续当一名长得漂亮的小乞丐，侧身倚着冷冰冰的台阶，津津有味地看着姑娘们为自己争风吃醋。

无耻之徒周不醒从来不会反省自己粉碎过多少姑娘家的芳心，因为他觉得这是他牺牲美色换来的，无论从那个角度来说都是一场公平的交易。

不过不管怎么说，他还是有那么点良心的，不会真的去破坏姑娘家的名声，这也是为什么他得罪了那么多姑娘和姑娘的亲戚们也依然能够安然无恙地回到正轨。

姑娘们还在为他争吵，有人想伸手拉他，被他不动声色地避开。

他看热闹看得起劲，忍不住从怀中抓出一把瓜子嗑了起来，煽风点火道："不如这样吧，你们谁出的价钱最高，我就跟你们回去，怎么样？"

姑娘们便当街拍卖起来，拍到一百两时连周不醒都心动了，原来他这么值钱啊。

"一千两。"

女子的声音从旁边传来，围观的人群纷纷向声源处看去，周不醒眼底的笑浓了些，懒懒撇头瞧过去。

楚今朝一袭天青色的长裙，负手立在人群外，面容清秀，笑意淡淡地垂下眼。迎着众人惊诧的目光，她不紧不慢地补充了两个字："金子。"

一千两金子。

这么贵呢？

争抢的姑娘家们踌躇了，谁愿意花一千两金子买个乞丐回家供着？

围观群众远在京城之外，很少有人见过当今天子的真容，在场的几乎所有人都没能认出来微服出行的楚今朝。

除了周不醒。

他坐没坐相地倚着台阶，闻言倒是难得没有对"一千两金子"心动，只笑眯眯地瞅着她，拖腔拖调地调笑道："姑娘知不知道这一千两买的是什么呀？"

楚今朝直直瞧着他，浅笑："我若不知，又怎会花钱买你？"

周不醒脸上的表情一僵。

楚今朝慢慢走过人群，青色裙摆轻轻滑过白色的靴，停在这个几乎瘫成一团的小乞丐面前。

"走了。"她淡淡地说。

周不醒微微眯眼，阳光刺眼，他看见楚今朝身后出现大片大片的光晕，甚至有些分不清哪个才是她。

半晌。

他笑了起来，坐在台阶上耍无赖道："哎呀，我被这位漂亮姑娘笑得迷了心，腿软了，站不起来，怎么办呢？"

楚今朝："你起不起来？"

周不醒："不起。"

楚今朝："真不起？"

周不醒坚定："除非你拉我。"

楚今朝点了点头，转身对后面的人吩咐道："来人，把他的腿给我打断了，抬回去。"

没等人动手，周不醒"刺溜"一下蹦了起来，给她捏捏肩："怎么突然就这么粗暴呢？我也没说不回，你看看你，一段时间不见，怎么还是这么仗势欺人？"

楚今朝懒得搭理，拍掉他的手，停顿一瞬，又主动用两根手指捏住他破破烂烂漏着风的袖子，神色不动地拽着他往人群外走："闭嘴，一两银子。"

"金子。"周不醒说，"你欠我一千零一两金子。"

顿了下，他垂眼瞧着被她攥住的破烂袖子，眼底泛起笑，改口："给你打个折，九百九十九两吧。"

楚今朝不想理他。

围观群众渐渐地散开，长相俊俏的小乞丐和神秘的大小姐背影消失在远方。

风送来他们细不可闻的对话。

"我的金子呢？"

"回去给你。"

"那可不行，我现在就要。"

"要钱没有，要命一条。"

"堂堂小皇帝，出尔反尔不太好吧？要不这样，我也不要你的命，你就亲我一下，我少收你一两金子。"

"周不醒，你的胆子是不是越来越大了？"

"那我亲你一下，少收你二两金子。"

片刻后。

"现在你还欠我九百九十七两金子，剩下的就慢慢还吧，我不着急。"

番外四

入 世

　　王灵灵是个孤儿，被妄言教的各位长老养大。

　　大长老面容半毁，据说是婚礼当天被丈夫联合外人一把火烧出来的。

　　二长老独臂，据说是因为救过一名狼心狗肺、忘恩负义的小人。

　　其余几位长老身上或多或少都有些伤，有的哑了，有的眼盲，全教上下没有一人是完好无损的。

　　除了王灵灵。

　　王灵灵在妄言教中格外受宠，她要星星就没人会给她月亮。

　　彼时，妄言教还不是中原人口中的"魔教"，众人提到妄言教也只是说教派颇邪。

　　妄言教成为"魔教"，责任全在于王灵灵。

　　王灵灵十六岁出教历练的那两年，一人一鞭，打遍中原十八门派，教中长老们所经历过的那些事，她完完整整地复刻在长老们的仇人身上。

　　王灵灵被江湖十八门派通缉，从此，妄言教便被简化成可止小儿夜啼的"魔教"。

　　长老们虽无奈，却没有一个人对王灵灵嚣张放肆的行为表示反对，无论如何，他们养大的那个孩子是在为他们报仇。

　　有时候人年纪大了就对很多事无所谓了，但有时候也会觉得人还是要深记仇恨，毕竟血海深仇并非轻易就能放下的，即便活人愿意放下，死去的那些人却永远不会因为活人的放下而复活、安息。

没有人有资格替死去的那些人原谅他们的仇人。

王灵灵不将各大门派放在眼里的嚣张行为很快引起武林人士的不满，无论走到哪个客栈驿馆，旁人谈论最多的便是王灵灵如何如何。

王灵灵最初还会拿鞭子抽人一顿，后来听得多了反而觉得有点意思。

"魔教妖女身材火辣，利用人心练邪功。"

王灵灵：嗯嗯，我的身材就是好，你们嫉妒。

"魔教妖女心狠手辣，连女人都不放过！"

王灵灵：嗯嗯，姑娘们香香软软的，捏捏脸可好玩了。

"嘿，你们听说了没？前几日魔教妖女将霸刀村的小孩都掳了去，挖出他们眼珠子烹饪吃了！"

"怎会如此残忍？"

"魔教的人嘛，做出什么事都不稀奇。"

…………

类似的话，王灵灵听得太多了，如今早已能做到波澜不惊地花生米就酒顺便听八卦。但她没想到的是，这次竟然会有人出声反驳。

"霸刀村的孩子们安然无恙，村子里这段时间也无事发生。"

王灵灵颇感兴趣地朝声源处看去，对方恰好就在她隔壁的桌子，是个白衣少年，眉目俊挺，神色却格外冷淡，仿佛方才那些话并非出自他口。

他隔壁还坐着一名扶额叹气的年纪略大的青年。

青年说："你怎么还是说了？跟我们没关系啊。"

白衣少年低头认真地剥花生："事实。"

"就算是事实也要看时机说。"

"时机正好。"

"现在怎么看都不算时机正好吧！"

散播谣言的一群人对于被当众质疑而表示不满，张口就问他是何人，为何替魔教之人说话。"

　　白衣少年眉头微蹙，抬起头，颇为不解道："我只是说了一句实话，你为何污蔑我是为魔教说话？"

　　"你还问我为何？你替魔教妖女王灵灵说话，难道不是替魔教说话？"

　　白衣少年不赞同地摇头："你们说的事实不对，而我说了事实，便算是替魔教说话？"

　　"你、你胡言乱语什么？"

　　"我说的是事实。"白衣少年冷冷淡淡道，"我昨日才去过霸刀村，村里的孩子们安然无恙，并没有魔教人作恶的事情发生。"

　　他们只是随口诌了个村子名，谁知道还真有那个村？正好这个人还去过那个村？

　　一时间，气氛有点尴尬。

　　白衣少年倒是不太在意别人的看法，自顾自地继续剥花生，随后将剥好的花生米全部装进兜子里。

　　王灵灵突兀地笑了声。

　　白衣少年偏头看她。

　　王灵灵朝他走去，单手按在他的桌前，在他平静的目光中快速伸手从他兜里抓走一把花生米。

　　王灵灵抛了两粒花生米进嘴里，笑嘻嘻地说："你的花生米更好吃。"说完转身就走，出门的路上顺便一脚一个踢翻方才污蔑她的那些嘴碎之人。直到走到门口，她才想起什么似的回过头。

　　阳光倾泻而下。

　　红衣露肩的女子以手点唇，指尖虚空一弹，遥遥指向那名白衣少年，轻浮地眨了眨左眼。

　　"哦对了，忘了说，我就是魔教妖女王灵灵。"

　　王灵灵第二次见到那名白衣少年是在青楼，起因是她女扮男装想去青楼看漂亮姑娘,然后发现那白衣少年也和同伴乔装打扮混进青楼查案子。

他明显同青楼里玩乐的普通男子不同,明显还是个未经人事的雏儿,被姑娘们不小心碰到时还会生涩地试图以手挡住她们。

王灵灵捧着下巴瞅了他好久,眼见着他皱眉推开好几个漂亮姑娘,忍不住地笑。

琢磨片刻后,她花钱买通这里的负责人,搞了一套露肩衣裳,蒙着面纱走过去逗他。

与他同来的同伴去另一边调查别的事,只留下他一人面对一屋子的三个陌生姑娘,偏生还要想办法从三个姑娘嘴里套出来一些需要的信息。

王灵灵一进去,那三名姑娘便识趣地走了,她瞄着他冷冰冰的侧脸,突然就有点想见他笑。

只是还没等她假装柔弱地跌进他怀里,他倒是先开了口:"王灵灵,你离我远点。"

王灵灵不服气地硬是跌进他怀里,被他一把子揪住后脖颈丢猫崽似的丢了出去。

王灵灵狰狞着脸去掐他脖子:"哎呀,郎君说的这是什么话?王灵灵是谁呀?"

嘴上这么说,手上的力气却一点没少。

王灵灵故技重施,这次很懂地使劲抱着他不放,他揪了好几次也没揪开她,反而被迫和她纠缠着倒在毯子上,衣裳全都缠绕到一块儿,连头发都互相交错。

两人的呼吸同时变得急促,她趴在他身上,裸露的肌肤触碰到他微凉的衣裳,一时间不知为何竟有些战栗。

"喂,你叫什么名……"

话没说完,门被人一把推开,白衣少年的同伴气喘吁吁地喊:"戚白隐,我找到——"

话音戛然而止,同伴看清屋子里的情况,霎时闭嘴:"打扰了!你们继续！"说完还顺手把门关上了。

戚白隐咬牙。

王灵灵反而笑得狡黠，故意趴在他身上不起来，朝着他耳朵吹起，嗓音柔软："原来你叫戚白隐，哪个戚哪个白哪个隐？我好像有点喜欢你。"

后来是他俩拼了内力，最终还是少年郎的责任感占据上风，他冷冷站在她面前，一句话粉碎她少得可怜的少女心。

"我不喜欢你。"

王灵灵不在意别人骂她魔教妖女，也不在意骂她心狠手辣、无情无心，反正她本来就是那样的人，但她一点也不喜欢听见戚白隐说他不喜欢她。

王灵灵还是有点叛逆的，一听他说这话更不爽快了，便借机整日缠着他。

他查案，她便动用自己的人去帮他找证据。

他要睡觉，她便在他床上滚一圈，让他睡觉时都能闻得到她身上的味道，梦里也得记着她的味道。

他与朋友远行，她便收买他的朋友好与之同行。

王灵灵每天都会问他："今天你有没有喜欢我？"

刚开始，戚白隐会很坚定地说："不喜欢。"

后来，戚白隐会说："你并不喜欢我。"

王灵灵说："我就是喜欢你，你凭什么说我不喜欢你？"

戚白隐深深地看着她，轻轻摇头："你不喜欢我。"

王灵灵不知道他为什么这么坚定地认为她并不喜欢他，如果她不喜欢他，她绝对不会把时间浪费在他身上，她都厚着脸皮跟在他身后多久了？他竟然敢说她不喜欢他？

王灵灵很生气。

在某个节日的夜晚，她买通全城的人，在那日的深夜，所有人都为她放了一只孔明灯，每一只灯上都写着"我就是喜欢你"。

那天晚上，戚白隐捧着手中买到的那只红色的小孔明灯，抬眸望着满空的孔明灯。

"我也喜欢你。"

他的灯上写着回应她的那句话。

没等他将灯放给她看,远在无极岛的师父寄来一封信。

信上说他的历练结束了,该回去继承岛主之位了。

戚白隐知道王灵灵是个天性自由的人,而他天生便被折断了翅膀,这辈子都无法带她自由遨游,他身后还有无极岛,他是无极岛未来的岛主,未来一生都无法出岛。

他要永远驻守无极岛,而王灵灵却是自由的鸟。

戚白隐沉默地将那只孔明灯放高,他静静看着那只灯飞进"我喜欢你"的灯群,再也找不见。

"我不适合你。"他对王灵灵说。

他再也没对她说过一句"不喜欢",哪怕是拒绝,也只是"不适合"。

王灵灵"哦"了声,好像并不是很在意:"如果你不喜欢我,你就说你不喜欢我,你要是真的不喜欢我,我也不会非缠着你,我又不是那种为了个男人就要生要死的女人。"

戚白隐说不出那句话"不喜欢"。

王灵灵便笑了,肯定道:"你也喜欢我。"

戚白隐说:"我要回无极岛了。"

王灵灵举手:"我跟你一起回去玩。"

戚白隐又说:"我回去后,再也不会出岛。"

王灵灵疑惑。

"无极岛不得入世,这是几百年的老规矩。"戚白隐解释道,"身为无极岛的岛主,终生不得出岛。"

他看着她的眼睛,慢慢地说:"我若是喜欢你,便会想尽办法娶你,可我若娶了你,便无法给你自由。"

王灵灵还是不明白:"你不出岛,别人也不可以出岛?"

戚白隐缓缓点头:"内岛藏了无数秘密,外面的人觊觎无极岛,内岛之人成年之前均不可出岛，岛主与岛主夫人一生不得出岛，而非无极岛之人，不得随意进入内岛。"

可规矩是死的，人是活的嘛，规矩都是人定的，总能有改变规矩的机会。

直到王灵灵亲眼见到云澜和云渺偷偷出岛后被岛外之人捉住，两个小孩被折磨得不成样子，她才知道，对于无极岛的人来说，岛外的人才是最危险的存在。

王灵灵想了很久，在一个夜晚把戚白隐喊到山上去烤金色鲤，他为她烤价值万两黄金的金色鲤，她告诉他："我仔细考虑过了，我还是不适合做你们无极岛的夫人。"

她是魔教妖女，与戚白隐背负着无极岛的责任一样，她身上也背负着妄言教的责任，要她一辈子不能离开无极岛，这是不可能的。

所以他们和平地吃了这顿金色鲤，和平地说了再见，因为他们都知道，爱情并不是他们生命的全部。

戚白隐回到无极岛，做了他的无极岛主。

王灵灵回到江湖，做回她肆无忌惮的魔教妖女。

后来，他听说魔教招了不少女婿候选人。

后来，她听说他有了未婚妻。

再后来，他在岛上放了无数的孔明灯，而她在海边放了无数的小河灯。

她抬起头，看见满目繁星般的孔明灯，轻盈跃起抓住一只，眼中星光闪烁。

他俯身从河岸捞起一只小河灯，半晌，重新将它放回河中。

河灯与孔明灯上空空如也，谁也没有落笔题字。

既然都过去了，就一起往前看吧。

戚白隐有时候会想，幸好闻笑不喜欢自己，幸好她爱上的是自己的朋友季炎鹤。

戚白隐出岛遇见的第一个人就是季炎鹤，彼时的季炎鹤还是个路见不平的江湖侠客，他带戚白隐认识许多江湖好友，教戚白隐如何与外人交往。

当季炎鹤忐忑不安地告诉他自己爱上了闻笑时，戚白隐的内心竟是松了口气。

他竟然松了口气。

后来戚白隐无数次辗转反侧，不停地告诉自己不能有这种小人心态，可他控制不住。

他整日饱受私心与道德的煎熬，没有发现这样的幸运背后是一个圈套，当他回过神时，岛外已乱成一锅粥。

听闻魔教近来越发嚣张，不仅挑衅十八大门派，甚至频繁杀害无辜百姓，中原武林看不下去遂联合起来攻打魔教。

戚白隐听说妄言教被剿灭的那日正在无极山中烤金色鲤。他不太喜欢吃鱼，但王灵灵喜欢，尤其是金色鲤，只是烤好的金色鲤再也不能送到王灵灵手中。

直到云澜、云渺急急忙忙赶上山告诉他妄言教被中原十八大门派的人剿灭，而妄言教几位长老自刎于山顶，教内一大半人死的死伤的伤，圣女王灵灵彻底失踪。

武林盟的季炎鹤就在无极岛外，在戚白隐出现时将勉强救下来的几位魔教之人露了出来。

季炎鹤发誓说武林盟从未参与过剿灭魔教的事，但十八大门派已恨魔教入骨，谁也拦不住他们的报复，他的人从混战中只救下来这些老弱妇孺。

戚白隐没说信，也没说不信，吩咐人将留下来的这些人安排去外岛妥帖安置。

季炎鹤与他私谈道："我的人打听到王灵灵前几日的下落，十八大门派的人想来很快也就会知道，王灵灵不会信我，而我也不能在十八大门派的眼皮子底下光明正大将她救出来，更何况她只信你。"

戚白隐没有说话，低着眼，兀自系紧白色的袖带。

季炎鹤又说："我知道你不能出岛，我也不是来逼迫你出岛，只是若想救走王灵灵，没有你，我一个人肯定做不到。她不信我，我带不走她，妄言教八大长老全部死在中原门派手里，王灵灵定会想办法去报仇。你比我更了解她，哪怕是同归于尽她也会拉着所有人一起去死，只有你能把她带回来。"

戚白隐想，他对王灵灵来说并不是那么重要的存在，正如他在无极岛与王灵灵中选择了无极岛，王灵灵也在妄言教与他之间选择了妄言教。

即便他去见了王灵灵，她若决定与十八大门派同归于尽，他决计拦不住。

可是今时不同往日。

他不要阻拦王灵灵复仇，他只想将复仇后的王灵灵带走。

他只要她能活下来，无论她想做什么，他只要她活着。

于是戚白隐留下三门九室的钥匙，违背祖宗几百年来定下的规矩，擅自出岛了。

戚白隐并不蠢，他出岛时就发现季炎鹤这一趟前来别有目的，戚白隐设想了无数被背叛的可能性，唯独没有想到，闻笑竟会伙同季炎鹤一同害他。

当他找到被逼入绝境几乎走火入魔的王灵灵时，体内早已被季炎鹤不着痕迹种下蛊，他一无所知。

王灵灵站在崖边，红衣猎猎，迎着他的眼质问道："你不是说这辈子都不会出岛吗？今日为何要出岛？"

他背对着中原武林众人，顶着他们惊惧愤怒的目光，一步一步朝她走去，脚下沾染的血全是从她那边流过来的，他向来冷淡的神色渐渐褪去。

戚白隐站在她面前，抬手拭去她颊边的血，眸光坚定，口吻却极淡："为你出岛。"

王灵灵无动于衷，眼底猩红，咬牙切齿道："他们逼死了我的叔伯弟妹们，除了你，我不会放过这里任何一个人，若你要拦我，我也不会放过你。"

可他没有拦她。

戚白隐说："我只要你活着。"

也许是悬崖上的风太大，也许是声音很低，身后的人没有听见他说的话。

中原十八大门派，兼之武林盟，成百上千之人亲眼目睹，与世无争的无极岛岛主戚白隐，一剑刺入走火入魔的魔教妖女胸口。

魔教妖女满眼不可置信，跪倒在地，整个人虚弱不堪。

武林众人围堵上前，却见戚白隐动作僵硬地提剑立在魔教妖女身前。

戚白隐杀了魔教妖女，却又要为了魔教妖女与中原武林为敌，这让众人一时摸不着头脑，停在原地静观其变。

戚白隐意识到被人控制时已经晚了，电光石火之间他只来得及偏离剑尖，没有当场要了王灵灵的命。

季炎鹤很早之前便给他种了蛊，被控制的蛊日复一日蚕食他的身体，只等这一日爆发。季炎鹤要戚白隐亲手杀死最爱的女人，又要戚白隐在众人的见证下明晃晃背叛中原武林。

季炎鹤想让他身败名裂，又想让他痛不欲生。

他多恨他啊。

但季炎鹤没算到的一点是，几近走火入魔的王灵灵身受重伤后反而比所有人都要清醒，她看出来戚白隐的不对劲，在他犯下无法原谅的罪孽时拼死抓住戚白隐一同坠崖。

王灵灵是被封无缘捡到的，她醒的时候戚白隐还在昏迷中。

封无缘让人把她摁在床上："你再着急他也不能立刻醒过来，他凭内力压制体内的蛊，已经有了走火入魔的迹象。他身上还有很严重的外伤，约莫是你们坠崖时他想尽办法用身体护着你，中途撞到不少东西做缓冲。这回得亏他功夫不错，不然你俩半路就该被石头撞死。"

话本子里的坠崖不死都是假的，现实是有人用自己的身体做缓冲的肉垫，以命护着另一个人。

戚白隐昏迷了很久，这段时间王灵灵就在封无缘的地盘来去自由。

王灵灵与封无缘的相识完全是意外，起因是她刚出教历练时劫过封无缘的商队，然后被疏雨阁的杀手追着杀了几个月，最后跑到京城，天子脚下恰好遇见一名"善良"又漂亮的王妃。

王灵灵与谢青絮并不熟,但她天生喜欢漂亮姑娘,再加上受伤后这位漂亮姑娘还愿意给自己包扎。

王灵灵被谢青絮的表面所迷惑,步步走入谢青絮的圈套,很久以后她才知道这一切都是谢青絮故意设计的。

王灵灵是先抢劫了封无缘的商队没错,可之后的疏雨阁追杀、漂亮姑娘温柔包扎等,全都是谢青絮将计就计的圈套,目的是为了获得妄言教的信任,以扩大他们的暗部势力。

王灵灵发现真相时已经是妄言教覆灭之后的事了。

十八大门派围剿妄言教,教中长老寡不敌众,濒死之际宁死不屈自刎于教门前,教中众人死伤无数,幸运活下来的那些人,全都是谢青絮冒着生命危险带人救出来的。

封无缘替那些人安排了安全的住处与去处,从头到尾都没提过别的要求,如今更是愿意冒着暴露身份的风险将她和戚白隐从中原武林的追杀中救了出来。

王灵灵想过他们也许是想挟恩图报,谢青絮果然也没有让她失望,温柔的口说出并不太温柔的话。

"我并非施恩不图报的圣人,我费了这么大的力气救你和你的人的确有所图。"谢青絮坐在王灵灵对面,轻抿一口温茶,容色平和道,"不过说句老实话,今日的你对我来说毫无用处,我需要的是背后有妄言教的王灵灵,而不是被中原武林通缉追杀的王灵灵。"

王灵灵脸色难看得很。

谢青絮说:"救你和你的人对我来说百害无一利,等你们伤好后便离开中原吧。你朋友体内被种了蛊,若想解蛊需得去南境找人,我已经安排了人,过段时日便送你们去南境,届时你们想做什么都没人拦。"

有时候王灵灵根本搞不懂谢青絮究竟什么意思,她想利用她,却又好像无欲无求,真是一个两面派。

王灵灵没有立刻离开,她在等戚白隐醒,而戚白隐半月后才醒来。

戚白隐失忆了,却记得自己有个未婚妻,他下意识地认为他很爱他的未婚妻。

他的确有个很爱的女人,可那个女人绝不会是他的未婚妻。

王灵灵越发暴躁,在谢青絮又一次提醒她可以去南境时,愤怒地掀了戚白隐吃饭的桌子。

"不去!就让他受着!"她盯着脸色木然的戚白隐,心里一阵火大,冷笑道,"失忆是吧,不就是失忆吗?又不是缺胳膊断腿,就让他继续失着忆,谁都不许给他治病!"

大约是受到的刺激太大,短短数月,王灵灵竟找到了不少妄言教流落各地的教众,又花了好些日子悄无声息地将众人送入十八大门派。

他们要报仇,而敌人的敌人就是朋友。

王灵灵选择和谢青絮合作,合作条件之一就是谁也不许告诉戚白隐他的真实身份,还要想办法瞒住他的身份,以防泄露他活着并失忆的消息从而给无极岛带去灾难。

王灵灵想,她是魔教妖女,是个自私的女人,昔日戚白隐在她和无极岛之间选择了无极岛,若是让他恢复记忆,他定然还是会选择无极岛。

而几乎一无所有的王灵灵已经不能再失去任何一个在乎的人了。

于是她选择不解蛊,即便戚白隐忘了她,她也不能再给他回无极岛的机会。

王灵灵生气的时候很多,被死对头陆青衣骂,被封无缘嘲讽,被戚白隐气,一天十二个时辰里她有一半的时间都在生气。

最可气的是,戚白隐竟然不知道来哄她,他以前就算不爱说话也会想办法哄她笑的。

王灵灵越想越气,气着气着竟然气习惯了。

之后某日她女扮男装去陆青衣的怡红院搞事情,后半夜陆青衣气急败坏和她打了起来。戚白隐背着劈好的柴火慢吞吞走进怡红院,俯身放下柴火,平静闪身避开迎头而来的各种暗器。

王灵灵还在和陆青衣打架。

戚白隐想了想,熟门熟路地去厨房倒了杯茶,就这么坐在院子里看她俩打架。

等王灵灵打完,他慢吞吞地将手中的凉茶递给她,也没说话,拎着柴刀就要走。

王灵灵喝完凉茶,回头看累得要死却没人递茶的陆青衣,顿时就不气了,背着手晃晃悠悠地追着戚白隐出了门。

陆青衣气得直翻白眼。

戚白隐记得他有个未婚妻,也记得他很爱一名女子,却不确定他的未婚妻是不是他爱的那个人。

他看着王灵灵,时常怀疑她才是自己爱着的那名女子。

他迟疑着,试探着,想要找到真相,却一次又一次听她阴阳怪气地嘲讽"滚回去找你心爱的未婚妻"。

戚白隐不想回去,也不知道该回哪里,每次听她这么说都会沉默下来,他觉得他应当是喜欢王灵灵的,可心里又觉得他这样是不对的。

但他控制不住地想要靠近王灵灵。

这几日封无缘手底下的人要成亲,封无缘准备了许多聘礼,他说:"我的人娶姑娘,聘礼怎么能寒碜?加!再给我加十箱!"

戚白隐看着那些珠光宝气、金光闪闪的聘礼,头一次觉得自己太穷了,陷入深深的自我反省中。

于是他决定去外面赚钱,找来找去发现只有赌坊出的薪酬最高。

戚白隐去做了赌坊的打手。

王灵灵得知这件事时险些没打断他的腿。

"谁让你去那种地方的打手了?谁让你去做打手了?谁让你去给别人跑腿,谁让你去的?啊?"

戚白隐一声不吭，默默拉上被王灵灵拽歪的粗布衣裳，拎着棍子，认真地看着她："我要走了，迟到会扣工钱。"

王灵灵被他气死，连续蹬了他好几脚，他却只是弯腰拍拍裤腿，半点儿也不委屈。

从那天起，戚白隐便将赚来的银子全部用来给王灵灵买东西，胭脂水粉，南境的水果，姑娘家的首饰……凡是王灵灵可能喜欢的，他全都买过，一月的薪酬不够他就趁夜里再去多跑跑腿。

时间久了，王灵灵也不再骂他了，反而越来越心安理得地接受他的礼物，甚至还心血来潮去学磨豆腐。

每天白日戚白隐去赌坊办事，她就推着小车去赌坊门口卖豆腐，生意极好，好得不能再好。

戚白隐每每看见她言笑晏晏地同别的男子说话，心里都有一股酸酸的感觉，可他忍了下来，他从不干涉王灵灵的所作所为，只有当别的男人太过分时他才会忍无可忍地出手。

而王灵灵就喜欢看他忍无可忍的模样，他越是无法忍耐，她越是痛快。

封无缘骂骂咧咧："你俩是不是有病？有什么话摊开说不就行了？非得你折腾我我折腾你，你以为你几岁了？"

王灵灵点了下封无缘的肩膀，脸上的表情狰狞，嘴上却故意娇滴滴地恶心他："哎呀，死样，人家十八岁啦。"

不巧，这话叫路过的戚白隐听了去，他看着王灵灵和封无缘的亲密相处，突然想到封无缘手中的雄厚财力以及一张口就是"十箱"聘礼的爽快，眼中的光渐渐暗下。

王灵灵发现，戚白隐面对她时越发波澜不惊了，甚至已经发展到不动声色避开她的触碰的程度。

王灵灵感到不可思议，深深怀疑他心里有了别的女人，拉着陆青衣又打了一架，发泄完心中的愤懑后偷偷跟了戚白隐好几日，没见着他和哪个女子来往密切。

他根本不和别的女子说话，本来就寡言，失个忆而已，反而变得好像没了这张嘴。

　　没几天，王灵灵听说封无缘被戚白隐打了一顿，大为震惊。

　　戚白隐从不打熟人，脾气还好，封无缘究竟做了什么罪大恶极的事才让戚白隐都忍不住出手揍他？

　　封无缘也很莫名其妙，他根本就是无辜的，谁知道他怎么就被打了一顿。

　　戚白隐不肯说原因，众人都一头雾水，仔细想想戚白隐也不像是会随便打人的人，最终只好将原因归咎于他受体内的蛊所控制。

　　唯独"人间清醒"九郡主看了出来。

　　九郡主趁着没人时，端着大师父李斩的糕点神秘兮兮地去找她的三师父戚白隐，骄傲地说："三师父，你是不是嫉妒四师父才揍他的呀？"

　　戚白隐劈柴的动作一顿。

　　九郡主自信地掰着手指头道："上个月四师父送了二师父一件云阁的衣裳，云阁的衣裳老贵了，二师父很高兴，他们都不知道三师父你也买了云阁的衣裳准备留着等二师父生辰时送她的。"

　　——戚白隐不知道的是，封无缘当时准备了好些云阁的衣裳，前后左右送了不少人。

　　"还有上次，二师父觉得鞭子上的刺不够锋利，也是四师父找人给她重新打磨的。"

　　——事实是，封无缘被陆青衣使唤打一套新暗器，这才顺手帮王灵灵重新打磨鞭子。

　　"还有还有，昨日你亲自下厨做了糕点送给二师父，二师父路上遇见四师父，顺手就给了四师父一块。"

　　——王灵灵不仅给了封无缘，还给了陆青衣和两个小孩。

　　九郡主挺胸抬头，信誓旦旦地总结道："所以三师父，你一定是因为嫉妒四师父和二师父关系更好才揍四师父的！"

　　戚白隐静静地看了她片刻，放下柴刀，站起身，平淡道："把这里的柴全劈完,我再去背两担回来。"

九郡主恼羞成怒!

九郡主一直不明白,二师父三师父明明互相喜欢,为什么都不肯主动说出口,非得你试探我我试探你这么搞来又搞去的。

因此,从这两位师父身上,她深深明白了一个道理:喜欢就要说出来,大声说,不要害羞。

否则谁知道你喜欢的那个人是不是也刚好喜欢你呢?万一错过了,那多可惜?

九郡主想了无数个办法试图撮合两位师父,结果不是被二师父罚就是被三师父罚,最后她听着怡红院姐姐们的教诲,悲痛地决定放弃撮合,一边烧柴火做饭一边嘀嘀咕咕地抱怨:"生米煮成熟饭的过程真是艰难啊。"

路过的王灵灵茅塞顿开。

送九郡主和亲队伍到边关回来的路上,王灵灵一路都在思索要不干脆和戚白隐生米煮成熟饭,按照他那个性格,只要啃干净了还怕他跑?

至于怎么啃?

王灵灵想着想着就想歪了,忍不住咳嗽两声。戚白隐以为她风寒,给她熬了药,买了蜜饯。

王灵灵看看他的脸,接着又控制不住地往下看了看,倏地一顿,扭开头,连药都没喝就着急忙慌地跑了。

王灵灵是个爱好随心的人,但这次她决定做个缜密的计划,毕竟对付戚白隐只能直接打得他措手不及,只要一次失败,第二次他就会有所察觉。

王灵灵找人算了个天时地利人和的日子,从陆青衣那儿搞了一套好用的药,又精巧细致地一步步勾戚白隐上套,直到她成功把人拿下。

事实上,戚白隐从头到尾都是心甘情愿。

王灵灵不止一次地想，陆青衣那死女人的东西还真是厉害。

九郡主听闻二师父和三师父快要成亲的消息时高兴极了，她拉着紫衣的少年原地转了好几个圈，衣裳上的银饰"叮当"地响，引得好几个人不由得侧头看过来。

"阿月。"她忽然停下，仰头仔仔细细地看着他。

他俯首在她额上吻了下，懒懒应声。

九郡主捧住他的脸，他垂眸睇着她，她没忍住用力揉了两下，憋着笑。

半晌，笑音溢出。

"愿天下有情人都能够终成眷属。"她说。

番外五

策马向青山

宋长空的第二次离家出走的过程不太顺利。

离家出走第三天,宋小少主辛辛苦苦带走的、嫌贫爱富的小破马头也不回地跑了。

离家出走第五天,宋小少主抓鱼时被凶残的大鱼一尾巴拍河里,浑身湿漉漉地爬到岸上喘得像条失水的鱼。

离家出走第十天,宋小少主露宿野外生涩烤鱼,睡着时没注意火星子,一不小心把附近燎着了,险些被烧死在深山老林。

离家出走第一个月,宋小少主的银子被偷了,沦落到每日干馒头就水的悲惨境地。

离家出走一个半月,宋小少主浑身脏兮兮,徒步翻过青芒山,站在陌生的半山腰上环视四周,"众望所归"地迷路了。

离家出走第二个月,宋小少主在山林里挖土豆的时候被山匪当成女子,从后面一棍子打晕拖回山寨。

宋长空最近日子过得苦,吃不好穿不暖,身形纤瘦,如此便被山匪当成女子给抢走。

如今他被关在屋子里,也不敢轻易说话,担心被山匪发现他是个男子,到时候还不知道他们打算会对他做什么。

南境人荤素不忌,虽然很少听说中原人口味如何,但兄嫂说过中原也有许多小倌馆……

宋长空想到小倌馆里的那些哭哭啼啼的男人,激灵地打了个寒战,搓搓手臂上的鸡皮疙瘩,暗暗琢磨着得想办法出去。

他摸摸藏在怀里的蛊,这段时间他连自己都喂不饱,从族里带走的蛊也饿得不成样子,它们已经不愿意听他的话了。

他长长地叹了一口气。

如果他哥在就好了,起码他不会沦落到这种天可怜见的地步。

宋长空在山寨的小破屋子里遇见一个有些眼熟的小姑娘,小姑娘七八岁的模样,眼睛大大的,脸上脏兮兮,像是刚在泥沼里欢天喜地滚了一圈。

在南境,这样的小孩回了家多少要挨一顿揍的。

小姑娘也是在路上被山匪们抓来的,因为年纪还太小,卖不出更好的价钱,山匪们正在商量该如何处置这个小孩。

宋长空格格不入地蹲在墙角,越看她越觉得眼熟,小姑娘也一脸奇怪地盯着他的脸看。

两人一个比一个脏,脸上沾了灰和泥,一时半会儿看不太出来全貌。

被抢来的人全挤在小破屋里,宋长空看看左边哭哭啼啼的姑娘们,又看看右边砌高的墙壁,最后看向离他最近的七八岁小姑娘。

这群山匪也不知道脑子是什么做的,竟然连七八岁的小孩和脏兮兮的男人也抢!

看了半天,两人缓缓睁大眼睛,同时张开嘴巴,指着对方满脸震惊。

"是你?"

小钰是在和阿娘去京城的路上被坏人拐走的。

小钰其实已经记不太清宋长空的样子,但她对去年那位带她去找阿娘的坏蛋哥哥印象极深。

中途坏蛋哥哥被阿娘带走,小钰就跟着漂亮姐姐一起去找坏蛋哥哥,路上遇见两个人,其中一个恰好是眼前这位哥哥。

她还记得和这位哥哥一起去找阿娘的那段路程,这位哥哥给过她一颗糖,他说这是南境特产的糖,中原人可不一定吃过。

小钰可喜欢那颗糖了,可惜哥哥手里只剩下那么一颗糖,吃完就没有了。

小钰跟着坏蛋哥哥和漂亮姐姐走了一段路,小小年纪便见多识广,跟着阿娘这么长时间,原本的胆小性格也渐渐改变,如今倒是大胆许多,被人拐走也不会哭。

也许是见到熟人让她安心许多。

一大一小还没来得及互相问一句"你怎么也被抓来了",很快小破屋的门被人从外面用力推开。

第二批被抢走的姑娘们也被撵了进来。

宋长空和小钰老老实实闭上嘴巴,尽量缩小存在感,默默蹲在墙角,却默契地悄悄从缝隙里打量进门的那几位陌生姑娘。

挨个看去,姑娘们都在抹眼泪,直到他们的目光落在最后一位黄裙姑娘的身上。

黄裙姑娘低着头,头发编了几缕辫子,身上戴着细碎的银饰,进门时阳光从她的银饰溜过,映出一片耀眼的光。

小钰眼睛缓缓睁大,正要张口喊人时嘴巴突然被人捂住。

宋长空眼疾手快地捂住她的嘴,眼睛盯着那个黄裙姑娘,嘴上却小声道:"不能喊,会被坏人发现的。"

小钰老老实实闭上嘴,眼神却控制不住地往黄裙姑娘那边飞。

黄裙姑娘演技一向极好,在山匪们还在时便跟着姑娘们一起哭哭啼啼抹眼泪,待山匪们出去之后她才慢慢放下手,一扫先前的柔弱,皱眉扫视屋子里的情况,然后看见两双灼灼的眼睛。

三双眼睛隔空相望。

小钰：漂亮姐姐！

黄裙姑娘：你们怎么都在这里？

宋长空：你这么厉害怎么也被抓进来了？

宋长空觉得自己看到了希望，这位可是他的亲人，他恨不能马上冲过去热泪盈眶地求救——你是我的救命恩人！

黄裙姑娘不动声色地朝他俩所在的角落挪啊挪，挤过一群绝望沮丧的姑娘，终于顺利挪了过去。

借着前面遮挡的几个人与嘈杂的哭泣声做掩护，宋长空双手伸出，悲痛且充满希望地低喊了一声："兄嫂！"

九郡主瞅瞅他一脸的"风尘"以及他那双手上的污垢，下意识地躲了下，抬眸对上宋长空可怜巴巴控诉的眼神，尴尬地摸摸鼻子。

为了掩饰尴尬，她便低头瞅了瞅同样可怜巴巴的小钰，仍旧感到不可思议。

宋长空幽怨地盯着她，盯得她头皮发麻，只得重新将目光讪讪转移过去。

"眠师说你离家出走两个月了，你是怎么走到这种地方还沦落到这个地步的？"

宋长空回想着过去两个月的凄惨遭遇，觉得这事儿不说也罢，便随便拽了拽身上破烂的衣裳，含糊其辞道："我就是……迷路了。"

九郡主想了想，迟疑道："你们家……路痴这么严重呢？"

难怪出门都得靠周不醒，这是真的没有周不醒不行。

宋长空欲言又止，他想说他家就他哥一个人是路痴，但他哥的路痴又是血蛊搞出来的"不治之症"……总之，解释很麻烦，还不如不解释。

于是宋长空默认了。

九郡主知道阿月对于"路痴"的介意，虽然偶尔会调侃阿月不认路，但事后也没少被教训……反正她深深理解了，少说少错，不能随便调侃别人，便善解人意地选择跳过这个话题。

她倒是一眼就认出了小钰，用袖子擦了擦小钰脸上的污泥，小声问小钰怎么会被抓进来。

小钰抓着她的袖子委屈巴巴地说："阿娘揍了一个坏人，那个坏人欺负阿娘，趁阿娘不注意把我抢走，坏人又被更坏的坏人欺负，我就被更坏的坏人抓来了。"

小钰阿娘，也就是南风寨的三娘子，带着小钰出门的路上路见不平惹到一方恶霸，恶霸为了报复三娘子便拐走了小钰，半路又遇见现在这帮山匪，于是小钰就这么被山匪抓了回来。

九郡主摸摸她脑袋："小钰怕不怕？"

小钰摇摇头："阿九姐姐在，不怕。"

宋长空凑过去问九郡主为何会被抓进来。九郡主扫了一圈屋子里的人，压低声音说："我和阿月在附近玩，听说这边经常有人失踪便想着查查怎么回事。"

"你是故意被抓来的？"宋长空眼睛都亮了，若是如此，那么这就意味着这个山寨很快要完蛋。

就算他兄嫂不是故意被抓来的，这个山寨也会完蛋——阿月绝对不会放过碰过他阿九的人。

只要阿月愿意出手，别说小小一个山寨，整个北域都不成问题。

宋长空打起精神，竟然兴奋起来，努力压抑着脸上的笑，小声问："兄嫂，我哥没来吗？"

九郡主揉揉小钰的脸："他也来了。"

"那他人呢？"

九郡主眨眨眼，诚实道："他被山匪抓去陪酒了。"

宋长空："他们都不要命了吗？"

九郡主："因为他太好看了，这群山匪没见过这么好看的人，所以就把他带走撑场子去了。"

宋长空等了足足半个时辰也没等到外面传来暴动的声音，开始提心吊胆：“兄嫂，阿月怎么还没动手？”

"我也不知道。"

九郡主正在观察哭泣的姑娘们，她和阿月被抓进来之前借宿在一户人家，那户人家的女儿前几日也失踪了。

九郡主按照他们说的特征仔细观察着这群姑娘，没发现要找的那个姑娘。她沉思着也许是时间太久了，毕竟那位姑娘已经失踪好些天了，这屋子里的姑娘们全是近日被抓来的。

若是这样的话，暂时就不能打草惊蛇，还得顺藤摸瓜找到幕后人，只是不知道阿月那边还能不能稳住……稳不住也不是不行，大不了就用暴力解决问题。

她进来前和阿月说过要他拖延时间，她趁机找人，等她找到人之后放出信号他再动手。

现在没找到人，说不定接下来还要慢慢找，不知道人在不在山寨里。

九郡主朝宋长空招手，塞给他一个信号烟花，示意他耳朵伸过来，抬手搭在他耳边低声嘱咐道：“你看着这里面的人，我出去看看阿月那边怎么样了，要是这里出事就放信号，我们马上过来。”

宋长空眼睁睁看着自家兄嫂身轻如燕地跃上房梁，轻手轻脚地掀开房瓦。他攥着能救命的信号弹，轻轻吸了口气，一低头对上前面停止哭泣满脸不可置信的姑娘们，一口气卡在喉咙里不上不下，憋得他脸通红。

姑娘们僵硬地将目光从房瓦缓缓转移到宋长空脸上，再转移到他的救命信号弹上。

宋长空：“呃……”

小钰悄悄往他身后藏了藏。

宋长空在唇边竖起一根手指："嘘，大家不要说话，等会儿有人会来救你们的，刚才那个人就是偷偷溜进来救人的。"

姑娘们也没有给他添乱，每个人都紧紧捂住嘴巴用力点头，还有个胆子大的偷偷跑到门口透过门缝观察外面的情况，回头冲诸位姑娘重重点了点头,示意各位外面暂时没什么事,那位偷溜出去传递信号的姑娘没被发现。

等屋子里安静下来后,小钰拉了拉宋长空的袖子,用气声问:"阿九姐姐是去找坏蛋哥哥了吗?"

"嗯。"宋长空敷衍着。

小钰像是想起什么,笑容灿烂地抱着胳膊说:"坏蛋哥哥和阿九姐姐一直在一起哦。"

宋长空转头,不明所以地看她一眼:"是啊,他们是一直在一起。"

除开成亲前的那段时间不算,他们确实一直在一起,整天这么黏黏糊糊的都不会腻的吗?宋长空不理解。

小钰竖起两根手指,很认真地说:"坏蛋哥哥说得对,他会一直一直都很喜欢很喜欢阿九姐姐。"

宋长空愣了下,原来是阿月先喜欢的九郡主?

他犹豫片刻,盘膝坐在地上,将她转了个面,问:"你还记得他们以前说过的话吗?"

小钰指了指自己的脑袋:"阿娘说我记性很好的,坏蛋哥哥和阿九姐姐的事情我全部都记得。"

宋长空说:"那你和我说说,你跟着他们的那段时间发生了什么事。"

小钰说了很多。

坏蛋哥哥最喜欢阿九姐姐了。

九郡主突然打了个喷嚏,她捏捏鼻子,在被人发现之前迅速离开这块危险之地。

她没有立刻去找阿月,反而先绕着山寨悄悄转了两圈,发现几处囚人的地方。她趴在房顶悄悄数了数里面的人,一圈下来数了大概快一百人。

这个山寨的人想做什么,竟然抓了一百个姑娘?

她在最后一间屋子里找到要找的姑娘,悄悄翻进去,叮嘱姑娘们不要声张,给她们塞了个信号烟花,遇见危险的事情再放信号。

姑娘们虽然还是很害怕，却鼓起勇气准备一同作战。

九郡主摸清楚关人的地方后出其不意抓了个山匪，问他抓来的漂亮少年被带去了哪里，得到答案后打晕山匪扒了其衣裳捆起来丢出去。

她本来想换上山匪的衣裳去浑水摸鱼，但是闻了闻衣裳的味道，太臭了，她嫌弃地把衣裳丢掉，转而向阿月那边去。

九郡主有点好奇阿月用何种法子拖延时间，等她溜到他被抓去的地方时发现那边早就乱成了一锅粥。

少年一身黑衣姿态散漫地坐在供奉关老爷的桌上，衣摆从桌沿垂下，单手托腮抛着橘子笑看前面两拨人打架。

他周围一圈就像是单独辟出来的世界，谁也无法靠近，好像遗世独立谁也看不见他，他就坐在那里漫不经心地看着别人吵闹。

九郡主惊呆了。

里面太过混乱，甚至没人发现她趁机溜了进去。她机智地避开迎头而来的凳子，心惊胆战地停在不以为意的少年身边，暖黄色裙摆划过掉在地上的一些瓶瓶罐罐。

少年姿态正经了些，侧身递给她两颗橘子，身体向旁边挪了挪，抬手拍拍桌子，招呼她也上来坐，顺便头一偏淡定避开一只乱飞而来的斧头。

斧头直直捅进关公后面的挂着供画的墙壁中，稳稳当当，供画颤颤巍巍要掉不掉。

少年无甚兴趣地瞧了眼，屈指弹了下凸出来的斧头柄，挑了下眉："挺稳啊。"

九郡主深吸一口气，试图让自己从这片鸡飞狗跳的战场中冷静下来，却还是没忍住破功了，头疼地望着前面说："你对他们做什么了？"

她还没开始搞事情呢，他们怎么自己人就打起来了？内讧也不至于这么打吧？

别看阿月表面上对一切都不以为意的样子，其实他可喜欢搅浑水折腾人了，尤其是对看不顺眼的人。他明明一肚子坏水，却没有多少人看得出来。

混乱中有个人被一把推了过来,少年抬脚将人踢了回去,眼都没眨:"我也没做什么,只是随便说了几句话而已。"

"你说什么了?"

"大当家印堂发黑,命不久矣,二当家容光焕发,长寿相,这是江湖上失传已久的换命术。"

九郡主震惊:"你什么时候学会的看相?"

"我挑拨离间乱猜的。"

事关寿命,大当家就算不愿相信也要小心对待,于是谨慎地把二当家和他的人支开,私下派人去调查这件事,不料真叫他从二当家的地盘发现做法的术具,如此一来便算是拖延了不少时间。

而大当家自然不能忍,人都把刀架到他脖子上等他死了,他哪里能就这么坐视不理?还要不要命了?

于是一言不合两方人就抄家伙干了起来,少年作为"神秘大师"被大当家的人划进保护圈,又因为他暴露了真相而被二当家的人追杀。

实际上,他真的就是那么随口一说,灵感来自于昨日阿九看过的那个话本子,里面提到过山寨内部闹矛盾,二当家想做一把手,用江湖术士提到的换命之术想把大当家的气运换到自己身上,事后被发现自然少不了一场内讧。

如此说来,有些话本子也挺有用。

少年开始沉思等有空时要不要再多翻两本阿九的话本子,尤其是被她藏在床底下的那两本,也不知道是讲的什么好内容,值得她如此隐秘地藏起来。

两方混战最终由大当家的险胜而结束,其过程颇为复杂混乱,九郡主和少年在里面搅浑水故意帮大当家稳定局势,暗中使绊子搞掉不少二当家的人。

等清理完二当家的残留势力后,大当家才腾出时间去找他俩表示感谢。

彼时，九郡主正在扣押姑娘们的房间里和她们打牌，几局下来输了好些银子，但她依旧乐此不疲地继续打牌。

九郡主说："阿月，银子。"

少年波澜不惊地从钱袋子里倒出两粒碎银，九郡主输掉了，便又坦然地伸手向他要银子。

少年索性把钱袋子放她手里，捏着她耳朵，气笑了："你又拿我的钱去哄姑娘？这是这个月的第几次了？"

大约第三次了吧？谁让她喜欢看漂亮姑娘？至于漂亮男子……谁能比阿月更好看呢？

阿月天下第一好看！

九郡主端详着少年的脸，感慨着摸摸他的手背，安抚他："什么你的钱我的钱？你的钱就是我的钱，我们都是一家人，怎么还分你我？"

少年冷笑，抽回手戳了下她脑袋："中原有句话说得好，亲兄弟还要明算账。"

一旁观战的宋长空深以为然地用力点头。

九郡主心安理得道："可我们又不是亲兄弟，你是我夫君啊。"

九郡主挨过去："夫君？"

九郡主戳戳他手臂："夫君，夫君，夫君……"

少年垂下眼，嘴角轻扬，又往她手里塞了一个钱袋子。

对面围成圈坐着打牌的姑娘们看呆了，慢慢地又开始脸红，个个目光闪躲，却又忍不住去看他俩。

真是天造地设的一对。

小钰"呱唧呱唧"地鼓掌，在她心里，坏蛋哥哥和阿九姐姐就应该是这样子的才对。

唯独宋长空满脸痛心疾首，哥你振作点啊！你振作点！

下一瞬，振作起来的少年慢吞吞地开口："明天不早起。"

九郡主歪头蹭他手背："嗯嗯！"

对面一群姑娘看得越发羡慕，宋长空看得满脸麻木。

刚进门的大当家看到被拐来的一群人在他的地盘上其乐融融地打牌，人都傻了，脚步悬空在门槛上，迟疑着想要不要现在就进去。

山匪的大当家是个有点小聪明的人，否则也不会坐上大当家的位置，一坐还是这么多年，但再聪明的山匪只要涉及"寿命"也会变得疑神疑鬼。

大当家虽然觉得这两个人来历奇怪，可一想到那黑衣少年一语道破他被"换命"的真相时，又忍不住相信他——若是他骗人，剁了他丢出去喂狗便是。

至于眼下，少年被奉为上宾，在九郡主的暗中唆使下装模作样地掐指一算，皱了皱眉，叹气道："天机不可泄露。"

他端着一副"你还是命不久矣"的模样，吓得大当家脸色煞白，连喝了三杯茶，一双手终于不再颤抖。

"大师，此事当真没有解法？"

年轻的大师瞅了眼堆在脚下的一箱金元宝，余光虚扫了眼蹲在门口和小钰一块儿斗蛐蛐的九郡主。

大当家眼尖，命人去找最厉害的蛐蛐来送给那位黄裙姑娘，一时间，满山寨都是青春活力的蛐蛐声。

九郡主抱着一篓子蛐蛐，蒙蒙地看向少年：我只是让你忽悠他，你怎么把他忽悠得给我找这么多蛐蛐？

少年眼风一扫：那你得问他啊。

于是九郡主诚实地问大当家："你为何用蛐蛐贿赂我？"

大当家："大师要是不喜欢，我也可以马上送你两箱金元宝！"

九郡主忸怩道："哎呀那怎么好意思？"

大当家："好意思好意思，我马上叫人给大师您送来！"

九郡主白得了两箱金元宝，便大发慈悲给他指了条明路："首先呢，你要把抢来的姑娘们放了。"

大当家犹豫。

九郡主"啪嗒"合上金元宝的箱盖子,少年一手搭在她肩上,一手扣上盖子的锁扣,懒懒抬眸道:"既然我娘子给你指的明路你不愿走,那我们自然也不能收你的金子,逆天而行可是会遭报应的。"

不想遭报应的大当家挣扎须臾,肉痛地下令让人将姑娘们放下山。

九郡主眯眼目送姑娘们下山,偏头和少年对视一眼。

大当家让人将小钰和宋长空带来,一边表现得格外尊敬,一边不着痕迹地将刀挡在小钰和宋长空身前,暗带威胁道:"大师,你们要我放的人我已经放了,接下来就该告诉我该如何解命了吧?"

否则,他留下的这两个人质能不能竖着走下山还是未知。

宋长空已经麻木了。

宋长空和小钰被关在一间房中,小钰虽然年纪还小,但她和小王爷有个共同点,听力极好。

小钰贴着门听了会儿,小小声说:"哥哥,外面好多人。"

"好多人是多少人?"

"就是好多人嘛。"

宋长空觉得还是躺平等自家哥哥和兄嫂来救吧,反正他也没必要继续折腾,有他那"杀人如麻"的哥哥和善良可爱的兄嫂在,就算这里是号称连一只苍蝇都飞不进来的天牢,他们夫妻俩也能把他安然无恙地救出去。

怀抱如此咸鱼想法的宋长空安稳地睡了过去,甚至一觉睡到第二天的太阳晒屁股。

宋长空一觉醒来发现整个世界都变了。

山寨空了,人跑了,连小钰也不见了,甚至就连他床上也只剩下一条被子。

他用力掐了一把大腿,疼得险些从床上滚下去,望着被风吹得前后摇摆的窗户,后知后觉地愤怒了。

所以,为什么他只是随便睡了一觉,睡醒之后整个山寨都空了?

宋长空费了好大的劲儿才从九曲十八弯的山上走下去，在他努力地扒拉头发粘上的几团毛刺时，就这么不巧地半山腰迎面碰见有说有笑的三位熟人。

周不醒还是那一身破破烂烂的乞丐服，手里转着一块金色的牌子，正笑眯眯地同眼前那对毫无良心的"狗男女"说话。

九郡主和少年负责找回失踪的那些姑娘，他们作为诱饵被抓之前就和周不醒商量好对策了，山匪肯定不会轻易放过抢来的姑娘，因此周不醒早就带人提前在山中埋伏好，等姑娘们一下山就把偷偷跟在她们身后的山匪抓起来。

九郡主和少年则留在山上继续忽悠大当家的，灌了他一晚上的酒，忽悠得他说漏了话，因此便套出与他合作卖姑娘的那些人，顺藤摸瓜一个一个往下查，倒是查出来不少人。

上到县令，下到商户和别的山里的农户，以及胆大包天冒充妄言教在外作恶的邪恶教派。

一晚上和一早上的时间，周不醒带着小皇帝的精锐部下迅速将山寨扫荡了个干净，连根鸡毛都没剩，唯独善心大发地给熟睡中的宋长空留了一张床和一条被子。

搞清楚来龙去脉的宋长空怒不可遏："你们真是太过分了！你们都能记得给我留床被子，为什么不能把我喊醒一起走？你们还是人吗？你们实在太过分了！你们都不明白我的感受！我一觉睡醒发现山里连根鸡毛都没剩的那种感觉你们懂吗！"

宋长空歇斯底里："不！你们不懂！你们只会顾着自己快乐！"

小钰跟着三娘子从后面凑了过来，小声说："因为哥哥你怎么都睡不醒，我们喊了你好多次，你不理我们。"

宋长空沉默片刻，清了清嗓子，软化道："那、那你们也可以选择把我扛走不是……"

周不醒竖起一根手指道："扛一张床还能当掉换钱，扛你，日后反而还要给你花钱，不划算。"

宋长空立刻扑过去掐他脖子："周不醒！你个小气鬼！抠门精！我发誓跟你势不两立！"

周不醒往看戏的少年身后躲，肆无忌惮地嘲笑道："我现在替中原小皇帝做事儿，我们本来就是势不两立。"

宋长空："啊啊啊，周不醒我要杀了你！"

旁观的一群人乐不可支，乐完继续收尾。

小钰快乐地拍拍手，三娘子单手背在身后，偏头看向曾狠狠坑过她的两人——却也救过她家小钰两次。

这事儿说来话长，总之就是南境荒漠那会儿发生的事了，不过总的来说也多亏他们那时的捣乱，她才能把小钰从西风寨手里抢回来，顺便抢走来自无极岛的那么大一批货。

如此一来，便也算扯平了。

江湖人士，有仇有恨报了也就算了，既然是扯平，那便也算了。

九郡主想起南境荒漠抢马匪货的那事儿，又见着当时的其中一位寨主就在自己眼皮子底下盯着自己，浑身发毛，很不好意思，下意识摸摸鼻子，心虚地咳嗽一声。

少年抬眸看向三娘子，三娘子并没有将很久之前在荒漠里发生的那件事放在心上，淡淡道："你们接下来要去哪里？也许我们顺路，小钰想和你们多玩几日。"

九郡主弯下腰，头发上的银饰顺着发丝向下滑，小辫子垂落在胸前，低垂着眼睫同扑闪着大眼睛的小钰对视，目含笑意。

小钰脆脆地喊："阿九姐姐，我还想和你一起玩。"

九郡主还没说话，正在和宋长空纠缠的周不醒幸灾乐祸地插了一嘴："不顺路也可以顺路，你们俩正好可以提前试试带小孩是什么感觉，说不定过两年你们就该带自己的孩子了。"

眠师说过，蛊人的身体构造和普通人完全不同，几乎是不可能有孩子的。

少年缓缓偏转眼眸盯着周不醒。

周围诡异地静止一瞬。

刚想起来这件事的周不醒："……抱歉抱歉，当我没说。"

九郡主瞅了眼面无表情的少年，似乎是想笑，嘴角刚翘起来就被他睨了一眼，连忙收敛笑意，假装不知道他什么心思。

宋长空小声嘀咕："我哥本来也不喜欢养小孩。"

小钰举手："我已经七岁了，是大孩子了。"

又没说养你。

宋长空想了想，也跟着举起手："如果你们要带小钰，那我也要跟你们一起走。"

他一点也不想再过回以前那种马跑、鱼打、没钱以及露宿野外被土匪一棍子敲晕的凄惨生活，这次无论如何他都要跟着一个人，要么是周不醒，要么是阿月。

鉴于周不醒如今为朝廷做事，跟着他没什么好玩的，宋长空决定死皮赖脸跟着自家兄嫂一起游山玩水。

山匪抢人一事最后的收网工作交给周不醒，排查结束后发现，冒充妄言教的早已闻声跑掉，这个邪恶的教派甚至有人冒充王灵灵行凶作恶，任凭发展下去怕是会害了不少人，无论如何都要趁早把他们揪出来全给送去蹲大牢。

九郡主打算今日便出发，少年一向随她，她去哪儿他便随之一起，原本他们就是在游山玩水的路上闲着没事掺和这么一手的。

小钰和三娘子与之顺路，便一道同行。

宋长空死活不肯回南境，非要跟着他们一起走，美其名曰历练，再加上眠师先前来信叮嘱九郡主若是路上遇见离家出走的宋长空，方便的话就将他捎着，对他而言这也算是一种别开生面的成长经历。

周不醒将他们送到山脚，又送了他们几匹好马，拍拍马屁股，叹着气说：

"最好的马都送你们了,我亏死了。"

九郡主说:"你从小六那儿也薅走不少银子了。"

周不醒笑嘻嘻:"小皇帝是小皇帝,你是你,就算你们是亲姐妹,这笔账也要明着算。"

话是这么说,他们上马前周不醒还是给他们塞了不少银票:"这次是偶然碰见,下次指不定什么时候才能再见,就祝你们早日抓到那群人吧。"

少年懒洋洋道:"若你早些回京城,兴许我们也能早些回去等着你们办好事。"

九郡主好奇:"咦?什么办好事?不会是办喜事吧?谁办喜事?周七两要办喜事?什么时候?"

周不醒:你这碎碎念都快给我后事安排好了。

少年瞥着周不醒:"那你得问他打算何时定下了。"

周不醒想说什么,最后也只是随意地耸了耸肩:"八字没一撇的事儿,反正现在最重要的是你们早点抓到人,我也能早点回去交差换钱。"

这次他们没有再继续啰唆,各自翻身上马,前方是连绵的巍峨青山,青白色雾霭绵绵,旅途的终点充满不确定性。

宋长空坐在马上,回身兴奋道:"我们真的要走了!"

周不醒嫌弃摆手:"快点走!"

九郡主偏头看着眉眼略显阴郁的少年,他不喜欢二人行的旅途上跟着这么多人,却还是没有反对与大家一路同行。

他以前也是这样,只要她在,他就无所谓其他,纵使不喜,也会慢慢接受。

"阿月。"

少年抬起眼皮,不咸不淡地睨她:"干什么?"

"你笑一下。"

"有什么好处?"

九郡主伸出两根手指戳自己的脸颊,戳出两个浅浅的小凹点,眼睛弯弯道:"好处就是,我也笑一下?"

少年没忍住笑了声，浓黑的眼底缓缓漾出纵容的柔软。

九郡主也笑起来，单手握住缰绳，迎着山林的风高高举起马鞭转了一圈，暖黄的裙摆随着动作而微微飘扬。

她扬声喊："我们走啦！"

宋长空跟着大喊："我们走啦！"

小钰凑热闹也跟着呼喊了一声："我们走——啦——"

三娘子无奈，竟也被少年人的欢乐所感染，呢喃了句："走了。"

"驾！"

一行人向着远方的青山，身影逐渐远去。

不过是人生短短几十年中的一趟新旅途。

那便，策马向青山，携友赴前程。

番外六

带娃记

九月中旬，桃花坞的居民后知后觉发现一件事，离乌巷巷尾那间闲置好些年的老宅子竟有人住了。

那处宅子说好不好，说坏也不坏，只是有些远离闹市，平日里出行不太方便，但胜在周遭宁静，适合爱静的人住。

离乌巷中上了年纪的老人说，那宅子曾经住了一对气质非凡的夫妻，丈夫姓谢，性子温和，妻子姓陆，面冷内热。这对夫妻极其恩爱，还都会些武功，他们住这儿的一段时间离乌巷都安宁不少。后来那对夫妻生了个体弱的女儿，没两年一家三口便都离开了桃花坞，之后好些年没回来。

那处宅子便这么空了下来，也不知为何这些年都没人动过那间宅子，只听闻宅子被一个富商买下，偶尔会有人进去打扫，不过一直无人居住。

大约是时间过去太久，好些人都以为那宅子已经没人住，离乌巷的小毛孩们更是渐渐将那宅子当作玩乐之地，时常翻墙进去玩耍。

偶一日，几个小毛孩不知遇见了什么事边哭边跑回家找爹娘告状，说是那宅子住了个养虫子的坏人，那坏人故意用虫子吓唬他们。

孩子们的爹娘不仅没生气，反而抓着自家孩子打了顿屁股。

"好好的叫你们偷偷翻别人家的宅子！活该被吓！"

"这么大的人竟然还怕虫子，你不嫌丢人，你爹我还嫌丢人！"

"叫你们成天没大没小的，翻别人墙头还有理了是不是？"

"以为那宅子以前没人便去撒疯，如今主人家回来了，你们还敢去野？不吓你们吓唬谁？都给我好好长长记性！"

孩子们被揍得"嗷嗷"叫，屁股一着地就疼，只得流着眼泪哀号着认错。

几家爹娘揍完不听话的孩子又凑一块儿商量着是否该上门同人家道个歉，毕竟是他们没管教好自家的孩子如此便冒犯了人家。

只是没等他们商量出个好日子登门道歉，翌日便见一名蓝裙女子带着蒸糕上门拜访。

蓝裙女子年纪轻轻，容貌清丽，一双圆眼乌溜溜的，看人时总眉眼弯弯，叫人不由得也随着她笑了起来。

蓝裙女子歉道："实在是不好意思，昨日回来才晓得我家夫君不小心吓哭了几个路过的孩子。"

顿了下，她又解释道："我家夫君养的那些爱宠有些特殊，确实容易吓到人，平日里不常放出来的，昨日只是见着没人便将爱宠放出来透透气，没想到会吓着几个孩子。"

几位大人连忙说是自家孩子冒犯，他们原本打算这两日便上门道歉，实在没有她先登门致歉的道理。

几人互相说开，都不打算计较这件小事，蓝裙女子却还是将做好的蒸糕送给他们，说是当作给邻居的见面礼，日后还会补上其他人的。

蓝裙女子衣裳上点缀着些许红色的衣饰，腰间系着一枚坠红流苏的银色铃铛，纤细手腕上戴着一串细细的银色链子，链子下面垂落两颗造型独特的月亮形状的银饰，她手腕轻动，两颗月亮便互相轻撞，发出一声脆响。

大家也就没再推拒，收下蒸糕后对新搬来的这对夫妻印象不错，且暗自琢磨过几日该回些什么礼。

蓝裙女子将蒸糕分完，更是轻松不少，步伐轻盈得好似翩然的蝴蝶。

长长的离乌巷里响起清浅悦耳的银铃声，悠远绵长。

待她走后，一位年纪颇大的老人才迷糊地喃喃："那姑娘眉眼瞧着甚是眼熟啊……"

过了几日,挨打的几个小毛孩们拎着自家爹娘准备的回礼犹犹豫豫地去了那处奇怪的宅子。

几人都不太愿意敲门,更不想再见一次那日的吓人虫子,他们告诉爹娘那些虫子多么可怕,爹娘却只当他们胡扯,非说几只虫子哪里吓人,甚至还叫他们亲自登门与这宅子的主人家道歉。

"我从没见过那么吓人的虫子,那虫子还有牙齿!"

"哪里有人会把虫子当爱宠的?这家人就是很古怪!"

"我回去这几日连续做了好几次噩梦,梦里都被虫子吃成两半儿了!"

"你们谁去敲门?反正我不去。"

"你最大,你去你去。"

"我不……最小的去敲门不行吗?说不定里面的坏人看着年纪小就不忍心吓人了。"

"我不要!我不要!"

最小的那个孩子索性躲到别人身后。

几人怂恿了几句,最终以少胜多,还是年纪最大的那位被推上台阶去敲门。

只是没等他们敲门,便见那扇门从里面轻轻打开。

几个孩子下意识往后退开,绷紧了身体盯着那扇门。

门开了,露出里面站着的一名身形纤瘦的绿衣女子。

咦?这里住着的竟然是一位仙女!

几个孩子瞪大了眼睛傻傻地盯着那名女子看,随后他们听见仙女姐姐慢悠悠地开口,声音里带着浓浓的笑。

"是你们啊。"

孩子们更加瞪大眼睛,仙女姐姐竟然认识他们?

仙女姐姐微微侧身,朝宅子里喊了一声:"阿月,我们家终于来客人啦。"

几个孩子就这么糊里糊涂地被仙女姐姐骗进了门,屁股刚沾到凳子就被从内室走出来的玄衣青年吓得连滚带爬想跑。

"娘!"

"救命啊阿娘!"

"呜呜呜,我不想死啊我不想被虫子吃掉……"

一时间哭声不断,吵得人耳朵疼。

玄衣青年用食指堵了下耳朵,略无语地瞥了眼扶着门笑得肩头打战的绿衣女子。

"这就是你说的客人?"

一个个的只是看见他就被吓得抱成一团了,这算什么客人?哪有客人会被主人家吓到哭的?

绿衣女子好容易才止住笑,慢腾腾走到孩子们身前,单手扶起最小的那个孩子,一边安抚一边转头对玄衣青年道:"虽然他们年纪小了点儿,但不管怎么说都算是咱们的客人,客人上门可不能怠慢呀,况且我们日后不是打算在这里常住吗?得和邻居好好相处,听说外祖母和外祖父以前住在这里时和邻居关系很融洽的。"

玄衣青年顿了一下,瞥眼她怀里哭到打嗝的小女孩,像是想起什么,不虞地撇了下嘴角,轻嘲道:"又来一个小钰。"

绿衣女子没听清他说些什么,兀自朝他伸出手:"阿月快点来搭把手,我一个人只有两只手,哪能扶得起来这么多孩子。"

被她扶着的孩子只想扔下回礼快点回家。

玄衣青年倒是没再说什么,走近几步,几个孩子仿佛被吓到迅速爬了起来。他朝绿衣女子摊了摊手,漂亮的眉眼轻抬,笑:"不是我不扶,是他们不想被我扶,不如你问问他们要不要我扶一把?"

绿衣女子身后的几个孩子看着他的笑容竟不由自主地发起了呆。

这个人笑起来好好看啊,和仙女姐姐一样好看。

是神仙哥哥。

那日之后，桃花坞便有传言说离乌巷的宅子里住着一对神仙眷侣，也有说那里住着的是一对贵人，经常有人看见一些衣着不凡的人出入那间宅子。

离乌巷里的人倒是都知道，那宅子里只是住了一对普通的小夫妻，女子性情开朗武艺高强，男子脾气古怪偶尔行医，并且那女子的眉眼十分眼熟，听说她便是那宅子昔日那对恩爱夫妻的后人。

自从他们在离乌巷住下，离乌巷的偷子们几乎不敢随意下手，只因那女子闲着没事便会抓人，有时还会带着和她玩得熟的孩子们一块儿去外面设陷阱捉坏人。

离乌巷里的孩子们可喜欢那位神仙姐姐了，神仙姐姐不仅长得好看武功高强，最重要的是她还能让神仙哥哥一瞬变脸。

神仙哥哥脾气很怪，行医也不问诊，只把一些奇形怪状的虫子放到病人身上，很快就能知道那人得了什么病，但他不常给人诊病，对外说是他的爱宠需要睡觉。

这些孩子都知道，真正需要睡觉的其实是他自己，他是个大懒虫。

神仙姐姐带他们出去玩时会和他们唠叨，说那个叫阿月的神仙哥哥特别爱睡懒觉，每天睡不够四个时辰还会生气不理人，不过他从来不会不理她，只是若有人运气不好挑他没睡好时去打扰他，那可就惨了。

孩子们这才知道为何第一次见到那位神仙哥哥时会被他的虫子吓到，因为他们扰了他的好眠，他便放出那些虫子吓唬他们。

神仙姐姐还说，神仙哥哥不爱出门是因为不认路，若是他日后独自出门却总是在同一个地方转圈圈，他们要是见了就装着不知道，然后再悄悄给他指个路。

这么大的人竟然不认路，真是好可怜哦。孩子们顿时觉得神仙哥哥亲近了起来。

而且，神仙哥哥只是表面上坏坏的，实际上是个很好很好的人。孩子们如此坚信着。

唯一遗憾的是，神仙哥哥不会打架，小孩子这种年纪都会憧憬强大的人，在他们眼里，打架很厉害的人就是天底下最好的人。

某日，离乌巷的神仙姐姐出门办事，新上任的知县便立刻上门，说是离乌巷巷尾的那处宅子造得不合规范，得拆了。

这里的知县以前不是没想过找个理由拆了那宅子，不过悄悄买下宅子的某位封姓富商每年都会给他不少钱，他收了钱便也不想费力气拆宅子。只不过自从这对夫妻入住后，他再也没收到一分银钱，这才打起威胁的心思。

离乌巷的孩子们急了，他们都知道知县大人官儿大不能惹，但他们与神仙姐姐关系好，定然不愿意她受欺负。

离乌巷的百姓这两年与宅子的两个主人处的不错，大家都挺喜欢这对小夫妻，自然也不忍眼睁睁看着他们的宅子被这位知县大人拆了。

这些人聚在一起打算想个法子拖延时间，却不知宅子门口的吵闹已经吵醒了里面睡午觉的那位青年。

宅子的大门被人从里面打开，青年穿着一身玄衣绲红边的长袍，大约是刚睡醒，眼眸半合着，整个人还有些懒意。他抬起眼皮，漫不经心地扫了一圈前面围着的人。

不知为何，在他出现的这一刹那，所有人都安静了下来。

玄衣青年的目光最终定格在人群外的胖知县身上，面上无波无澜，却莫名地叫人心口发寒。

这日之后，桃花坞的知县被摘了乌纱帽，新知县很快到来，对巷尾宅子里那两位恭恭敬敬。

离乌巷的所有人便都知道，那宅子里住着的是不是神仙还不能确定，但他们一定来历不凡。

而离乌巷的孩子们想法却很简单，他们只知道他们的神仙哥哥打架超帅的！

又是一年九月，离乌巷的孩子们也渐渐大了，他们不再总是不挑时间地上门打扰巷尾的那对夫妻。

闲下来的阿九蹲在院子里的水池边喂鱼，她养了几年鱼，鱼崽子们都大了，是时候抓上来吃掉了。

她回头对正躺在藤椅上晒太阳的宋某人说："阿月，我们今晚吃鱼。"

"嗯。"那边的人散漫地应了声。

"红烧还是清蒸呢？"

"都要。"那人答。

这样的对话已经发生过好几次，但每次阿九都能想起来第一次问他的画面。

总觉得这些年过得很快，却又好像很慢，回忆历历在目。

阿九站起身拍拍手，朝晒太阳那人道："行啊，不过这鱼要你自己钓。"

摇晃的藤椅停了一瞬。

几年过去，他甚至弄明白如何用蛊救人，却依旧没学会如何钓鱼。

阿九回头望着水里的鱼，感慨道："这已经是第几窝小鱼了？时间过得可真快，离乌巷里那些小孩也都长大了，阿月你还记不记得他们被你的蛊吓哭那件事？"

她听见身后传来轻微的脚步声，还有熟悉的腰间银饰轻触的声响。

"不记得。"

"你竟然这么快就忘了。"

她回头，迎面笼下浅浅的阴影，青年俊美的面容离得极近，呼吸掠过她唇畔，浅浅地吻了下，嗓音低低的："闲着没事我记别人哭不哭做什么？又不是你被吓哭。"

阿九不服气："我才不可能被吓哭。"

她的确不可能被吓哭，毕竟已经不是好骗的小孩子了。

他倒是没多说什么，只是懒懒"嗯"了声，随后便将她打横抱了起来。

"你又要做什么？"她拽了下他头发上的碎玉发饰，拽松了一缕额发，柔软发梢悄悄垂在他上扬的眼尾，阳光顺着眼尾的弧度落进他眼底。

他低眸笑看她一眼，瞳仁里含着细碎的光，慢腾腾地答道："不做什么，只想个法子吓唬吓唬你，看看能不能把你吓哭。"

阿九自然不会如此轻易地被吓哭，只是这世上能让人哭出来的法子，只多不少。

十二月初，天气冷了下来，桃花坞虽比其他地方暖和些，但这个时间也该冷了。

阿九这几日有些犯懒不想早起，寒冷的天窝在自家夫君怀里睡懒觉实在是人生一大乐事。

被她当暖炉的宋某人最初没觉得有什么，过了两日才发觉她有些不对劲。

阿九总是精神奕奕，除了生病一般不会这般懒洋洋地睡懒觉，哪怕是前一晚累极第二日待在他怀里睡懒觉，她也只会睁着眼睛不老实地用手指摸他的脸，摸完还要偷偷亲他，留印记似的亲一下便嘀咕一句"阿月"。

这几日她都没有偷亲他。

晚间入睡前他用药蛊探了探她的脉。

几个瞬息后，他霍然起身，没留意碰倒了床边的一个凳子，长长的衣摆垂在脚边清冷地摇晃了几下，浓黑的双眸死死盯在她平坦的腹部。

他的神情像是正盯着一个连他都束手无策的天敌。

阿九顺着他的视线看向自己的肚子，心口像是被什么拨动了一下，眼睛缓缓睁大。

阿九有了身孕的事传到众人耳中时，他们最初是很震惊的，因为眠师明确说过，蛊人的身体构造已经和普通人不一样了，是不可能有后代的，是以最初所有人都没想过阿九会有孕，便也没有做好这个心理准备。

眠师翻了几天书后又说:"不过也许是因为阿月封了蛊,所以这几年他的身体也越来越趋近正常人……"

这茬揭过不提,某日,这群人齐聚离乌巷,巷尾那间小小的宅子里面塞了不少大人物。

前任武林盟主、无极岛岛主、魔教教主、四国首富、疏雨阁前任阁主、中原女帝与帝后、南境眠师与下任境主。

宅子外面的人只知道那对夫妻的朋友们纷纷上门,却不知他们身份如何的尊贵,在外面的人感叹最近天气越来越冷时,宅子里的大人物们开始争执要将阿九接到哪里养胎。

楚今朝:"自然是京城,京城环境好,办事都方便,要什么有什么,有经验的稳婆也多。"

王灵灵:"不行,还是去无极岛好些,无极岛上有的宝贝京城都没有,那些东西肯定能给阿九好好补身子。"

眠师:"还是来南境……"

其余几人纷纷瞪过去:"南境路途遥远,怎么能让阿九舟车劳顿去那么远的地方?"

言之有理,眠师遗憾放弃竞争,并且书信一封告知境主,南境在抢儿媳妇这件事儿上毫无竞争力。

王灵灵和楚今朝辩论许久,最后还是已经被众人忽略许久的宅子男主人黑着脸打断。

"哪里都不去。"他攥着阿九的手,压声,"就留在离乌巷。"

阿九已然有了身孕,不论是去无极岛还是京城,这一路上都得舟车劳顿,哪怕用上最金贵的马车,那也得长途跋涉好些日子才能到达。

他绝不允许因这个未出世的孩子而将阿九置于危险中,更何况谁也不知道怀了蛊人的孩子后阿九的身体会不会受影响。

只要一想到这儿他就无法安心,甚至因为这个孩子,夜中总是惊醒,只有看见她安然无恙的睡容确定她没事他才能松口气,而后将她抱进怀中轻柔地亲吻她脸颊，揽在她腰间的手指却越发收紧。

害怕，后悔，厌恶。

害怕她会出事。

后悔他封了蛊，若还是蛊人的身体，也许她就不用受这个罪。

厌恶自己不仅没办法替她做些什么，反而害得她不得不承受这份风险。

夜夜如此，日日如此，向来嗜睡的他竟已经很久没有睡个好觉了。

阿九发现自家夫君这段时间有点奇怪，有一次她半夜睡醒却看见他正用手小心翼翼触碰她的腹部，眼神复杂。

"阿月？"她轻轻喊了一声。

他抬眸望着她，顿了下，将她更紧地揽进怀里，低头在她脸颊蹭了一下，声音低哑："阿九，对不起。"

"为什么要说对不起？"她抬手摸摸他的脸。

他看着她，沉默良久才道："我不该封蛊。"

不封蛊，他就永远是蛊人，她也不会因为他而承担这种未知的风险。

阿九笑了起来，仰首亲吻他下颌，认真地看着他的眼睛说："可是我现在好好的呀，这么久过去了，宝宝一直很乖的，从来没有闹过我，也许就是因为爹爹是你，宝宝才这么乖的。"

他没说话，显然并没有被安慰到，甚至还有些自闭。

阿九叹了口气，用手拉扯他的脸："阿月，你知不知道你多久没有对我笑过了？"

他怔了怔，脸颊上她手指的触感温热柔软，微蹙的眉心缓缓放松。

阿九幽幽道："你总是不笑，不知道的还以为你不喜欢我们的孩子。"

他目光飘忽一瞬，被阿九看见了，她拽紧他松垮的襟口，瞪大眼睛："你不会真的不喜欢吧？"

他抬手摁住她后脑将她的脸埋进自己怀中，力气不大，怕她挣扎时会碰到不该碰的地方，下颌抵着她毛茸茸的发顶，低低的嗓音飘落在她耳畔。

"阿九，我只喜欢你。"

或许未来会爱屋及乌，但眼下他连自己都厌恶，又怎么会对这个未出世的孩子产生好感。

好在，也许连上苍都觉得前十几年已经折磨狠了这两人，日后便不打算再折腾他们。

小十小朋友是个很早熟的孩子，在别的孩子都赖在爹娘怀中流鼻涕撒娇时，他已经学会抱着铺盖滚去蛊屋挑灯夜读，并且在纸上不满地写下"可恶的宋月月"。

他年纪还小，不会写"樾"，每次和他爹闹矛盾就会在心里咆哮"可恶的宋月月"。

这么多年过去周不醒依旧死性不改，怂恿小十小朋友去挑衅他爹的权威，被小十小朋友狠狠翻了个白眼。

"周叔叔，你知道为什么我已经五岁了，还没有大名吗？"

"小十"是他的小名，五年了，他爹仍旧没有给他起个大名，所有人都喊他小十、小小十。

周不醒瞅着他奶呼呼的一张脸竟有几分缩小版阴郁阿月的模样，咳嗽一声，忍笑道："我当然知道，还不是因为你出生后和你爹娘睡的第一晚就踹了你娘一脚，你爹生气，没把你丢出去就不错了，他还能给你起个小名已经算他为数不多的善心。"

小十："呃……"

他那个时候才多大？踹他娘那一脚绝对不可能是故意的，他爹实在是小气！居然记仇记了整整五年，甚至还有可能继续记下去！

周不醒继续道："不过你这小名也不错了，至少你爹还是蛮重视你的。"

小十小朋友一听这话，原本准备去喂蛊的脚步停下，不由得仰起小脸，用一种"你莫不是在骗我"的表情盯着他。

周不醒想捏小十的脸，被他躲开了。周不醒"啧"了声："果然是亲生的,你现在这个样子和你爹以前一模一样。"

小十小朋友无动于衷,只问:"我小名如何能看出来我爹重视我?"

周不醒笑了起来:"你爹平时喊你娘什么?"

小十脱口而出:"阿九。"

周不醒敲了下他脑袋,说:"你娘是阿九,你是小十,你爹若想随便起个名字,叫你狗蛋不也行?何必专门挑个十?你这名字若当真敷衍,你娘定然第一个不同意。"

小十小朋友皱起小小的两簇眉毛,嘀咕道:"狗蛋……不行。"

"虽然你未出生前你爹确实不太喜欢你,主要是因为你爹身份特殊,你娘若是生你定会承受很大的风险,你爹不仅不喜欢你,他甚至厌恨他自己,毕竟是他害了你娘。"周不醒端起茶喝了一口,优哉游哉道,"哎呀你是不知道你爹以前多随心所欲一人,知道你娘怀了你之后就收敛了不少,以前他杀……以前他都是看心情决定救不救人,你娘怀了你之后他每日至少要给别人问诊一次,佛家不是说救人一命胜造七级浮屠吗?"

小十小朋友木着脸在心里想,原来宋月月以前脾气更坏。

周不醒说:"你出生后你爹就放松了不少,毕竟你一直都很乖,从头到尾没怎么折腾你娘。那会儿我们一大群人都在商量给你取个什么名儿,你爹说叫小十。九之后就是十,你爹最在乎的就是九,第二在乎的,你认为是谁?"

小十小朋友愣住了。

周不醒说到这儿停了一下,突然笑了起来:"不过你爹现在后悔了,上次他和我说不该叫你小十,应该叫你九十九。"

"为什么?"

"因为你娘疼你,你爹吃你醋,九十九的意思便是让你离你娘越远越好。"

小十很少要求和自己爹娘睡觉,但周不醒走了之后他就问阿娘晚上能不能一起睡。

阿娘把他抱进怀里,说:"可以呀。"

阿爹没说什么,正在拨弄烛火的芯子,闻言只是淡淡瞥了他一眼,在他惴惴不安以为阿爹会拒绝时,听见阿爹懒声说:"随你。"

这天晚上,小十做了个梦,梦里他被一群狗追着跑,他跑了整晚,无意中又踹了他阿娘一脚,于是当晚再次被他阿爹拎去蛊屋挑灯夜读。

自此,小十小朋友再也没有和他爹娘一起睡过觉,并且开始研究如何让一个人永远不做梦。

除此以外,小十小朋友最讨厌的小动物就是狗。

小十小朋友七岁的时候热衷于看书,大约是继承了他娘的习惯,正经的、不正经的书他都会看两眼。

某日,他在去找他那迷路的阿爹回家吃饭的路上捡到一个破烂的话本子,《十一姑娘传记》。

他翻开看了一眼,立即就被话本子里的内容吸引,断断续续地翻看下去。

话本子里说古时曾有那么一名女子,仙人之姿,武艺高强。那女子抢过马匪的货,炸过水匪的船,甚至深入敌营亲自剿过两个山头的山匪,江湖人尊敬地称呼她为"十一姑娘"。

十一姑娘哪儿哪儿都好,唯一不好的便是她身边带了一名弱不禁风的男子,这名男子不仅没能帮她做什么,反而处处拖她后腿,话本子最后还说那男子害得十一姑娘名声扫地,被人追杀。

到这里,话本子里的内容就停止了。小十小朋友难以置信地翻了好几遍,终于确定这本只是上册。

小十小朋友抓心挠肺地想看下册。他很喜欢里面的十一姑娘,他阿娘也是这般武艺高强热心助人的女子,他从十一姑娘身上看见了阿娘的影子,并且连带着对那名病弱的男子十分看不惯,此人还不如他的阿爹,虽然阿爹不会武功只会拿虫子吓唬人,但阿爹至少胆子大呀,比话本子里这个什么都不会的病弱男人厉害多了。

小十将话本子收起来之后才发现天已经黑了，而他还没找到他那迷了路的阿爹，大惊之下连忙跑去找阿爹。

这晚，小十小朋友和他那迷路的阿爹都被阿娘教训了一顿，一个是半路不知做什么去竟然忘了接阿爹回家，一个是年纪这么大了竟然还要七岁的儿子去接他回家。

父子俩晚上一起去蛊屋打地铺。小十小朋友半夜被一只蛊挠醒，坐起身才发现他那随心所欲的阿爹又不见了，肯定是偷偷跑回去找阿娘。

阿爹每次都是这样！阳奉阴违！过分！

小十小朋友愤愤翻了个身，随后摸出怀里的破烂话本子看起了第二遍。

几个月后，当小十小朋友花大价钱买到《十一姑娘传记》下册，看到后面才知道，原来十一姑娘身边那名病弱男子真实身份竟是全书最可怕的南渊之主，是个扮猪吃老虎的狠人，他跟在十一姑娘身边不过是为了获得她的心。

没什么见识的小十小朋友被狠狠震惊到了，一连几日都没睡个好觉，他觉得大人实在太会骗人了，和他爹简直一模一样。

偶一日，小十小朋友重温《十一姑娘传记时》被他阿娘逮了个正着，连忙把书藏到身后，嗫嚅着想要解释什么，却没开得了口。

阿娘看着话本子上的字，一脸古怪地问他："原来你喜欢看这本书？"

小十僵硬地点了点头。

阿娘不仅没有生气，反而抱着他去院子里，躺在阿爹最喜欢的那张藤椅上，一边翻书一边笑着问："小十最喜欢里面的谁？"

"十一姑娘！"

"有眼光。"阿娘笑弯了眼睛，诱哄道，"那你觉得南渊之主怎么样呢？"

小十犹豫了一下，觑着阿娘的脸色："骗子，不喜欢。"

阿娘笑出了声，手指点点他额头，神秘兮兮地小声与他说："那你可千万不要让你阿爹知道你看过这本书，并且很不喜欢南渊之主。"

小十不明白这是为什么，却谨遵阿娘之命。母子俩将话本子藏得很好，很久都没有被他阿爹发现。

一年后，《十一姑娘后传》新鲜出炉。

小十如获至宝捧着新到手的后传，珍而重之地翻开第一页。

后传的故事很简单，大部分讲的是十一姑娘和南渊之主喜结良缘之后的故事，他们还生了一个孩子，大家都喊他"小十二"。

小十看到"小十二"的时候隐隐有种不安的感觉，而越往后看，这种不安便越浓烈。

他怎么感觉这个小十二……特别像他自己？

直到他翻到最后一页，书页末尾写着致谢词，大致意思是：此书取材于九姑娘与月公子的真实经历，并且还要特别感谢九姑娘提供的"小十二少爷"的故事……

从那以后，小十再也没有看过任何江湖趣事的话本子。

揽月